모나의 눈

CREDITS
For all the photographs ⓒ Photo All rights reserved, except 46 and 47 : ⓒ Photo All rights reserved / Foundation Hartung-Bergman ; 49 : ⓒ Photo Maximilian Geuter / The Easton Foundation.
For all the Works of Art ⓒ All rights reserved, except 36 : ⓒ Association Marcel Duchamp / Adagp, Paris 2024 ; 38 : ⓒ Georgia O'Keeffe Museum / Adagp, Paris 2024 ; 39 : ⓒ Foundation Magritte / Adagp, Paris, 2024 ; 40 : ⓒ Succession Brancusi-All rights reserved (Adagp) 2024 ; 41 : ⓒ Adagp, Paris, 2024 ; 42 : ⓒ 2024 Banco de México Diego Rivera Frida Kahlo Museums Trust, México, D.F. / Adagp, Paris ; 43 : ⓒ Succession Picasso, 2024 ; 44 : ⓒ 2024 The Pllock-Krasner Foundation / Artists Rights Society (ARS), New York ; 45 : ⓒ 2024 Niki Charitable Art Foundation / Adagp, Paris ; 46 : ⓒ Hans Hartung / Adagp, Paris, 2024 ; 47 : ⓒ Anna-Eva Bergman / Adagp, Paris, 2024 ; 48 : ⓒ Estate of Jean-Michel Basquiat, licensed by Artestar, New York ; 49 : ⓒ The Easton Foundation / Licensed by Adagp, Paris, 2024 ; 50 : ⓒ Courtesy of the Marina Abramovic Archives / Adagp, Paris, 2024 ; 51 : ⓒ Adagp, Paris, 2024 ; 52 : ⓒ Adagp, Paris, 2024.

LES YEUX DE MONA
by Thomas Schlesser

Copyright ⓒ Éditions Albin Michel, Paris 2024
All rights reserved.

Korean translation copyright ⓒ MUNHAKDONGNE Publishing Corp., 2025
Korean edition is published by arrangement with Éditions Albin Michel, Paris

이 책의 한국어판 저작권은 저작권자와 독점 계약한 (주)문학동네에 있습니다.
저작권법에 의해 한국 내에서 보호를 받는 저작물이므로
무단 전재 및 무단 복제를 금합니다.

AMBASSADE DE FRANCE EN RÉPUBLIQUE DE CORÉE
Liberté Égalité Fraternité

주한 프랑스 대사관
문화과

Cet ouvrage, publié dans le cadre du Programme d'aide à la Publication Sejong, a bénéficié du soutien de l'Institut français de Corée du Sud-Service culturel de l'Ambassade de France en République de Corée.
이 책은 주한프랑스대사관 문화과의 세종 출판 번역 지원프로그램의 도움을 받아 출간되었습니다.

모나의 눈

토마 슐레세
장편소설

위효정 옮김

Les Yeux de Mona

문학동네

일러두기

1. 본문의 주석은 모두 옮긴이주다.
2. 본문 중 고딕체는 원서에서 이탤릭체 등으로 강조한 부분이다.
3. 장편 문학작품은 『』, 영화·음악·미술작품 등은 〈 〉로 구분했다.

세상의 모든 할아버지 할머니를 위해

차례

프롤로그 더는 아무것도 안 보인다   11

1부 루브르

① 산드로 보티첼리 — 받는 법을 배워라   37
② 레오나르도 다빈치 — 삶에 미소 지어라   47
③ 라파엘로 산치오 — 초연함을 가꾸어라   57
④ 티치아노 베첼리오 — 상상력을 믿어라   67
⑤ 미켈란젤로 부오나로티 — 너 자신을 질료에서 해방시켜라   76
⑥ 프란스 할스 — 보잘것없는 사람들을 존중하라   86
⑦ 렘브란트 판레인 — 너 자신을 알라   98
⑧ 요하네스 페르메이르 — 무한히 작은 것은 무한히 위대하다   110
⑨ 니콜라 푸생 — 무엇도 너를 떨게 해선 안 될지니   121
⑩ 필리프 드 샹파뉴 — 항상 기적이 일어날 수 있음을 믿어라   132
⑪ 앙투안 바토 — 축제는 무르익어 곪는다   143
⑫ 안토니오 카날레토 — 세상을 정지시켜라   155
⑬ 토머스 게인즈버러 — 감정 표현을 억누르지 마라   166
⑭ 마르그리트 제라르 — 약한 성性 같은 건 없다   177
⑮ 자크루이 다비드 — 고대를 네 미래에 활용하라   188
⑯ 마리기유민 브누아 — 모든 차별을 철폐하라   199
⑰ 프란시스코 고야 — 도처에 괴물들이 도사리고 있다   209
⑱ 카스파르 다비트 프리드리히 — 육체의 눈을 감아라   220
⑲ 윌리엄 터너 — 모든 게 먼지일 뿐   231

2부 오르세

⟨20⟩ 귀스타브 쿠르베 ― 소리 높여 외치고 꿋꿋하게 걸어라　　245

⟨21⟩ 앙리 팡탱라투르 ― 죽은 자는 산 자 사이에 머무른다　　256

⟨22⟩ 로자 보뇌르 ― 동물은 너와 동등하다　　267

⟨23⟩ 제임스 휘슬러 ― 어머니보다 존엄한 존재는 없다　　278

⟨24⟩ 줄리아 마거릿 캐머런 ― 흐릿함은 실제를 불린다　　289

⟨25⟩ 에두아르 마네 ― 적은 것이 더하다　　300

⟨26⟩ 클로드 모네 ― 모든 것은 흘러간다　　311

⟨27⟩ 에드가 드가 ― 자기 삶을 춤춰야 한다　　322

⟨28⟩ 폴 세잔 ― 와라, 싸워라, 이름을 새겨라, 버텨라　　333

⟨29⟩ 에드워드 번존스 ― 멜랑콜리를 소중히 여겨라　　344

⟨30⟩ 빈센트 반 고흐 ― 현기증을 정착시켜라　　355

⟨31⟩ 카미유 클로델 ― 사랑은 욕망이고 욕망은 결여다　　366

⟨32⟩ 구스타프 클림트 ― 죽음 충동이 살아 숨쉬길　　377

⟨33⟩ 빌헬름 하머스호이 ― 너의 내부가 말하게 하라　　388

⟨34⟩ 피에트 몬드리안 ― 단순화하라　　399

3부 보부르

35	바실리 칸딘스키 — 모든 것에서 혼을 발견하라	413
36	마르셀 뒤샹 — 사방에 난장판을 벌여라	424
37	카지미르 말레비치 — 자율성을 키워라	434
38	조지아 오키프 — 세계는 살이다	443
39	르네 마그리트 — 네 무의식에 귀를 기울여라	452
40	콘스탄틴 브랑쿠시 — 시선을 들어올려라	462
41	한나 회흐 — 자기 존재를 구성하라	471
42	프리다 칼로 — 날 죽이지 못하는 것은 날 더 강하게 만든다	480
43	파블로 피카소 — 모두 부숴야 한다	490
44	잭슨 폴록 — 정신이 나가야 한다	500
45	니키 드 생팔 — 남자의 미래는 여자다	510
46	한스 아르퉁 — 번개처럼 가라	519
47	안나에바 베리만 — 끊임없이 영점에서 다시 시작하라	529
48	장미셸 바스키아 — 어둠에서 꺼내라	540
49	루이즈 부르주아 — 아니라고 말할 줄 알아야 한다	551
50	마리나 아브라모비치 — 이별은 붙잡아야 할 기회다	562
51	크리스티앙 볼탕스키 — 삶을 아카이빙하라	572
52	피에르 술라주 — 검은색도 색이다	583

에필로그 위험에 맞서라 593
부록 수록 작품 609

프롤로그
더는 아무것도 안 보인다

모든 게 어두워졌다. 마치 상복이 드리워진 듯이. 그러더니 여기저기에서, 고통이나 감정에 저항하려고 주먹을 쥐듯 태양을 마주보려고 하면서 그만 눈을 꽉 감아버릴 때처럼, 눈꺼풀 뒤에서 얼룩 같은 빛들이 일렁였다.

물론 아이는 사태를 전혀 이렇게 묘사하지 않았다. 열 살짜리 아이의 순진하고 불안에 찬 입에서 괴로움은 건조하게, 장식도 서정도 없이 표현되었다.

"엄마, 온통 까매요!"

모나는 목멘 소리로 이렇게 외쳤다. 일단은 호소하는 말이었지만 그게 전부는 아니었다. 이 말을 하는 아이의 어조에는 저도 모르게 창피하다는 기색이 섞여 있었는데, 이를 알아챌 때마다 아이의 엄마는 사태의 심각성을 감지했다. 창피함만은 모나가 꾸며내는 일이 없었으니까. 단어에, 태도에, 억양에 조금이라도 창피함이 깃들면 그것으로 판가름이 난다. 거북한 진실이 불거졌다는 뜻이다.

"엄마, 온통 까매요!"

모나의 눈이 멀었다.

닥친 현상에는 원인이 없는 것 같았다. 특별한 일이라곤 전혀 없었다. 엄마가 기름 두둑한 구이용 고기에 마늘을 채워넣는 동안 모나는 식탁 다른 편 귀퉁이에서 오른손에 펜을 쥐고 왼손바닥 아래 공책을 펴 누른 자세로 얌전히 수학 공부를 하고 있었다. 목에 걸려 있던 펜던트를 조심히 벗어내리던 참이었는데, 글을 쓸 때 몸을 웅크리는 나쁜 버릇을 들인 터라 연습장 위로 펜던트가 달랑거려 성가셨기 때문이다. 아이는 육중한 어둠이 두 눈에 덮쳐드는 것 같다고 느꼈다. 마치 너무도 파랗고 너무도 크고 너무도 맑은 눈이 죄라도 되는 듯. 어둠은 밤이 될 때나 극장 조명이 사그라들 때 보통 그러듯 밖에서부터 오지 않고 아이의 몸 자체, 내부에서부터 시야를 앗아갔다. 깜깜한 보자기가 드리워지자 아이는 초등학생용 공책에 그려진 다각형들로부터, 갈색 목제 테이블로부터, 좀더 멀찍이 놓인 구이용 고기로부터, 흰 앞치마를 두른 엄마로부터, 타일 깐 부엌으로부터, 옆방에 앉아 있던 아빠로부터, 몽트뢰유의 집으로부터, 거리를 내려다보는 잿빛 가을 하늘로부터, 세계 전체로부터 단절되었다. 마법에 걸린 듯, 아이는 암흑 속에 빠졌다.

모나의 엄마는 덜덜 떨며 가족 주치의에게 전화를 걸었다. 장막이 드리워진 딸의 동공을 혼란스럽게 묘사했고, 의사의 질문에 따라 모나가 언어적 장애나 다른 마비 증상을 겪는 것 같지는 않다고 밝혔다.

"TIA 같은데."

흘리듯 내뱉은 의사는 더 확실한 말은 삼갔다.

의사는 당장 고용량의 아스피린을 투여하라고, 무엇보다 모나를 신속히 오텔디외 병원으로 데려가라고 지시했다. 그곳의 동료에게 전화해 바로 진찰받을 수 있게 할 것이었다. 아무렇게나 떠올린 동료가 아니었다. 훌륭한 소아과 의사인데다 마침 정평 난 안과의였으며 최면 치료에도 재능이 있다고 했다. 보통의 경우 실명 상태는 10분을 넘기지 않습니다만. 의사는 거기에서 말을 맺고 전화를 끊었다. 놀란 아이가 처음으로 내지른 외침 이후 벌써 15분 넘게 지나 있었다.

차 안에서 아이는 울며 관자놀이를 두들겨댔다. 엄마는 아이의 팔꿈치께를 잡아 말렸지만 마음 깊숙한 곳에서는 자기도 그 동그랗고 작은 머리를 두드리고 싶었다. 고장난 기계를 고쳐보겠답시고 어리석게 때려댈 때처럼. 덜컹거리는 낡은 폭스바겐의 운전석에 앉은 아빠는 아이를 희생양으로 삼은 그 재앙이 자기한테 옮겨오기를 바랐다. 그는 화가 나 있었다. 부엌에서 무슨 일이 벌어졌는데 자기한테 감추고 있다고 여겼기 때문이었다. 뿜어져나온 증기를 쐬었던 건 아니냐, 잘못 넘겨졌던 건 아니냐, 그는 있을 수 있는 모든 원인들을 다시 한번 늘어놓았다. 전혀요, 모나는 누누이 강조했다.

"그냥 갑자기 그렇게 됐다고요!"

아빠는 전혀 믿으려고 하지 않았다.

"사람이 그냥 그렇게 눈이 멀지는 않는다고!"

하지만 그랬다. '그냥 그렇게'도 눈이 먼다. 증거가 여기 있다. 그리고 오늘 '사람'은, 두려움의 눈물을 펑펑 쏟아내고 있는 열 살의 모나였다. 어쩌면 모나는 그 눈물이 이 10월의 일요일, 저녁 어둠이 내릴 때 자기 동공에 달라붙은 검댕을 씻어주기를 기대하는지도 몰랐다. 시테섬의 노트르담 성당 옆 병원 입구에 막 도착했을 때 아이는 갑자기 울음을 멈추고 얼어붙었다.

"엄마, 아빠, 다시 보여요!"

찬바람 부는 거리에 멈춰 선 채 모나는 다시 보이기 시작하는 눈을 다그치듯 고개를 앞뒤로 흔들었다. 셔터가 올라가듯, 눈을 가리고 있던 장막이 걷혔다. 선들이 다시 나타났고, 다음에는 얼굴의 각들이, 가까이 있는 사물들의 요철이, 벽의 재질이, 가장 밝은색부터 어두운색까지 모든 명암의 색깔이 다시 나타났다. 아이는 엄마의 호리호리한 실루엣을, 백조같이 긴 목과 가느다란 팔을, 그리고 더 둔중한 아빠의 실루엣을 다시 볼 수 있었다. 마침내 멀리서 날아오르는 잿빛 비둘기 한 마리가 보였을 때는 벅찬 기쁨을 느꼈다. 실명은 모나를 사로잡았다가 놓아주었다. 피부를 뚫고 들어가 몸 반대편으로 빠져나간 총알처럼 관통한 것이다. 물론 고통스럽지만, 유기체는 알아서 아물어갈 것이다. '기적이야.' 아이 아빠는 그렇게 생각하며 증상이 지속된 시간을 세심하게 체크했다. 63분.

오텔디외 안과에서 아이를 그냥 돌아가게 둘 리 없었다. 일단 여러 가지 검사를 하고 진단과 처방을 내려야 했다. 물론 당장은 공포가 가셨지만 불안이 완전히 해소되진 않았다. 간호사가 건물 1층에 있는 어느 진찰실을 알려줬다. 가족 주치의가 미리 연락해둔 소아과 의사의 진료실이었다. 반 오르스트 선생은 혼혈의 젊은 대머리 남성이었다. 의사의 크고 빛나는 흰 가운이 병색 감도는 벽의 녹색과 대조를 이뤘다. 얼굴에 쾌활한 잔주름을 파놓은 커다란 미소가 호감을 자아냈다. 그래 보여도 실은 삶의 파란곡절을 숱하게 아는 그 의사가 다가왔다.
"몇 살이니?" 담배 때문에 허스키해진 목소리로 그가 물었다.

◆

모나는 열 살. 서로 사랑하는 부모 아래에서 자란 외동딸이었다. 엄마 카미유는 곧 마흔에 접어드는 나이였다. 크지 않은 체구, 눈에 띄게 짧고 헝클어진 머리칼, 변두리 동네 출신 특유의 놀림조 말투가 희미하게 남아 있는 목소리. 아내의 매력은 '살짝 정신 나간' 면모에 있다고 남편 폴은 말하곤 했다. 하지만 그런 면모 아래에는 무시무시한 결단력이 있어서 카미유의 자유분방함은 항상 통제와 엮여 있었다. 카미유는 어느 대행 회사에서 성실하고 열정적으로 일하는 훌륭한 직원이었다. 아니, 오전까지는 그랬다. 오후에는 자원봉사에 모든 힘을 쏟았는데 고립 노인부터 학대받는 동물까지, 분야를 가리지 않았다. 폴은 57세 생일을 넘겼다. 카미유는 두번째 아내였다. 첫번째 아내는 그의 가장 친한 친구와 함께 사라졌다. 셔츠의 해진 칼라에 닿는 시선을 분산시키려고 넥타이를 매고 다녔고, 작은 골동품 상점을 꾸려나가며 특히 1950년대 미국 문화가 남긴 주크박스, 핀볼 게임, 포스터에 열을 올렸다. 그 모든 것이 십대 시절에 수집하던 하트 모양 열쇠고리에서 시작되었기에 굉장한 하트 열쇠고리 컬렉션을 소장하고 있었지만 그걸 팔려고 하지는 않았다. 하기야 거기에 관심을 가지는 이도 없었다. 인터넷이 발달하면서 외딴 몽트뢰유의 가게가 문을 닫을 뻔한 적도 있었다. 그러자 폴은 자기도 그 방면으로 나가기로 했다. 사이트를 만들어 꾸준히 업데이트하고 영어 번역문을 올리면서 전문성을 부각시킨 것이다. 사업 감각이라곤 거의 없었지만 관심 있는 수집가들로 이뤄진 고객층에 의지할 수 있었고, 실상 그들이 정기적으로 파산을 막아줬다. 지난여름에는 1955년에 제작된 고틀립의 핀볼 '위싱 벨' 한 대를 고쳐서 만 유로라는 제법 짭짤한 소득을 얻어냈다. 구원의 거래 한 건, 그후 몇 달간의 기근…… 그러고는 다시 제로. 경제위기라고들 했다. 폴은 매일 가게에서 레드와인 한 병을 들이켜고는 그 빈 병을 마르셀 뒤샹 작품의 후손격인 고슴도치 모양 병꽂이에 트로피처럼 꽂았다. 원망할 누구도 찾아내지 못한 채 그는 혼자 잔을 들었다. 머릿속으로는 모나를 위해 건배했다. 모나의 건강을 위해.

◆

갖가지 검사에 응하러 모나가 간호사에게 이끌려 병원의 미로 속을 헤매는 동안, 반 오르스트 선생은 커다란 안락의자에 몸을 파묻고 폴과 카미유에게 1차 진단명을 밝혔다.

"TIA, 일과성 허혈 발작이라고도 합니다."

즉 어떤 장기들에 혈류 공급이 일시적으로 중단되었으며, 왜 이런 장애가 발생했는지는 이제부터 알아내야 한다는 뜻이었다.

"하지만 모나의 경우는 당황스럽습니다." 의사는 말을 이어갔다. "첫째, 이 발작은 그 또래 아이에게선 굉장히 드문 일이고, 게다가 정도가 너무 심한 것 같기 때문입니다. 증세가 양쪽 눈에 다 나타났고 지속 시간이 한 시간을 넘겼으니까요. 둘째, 발작이 움직이고 말하는 능력은 전혀 건드리지 않았다는 점 때문입니다. MRI를 찍어보면 뭔가를 더 알 수 있겠죠." 어쩌면 최악의 경우를 대비해야 할 수도 있다고, 의사는 거북한 기색으로 덧붙여 말했다.

모나는 끔찍한 기계 속 판에 누워 고분고분하게 몸을 맡기고 꼼짝하지 말아야 했다. 펜던트를 벗으라는 요구를 받았다. 모나는 거부했다. 가는 낚싯줄에 쪼끄만 소라 껍데기를 매단 목걸이였는데, 원래는 할머니 것이었다가 지금은 모나의 행운 목걸이가 되었다. 아이는 그것을 늘 하고 다녔고, 아이가 무척 따르는 '하비'도 똑같은 것을 지니고 있었다. 두 목걸이가 마치 부적처럼 두 사람을 연결해준다고 모나는 생각했고, 할아버지로부터 떨어져 있다는 느낌을 받고 싶지 않았다. 펜던트에 금속성 물질이 없어서 가지고 있어도 된다는 허락을 받을 수 있었다. 그러자 모나의 머리가, 황갈색으로 빛나는 중단발로 감싸이고 동그랗고 사랑스러운 입매를 갖춘 그 귀여운 머리가 공장 소리를 내는 괴물 상자 속에 갇혀졌다. 고문이 지속되는 15분 동안 모나는 계속해서 속으로 노래를 부르면서 버티려고, 그 관 속에 조금이라도 좋은 기분과 생기를 끌어들이려고 했다. 옛날에 엄마가 침대에 누운 모나에게 이불을 여며주면서 흥얼거리던 약간 말랑말랑한 자장가를 불렀다. 마트에 갈 때마다 멜로디가 꼬리 물듯 이어지던, 뮤직비디오에 헤어 왁스 바른 남자아이들이 나와서 좋았던 팝송을 불렀다. 귀에 붙어 떨어지지 않던 광고 테마송들을 불렀다. 〈초록 생쥐 한 마리〉도 불렀다. 아빠를 성가시게 하려고 가사 마디 마디를 소리 질러 불렀지만 효과는 없었던 날을 떠올리면서.

MRI 결과가 나왔다. 반 오르스트 선생은 카미유와 폴을 불러들여 이

내 안심시켰다. 아무것도 없었다. 정말 아무것도. 단층상에서 뇌 구조의 모든 영역이 균질하게 나타났다. 이쪽에 종양이 있는 건 아니다. 다른 검사들이 이어졌다. 끝없이, 밤새도록. 안저부터 피, 뼈, 근육, 동맥을 거쳐 내이까지. 여전히 아무것도 없었다. 폭풍 뒤 고요. 대체 폭풍이 일어나기는 했던가?

오텔디외 병원 복도 한구석의 벽시계가 새벽 5시를 가리키고 있었다. 카미유는 동요의 한 장면이 생각났다. 기진맥진한 채 남편에게 얘기를 꺼냈다. 나쁜 정령이 모나의 두 눈을 훔쳐갔다가 되돌려준 것 같아. 희생자를 헷갈렸다는 듯 말이지, 폴이 거들었다. 아니면 이번에는 신호를, 경고를 보냈고 다시 범죄를 저지르려고 준비중이라는 듯이. 둘은 그렇게 말없이 생각했다.

◆

운동장에 종이 울렸다. 아이들의 물결이 하지 선생님의 인도에 따라 3층으로 흘러들어갔다. 선생님은 5학년* 학생들에게 그들의 친구 모나를 만성절 방학** 이후 개학 전까지는 볼 수 없을 거라고 공지했다. 선생님 역시 카미유에게서 좀전에 연락을 받은 참이었다. 전화를 건 카미유는 사태의 심각성을 감추지 않고 지옥 같았던 밤에 대해 거의 모든 것을 설명했다. 당연히 아이들에게서 질문이 나왔다. 모나가 다른 사람

---

* CM2. 프랑스 초등학교에서 제일 높은 다섯번째 학년.
** 11월 1일 만성절은 축일이 따로 없는 성자들을 기리는 날로, 프랑스에서는 이 시기 전후로 약 2주의 방학이 주어진다.

들보다 일주일 먼저 바캉스를 갈 수 있게 된 건가요?

"모나는 좀 아파요." 솔직히 만족스러운 표현은 아니었지만 선생님은 그 이상 말하지 않기로 했다.

"좀 아프다니, 운좋네!" 세번째 줄에 앉은 디에고가 외쳤고, 아이의 새된 목소리에 반 전체가 끄덕였다.

대부분의 아이들에게 병이란 자유의 세상으로 가는 '열려라 참깨' 같은 것이었으니까……

교실 구석, 분필 가루로 뒤덮인 커튼 바로 옆에 앉은 릴리와 자드는 더 열을 내며 떠들었다. 모나의 가장 친한 두 친구로서 모나의 일이라면 방 구석구석까지 모르는 게 없었다. 아! 지금 모나랑 같이 있다면 얼마나 좋을까! '조금 아프다'? 그래, 알겠어, 릴리는 생각했다. 분명 모나는 매일매일 아빠의 골동품 가게에 가서 지낼 거야. 자드는 모나의 빈자리를 향해 눈을 돌린 채, 친구와 놀아주는 자신을 황홀하게 그려봤다. 미국 분위기가 나는 오래된 물건들, 반짝거리고 재미있고 신비로운 물건들, 아이들을 꿈꾸게 하는 그 모든 잡동사니로 채워진 아담한 가게에서 자드는 온갖 놀이와 이야기를 만들어낼 수 있을 터였다. 하지만 릴리가 반박했다.

"아니, 아니야. 모나가 아플 땐 걔 할아버지 '하비'가 봐주러 오잖아. 나는 그 할아버지 무서워."

자드는 비죽거리는 웃음을 짜내어 자기는 아무것도 겁내지 않고 모나의 할아버지한테는 더더욱 전혀 겁내지 않는다는 것을 보여주려고 했다. 하지만 마음 깊은 곳에서는 자드 역시 인정할 수밖에 없었다. 그렇다. 장대하고 비쩍 마른데다 얼굴에 칼자국이 있고, 메마르고 깊은 목소리로 말하는 그 노인 앞에서는 자드 역시 오금을 펼 수 없었다……

◆

"여보세요, 아빠, 저예요."
팔다리가 뻣뻣해진 것을 느끼며 카미유가 아버지에게 전화하기로 마음을 먹은 건 정오가 다 되어서였다. 앙리 뷔유맹은 핸드폰을 사용하지 않았으며 집으로 걸려오는 전화에만 건조하고 까탈스러운, 일말의 흥분도 허락하지 않는 "네" 소리로 한결같이 짧게 대답했다. 딸은 피할 수 없이 반복되는 이 절차가 싫었고 그럴 때마다 어머니가 아직 살아 계셔서 수화기를 들던 시절을 그리워했다. 더듬더듬 읽어내려가듯 운을 뗐다.
"아빠, 말씀드려야 할 것이 있어요. 어제 저녁에 끔찍한 일이 있었어요."
카미유는 감정을 다스리려고 애쓰면서 사건을 순서대로 모두 얘기했다.
"그래서?" 앙리가 날선 초조함을 드러내며 물었다.
하지만 얘기를 풀어가는 내내 눈물을 억누르고 있던 카미유는 끝내 온몸을 들썩이며 어마어마한 울음을 터뜨렸고, 대답은커녕 숨도 쉴 수 없었다.
"얘야, 그래서?" 아버지가 재촉했다.
예상치 못한 그 '얘야'가 카미유에게 산소를 한 모금 불어넣었다. 카미유는 호흡을 가다듬으며 한숨을 쉬듯 말을 이었다.

"아무것도 없어요! 지금으로선 전혀. 괜찮아요, 제 생각에는."

그제야 앙리는 안도의 한숨을 길게 내쉬었다. 그러고는 목을 뒤로 꺾어 고개를 젖힌 채 천장 몰딩의 통통한 과일이며 덩굴, 봄꽃 무늬를 관찰했다.

"모나 좀 바꿔다오, 잠깐 얘기하게."

하지만 모나는 거실 안락의자에 적갈색 모포를 덮고 웅크린 채 잠들어 있었다.

시인 오비디우스는 의식이 잠드는 양상을 나른하고 태평한 잠의 신이 거주하는 거대한 동굴에 들어가는 일로 묘사했다. 그는 태양의 지배자 포이부스가 가까이 갈 수 없는 동굴을 상상했다. 모나가 할아버지로부터 배우길, 그 신비롭고 변화무쌍한 고장으로 가는 여행은 인간이 아는 한 가장 정기적인 여행이었다…… 따라서 일생에 걸쳐 끊임없이 답파하는 그 땅을 존중해야 할 것이다.

◆

이어지는 며칠간 오텔디외 병원에서 반 오르스트 선생은 또다른 검사들을 했다. 특별한 이상은 여전히 발견되지 않았다. 63분간의 실명은 어떻게도 설명되지 않았고, 이제 의사는 '일과성 허혈 발작'이라는 명칭을 사용하기를 꺼렸는데, 혈류 장애를 전제하는 그 병명에 더이상 확신이 없었기 때문이다. 명확한 진단이 나오지 않자 그는 모나와 부모에게 최면 요법을 제안했다. 폴은 그 발상에 경악해서 말문이 막혔다. 모나는 '최면 요법'이 뭔지 확실히 알 수 없었지만 학교에서 얼핏 들어본 '기절 놀이' 같은 것이라 여겼고, 그건 끔찍하게 무서웠다. 반 오르스트는 오해를 바로잡고자 설명했다. 모나를 최면 상태로 유도해 일시적으로 자기 영향력 아래 두어 시간을 거슬러올라가게 할 거라고, 그렇게 하면 시각이 사라졌던 당시의 순간을 다시 겪음으로써 어쩌면 그 원인을 찾아낼 수도 있으리라고. 폴은 격분했다. 말도 안 되는 일이다, 너무 위험하다. 반 오르스트는 더 권하지 않았다. 어린 아이를 대상으로 최면이 효과적으로 이뤄지기 위해서는 완전한 신뢰가 기반으로 깔려야 했다. 그런데 모나의 편견과 아이 아버지의 성난 반응으로, 그 기반이 이미 흔들리게 된 것이다. 한편 카미유는 아무런 말도 하지 않았다.

따라서 반 오르스트는 어린 환자에게 고전적인 의학에 따른 처방을 내렸다. 일주일 간격으로 혈액 및 혈관 검사를 하면서 추적 관찰할 것, 정기적으로 안과 진료를 받을 것, 열흘간 요양할 것. 의사는 폴과 카미유에게 '징후적 성격을 띤 주관적 신호들의 출현'을 지켜보라고 했다. 딸이 느끼는 것들에 극도의 주의를 기울여야 한다는 말이었다. 이 같은 견지에서 그는 아동정신의학자와의 상담을 권했다.

"일상적 차원의 예방 조치입니다, 엄밀한 의미의 치료라기보단요." 의사는 확언했다.

폴과 카미유는 혼란한 와중에 일단 의사의 권고 사항들을 명심해뒀지만 그들을 사로잡고 있는 질문은 근본적으로 하나였다. '모나가 언젠가 시력을 잃을 수도 있습니까?' 기이하게도 반 오르스트 선생은 온갖 무서운 얘기를 하면서도 결정적 재발의 위험에 대해서는 전혀 언급하지 않았기에, 뇌리를 떠나지 않는 문제이긴 해도 부모 역시 당장은 마주하고 싶지 않았다. 의사가 언급을 피한다는 건 굳이 꺼낼 필요가 없는 문제라는 뜻이라고 어림하기도 했다.

앙리 뷔유맹은 딸과 얘기하면서 대놓고 그 문제를 꺼냈다. 그는 불행의 구렁텅이에 빠질지언정 질문을 던지는 걸 주저하지 않는 부류였다. 모나 목소리를 듣기 위해서가 아니라면 전화를 거는 일에 심하게 인색한 그가 그 주에는 수없이 전화를 해댔다. 열을 띠고 격앙된 목소리로 카미유를 들볶았다. 그렇다는 건가 아니라는 건가, 제 인생의 보물, 귀여운 손녀딸의 눈이 멀게 될 참인가? 그뿐 아니라 앙리는 모나를 봐야겠다고 극구 주장했고, 카미유도 상식적으로 그걸 거절할 수는 없어서 만성절 일요일에 오는 게 어떻겠냐고 제안했다. 실명 발작이 있은 지 정확히 일주일이 되는 날이었다. 둘의 대화를 짐작한 폴은 내심 체념하며 떫은 부르고뉴 와인 한 잔을 거의 단번에 들이켰다. 장인 앞에서는 스스로가 비참한 멍청이로 느껴지곤 했다. 반면 모나는 소식을 듣고 마음이 달아올라 발을 굴렀다.

모나는 연륜과 힘으로 가득한 자기 할아버지를 사랑했다. 마주치는 모든 이들이 그 기나긴 실루엣과 커다랗고 네모난 무거운 안경에 하염없이 매혹되는 것을 지켜보는 일도 좋았다. 할아버지와 함께 있으면 보호받는 느낌이 들었다. 그리고 격이 높아지는 느낌. 앙리는 늘 모나에게 어른한테 하듯 말하려고 애썼다. 눈높이를 맞춰주지 않는 화법을 요구한 건 모나였고, 그 재미를 음미하며 즐거워하는 것도 모나였다. 아이는 이해할 수 없는 것을 전혀 겁내지 않았고, 대화중에 자신의 실수와 오해를 깨달으면 웃음을 터뜨렸다. 저 역시 자기가 하는 말에 신경을 쓰게 된 것이다. 물론 그건 대단한 원칙이라기보다는 일종의 게임

규칙이었다.

앙리는 모나를 유식한 꼬마 원숭이로 만들고 싶지 않았다. 식견 높은 목소리로 어린 시절의 잘못을 꼬집어 바로잡으려 드는 번드르르한 할아버지들 흉내나 내고 싶진 않았다. 그런 건 그의 성정에 맞지 않았다. 앙리는 모나에게 숙제를 하라고 시키는 법이 없었고, 성적표에 대해 왈가왈부하지도 않았다. 더군다나 그는 모나의 표현 방식을 무척 좋아했고, 모나가 쓰는 말투에는 거의 매혹되기까지 했다. 무엇 때문에? 그 지점에서는 갈피를 잡을 수 없었다. 이해가 되지 않았다. 예전부터 모나의 어린 언어 속 뭔가가 그를 홀려 사로잡곤 했다. 어떤 요소가 더 있는 걸까, 아니면 뭔지 모를 것이 빠져 있는 걸까? 장점인가, 결함인가? 오래전부터 받아온 인상인 만큼 더더욱 의아했다. 모나의 '나직한 음악'은 예부터 언제나 수수께끼를 발산해왔고, 앙리는 거기 귀기울여 언젠가는 반드시 그 답을 밝혀낼 참이었다.

'진짜라기엔 너무 근사하다'고 여겨지는 이 관계를 보며 카미유는 이따금씩 놀라움을 표했지만, 그게 멋지게 이뤄지고 있으며 자기 딸이 거기에서 행복을 느낀다는 점은 인정했다. 그리고 앙리는 빅토르 위고의 『할아버지가 되는 기술』을 곧잘 인용하면서 누가 물을 때마다 전승의 기본 원칙을 상기시키곤 했다. 누군가가 말하는 것을 그 즉시 다 이해하지 않아도 된다. 그건 새로운 단어 하나하나가 너라는 드넓은 과수원에서 당장 개화한 나무가 되어야 한다는 것이나 마찬가지다. 개화는 때가 되면 이뤄질 터, 고랑을 내고 씨앗을 뿌려놓기만 하면 된다.

앙리 뷔유맹에게 그 고랑과 씨앗은 그의 풍부하고 확실한 단어 구사력이었다. 그의 말은 서두에서부터 상대의 주의를 끈 뒤 끝까지 장악력을 유지했다. 아주 단순하면서도 넓은 포용력으로 행복감을 자아내는 화법, 틈틈이 속도를 내다가도 이내 늦추면서 부드러운 감정을 입힐 줄 아는 이야기꾼의 박자. 세계에 대한 경험과 조용한 박식함으로 길을 다지는 로드 롤러.

그리하여 모나와 이 '하비'와의 관계는 독자적인 성격을 띠게 되었다. 조부모로부터 손주에게로, 손주로부터 조부모에게로 경이로운 끈이 생겨나는 경우가 있는데, 이는 조부모가 자기들 삶에서 바라보는 방향을 틀면서 훌쩍 먹은 나이를 되짚어 내려와 어렸을 적 감정을 되살리고 인생의 봄날을 누구보다도 더 잘 이해하게 되기 때문이다.

앙리 뷔유맹은 르드뤼롤랭 거리의 근사한 집에 살았다. '화가'라는 작은 카페 겸 레스토랑 바로 윗층이었는데, 좁다랗고 목재로 마감된 아르누보 양식의 건물이었다. 그는 아침마다 거기로 내려가 매일의 일과를 치렀다. 커피 한 잔에 크루아상 하나, 중앙일간지 읽기, 오가는 손님이나 쉬는 종업원을 포함해 이 사람 저 사람과 인사 나누기. 그는 자신이 옛 세계에 속해 있다고 느꼈다. 아주 느린 걸음으로 바스티유 광장까지 걸어가 포부르생탕투안가街에서 상점 진열창에 놓인 가구들을 진진하게 살펴보다가, 리샤르르누아르대로의 중앙 보행자 길을 따라 레퓌블리크 광장 쪽으로 거슬러올라와서 볼테르대로로 꺾어 돌아오는 산책이 그의 의례 중 하나였다. 늦은 오후에는 자기 집에서 천장까지 쌓여 있는 예술 서적들을 들춰봤다. 드골 장군보다 1센티미터 더 큰 앙리*는 가장 손닿기 어려운 곳의 책들도 사다리나 발판을 쓰지 않고 쉬

---

* 드골 장군의 키는 196센티미터였다.

이 꺼내볼 수 있었고, 묘한 우연으로 보통 그런 책들이 제일 마음을 끌었다. 비범한 기억력을 지녔고 자신이 아는 것에 대해 말하기 좋아하는 성향이었지만 사적인 기억은 별개였다. 그런 기억에 대해서는 일절 말을 삼가는 태도로 그 기억들을 깊이 묻어둔 채 보호했다. 모나는 규칙을 알고 있었다. 할아버지와 있을 때 단 하나 금지된 일이 있다면 칠 년 전에 사별한 아내 콜레트 뷔유맹 얘기를 꺼내는 것이었다. 그런 아버지를 따라 카미유도 그에 대한 말은 일절 하지 않았다. 아이는 때때로 돌파구를 만들어보려고 했지만 매번 납덩이 같은 침묵에 가로막힐 뿐이었다. 콜레트 얘기는 하지 않는다. 절대. 이 금기에 유일한 예외가 있다면 앙리가 죽은 아내를 기려 목에 지니고 다니는 그 부적이었다. 낚싯줄에 매단 귀여운 뿔고둥으로, 1963년 여름 코트다쥐르에서 아내와 함께 주운 것이었다. 이제 정확한 날짜는 잊었지만, 맹렬했던 더위와 그날 콜레트에게 했던 맹세들은 여전히 기억했다. 모나가 할머니에게서 물려받아 걸고 다니는 바로 그 펜던트였다.

우리에게는 저마다 각자의 맹세 방식이 있다. 앙리 뷔유맹은 '지상의 아름다운 것'에 대고 맹세하곤 했다. 그 표현이 모나에게는 놀라워서 아이는 그 말을 들을 때마다 반사적으로 어깨를 으쓱하며 당황한 듯 살짝 웃음을 흘렸다. 지상의 아름다운 것이라니, 그건 어찌 보면 너무 거창했고 어찌 보면 너무 소소했다. 그리고 아이는 속으로 앙리 자신, 자기가 떠받드는 할아버지도 거기 속하는 게 아닌지 따져보곤 했다. 분명 눈길을 끄는 젊은이였을 테고, 지금도 여전히 위풍당당하고 멋있고 눈부셨다. 팔십대에 들어선 그의 홀쭉하고 예리한 외관에서는 대단히 매력적인 원기와 지성이 풍겨나왔다. 하지만 칼자국이 있었다. 흉터는 얼굴 오른편을 광대뼈 아래부터 눈썹까지 찢어놓았다. 상처는 무척 고통스러웠을 것이다. 피부를 파내면서 고랑을 냈을 뿐 아니라 각막 일부를 손상시켰으니까. 전쟁이 남긴 기념품. 실로 끔찍한 기억이었다. 1982년 9월 17일 레바논에서 AFP 통신사를 위해 보도 촬영을 갔을 때 어느 팔랑헤 당원이 그를 막으려고 칼침을 먹인 것이다. 샤틸라 난민촌에 접근하던 중이었다. 학살이 자행되고 있으며 바시르 제마옐의 암살에 대한 보복으로 팔레스타인 난민들이 마구잡이로 재판 없이 처형되고 있다는 소문이 돌았다. 그는 직접 확인하고 증언하고자 했고 비인간적인 폭력이 그의 길을 막았다. 앙리는 많은 피와 한쪽 눈을 잃었다. 커다란 키, 해가 갈수록 더 두드러지는 홀쭉함에 이 장애가 더해져서 그의 모습은 거의 초자연적인 분위기를 자아냈다. 에디 콘스탄틴*을 닮은 잘생긴 기자는 전설적 인물이 되었다.

◆

만성절 날 모나는 컨디션이 좋았다. 아이의 부모는 11월의 무거운 분위기를 즐겁게 만들려고 미리 손을 썼다. 두 친구 자드와 릴리가 집에 와서 〈토이 스토리〉 한 편을 보았다. 장난감들이 살아 움직이는 애니메이션이었다. 아이들은 살짝 법석을 떨었다. 특히 자드가 그랬다. 유라시아인 특유의 가느다란 눈매에 까무잡잡한 피부, 완벽하게 빗질된 머리칼의 귀여운 장난꾸러기 여자애였다. 다만 괴상한 얼굴 만들기

---

* 1900년대 중반에 활약한 미국의 영화배우.

에 엉뚱한 재미를 붙여 열을 올렸다. 가지런한 얼굴을 뒤틀어 변화무쌍 미치광이 무대로 변신시키는 것이다. 격정에 휩싸인 배우들처럼 야릇하고 우스꽝스러운 표정들이 획획 지나갔고, 신이 난 모나는 계속 또 해달라고 졸라댔다.

저녁 7시에 인터폰이 울렸다. 폴은 입술을 구기며 눈썹을 치켜세웠다. 카미유가 버튼을 눌렀다.

"아빠?"

1분 만에 현관에 들어선 사람은 역시 앙리였다. 폴은 장인에게 인사한 뒤 자드와 릴리를 각자의 집에 데려다주기 위해 집을 나섰다. 폴이 나가 있는 동안 모나와 엄마와 할아버지 셋은 집에 남아 간만에 재회의 시간을 나눴다. 아이는 기쁨에 방방 뛰다가, 자기가 겪은 재난 이야기를 두 친구에게는 꾹 참고 하지 않았던 터라 곧장 63분의 시련과 병원에서 받아야 했던 검사들을 조목조목 얘기하기 시작했다. 카미유는 말을 막지 않았다.

말하고 또 말하는 모나에게 귀를 기울이면서 앙리는 동시에 아이가 사는 장소를 완전히 임상적인 시각에서 거리를 두고 살펴보았다. 아이의 방부터가, 실내 장식으로 얼추 멋을 부려놓았다고는 해도 지극히 처량해 보였다. 주렁주렁한 꽃무늬 벽지, 반짝이가 잔뜩 박힌 하트 모양이나 동물 모양의 소품들, 분홍색 갈색의 털인형들, 사춘기를 갓 빠져나온 스타들의 그로테스크한 포스터, 플라스틱 보석, 애니메이션에 나오는 공주 풍의 가구…… 그 모든 잡동사니의 시큼한 색채에 앙리는 목이 메었다. 모든 게 한통속이 되어 값싼 취향을 흘려보내는 그 방에서 아름다움이 내비치는 유일한 틈새라곤 단 두 개뿐이었다. 하나는

1950년대 미국에서 만들어진 공업용 스탠드 조명으로, 꺾이는 지지대에 튼튼한 램프가 달린 제품인데 폴이 수집해서 모나에게 주는 선물로 책상 위에 달아줬다. 두번째는 침대 위 액자에 넣은 전시회 포스터로, 그림 한 점이 복제되어 있었다. 그림에서 차가운 색조의 극히 미묘한 색채들이 타닥타닥 튀어오르면서 앞으로 몸을 기울이고 있는 벌거벗은 여자의 옆모습을 그려냈다. 여자는 하얀 천이 덮인 스툴 의자에 앉아 왼쪽 발목을 오른쪽 다리 무릎에 포개고 있었다. 한쪽 구석에 글귀가 있었다. 〈파리 오르세 미술관 — 조르주 쇠라(1859-1891)〉.

이러한 예외야 있었지만, 앙리는 유년 시절이 단지 편하다는 이유만으로 으레 천박하고 추악한 사물들로 채워진다는 가슴 아픈 사실을 확인했다. 모나도 이 법칙을 벗어나지 못했다. 아름다움, 진정한 예술적 아름다움은 아이의 일상에 은근슬쩍 겨우 틈입해 있을 뿐이었다. 그야 당연할 수밖에, 앙리는 생각했다. 취향이 다듬어지고 감수성이 형성되는 건 나중 일이니까. 다만 모나가 시력을 잃을 뻔했다는 사실이 그의 가슴을 조였다. 혹 며칠 내, 몇 주 내, 몇 달 내로 아이의 눈이 영영 멀게 된다면 아이 기억의 영역 속에는 저 번쩍번쩍하고 경박한 물건들의 추억만 남을 것이다. 암흑 속에서 평생을 보내면서, 추억의 도피구도 없이, 세상이 만들어낸 최악의 것들만 머릿속에서 조합하며 살아간다고? 그럴 수는 없다. 끔찍한 일이다.

저녁식사 내내 앙리가 말이 없고 정신이 딴 데 가 있는 듯 굴어서 딸은 무척 짜증이 났다. 마침내 모나가 자러 들어가자 카미유는 결연하게 일어나 크롬 재질의 낡은 주크박스에서 돌아가던 콜트레인의 색소폰 볼륨을 높여 아이가 들을 수 없게 말소리를 가렸다.

"아빠. 모나가 당장은…… (카미유는 말을 골랐다.) 최근 일어난 일을 잘 받아들이고 있는 것 같아요. 하지만 의사는 아동정신의학자와 정기적인 상담을 하라고 권해요. 모나한텐 그게 거북할 수도 있을 것 같아서 진찰 때 아빠가 모나를 병원에 데려가주면 어떨까 해요. 모나가 안심할 수 있게 말이에요……"

"정신과 의사? 그러면 정말로 눈이 안 머는 걸까?"

"아빠, 지금 그게 문제가 아니잖아요!"

"내 생각엔 지금 그게 문제고, 앞으로도 그게 문제다. 너무 문제여서 너희들이 의사한테 물어보지도 못했잖나! 그 의사 이름이 뭐였더라?"

"반 오르스트 선생이요, 좋은 의사예요." 대화에 끼기 위해 폴이 쭈뼛거리며 말했다.

"아빠, 잠깐요." 카미유가 말을 이었다. "들어보세요. 모나한테 아무 일 없도록 폴이랑 저는 뭐든지 다 할 거예요, 아시겠어요? 그래도 모나는 열 살이고, 모나가 겪은 게 아무 일도 아니었던 척할 수는 없어요. 의사의 말은 모나의 심리적 안정이 최우선이라는 거예요. 그래서 그걸 아빠가 맡아줄 의향이 있는지 좀 생각해보시라고 여쭤보는 거고요. 모나가 아빠를 믿을 걸 아니까. 이해하시겠어요, 아빠?"

앙리는 완벽하게 이해했다. 그런데 바로 그 찰나의 순간에 어떤 생각 하나가 떠올랐고, 신의 계시와도 같은 그 생각을 고스란히 혼자 간직하기로 했다. 그는 손녀를 아동정신의학자에게 데려가지 않을 것이다…… 아니, 그 대신 전혀 다른 유형의 치료를 받게 할 것이다. 손녀의 어린 시절 구석구석에 스며든 추함을 보상해줄 수 있는 치료를.

전적으로 할아버지를 믿는 모나, 다른 어떤 어른에게도 보이지 않는 신뢰를 내어주는 모나는 세상에서 만들어진 가장 아름답고 가장 인간적인 것이 보존되어 있는 곳에 그와 함께 가야 했다. 그와 함께 미술관에 가야 했다. 만에 하나 불행히 모나의 눈이 영영 머는 날이 온다 해도, 최소한 뇌리 깊은 곳에 자리한 저수지에서 갖가지 시각적 광채를 길어낼 수 있으리라. 할아버지는 계획을 세웠다…… 일주일에 한 번, 한결같이, 그는 모나의 손을 잡고 미술관으로 가 작품 하나를, 단 하나의 작품만을 바라보게 할 것이다. 처음에는 색과 선이 펼쳐내는 무한한 진미가 손녀의 마음을 꿰뚫을 수 있도록 말없이 오래 바라보리라. 그런 뒤에는 시각적 희열의 단계를 지나 예술가들이 어떻게 우리에게 삶에 대해 말해주는지, 예술가들이 얼마나 삶을 빛나게 해주는지 이해할 수 있도록 말로 풀어내리라.

앙리는 제 귀여운 손녀 모나에게 의학보다 더 도움이 될 만한 일을 떠올린 것이다. 먼저 루브르궁, 그다음에 오르세 미술관, 마지막으로는 보부르에 갈 것이다. 그래, 그곳들이다. 인류가 만들어낸 가장 대범하고 가장 아름다운 것을 보존하는 곳에서 모나를 위한 영양제를 찾아낼 것이다. 앙리는 세상에서 초탈한 애호가 부류와는 달랐다. 그들은 라파엘로가 그린 살의 광택이나 드가의 목탄화가 만들어내는 선의 리듬을 그 자체만으로 흡족해하겠지만, 앙리가 좋아하는 것은 작품들이 지닌 불꽃 같은 성질이었다. "예술은 불꽃놀이 기술, 아니면 헛바람이야." 그는 작품 전체를 통해서건 하나의 디테일을 통해서건, 한 폭의 그림, 한 점의 조각, 한 장의 사진이 존재의 감각을 부추길 수 있다는 사실을 좋아했다.

그리하여 카미유가 도움을 청했을 때 앙리에게는 수백 개의 형상이 덮쳐들었다. 〈라 조콘다〉의 등 뒤 암석 더미, 미켈란젤로의 〈죽어가는 노예〉 뒤편에 조각된 원숭이, 〈호라티우스 형제의 맹세〉 오른편에 있는 금발 곱슬머리 아이의 놀란 표정, 고야 〈새끼 양〉의 기이한 젤라틴질 콩팥, 로자 보뇌르의 〈니베르네의 쟁기질〉 속 흙덩이들, 휘슬러가 자기 어머니의 초상에서 사용한 나비 모양의 서명, 반 고흐가 그린 교회의 비틀거리는 소후진小後陣…… 또 칸딘스키의 색채, 피카소의 균열, 술라주의 초超검정. 이 모든 것이 보아달라고, 들어달라고, 이해해달라고, 사랑해달라고 제각기 간청하는 신호처럼 쏟아지듯 들이닥쳤다. 모나의 눈을 위협하는 잿더미에 놓을 맞불처럼.

앙리는 활짝 미소를 지어 보였다.

"알았다. 내가 수요일 오후마다 모나를 데리고 가마. 지금부터 이 정신과 정기 진료는 내가, 나 혼자 맡는다. 나와 모나 둘의 일이란 말이다. 동의하니?"

"괜찮은 이를 찾아볼 건가요, 아빠? 옛날 친구들한테 조언을 구해볼 건가요?"

"원칙에 동의하니? 누구의 질문도 간섭도 받지 않고 내가 맡는다."

"하지만 아동정신의학자를 아무나 찍어 고르진 않으실 거죠, 제 말 이해하시겠어요? 신경써주셔야 해요."

"얘야, 나를 믿니?"

"예." 카미유의 망설임을 일거에 끊어내고자 폴이 무게 있게 대답했다. "모나는 장인어른을 우러러보고 존경하는걸요. 장인어른을 다른 누구보다도 사랑하고요. 그러니까 예, 장인어른을 믿습니다."

남편의 단호한 말에 카미유는 다정한 동의를 표하며 더 말하지 않았다. 앙리는 성한 쪽 눈에 촉촉한 미광이 지나가는 것을 느꼈다. 콜트레인의 색소폰이 벽에 물결쳤다. 모나는 방에서, 조르주 쇠라의 가호 아래 자고 있었다.

1부

루브르

1
산드로 보티첼리
받는 법을 배워라

거대한 유리 피라미드를 보자 모나는 신이 났다. 루브르궁의 석조 건물들 한가운데 당돌하게 솟아 있는 그 가뿐한 형태, 그 투명함, 11월의 차가운 태양을 잡아채는 그 방식이 모나를 사로잡았다. 아이의 할아버지는 말을 많이 하지 않았다. 그럼에도 아이는 할아버지가 기분이 굉장히 좋다는 걸 알 수 있었다. 행복한 사람들이 품은 단단한 다정함으로 할아버지가 자기 손을 꼭 쥔 채 두 팔을 자유롭게 흔들고 있었으니까. 말은 없을지언정, 내뿜는 즐거움의 빛은 아이들과 매한가지였다.

"피라미드 진짜 멋있어요, 하비! 커다란 중국 모자 같아."

광장에 주렁주렁 무리 지은 관광객들을 헤치고 지나가면서 모나가 품평했다.

앙리는 모나를 쳐다보며 미소를 지으면서도 자기는 모르겠다는 듯 삐죽대는 표정을 지어 보였다. 괴상해진 할아버지의 얼굴에 아이가 킥킥거렸다. 둘은 유리 구조물 속으로 들어갔고, 보안검색대를 지나 에스컬레이터를 타고 들어가 역이나 공항과 크게 다를 것 없는 거대한 홀에 도착한 다음 드농 관을 향하는 길로 접어들었다. 주위가 혼잡해서 숨이 막혔다. 숨 막힐 만도 했다. 큰 미술관을 관람하러 온 군중 대부분은 자기들이 무얼 하고 싶은지 모르기 때문이다. 그들은 일종의 부유 상태를 사방으로 퍼뜨리면서 공기 중에 정체와 망설임, 심지어 혼란을 불어넣는다. 유명세에 몸살을 앓는 장소들 특유의 현상이다.

웅성대는 소요 한복판에서 앙리는 손녀의 눈을 들여다보며 말하기 위해 기다랗고 마른 다리를 굽혔다. 정말로 중요한 것을 말해야 할 때마다 그가 취하는 자세였다. 순수하고 진지한 그의 메마른 목소리가 주위의 소란을 가렸다. 마치 그 목소리에 온 세상의 허튼 장광설과 진력 나는 굉음이 침묵 속으로 기어드는 것 같았다.

"모나야, 우리는 둘이서 매주 미술관에 와서 작품 한 점을 볼 거야. 딱 한 점, 더는 말고. 우리 주위에 있는 이 사람들은 한 번에 전부를 삼키고 싶어하지. 욕심을 어떻게 다룰지 몰라서 갈피를 잃는 거야. 우리는 훨씬 더 지혜롭게, 훨씬 더 분별 있게 해보자. 딱 한 작품을 볼 거야, 일단 아무 말도 하지 않고, 최대한 오랫동안. 그런 다음 그 작품에 대해 얘기를 해보는 거야."

"아, 그래요? 저는 의사를 만나러 가는 줄 알았어요." (모나는 '아동정신의학자'라고 말하고 싶었지만 그 단어가 맞는지 확신이 없었다.)

"말해보렴, 모나야. 이따가 아동정신의학자를 만나러 가고 싶니? 그게 너한테 중요해?"

"무슨, 가고 싶겠냐고요! 뭐든지 그것보다 낫죠!"

"그러면 얘야, 잘 들어보렴. 우리가 보게 될 것을 주의깊게 잘 보면

의사를 안 만나도 될 거야."

"정말요? 그…… (아이는 다시 똑같은 단어에 부딪혀 더 쉬운 표현을 택했다.) 의사를 건너뛰어도 되는 거예요?"

"암, 괜찮다. 지상의 아름다운 것에 대고 맹세하마."

◆

앙리와 모나는 미궁처럼 얽힌 계단들을 지나 그다지 크지 않은 전시실에 들어섰다. 많은 사람이 지나다니는 방이었지만 그 방에서 가장 눈에 띄는 자리에 놓인 작품을 굳이 바라보는 사람은 거의 없었다. 앙리는 잡고 있던 손녀의 손을 놓고 한없이 부드럽게 말했다.

"이제부터야, 모나야, 봐라. 필요한 만큼 시간을 들여서 보렴. 진짜로 보는 거야."

모나는 기죽은 모습으로 그림 앞에 섰다. 그림은 많이 손상되어 여기저기 심하게 금이 갔고 몇 군데는 아예 떨어져나가고 없었다. 얼핏 보았을 때는 흐릿한 먼 과거의 느낌을 풍기는 그림이었다. 앙리 역시 그림을 바라보았지만 손녀를 더 자세히 살펴보면서 아이의 동요와 당혹감을 감지했다. 저 봐라, 눈썹을 찌푸리더니 좀 어색한 듯 비어져나오는 웃음을 참는다. 마주한 것이 아무리 르네상스 시대의 걸작이라 한들, 또 아이가 아무리 생기발랄하고 호기심도 감수성도 풍부하며 영리하다 한들, 열 살짜리가 바로 황홀경에 빠질 수는 없다는 것을 앙리는 알고 있었다. 흔한 생각과는 달리 예술의 깊이를 뚫고 들어가기 위해서는 시간이 필요하다는 것을, 그건 냉큼 찾아드는 열락이 아니라 지루한 연습이라는 것을. 또 그는 그 게임을 청한 사람이 다름 아닌 자신이기 때문에 모나가 당황스러워도 잘 따라주리라는 것을, 약속한 대로 주의를 기울여 형태와 색깔과 재질을 뜯어보리라는 것을 알았다.

그림은 단순한 방식으로 분할되어 있었다. 맨 왼쪽에는 분수가 하나 얼핏 보였고, 그 앞으로 긴 곱슬머리를 한, 놀랍도록 서로 닮은 네 명의 젊은 여자가 장식띠처럼 늘어서 있었다. 옆 사람과 팔짱을 낀 넷은 화환처럼 하나로 얽혀 있고, 각기 다른 옷차림이 이 인간 화환에 리듬감을 부여했다. 첫번째 여자의 옷은 초록색에 연한 보라색, 두번째는 하얀색, 세번째는 장미색, 네번째는 오렌지빛 노란색. 색색의 이 행렬은 앞으로 나아가는 중인 듯했으며 그 앞, 즉 작품의 오른쪽에는 민무늬 배경을 바탕으로 다섯번째 젊은 여자가 넷과 떨어져 서 있었다. 화려한 목걸이와 진홍색 드레스로 치장한, 굉장히 아름다운 이 여자의 움직임 역시 앞을 향하고 있어 마치 행렬을 마중하는 것처럼 보였다. 아닌 게 아니라 여자는 리넨 보자기 같은 것을 앞으로 내밀고 있었고, 바로 거기에 네 여자 중 장미색 옷을 입은 이가 뭔가를 조심히 올려놓는 참이었다. 그게 무엇인가? 알 수 없었다. 물건은 지워졌다. 전경 한구석에는 꼬마 남자애도 하나 있었는데, 금발 머리에 어렴풋이 웃는 듯한 옆모습만 보였다. 배경에는 아무 장식도 없었다. 다만 중간에서 끊긴, 아주 희미해진 기둥 하나가 왼쪽 분수에 대응해 오른쪽에서 장면을 마무리했다.

모나는 게임에 응했다. 하지만 6분 만에 이미 지쳐버렸다. 퇴색한 형상 앞에서 보내는 6분은 생소하고 힘든 시련이었다. 아이는 할아버지를 향해 돌아서더니 특유의 당돌함을 내보이며 말을 걸었다.

"하비, 화폭이 정말 많이 상했어요! 저기 비하면 하비 얼굴도 완전 새것 같애요……"

앙리는 작품과 그 흉진 자국들을 바라보았다. 그는 무릎을 굽혔다.

"바보 같은 소리 말고, 내 말을 잘 들어야겠다…… '화폭'이라고 했지, 거기에서부터 틀렸어! 일단 모나야, 저건 '화폭'이 아니야. '프레스코화'라고 하는 건데, 그게 뭔지 아니?"

"네, 아마…… 근데 잊어버렸어요!"

"프레스코화는 벽에 그리는 그림이고 굉장히 취약해. 벽은 시간이 흐르면서 부서지기 마련인데, 벽이 손상되면 그림도 손상되니까……"

"그럼 화가는 왜 이 벽에 그림을 그렸어요? 여기가 루브르여서?"

"전혀 아니야. 물론 화가가 루브르에 프레스코화를 그리고 싶어할 수 있지. 루브르는 지구상에서 가장 큰 미술관이니까 건물에 바로 작품을 그리고 싶어할 만도 해. 그러면 작품이 루브르궁의 피부 같은 것이 될 테니까. 그런데 자, 모나야, 루브르가 언제나 미술관이었던 건 아니야. 그렇게 되고 겨우 이백 년 지났어. 그전에는 왕들과 궁정 신하들이 살던 성이었지. 그리고 화가가 이 프레스코화를 그린 건 1485년경이야. 게다가 이걸 그린 건 루브르가 아니라 피렌체 어느 저택의 내벽이었지."

"피렌체요? (아이는 기계적으로 목에 걸린 펜던트를 만지작거렸다.) 저는요, 그걸 들으니 하비 옛날 애인의 이름이 떠오르는데, 할머니 만나기 전에요, 어때요?"

"나한테는 아무것도 안 떠오르지만, 누군가의 이름일 수 있지! 그래도 이제 잘 들어보렴. 피렌체는 이탈리아 도시야. 정확히 말하자면 토스카나 지방에 있지. 르네상스라 불리는 것의 요람이 된 도시야. 15세기를 이탈리아 사람들은 콰트로첸토라고 부르는데, 이때 피렌체는 엄청나게 끓어올랐어. 주민이 약 십만 명이나 되었고 상업과 은행 덕분에 도시가 번영했단다. 그리고 그때는 말이야, 수도회 단체나 고위직 정치인은 물론이고 심지어 일개 시민일지라도 사회 계층에서 높은 자리에 오르면 동시대인의 창작 활동을 지원하는 데 재산을 써서 자신들의 명망을 드러내 보이고자 했어. 그들을 일컬어 위대한 후원자들이라고 해. 그때의 화가, 조각가, 건축가는 후원자들이 내어주는 신임과 자금을 누리면서 믿을 수 없이 아름다운 그림, 조각상, 건물을 만들어냈지."

"제가 맞춰볼게요, 다 금으로 되어 있었죠······"

"다 그렇진 않았어. 중세에는 그랬지. 무척 아름다운 화폭들이 금박으로 한껏 뒤덮였어. 그렇게 해서 물건의 가치를 높일 수 있었고, 게다가 그게 신의 빛을 상징했거든! 하지만 르네상스 시대에는 회화가 금칠의 번쩍거리는 효과를 점점 더 멀리하면서 보이는 대로의 현실을 더 잘 나타내려고 노력해. 현실의 풍경, 얼굴의 독특함, 동물, 생명체의, 사물의, 하늘과 바다의 움직임, 그런 것들로."

"자연을 좋아한다는 거죠, 그렇죠?

"정확히 그렇다. 자연을 좋아하기 시작하는 거지. 그런데 너도 알지, 자연이라고 하면 땅에서 솟아나는 것들만 말하는 게 아니잖니."

"어, 그럼 또 뭘 말하는데요?"

"더 추상적으로, 인간의 자연 본성에 대해서도 말하지. 인간의 본성이라는 건 사실 우리의 근본적인 상태를 말하는 거야. 우리는 어둠의 영역과 빛의 영역, 단점과 장점, 두려움과 희망을 함께 지니고 있지 않니. 그런데 보렴, 이 예술가는 바로 그 인간 본성을 향상시키려고 해."

"어떻게요?"

"네가 정원을 가꾼다면, 자연을 거드는 셈이 되겠지. 자연이 피어날 수 있게 해주고. 이 프레스코화는 무척 단순하지만 본질적인 것을 말함으로써 인간 본성을 거들고자 해. 그리고 모나야, 너는 그걸 언제까지나 기억해야 한다."

모나는 할아버지를 도발해보려고 그가 얘기해주는 무엇도 듣거나 보고 싶지 않다는 양 두 귀를 막고 눈을 감았다. 몇 초 뒤에 반응을 살피려고 한쪽 눈을 살짝 떴더니 할아버지는 태평한 미소를 짓고 있었다. 그러자 모나는 장난을 관두고 완전히 집중했다. 길고 긴 몇 분 동안 침묵하면서 그림을 응시한 다음 얘기를 하고, 눈앞의 손상된 형상을 가로지르는 짧은 여행을 한 뒤, 할아버지가 가슴 깊은 곳에 새겨 간직하던 비밀 중 하나를 밝혀주리라는 것을 느꼈기 때문이다.

앙리는 그림에서 약간 지워진 부분, 오른쪽의 젊은 여자가 두 손에 든 물건이 있었을 곳을 눈여겨보라는 손짓을 했다. 손녀는 주시했다.

"왼쪽 행렬의 저 네 여자는 비너스와 미의 세 여신이야. 베풀기를 좋아하는 신들이지. 그래서 여신들은 어느 젊은 여자에게 선물을 주고 있어. 뭔지는 몰라, 그림에서 몇 부분이 빠져 있으니까. 미의 세 여신은 알레고리라는 것이란다, 모나야. 실제 삶에는 존재하지 않고 네가 그들과 마주칠 일도 절대 없어. 다만 중요한 가치를 상징하는 거지. 이 여신들은 우리를 사회성 있는 존재, 환대하는 존재로 만들어주는, 즉 인간을 진짜 인간으로 만들어주는 세 단계를 상징한다고들 해. 이 프레스코화는 그 세 단계가 얼마나 중요한지를 말해주지. 세 단계를 우리 한 사람 한 사람의 마음 깊은 곳에 단단히 박아두려는 거야."

"세 단계요? 그게 뭔데요?"

"첫번째 단계는 주는 법을 아는 것, 세번째는 돌려주는 법을 아는 것이지. 그리고 둘 사이에는 두번째가 있는데, 이 단계 없이는 아무것도 되지 않아. 아치 중앙에 박혀 있는 요석 같은 거야. 그것이야말로 인간 본성 전체를 떠받치는 요석이지."

"하비, 그게 뭐예요?"

"보렴. 오른쪽의 젊은 여인이 뭘 하고 있지?"

"하비가 얘기해줬죠, 운좋게 선물을 받고 있다고……"

"정확하다, 모나야. 여자는 선물을 받아. 그리고 그게 절대적으로 중요한 거야. **받을 줄 알기**. 이 프레스코화가 말하는 것은 **받는 법을 배워야 한다는 거야**. 위대하고 아름다운 일을 해내기 위해선 인간 본성이 맞아들일 준비가 되어 있어야 한다는 거지. 타인의 호의를, 기쁨을 주고자 하는 타인의 욕망을 맞아들이기, 자기가 아직 갖고 있지 않은 것, 자기가 아직 될 수 없는 것을 맞아들이기. 받은 걸 돌려줄 시간은 얼마든지 있을 거야. 하지만 돌려주려면, 즉 다시 주려면 반드시 먼저 받을 수 있어야 한다. 이해하겠니, 모나야?"

"하비 얘기는 복잡하지만, 네, 이해할 것 같아요……"

"내가 보기에 넌 확실히 이해했다. 그러니까 보렴. 저렇게 유연하고 우아한 데생이며 막힌 곳이라곤, 주저함이라곤 전혀 없이 저렇게 줄곧 이어지는 선이며, 저 부인들이 저리도 아름다운 건 모두 그 연속의 중요성을 표현하기 위해서야. 인간들을 서로 연결하고 인간 본성을 향상시키는 끈. 주고, 받고, 돌려주고. 주고, 받고, 돌려주고. 주고, 받고, 돌려주고……"

모나는 더이상 무슨 말을 해야 할지 알 수 없었다. 무엇보다도 할아버지를 실망시키고 싶지 않았다. 유머는 대화중에 이미 다 써 버렸고, 할아버지가 자기를 좀더 어른스럽게 만들어주려고 이 거대한 미술관에 데려와 말을 걸고 있다는 걸 너무도 잘 아는 만큼 자기가 뭐라고 답하든 너무 순진하게 들릴 것 같아서 아이는 입을 다물었다. 지금 당장 아이는 반대되는 두 힘을 느낄 뿐이었다. 한편에서는 성장하라는 부름이 아이를 당겼다. 새로운 세계를 탐색하면서 느끼는 취기에는 엄청난 자력이 있으니까. 그 부름이 아이가 우러러보는 앙리에게서 오는 만큼 더더욱 그랬다. 그러면서도 아이는 마음 깊은 곳에서 벌써 끔찍한 예감을 느꼈다. 돌려주는 것은 결코 되찾을 수 없으리라. 그리고 영영 사라질 유년기에 대한, 무척 멀고도 생생한 그리움이 아이의 마음을 옥죄었다.

"갈까요, 하비? 제군, 앞으로 갓?"

"가자, 모나야! 앞으로 갓!"

앙리는 다시 모나의 손을 잡았고 둘은 느린 걸음으로 한마디도 하지 않고 루브르를 떠났다. 밖에는 밤이 찾아들고 있었다. 앙리는 손녀를 뒤흔든 동요에 대해서는 아무것도 몰랐다. 그러나 그는 같이 있는 사람들에게 충만하고 매력적인 좋은 순간만 누릴 수 있게 해준답시고 그들을 살살 다루는 식의 배려는 단호히 거부했다. 아니, 삶은 쓰라림을 받아들일 때만 가치가 있음을, 그리고 쓰라림이 일단 시간의 체에 걸러지고 나면 귀하고 비옥한 재료를, 아름답고 유용한 물질을 드러내 진짜 삶이 되게 해준다는 사실을 그는 잘 알고 있었다.

게다가 유년기가 발휘하는 기적 덕분에 모나의 동요는 금세 사라졌다. 아이는 쾌활하게 걸으며 흥얼거리기 시작했다. 믿을 수 없이 감동적인 이런 순간들에 앙리는 절대 모나를 방해하지 않았다. 그러다 집이 가까워졌을 때 모나가 문득 멈췄다. 아동정신의학자와의 상담을 피하기 위해 둘이서 짜둔 거짓말이 다시 떠오른 것이었다. 아이는 크고 파란 눈을 동그랗게 뜨고 말괄량이 같은 얼굴로 할아버지를 돌아보고 웃으며 제 부모에게 쏠 속임수 얘기를 꺼냈다.

"하비, 아빠 엄마가 오늘 만나러 간 의사 이름이 뭐냐고 물으면 뭐라고 해요?"

"보티첼리 선생님이라고 하렴."

2
레오나르도 다빈치
삶에 미소 지어라

만성절 방학은 빠르게 흘러갔고 모나는 개학을 맞아 학교에 돌아갔다. 카미유는 8시 무렵에 일찌감치 도착해서 불쾌한 가을비를 피해 지붕 덮인 안뜰에 들어섰다. 하지 선생님에게 딸을 맡기면서 모나가 보낸 요양 기간, 추적 관찰 진료, 특히 매주 수요일마다 방문하게 된 아동정신의학자에 대해 빠르게 설명했다. 물론 모나에게 주의를 기울여야 하겠지만 학급 친구들과 어딘가 다르게 대하면서 특별한 기색을 드러내서는 안 된다고, 아이 엄마는 강조했다.

모나는 진도를 금세 따라잡아서 직접목적보어에 대한 문법 수업에서도, 삼각형의 종류에 대한 수학 수업에서도 투덜거리지 않았다. 제 친구들, 자드와 릴리와 마찬가지로 모나도 첫 줄에 앉은 디에고가 토를 다는 순간들을 목 빼고 기다렸다. 디에고는 날카로운 목소리로 선생님을 성가시게 할 기회를 놓치는 법이 없었고, 세 아이한테는 그게 미치도록 웃겼다. 하지 선생님이 에펠탑을 지은 건축가가 누구냐고 묻자 디에고는 손을 들지도 않고 쏜살같이 대답했다.

"파리 디즈니랜드요."

교사는 이런 바보짓에 매번 눈이 휘둥그레졌고, 틀린 답을 말한 건지 익살을 떠는 건지 분명히 알 수 없었다. 사실 디에고도 마찬가지였다.

신기하게도 모나와 자드와 릴리에게는 쉬는 시간이 제일 불편했다. 날씨가 나빠 안뜰 지붕 아래로 비집고 들어가야 했는데, 죄다 거기로 몰려든 학생들로 빼곡해서 놀 자리가 없어졌으니 그럴 수밖에 없었다. 기욤과 맞닥뜨릴 위험도 더 컸다. 기욤이란 아이는 맞은편 건물에 있는 5학년 다른 반의 못된 깡패였다. 곱슬거리는 긴 금발머리에 귀여운 얼굴, 하는 짓과는 달리 부드러운 눈매에 비죽 다문 입을 한 기욤은 낙제생이었고, 자기보다 한 살 적은 학급 친구들 가운데 서면 기괴하게 키가 컸다. 어린애들 사이에 남겨진 중학생이랄까, 교정 생태계 속 돌연변이랄까. 이따금 난폭하게 구는 탓에 아이들은 기욤을 무서워했다. 그는 아무것도 아닌 일로 버럭 화를 내면서 공격적으로 굴곤 했다.

모나는 기욤을 두려워하면서도 그가 잘생겼다고 생각하기도 했다. 수요일 정오에 모나는 학교 출구에서 할아버지를 기다리며 멀리서 그를 관찰했다. 기욤은 혼자 쭈그려앉은 채 손바닥으로 땅바닥을 치고 있었다. 이상한 일이었다. 개미들을 죽이려는 걸까? 11월 중순 파리의 학교에 개미가 있나? 기욤이 하이에나 같은 민첩함으로 고개를 들더니 모나의 눈을 마주보았다. 엿보고 있던 걸 들켰다는 생각에 패닉 상태에 빠진 모나는 반쯤 숨이 넘어가 기계적으로 펜던트를 비틀어 쥐었다. 기욤의 얼굴은 여러 표정 사이에서 주저하는 것처럼 보였다. 그가 난폭하게 일어서더니 성큼성큼 모나를 향해 다가왔다. 손 하나가 모나를 덥석 잡는 것이 느껴졌다. 할아버지가 와 있었다.

"얘야, 안녕!"

사랑하는 조부 곁에서 아이는 어마어마한 안도감을 느꼈다.

◆

그들은 또다시 투명한 피라미드를 거쳐 루브르에 들어섰다. 에스컬레이터를 타고 미술관 뱃속으로 들어가며 모나는 판유리 너머 11월의 무거운 구름과 유리 표면에서 찰박이는 빗방울을 바라보았다. 왜인지는 알 수 없지만, 아이는 광대한 폭포를 떠올렸다. 물줄기를 지나면 나오는 동굴을 통해 비밀과 불안이 가득한 깊은 곳으로 이어지는 폭포.

"모나야, 지난번에 우리가 봤던 것 기억하니?"

"보티첼리 선생님이요." 아이가 웃음을 터뜨리며 말했다.

"그래 맞아, 보티첼리의 〈비너스와 미의 세 여신〉이었지. 오늘은 너와 같은 이름을 가진 사람을 볼 거야. 누구 말하는 건지 알겠니?"

"참 나, 그럼요, 하비." 모나는 아이들이 더는 어린애 취급을 받기 싫을 때 흔히 보이는 지겹다는 투로 이렇게 대답했다. "그만하세요, 저한테 어른처럼 말하기로 했으면서. 〈라 조콘다〉죠!"

그리고 둘은 손을 꼭 잡은 채 루브르궁에서 가장 유명한 방을 향해 걸어갔다. 무수히 많은 관광객이 그곳으로 얼떨떨하게 몰려가 뭔가를 느끼고 싶어했지만, 작품을 읽어내는 데 딱히 유효한 단서가 없어서 대개는 실패했다. 이에 대해 앙리는 생각해둔 바가 있었다. 더없이 저명하고 족히 수백만 번은 복제된 이 화폭에 대한 기대는 어마어마할 수밖에 없고, 실망도 그에 비례한다. 그러니 다들 욕구불만 상태로 자문하는 것이다. 대체 이게 왜 가장 널리 알려지고 가장 높이 평가되며 가장 큰 감탄을 사는 예술 작품이란 말인가? 저 작품이 내 감수성에 와닿지 않는 것은 무엇 때문인가? 그러고는 거품이 꺼진다. 열정적인 애호가 앙리로 말하자면 〈라 조콘다〉와 그 파란만장한 역사에 대한 모든 것을 알고 있었다. 1503년 레오나르도 다빈치에게 작품을 주문한 사람이 피렌체의 부유한 직물 상인 프란체스코 델 조콘도라는 것, 이 초상화가 그의 아내 리자 게라르디니, 즉 '마돈나 리자'를 그린 것이며 그 약칭 '모나 리자'라는 별명이 거기에서 유래한다는 것도. 하지만 레오나르도는 작품이 충분히 완성되지 않았다고 여겨 끝내 넘기지 않았다는 것도. 프랑수아 1세가 레오나르도를 클로 뤼세 성으로 초대해 말년을 보내게 했을 때 이 화폭도 함께 프랑스에 왔다는 것을 알고 있었다. 작품은 오랫동안 다빈치의 다른 작품들과 비교해 더하지도 덜하지도 않은 평가를 받았다는 것, 그러다 1911년에 이르러서야 지금의 전설적인 입지를 차지하게 되었다는 것을 알고 있었다. 그해 어느 날, 루브르의 유리공 빈센초 페루자가 폐관된 미술관에 남아 세로 77센티미터 가로 53센티미터의 포플러 화판을 떼어내 이 보물을 옷 속에 숨긴 뒤 다음날 아침 집으로 돌아갔다가 나중에는 이탈리아까지 가지고 갔던 것이다. 또 앙리는, 적잖은 짜증을 느끼면서도, 이 초상화를 둘러싼 터무니없는 가설들을 모조리 찾아본 적도 있다. 그려진 얼굴은 은폐용일 뿐이고 뜯어보면 실은 메두사 같은 추녀가 그려져 있다느니, 아니면 모델이 남자라느니, 그러고 보면 다빈치 자신이 변장한 것이라고 하지 못할 이유도 없다느니…… 심지어 두꺼운 방탄유리로 덮인 화폭은 눈속임이고 모작일 뿐 진품은 미술관 수장고에 보존되어 있다는 주장도 있었다. 그 같은 히스테리는 떨쳐내야 했기에 앙리는 모나가 눈앞에 있는 것 말고는 다른 어떤 생각도 없이 레오나르도의 기적을 바라볼 시간을 가지기를 바랐다.

앉아 있는 여자, 4분의 3 각도에서 화면을 꽉 채운 구도로 그린 흉상이었다. 왼팔은 의자 팔걸이에 놓여 있는데, 의자의 다른 부분은 보이지 않았다. 오른손은 왼쪽 손목을 살포시 잡고 있어서 모델이 몸을 살짝 돌리고 있는 듯한 인상이 생겨났고, 이 미세한 움직임이 몸 전체에 활기를 불어넣으면서 그 몸을 공간 속, 또한 지속되는 시간 속의 존재로 만들었다. 자수로 장식된 의상의 어두운색이 넓게 파인 옷깃 위로 드러난 목과 어깨, 얼굴의 환한 피부색과 대조를 이뤘다. 얇은 베일이 머리에 덮여 있었고, 그 아래로 가운데 가르마를 탄 곱슬머리가 가슴께까지 흘러내렸다. 얼굴은 어딘지 모르게 약간 포동포동했고, 단단한 뺨, 넓은 이마, 작은 턱이 곧은 코를 둘러싸고 있었으며, 밤색 눈은 왼쪽으로 시선을 돌려 관객을 응시했다. 얇은 입술은 보일락 말락 말려올라가 옅은 미소를 띠고 있었다. 눈썹 궁륭은 면도되어 있다. 모델은 낮은 발코니 벽을 등지고 있고, 벽 뒤로는 몽환적인 분위기를 띤 풍경이 멀리, 아주 멀리 있는 듯 펼쳐져 있었다. 화폭 왼편에는 평원을 굽이치며 가로지르는 길 하나가 있고, 평원은 돌연 솟아오른 암석 더미로 이어졌다. 길이 가닿는 곳에는 호수가 있고, 지평선에는 험준하고 가파른 절벽들로 이뤄진 거대한 산이 호수를 두르고 있었다. 구도상 오른쪽에도 큰 산들이 있고 거기에서도 마찬가지로 바위, 땅, 물의 조합이 펼쳐졌다. 다만 거기에 더해 건축물이 하나, 즉 다섯 개의 아치로 이뤄진 다리가 강 위에 놓여 있어 왼쪽의 구불구불한 길과 대칭을 이뤘다.

모나는 운이 좋았다. 작고 가냘프다보니 몰려든 군중 가운데서도 감히 아이를 떠미는 사람이 없었다. 특히 모나가 발휘한 높은 집중력, 꼿꼿하게 서서 민활한 눈으로 앞에 있는 작품을 찬찬히 훑어보는 아이의 모습이 〈라 조콘다〉 못지않게 관객들을 사로잡았다. 급기야는 관광객들이 슬며시 아이 뒤로 가서 아이와 걸작을 한 축에 놓고 둘이 함께 나오는 사진을 찍을 정도였다. 경비원들은 꼬마 아이가 어쩌면 그리 꼼꼼하게 그 그림을 뜯어볼 수 있는지 궁금해했다. 보통 관람객들은 회전목마에서 방울 잡기 시합*이라도 하듯 빠른 눈길로 그 그림을 잡아채고는 얼른 출구로 돌아나가는데 말이다.

다빈치의 화폭에 빠져드는 것이 한 주 전 보티첼리의 프레스코화 때보다는 덜 힘들었지만, 12분가량 지나자 모나는 이번에도 손을 들 수밖에 없었다. 피곤해진 아이는 약간 떨어진 곳에 서 있던 할아버지 곁으로 갔다.

"그래 모나야, 뭘 봤니?"

"예전에 하비가 얘기해줬었죠. 레오나르도 다빈치가 낙하산을 발명했다고. 근데 저기 하늘은 텅텅 비어 있어요!"

---

* 회전목마를 타고 돌면서 천장에 달린 방울을 잡으면 상품이 주어진다.

"그걸 알아내는 데 10분 넘게 필요했던 거라면 칭찬은 못하겠는걸!"

"비행 기계가 숨겨져 있는지도 봐야 했으니까요. 레오나르도 다빈치는 그런 것도 상상했다고 하비가 얘기해줬으니까……"

"그래, 맞아. 레오나르도는 화가인 동시에 엔지니어였어. 제후들을 위해 강과 하천의 치수를 개선하거나 영지를 정비하거나 적에 대비해 도시 수비를 강화하는 일로 돈을 벌었지…… 굉장히 호기심이 많고 똑똑해서 인체를 정밀하게 연구하는가 하면 인체의 작동 방식을 이해하려고 시체 해부까지 했어."

"책을 엄청 많이 읽었겠어요……"

"알겠지만, 레오나르도가 살았던 1500년경에는 책이 귀했단다. 인쇄술이 발명된 지 얼마 안 된 때였거든. 레오나르도는 서가에 약 이백 권을 소장하고 있었는데, 그것만 해도 엄청난 거야. 게다가 무척 고독하게 지내던 사람이라 글을 엄청 많이 썼어. 온갖 주제로, 수천 페이지를 쓰고 또 썼지. 그렇게 남긴 글들이 그림보다 훨씬 많아. 레오나르도의 작품으로 알려진 그림은 십여 점밖에 없거든. 그게 다 진짜 그의 작품인지도 확실하지 않고."

"그러면 하비, 왜 저 작품은 사방 천지에 있는 거예요? 할머니가 아침 먹을 때 쓰던 큰 잔에도 저 그림이 그려져 있던 게 기억나요. 저는 솔직히 할머니가 그 잔은 좀 벽장에 놔둬줬으면 싶었는데."

"그건 왜?"

"왜냐면 아침밥은 즐거워야 하니까요. 그런데 저 작품은…… 좀 슬퍼요."

"아, 그래? 저기서 뭐가 그렇게 슬퍼?"

"바탕이요…… 어둡고 텅 비어 있어요."
"과연 그래. 그런데 잠깐 보자. 말했듯이 저 작품은 굉장히 오래되었어. 약간 안개 낀 듯한 저 배경 풍경은 옛날 신문처럼 색깔이 바랜 것이란다. 단순한 이유인데, 도료 층을 보호하기 위한 니스칠이 시간이 지나면서 상하거든. 더러워져서 약간 멜랑콜리한 모양이 되지. 하지만 분명 저 주변 풍경의 자연, 산이며 구불구불한 길, 저 큰 호수며 광대한 하늘은 원래 거의 전기가 흐르는 듯 푸르렀을 거다."
"전기요? 무슨 얘기를 하는 거예요, 하비? 저때는 촛불로 불을 밝혔다고요!"
"알려줘서 고맙구나, 모나야…… 하지만 그때도 예술가들은 에너지의 원천을 찾아내려고 했단다. 전기란 열, 빛, 운동을 발생시키는 일종의 에너지지. 자, 기억해두렴. 레오나르도도 마찬가지로 자기 그림 속에서 에너지를 찾고자 했어. 힘을 만들어내 너에게 작용하게 하려고."
"저한테요? 아, 그건 웃긴데요. 그림 앞에서는 가만히 있어야 되는 건데!"

앙리는 웃음을 터뜨렸다. 그의 웃음에 모나도 따라 웃었다. 그 순간, 정확히 바로 그 순간에 앙리는 모나에게 철학자 알랭이 『행복론』에 풀어놓은 얘기를 들려주고 싶었다. 알랭이 주장한 바에 따르면 행복하기 위해 애쓰는 사람들은 훌륭한 시민상을 받아야 한다. 기쁘고 흡족한 모습을 보이자는 각오, 때로는 약간의 의지력을 동원해야 할지언정 기어코 그렇게 보이려는 그들의 각오가 타인에게 빛으로 발산된다. 터져나온 웃음에 연쇄 반응이 뒤따르는 것과 똑같다. 알랭에 따르면 행복의 추구는 자기계발에 속하는 일이 아니고, 쩨쩨하고 개인주의적인 탐닉이라고도 할 수 없다. 그것은 정치적 미덕이다. "행복하기, 그것은 타인에 대한 일종의 의무다." 알랭은 말했다. 아마 모나한테는 너무 복잡한 얘기일 터. 하지만 이 필수적인 가르침을 레오나르도의 〈라 조콘다〉는 나름의 방식으로 전달하고 있었다.

"잘 보렴, 네가 슬프다고 여긴 저 풍경 전체가 실은 운동 상태에 있어. 삶의 에너지, 원초적 박동 같은 것이 거기에 활기를 불어넣고 있지. 하지만 네 말도 정말 맞아. 저 풍경은 뒤숭숭해, 구성이라고 할 만한 게 전혀 없으니까. 아, 물론 오른쪽의 저 다리가 있지. 하지만 나무도 없고, 동물도 없고, 인간도 없어. 옅은 안개가 낀 듯한 대기 속에 잠긴, 드넓은 회청색 하늘이 지배적인 저 풍경은 장엄한 동시에 황량한 게 사실이야. 레오나르도는 엄청난 끈기로 수년 동안 계속해서 글라시를, 그러니까 화폭에 농도와 깊이를 주는 투명한 도료를 극히 조금씩 더해나갔어. 도료를 한 층 또 한 층 덧발랐고, 딴은 너무 오래 그르느라 작품들을 끝내지 못했지. 하지만 그 겹겹의 도료 덕분에 질료 전체가 미세하게 떨리는 듯한 느낌을 자아낼 수 있었어. 이탈리아어로 **스푸마토**라고 하는 건데, 이 기법은 사물을 모호하게 만드는 동시에 사물과 사물을 이어놓지."

"네, 하지만 저 여자는 왜 저렇게 미소 짓는 거예요? 아무리 그래도 제가 보기엔 이상해요!"

"여자는 극히 은은한 미소를 짓고 있지. 여자 뒤에는 한창 생성중인 우주를 닮은 광활한 풍경이 사방을 가로지르는 에너지의 카오스에 맡겨져 있고. 그건 매혹적이면서도 불안한 카오스야. 그래도 여자는 미소를 지어. 그윽한 절도가 있으면서 교만한 기색도, 딱하게 여기는 기색도 없이, 한없이 잔잔하고 정다운 미소. 그러면서 여자는 너도 똑같이 하라고 권하는 거야."

"그러면 얼른 하비, 이제 우리가 여자한테 미소를 지어요!"

"이해했구나…… 레오나르도 다빈치는 그림이 우리 감정에 거울 효과를 불러일으킨다고 말했어. 하품하는 사람의 형상을 보면 하품을 하게 되고, 공격적인 사람의 형상을 보면 공격적으로 된다는 거지. 미소 짓는 여자, 저렇게 훈훈한 미소를 짓는 여자의 형상은 똑같이 미소를 지으라는 권유인 셈이야. 바로 그게 화가가 전하려는 에너지란다. 삶에 열려 있기, 삶에 미소 짓기, 제대로 분간되지 않는 것, 아직 모호하고 형태가 갖춰지지 않은 것, 황량하고 혼돈한 세계를 맞이하는 순간에도 말이지. 그것이야말로 세계에 행복한 질서를 흘려넣는 가장 좋은 방법이기 때문이야. 또한 그 행복이 발코니를 등지고 앉은 어느 르네상스 시대 여자의 굉장하고 신비로운 행복에 그치지 않고 인류 전체의 행복이 되는 가장 좋은 방법이기도 해……"

그래서 모나는 자기 입술 끝을 올려 붙여보려고 했다. 그런데 할아버지의 설명 뒤에 찾아든 침묵, 그 설명을 자기한테 전해주려는 할아버지의 너그러운 마음, 그리고 정말이지 인정할 수밖에 없는, 할아버지의 나직한 목소리가 거기에 불어넣은 막연한 아름다움 때문에 가슴이 벅차올랐다. 감정의 온기에 엷은 눈물 안개가 눈꺼풀에서 피어오르며 루브르의 빛이 단번에 부옇게 흩어졌다.

3
라파엘로 산치오
초연함을 가꾸어라

늦은 밤이었지만 모나는 잠들지 못하고 있었다. 부엌에서 대중없이 혼란스럽게 뭐라 뭐라 떠드는 소리가 들려와서 모나를 깨운 것이다. 그러다 뭔가 부딪히는 소리가 더 분명하게 나더니 몇 초 뒤에는 벽 너머에서 엄마의 쌀쌀한 목소리가 들려왔다.
"맙소사, 폴, 점점 더하잖아. 이럴 순 없어!"
모나는 슬그머니 침대에서 빠져나와 빼꼼 열린 문 사이 좁은 틈에 눈을 대고 엿보았다. 오른손에 술잔을 쥔 채 식탁보 위에 널브러져 있는 남편을 카미유가 발견한 참이었다. 머리 주위에는 숫자들이 빽빽하게 열 지어 있는 종잇장들이 돌풍에 휘말리기라도 한 듯 흩어져 있었다. 모나를 깨운 좀전의 소리는 식탁에서 굴러떨어진 와인병이 바닥에 세게 부딪히면서 난 소리였다. 골동품 가게에서라면 술병을 녹슨 고슴도치에 줄 맞춰 꽂아놓는 것 정도는 할 수 있으니 술병이 떨어지거나 깨질 일도 없었을 것이다.

카미유는 폴에게 화가 났다. 자기한테 도와달라고 하지 않고 술로 걱정을 달랜답시고 고주망태가 되어버리니까. 폴을 압박해 번번이 술로 도피하게 만드는 것은 파산할지 모른다는 불안도, 채권자들의 위협도, 심지어 압류 집행관들과의 몸싸움도 아니었다. 그를 정말로 괴롭히는 단 한 가지는, 모나가 매일같이 놀고 매일같이 몽상에 잠기던 가게를 잃음으로써 자신이 딸에게 불어넣었을지 모를 약간의 존경마저 잃게 되리라는 생각이었다. 카미유는 전사, 앙리 뷔유맹은 위인, 반면 자신은 모나의 아버지라는 게 한없이 자랑스러울 뿐 그들의 발끝에도 못 미친다고 폴은 확신했다. 빚에 쪼들려 가게를 떠나게 되면, 폴이 나름대로 꾸며낸 환영과도 같았던 그 몽상의 극장조차 모나에게 제공할 수 없게 되면, 대체 뭐가 남는단 말인가.

카미유는 흩어진 종잇장들을 그러모았다. 어둠 속에 웅크린 채 숨을 참고 있던 모나는 엄마가 아빠를 침대로 끌고 가려 하는 것을 보자 발소리를 죽여 자기 침대로 달려갔다.

다음날 아침, 아버지가 식탁에 있던 아이와 합류했을 때 아이는 벌써 코코아 두 잔째였다. 모나는 아빠의 부석부석한 얼굴을 보았고, 자기 이마에 해주는 입맞춤 너머로 채 가려지지 않은 초조함을 알아챘다. 그래서 아빠에게 잘 지내는지 물었다. 이에 폴은 숨이 멎는 듯했다. 아이가 어른에게 "잘 지내요?"라고 묻는 것은 뭔가 이상한, 심지어는 부자연스러운 일이니까. 그런 관심은 나이를 먹으면서 초년의 뼛속 깊은 자기중심적 근성이 좀 가신 뒤에야 생겨나는 법이다. 게다가 모나는 더했다. 침울한 아빠의 기분을 빨아들여 덩달아 침울해지기는커녕, 그를 바라보며 줄곧 미소 지었던 것이다. 한없는 호의를 조용히 표현하는 딸의 작고 환한 얼굴 앞에서 그의 부석부석한 얼굴, 채 숨기지 못한 숙취 기운, 그가 느끼는 의구심과 고통이 모두 지워졌다. 말없이 있던 폴이 몇 분 뒤 드디어 자기가 먼저 건네야 했던 질문을 되돌려줄 수 있었던 것도 그 덕분이었다.
"그러면 우리 딸, 너는 잘 지내니?"
"엄청요, 아빠! 수요일이거든요!"

◆

세번째로 모나를 데리고 미술관을 지나면서, 앙리는 목적지까지 심심찮게 나타나는 조각들과 화폭들에 아이가 전보다 더 시선을 주고 있음을 눈여겨보았다. 심지어 몇 번이고 걸음이 느려지면서 아이의 손이 자기 손에서 살짝 빠져나가기도 했다. 마치 뭔가의 자력이 아이의 호기심을 잡아당기듯이. 세상이 만들어낸 가장 깊고 가장 아름다운 것을 모나에게 심어주려는 그에게는 달가운 일이었다. 아이가 지루함에 사로잡히지 않고 자극을 느끼고 있다는 뜻이니까. 하지만 정해놓은 약속에 충실해야 했다. 한 주에 한 작품씩 보기로 했으니까. 쟁쟁한 다른 그림들의 등장으로 작품과의 소통을 방해받는 일은 없어야 한다.
쉬운 일은 아니었다. 대회랑을 통과해야 했으니까. 원래 루브르궁과 튈르리궁을 연결하는 용도로 만들어진 그곳은 지구상에서 가장 큰 전시실이 되었다. 오늘의 화폭은 세로 길이가 1.2미터에 달했지만 으리으리하다는 기색은 전혀 풍기지 않고 오히려 은연한 절제랄까, 더없이 조신한 균형 같은 것으로 빛나고 있었다.

전원적인 배경 속, 풀밭에 약간 노랗게 시든 꽃 몇 포기가 있고 그 한복판에 어떤 여자가 바위에 앉아 있었다. 바위는 크지만 잘 보이진 않았다. 화폭 중앙을 장중하게 차지하고 있는 여자는 검은색 가두리 장식이 된, 넓게 파인 선홍색 드레스를 입고 있었다. 왼쪽만 드러나 있는 소매의 새틴 천에서 은은한 빛이 났는데, 그 노란 색채는 여자의 틀어올린 머리 색깔과 맞춘 듯 보였다. 다른 쪽 팔과 허리 아래는 넉넉한 푸른색 망토로 덮여 있었다. 얼굴은 4분의 3 각도로, 여자는 자기 오른편에 기대고 선 벌거벗은 금발머리 어린아이와 시선을 주고받고 있었다. 세 살 정도 되어 보이는 그 아이가 미끄러트리듯 뻗은 왼손은 젊은 여인의 왼손에 잡혀 있었다. 여인이 다리에 기대어놓은, 그림에서는 금박 단면만이 보이는 책을 잡고 싶은 것 같았다. 그 책 바로 아래쪽에 비슷한 나이로 보이는 또 한 명의 어린아이가 웅크리고 있는데, 되는대로 얼기설기 지은 튜닉을 걸쳐 입은 채, 앙상한 나무줄기 두 개로 만들어진 자기 키만한 십자가를 어깨에 받치고 있었다. 옆모습으로 그려진 이 아이는 맞은편의 어린아이를 골똘히 지켜보고 있었으며, 세 인물의 머리 위에는 빛나는 후광이 있었다. 조금 멀리 후경에는 무척 가느다란 나무들이 서 있었고, 당당한 종탑이 보이는 마을도 있었다. 그보다 더 멀리에는 나지막한 초록빛 산과 잿빛 산으로 둘러싸인 호수, 그 위로 군데군데 구름이 가로지르는 궁륭 모양의 하늘이 있었는데, 그러데이션 기법으로 처리되어 화폭 맨 위는 짙은 파란색이었던 것이 점점 밝아져서 젊은 여인의 가슴께 높이의 지평선에 다다르면 거의 흰색이 되었다. 이 모두가 흠잡을 데 없는 원근법으로 구축되어 하나의 시점 아래 안겨 있었다.

이전에 본 두 그림보다 모나가 포착할 만한 요소와 디테일이 더 많았다. 하지만 이상하게도 모나는 더 나아지기는커녕 고작 몇 분만에 주의력이 흐트러지고 말았다. 채 5분도 안 되었는데, 그것도 아이에게는 무척 길게 느껴졌다.

생각해보면 이제 우리에게는 라파엘로를 제대로 감상할 만한 눈이 없으니까. 앙리는 이렇게 생각하며 집중력을 더 오래 유지하지 못한 손녀를 탓하지 않았다. 요즘 멍청하게 '단절'이라고 불리는 것들에 이 시대가 그리 열광적이니, 완벽한 조화와 흠잡을 데 없는 균형과 정확한 비례를 구현하는 화가 앞에서는 쩔쩔맬 수밖에. 그래도 노인은 뇌리를 사로잡은 완고한 역정을 몰아내고 그림 얘기를 꺼냈다.

"마음에 안 들었니, 모나야?"

"웬걸요, 맘에 들지만…… 〈라 조콘다〉보다 덜 재밌는 것 같아요."

"지난주 〈라 조콘다〉도 처음부터 재밌어하진 않았잖니, 기억해봐!"

"그렇죠, 하지만…… 에이, 무슨 말인지 아시면서, 하비."

"알 것 같지만, 그래도 말을 해보렴!"

"어 그러니까, 〈라 조콘다〉에서는 무슨 일인가가 일어나요. 여기에선 모든 게 얼어붙어 있어요. 수학 수업처럼요. 선생님이 계시고요, 저는 디에고가 바보짓을 하길 기다리거든요."

"근데 이 그림에서는 바보짓이 일어나주지 않는다, 그 말이니?"

"그래도 하비가 하나 해줄 수 있죠!"

"아니, 모나야, 아직은 때가 아니야. 게다가 방금 네가 한 말, 너는 지루하다고 표현했는데 그것부터도 전혀 바보짓이 아니야…… 네가 지금 보고 있는 화가, 보티첼리나 다빈치처럼 이탈리아인이고 이름은 라파엘로라고 하는 이 화가는 오직 절대적 완벽만을 추구했어. 그는 조금의 틈도, 조금의 놀라움도 있어서는 안 된다고, 그런 게 끼어들어 구성과 선과 색채의 균형을 흩뜨려서는 안 된다고 여겼지."

"이걸 다 그리는 데 시간을 얼마나 들였어요?"

"오래 걸렸지. 굉장히 오래. 하지만 그는 혼자가 아니었어. 왜냐면 그 시대, 16세기에 막 들어섰던 그때는 여러 수작업이 필요했고 그러기 위해선 제대로 된 작은 팀이 필요했거든. 팀의 중심이 되는 거장은 채색과 데생을 하고, 보조자들은 자재를 손질하거나 안료를 빻고 도료칠을 했지. 거장이 언제나 채색을 전담하지도 않았어. 가끔은 인물상에 집중하면서 풍경이라든지 얼굴보다 덜 귀한 세부 표현은 조수들한테 맡기기도 했거든. 라파엘로는 아주 젊었을 때 당대의 대스타가 되어 피렌체의 상인들과 은행가들에게서 큰 인기를 누렸기 때문에 자기 공방을 굉장히 강력하게 키울 수 있었지. 이 작품을 그린 시점에는 교황 율리우스 2세가 직접 라파엘로에게 주문을 해올 정도였어. 로마와 바티칸에 대대적인 예술적 위용을 갖추고 싶어서였지. 라파엘로는 겨우 스물세 살이었는데 그 부름에 응해서 미친듯이 일했어. 열 명, 스무 명, 오십 명의 조력자를 거느리고! 그는 최고들과 계약했고 또 최고들로 키워냈지, 그들을 형제나 아들로 여기면서 말야. 또 진줏빛 색조나 광택 효과를 얻기 위해 온갖 조제법을 실험하는가 하면 거대한 프레스코화나 태피스트리*를 만들어 보이기도 했고, 자기 그림을 여러 장으로 복제해서 보급하려고 판에 조각하게 만들기도 했어. 당시 사회가 그저 기술로만 보던 회화 예술이 라파엘로와 함께 높은 위상을 갖추게 되지. 라파엘로는 제후들 중의 제후가 되었어. 그러다 서른일곱 살이 되던 생일에 죽었는데, 전해지는 바로는 한 여자를 열렬하게 사랑한 나머지 고열 발작을 일으켰다고 해. 어쨌든 죽을 당시 그는 어마어마한 부자였어. 두카트 금화로 1만 6천, 엄청난 재산이었지."

"아빠 말로는 부자일수록 덜 착하대요…… 그러더니 자기는 무척 착하다나요." 아이가 웃음을 터뜨리며 말했다.

"삶에는 예외들이 있단다, 모나야. 아니라면 좀 지겹겠지! 라파엘로는 부자였지만 한없이 선했던 것 같아. 그가 죽고 난 지 몇 년 뒤에 조르조 바사리라는 무척 중요한 사람이 르네상스 시대 대가들에 대한 글을 쓰는 데 착수했어. 그는 자기 책을 레 비테**, '생애들'이라고 불렀어. 그 덕분에 보티첼리와 다빈치에 대해서 내가 너한테 들려줬던 그 많은 이야기가 전해졌지. 라파엘로에 대한 것도 많아. 바사리는 특히 라파엘로의 매력, 선함, 너그러움 덕분에 모든 이가 화합했다고 말해. 사람들이 라파엘로를 사랑했고 그를 만날 때마다 평온함과 화목함을 느꼈을 뿐만 아니라 동물들도 오르페우스 신화에서처럼 그에게 다가왔다고 말야!"

"오르페우스요? 하비가 저한테 얘기해줬던가요?"

"걱정하지 마라, 모나야. 오르페우스에 대해선 다음에 얘기해줄게. 이제 잘 봐라. 보티첼리와 다빈치의 작품들 중에서 네게 보여준 건 '세

---

* 색실을 짜넣어 풍경, 인물, 정물 등을 표현하는 직물 공예.
** 뛰어난 화가, 조각가, 건축가의 생애. 우리말로는 보통 '미술가 열전'으로 번역된다.

속화'에 속하는 그림들이야. 무슨 말이냐면 그림 주제를 종교적인 이야기에서 끌어오지 않았다는 뜻이지. 여기에서는 달라. 르네상스 시대에 그림은 대부분 종교화였어. 교회 예배당에 걸려 신앙을 전파하고 기독교의 가르침을 드높이기 위한 것이었지. 여기 셋은 성스러운 인물들이야. 누군지 알겠니?"

"마리아와 예수인 것 같아요······ 근데 쟤는 좀 이상한 모습이에요, 꼬마 야만인 같은 애요."

"꼬마 야만인 같지, 저 아이는 세례 요한이기 때문이야. 그리스도의 강림을 예고하면서 유대 지방의 사막에서 설교를 펼쳤던 예언자지. 그런 이유로 화가들은 저렇게 간소한 옷차림으로 세례 요한을 그리곤 했어. 보다시피 그는 십자가를 받치고 있어. 왜인지 아니?"

"저건 예수의 십자가죠?"

"그래, 저건 예수가 처형될 십자가에 대한 암시야. 예수는 저기, 왼쪽에 있어. 아직 어린아이이고, 자기 엄마 동정녀 마리아가 가지고 있는 책을 잡으려고 해. 복음서일 게 분명해. 기독교인들에게 예수의 희생으로 사람들이 구원받으리라는 '기쁜 소식'을 전하는 동시에 끔찍하고 무시무시한 순간을 알리는 책이야. 예수가 잔혹한 고통 속에서, 무력하고 절망에 빠진 마리아의 눈앞에서 죽는 순간이지. 마리아가 붉은색 옷을 입고 있는 건 그 때문이야. 피의 붉은색이 망토의 푸른색, 하늘의 푸른색에 끼어들어 있지."

모나는 눈썹을 찡그렸다. 약속된 폭력(어머니가 자기 자식이 사형당하는 모습을 지켜보다니? 모나가 보기에는 지독한 일이었다)이 그림 속 장면의 온화함 속에 깃들어 있다는 기이한 사태를 애써 이해해보려는 것이었다. 모나가 혼란스러워하는 것을 본 앙리는 아이가 생각에 잠길 수 있게 오랫동안 잠자코 내버려뒀다. 아이는 그림을 다시 찬찬히 살펴보기 시작했다.

"그러면 하비, 예수가 죽을 거라는 걸 미리 아는데 그 엄마는 왜 미소를 짓는 거예요?" 모나가 아연하다는 듯 물었다.

"모나야, 저건 상징일 뿐이지 사실이 아니야. 동정녀 마리아가 실제로 존재했다면, 장담컨대 저 감미로운 순간으로부터 삼십 년이 지나면 아이가 십자가에 못박혀 죽으리라고 생각하면서 미소를 짓진 않았을 거야. 자신의 십자가형을 예고하는 책을 잡으려고 하는 꼬마 예수는 상징적으로 자기 운명을 맞아들이려는 거야. 라파엘로가 우리에게 보여주는 것, 그건 운명 앞에서 **초연함**을 지녀야 한다는 거란다."

"**초연함**이요? 그건 뭐예요? 애착이 있을 때랑 반대인 거예요?* 그럼 사랑하는 거랑 반대겠네요?"

"아니야, 모나야, 정확히 그렇진 않아. 그보다는 자기 감정의 노예가 되지 않고 그것과 적절한 거리를 두는 자질에 가까워. 알겠니, 라파엘로는 제후들과 다름없는 존재가 되었어. 하지만 그러거나 말거나 그는 자기 명성에 대해 이 초연함을 유지하면서 순수하고 상냥하고 친절한 사람으로 남았지. 그의 작품들로 말하자면, 힘겨운 노동이 필요했을 텐데도 어처구니없이 수월하게 그려졌다는 느낌을 자아내는 아름다움으로 차 있어. 마찬가지로 더없이 두려운 운명, 어디까지가 영광이고 어디부터가 공포인지 딱 잘라 나눌 수 없는 십자가 위 아이의 죽음을 마

---

* 프랑스어에서 '초연함(détachement)'과 '애착(attachement)'에는 반대 의미의 접두어가 붙어 있다.

주할 때도, 당시 이탈리아인들이 **스프레차투라**라고 부르던 태도가 빛을 발하는 거야. 스프레차투라라는 건 궁정인들의 무심한 태도란다. 사교계에 나가서 어떤 상황에서건, 좋건 나쁘건 절대 흔들리는 기색을 보이지 않는 것. 초연함이란 모나야, 아무것도 느끼지 않는다는 의미가 아니야. 다만 그건 적절함, 절제, 우아함을 유지할 수 있게 해줘. 어떤 사람들은 **멋**이라고 부르는 것, 그걸 갖출 수 있게 해주지."

모나는 잘 모르겠다는 느낌이었다. 할아버지의 설명이 자기한테는 여러 부분에서 난해한 것 같았다. 하지만 가르침은 받아들여졌다. 단편적으로나마 아이가 파악한 것들 덕분이었다. 할아버지의 관대한 에너지, 아이에게 어른을 대하듯 말하려는 고집 덕분이었다. 처음에는 별로 좋아하지 않았던 작품을 이제 모나는 음미하고 있었다. 심지어 이번에는 곧바로 미술관에서 나가려고 '하비'의 손을 찾아 잡지도 않았다. 아이는 계속해서 성가족을, 특히 **아름다운 정원**사라는 별명을 가진 어머니를 바라보았다. 캄캄한 재앙의 윤곽이 드러나려는 와중에, 경이로울 만큼 고요하고 환한, 더없이 세심한 모습으로 꽃밭에 앉아 있는 여인을. 그러더니 모나는 털어놓듯 말하며 자기 재치에 지레 웃었다.

"초연하기란 어렵네요."

4
티치아노 베첼리오
상상력을 믿어라

반 오르스트 선생과 다시 만날 때마다 똑같은 장면이 펼쳐졌다. 모나는 엄마와 함께 진료실로 들어가서 의사와 얘기를 나눈 뒤 몇 가지 검사를 받았다. 진료는 20분 정도로, 그 이상 길어지진 않았다. 의사는 굵고 거친 목소리로 모나의 기분을 곧잘 띄워주곤 했지만, 모나는 그의 재담이 자기한테만 통한다는 사실을 알아차렸다. 책상 근처에 앉아 딸을 관찰하는 카미유의 얼굴에는 형언할 수 없는 불안이 가득했다. 그런 뒤 아이는 음울한 복도로 나와서 진료실에 남아 의사와 얘기하는 엄마를 기다렸다. 기다림은 괴로웠다. 울림이 심한 복도라 소음이 머릿속을 둥둥 울려댔기 때문이다. 마음을 가라앉히기 위해 아이는 목에 건 펜던트를 쥐고 노래를 흥얼거리곤 했다.

그날은 엄마의 표정에서 이상한 뭔가를 감지했다. 엄마가 아무 말도, 정말이지 아무런 말도 하지 않아서 아이는 당혹스러웠다. 밖에 나와서 단 한 번, 모나에게 초콜릿 빵을 사준 게 다였다. 그조차 아르콜가의 홍

한 기념품 가게들 사이에 끼어 있는 싸구려 매점들 중 한 곳에서 산 흐물흐물하고 마른 빵이었다. 핸드폰이 울렸고, 화면을 들여다본 카미유가 신음하듯 투덜거렸다. 잠시 망설이던 카미유는 결국 전화를 받았다.

"네, 네, 그럼요. 갈게요. 네, 알겠습니다……"

말을 마친 카미유가 곧바로 어딘가에 전화를 걸었다.

"응, 나 카미유. 저기 실은, 미안하지만 내일 오후에 못 도와줄 것 같아…… 미안해, 사장이 당직 근무를 대신해달라고 요청해와서…… 금요일 아침에 갈게, 약속해…… 알아, 너무 늦지, 그래도…… 저기, 나도 미안하다구. 요즘 정말 복잡해…… 응, 너도 잘 있어."

모나는 엄마의 구겨진 얼굴과 내려앉은 눈 밑 살과 입가의 잔주름을 보았고 엄마의 짧은 머리가 평소보다 더 헝클어져 있음을 알아차렸다. 그래서 모나는 그날 아침부터 엄마가 내내 신경을 곤두세우고 있었다고, 왜냐면 엄마는 여러 가지 자원봉사 활동에 더 시간을 쓰고 싶은데 '사장'이라는 사람이 언제나 더 급한 요구를 해오는 바람에 그럴 수가 없기 때문이라고 생각했다. 또 아이는 내일 엄마가 일하러 가 있는 동안 자기는 할아버지와 루브르에 있으리라고도 생각했다.

시청 광장을 지나는데 아이스링크가 설치되어 있었다. 모나는 가까이 가서 스케이트 타는 사람들을 보고 싶었다. 카미유는 별생각 없이 모나를 데려가다가 갑작스러운 손짓으로 아이를 멈춰 세웠다.

"우리 아가, 잠깐만."

카미유는 쭈그려앉더니 파란색 손모아장갑을 낀 손으로 아이 얼굴을 자기 쪽으로 돌려 향하게 했다. 그래서 모나는 엄마가 자기한테 뽀뽀하려나보다 생각하고 웃어 보였다. 하지만 엄마는 뽀뽀를 하지 않았다. 그저 자기와 시선을 맞출 뿐이었다. 아니 더 정확히 말하자면, 모나의 눈을 들여다보았다. 오고 가는 것, 동공과 동공 사이의 공감 같은 건 전혀 없었다. 카미유의 동공은 딸의 동공 주위를 가만히 맴돌 뿐이었다, 마치 거기에서 뭔가를 찾는 듯이……

모나는 두려움에 속이 울렁거렸다. 하지만 엄마의 두려움을 눈치채고는 자기 두려움을 드러내서 엄마를 더 두렵게 만들어봤자 좋을 게 없으리라고 생각하며 전혀 내색하지 않았다.

"우리 아가, 어찌나 이쁜지!"

카미유가 불쑥 말했다. 진부한 칭찬이었지만 그 상황에서 모나에게는 기막히게 기분좋은 한마디였다. 이제 아이는 기쁨을 감추느라 애를 먹었다.

◆

앙리는 예전부터 베네치아를 열광적으로 좋아했고 베네치아의 전 역사를, 또 그 놀라운 미궁의 구석구석을 꿰뚫고 있었다. 관광객 무리가 그 도제*의 도시를 황폐하게 만들기 전에는 그곳에서 일생의 여인과 함께 눈부신 여름들을 맛보기도 했다. 그때도 그들은 리알토 다리 쪽이나 산마르코 광장은 자주 가지 않고 그보다 인기는 덜하지만 여전히 현지의 실제 노동자들과 마주칠 수 있었던 아르스날레 구역을 배회하곤 했다. 그 '고귀한 도시' 출신의 예술가가 그린 걸작 앞에서는 늘 그

---

* Doge. 베네치아공화국을 통치하던 최고 지도자를 가리키는 명칭.

렇듯, 티치아노의 것으로 여겨지는 〈전원 음악회〉 앞에 서면 앙리는 자기 안에서 줄기찬 목소리가 샘솟는 것을 느꼈다. 그 놀라운 장소에 대해, 특히 16세기, 베네치아의 권세가 흔들리기 시작한 그 결정적인 순간에 대해 모조리 말하고 싶은 욕구였다. 유럽의 외교와 예술의 명소였던 베네치아가 18세기 말 퇴락기에 접어든 뒤 오늘날에는 수상버스 바포레토가 토해놓는 관광객들을 위해 카니발이나 재연하는 신세가 되었으니 말이다.

〈전원 음악회〉 중앙에서는 스무 살가량의 남자 두 명이 초록빛 맨풀밭에 앉아 서로가 상대의 행동에 시선을 주고 있었다. 검은 머리에 벨벳 베레모를 쓴 왼쪽 남자는 풍성하게 부풀린 소매가 달린 호화로운 붉은색 비단 외투, 두 색깔로 배색된 바지를 차려입고 있었다. 그는 류트를 연주하는 중이었다. 무성하고 더부룩한 곱슬머리의 오른쪽 남자는 맨발이었고 시골 생활에 어울리는 갈색 가죽 저고리를 입고 있었다. 그들 곁에, 좀더 그림 앞쪽으로 나온 자리에는 관객을 등지고 돌아앉은 벌거벗은 젊은 여인이 있었는데 약간 통통하고 머리를 틀어올린 모습이다. 손가락 사이에 피리를 세워들고 있었지만 아직 입에 갖다대진 않고 있다. 캔버스 왼쪽에는 또 한 명의 벌거벗은 여인이 있었는데, 일어서서 관객과 마주한 모습이긴 해도 앞의 여인과 꽤 비슷해 보이는 이 여인은 상체와 다리를 서로 반대 방향으로 틀고 우물 가장자리를 짚은 채 우물 속에 투명한 물병의 물을 붓고 있었고, 그 우물에서 화면이 끝났다. 깊이감 있는 공간 속에 파묻힌 다섯 인물 가운데 이 네 명이 전경을 차지했다. 오른쪽 중경에서는 목동 하나가 양떼를 이끌고 떡갈나무를 에돌아 지나고 있었다. 먼 풍경에서는 솟은 언덕 위에 집 몇 채가 보였다. 그보다 더 멀리서는 폭포로 이어지는 강을 알아볼 수 있었다. 골짜기가 많은 자연이 하늘에 가닿고 있었고, 하늘은 여름 늦은 오후의 저무는 햇볕으로 빛나는 적잖은 구름들로 덮여 있었다.

"꼼짝 않고 12분. 모나, 발전이 있는걸!"
"오늘은 하비가 자꾸 움직였어요! 하비가 내 집중을 방해해서 매번 처음부터 다시 시작해야 했다고요!"
"그래 그 '처음'이 어디였니? 어디에서부터 다시 시작했어?"
"그니까요, 하비." 아이가 오래 망설이다 대답했다. "그걸 말하기가 어려워요. 마치 화폭 속에 빠져든 것 같았거든요. 가운데에 저기 옷 입은 두 남자가 있고, 그다음엔 그 사람들 근처에 옷을 벗고 있는 두 여자가 있고, 저멀리에는 목동이 하나 있고…… 같이 뭘하는 건지 궁금해요! (모나는 개구쟁이 표정을 지었다.) 어른이 되어야 알 수 있는 거죠, 그죠?"
"아, 안심하렴. 어른들도 그 답은 찾기 힘들어하거든. 그래도 너는 좋은 질문을 던졌어! 네 말이 맞아, 이상한 조합이야. 어째서 옷을 입은 두 남자가 옷을 입지 않은 저 두 여자와 함께 있을까? 게다가 남자 한 명은 도시 사람 같은 차림이고, 한 명은 목동 차림이잖니. 이게 우리가 알아내야 하는 거야……"
"그 시대 사람들은 이 그림을 더 쉽게 이해했을까요?"
"확실히 조금은 더 쉬웠을 거야. 암시나 준거는 점점 변하기 마련이니까 주어진 어떤 시기, 가령 르네상스 시대에 자명했던 암시나 시사점들이 어느 날에는 완전히 잊힐 수 있거든. 하지만 그건 그거고, 16세기 초 베네치아 예술에서는 화가들이 약간의 미스터리로 그림을 가려놓길 좋아했단다…… 자, 첫번째 미스터리. 그림에 서명이 없어. 작품 안, 대개 한쪽 구석에 자기 이름을 넣는 관례는 17세기와 19세기 사이에 비로소 완전히 자리잡지. 이 그림의 작자가 누군지 말하기가 힘든 것도 그 때문이야."

"어, 저는 누군지 아는데요……" 작품의 명판을 은근슬쩍 곁눈질하며 모나가 의기양양하게 응수했다. "티치아노 베첼리오예요." (아이의 입을 거치면서 발음은 곤죽이 되었다.)

"그래, 우리 모나, 명판을 읽을 줄 안다는 축하는 이탈리아 억양이 좀 나아지면 그때 해주마…… 티치아노 베첼리오(앙리는 각 자음이 또렷하게 울리도록 신경을 썼다), 이 사람은 조르조네라는 이의 제자였어. 그래서 〈전원 음악회〉는 오랫동안 조르조네의 작품이라고 여겨졌지. 단순한 이유야. 우리가 보고 있는 무척이나 당황스러운 테마, 즉 야외의 벌거벗은 여자라는 테마를 생각해내고 발전시킨 것이 조르조네였기 때문이지."

"그러면 지금은 왜 조르조네 대신 티치아노라고 하는 거예요?"

"약간 퍼즐 같은 거야. 역사가들이 티치아노의 작품 여기저기에서 〈전원 음악회〉의 요소들을 찾아냈거든. 그러니까 단서들이 한가득 있지만 딱 잘라 말할 수 있는 증거는 없어. 어쨌든 조르조네의 기풍이 짙은 작품이라고 해두자. 티치아노의 것이라고 해도 그림이 그려진 건 1509년, 겨우 스무 살이 된 티치아노가 아직 수련을 받으며 공방의 스승 영향 아래 있던 때니까. 이 스승이 흑사병으로 죽은 것은 1510년이고."

"그럼 이제 옷 입고 있는 두 남자가 벌거벗은 두 여자랑 뭘 하는지 알 수 있어요?"

"잠깐, 그전에 두번째 미스터리를 풀 거야…… 우아한 젊은이가 어째서 시골의 청년과 어깨를 나란히 하고 류트를 연주하는지 궁금하진 않았니?"

"맞아요, 약간 이상해요……"

"전체적으로 볼 때, 티치아노는 조화와 연속성의 인상을 자아내려고 해. 골짜기, 개울, 집, 나무가 있는 풍경, 가축을 이끄는 목동, 한 명은 도시 사람, 또 한 명은 시골 사람인 중앙의 두 인물, 이 모든 것이 저무는 오후의 대기 속에서 어우러지지. 그 대기는 그림의 힘으로 기막히게 조율된 황혼 색조로 표현되어 있고. 도시 사람과 시골 사람이 만났지만 차이라곤 그것뿐, 두 사람이 딱히 맞서지 않는 까닭은 티치아노가 완벽한 화음을 표현하려고 하기 때문이야. 아름다운 소리, 아름다운 멜로디의 화음. 그러니까 바로 저 근사한 음악회가 이 작은 세계 전체를 하나로 묶어주는 거야."

"하비, 벌거벗은 두 여자를 빼먹었어요. 피리를 들고 있는 여자는 음악회에 참여하고 있는데, 어때요?"

"사실 그래, 그렇게 생각할 수도 있어. 하지만 제일 그럴싸한 생각은 아니야. 피리를 연주하는 이 여인과 우물에 물병 물을 붓는 저 여인이 정말로 두 남자와 함께 있다고 생각하기보다 두 남자의 상상의 결실이라고 생각해야 해. 자, 이게 수수께끼의 열쇠야. 도시의 우아한 청년이 시골 청년 곁에서 펼치는 연주가 젊은 여인 둘을 그려내서 그들의 머릿속에 나타나게 만든 거지. 저 도시 사람, 멋진 귀족은 사실 자연 속에서, 이 전원적인 세계 속에서 도피처를 구한 것 같구나. 그곳에서 시를, 노래를, 그리고 방금 말했듯이 상상을 좋아하는 자신의 기질을 자유롭게 펼쳐내려고…… 르네상스 시대에 상상은 판타지아라는 근사한 말로 불렸어. 판타지아는 진정한 황금기를 맞아 그 위상이 전에 없이 격상되었지.”

"사실 화가는 사랑 얘기를 하고 싶은 거죠……"

"틀린 말은 아니야. 물론이야, 티치아노의 이 화폭에서 두 님프들은 아름답고 관능적이지. 물론 마음속의 그 이미지가 사랑의 욕망과 무관하지 않다고, 성적 환상 비슷한 거라고 생각해볼 수 있어. 하지만 봐라, 내 생각에 핵심은 그게 아니야. 각각 피리와 물병을 든 저 두 여인은 창조와 시적 몽상의 알레고리거든. 야외 한복판의 전원 연주회가 상상의 스위치를 켜는 작용을 했달까, 상상 자체가 다른 상상의 모티프들을 만들어내는 거지. 상상은 언제나 또다른 상상을 불러일으키고, 그렇게 자체의 움직임을 원동력으로 삼아 긴 나선형의 운동을 하니까. 이 그림이 우리에게 얘기해주는 건 언제나 더 깊은 것들을 상상하게 하는 그 놀라운 자극이야. 그리고 우리에게 그 경이로운 능력을 믿어보라고 권하지. 보이지 않는 것을 보이는 것으로, 있을 법하지 않은 것을 가능한 것으로 만들어주는 능력을.”

모나는 눈썹을 찌푸리고 할아버지한테 몰래 돌아보라는 투로 자기 왼쪽을 곁눈질했다. 할아버지는 메시지를 이해하고 그렇게 했다. 처음에는 아무것도 알아차리지 못했지만 곧 분명해졌다. 초록색 숄을 두르고 얼굴에 가볍게 화장을 한 나이 지긋한 한 부인이 얼마 전부터 그들 가까이에 서서 대화를 몰래 듣고 있었던 것이다…… 그녀는 얼굴을 붉히더니 헛기침을 하며 바쁜 걸음으로 멀어져갔다.

"하비, 저분은 사랑에 빠졌던 것 같아요!"

"모나야, 넌 상상이 지나치구나……"

5
미켈란젤로 부오나로티
너 자신을 질료에서 해방시켜라

디에고는 정말이지 구제불능의 바보였다. 참을 줄도 돌려 말할 줄도 모르기에, 그의 질문은 깜짝 상자의 악마처럼 튀어나와 반 아이들을 포복절도하게 하곤 했다. 이번에는 하지 선생님의 말을 무척이나 주의깊게 듣고서 질문을 던졌는데, 선생님은 10시 반 종이 울렸는데도 안뜰에 와서 줄을 서지 않은 디에고를 꾸짖고 있던 참이었다.
"디에고, 놀이를 멈췄어야지." 선생님이 엄하게 못박았다.
선생님은 상황에 걸맞게 심각한 꾸지람을 한 것이었는데, 거기에 디에고는 말대답을 했다. 분명 나쁜 의도로 그랬다기보단 솔직한 호기심이 생겨서였지만, 그 방식이 너무 서툴러서 하지 선생님은 평정을 잃고 말았다.
"그럼 선생님은 언제 놀이를 멈췄는데요?"
아이는 교장실로 불려 갔는데, 자기는 분명 벌 받을 짓은 하지 않았다고 여겨 엉엉 울었다.

정오의 긴 쉬는 시간이 되어 자드와 릴리는 모나에게 게임을 하자고 했다. 셋 사이에서 '라 누바'라고 불리는 게임이었는데, 자기들이 상상하는 음악 세계를 배경으로 벌이는 역할극 놀이였다. 대강 설명하자면, 세 아이 중 하나가 프로듀서 역할을 맡는다. 즉석에서 구한 액세서리들을 이용해 나머지 두 친구 중 하나에게 성대한 무대 의상을 갖춰 입히면 그 아이는 기타리스트나 가수가 되어 광란의 퍼포먼스를 펼쳐 보인다. 세번째 아이는 열광적인 관객이나 냉혹한 비평가를 흉내낸다. 그런데 오늘 모나는 말이 없었다. 하고 싶지 않았다. 정신이 다른 데 가 있었고, 평소의 열광은 뭔가에 억눌려 있었다. 바로 그날 아침에 디에고가 했던 질문이 떠올라서였다. 모나는 디에고가 버릇 없이 구느라 그렇게 물었던 게 아님을 깨달았다. 디에고는 정말이지 진심으로 궁금했던 것이다. '어떤 이가 놀이를 멈추는 것은 언제일까?' 아무 생각 없이 자연스럽게 이야기를 만들어내고 이야기 속 배역을 연기하는 이 성향은 어떤 문턱을 넘으면서, 어떤 나이에서 끊기는가? 다른 세계 속으로 수월하게 들어가는 능력, 자기 주변의 모든 것을 성채로, 미국 서부의 개척지로, 우주선으로 변신시키는 능력이 작동을 멈추는 것은 어느 시점부터인가? 디에고와 모나는 다가오는 그 묘한 장래를 내다보게 되었고, 그건 마치 어느 날, 어쩌면 아주 가까운 어느 날에 그들 역시 필연적으로, 놀이가 의식적 결심이 아니라 자연스러운 성향에서 나오는 이 유연한 영토를 떠나리라고 예감한 것과도 같았다. 하지만 언제? 정확히 언제 이 단절이 이뤄지는가?

이런 생각이 휘몰아치는 동안, 모나는 몸이 굳은 채 다른 아이들이 원자처럼 휘젓고 다니는 운동장 한복판에 우뚝 서 있었다. 그때였다.

웅덩이의 더러운 물을 가득 빨아들인 단단한 스펀지 공 하나가 난데없이 튕겨 날아와서 모나의 관자놀이에 심하게 부딪혔다. 모나는 중심을 잃고 옆으로 넘어졌고, 땅바닥에 쓰러진 채 눈물이 차오르는 것을 느꼈다. 한 남자애, 저 악명 높은 기욤, 모나가 싫어하는 그 잘생긴 낙제생이 공을 찾아 달려오더니 전혀 아무렇지도 않다는 듯 축구 시합으로 돌아갔다. 화가 난 모나는 맹렬한 의지로 눈물을 억눌렀다. 말 한마디, 손짓 하나, 눈길 한 번 건네지 않았다. 다행히 릴리와 자드가 달려와 친구를 일으켜주고는 먼젓번의 놀이를 다시 제안했다.

"가자, 라 누바 하자!"

이번에는 모나도 응했다. 아직은 수월하게 해낼 수 있는 상상을 총동원해, 아이는 날뛰는 팝 스타가 되었고 자드는 광적인 매니저가, 릴리는 백만 명의 군중이 되었다. 은은한 태양빛이 그들 얼굴 위에서 춤을 추었다.

◆

이번에 앙리가 모나를 데리고 간 곳은 어딘가 장엄한 차가움으로 시선을 사로잡는 전시실로, 그림의 즉각적인 유혹은 없는 곳이었다. 과연 루브르의 드농 관에 위치한 그 회랑에는 사람이 거의 없었다. 이에 대해 예전부터 앙리는 그 회랑이 두 가지 점에서 불리하다고 여겼다. 그 전시실이 일종의 통로, 다른 전시실로 향하는 갑문 같은 것에 가까워 보인다는 점, 그리고 그곳에서 유령의 분위기, 거의 죽음의 분위기가 난다는 점. 하지만 그런 느낌은 어쩌면 그 전시실을 채운 작품들의 고유한 특성일 수도 있었다. 조각, 특히 이탈리아 르네상스 시대의 조각이 전시된 그곳에서는 청동의 검은 유령들이나 대리석의 하얀 유령들이 진을 펼치고 있었던 것이다.

앙리 곁에서 얌전히 걷는 모나가 이끌려 간 곳은 극심한 경련 상태의 몸을 보여주는 어느 석조 작품 앞이었다. 가까이 다가가는 동안, 한 아이가 아빠로 보이는 땀투성이 남자의 등에 올라앉아 고함을 질러대는 통에 공간이 심하게 울리면서 모나의 귀가 웅웅거렸다. 그러자 모나는 자기도 그리 멀지 않은 과거에 어른들 어깨를 타고 오르길 좋아했던 것을 떠올렸다. 그래서 장대하고 여전히 기운찬 할아버지에게 목말을 태워달라고 부탁했다. 위험한 곡예였지만 앙리는 들어줬다. 뼈가 도드라진 몸을 구부렸다가 놀라운 복부 근력으로 천장을 향해 모나를 들어올렸고, 그리하여 손녀는 바닥으로부터 2.5미터 높이에서, 관람객들이 아래에서만 쳐다보는 대리석의 얼굴과 거의 마주보게 되었다.

감겨 있는 눈, 마찬가지로 다물어진 약간 통통한 입술, 무성한 곱슬머리 아래의 두상을 둘로 가르는 날렵하고 곧은 코, 더할 나위 없이 완벽한 선들로 균형 잡힌 얼굴이었다. 머리는 오른쪽 어깨 쪽으로 기울어져 있었지만 어깨와 닿아 있진 않았다. 이 어깨로부터 뻗어나온 근육질의 유연한 팔은 팔꿈치에서 안쪽으로 구부러지며 손에 이르고, 이 커다란 손이 몸통을 스치달까, 더 정확히 말하자면 손바닥으로는 심장이 있는 자리를 덮고 손끝으로는 몸통을 반으로 나누는 중앙선, 즉 흉골을 더듬고 있었다. 얇은 옷이 가슴 위로 말려올라가 있었다. 그것 빼고는 완전히 벌거벗은 청년이었고, 두 다리 사이 체모 없는 음부도 훤히 드러나 있었다. 보다 육중한 대리석 덩어리에 기대고 있는 왼쪽 다리는 오른쪽으로 살짝 돌려져 있었고, 거기에서 골반의 움직임, 극히 순정하고 한없이 부드럽게 뒤트는 움직임이 생겨났다. 이러한 인상은 뒤로 젖혀진 왼쪽 팔이 뒷목 부근에 묻혀 있어 더욱 강해졌다. 전체적으로 말하자면 누워 있는 사람이 겪는 황홀경의 이완 상태를 서 있는 모습으로 재현해놓은 것 같다고 할 수 있었다. 모델 발치에 형태가 잡히지 않은 채로 남아 있는 바위 한 덩이가 마치 파도처럼 허벅지 뒤까지 솟구쳐올라와 있었다. 작업의 흔적이 거의 없는 이 재료 덩어리 윗부분에 수수께끼 같은 원숭이 얼굴이 드러나 있었는데, 간신히 대강의 윤곽만 잡힌 상태였다.

말없이 작품을 살펴보는 것에 먼저 지친 건 모나가 아니라 어깨 위에 앉은 손녀의 무게에 눌린 할아버지였다. 그는 아이를 바닥에 내려줬다. 그러고 나니 모나는 훨씬 더 낮은 시점에서 작품을 보게 되었다. 조각상의 성기(모나에게는 너무 두드러져 보여서 민망했다)에서 눈을 돌려 뒤로 젖혀진 조각상의 얼굴을 응시했다. 갑자기 얼굴이 굉장히 멀리에, 까마득하게 높은 곳에 거한다는 느낌이 들었다.
"하비, 저 사람은 행복한 거예요, 슬픈 거예요?"
"네 생각에는 어떠니?"
"약간 둘 다인 것 같아요…… 하비 어깨에서 가까이 보았을 땐 행복하다는 쪽이었는데, 여기선 어쩌면 고통 같은 걸 느끼는지도 모르겠다는 생각이 들어요…… 아무튼 아플 때 저는 몸을 뒤틀거든요…… 약간 저렇게요!"

"있지, 이 조각상에 대해 확실하게 말할 수 있는 것은 거의 없단다. 애매함이 고스란히 남아 있지. 그래도 확실한 게 있긴 한데, 일단 이걸 만든 사람이야. 미켈란젤로 부오나로티, 아마 전 시대를 걸쳐 가장 위대한 예술가일 거야. 비범한 기인이었어. 그의 재능과 뒤틀린 성격은 피렌체 근방에서 수련 시절을 보낼 때부터 동시대 예술가들의 즉각적인 질투를 불러일으켰지. 예를 들면, 예술적으로 뛰어난 솜씨를 가진 동시에 무례하기 그지없는 미켈란젤로에게 화가 난 동문 중 하나가 그의 코에 주먹을 한 방 호되게 갈겼다는 얘기가 전해져. 그리하여 미켈란젤로는 기나긴 여생 동안 찌그러진 얼굴을 갖게 되었다나. 보기 싫은 사람일 뿐만 아니라 불쾌한 사람이었다고 할 수 있는 셈이지……"

"불쾌하다고요? 그치만 하비한테도 커다란 흉터가 있는데. 저는요, 하비를 불쾌하다고 말하는 게 누구든 당장 주먹을 한 방 먹여줄 거예요!" 모나는 벌컥 화를 내더니 짓궂게 아이러니한 투로 한마디를 덧붙였다. "하비, 하비는 너무나 잘생겼어요."

"안목이 좋구나…… 미켈란젤로의 아버지는 조각가가 되는 건 불명예스러운 일이라고 여겼어. 그 시대에 조각은 천한 수작업이고 돌 자르는 일이나 마찬가지라고 여겨졌기 때문이지. 하지만 미켈란젤로는 자기 소명에 대한 내적 확신이 있었어. 그는 또한 문인이자 시인이었고 '신플라톤주의'라고 불리는 고대의 학설을 신봉했지. 그리스의 위대한 철학자 플라톤에게서 이름을 따온 학설인데, 더 높은 곳, 정신과 관념과 상상의 영역으로 올라가기 위해서는 지상 세계와 인간의 육체라는 감옥에서 벗어나야 한다고 여겼어. 피렌체의 한 제후였던 로렌초 데 메디치 역시 신플라톤주의자였지. 예술에 대한 세련된 안목으로 유명했고 '일 마나피코', 즉 대인이라는 별명까지 지니고 있던 그는 일찍부터 미켈란젤로에게 감탄하며 여러 대작을 주문했단다."

"그 제후의 조각상을 보여주려고 여기로 데려온 건가요?"

"아니, 네 앞에 서 있는 건 로렌초 데 메디치가 아니야…… 사실 16세기 초 피렌체의 아름다움과 권세를 보고 또하나의 도시, 이탈리아뿐 아니라 유럽 전체 기독교의 요람이었던 도시가 피렌체의 호화로움을 샘내며 그와 겨루고 싶어했지."

"저, 그 도시 알아요. 로마죠. 아빠가 맨날 똑같은 농담을 해요. '모든 길은 로마로 통한다'고 말하는 대신 '모든 길은 럼으로 통한다'*고요…… 그럼 저는 웃어요. 하지만 대체로 아빠 기분좋으라고 웃는 거예요……"

"아빠는 아빠 농담을 하라고 두고, 지금 알아둬야 할 건 당시 로마에 굉장히 부유하고 미켈란젤로의 재능을 무척 높이 사던 교황이 한 명 있었다는 거야. 율리우스 2세라고 하는 이 사람은 로마를 아름답게 꾸미려고 무척 많은 돈을 썼어……"

"아, 맞아요. 라파엘로를 고용했던 사람이죠!" 모나가 끼어들었다.

"브라보, 기억력이 좋은걸! 그래서 그 교황은 미켈란젤로도 고용했단다. 미켈란젤로는 부유해졌지만 검소하게 살아갔는데 거의 궁색하다고 할 정도였지. 또 철저하게 혼자 살았고. 금화 더미를 침대 아래에 쌓아놓기만 하고 쓰지 않았다나. 좀더 나중에 율리우스는 그에게 자기 무덤의 구상을 맡겼지…… 바로 그 주문을 위해 이 조각상이 만들어졌

---

* 사탕수수 증류주 '럼'은 프랑스어에서 '로마'와 발음이 같다.

어. 옆에 보이는 두번째 상도 그렇고. (앙리는 그 회랑에서 〈죽어가는 노예〉와 짝을 이루는 〈반항하는 노예〉를 가리켜 보였다.) 둘 다 교황의 웅장한 묘소를 장식할 예정이었어."

"율리우스가 매장된 곳을 말하는 거예요? 자기 자신의 죽음을 상상하다니 슬퍼요……"

"바로 그 점인데 모나야, 교황이었고 영생과 부활을 믿었던 율리우스에게 그런 계획은 절망적으로 느껴지지 않았을 거야. 그보다는 행복과 불행, 영원한 영광과 끝없는 애도의 묘하고 역설적인 뒤섞임이랄까. 그리고 미켈란젤로는 그 점을 깊이 이해했지…… 훌륭한 시인이었던 그는 언젠가 이런 시구를 쓰기도 했어. '우울은 나의 기쁨.'"

"미켈란젤로랑 같이 일하기는 정말 힘들었겠어요!"

"바로 그런 이유로, 좀더 나중에 시스티나 예배당의 프레스코화 같은 어마어마한 작업을 할 때조차 그는 언제나 혼자였어. 우정을 나누기엔 성격이 사납고, 어마무시한 작업장에서 동료나 조수와 함께 일하기는 절대적으로 불가능했지. 하지만 교황 율리우스 2세와는 잘 지냈어. 둘은 성격이 비슷했거든. 모두 성마른데다 조금도 타협할 줄 몰랐고, 스스로 정한 수준에 오를 수만 있다면 다른 사람들의 시선은 아랑곳하지 않았지. 아름다움을 향해 미켈란젤로만큼 광적인 욕구를 품었던 사람은 인류 역사에 달리 없어. 하지만 그건 라파엘로처럼 온화하고 우아한 아름다움이 아니라, 상반되는 힘으로 괴롭고 팽팽한 아름다움이어야 했지. 이를 두고 미켈란젤로의 테라빌리타라고들 했어."

모나는 할아버지의 손목을 그러쥐었다. 할아버지의 목소리조차 너무 깊은 나머지 약간 무섭게 느껴졌다. 노인은 자유로운 다른 손으로 허공에 나선을 그려 보였다. 무용수의 손짓 비슷하게, 조각된 몸의 불꽃과도 같은 굽이침을 좇는 손짓이었다.

"모나야, 이 몸은 활짝 피어난 청년의 완벽하고 우아하며 근육이 잘 잡힌 행복한 몸, 요동치는 환희가 가로지르는 몸인 동시에 고통으로 괴로워하는 몸이야. 이 작품의 제목은 〈죽어가는 노예〉인데, 그것이 표현하는 바가 유난히 모호한 건 실로 당황스러운 생각을 느끼게 하기 위해서야. 돌을 자르든 붓이며 물감과 씨름하든, 끊임없이 손이 바빴던 예술가로부터 나왔다는 점에서 더더욱 당황스러운 생각이지. 뭐냐면, 질료로부터, 구체적이고 만질 수 있는 세계로부터 해방되어야 한다는 거야. 이 육체는 모나야, 이 전율하는 육체는 삶이라는 방황을 떠나 저세상의 이상적인 영역으로 넘어가고 있어. 마치 노예의 신분에서 자유로운 인간의 신분으로 넘어가듯이, 마치 무정형의 대리석 덩어리에서 조각의 장려함으로 넘어가듯이. 세 가지 과정 모두 세계의 질료, 거칠고 무겁고 인간을 소외시키는 질료로부터 벗어나는 과정인데, 그게 한꺼번에 이뤄지면서 기쁨과 고통이 뒤얽히는 무섭고도 숭고한 움직임으로 나타나는 거지. 그건 하나의 해방이야."

앙리는 입을 다물고 손녀를 이끌어 조각상 주위를 몇 차례 돌았다. 손녀가 왼쪽 옆구리를 들여다보며 드디어 그가 기다리던 질문을 던졌다.

"그런데 대체 왜 저기에 원숭이 머리가 있는 거예요?"

"네가 그걸 의아하게 여겨주니 정말 기쁘다…… 아마 원숭이가 인간을, 예술가를 희화화하기 때문이겠지. 보이는 모든 것을 흉내내고 마주치는 모든 것을 모방하며 **원숭이 노릇**을 하는 예술가 말이야. 보렴. 여기에서 원숭이는 흐릿하게, 미완의 상태로 남아 있는 질료 더미에 갇혀 있어. 세계의 저열한 물질적 차원, 더 높은 곳을 향해 벗어나야 할 그 차원을 상징해. 있지 모나야, 미켈란젤로는 형상이 대리석 덩어리 속에 이미 존재한다고 즐겨 말했단다. 그 형상을 드러내기만 하면 된다고, 허물을 걷어내 형상이 나타나게만 하면 된다고. 질료의 혼돈 속에 이미 정신과 이상이, 순수 상태의 작품이 깃들어 있다는 거지."

이 말을 끝으로 모나는 〈죽어가는 노예〉로부터 시선을 거두고 할아버지와 함께 자리를 떴다. 하지만 회랑에서 나가기 직전에 갑자기 멈춰 서더니 조각상을 향해 돌아서서 인사 대신 침팬지 흉내를 냈다. 무릎을 굽히고 세 차례 꺅 소리를 지르며 겨드랑이를 긁어대는 모나의 야생 흉내에 앙리는 동참해볼까 망설였지만, 심통 난 곰처럼 궁시렁거리는 전시실 경비원을 보고는 무작스럽게 몸가짐을 단속했다.

6
프란스 할스
보잘것없는 사람들을 존중하라

더이상은 의지만으로 되지 않았다. 이제 폴은 너무나 많이 마셨다. 텁텁한 입으로 어깨를 웅크린 채, 카미유를 붙들고 그가 구태여 '물질적인 문제들'이라고 부르는 것에 대해 하소연하며 도저히 이겨낼 수가 없다는 둥, 그래도 그런 게 자기 마음속에서 가족이 차지하는 변함없고도 커다란 애정의 지분은 전혀 건드리지 못한다는 둥 넋두리를 늘어놓았다. 카미유는 걱정하면서도 꿋꿋하게 들어줬다. 하지만 그날 저녁, 식사 시간에 딸을 앞에 두고 그가 한 잔 또 한 잔 비워내는 것을 보고는, 그 잘난 '물질적인 문제들'이 실상은 와인 속으로 도망치기 좋은 핑계가 되어주는 건 아닌지 더는 잘 모르겠다고 냉담하게 쏘아붙였다.

"이 빌어먹을 작태도 과연 당신이 말하는 **물질적인 문제**인지 좀 생각해보시지!"

갑작스럽게 자신의 악덕이 모나의 눈앞에 그처럼 까발려진 것에 마음이 상한 폴은 도망치고 싶은 기분이 되어 홧김에 뭔가를, 시끄러운 소리를 낼 수 있다면 아무것이나 깨뜨리려고 했다. 다만 그에게는 그럴 용기가 없었다. 그런 일조차 벌일 의지가 부족했다. 카미유는 이내 후회했다. 딸이 보는 데서 그런 식으로 말하다니, 게다가 필시 부당한 말이었던 것 같고⋯⋯ 하지만 이미 늦은 일이었다.

이 서늘한 폭력 사태로 처음에는 어안이 벙벙하고 주눅이 들었던 모나가 그때 예기치 않은 반응을 보였다. 아이는 작게 안도의 한숨 소리 같은 것을 내면서 기지개를 켰다. 마치 팔다리를 늘이려는 듯이, 팔다리를 더 여유롭게, 더 탄력적으로 만들어 성장시키려는 듯이, 할 수 있는 한 자신의 어린 몸피로부터 벗어나 방금 저도 모르게 던져진 그 어른들의 세계에 참여하려는 듯이. 모나는 그렇게 자기 몸을 펴면서 주위의 무거운 분위기까지 풀어낸 것이다. 그러고 나서 과장되게 단호하고 침착한 목소리로 어른의 성찰이랄 만한 것을 서투르게, 하지만 씩씩하게 흉내냈다.

"있죠 엄마, 아빠는 언젠가 자기 문제들(이 단어에 폴은 소스라쳤지만 딸의 말을 가로막는 일은 자제했다)을 다른 걸로 바꿀 수 있을 거예요. 대단한 이야기를 한 편 만들 수도 있죠! 책이나 영화에는 언제나 슬픔과 불행이 있는데 그걸 잘 엮어서 얘기하면 아름다워져요⋯⋯"

폴과 카미유는 얼떨떨한 상태로 족히 10초는 흘려보냈고, 그러는 동안 모나는 더 말하지 않고, 심지어 그날 학교에서 있었던 일화들을 마저 얘기하려고도 하지 않고, 입을 꾹 닫은 채 차분한 침묵 속으로 들어갔다. 임무를 완수한 자의 침묵이었다. 저녁식사는 빠르게 지나갔고, 모나는 미니 모카 크림을 한 통 비우자마자 자기 방으로 들어갔다.

"폴, 듣고 있어?"

"응."

"그 정신과 의사가 모나한테 말도 안 되게 좋은 모양이야, 안 그래?"

"응…… 좋은가봐, 말도 안 되게. 어, 그러고 보니 다음 상담이 내일이네."

◆

신호등이 빨간색으로 넘어갔다. 모나는 할아버지의 손을 놓고 뛰쳐나가 길을 건너더니 건너편 보도에 이르자 빙 돌아서는 느린 걸음으로 다가오던 노인 쪽으로 되돌아와 다시 손을 잡았다. 영락없는 꼬마 부메랑이었다……

"알지, 모나야, 네가 그렇게 날아다니는 걸 난 별로 좋아하지 않는단다!"

"아, 하비! 충분히 주의하고 있어요! 그리고 저는 매번 돌아서서 하비가 있는지 잘 봐요."

"조심하렴, 그러다 어느 날에는 네가 날 유령으로 만들지도 몰라."

객관적으로 생각해도 무서운 그 말이 모나를 아연실색케 했다. 유령으로? 대체 왜? 사실 앙리는 3주 전 라파엘로의 화폭 앞에서 얘기해주겠다고 약속했던 오르페우스 신화를 암시했던 것이었다.

"오르페우스는 시인이었고 경이로운 리라 연주자였어. 노래가 어찌나 아름다운지 동물들까지 그에게 매혹되었지."

"진짜로 그런 게 가능해요?"

"어쨌든 오르페우스는 그런 경지에 달했어. 그의 목소리는 사자, 말,

새, 파충류, 설치류, 코끼리까지 불러들였단다! 저항할 수 없는 매력을 지녔던 거지. 어느 날 오르페우스는 에우리디케라는 이름의 님프와 사랑에 빠져 결혼했어. 불행히도 이 님프가 뱀에 물려서 죽게 돼. 슬픔으로 넋이 나간 시인은 죽은 자들의 왕국으로 내려가 아내를 되찾아오려고 했어. 그의 순수한 노래 덕분에 지옥의 신 하데스를 설득할 수 있었고, 에우리디케를 지상으로 데리고 가도 좋다는 허락을 얻어냈지. 단, 하데스는 한 가지 조건을 걸었어. 산 자들의 세계에 도착하기 전에는 어떤 상황에서건 사랑하는 아내를 돌아보면 안 된다는 거였지. 그런데 빛을 향한 그들의 여정이 끝나기 몇 미터 전, 에우리디케의 발소리가 더이상 들리지 않자 오르페우스는 걱정에 사로잡혔어. 결국 그는 초조하고 불안한 눈으로 뒤를 보았지. 그러자 에우리디케는 실체를 잃고 연기가 되어 어둠 속으로 영영 사라졌단다……"

"하지만 하비, 너무 슬퍼요!"

모나는 루브르로 향하는 여정 내내 겁에 질린 새끼 짐승처럼 앙리에게 착 달라붙어 할아버지의 발걸음을 거추장스럽게 만들었다. 또 할아버지의 옷자락을 쥐고 주름 구석구석에 밴 향수 냄새를 취하도록 맡아댔다. 무엇보다도 '똑바로 앞, 똑바로 앞, 똑바로 앞'만 보아야 한다는 말을 스스로에게 반복했다. 17세기 네덜란드 컬렉션 사이에 있는 그날의 화폭을 마주할 때, 그 주문이 아이의 주의를 집중시키는 데 도움이 되었다.

그다지 크지 않은 화폭의 여인 초상화였다. 세로 길이가 가로보다 살짝 길었으나 거의 정사각형에 가까웠다. 어느 갈색 머리 여인의 풍만한, 과하게 뚱뚱하진 않은 상반신 모습이 오른쪽을 향해 4분의 3 각도로 그려져 있었다. 도도록한 눈꺼풀이 취기와 즐거움으로 내려앉아 반쯤 감긴 채, 여인은 윗 치열을 드러내며 미소 짓고 있었다. 동공의 방향을 미뤄 짐작하건대 화면 바깥에 있는 뭔가를 재미있어 하는 것 같았다. 약간 통통한 여인의 얼굴에서 발그레해진 뺨이 눈에 띄었다. 화가가 두툼한 붓터치로 강조한 다른 곳의 피부는 꽤 희고 탄탄해서 머리카락의 색깔과 대비를 이뤘다. 머리띠를 했지만 무성한 머리숱이 흐트러진 채 등까지 흘러내려 난발이 되어 있었는데, 그것이 모델의 민중적, 농민적 성격을 강조했다. 조여져 터질 듯한 가슴도 있었다. 하얀 셔츠의 파인 앞섶에 두 가슴의 곡선이 서로 바짝 붙은 채 불룩하게 솟아 있었고, 그 셔츠 위로는 산호색 일복을 겹쳐입었다. 후경에는 온통 갈색과 회색으로 칠해진 배경이 있었는데, 몹시도 모호해서 거친 바위라고도, 북쪽 고장의 무거운 하늘이라고도 생각할 수 있었고, 실상 거기 특별한 요소가 전혀 없기에 관찰자의 주의는 더더욱 저 자유롭고 즐겁고 꾸밈없는 젊은 여인에게로 집중되었다.

모나는 오랫동안, 거의 20분 가깝게 그림을 관찰했다. 그런 다음 명판을 살펴보더니 눈썹을 찌푸렸다.
"하비, '보헤미안'이라는 게 뭐예요?"
"터놓고 말하자면 모나야, 이 그림이 그려진 시대, 1626년경에는 아무도 그걸 정확히 알지 못했단다…… 보헤미안은 신비로운 민족이었고, 주변적인 풍습과 행동을 보이는 이국적인 존재들로 여겨졌어. 그들은 유랑민이었지. 즉 같은 장소에 결코 오래 머물지 않으면서 정해진 근거지 없이 세월 따라 살아가는 사람들이야. 길을 누비고 다닐 뿐 전통적인 직업 집단에는 소속되지 않았어. 물론 남들에게 약간의 두려움을 사기도 했지만, 다른 한편으로는 모종의 자유를 구현하는 이들이었고 그게 매혹적인 아우라를 만들어냈지. 그들은 음악가의 재능을 지닌 것으로 유명했고 마술사의 천부적 능력이 있다고 여겨지기도 했단다. 미래를 점치는 능력인데, 특히 카드나 수정구슬, 손금을 읽어내는 거였지."

"미래요? 어 그럼 하비, 저는요, 저한텐 무슨 일이 일어날까요?"

그러면서 모나는 손바닥을 내밀었다. 애절하도록 의기소침하게 던진 이 질문이 어쩌나 앙리의 마음을 아프게 했는지…… 그는 아이의 질문에 담긴 실명, 영원한 어둠에 대한 불안감을 들었고, 달도 별도 없는 밤 속에서 길을 잃은 손녀의 목소리를 들었다. 그게 있을 수 있는 일인가? 그게 정말 있을 수 있는 일이란 말인가? 모나는 자기 손바닥을 살피면서 하나의 신호, 한 조각의 메시지, 분홍빛 피부의 고랑 사이에서 빛나는 작은 등불 같은 것을 찾아 뒤지고 있었다. 아이는 손가락을 오므리더니 주먹을 세게 쥐었다. 가슴이 찢어졌다. 앙리는 심장이 떨어져나가 뱃속 깊은 곳에서 찌그러지는 것을 느꼈다. 하지만 그런 순간마다 능히 그는 강철 같은 의지를 다지며 다시 생각했다. 혹시라도 암흑이 손녀의 시야를 가리게 된다면, 손녀에 대한 자기 계획이야말로 얼마나 긴급하게 필요한 일인가.

"나로서는 모나야, 다른 것보다도 네가 이 보헤미안 여인에 대해 생각한 것을 말해주면 좋겠구나."

"으음, 말하기가 어려워요, 하비. 하비가 저를 데리고 루브르에 오는 건 예쁜 남자와 여자를 보려는 거죠, 그죠? 뭐, 제 인상은 그랬어요…… 보티첼리의 여신들, 레오나르도의 라 조콘다, 미켈란젤로의 노예, 거기선 다 '와' 소리가 나왔죠. 저건, 하비의 선택은 존중하지만, 제가 보기에 저 여자는 덜 예쁘다고 말해두죠. (아이는 말하다 말고 길게 침묵했다.) 하지만 동시에……"

"동시에 뭐?"

"하지만 동시에, 화가가 저 여인을 그린 건 화가의 눈에 예뻤기 때문이죠, 그죠?"

"분명 그렇지. 화가가 예쁘다는 단어를 사용했을지는 모르겠다만 어쨌든 네가 맞아. 그는 여인에게서 뭔가를 발견했던 거지. 초상화의 대상이 될 만한 가치가 있는 뭔가를. 알아둬야 할 게 있어, 모나야. 15세기 르네상스 초기 이래 점점 더 많은 사람들이 초상화를 주문했어. 자신의 얼굴을 그리게 하려고 예술가에게 돈을 지불했고, 때로는 아주 비싸게 지불했지. 초상화에서는 흔히 육체적 장점은 부각시키고 단점은 지움으로써, 또 우아한 차림이라든지 가치 있는 활동을 하는 모습이라든지 인물이 돋보이도록 위엄 있게 보여줌으로써 그를 빛나게 만드는 게 관건이었지. 그런 사람들은 대체로 부자들, 사회에서 높은 지위를 차지하는 이들이었어. 그러한 초상화는 그들의 이미지, 입지, 권력을 확고하게 만들었지. 루브르 복도에 제후나 왕의 초상화가 많은 건 그 때문이란다."

"알겠어요, 하지만 보통 사람이 나오는 그림도 있어요. 저는 티치아노의 화폭을 기억해요. 잘 차려입은 누군가와 음악을 연주하는 시골 청년이 있었어요!"

"정말 그랬지. 하지만 그건 초상화가 아니었어. 기억하지, 티치아노는 그 청년을 따로 그리지 않았어. 예술 용어로 '풍속화'라고 부르는 건데, 말하자면 민중적인 장면, 일상적인 생활에서 끌어낸 장면이고 거기에서 어떤 행동이 일어나지. 초상화에는 행동이랄 만한 게 딱히 없단다. 모든 게 영원 속에서처럼 굳어진 상태지."

"알겠어요. 하지만 저는요, 음, 저 보헤미안 여인이 움직인다는 인상을 받아요. 게다가, 게다가, 돌아보는 것 같고요…… 하비가 얘기해준 오르페우스처럼……"

이야기를 떠올린 아이는 얼굴을 찡그렸다.

"좋은 반박이다, 모나야. 저 여자는 화폭 바깥에 있는 뭔가 혹은 누군가를 향해 몸을 돌리는 중이야. 우리는 그게 뭔지 알 수 없지만, 네 말처럼 어떤 요소가 여자의 주의를 끌지. 그리고 미소 짓게 만들어. 그러니까 사실 이 여자는 어떤 행동을 하는 와중에 포착된 셈이지……"

"어떤 행동인데요?"

"알 수 없단다. 다만 화가는 네덜란드인이었어. 프란스 할스라고 해. 그리고 17세기 전반 네덜란드 지방에서는 평범한 이들이 즐기며 노는 흥겹고 민중적인 순간들이 엄청나게 많이 그려졌어. 춤, 식사, 거리나 여관의 축제처럼. 풍속화의 장면들, 일상의 일화들, 솔직하고 따사로운 기쁨이 터져나오는 순간들이지."

"자드와 릴리랑 함께 가는 생일 파티 같은 거네요!"

"과일주스와 탄산음료를 와인과 맥주로 바꾼다면 거의 그렇겠구나, 모나야…… 자 이제 프란스 할스가 어떻게 했나 주의깊게 보렴. 그는 보헤미안 여인을 그런 장면으로부터 따로 떼어내서 이 여인에게만 집중하는 구도로 보여주고 있어. 이 화폭은 그러니까 풍속화와 초상화의 경계에 있는 셈이야. 달리 말하자면 그저 구도를 설정하는 방식만으로 풍속화가 초상화로 미끄러지듯 옮겨간 셈이지. 그리고 거기에 이 화폭의 열쇠가 있단다. 머리는 잔뜩 헝클어지고 광대뼈는 불그스름한, 아마 약간은 취한 듯한 이 젊은 여인, 사회 변두리의 집단, 보헤미안에 속하는 여인에게 전통적으로 고귀하고 부유한 사람들의 몫이었던 영예가 주어지는 거야. 분명 저게 누군지는 결코 알 수 없을 테지. 그림 속 여인은 영원히 여러 보헤미안 중 한 명으로 남겠지. 하지만 프란스 할스는 이 여인과 그 민족에 대한 존경심을 불러일으키고자 했어.

"프란스 할스는 보헤미안이었나요?"

"아니. 사실 그는 모든 계층의 초상화를 그렸어. 붓 터치를 강조하면서 그 터치들이 보이게, 거의 만져질 것처럼 표현해내는 특유의 방식으로 특히 높은 평가를 받았단다. 덕분에 그의 그림에서는 매끈한 질감의 환영이 아니라 서로 다른 색의 면들이 역동적으로 약간 들썩이는 듯 겹쳐진 모습이 나타나게 돼. 그런 기법은 거칠어 보일 수 있고 눈에 거슬린다고도 할 수 있지만, 무엇보다도 힘차 보이지. 그러면 얼굴들이 더 생동감을 얻어."

"그 사람들이 정말 있는 것 같다는 거죠! 그 사람들을 만질 수 있을 것만 같다는!"

"정확하다. 그렇기 때문에 프란스 할스는 그가 살던 네덜란드 도시 하를럼에서 무척 많은 주문을 받았지. 대규모 장인 길드, 부유한 부르주아, 고관 모두가 할스의 손으로 서명된 초상화를 원했고, 상당한 금액을 요구하는데도 줄 선 고객이 불어나기만 했어. 하지만 그게 다가 아니야. 할스는 주문이 없어도, 그저 사람들에 대한 애정으로, 보잘것없는 민중에 대한 그의 관심을 표하기 위해 기꺼이 신분이 낮은 사람들을 그렸어. 그들의 개성이 느껴지도록 말이야. 통용되던 말을 쓰자면 '트로뉴', 즉 저속하거나 괴상한 표정이 두드러지곤 하는 얼굴들을 그렸지. 그렇게 해서 육체로 표현되는 강력한 인간적 감정들을 높이 드러냈던 거야. 중요한 인물이라고들 하는 모델의 공식적 초상화에선 멀리하곤 하는 감정들이지."

"알겠어요…… 하비, 오늘의 메시지는 뭐예요?"

"오늘의 메시지는 단순해. 프란스 할스는 우리에게 말하지. 이 불완전하고, 갖은 악벽이 있고, 상스럽고, 출신도 수상쩍은 보헤미안 여인이 고귀한 자들, 명망 높은 자들과 똑같은 존중을 받을 만하다고. 바로 그게 프란스 할스가 이 여인을 캔버스에 담은 이유야. 굳이 그가 보헤미안이어야 할 필요는 없었지. 그저 예술가이기만 하면 되었어…… 그가 우리에게 속삭이는 것, 그건 보잘것없는 사람들을 존중해야 한다는 거야."

"이해했어요, 하비……"

앙리 뷔유맹의 등 뒤에서 주근깨 많은 얼굴에 커다란 빨간색 둥근 테 안경을 쓴 젊은 여자 관람객 하나가 눈도 깜빡이지 않고 그 전부를 귀담아듣고 있었다. 그 옆에는 한 청년이 서 있었는데, 머리 타래가 어찌나 길고 물결치는지 얼굴에 부는 바람이 머리카락으로 실체화된 듯했다. 그는 방금 참관한 대화에 압도된 듯했고, 의심과 감탄 사이를 오가는 듯했다. 그가 용기 내어 질문했다.

"실례합니다, 선생님. 저 아이는 선생님의 손녀인가요? 저 아이의 할아버지 되십니까?"

"응, 그렇다네, 젊은 친구. 이제 내가 자네에게 실례를 해보지. 이분은 젊은이의 애인인가?"

"몰라요." 그들은 소심하게 이구동성으로 대답했다.

"자, 그럼 거기에 대해 생각하는 시간을 가져보게. 멋진 하루 보내고!"

루브르를 떠나면서 앙리는 생각에 잠겼다. 청년이 끼어들어 질문하게 만든 것이 무엇인지 생각해봤다. 분명 청년은 그렇게 풍부하고 깊은 말들이 박식한 노인에게서 어린아이에게 전해질 수 있다는 사실을 믿을 수 없었던 것뿐이리라. 자신의 신념이 옳다고 자부하며, 앙리는 모나와 나눈 대화의 필름을 즐거이 되돌려봤다. 오늘 아이에게 무슨 얘기를 했던가? 무엇보다도 르네상스 이후 초상화의 역사 이야기가 있었고, 17세기 네덜란드에 대한 사회학적 이야기, 또 두툼한 터치라는 회화적 기법에 대한 이야기도 있었다. 아이는 아마 다 이해하지 못했으리라. 그러는 게 당연했다. 하지만 아이는 모든 지식을 흡수하고 싶어했고 아무것도 놓치려 하지 않았다. 그리고 이 욕구 자체가 객관적으로 이미 경이로운 것으로 밝혀졌다. 하지만 앙리에게 아이는 다른 이유로 비범했다. 모나의 비범함은 언어에도, 아니, 특히나 언어에, 그 '나직한 음악'에 있었다. 그는 모나의 언어에 정말이지 독특한 울림이 있다는 낌새를 느끼곤 했다. 그래서 그게 무엇인가? 그는 여전히 몰랐다. 그걸 더 좁혀 말할 수 없기에, 그저 막연히 직감할 따름이었다. 벌써 오래전부터 그는 답을 찾고 있었으나 소득이 없었다. 그 수요일, 루브르에서 마주친 청년 덕분에 앙리는 다른 누군가가 모나의 말을 주의깊게 듣고 자기 대신 그 미스터리를 풀 수 있지 않을까 궁금해했다…… 분명. 어쩌면 그럴 수도. 혹은 아닐 수도. 애초에 그 수수께끼라는 게 존재하긴 하는가, 아니면 그저 자기만의 공상인가?

한편 모나는 다소 의식적으로, 앞을 향해 똑바로 나아가는 데 몰두하고 있었다. 아이는 여전히 오르페우스와 에우리디케와 지옥 이야기를 생각하고 있었다. '진짜 얼마나 바보야! 진짜 바보!' 시인이 뒤로 고개를 돌린 그 치명적인 순간을 상상하며 아이는 속으로 되뇌었다.

"하비, 부탁이에요. 어째서 오르페우스가 뒤돌아봤는지 말해줄래요? 너무 멍청하지 뭐예요!"

"모나야, 너도 언젠가는 이해하게 될 거다. 네가 사랑에 빠지는 날이 오면 말이야."

7
렘브란트 판레인
너 자신을 알라

카미유는 결심했다. 이번에는 정말로 해낼 것이다. 그렇다는 건지 아니라는 건지, 모나가 실명 상태에 다시 빠질 위험이 있는지, 더 나쁘게는 영구히 시력을 잃을 위험이 있는지, 반 오르스트 선생에게 정기 진료를 받을 때 이제는 좀 물어보리라. 사건 이후 한 달 반 동안 이 질문은 카미유의 뇌리를 1시간 이상 떠난 적이 없었다. 몇 분마다 어김없이 나타나는 그 강박적인 의문 때문에 무슨 일을 하건 진득하게 집중할 수 없었다. 이에 관한 한 절대 인터넷은 찾아보지 않겠다고 다짐했기 때문에, 그리고 이제는 그 유혹에 저항하기 위해 동원하는 의지력이 한계를 넘어서기 시작했기 때문에 더더욱 진이 빠지는 일이었다. 적어도 의사의 의견을 듣는다면 머릿속을 들쑤시는 이 강박을 조금이나마 정리해서 다스리는 데 도움이 되지 않을까, 카미유는 생각했다. 딸아이를 옆에 데리고 샤틀레 지하철역의 통로 속을 빠르게 걸어 지나며 카미유는 입안에서 두 질문을 되뇌었다. 모나가 어느 날 시력을 잃을 위험이 있나요? 그럴 확률이 얼마나 되죠?

역의 수많은 잿빛 지하도 중 하나에서 카미유의 발걸음이 다시 걷잡을 수 없이 빨라지던 찰나, 모나가 급히 엄마를 잡아끌었다. 단호한 기세로 열에 들뜬 채, 머릿속 생각에 사로잡혀 군중과 주위의 소란으로부터 완전히 차단되어 있던 카미유는 갑자기 튀어나온 장애물에 발이 걸리는 것을 느꼈고 결국 넘어졌다. 바닥에 누워 있던 노숙자의 다리에 걸렸던 것이다. 신경이 곤두서 있던 카미유는 순간 소리쳤다.

"거 조심 좀 하세요, 젠장!"

당황한 남자는 대답하는 데 애를 먹었다. 그는 상대를 민망하게 하는 공손한 태도로 다만 이렇게 대답했다.

"부인, 저는 시각장애인입니다."

그제서야 카미유는 순식간에 보게 되었다. 낡은 종이 판지 쪼가리에 끄적인 자선을 호소하는 문장들 사이에 대문자로 쓴 '맹인'이라는 단어를 보았고, 충돌의 여파로 땅에 떨어진 남자의 선글라스를 보았으며, 바로 옆에 서 있는 모나의 청바지를 보았다. 그러니까 딸아이의 눈이 어떻게 될까 걱정하며 병원에 데려가던 중이었는데, 하필 그 시점에 지하철 통로에서 맹인 노숙자와 부딪힌 것이었다. 어마어마한 오한에 몸이 얼어붙었다. 거의 패닉 상태가 된 카미유는 말 한마디 없이 몸을 일으키고는 모나를 데리고 황급히 밖으로 나갔다. 전화기를 들여다보는 시늉을 하다가 직장 업무에 갑작스러운 일이 생겼다는 구실을 대며 딸에게 통보했다.

"오늘은 의사 선생님을 보러 가지 않을 거야, 아가. 엄마가 집으로 돌아가야 하거든."

중세 페르시아에서 전해지는 이야기다. 어느 날 아침, 바그다드의 시장에서 한 재상이 죽음의 신과 마주쳤다. 죽음의 신은 알아보기 힘들게 옷을 걸쳤지만 뼈만 남은 모습이었다. 재상은 공포에 사로잡혔는데, 아직 젊고 건강하기만 한 그에게 죽음의 신이 손짓을 해 보였기 때문이다. 재상은 칼리프*를 찾아가 그 불길한 초대를 피하기 위해 당장 사마르칸트로 떠나겠다고 알렸다. 칼리프는 허락했고 신하는 말을 타고 전속력으로 떠났다. 뒤숭숭해진 칼리프는 죽음의 신을 소환해 무슨 이유로 바그다드의 시장에서 한창 나이의 용맹한 재상을 위협했는지 물었다. 죽음의 신은 대답했다. "위협했던 게 아니라 그저 놀라움을 표했을 뿐인데요! 너무 일찍 그와 마주쳤거든요, 게다가 바그다드 시장 한복판에서 말이죠. 그게 의아했습니다. 우리는 오늘 저녁 사마르칸트에서 만나기로 되어 있으니까요……"

카미유는 늘 무서워했던 이 전설에 대해 다시 생각했다. 자신이 헛되이 운명을 피하고 싶어한다고, 아니 더 정확히 말하자면 운명으로부터 딸을 구해내려는 자신의 노력이 서툴기만 하다고 느꼈다. 진단 소견을 피하자고 의사와의 이번 약속을 취소하다니 황당한 짓거리였다. 그래봤자 누구의 불행도 막을 수 없을 텐데. 그럼에도 카미유는 반 오르스트 선생의 진료실에 전화를 걸어 잔뜩 격식을 차린 어조로 진료일을 나중으로, 아주 나중으로 미뤘다. 전화를 끊었을 때, 모나의 안색이 잔뜩 어두워져 있는 것이 보였다.

"무슨 일이니?"

---

* 이슬람 국가의 지도자·최고 종교 권위자를 일컫는 말.

"괜찮아요……"
"내가 너를 뻔히 아는데, 모나야. 기분이 상했잖니. 하지만 나중에 다시 의사 선생님을 보러 갈 거야. 두고 보렴, 다 잘될 거야."
"엄마…… 그냥, 지하철역의 그 불쌍한 아저씨한테 엄마가 말한 방식이……"
모나가 옳았다. 부끄러워진 카미유는 그 불쌍한 남자에게 사과를 하고 괜찮은지 물어보려고 길을 되돌아갔다. 그는 사라지고 없었다.

◆

사람들은 아이들에게 거짓말은 나쁘다고 가르친다. 그리고 모나는 매주 '하비'와 미술관을 어슬렁거리면서 아동정신의학자를 보러 가는 척하는 게 자기 부모에게 거짓말을 하는 일임을 잘 알고 있었다. 아이는 하비에게 자기 생각을 털어놓으며 피노키오 이야기를 했다…… 매주 수요일마다 엄마 아빠를 속이면서 자기도 조금씩 변하고 있는지? 누군가가 속이고 수작을 부리면, 그게 눈에 보이는지? 앙리는 아이의 코를 문지르면서 어쨌든 그 부위에 변한 건 없다고 안심시켰다. 그리고 한바탕 유쾌하게 웃었다. 하지만 나무랄 데 없는 목적이 있을지언정, 자신의 처사가 순전히 기만을 옹호하는 꼴이 되는 건 앙리 역시 원치 않는 바였다. 대충 넘겨버리기에는 도덕적인 면에서 너무 중대한 사안이었다. 정직함을 배우며 자란 아이에게 중간 지대라는 게 뭔지, 진실과 거짓이 뒤얽힌다는 게 뭔지 어떻게 이해시켜야 할까? 선과 악에 대한 이분법적 이해를 깨뜨리되 아이를 당혹스럽게 만들거나 혼란에 빠뜨리거나 실망시키지 않으려면 어떻게 해야 할까? 그건 쉽게 넘어설 수 없는 과제였고, 앙리는 오직 삶의 경험만이 그 가운데서 중용을 찾게 해준다는 사실을 똑똑히 알고 있었다. 자신의 의견을 일방적으로 강요하는 건 모나에게 역효과만 낼 것이다. 루브르에 다가가며 그런 궁리를 하고 있자니 지금이야말로 드농 관 2층에 가야 하는 순간이라는 생각이 들었다. 명암의 개념을 다루기에 알맞은 순간이었다……

세로 길이가 족히 1미터는 되어 보이는 캔버스에는 하얀 실내용 헝겊모자를 쓰고 있는 지긋한 나이의 남자가 그림의 좌측 상단 모서리에서 내려오는 빛을 받으며 4분의 3 각도로 앉아 있었다. 푼더분한 코 양쪽에서 관객을 응시하는 두 눈은 멍하니 멜랑콜리해 보였다. 붉은 뺨 부근에서 축 처진, 주름이 깊게 파인 피부가 뿌연 미광을 받으며 두드러졌다. 이마에는 비통한 주름살이 새겨져 있고 입가에는 좀더 부드러우면서도 좀더 냉소적으로 보이는 주름이 있었다. 비주룩하게 방치된 옅은 턱수염과 고불고불하게 말린 머리카락이 이 두상에 반백의 색조를 부여했고, 그 아래로는 모든 게 훨씬 더 어두웠다. 모델의 망토는 어두운 배경과 아주 뒤섞이진 않았어도 어쨌거나 배경에서 구분하기가 어렵다는 느낌, 더하여는 망토가 배경 속으로 잠겨든다는 느낌을 주었다. 조금 더 아래, 허리 부근에서 빛이 되살아나 채색 지지대—화가들이 세부 표현을 할 때 손을 받쳐주는 나무 막대—를 든 손과 헝겊, 붓, 팔레트를 한꺼번에 쥔 다른 쪽 손을 드러내 보였다. 팔레트 위에는 세 가지 색이 뚜렷하게 분간되었다. 주홍색, 금갈색, 그리고 가운데에 소량의 검은색을 품은 흰색 얼룩. 마지막으로 그림 오른쪽에는 목제 패널 옆모서리가 나타나 있었는데, 이 인물이 작업하고 있는 화폭의 뒷면이었다.

"또 초상화네요." 11분이 지난 뒤 모나가 말했다. "보헤미안 여인의 초상화처럼요. 그리고 여기서도 물감 흔적이 잘 보여요. 그러니까, 두꺼운 터치들이요. 보헤미안 여자는 완전 명랑했어요. 반면 저 남자는 슬퍼요. 그래도 둘한텐 뭔가 비슷한 구석이 있어요……"

"이야, 모나, 놀라운걸! 이제 일곱번째 작품을 봤을 뿐인데, 대단하구나. 벌써 눈을 갖추기 시작했어. 〈보헤미안 여인〉은 프란스 할스의 작품이었지. 이 그림은 화가 렘브란트가 그린 자기 자신의 초상화야. 즉, 자화상이지. 1500년 즈음에 나타났으니까 당시에는 꽤 새로운 장르라고 할 수 있어. 그때 화가가 자기 작업실에서 자기 도구들을 손에 든 모습으로 자화상을 그린다는 건 흔치 않은 대담성을 요구하는 일이었단다. 렘브란트가 54세에 그린 이 초상화가 그런 경우야. 그는 프란스 할스보다 이십 년쯤 뒤, 정확히는 1606년에야 태어났지만 두 사람은 서로를 알았어. 또 네가 잘 알아봤듯이 둘은 같은 화파, 즉 17세기 네덜란드 화파에 속하지. 프란스 할스는 내내 하를럼이라는 도시에서 작품 활동을 했던 반면, 레이던이라는 대학 도시 출신이었던 렘브란트는 일찌감치 암스테르담으로 옮겨갔어. 암스테르담은 당시 한창 북적대며 번성하던 항구 도시였고, 전 세계의 상품이 거기로 모여들었는데 렘브란트는 그런 물건이라면 사족을 못 썼다고 해. 저기에서는 볼 수 없지만, 젊은 시절부터 1669년에 죽기까지 렘브란트가 그린 마흔 점의 자화상 중에는 동양식 차림이나 장신구나 갑옷으로 자기 모습을 연출해놓은 작품들이 많아. 장터나 경매장에서 그가 사들여 수집했던 온갖 엉뚱한 액세서리로 말이야."

"렘브란트는 아빠한테 좋은 고객이 되었겠어요!"

"분명 그랬을 거야. 자 게다가, 네 아빠처럼 렘브란트 자신도 상인이었어. 암스테르담 유대인 구역의 대저택에서 살았는데, 그 1층에서 상점을 운영하며 자기 그림과 판화뿐만 아니라 다른 예술가들의 작품도 팔았거든. 오늘날에도 그 집을 방문할 수 있단다."

"너무 가보고 싶어요!"

"가게 될 거다, 모나야, 인내심을 가지렴. 그리고 자, 거기에서 보게 될 텐데, 암스테르담 사방을 운하들이 가로지르고 있어. 도시 자체가 물위에 둥둥 떠 있다는 인상을 주지. 겨울이면 안개로 가득한 수수께끼 같은 대기 속에 잠기고. 그때 도시는 신비로운 분위기가 되는데, 그게 유럽 북구 화가들의 색조가 지닌 신비로움과 연결되곤 하지. 렘브란트의 색조가 특히 그렇고."

"이해한 것 같아요, 하비! 암스테르담은 습기가 많고 춥고 이른 시간부터 어두워진다…… 그래서 거기 화가들은 도시와 비슷한 스타일을 갖게 된다! 렘브란트의 이 그림이 안개에 싸인 듯한 것도 그 때문이다…… 제가 잘 맞혔어요?"

"10점에 8점. 우수한 성적이다, 모나야."

아이는 자기 점수에 기뻐했다. 앙리는 서둘러 말을 이었다.

"그래도 지리적 풍경이며 날씨 등이 회화 스타일을 결정한다고 생각하지 않도록 주의하렴. 사실 르네상스 이탈리아 예술의 햇빛 쨍한 광채와 네덜란드의 축축하고 흐릿한 차가움을 자주 대비시키곤 해. 틀리진 않지만 그런 얘기는 가려서 들어야 한다. 렘브란트는 어느 이탈리아 화가에게서 무척 큰 영향을 받았는데, 그 화가 역시 암흑의 장인이라 할 만했지. 카라바조라는 이름의 화가야. 1610년 사망하기까지 그의 이력은 섬광처럼 짧고 혁혁했지. 게다가 수많은 분란으로 점철된 이력이었어. 범죄자가 되어 여러 차례 감옥에도 갇혔으니까. 하지만 무엇보다 그는 아주 중요한 혁신으로 회화를 전복시켰지. 뭐냐면, 구도 속에 강렬한 대비를 끌어들이는 거야. 명암법이라고 해."

"와! 단어가 멋져요!"

"이탈리아어로는 더 멋져. 일 키아로스쿠로라고 하지. (모나는 그 용어의 발음을 따라 하며 외우려 했다.) 명암법을 사용하게 되면서 검은색은 색깔에 먹칠을 하는 색, 색깔을 부정하는 색이기를 그치고 색깔의 확성기가 된단다. 그리하여 검은색이 화폭으로 몰려들고, 화폭을 먹어치우지."

그 표현이 아이의 기억을 천둥처럼 내려쳤고, 렘브란트의 자화상을 바라보던 아이의 몸이 갑작스러운 떨림으로 뒤흔들렸다. 아이는 몸을 웅크리며 할아버지에게 바짝 기대왔고, 할아버지는 좀더 부드러운 목소리로 설명을 이어갔다.

"렘브란트는 작품 준비 단계에서 우선 화폭 전체에 갈색층을 고르게 펴발랐어. 그게 바탕이 되지. 그다음에는 밝은 영역들을 배치해. 내 말은, 렘브란트가 무엇을 그리든 그 형체를 잡기도 전에 캔버스 위에서 어디가 더 생생하게 빛날지 정했다는 거야. 그런 다음 기술이 발휘되면서 그림의 주제가 천천히 드러나게 돼. 마치 암흑으로부터 떠오르듯이. 그렇지만 모든 게 고르게 드러나진 않아. 바로 이점이 명암법의 오묘함이지. 처음 구도를 잡을 때 환한 부분으로 정해진 구역들이 훨씬 더 밝고 예리할 거야."

"보니까 저 그림에서는 자기 얼굴을 밝혀놨어요. 스스로를 많이 사랑했나봐요!"

"잠깐, 더 들어봐. 그리고 내가 라파엘로에 대해 했던 말을 기억해보렴. 라파엘로가 제후의 반열에 들었다고, 또 르네상스와 함께 유럽 전역에 걸쳐 화가의 위상이 변하기 시작했다고 했지. 17세기의 렘브란트는 그 변화, 그 새로운 가치 평가를 이어받았어. 그는 더이상 단순한 장인, 손재주나 기계적 기술을 타고난 사람으로 인식되지 않았어. 사람들이 미적 정신, 천재성, 특별함을 알아봐주는 예술가가 되었지. 그러니 렘브란트가 자신의 초상화를 그려 개성을 표명한 건 당연한 일일 수밖에 없어. 수집가들이 이 사람의 초상을 원했다는 것도 마찬가지로 납득이 되지. 그는 암스테르담의 스타였으니까."

"렘브란트도 라파엘로 같았어요? 작업장에 많은 사람을 거느린 부자였어요?"

"사실 렘브란트에겐 한때 많은 동업자가 있었지. 돈도 부족하지 않았어. 하지만 네가 여기에서 보고 있는 건 몰락한 사람이야. 정확히 말하자면 1656년 파산 선언을 한 직후의 렘브란트지."

'파산'! 모나에게 익숙한 단어였다. 대화 도중에 이따금 투덜거리는 아빠의 입에서 증기처럼 흘러나오는 그 단어를 들은 적이 있었다.

"렘브란트는 어쩌다 그렇게 됐어요?"

"처음에는 끝내주는 성공을 누렸지. 유력한 동업조합, 그러니까 의사, 판사, 군인 등의 직업 협회들로부터 많은 주문을 받았어…… 그런데 그는 무척 독립적인 성격이었단다. 후원자들을 언제나 좋아하진 않았고, 그림을 주문한 사람들을 막 대했지. 예를 들어 초상화를 그릴 때 끔찍할 정도로 오랫동안 포즈를 취하게 한다든가, 다 그려놓고도 결과물이 만족스럽지 않으면 작품 내놓기를 미룬다든가. 몇 년을 미루는 경우도 있었어! 지금보다 수명이 훨씬 짧았던 시대인데, 어떤 고객들은 무척 화가 났으리라는 걸 상상할 수 있겠지. 몇몇은 결국 소송을 걸기도 했고! 하지만 렘브란트에게 상업적 성공을 위한 희생은 있을 수 없었어. 작품 하나하나가 자기 기준에 부합해야 했으니까. 그러면서도 씀씀이는 컸으니 빚더미에 눌리게 된 거고, 결국에는 파산 선언을 해야 했어. 가지고 있던 모든 것을 말도 안 되는 헐값에 팔았고, 화려한 거처에서 쫓기듯 나갔고, 사법기관과 갖가지 다툼을 벌였지. 엎친 데 덮친 격으로 수많은 개인적 비극을 겪기도 했단다. 처음에는 세 아이의 죽음으로, 그후 1642년에는 아내 사스키아의 죽음으로 큰 타격을 받았고, 페스트가 앗아간 연인 헨드리키에의 죽음도 파산의 괴로움에 고통을 더했을 거야. 또 아들 티투스의 죽음도……"

"그렇게 끔찍한 삶을 사는데 어떻게 계속해서 그림을 그릴 수 있어요?"

"바로 그 점인데, 모나야. 이 자화상에 나타난 예술가의 이미지 속에는 영광과 불운 사이를 오가는 삶이 아로새겨져 있어. 이 자화상은 깊은 멜랑콜리를 표현하고, 거기에서 명암법은 솟아나온 색채와 빠져드는 어둠을 통해 렘브란트가 무상히 흘러간 세월을 얼마나 절절하게 느끼는지를 보여주지. 여기서 작가는 자기 자신의 해부 보고서에 서명을 남기는 셈인데, 그뿐만이 아니야. 흘러가는 시간을, 존재와 비존재 사이의 투쟁을, 이미 패배가 정해진 투쟁을 감히 해부하는 거란다. 존재하느냐 마느냐, 1603년에 상연된 셰익스피어의 비극에서 햄릿이 부르짖었지. 반세기 후, 렘브란트의 자화상도 같은 말을 속삭여. 그리고 또하나……"
"뭐예요, 하비. 뭐라고 속삭여요? 저도 듣고 싶어요……"
"귀를 내밀어봐, 모나야. 그노티 세아우톤."
"'그노티' 뭐요?"
"그노티 세아우톤…… 너 자신을 알라. 고대 그리스어야. 델포이 신전 입구에 새겨진 문구인데, 고대의 철학자 소크라테스는 이 문구를 즐겨 되뇌며 인간의 자리가 어디인가를 제대로 알려주고자 했어…… 신들의 흐릿한 그림자에 지나지 않으면서도 스스로를 하나의 태양으로 여기는 존재가 바로 인간이지. 너 자신을 알라, 너의 힘을, 그리고 무엇보다 너의 약점과 한계를 알아라. 네가 어떤 존재인지 파악하라, 너의 위대함은 취약하고 너는 우연적인 존재임을. 렘브란트에겐 자기 재능에 대한 의식이 있어. 이젤 앞에 자리잡고, 머리와 두 손과 팔레트를 빛 밝은 곳에 놓아 자부심을 드러내지. 동시에 그는 괴로운 기독교인이기도 해서, 자신이 비참하고 자비를 빌어야 할 여느 인간일 뿐임을 알지. 그가 쥐고 있는 팔레트를 보렴, 모나야! 작지. 화가들이 더 큰 팔레트를 쓰게 된 건 나중이거든. 주홍색, 금갈색, 흰색이 있어. 혈색, 살, 피부 표현에 쓰는 색들이란다. 렘브란트는 강조해. 그가 그리는 것은 무엇보다도 그의 육체라고. 17세기 초에 등장한, 수은에 매끄러운 유리를 붙여 만든 저 거대한 평면거울들 속에서 샅샅이 살피고 보고 또 보아온 육체, 닳아가는 그 육체. 그가 그리는 것은 자신의 불확실한 진실이야. 그노티 세아우톤……"

밖으로 나오니 겨울철이라 늦은 오후가 벌써 저녁에 접어들고 있었다. 12월의 동지점이 곧이었다. 그러면 다시 낮이 밤으로부터 영역을 되찾기 시작할 것이다. 밝음이 천천히 어두움을 무릎 꿇게 할 것이다. 그리고 모나는 거기에 메시지가 숨겨져 있다고, 그래도 빛이 언제나 이긴다고 생각하고 싶었다. 과연, 파리의 크리스마스 장식이 반짝거리고 있었다……

8
요하네스 페르메이르
무한히 작은 것은 무한히 위대하다

방학 끝이었다. 크리스마스이브 파티는 침울했고, 모나는 트리 발치에 놓인 선물 꾸러미들을 풀 생각으로 예전만큼 들뜨지 않는다는 사실에 놀랐다. 엄마 아빠에게 새끼 고양이를 선물로 받은 릴리와 달리, 모나가 받은 선물에는 개나 고양이 같은 동물이 없었다는 사실도 한몫했다. 대신 폴과 카미유는 모나가 제일 친한 두 친구와 함께 자기 방에서 새해 첫날을 함께 맞이할 수 있게 해줬다. 세상이 되살아나 한 해의 흐름을 다시 시작할 수 있음을 축하하는 약간 특별한 이 밤을 빌려, 아이들은 기운이 남아 있는 한 새벽까지 놀아도 된다는 허락을 받은 것이다. 어떤 이들은 지루함이 끼어들 여지를 놔두지 않는 재능을 일찍부터 보이는데, 그런 희귀한 재능을 자드가 발휘하며 파티를 주도했다. 밤이 이슥해졌을 때, '도전 혹은 진실'이라는 게임을 해보기로 했다. 자드는 그 게임을 지난여름 사촌 언니 오빠들과 하면서 배웠다고 했지만 사실이 아니었다. 집단적 흥분이 거의 신들린 상태에 이르는 그 짜릿한 게임을 한 차례 구경하긴 했지만 끼지는 못했던 것이다. 게임 원리의 잔혹한 단순함과 효율성에 자드는 거부감과 유혹을 동시에 느꼈고, 자기 역시 친구들과 그걸 맛볼 이 같은 시간을 오래 꿈꿔왔다. 규칙은 다음과 같다. 참가자들은 자기 차례가 되면 행동을 실행할 것인지 아니면 진실을 고백할 것인지를 선택해야 한다. 나머지 사람들은 그에게 대체로 아슬아슬한 행동을 시키고, 질문은 되도록 껄끄러운 것으로 골라 던진다.

릴리는 신이 나서 해보자고 했고, 모나는 릴리를 따랐다. 자드가 운을 뗐다.

"도전 혹은 진실?"

릴리가 외쳤다.

"도전!"

숟가락으로 콩알만하게 떠낸 겨자를 코로 들이마시라는 지시가 내려졌다. 릴리는 얼굴 안쪽이 불타는 것 같았지만, 어쨌든 용감하게 임무를 수행함으로써 게임을 개시했다. 도전에 도전이 이어졌다. 창문에서 물 폭탄 던지기, 아무렇게나 찍은 번호로 전화해서 "새해 복 많이 받으세요!"라고 말하기, 잠든 부모님 방의 문을 두드리고 오기…… 진짜 웃겼다. 그리고 세 아이는 그 혼 빠지는 경주가 무분별한 파괴성을 띨 수 있음을 금세 알아챘다. 구태여 입 밖에 낼 필요도 없었다. 일정한 선을 넘지 말아야 했고, 선을 넘었다간 모욕이 게임을 대신하게 될 위험이, 심지어는 모욕 자체가 게임이 될 위험이 있었다.

마침내 모나가 새로운 모험에 나섰다. 몇 번째였나, 여하간 릴리가 가쁜 숨을 몰아쉬며 물었을 때였다.

"도전 혹은 진실?"

"진실." 모나가 할머니의 부적 펜던트를 그러쥐면서 대답했다.

잠시 정적이 흘렀고, 자드와 릴리는 친구가 마음 깊은 곳에 감춰둔, 차마 털어놓을 수 없는 비밀 중 무엇을 들춰낼지 결정하고자 비밀 회담을 가졌다. 둘 모두 어쩔 줄을 몰라 거북해하면서도 열에 들떠 있었다. 그러다 모나에게서 알아내고 싶은 게 같다는 것을 확인하고는 놀라워했다.

"학교 남자애 중 키스하고 싶은 건 누구?"

정신이 거의 근육처럼 반응할 때가 있다. 모나의 뇌리에 떠오른 이름과 얼굴은 너무나 괴로운 통증을 일으켰고, 거기 반응하듯 무수한 눈가림과 곡예술과 책략이 딱히 생각해내려고 힘쓰지 않았는데도 밀어닥치듯 떠올랐다. 하지만 모나는 쉬운 타개책을 거부했다. 마음을 다잡아 솔직해지고자 애썼고, 꽉 막힌 목구멍과 한참 분투를 벌인 끝에 불안하고 심란하게, 그럼에도 당당하게 고백했다.

"기욤."

"기욤, 그 낙제생?" 자드가 못 믿겠다는 듯 소리쳤다.

"응. 나는 걔가 싫어. 그리고…… 그리고…… 뭐, 그래, 걔야, 기욤."

◆

어린 시절 내내 모나를 사로잡지 못했던 갖가지 것 중에 산타 할아버지가 있었다. 모나가 기억하는 한, 선물을 퍼주는 온화한 할아버지라는 그 날조된 이미지는 늘 그로테스크하고 처량하게 여겨졌다. 그런 게 존재한다고 믿을 수 없었기에, 거리나 상점에서 어린이들을 즐겁게 해주려고 우스꽝스러운 복장에 하얀 수염을 붙이고 나타난 불쌍한 어릿광대들에게도 기껏해야 동정심을 느낄 뿐이었다. 그래서 모나는 얼른 시선을 돌리곤 했는데, 안 그랬다간 역할을 바꿔서 그런 분장으로 비천해진 그들을 위로하고 싶어질 것 같았기 때문이다. 모나가 그렇게 된 건 어쩌면 앙리, 비쩍 마르고 산뜻하게 면도를 한 자기 할아버지가 산타라는 엉성한 상업적 발명품과 정반대의 모습을 하고 있다는 사실 때문일 수도 있다. 그런 모습의 할아버지라도 베푸는 마음씨는 어마어마했다. 그 수요일에는 모나에게 페르메이르 한 점을 선사하기로 결심했던 것이다.

작품은 작았고 거의 정사각형에 가까운 형태였다. 한 남자가 자기 서재에 앉아 그림 왼쪽을 향하고 있는 옆모습이 보였다. 정확히 말하자면 앉아 있던 나무 의자에서 살짝 일어나는 모습이었다. 젊고, 긴 밤색 머리를 한 이 학자는 책상 위에 놓인 구체에 오른손을 갖다 대고 있었는데, 엄지와 검지와 중지 사이를 컴퍼스처럼 넓게 벌리고 뭔지 모를 그림이 잔뜩 그려진 그 구체의 곡선을 감싸려는 듯했다. 그가 입고 있는 품이 넓은 외투는 뭐라 말하기 힘든 색이었다. 세월이 지남에 따라 파란색으로 변한 초록색 도료랄까. 책상은 묵직한 천으로 덮여 있었는데 군청색에 꽃 무늬이었고, 그 천이 불룩하게 물결치면서 구체 옆에 놓인 아스트롤라베*를 부분적으로 가리고

---

* 시간, 위도, 경도, 항성의 궤도 등을 측정하고 계산하는 데 쓰이는 천문 도구.

있었다. 책상 위에는 학자를 향해 펼쳐진 책도 한 권 있었다. 왼쪽에는 격자 모양의 창문이 있는 벽이 보였고 그 창문으로 북쪽 지방의 따사로운 빛이 들어오고 있었다. 벽과 직각을 이룬 후면에는 인물에서 1미터 될까 말까 한 거리에 지도가 붙은 벽장이 하나 있었고 벽장 위에는 책이 몇 권 올려져 있었다. 마지막으로, 그림 속 그림이 있었다. 표구되어 벽에 걸린 그림의 오른쪽 부분은 화면에서 잘려나갔고, 그림 속의 잿빛 실루엣들은 무엇인지 알아보기 힘들었다.

루브르에 여덟번째로 방문한 이날, 페르메이르의 〈천문학자〉 앞에 선 모나는 처음으로 감각의 즐거움을 충만하게, 그리고 진심으로 느꼈다. 그때까지는 아무래도 할아버지의 계약을 받아들였던 것이었고, 할아버지와 맺는 교류에서 즐거움을 끌어냈었다. 물론 그 역시 진짜 즐거움이었지만 이번에는 달랐다. 할아버지에게 말하진 않았지만, 그처럼 작은 화폭 속에 갖가지 물건과 물감이 빽빽하게 집약된 그림 앞에서라면 혼자 있어도 좋았을 것 같았다. 거기 〈천문학자〉 앞에서 모나는 아무 말도 하지 않고, 할아버지와 얘기할 거리를 생각하는 것도 잊은 채, 숙고하는 학자와 창문에서 쏟아지는 그 부드러운 빛을 바라보았다. 앙리는 그 사실을 알아챘다. 이 초연함의 광경, 아이가 어린 나이의 재밋거리들과는 아주 멀리 떨어진 지대를 향해 표류하는 광경에 그는 경이로움을 느꼈다. 이에 자랑스러움을 느끼는 한편 마음 깊은 곳에서는 아주 약간 슬프기도 했는데, 야릇하게 떨어져나가 있는 그 시간 속에서 자신의 부재를 예감했기 때문이었다.

"이상해요, 저 지구본같이 생긴 건……." 마침내 모나가 입을 뗐다. "보통은 나라들이 보여야 하는데, 동물들이 있어요. 진짜 이상해요……."

"그럴 수밖에. 저건 천문학자들이 쓰는 천구의거든. 하늘의 지도가 그려져 있는 구체인데, 그걸 십이궁 별자리로 나타낸단다. 그러니 우리가 아는 해안선이나 국경이 보일 리 없지! 네가 보고 있는 〈천문학자〉는 또다른 작은 그림과 짝을 이루는데, 아쉽지만 루브르에 없는 그 작품 제목은 〈지리학자〉야. 거기에도 똑같이 생긴 청년이 있어. 새뜻한 얼굴에 긴 머리를 하고 생김새가 거의 여자처럼 곱고. 다만 〈지리학자〉에는 지구본이 그려져 있지."

"하비, 전 역사는 좋아하는데 지리는 별로예요……."

"저런, 모나야, 그러면 안 되지. 둘은 언제나 같이 가거든. 그걸 당장, 1660년대 말에 이 그림이 그려진 맥락을 설명하면서 증명해주마. 자, 머릿속에 그려보렴. 유럽 북부에 극심하게 대립하는 두 나라가 있어. 먼저 플랑드르. 대략 오늘날의 벨기에에 해당하는 이 나라는 17세기 유럽 대륙에서 가장 강력한 가문이었던 합스부르크가의 제국 치하에 있었어. 합스부르크가는 가톨릭이었고 어떻게 해서든 그들의 치세와 종교를 강화시키려 했지. 그들은 백 년 전에 탄생한 기독교의 다른 분파와 수십 년 동안이나 유혈 낭자한 싸움을 벌여왔고, 거기에서 승리하는 가톨릭의 이미지를 만들어내고 싶어했어. 새 분파는 신교도, 혹은 종교개혁파라고도 해. 그에 대항하는 재탈환 전략은 그러니까 당연히 '반종교개혁'이라고 불려. 유럽 전체를 갈가리 찢어놓은 무시무시한 내전 이후의 일이지. 예술가 중 이 재탈환을 대표하는 가장 유명한 이름은 루벤스였어. 1640년에 죽은 그는 벨기에 안트베르펜에 어마어마한 작업장을 가지고 있었지. 웅장하고, 기념비적이고, 휘황찬란한 그의 그림은 미켈란젤로의 예술을 고스란히 이어받았다고 할 만했단다. 예술가이자 박식한 학자이자 외교관이자 사업가인 루벤스는 그처럼 상상을 초월하는 인물이었어."

"그 사람 얘기를 왜 해요? 우린 다른 사람 그림 앞에 있는데. 하비, 전시실을 헷갈린 것 같아요······."

"아니야, 애야, 헷갈리지 않았어. 아쉽지만 우리가 함께 루브르를 전부 볼 수는 없을 거야. 그래도 플랑드르 얘기를 해주고 싶었던 건, 그 옆에 있는 네덜란드의 성격을 대조적으로 이해할 수 있어서야. 네덜란드는 모든 종교에 열려 있는 공화국이야. 따라서 신교도들 역시 포용했지. 자유로운 정신의 나라였고, 도시의 발달과 함께 비약적인 경제 호황을 누렸어. 페르메이르는 정치적 종교적 메시지를 전달하는 사명을 다하는 영웅적인 사절은 아니었단다. 루벤스와 다르지. 대신 친근한 일상의 섬세한 번역자라고나 할까. 친근한 일상이라고 해도 구차한 모습은 전혀 아니었지만, 그렇다고 해서 웅장하지도 않아. 그에게는 **미미한 것, 거의 아무것도 아닌 것**에 속하는 뭔가가 있어. 페르메이르의 생애에 대한 정보라곤 열한 명의 아이가 있었고 델프트에서 살았다는 것뿐, 그의 생김새조차 몰라. 알려진 작품도 겨우 서른 점을 조금 넘는 정도란다. 그가 다룬 주제도 소소하고, 마지막으로 작품 크기 또한 소소하지."

"사람들은 왜 렘브란트 같은 화가들에 대해서는 많이 알면서 다른 화가들은 잘 모르는 거예요?"

"생각해보렴, 어떤 예술가에 대해 알기 위해선 증언이나 기록이 남아 있어야 해. 편지라든지, 일기라든지, 뭘 사고 뭘 팔았는지를 보여주는 흔적들이라든지. 물론 페르메이르 역시 그 시대에 더없이 유명하고 수집가들이 높이 사는 화가였어. 그의 작품 단 한 점의 가격이 석공이나 철공 월급으로 따지면 수년 치에 달했고, 정말 부유한 사람들만 그의 작품을 살 수 있었지. 인기 많고 주문도 많았던 화가였던 셈이야. 하지만 특별히 유명하지도 않았어. 당시 화가들이 속해 있던 조합에 그 역시 속해 있었고, 거기에서 대단히 튀는 뭔가를 만들어내는 화가도 아니었어. 그보다는 다른 사람들이 이미 다룬 주제들을 답습했지. 내밀하고 고요한 분위기가 감도는 가정 생활의 이런저런 순간, 그 속에서 살아가는 한두 명의 인물과 정묘함이 두드러지곤 하는 갖가지 물건. 덧붙이자면 그는 **카메라 옵스쿠라**를 사용했다고 추정된단다. 우리가 쓰는 카메라의 전신이라 할 수 있는 시각 장치인데, 그 덕분에 페르메이르는 굉장히 작은 크기에 이미지를 담아낼 수 있었다고 해. 그뿐만 아니라 초점에 따라 선명한 부분과 흐릿한 부분을 적절하게 배치하고, 또 이미지를 반투명 유리에 베껴 그림으로써 화폭의 기본 구도, 특히 선원근법을 정확하게 설정할 수 있었다고도 하지. 같은 세기에 좀더 앞서 활동했던 렘브란트에겐 굉장히 근사한 작업장이 있었고, 루벤스에겐 정말이지 공장이라고 해도 좋을 작업장이 있었지. 안료를 빻는 사람부터 태피스트리를 만드는 사람까지 온갖 작업을 전문으로 하는 열댓 명의 조수로 꽉 찬 곳이었어! 반면 페르메이르는 혼자서 일했고, 델프트의 자기 집에 있는 작은 방들에서 연출해낼 수 있는 온갖 장면을 활용하는 것으로 만족했지. 그러니 고즈넉한 생활을 벗어날 일이 없었고, 그가 죽었을 때는 그에 대한 기록이나 자료가 거의 전혀 남지 않았어. 그래서 그의 가치를 정당하게 평가하고 정말로 독특한 그의 자질을 가려내기까지는 시간이 필요했지. 나로서는 몇몇 보는 이의 천재성도 필요했다고 말하고 싶구나. 아주 위대한 천재들에겐 기민하고 눈 밝은 관객들이 필요하단다, 모나야!"

"우리처럼요, 하비!"

"특히 너처럼! 하지만 우리가 보고 있는 이 화가의 경우, 일단은 테오필 토레라는 19세기 예술 비평가에게 찬사를 보내야 해. 놀라운 게, 페르메이르에 대한 그의 연구가 시작될 수 있었던 건 그가 정치 활동으로 1849년에 사형 선고를 받아 프랑스를 떠나야 했기 때문이란다. 도피 생활을 할 때 특히 벨기에와 네덜란드에서 지내게 되었고, 그 기회로 우리의 화가를 조사하면서 많은 작품을 발굴해냈지…… 진짜 한 편의 소설이지!"

"그런데 저기, 저 사람은 천구의로 뭘 하고 있는 거예요?"

"그저 추측할 수 있을 뿐이지만 필시 자료, 수치, 그의 책에 있는 뭔가를 확인하는 중일 거야. 그렇게 우주의 지도를 만드는 거지…… 모나야, 16세기와 17세기에는 말이야, 코페르니쿠스, 케플러, 갈릴레이 같은 위대한 과학자들의 연구로 태양이 지구 주위를 도는 게 아니라 지구가 태양 주위를 돈다는 사실이 증명되었는데도 교회는 변함없이 교조적인 시각을 강요했단다. 인간이 모든 것의 중심이라고. 하지만 페르메이르가 살아가던 곳처럼 풍요롭고 계몽된 사회에서는 그 확신이 산산조각나지. 계몽 사회에서는 엄밀함과 체계를 갖추고 우주의 신비를 알아내고 싶어했어. 대양에서는 탐험가들이 항해를 했고, 서재에서는 계산과 상상을 통해 공간을 가로지르는 항해를 했지. 사실 이 천문학자로 말하자면 페르메이르가 이 그림을 그리기 전에 다른 사람들도 그려 보인 적이 있단다. 예를 들어 네덜란드 레이던의 동료 화가 헤리트 다우가 있어. 단, 헤리트 다우는 촛불을 든 밤의 천문학자를 보여줬어. 점성가, 심지어는 연금술사, 일종의 마술사에 가깝지. 페르메이르는 천문학자가 이성적인 작업을 하고 있음을 분명히 보여주기 위해 그의 자리를 햇빛 속에 마련했어. 이 사람은 연구를 하지."
"그리고 뒤에 저 그림, 저건 뭐예요?"
"그건 추측마저 할 수 없어. 페르메이르가 어떤 단서도 남기지 않았거든. 하지만 예술사가들이 대조와 추론을 통해 〈물에서 구출된 모세〉라고 밝혀내는 데 성공했지. 즉 최초의 선지자가 죽음을 면하는, 그리하여 장차 운명에 따라 자기 민족을 해방시키는 순간으로 이어질 기적의 장면이지. 그게 무엇을 상징하는지는 생각하고 싶은 대로 생각하렴. 나로서는 무엇보다도, 풍속의 장면 속에 자리한 이 종교적인 이야기가 영성의 중요성을 강조한다고 생각해. 이 그림이 무조건 이성을 우러르면서 신앙에 반대하고 있다는 오해를 막기 위한 것이었을 거야…… 천구의, 아스트롤라베, 책 같은 이 모든 소품들은 세계의 척도를, 세계의 운행과 그 구성 요소들을 가리키지. 이 작디작은 그림 속에 담긴 필치는 치밀한 점묘, 빛의 입자들, 극도로 정교한 붓질로 풍성해. 이 빽빽한 공간 속에 하나의 미니어처 우주를 펼쳐 보이는 거야. 그리고 그 자잘한 디테일 속에서 측량할 수 없는 세계의 빛이 솟아나지. 그 무한함이 사방에서 파닥거리는 건 우리의 이해력에 도전장을 던지고 우리의 몽상을 자극하기 위해서란다."
이듬해인 1669년에 블레즈 파스칼의 『팡세』가 사후 출판되었고, 거기에는 극대와 극소라는 두 무한에 대한 작가의 성찰이 담겨 있다는 사실을 덧붙여 말할 것인가? 현기증에 사로잡힌 모나를 보고 앙리는 거기에서 설명을 끊기로 했다. 지금까지 얘기한 것만 해도 그처럼 조그만 머리에 들어가기엔 너무 거대했다. 파스칼은 좀더 기다려도 될 것이다…… 그의 손녀에게 필요한 것은 거품을 가득 올린 핫초코뿐이었다.

9
니콜라 푸생
무엇도 너를 떨게 해선 안 될지니

연말 명절 대목인데도 폴은 가게에서 전혀 물건을 팔지 못했다. 거의 아무것도. 대형 영화 포스터를 작정하고 헐값에 팔아치우긴 했다. 특히 상태도 완벽하고 일러스트레이터의 자필 사인이 있는 안드레이 타르코프스키의 〈잠입자〉 포스터는 몇백 유로쯤 받아야 했는데 고작 몇십 유로에 떨어 보냈다. 거대한 문 앞에 펼쳐진 모래 언덕들 사이에 사람 세 명이 무척 작은 크기로 그려져 있고, 문 뒤로는 개 혹은 늑대를 연상시키는 동물 가면 같은 것이 빼꼼하게 보이는 포스터였다. 구매자가 걸어온 치사한 흥정 시도를 받아들여야 한다는 것이 고통스러웠지만 사태가 그 지경이니 어쩔 수 없었다. 반면 카미유가 봉사 단체의 친구들에게 선물한다면서 분당 33회전 엘피판들을 사겠다고 제안했을 때는 물러서지 않았다. 폴은 아내의 진심어린 사랑 표현을 알아보았지만, 거기 깃든 동정심 또한 느끼며 참담해지지 않을 수 없었다.

그의 재정 상황은 이제 각종 비용을 줄이는 데 신경을 써야 할 정도로 심각해졌다. 겨울 날씨가 아무리 혹독해도 그는 고집스럽게 난방기를 껐고 최소한의 조명만 사용했다. 하지만 레드와인만은 아끼지 않았는데, 그 열기가 위안이 되었다. 그럼에도 그는 알고 있었다. 알코올이 혈관 확장에 발휘하는 효과는 일시적이고 기만적임을, 그게 추위를 물리치는 데 실제적으로 도움이 된다고 생각해선 절대 안된다는 것을. 하지만 그러거나 말거나, 폴은 개의치 않았다……

어느 날, 몽트뢰유 바라가에 있는 말리 미등록 이민자 보호소를 후원하는 단체에서 회계를 보던 카미유의 일이 늦게까지 이어졌다. 학교를 파한 모나는 골동품 가게로 갔다. 모나가 어른들처럼 일하기를 무척 좋아했기에 폴은 아이가 심심하지 않도록 자잘한 일을 맡겼고 모나는 열성을 다해 해내곤 했다. 모나는 달뜬 마음으로 당찬 '성인'의 삶을 살아가는 자신을 상상하곤 했고, 초등학교 시절과 유년기를 그리워하는 엄마와 아빠를 이해할 수 없었다.

골동품 가게에서 모나가 무서워하는 게 둘 있었다. 여러 개의 팔 혹은 꼬챙이를 곤두세우고 있어 어딘지 흉악한 괴물을 연상시키는 철제 병꽂이. 그리고 커다랗고 캄캄한 지하 창고로 연결되는 뚜껑문. 반면 가게 뒷방은 전혀 싫지 않아서, 모나는 거기 틀어박혀 여기저기에서 닥치는 대로 수집된 낡은 미국 잡지들의 일련번호를 폴의 서류철에 옮겨 적곤 했다. 영어로 된 제목들은 주술문 같은 마력을 지닌 것 같았다. 책자에 곰팡이가 슬어 있을 때가 많았지만 그래도 세계 전역에 애호가들이 있다고 아빠는 귀에 못이 박히도록 말했다. 폴이 너무 둔탁한 소리를 내는 주크박스를 닦아내는 동안 모나는 필경하는 수도사 같은 정성을 기울여 과업을 수행했다. 프랑스 갈*의 오래된 히트곡들이 반복 재생되면서 가게 안에 울려퍼졌다. 〈세잔은 그린다〉가 흐르는 중, 모나는 먼지 때문에 갑자기 심한 재채기가 나서 뒤로 튕겨나가 책장에 부딪혔고, 그 바람에 책장에 있던 커다란 상자가 바닥으로 떨어져 열렸다. 아이는 아빠를 부르지 않고 저 혼자 주위를 살피다가 〈라이프〉 잡지 더미 위에 납으로 만든 작은 인형 열댓 개가 흩어져 있는 것을 발견했다. 잊혔던 물건들임이 분명했다. 뒷방의 조명은 희미했지만 정교한 만듦새를 손끝으로 만져 알 수 있었고 아이는 매혹되었다. 장난감인가, 장식용 소품인가? 모나는 심벌즈 치는 광대의 미니어처 인형을 어루만지며 돋을새김의 정교함, 진줏빛 색채의 터치, 특히 모자의 빨간색에 감탄했다. 인형이 무척 아름답다고 여긴 아이는 그것을 전시대에 올려놓기로 결심했다. 휑한 가겟방 구석 모퉁이에 마련한 상품 진열 선반이었다. 어쨌거나 이 작은, 극히 작은 이 인형을 아빠는 대충 보아넘길 거라고, 대신 인형은 아빠를 지켜보고 어두울 때면 아빠의 외로움을 달래주리라고 모나는 생각했다.

◆

바람이 심한 날이었다. 루브르가 커다란 비단 이불로 방문객들을 감싸 덥혀주는 것 같았다. 모나는 후드 달린 거대한 외투를 입고 하얀 털이 비어져나온 털부츠를 신고 있었다. 할아버지와 손녀가 보러 온 그림의 봄 기운과 아이의 모습이 선명한 대비를 이뤘다.

---

* 1960~90년대에 활약했던 프랑스의 가수.

자연 풍경 속에서 네 목동이 그림 중앙에 배치된 잿빛 석조 무덤을 둘러싸고 있었다. 인물들과 견주어봤을 때 무덤 높이는 약 1미터 반이었다. 그중 셋은 남자였다. 무덤 왼쪽 모퉁이 부근에 자리잡은 첫번째 사람은 무덤 뚜껑에 팔꿈치를 올린 채 긴 지팡이에 기대어 서 있었다. 젊고, 분홍색이 감도는 흰색 천을 둘러 입었고, 곱슬거리는 머리카락에 담쟁이넝쿨로 엮은 관을 썼다. 그는 자기 옆에 무릎을 꿇고 있는 두번째 목동을 바라보고 있었다. 몸이 반쯤 드러나 있고, 수염을 보건대 좀더 나이가 많은 그 목동은 무덤에 새겨진 문장을 살펴보는 중이었다. 무덤 오른쪽 모퉁이에는 세번째 남자 목동이 앞의 두 목동과 마주서 있었다. 그 역시 매우 젊고 빨간 천을 두르고 있었으며, 서 있긴 했지만 몸을 반쯤 숙인 자세였고, 하얀 샌들을 신은 한쪽 발을 네모진 돌 그루터기에 디딘 채 검지손가락으로 무덤에 새겨진 단어들을 가리키고 있었다. 다만 고개는 돌린 채 네번째 인물을 바라보고 있었는데, 이 마지막 인물은 여자였고 그의 어깨 위에 한 손을 올려놓고 있었다. 노란색과 파란색으로 차려입었고, 터번 모양으로 머리를 싸맸다. 여자는 미소 짓고 있었고, 어쩌면 웃음을 억누르는 것도 같았다. 이 모두가 더없이 명징한 선으로 그려져 있었다. 전체적인 선명함에서 예외가 되는 것은 무덤에 새겨진 열네 개의 글자뿐이었다. 일부는 지워졌고 다른 일부는 그늘에, 또 무릎 굽힌 두 목동의 손발에 가려져 있기도 했다. 멀리 나무 두 그루가 있었고, 그보다 가까운 곳에는 나무 둥치와 가지, 잎사귀들이 무리 지어 있었다. 지평선에는 가파른 산 풍경이, 그 위로는 푸른 하늘과 길게 뻗은 구름이 보였다. 다해가는 햇빛의 분위기가 감돌았고, 그럼에도 아주 투명했다.

"아니 모나야, 15분 전부터 그림에 코를 박고 있구나. 나무처럼 꼼짝 않고 등은 마냥 구부리고 말이야. 조심해라, 등 끊어지겠다……"
"아, 하비! 잠깐만 더 기다려주세요……"
앙리는 모나를 바라보았고 아이가 그림 앞에서 분투하고 있음을 느꼈다. 무덤 앞에서 분투하는 저 목동들과 똑같이. 액자 바깥의 손녀와 그 속에 있는 인물들 사이에 인상적인 조응이 이뤄지고 있었다. 앙리는 이 걸작에 관해 읽었던 수많은 가설을 떠올렸고, 각기 해박한 해석 중에서도 특히 에르빈 파노프스키가 제시한 가설을 생각했다. 아! 파노프스키! 예술사에서 명예의 전당에 든 위인들 가운데 이 이름은 대중에게 전혀 알려지지 않았지만, 앙리는 입자물리학 학자들이 아인슈타인을 우러르듯 그를 숭배했다. 아인슈타인이 물리의 4대 역학을 통일할 기준 법칙을 발견하겠다는 야심을 품었던 것처럼 파노프스키도 시선과 이미지에 대한 일종의 궁극 법칙을 찾아내고자 했다. 물론 완벽하게 해내지는 못했지만. 이 점이 앙리에게는 매혹적이었다. 시선을 통해 맺어지는 세상과의 관계처럼 자명한 게 없는 것 같지만, 사실 그것처럼 파악하기 힘든 것도 없으니까……

"됐어요, 하비, 포기할래요." 모나가 대뜸 쏘아붙였다. "대체 저 돌에 뭐라고 쓰여 있는 거예요? 그 메시지를 읽어야 한다는 건 잘 알겠어요. 그림 속 모든 사람이 거기에 정신이 팔려 있으니까요. 하지만 거기서 막혔어요!"

"정말? 꽤나 쉬운 라틴어 문구인데……."

"하지만 전 라틴어는 전혀 몰라요, 하비!"

"안다, 놀려본 거야. 게다가 라틴어는 나도 말할 줄 모르는 걸. 하지만 이 문장은 알지. 에트 인 아르카디아 에고라고 적혀 있어. 문장에 생략된 데가 있지만, '나 역시 아르카디아에서 살았다'는 뜻이야."

"어디라고요?"

"아르카디아. 오늘날에도 있어. 그리스 한가운데, 펠로폰네소스반도에 있는 지역이지. 17세기의 교양인에게 이 지명은 그다지 어렵지 않았단다. 그 시대에는 고대의 문학이 널리 읽혔거든. 예를 들어 베르길리우스라든가, 오비디우스의 신화라든가. 둘 모두 기원전 1세기에 태어난 작가인데, 그들 작품에서 아르카디아는 목동들의 고장, 대단히 온화하고 즐거운 삶을 영위할 수 있기로 유명한 고장이었어. 행복의 영토였지."

"그리고 그곳을 화가가 우리한테 보여주는 거네요……"

"그렇지. 니콜라 푸생은 그리스에 간 적이 없어. 그래도 그가 그린 건 바로 그 고장, 매력 있고 전원적인 아름다움이 있는 고장이야. 그리고 푸생이 긴 작품 활동 기간 내내 간직한 자연에 대한 시각과 그가 재현해놓은 자연은 결국 늘 이 아르카디아의 이상을 표현하지. 마음이 든든해지는 풍부함과 극도의 단순함 사이의 균형이랄까. 짐스러운 것도 부족한 것도 없는 절대적 필요 같은 것."

"어 저는요, 있죠. 아빠랑 엄마가 자연 풍경을 보고 있을 때면 딴 걸 생각해요. 심지어 가끔은 솔직히 말해서 아빠 엄마랑 산책하는 건 완전 지루해요. 특히 둘이 알콩달콩한 분위기가 되어서는 나보고 가서 놀라고 할 때는요……"

앙리는 화가 프란시스 피카비아의 유명한 문장을 떠올렸다. "꼼짝 않는 들판을 마주하고 있으면 어찌나 지루한지 나무들을 먹고 싶은 욕구에 사로잡힌다." 하지만 모나의 생각을 더 어지럽히는 건 괜한 짓이리라. 피카비아의 재담은 혼자 간직하고, 앙리는 하던 설명으로 돌아갔다.

"자연은 완벽하지 않아. 그러니까 그걸 수정하는 게 화가들의 일이었지. 17세기에 로마초라는 사람이 이탈리아어로 쓴 중요한 책이 널리 읽혔어. 이 로마초가 말하길, 예술가는 자연을 형상화할 때 세 가지 수정을 가해야 한다는 거야. 자연의 다양한 부분들에 적절한 간격을 주기, 자연의 각종 비율을 조정하기, 팔레트의 요소들을 알맞게 배치하기. 딱 필요한 만큼의 선만, 딱 필요한 만큼의 색채만 넣으라는 거지."

"그리고 푸생은 그 규칙들을 따랐고요?"

"그렇지. 그런데 푸생은 그 이상의 것을 했어. 그보다 훨씬 더 나아갔지. 푸생은 엄청나게 간소해. 견고함을 추구하면서도 표현 수단을 대폭 절약할 수 있다는 것을 보여주지. 이 점에서 그는 17세기 '고전주의'에 속해. 그 반대편에 있는 건 '바로크'라고, '일그러진 진주'라는 의미의 경멸적인 이름으로 불렸어. 푸생의 작품에서는 모든 것이 반듯하지. 모든 것이 조율되어 있고. 그 때문에 오늘날에는 그 매력을 바로 알아차리기가 어렵단다. 동시대 화가들, 루벤스나 시몽 부에 등의 작품들이 지닌 충격의 힘이 없는 거야. 이들의 그림은 소용돌이치는 대비, 운동, 정념으로 상상력에 강렬한 인상을 남기거든. 카라바조, 우리가 렘브란트와 관련해서 잠깐 얘기했던 이탈리아인 말이다. 그 명암법의 대가를 두고 푸생이 한 말이 있지. 카라바조가 세상에 임하여 회화가 파괴되었다!"

"푸생은 요즘 나오는 액션 영화들을 싫어했겠어요……"

"그럴 법해! 게다가 푸생은 장면과 인물이 바글대는 대형 기념 장식물보다는 집약적이고 종합적인 성격을 띤, 검소한 크기의 이젤용 화폭을 선호했으니 더욱 그렇지."

"이 그림의 인물들은 약간 조각상 같아요……"

"옳은 말이야. 푸생은 조각가가 아니었지만, 그림을 그릴 때 일단 작은 밀랍 인물상들을 만든 뒤 그것들을 닫힌 상자 속에 넣어놓고 보는 방법을 취했거든. 사실상 자기 그림을 3차원 모형으로 제작하는 셈이었지. 상자 한쪽 면은 자기가 들여다볼 수 있게 터놓고, 옆판에는 빛이 들어오는 구멍들을 뚫어놓는 거야. 이 미니어처 극장에서 그는 가장 적절한 빛뿐만 아니라 주제에 적합한 인물의 구성과 표현을 실험했지."

"푸생은 유명했어요?"

"푸생은 좀 기막힌 삶을 살았어. 작품 활동 초기에는 프랑스에 있었는데 사람들이 자기 진가를 알아봐주지 않자 로마에서 경력을 쌓아보려고 1624년에 프랑스를 떠났지. 그리고 그 영원의 도시에서 도덕적인 메시지를 담은 작품들로 큰 명성을 얻었단다. 그런 뒤 1642년에 루이 13세가 그를 프랑스로 불러들여 '수석 궁정 화가'로 삼았고. 영예로운 지위였지만 그에게는 잘 맞지 않았지. 말했다시피 푸생은 천천히, 차근차근, 극도로 치밀하게 구성된 작은 화폭에, 즉 이젤의 화폭에 작업할 때 편안함을 느꼈어. 그런데 당시에 중요한 직책을 맡은 예술가들은 군주를 위해 작업장 조수들의 도움을 받아 일하면서 기념비적인 작품들,

태피스트리나 각종 장식물처럼 거대한 작업들을 성사시켜 정치적 메시지를 전달하는 데 기여해야 했단다. 말하자면 활동가가 되어야 했어. 푸생은 활동가가 아니었고. 그렇게 프랑스에서의 이력은 짧게 끝났고, 그는 곧장 이탈리아로 돌아가 그곳에서 생애를 끝마쳤어. 71세에 사망했지. 당시로서는 많은 나이야……"

모나는 말문이 막혀 할아버지를 쳐다보았고, 할아버지는 짓궂게 미소 지었다. 그는 오래전에 그 나이를 지났다. 모나가 보기에 그는 불멸의 존재나 다름없었다.

"하비는 프랑스랑 이탈리아 중에 어디가 좋아요?"

"난 알프스*가 좋다, 얘야. (아이는 농담을 이해하지 못했다.) 어쨌거나, 이 작품은 그가 프랑스로 돌아오기 직전 이탈리아에서 그려졌어. 잘 보렴. 저 세 명의 목동과 님프는 궁금해하고 있어. 무덤에 새겨진 글귀를 발견한 거지. '나 역시 아르카디아에서 살았다.' 예술사가들은 그 '나'가 누군지에 대해 많은 논의를 했어. 이 말을 하는 건 죽은 사람, 무덤 저편에 있는 자인가? 이 경우 그 문장은 일종의 고백인 셈이야. 죽은 목동이 비문의 형식으로 아르카디아의 자기 동료들에게 삶이 짧다고 예고하는 것이지. 아니면 그건 죽음 자체의 말인가? 그 경우 문장은 죽음이 온 천지에서 활약중이라고 경고하는 것이 돼. 언젠가 자신이 사라지리라고는 꿈에도 생각지 못하는 이들의 목가적인 고장도 예외가 될 수 없고. 이 작품의 도덕적 의미는 무척 분명하단다. 아르카디아의 목동들이 알게 되는 것은, 그들의 삶이 아무리 기막히도록 즐겁고 무사

---

* 알프스산맥은 프랑스와 이탈리아 양국에 걸쳐져 있다.

태평해도 삶이란 결국 끝나게 되어 있다는 사실이야. 이 작품은 '메멘토 모리'라고 불리는 것 중 하나지. 또 라틴어 문구구나, 모나야! '네가 죽을 것임을 기억하라'는 뜻이란다."

"하지만 어째서 저 옆의 여자는 미소 짓고 있어요?"

"왜냐면 아무것도, 심지어 죽음조차 우리를 떨게 할 만한 일은 아니기 때문이지. 푸생은 작품의 주제를 극적으로 표현하는 것을 피하고 인물들이 대리석 조각상과 비슷한 위대함과 근엄함을 갖추게 함으로써 보는 이를 도덕적 고양으로 이끄는 거야. 정신이 높은 곳에 이르러서 절대로 떠는 일이 없도록."

"이해한 것 같아요, 하비. 그러니까, 푸생의 스타일은 고요하다. 동요와는 거리가 멀다. 왜냐면 푸생이 원하는 건 자기 그림이 높은 곳에서⋯⋯" (아이는 논증 끝 대목에서 말이 막혔다.)

"⋯⋯도덕적 고양을 이끄는 것이니까. (아이는 확고하게, 무척 진지한 태도로 고개를 끄덕였다.) 더 놀라운 얘기를 해줄게. 젊은 시절 푸생이 로마에 있을 때, 어느 날 씸박질을 하다가 오른손에 부상을 입었어. 손을 거의 잃을 뻔했단다⋯⋯ 예술가의 운명에 자칫 큰 비극이 되었으리란 건 말할 필요도 없지, 안 그래? 그런데 고충은 거기에서 끝나지 않아. 좀더 나중에 편지에서 자기한테 고약한 장애가 생겼다고 한탄하거든. 1642년부터 그는 손을 떨기 시작했다고 밝혀⋯⋯ 필시 여러 가지 병 때문에 생긴 증상이었을 거야. 어쩌면 그 시대에 통용되던 의학적 처치 때문일 수도 있고. 이 장애는 그가 죽을 때까지 악화되기만 했지. 자 그런데, 푸생은 그 결함을 이십 년이 넘는 세월 내내 극복했어. 더 많은 시간과 정성을 들여서 놀랍도록 아름다운 견고함을 보여주는 작품들을 만들어낸 거야. 그의 움직임을 방해하던 떨림의 흔적이 작품에 나타나는 일은 결코 없었어. 알겠니, 그 역설을? 푸생은 떨면서도 결코 떨지 않았던 거야! 그의 그림은 우리에게 그 품격을 권한단다."

"하비, 있죠. 하비는 죽음을 생각할 때 떨어요?"

"다른 건 몰라도 내 죽음을 생각할 땐 전혀 떨지 않아."

"아…… 그러면요, 하비는 신을 믿어요?"

"모나야, 의심하지 않으면 믿을 수 없단다."

"그게 무슨 뜻이에요, 하비?"

"무슨 뜻이냐면 신을 많이 의심한다는 얘기지……"

10
필리프 드 샹파뉴
항상 기적이 일어날 수 있음을 믿어라

연초마다 치러지는 의례에 따라 반 오르스트 선생은 모나와 엄마에게 새해 복을 빌어주는 인사를 건넸다. 반면 건강을 빌어주진 않았다. 그러면서 한 달 반이 넘도록 아이를 진료하지 못했다는 사실을 지적했다.

"영접의 시간이죠." 의사가 퉁명스레 말했다.

이런 분위기가 모나를 긴장시켰다. 의사가 눈을 검진하면서 집중하느라 눈썹을 찌푸리는 것을 본 모나는 자기도 모르게 의사를 따라 얼굴을 오므리게 되었는데, 그 때문에 검사가 어려워졌다. 어른들이 하나같이 말을 삼갔어도 모나는 심각하고 결정적인 소식이 언제든지 들이닥칠 수 있음을 모르지 않았다. 두려움에 바들거리며 몸을 비틀어대고 가만히 있지 못하느라 어느새 2분이 지났을 때, 반 오르스트가 최면술사 같은 어조로 귀띔했다.

"다른 것을 생각하렴."

다른 것을 생각하라니. 이럴 때 생각할 만한 게 머릿속 어딘가에 감춰져 있기라도 한가? '다른 것, 다른 것', 모나는 생각했다…… 마침내 모나는 가상의 레버 같은 것을 당겨 기이한 뇌 속 탐험에 뛰어들 수 있었고, 그러자 한 무더기의 이미지들이 포탄 세례처럼 머릿속으로 들이닥쳐 펼쳐졌다. 아빠 가게에서 발견된 미니어처 인형들, 그다음에는 괴상한 얼굴을 꾸며내는 자드, 그다음에는 프란스 할스의 〈보헤미안 여인〉이 히죽 지어 보이는 웃음, 그다음에는 '하비'의 흉터, 그다음에는 기욤의 머리카락…… 아이의 정신은 어디에도 머물지 못했고, 머릿속이 어수선해지자 눈도 반사적으로 함께 움직거렸다. 결정적으로, 쉬는 시간 운동장에서 무겁고 추저분한 공이 관자놀이를 때렸던 기억이 떠올랐고, 너무 괴로운 나머지 그만 눈꺼풀을 꽉 닫아버렸다. 반 오르스트 선생의 방법이 통하지 않은 것이다.

검사에 응하려고 분투하는 딸을 지켜보며 그저 얼른 끝나기만을 바라던 카미유는 느닷없이 의사가 미워졌고, 의사를 미워하는 스스로가 미워졌다. 끼어들고 싶었지만 카미유가 목소리를 내자마자 모나가 어른스러운 손짓을 해보이며 야무지게 제지했다. 잠깐 기다려보라는 뜻이었다. 그런 뒤 아이는 크게 한 번 숨을 들이마시면서 스스로를 물리적으로 통제해보자고 결심했다. 위안이 되는 생각을 붙들려 하지 말고 **자기 힘으로, 굳게, 똑바로 있어보자.** 그제서야 반 오르스트 선생은 진찰 램프를 아이의 동공에 갖다대고 살살이 들여다볼 수 있었다. 자기 몸과 쓸쓸한 거리를 유지하며 떠다니는 듯한 상태 속에서, 모나는 엄마와 의사의 대화를 다 놓치고 겨우 한마디만을 건져냈다. "오십 대 오십입니다."

◆

할아버지와 함께 루브르에 들어설 때 모나는 침울했다. 의사의 회의적인 답변이 뇌리에 깊게 박힌 것이다. 모나의 표정을 하나하나 다 아는 앙리는 그렇게 축 처져 움츠린 아이의 얼굴이 슬프고 가여웠다. 칼리메로*를 생각나게 하는 얼굴이었다. 모자처럼 쓰고 다니는 깨진 알껍데기 아래 커다란 두 눈이 덩그렇게 두드러지는 얼굴의 캐릭터. 모두 노란색인 형제들 가운데 혼자 까만 녀석으로 태어난 칼리메로에게 인생은 '정말이지 너무 불공평'했고, 그 수요일 모나의 시무룩한 얼굴도 바로 그런 숙명을 토로하고 있었다. 앙리는 아이를 붙들어 품에 안았다. 고양이를 있는 힘껏 껴안는 아이 같은 그 행동은 그가 평소 하던 행동이 전혀 아니었다. 아이는 무척 어리둥절했지만 어쨌거나 기분이 좋아져서 미술관의 회랑을 누빌 태세를 다시금 갖출 수 있었다. 앙리는 거기에서 그치지 않았다. 사람을 두루 겪어봤고, 특히 모나라면 익히 잘 아는 그는 지난주에 밟은 고전주의의 땅을 더 여행하기로 했다. 아르카디아 풍경은 빠지고 준엄한 분위기는 더한 여행이 될 것이었다.

기도하는 두 수녀였다. 그들이 있는 곳은 바닥에 나무판자가 깔려 있고 벽에는 군데군데 금이 간 잿빛 색조의 공간이었다. 더 정확히 말하자면 독방의 한쪽 구석이었는데, 오른쪽 벽에는 예수의 형상 없이 커다랗기만 한 십자가가 걸려 있을 뿐이었다. 그 아래에는 더 젊

---

* 1962년에 만들어진 이탈리아의 만화 캐릭터.

어 보이는 수녀가 상체만 일으켜 앉아 있는 모습이 섬세하고 정확하게 그려져 있었다. 의자에 등을 기대고 다리는 쿠션을 얹은 발 받침대 위에 골반과 직각이 되게 길게 펴고 앉은 상태였다. 사실 다리의 자세는 짐작만 할 수 있었다. 기도하느라 한데 모았으나 세우지 않고 누인 두 손과 계란형 얼굴을 제외하면, 인물의 몸 전체가 잿빛 수녀복과 빨갛고 커다란 천 십자가가 기워져 있는 스카풀라리오*로 가려져 있었기 때문이다. 완전히 비슷한 차림의 두번째 수녀는 나이가 지긋했고, 그 옆에서 무릎을 꿇고 있었다. 그 수녀 역시 가벼운 미소를 띤 채 기도중이었다. 두 인물은 내뿜듯 쏟아지는 빛을 받고 있었고, 그 빛 다발의 왼쪽 선은 늙은 수녀의 턱까지, 오른쪽 선은 젊은 수녀의 다리 위에 놓인 열려 있는 성물함을 향하고 있었다. 그림의 왼쪽 편에는 라틴어로 쓰인 긴 글이 그려져 있었는데, 다음과 같은 말로 시작했다. "크리스토 우니 메디코 아니마룸 에트 코르포룸."

"하비, 지난주에도 라틴어가 쓰인 작품을 보여주시더니." 12분 동안 그림을 응시한 뒤 모나가 쏘아붙였다.

"그렇다고 쉽게 놔둘 순 없지." 앙리가 즐거운 듯 대꾸했다. "내가 번역해주마. '영혼과 육체의 유일한 의사, 그리스도에게.'"

"저한텐 반 오르스트 선생님이 있어요." 모나가 미소 지었다. "그리고 '정신과 의사'도요…… 하지만 그건 우리만의 비밀이죠!"

"그렇지, 우리만의 비밀이지. 잘 지켜지기를 바라마!"

---

* 수도복의 일종으로, 어깨의 앞뒤로 내려뜨려 무릎까지 내려오는 형태다.

"지상의 아름다운 것에 대고 맹세해요, 하비."

"잘 말했다. 이번에는 1662년이야. 루이 14세의 긴 통치 기간 중 초기에 해당되지. 루이 14세는 막대한 야심과 욕망으로 똘똘 뭉친 군주였는데…… (그는 잠시 말을 멈췄다.) 그 야심과 욕망이 모순적일 때가 많았어. 태양왕은 진심으로 예술과 지식이 피어나기를 바랐거든. 학문, 문학, 회화를 위해 아카데미를 세우고 부흥시켰고. 엄청나게 많은 작품을 주문해서 그 작품들을 통해 자신이 온 시대를 통틀어 가장 강력한 왕임을, 또 프랑스가 영웅적이고 장엄하고 눈부신 나라임을 보여주려 했지. 그런데 그가 좋아했던 화가 중 한 명이 바로 이 그림의 작자, 필리프 드 샹파뉴란다."

"그럼 화가에게 이 작품을 그리게 한 게 그 왕이에요? 하비한텐 이 작품이 좋아 보여요? 제 느낌엔 전체적으로 좀 잿빛인데요!"

"아니, 루이 14세가 주문한 게 아니야…… 그것보단 약간 더 복잡해. (모나는 눈썹을 찌푸렸다.) 좀전에 그가 모순에 찬 왕이었다고 말했지. 그는 예술광이었을뿐만 아니라 유아독존의 절대 군주였고, 자신의 위세에 약간이라도 그림자를 드리우는 것이 있다면 무슨 수를 써서든 없애려고 하는 사람이었어. 예를 하나 들어볼게. 루이 14세에겐 니콜라 푸케라는 장관이 있었는데, 그는 엄청나게 부유해져서 강력한 예술 후원자가 되었단다. 이 푸케가 보르비콩트에 성을 짓고 호화찬란하게 꾸민 그곳에서 굉장한 파티들을 열며 수많은 예술 작품을 사들였지. 급기야는 왕실의 호화로움과 맞먹게 되었고. 왕은 질투에 휩싸였어. 푸케를 체포하라는 명령을 내리고 약식 재판에 부친 뒤 죽을 때까지 지하 감옥에 가둬버리지……"

"자기 집보다 멋있다는 이유만으로 그렇게까지 한다고요? 정말이지 끔찍한 왕이에요, 하비!"

"그래 그거야, 절대주의라는 건. 보렴, 이건 1662년의 작품이야. 필리프 드 샹파뉴는 니콜라 푸케가 체포된 지 몇 달 뒤에 이 그림을 그렸어. 그런데 화폭 속 배경이 된 장소에 저의가 없지 않은 게, 겉보기엔 전혀 그렇지 않지만 나름의 방식으로 전능한 루이 14세에 맞섰던 장소거든. 보르비콩트성이 그랬듯이 말이야."

"저 알아요, 하비, 수도원이죠! 거기서는 파티 말고 다른 걸 할 텐데요……"

"더 정확히는 포르루아얄 수도원이야. 센강 좌안에 있지. 루이 14세는 이 수도원을 두려워했어. 정말이지 그에겐 눈엣가시 같았지!"

"그런데 기도 드리는 장소를 왕이 왜 무서워하죠? 수녀님들은 대체로 친절한데요. 그림엔 늙은 수녀님 한 분이랑 누워 있는 수녀님 한 분이 있어요. 이분은 심지어 아픈 것도 같고요……"

"응, 아픈 게 맞아! 그치만 루이 14세는 이들을 두려워했어. 그의 마음에 들지 않는 사상을 갖고 있었거든. 이 수녀들은 얀선이라는 신학자의 교리를 따랐어. 1638년, 루이 14세가 태어난 바로 그 해에 죽은 신학자인데, 모든 것을 전적으로 신에게 맡겨야 한다고 설파하면서 인간들의 힘을 믿지 않았지. 누가 되었건 스스로의 바람과 행위를 정말로 결정할 수 있다는 생각을 믿지 않았고, 일개 인간의 통치권이 다른 인간 존재에 작용할 수 있다는 생각도 믿지 않았단다. 그러니 루이 14세와 그 뒤를 이은 왕들이 얀선주의를 얼마나 경계했을지 상상할 수 있겠지! 그들은 두려워했어. 한편으로는 그 교리가 종교의 권위에 기반을 두고 있기 때문에, 다른 한편으로는 종교적 권위가 왕이라는 정치적 존재로 구체화된다는 발상을 그 교리가 거부했기 때문에. 전제 군주에게 그건 참을 수 없는 형태의 반대파야. 그러니 응당 반박하고, 위협하고, 심지어 박해도 하지. 달리 말하자면, 이 수녀들은 왕보다 신을 더 좋아한 거야. 루이 14세 치하에서 얀선주의자가 된다는 건 용기가 필요한 일이었어."

"그리고 왼쪽에서 기도하고 있는 저 나이 많은 여자분이요, 분명 저 사람이 대장일걸요!"

"저 나이 많은 분은 '아녜스 아르노 원장님'이라고 불렸고, 네 말대로 포르루아얄 수도원을 이끌었지. 그리고 보렴, 마치 우리가 독방 한복판에서 두 수녀들과 함께 있는 것만 같지. 오른편, 나무와 짚으로 만들어진 소박한 의자 위에는 기도서가 있는데, 누워 있는 수녀 옆으로 다가가서 거기 앉아 수녀들과 얘기를 나눌 수 있을 것만 같지 않니."

"그림을 그릴 때 화가가 이분들 곁에 있었어요?"

"아니지, 그는 수도원 안으로 들어갈 수 없었으니까. 하지만 그는 저 젊은 모델을 아주 잘 알고 있었어. 누워 있는 저 수녀는 카트린이라고 하는데 화가 자신의 딸이었거든. 아픈 여자의 저 창백하고 수수한 얼굴이 실은 화가의 살붙이인 거지. 화가는 당시 예순 살이었어. 이미 긴 이력을 지닌 필리프 드 샹파뉴는 최고로 중요하고 유명한 인사들을 그린 화가였단다. 예를 들어 추기경복을 입은 리슐리외의 초상화를 그릴 수 있었던 유일한 화가였지. 자, 그런데 제후와 실권자들의 화가였던 그가 이번에는 세상에서 가장 중요한 것, 자기 자신에게 가장 소중한 것을 그리는 거야. 모든 것을 멀리하고 얀선주의 수도원인 포르루아얄에서 살고 있는 그의 다정한 딸······"

"아! 하비 말은 화가가 딸을 정말 뜸하게만 봤다는 거죠? 그럼, 딸이 가까이 있다고 느끼려고 저 그림을 그렸던 거예요?"

"좋은 가설이야. 하지만 실제 이야기는 좀더 드라마틱해. 1660년 가을, 정확한 원인도 알 수 없이 카트린의 몸 오른쪽이 갑자기 경직되면서 찢어지는 듯한 통증을 일으켰어. 더이상 걸을 수 없게 되었고, 끊임없는 고통이 찾아들었지. 스물넷 나이에 장애인이 된 거야. 그의 아버지 필리프가 딸과 몇 마디 나누려고 수도원 면회실에 찾아갈 때마다 다른 수녀들이 카트린을 아이처럼 안고 데려와야 했단다. 어떤 치료법도 듣지 않았지. 그림에서 발 받침대 위에 꼼짝 없이 뻗어 있는 두 다리의 뻣뻣함이 이 마비 상태를 암시해. 불행히도 당시 의사들은 어떤 답도 찾아낼 수 없었고······"

"아, 불쌍해라! 너무 불공평해요."

앙리는 잠시 침묵했다. 의사들이 틀린 답을 내놓곤 했다고, 저 불쌍한 카트린 수녀에게 심지어 사혈을 강요하기도 했다고, 그래서 아무것도 모른 채 병을 더 악화시켰다고 덧붙여야 했겠지만 그냥 이야기를 이어가기로 했다.

"맞아. 하지만 저기 보렴, 모나야. 두 인물 위로 떨어지는 저 빛줄기를 봐. 저건 기독교인들이 은총의 순간이라고 여겼던 것이야. 마치 그림 속에 두 빛이 공존하는 것 같지. 하나는 이 세상의 빛, 수녀들의 상아색 법복, 돌벽의 질감, 의자의 갈색 같은 사물들을 비추어 가시적인 것으로 만드는 빛, 그 부피와 색채를 공간 속에 드러내는 빛······ 그리고 또다른 세상, 보다 높은 미지의 세상에서 오는 빛이 있지. 기독교인에게 은총의 순간이란 결국 신으로부터 나오는 이 두번째 빛이 인간들의 빛에 스며들 때야. 그러니 모든 기독교 회화가 마주해야 하는 도전이 주어지지. 예술 작품에 자연적인 일과 초자연적인 일을 일관되고 설득력 있는 방식으로 함께 담아내기."

"무슨 초자연적인 일이 벌어지는데요?"

"그게, 의사들이 다 포기했고 아무 가망이 없는 것 같았는데 저 유명한 아녜스 원장, 왼쪽의 수녀는 아직 카트린의 육체를 구할 수 있다고 믿었던 거야. 원장 수녀는 거듭거듭 카트린을 위해 기도하면서 영혼의 사기를 북돋았지. 우리는 여기서 그중 한 기도, 정확히는 1662년 1월 6일의 기도에 참관하고 있어."

"그래서, 신이 임했어요?"

"응. 바로 그게 여기에 표현되어 있는 거야. 신앙이 없는 사람이라도 이 장면에서 경이를 느끼지 않을 수 없지. 기도에 대한 응답이 여기 부드러운 광선으로 가시화되어 있어. 고대하던 기적이 일어난 거야. 다음날인 1월 7일에 카트린은 몸에 기력이 돌아오는 것을 느꼈지. 미사중에는 자리에서 일어났고, 걸었고, 혼자서 무릎을 꿇었어. 기적이 일어났다는 소식을 들은 필리프 드 샹파뉴는 기뻐 미칠 지경이었고. 화가는 그 자리에서 이 작품에 착수해 '봉헌물'로 삼았단다. 감사의 표시로 신에게 바쳤다는 뜻이야."

"하지만 하비, 제 생각엔 1월 6일 기도 대신에 1월 7일에 일어난 일을 그려야 했을 것 같은데요! 카트린 수녀님이 걷기 시작한 순간이 신기한 건데. 제 말이 맞죠?"

"당시에 태어났더라면 훌륭한 예술가가 되었겠구나. 네 주제도 흠잡을 데 없었을 거야! 그런데 네 기분을 상하게 하고 싶진 않다만, 그 사건을 그렇게 다뤘다면 약간 뻔했을 거야. 흔히들 그림이 가장 혁혁하고 교훈적인 장면을 보여주기를 바라기 마련이니까. 하지만 필리프 드 샹파뉴는 바로 그 규칙의 허를 찌르면서 자신이 통상적으로 하던 방식을 거스른 거야. 그는 미묘함을 택했어. 그가 보여주는 건 잿빛, 흰색, 검은색의 명암 차이를 제외하면 색채라곤 전혀 없는, 극도로 소박한 순간이지. 이 절제야말로 얀선주의자들이 소중하게 여기는 신에 복종하는 정신을 표현하고 루이 14세 왕정이 내세우는 호화로움과 대비를 이루는 거야."

"항상 기적이 일어날 수 있음을 믿어야 한다. 그렇죠, 하비?"

"그게 이 작품의 의미란다, 모나야. 덧붙이자면 더 훌륭한 건, 카트린을 위해 기적을 믿은 사람이 아녜스였다는 사실이야. 카트린이 자기 자신을 위해 기적을 믿은 게 아니라."

모나는 즉석에서 기도하는 모습을 흉내내려는 듯 두 손을 모아 하늘을 향해 쳐들며 웃더니 맞잡은 손을 풀지 않은 채 다시 그림을 바라보았다.

"하비, 카트린의 다리 위에 있는 저 물건은 뭐예요?"

"아! 잘 관찰했구나. 정확히는 모른단다. 작품 왼쪽에 그려져 있는 라틴어 글귀는 카트린의 이야기를 들려주는데 그 물건에 대해서는 아무 언급이 없어. 저 작은 상자에는 필시 성물이 간직되어 있을 거야. 예수가 썼던, 아니면 사람들이 그렇다고 믿는 가시관의 한 조각이라든가. 성물에는 보호와 치료의 효능이 있다고 여겨졌거든."

문제의 성물이 카트린의 기적이 있기 몇 해 전에 또다른 기적을 일으킨 것으로 무척 유명했다는 사실을 앙리가 모를 리 없었다. 1656년 블레즈 파스칼의 조카딸이 그 가시관을 만진 뒤 아프던 눈의 상처가 나았다는 것…… 하지만 앙리는 이 이야기를 손녀에게 하고 싶지 않았다. 아이의 상황에 너무 직접적인 반향을 불러일으킬 수 있다고 여겼기 때문이다.

모나로 말하자면, 모았던 두 손을 푼 뒤 이제는 습관이 되어버린 양 펜던트를 더듬어 찾더니 그걸 고이 봉하려는 듯이 꽉, 아주 꽉 쥐었다.

11
앙투안 바토
축제는 무르익어 곯는다

반 전체가 웃음을 터뜨렸다. 하지 선생님도 함께였다. 선생님은 '잡식성'의 뜻을 설명한 참이었는데, 선생님 말씀을 흘려들은 디에고는 그 단어가 칠판에 훤히 적혀 있는데도 막연히 '식인성'으로 이해했다.* 곰, 침팬지, 여우, 멧돼지뿐만 아니라 다람쥐, 쥐, 고슴도치가, 그리고 같은 인간까지도 인간을 먹는다는 생각이 그의 머리에 접수되었다. 경악하며 거부감을 드러내는 엉뚱한 발언에 신이 난 아이들은 일제히 디에고를 놀려댔다. 거듭 퍼지는 킥킥 웃음소리에 휩싸인 아이는 그만 눈물을 터뜨렸다. 하지 선생님은 그제서야 디에고의 괴로움을 알아챘다. 잔인하리만치 즐거워하던 자드는 그의 울음을 흉내내면서 놀림에 박차를 가했다. 선생님이 매섭게 야단쳤다.

"이제 그만!"

---

* '식인성(hommenivore)'은 '인간'을 뜻하는 단어 'homme'에 접미사 '-vore'를 붙인 형태의 조어. '잡식(omnivore)'과 발음이 같지만 존재하지 않는 단어다.

교실 전체가 얼어붙은 가운데 들리는 건 디에고의 훌쩍임뿐이었다.
오후 수업이 끝나갈 즈음에는 제비뽑기로 두 명씩 팀을 짜야 했다. 둘이 함께 한 장소를 정해서 학년 말까지 큼지막하고 보기 좋은 모형으로 만드는 것이다. 모나 반의 학생 수는 33명이었다. 모나는 머릿속 계산을 거쳐 16분의 1 확률로 자드 아니면 릴리가 걸릴 수 있다는 답을 얻어냈다. 모나는 믿음을 가졌고, 그러자 기적이 일어났다! 릴리와 짝이 된 것이다. 한편 자드는 운명의 저울이 나쁜 쪽으로 기운 것인지 자기 이름이 디에고의 이름 옆에 놓이는 것을 보게 되었다.
"우리 달 모형 만들자!" 디에고가 자드에게 소리쳤다.
무슨 수를 써서라도 자기 방 모형을 만들고 싶었던 자드에게는 디에고의 행복한 기대가 어리석어 보일 뿐이었다. 분하고 화가 난 자드는 자기도 모르게 찌푸린 얼굴을 해보였다. 짜증나는 운명보다도 원망스러운 건 자기보다 운이 좋았던 두 친구였다.
"자드, 잘될 거야. 장담해, 믿어야 해. 디에고는 늘 꿈을 꾸니까, 달 모형을 만들자는 건 좋은 생각이야!" 모나가 친절한 말로 다독였다.
"바라지도 마. 너는 릴리가 걸렸고 그러면 다 된 거지. 난 학년 말까지 저 애기(자드는 이 단어를 힘주어 발음했다)를 달고 썩어 지내게 되었는데, 넌 상관도 없잖아!" 자드가 쏘아붙였다.
사실 예전, 그리 멀지도 않은 얼마 전이었다면 자드의 불운을 재미있어할 수도 있었으리라. 이제는 전혀 그렇지 않았다.
"자, 이리 와. 나랑 같이 내 펜던트를 쥐어봐." 모나가 자드에게 말했다.
자드는 한숨을 내쉬고 잠시 망설이더니 마침내 그 부적을 손에 쥐었고 모나는 자기 손으로 친구의 손을 감쌌다.

◆

아! 물론 샤를 르브룅의 대형 전쟁화 속에는 볼 것이 수두룩하지. 앙리는 생각했다. 그 전쟁화들 속 연기 자욱한 드넓은 전장, 뒷발로 일어선 말들, 높이 쳐든 검들과 수십 명의 뒤틀린 얼굴들은 앙리 자신이 직접 찍었던 전쟁 보도 사진들을 떠올리게 했다. 다만 르브룅은 거기에 단 한 방울의 피도, 단 한 점의 창자도 그려넣지 않았다. 그는 청결한 학살을 그렸다. 어쨌거나 선택을 해야 했으므로 모나의 눈을 위해 앙리는 루이 14세의 광휘를 훌쩍 뛰어넘어 섭정기에 그려진 한 작품 앞으로 갔다. 역사에서 그가 특히 좋아하는 시기였는데, 당시 사회에서 나타난 일종의 이완 때문이었다. 앞서 태양왕의 절대주의 치세로 뻣뻣해지고 기진맥진해 있던 사회의 신체가 갑자기 숨을 쉬며 자유를 되찾고 흥분에 젖는다. 그리고 운다……

팔을 늘어뜨리고 뻣뻣하게 서 있는 갈색 머리 젊은이를 야외에서 그린 초상화였다. 나무판자 위 대형 화폭의 젊은이는 정중앙에서 살짝 왼쪽으로 치우친 곳에 그려져 있었다. 실내용 머리쓰개와 둥근 테 모자로 머리카락을 덮고 있었는데, 그 모자 테가 두상을 빙 둘러 후광처럼 보였다. 눈두덩은 훤하고 눈꺼풀은 내려앉아 있었으며 눈동자 속에서는 작은 빛이 반짝였다. 뺨과 코는 장밋빛, V자로 벌린 두 발에 신은 실내화의 끈 매듭도 같은 색이었다. 품이 넓고 두툼한 흰색 새틴 의상을 한 벌로 갖춰 입었는데, 바지는 장딴지까지 오는 길이였고, 열댓 개의 단추로 여며진 웃옷은 어깨와 팔꿈치 사이가 주름으로 부풀어 있었다. 청년 뒤, 전경으로부터 1미터 정도 떨어진 후경 아래쪽에는 다섯 형상이 배치되어 있었다. 정확히 무얼 하고 있는지는 알쏭달쏭했는데, 그들의 상체만 보였기 때문이다. 그들의 머리 정수리가 기껏해야 주인공 허벅지 높이에 오는 정도였다. 작품 맨 왼쪽에는 검은색 옷을 입고 목에 주름 장식깃을 단 남자가 4분의 3 각도에서 관객에게 시선을 던지며 히죽이고 있었다. 그는 굴레를 씌운 당나귀에 올라타 있었는데, 당나귀의 실루엣은 대부분 가려져 있고 곤추선 귀에, 마찬가지로 관객을 향해 반짝이는 검은 눈을 포함한 머리 일부만 보였다. 작품 오른쪽 부분의 다른 세 인물들은 서로 바짝 붙어 작은 무리를 형성하고 있었지만 인물들 사이에 오가는 것은 달리 없었다. 주인공 무릎 바로 옆, 그림 깊숙한 곳에 자리한 한 명은 깜짝 놀란 기색으로 화면 바깥의 뭔가를 바라보고 있었다. 모자가 커다란 불꽃 모양이었다. 전경에서 가장 가까운 곳에 옆모습으로 그려진 남자는 붉은 옷차림에 붉은 베레모를 썼고 얼굴에마저 진홍빛이 돌았다. 회의적인 표정으로 입을 비쭉이는 그는 보다 심드렁한 기색이었고, 드러나 있는 손은 당나귀의 고삐를 쥐고 있었다. 두 남자 사이에는 다정한 시선의 젊은 여인이 있었다. 살집이 좋은 편에 다갈색 머리는 틀어올렸고 가슴께에서 매듭지은 삼각숄을 두르고 있었다. 마지막으로, 작품 오른쪽 가장자리 어수선한 초목 사이에 놓인 목신牧神의 석조 반신상이 이 장면 전체를 내려다보았으며, 배경에는 낮은 지평선 위로 맑은 하늘이 솟은 듯 펼쳐져 있었다.

그림을 보자마자 모나는 청년이 자기 반 친구 디에고를 빼닮아서 깜짝 놀랐다. 디에고였다, 정말 개였다. 그림 속 청년은 열일곱 살은 되어 보였지만, 나이 차이는 문제되지 않았다. 이 인상이 어찌나 강렬했던지 모나는 작품을 보는 내내 다른 건 거의 보지 못했다. 급기야는 한번 죽은 존재들이 역사가 흘러감에 따라 다시 나타날 수도 있는지, 불안과 희망 사이를 오가는 마음으로 자문하기에 이르렀다. 다른 생애, 다른 세기, 다른 나라에서 자기였던 이의 흔적을 간직한 작품이 미술관 어딘가에 있을까? 하지만 할아버지한테 터놓고 말하기에는 너무 엉뚱한 생각 같았다.

"공상에 빠져 있구나, 얘야. 너를 내가 안다만……"

"아니에요, 하비. 숙고하는 거예요." 어휘 선택에 의기양양해진 모나가 단어에 힘을 주며 말했다.

"좋아, 그럼 같이 숙고하자꾸나, 얘야! 우리가 보는 게 뭐지? 앙투안 바토라는 사람의 작품이야. 서른일곱 살의 젊은 나이에 죽었고, 그 짧았던 삶조차 꽤나 수수께끼에 싸여 있어. 크기가 꽤 큰 이 작품이 정확히 어떤 상황에서 그려졌는지도 알 도리가 없지. 작품 가장자리가 수차례 잘렸는데 언제, 누가, 왜 그랬는지도 알 수 없어. 요컨대 출발부터 호락호락하지 않지!"

"인물이 그림 중심에서 약간 벗어난 곳에 있는 것도 그림이 잘렸기 때문일까요?"

"잘 관찰했다, 모나야. 구성의 중심이 되는 청년이 실은 왼쪽으로 약간 빗겨나 있고, 이 의외의 구도가 그림의 장면이 불안정하다는, 심지어는 부조화스럽다는 느낌을 자아내는 데 기여하지. 가장자리를 잘라내다보니 우연히 그렇게 되었을 수도 있지만, 바토의 대담성을 볼 수도 있단다. 그 경우 단순한 암시를 통해 그런 효과를 자아낸다는 점에서 더욱 천재적이고 창의적인 대담성이라 하겠지. 이 인물 외에도 네 사람이 더 있는데 모두 코메디아 델라르테에서 나온 인물들이야."

"그거 알아요, 연극이죠!"

"맞아, 솔직히 난 연극은 좀 지루해…… 하지만 코메디아 델라르테는 다르지! 이탈리아에서 프랑스로 전해진 전통인데, 배우들이 끊임없이 행동에 뛰어든단다. 표현 전체가 과장된 몸놀림으로 이뤄져. 웃기기도 하고 잔인하기도 한 이 공연 장르는 18세기에 무척 유행했어. 거기엔 뭔가 사육제 같은 면이 있지. 사회가 뒤죽박죽으로 뒤집히고, 가장 약한 사람이 가장 강력한 사람을 혼내주고."

"이 청년이요, 누군가의 초상화라고 해도 좋을 것 같아요." 청년의 비밀을 할아버지가 밝혀주면 반 친구 디에고의 유령을 실체화시킬 수 있으리라 기대하며 모나가 말했다.

"음, 이번엔 아니다, 모나야. 저게 누군지는 몰라. 오랫동안 질이라고 불렸던 인물인데, 요즘은 피에로라고 불러. 그렇게 혼동했던 데는 이유가 있는데, 그 시대의 공연에서 질과 피에로는 굉장히 비슷해서 서로를 대신할 수도 있는 인물들이었거든. 질도 피에로도 보잘것없는 출신에, 가끔은 꾀바르지만 근본적으로는 순진한 성격, 또 뛰어난 묘기 감각을 지녔거든."

"저는요, 새하얀 얼굴에 굵은 까만색 선으로 화장을 하는 게 피에로라고 생각했어요!"

"맞아, 하지만 하얀 얼굴에 짙은 화장을 하는 그 피에로는 19세기가 되어서야 유행했어. 그래도 잘 보렴. 화가가 저 복장의 흰색 색조에 엄청나게 다양한 변조를 준 덕분에 피에로의 순진함, 거의 허깨비 같은 그 순진함이 얼마나 훌륭하게 드러나는지. 저 옷은 백연으로 칠해졌는데, 납이 굉장히 많이 함유된 염료이고, 그래서 독성이 강해. 몇몇은 바토가 그 염료의 납 성분을 너무 많이 들이마시는 바람에 납중독으로 죽었을 거라고 주장하기도 해……"

"반대로요, 피에로 등 뒤에서 히죽거리는 저 어두운 사람은 우리를 놀려대는 것 같아요!"

"그래, 둘 사이의 대비가 뚜렷하지, 정말! 더 나이든 저 사람은 박사야. **코메디아 델라르테**에서 교활하고 잘난 척하길 좋아하는 인물이란다. 제 깜냥엔 똑똑하다고 희희낙락거리지만 실은 자기가 올라타고 있는 당나귀보다 나을 게 전혀 없는 사람이지. 박식한 이들의 권위란 게 한낱 익살에 불과하다, 바토는 그렇게 말해주는 거야! 그리고 다른 편에는 어리둥절한 모습의 레앙드르가 있고, 그 옆에 같이 있는 매혹적인 여자는 사랑에 한숨짓는 그의 애인 이자벨이야. 두 사람은 **코메디아 델라르테**에서 전형적인 애인 커플로 등장해. 이 바토의 작품에서는 두 사람이 서로에게 가진 감정이 전혀 드러나지 않지만 말이야. 아마 다른 인물, 비열한 장군과 딱 붙어 있어서 달리 어쩔 수 없다고 해야겠지. 이 마지막 인물은 거만한데다 허영심이 많고, 그러면서 심성은 꼬여 있고 비겁하기만 한 인물이야. 여기서는 닭 벼슬 같은 모자를 쓰고 불쌍한 나귀의 목을 조르는 끈을 잡아당기고 있지. 이 모든 인물들은 무수한 줄거리를 예고한단다. 이들이 뭘 하고 있는지는 잘 알 수 없지만 바로 그 때문에 갖가지 간계와 그 귀결, 맛깔나는 새 국면들과 딱 떨어지는 응수들을 기대하게 되는 거야. 그렇게 보면 이 작품은 어쩌면 간판, 표지판이었을 수도 있어. 어느 극단의 광고라든가, 극장이 제공하는 눈요깃거리용 선전이라든가."

"아하, 광고였다면 모두가 이 작품을 잘 알았겠는데요!"

"아, 그건 아니야…… 일화를 통해 알려진 사실이라곤 이 작품이 당시에는 전혀 주목받지 못했다는 것, 그러다 바토가 죽은 뒤 거의 한 세기가 지난 뒤에야 파리 한복판의 카루젤 광장, 그러니까 뫼니에라는 상인이 운영하던 가게에서 나타났다는 것뿐이야. 이 수완 좋은 골동품 상인은 손님을 꾀려고 당시에 유명했던 노래 한 구절을 마치 홍보 카피처럼 하얀 분필로 써서 내놓았다고 해. '여러분의 마음에 들 요령이 있었다면 피에로는 정말이지 기뻤을 테지만.' 이 슬픈 피에로가 그 앞을 지나가던 비방 드농이라는 사람의 마음을 사로잡았고, 그는 지갑을 열어 150프랑이라는 조촐한 금액을 내고 이 그림을 손에 넣었지. 그게 1802년의 일이야. 바로 그 해에 나폴레옹 보나파르트가 비방 드농을 루브르 미술관 관장으로 임명한단다. 역사상 최초의 관장이지……"

"재밌네요, 하비. 마치 작품이 다시 한번 광고로 쓰인 것 같아요."

앙리는 고개를 끄덕였다. 정말이지 빠른 속도로 배우는 손녀가 대견했다. 그는 아이를 빙 돌게 한 뒤 〈피에로〉 옆에 있는 작품을 손가락으로 가리켰다.

"이제 바토가 〈피에로〉와 같은 시대에 그린 이 작품을 보렴. 여기에서 화가는 시테라섬으로 행복하게 순례를 떠나는 한 무리의 우아한 상류층 사람들을 보여주고 있어. 시테라섬은 그리스에 있는데, 사랑의 여신 아프로디테를 섬기는 곳으로 유명해. 이게 바토의 짧은 생애에서 결정적인 작품이 되지. 1717년 왕립 회화조각 아카데미에 입회작으로 낸 작품이었거든. 이후 공적인 작품 이력을 쌓아갈 수 있게 해줄 그 명망 높고 고전적인 기관에 들어가기 위해 자기 실력을 입증하는 작품이었다는 뜻이야. 그런데 이 작품이 **페트 갈랑트**라는 새 장르를 만들어내지. 우아한 축제라는 뜻인데, 무중력 상태에 들어간 사람들이 감각과 여흥을 즐기며 행복감 속에서 떠다니는 것처럼 보이는 그림들을 말해."

이 말을 하면서 앙리는 1960년대를 떠올리지 않을 수 없었다. 마약, 전방위적 사랑, 사이키델릭, 시 속으로 탈주하자는 그 시절의 야심도 중력에서 벗어나려는 욕망에서 나왔다. 와이트섬에서 히피족은 부지불식간에 시테라섬으로의 여행을 답습했다. 그들은 자연 한복판에서 한데 모여 어울리며 역사적 인과의 속박을 벗어버리고자 했던 것이다. 그는 록 밴드 제퍼슨 에어플레인을 떠올렸고, 1968년 제1회 아일 오브 와이트 페스티벌*의 스타 그룹이 비행기라는 이름을 달고 있는 건 우연이 아니라고 생각했다. 〈화이트 래빗〉의 베이스 음이 기억의 하늘에서 나부꼈다. 전자기타 소리 속에서 열반을 찾는 이 음악이 바토의 야릇한 광경들과 일으키는 공명의 폭은 스카를라티의 오페라나 바흐의 칸타타보다 더하다고는 못해도 결코 덜하지 않으리라······ 회색, 파란색, 초록색 사이 여기저기에서 터지는 생생한 분홍색 터치들 속에 이미 바토는 해시시 사용자들이 '키프kief'라고 부르던 공중부양 상태의 즐거움을 모두 담아냈던 것이다.

---

* 잉글랜드 남부 와이트섬에서 열린 음악제로, 1968년부터 1970년까지 세 차례 개최되었다.

"공상에 빠져 있네요, 하비."

"아니야, 숙고하는 거다!"

"저 시대에 무슨 일이 일어났는지 얘기해주세요. 루이 14세가 감옥에 넣은 장관이 그랬듯이 다들 축제를 좋아했어요?"

"응. 또 그 주제에 관해서라면 샴페인 양조법을 만들어낸 사람, 돔 페리뇽 사제도 빼놓을 수 없는데, 그는 루이 14세가 죽은 뒤 이 주 후에 죽었지…… 루이 15세가 통치권을 이어받기엔 아직 너무 어렸던 이 시기를 섭정기라고 부르는데, 사람들의 입술이 내내 샴페인 거품에 적셔져 있던 시대라고도 한단다. 바로 그 별난 순간이 섭정기야. 사교계 사람들이 베르사유 궁정을 떠나 사방으로 흩어져 리베르티나주의 시대를 축성했지."

"그게 뭐예요, 하비. '리베르티나주'? 자유롭게 지내는 거예요?"

"응. 육체적으로 사상적으로 자유롭게 지내는 거야. 너무 엄격한 교회의 규율에 대항하는 것이고. 종교가 정해놓은 도덕 법칙보다 순간의 즐거움에 더 많은 자리를 내어주는 거지. 그런데 보렴, 바토의 예술은 다른 무엇보다도 이 구속에서 벗어난 정신, 넘쳐나는 여흥으로 수선스러워진 정신 상태를 표현하는 것처럼 보여. 가장무도회, 세련된 살롱, 콘서트, 웅변대회, 크로켓부터 트릭트랙 놀이*까지 온갖 종류의 게임, 대향연과 술판은 말할 것도 없고. 그런데 말이다…… 피에로의 늘어진 팔과 얼굴은 다른 걸 말하고 있지 않니?"

"제가 느끼기로는요, 그는 행복해야 해서 슬픈 것 같아요."

---

* 주사위 놀이의 일종.

"훌륭한 표현이다, 모나야…… 제 역할에 충실함으로써 사람들에게 오락거리를 제공하는 것이 이 착한 피에로에게 주어진 임무인데, 어쩐지 그 역할에서 벗어나 있는 것 같지. 모든 축제엔 무대 뒤편이 있는 법, 우리는 그 무대 뒤편의 심장부에 들어와 있는 거다. 그리고 그 심장은 짓눌려 있지. 곪아 있고. 아, 화가가 묘사하는 건 어두운 비참이 아니야. 단지 다른 사람들을 즐겁게 해주느라 지친 이의 멍한 표정을 그렸을 뿐이지. 언제라도 동작에 뛰어들어야 할 **코메디아 델라르테**가 갑자기 굳어버렸어. 축제에는 늘 곪은 부위가 있단다. 그러니까 축제를 경계할 필요가 있는 거야. 특히 축제가 습관화되고 하나의 사회적 의무가 될 때는 더더욱. 바토는 우리에게 말해주지. 희극, 게임, 분방함과 장난질은 우울한 쓴맛을 남긴다고. 결국 신체는 그런 것들로 기진맥진하기 마련이고, 행복해야 한다는 명령이야말로 견딜 수 없는 것이니까."

"모든 사람이 우리처럼 바토를 본다면 장난은 끝장이 나겠네요!"

앙리는 웃음을 터트렸고, 자신의 성향이 그 〈피에로〉를 너무 꼬아 해석했음을 인정했다.

"안심하렴. 바토의 뒤를 이은 화가들, 그중 으뜸가는 이로 프랑수아 부셰가 있는데, 그들은 작품에서 리베르티나주와 가벼움의 광맥을 파고들었고 우울한 이면은 잘 감춰놓았단다. 1740년에서 50년대의 막강한 예술 후원자이자 루이 15세의 애인이었던 퐁파두르 부인이 그 같은 경박함을 특히 좋아했지. 좀 순진한데다 피상적인 축제 분위기만 내던 그 미학 조류는 그러다 결국 프랑스혁명을 얼마 앞두고 퇴물 신세가 되지만, 그건 또다른 이야기고……"

"하비, 저 〈피에로〉는 너무 슬퍼요…… 저렇게 발개진 코랑 뺨이, 방금까지 울다 나온 것 같아요…… 우리가 그를 좋아한다는 걸 어떻게 말해줄 수 있을까요?"

"지금 너처럼 그를 바라봐주면 된단다."

12
안토니오 카날레토
세상을 정지시켜라

모나는 가게에서 숙제를 하고 있었다. 곁에서는 아빠가 다이얼 전화기 한 대와 씨름하는 중이었다. 그 골동품을 고쳐서 디지털 전화기와도 통화할 수 있게 만들어보자는 생각을 했던 것이다. 와인을 한 방울도 안 마신 지 이틀째였다. 다 쓴 병을 모아두는 병꽂이가 거의 다 찼는데 지하 와인 저장고는 거의 다 비었기 때문이었고, 금고에도 주머니에도 현금이라곤 한 푼도 남지 않았기 때문이었다. 가게 문을 닫으려고 정리를 하는데, 한 남자가 노래를 흥얼거리며 들어왔다. 손님들에 대한 기억이 항상 날카롭지는 못한 폴이었지만 확실히 이 손님은 한 번도 본 적이 없었다. 여든 살은 족히 넘어 보였고, 벗어진 머리 아래 강철 같은 푸른색 눈을 하고 함빡 미소를 머금고 있었으며, 맵시 좋은 초록색과 베이지색 트위드 정장은 한눈에 봐도 맞춤옷이었다. 두꺼운 안경을 쓰는 앙리와 완전히 똑같은 기운을 풍기진 않았지만, 이 사람 역시 노인이 되어서도 전혀 축나지 않은 에너지와 대찬 확신을 바탕으로 상대를 단번에 위압하는 부류에 속했다.

"뭘 도와드릴까요, 손님?"

"대개는 전혀 도움을 필요로 하지 않네만, 이번만은 저 미니어처 인형의 가격을 물어봐야겠네. 베르투니 제품을 무척이나 좋아하는데, 자네가 그걸 전시해놓은 방식이 참 흥미롭구만. 딱 하나를 덩그러니! 아! 불쌍한 인형!"

모나는 공책에서 고개를 들었다. 미니어처 인형! 삼 주 전에 자기가 발견한 것이었는데 완전히 잊고 있었다. 폴은 처음에 손님이 놀리는 줄로만 알았다. 가게에 미니어처 인형은 없는데…… 하지만 웬걸, 가게 한구석 재떨이 옆에, 심벌즈를 연주하는 어릿광대 형상의 몇 센티미터 짜리 납 인형이 자기를 발견해줄 애호가를 참을성 있게 기다리고 있었음을 인정해야 했다.

"정말이지 매혹적이야." 손님이 말했다. "얼마를 내야 하는지 말해주게!"

"어…… 저…… 10유로입니다……" 폴이 서투르게 대답을 짜냈다.

"이런 퀄리티의 베르투니가 10유로? 이것 보게, 자네, 둘 중 하나로구만. 내 기분을 몹시도 띄워주고 싶거나, 물건의 가치를 제대로 모르거나. 어느 쪽이든 나는 수혜자, 자네는 닭대가리가 되겠지. 난 사람을 동물로 만드는 걸 좋아하지 않아. 이미 그들이 동물처럼 굴고 있더라도 말이야. 여기 50유로를 받게. 저 인형에 합당한 최소한의 값이네, 친구. 게다가 지금 지갑에 있는 지폐는 이것뿐인데 난 신용카드라면 질색이라서."

"저…… 제가……"

"아니, 아니, 포장은 필요 없네. 바로 가지고 놀 거거든!"

그러더니 손님은 기쁨이 완연한 기색으로 들어올 때와 똑같은 곡조를 흥얼거리면서 가게를 나갔다. 모나는 뭐라는 말도 없이 아빠에게 달려가 소맷자락을 잡고 가게 뒷방에 뒤죽박죽 쌓인 잡동사니 가운데로 이끌었다. 낡은 종이 상자 더미에서 자기가 떨어뜨렸던 상자를 손가락으로 가리키면서도 아이는 아무 말을 하지 않았다. 상자 속에는 그 납인형들이 수십 개 쌓여 있었고, 폴은 얼떨떨하기만 했다. 그 상자를 어디서 입수했는지 잘 기억나지 않았을뿐더러 거기 들어있던 것의 가치는 전혀 몰랐다. 그런데 느닷없이 생각지도 못한 희망의 보물을 주렁주렁 달고 나타난 것이다. 오랫동안 느끼지 못했던 기쁨에 휩싸인 폴은 그 발견을 저녁식사 때 축하하고자 남아 있던 와인을 향해 내달았다.

집으로 돌아가는 길, 폴은 한 손에 와인병을 들고 다른 손으로는 모나의 손을 잡고 있었다. 모나의 기분은 오락가락했다. 아빠와 함께 행복한 순간을 깊이 누리고 싶으면서도 아빠 손에 쥐어진 와인을 보면서는 막연한 쓰라림을 느꼈던 것이다. 그리하여 여러모로 상황에 어울리지 않는 일이 될 것을 알면서도 아이는 말을 꺼냈다.

"아빠……"

"말해봐, 모나야!"

"부탁인데요, 아빠. 오늘 저녁 그 축하는 참아보기로 해요……"

폴은 얼어붙은 채 와인병을 쳐다보았다. 그는 이해했고 길을 되돌아가 자신의 취기를 지하 저장고에 다시 들여놓았다. 그렇게 그는 금주 삼 일째 되는 날을 버텨냈다.

◆

돌아온 수요일은 1월의 마지막날이었다. 루브르 회랑을 가로질러 걸어가던 모나는 이상한 느낌이 들었다. 피라미드 아래를 지나 쉴리 관으로 모나를 이끌던 할아버지는 어찌할 바 몰라하는 손녀의 낌새를 눈치채고 무엇 때문에 그렇게 불편해하는지 여러 차례 물었다.

마침내 아이가 대답하기를, 미술관 복도를 지나오는 동안 누가 따라오는 것 같다는 것이었다. 우리 손녀가 이제 편집증적인 망상을 다 키우는구나, 앙리는 속으로 재미있어했다. 그는 박물관 일일 평균 방문자가 이만 명, 웬만한 스타디움 하나를 채울 만한 인원이며 연간으로 따지면 천만 명에 육박한다는 사실을 알고 있었다. 그러니 뒤에 붙은 사람이 있다고 느끼는 것도 무리가 아니다…… 그는 안심하라며 손녀에게 뽀뽀를 해준 뒤, 궁전들 사이로 흐르는 대운하의 광경 앞에 아이를 정박시켰다.

부두가 양옆으로 200미터가량 펼쳐져 있었다. 배가 점점이 들어서 있었고, 그중에는 뱃머리가 정교하게 장식된 멋진 호화 선박도 있었다. 희뿌연 안개가 보일락 말락 떠도는 푸른 하늘 아래, 늠름한 종탑이 굽어보는 가운데, 약속이나 한 듯 2층 아니면 3층으로 이뤄져 있으나 높이는 들쭉날쭉한 호화로운 석조 건물들 여럿이 바다를 향한 채 수면에 물그림자를 드리우고 있었다. 그중 제일 큰 건물은 르네상스 양식이면서 고딕 양식이었다. 대리석으로 짠 레이스라고 할 만한 정교함과 웅건함이 한데 모인 건축물로, 붉은빛이 감도는 평평한 벽으로 이뤄진 으리으리한 상층부가 맨 위층을 장식했다. 바다 쪽에서 보이는 궁전의 두 벽면이 만나는 모서리는 거의 정확하게 작품의 중앙부에 위치했다. 그림 안쪽으로 깊숙하게 들어가 있어 더 작아 보이는 왼쪽 벽면은 광장을 향하고 있었다. 광장에는 기둥 두 개가 세워져 있는데 하나는 사자를, 다른 하나는 용을 밟고 선 성자를 받치고 있었으며, 그 아래에는 분주하게 움직이는 사람들이 반짝거리는 터치로 암시되어 있었다. 더 안쪽으로는 대성당의 돔들이 보였다. 그러나 작품의 동적인 요소는 주로 전경에, 작은 목조 보트들이 떠다니는 물결에 집중되어 있었다. 가로 81센티미터에 세로 47센티미터인 화폭은 횡으로 펼쳐진 풍경의 파노라마적 성격을 강조했고, 시점은 바다 위쪽으로 설정되어 한창 일하는 선원, 낚시꾼, 곤돌라 사공 등을 내려다볼 수 있게 했다. 그들은 서로 대화를 나누거나 노를 밀어 배를 움직이거나 밧줄로 묶고 있었다. 이 전부가 대단히 세밀한 터치로 그려져 있어 수많은 인물 하나하나를, 또한 줄지어 선 아케이드와 발코니 하나하나와 리듬감 있게 반복되는 장식을 알아볼 수 있었다. 그뿐만이 아니었다. 더 꼼꼼한 사람이라면, 자글자글한 물결의 파동까지도 볼 수 있으리라.

"모나, 이탈리아어 좀 배워볼래?"
"저 챠오*는 벌써 알아요, 하비!"
"그렇구나, 그럼 베두타라는 단어를 알려주마. '경관'이라는 뜻이야.

---

* 이탈리아어 인사말 'ciao'는 프랑스에서도 격식 없는 인사말로 흔히 쓰인다.

베두타, 즉 멋있는 경치, 특별한 장소나 건축물의 광경을 그린 그림은 18세기 베네치아에서 크게 흥행한 장르였어."

"그럼 베두타라는 건 우편엽서의 조상 격이네요."

"말하자면 그런 셈이다! 다만 그 분야에서 뛰어났던 화가들이 자기 작품을 팔 때는 우편엽서보다 좀더 비싼 값을 받았지. 최소한 그중 가장 유명했던 안토니오 카날레토라는 화가는 그랬어."

"아! '카날레토'는 분명 '카날', 수로라는 뜻이겠죠, 확실해요!"

"얼추 맞아. 안토니오의 아버지는 베르나르도 카날레였는데, 그 이름은 아닌 게 아니라 '수로'라는 뜻이야. 가문이 베네치아에 뿌리를 두고 있음을 알려주는 성이지. 베네치아는 '카날 그란데', 즉 대수로가 가로지르는 도시니까. 네가 지금 보고 있는 항만이 그 수로의 하구란다. '-etto'라는 접미사가 붙은 카날레토는 '작은 수로'라는 뜻이 되겠지만, 사실 그보다는 안토니오가 베르나르도의 후손이라는 것, 그로부터 많은 영향을 받았다는 것을 드러내는 이름이지. 안토니오는 아버지로부터 커다란 무대 배경을 그리는 법을 배웠어. 아버지 곁에서 저 유명한 비발디의 오페라 무대 배경을 제작하기도 했지. 분명 좋은 훈련이 되었을 거야. 하지만 단순 기술자로 취급받는 데 금세 진저리를 내고는 아주 어린 나이에 독립해서 자기 자신의 길을 갔지."

앙리는 깡마른 손가락을 흔들며 그림으로부터 돌아서서 손녀를 바라보며 얘기를 계속했다.

"안토니오는 고향을 떠나 400킬로미터의 길을 육로로 걸어서 로마까지 갔단다. 1719년부터 1720년까지의 일이야. 곳곳의 지역을 가로질러 가면서 버려진 낡은 건물들, 덩굴과 높게 자란 풀들이 점령한 폐

허들을 볼 수 있었고, 마침내 도착한 목적지에서는 고대의 영광과 도회지의 현대성이 한껏 뒤섞인 풍경을 발견했어. 로마 여행은 몽상을 부추겼고, 무대 장식을 제작하는 견습생에 불과했던 청년은 거기에서 강렬한 비전들을 끌어내 자기 마음대로 재구성했지. 무슨 얘기냐면, 일단 수첩에 몇 가지 모티프를 펜으로 세밀하게 그리는 거야. 늘어선 기둥이라든가, 거대한 기념물이라든가, 한 더미 나무라든가…… 마치 기초적인 어휘들을 단어장에 적듯이. 그리고 난 다음에는 떠오르는 영감에 따라 그 요소들을 화폭에 가상으로 재배치하는 거지. 그렇게 해서 진짜 같으면서도 실은 혼자만의 공상에서 나온 경관을 만들어내는 거야. 그걸 이탈리아어로는 **카프리치오**라고 해, 변덕이라는 뜻이란다."

"그러면 이 그림은 진짜 '경관'이에요, '변덕'이에요?" 앞질러 질문하면서 모나는 뿌듯함을 느꼈다.

"저건 진짜 **베두타야**…… '고귀한 도시'로 불리는 베네치아를 좋아하는 사람이라면 곧바로 저 장소를 알아볼 테지. 베네치아는 물고기 모양의 작은 땅덩어리인데, 석호 위에 떠 있는데다 무수한 수로들이 도시를 가로지르고 있단다. 그래도 도시 전체의 관문이자 틀이 되는 건 산마르코 광장 앞에 펼쳐진 이 항만이야. 저 장소 전체가 세계에서 제일 유명한 건축 복합 단지라 할 수 있지. 건축 부문에서 〈라 조콘다〉를 뽑아야 한다면 바로 저곳이 될 거다. 왼쪽부터 순서대로 보면 조폐국, 마르차나 공공 도서관, 산마르코 광장 두 기둥의 조각상들, 두칼레궁, 파글리아 다리, 감옥이 있지. 그다음에는 배경에 종탑이 보이고, 물론 대성당도 있어. 그러니까 권력의 모든 요소가 여기 집결되어 있는 셈이야. 재무, 상업, 지식, 정치 및 사법 권력, 종교의 상징들이 있으니까. 카날레토는 도시의 입구, 즉 바다 한복판에 자리잡고 있는데, 이 화폭 바깥 왼쪽으로는 카날 그란데의 입구가 있단다. 장장 4킬로미터에 걸쳐 도시를 구불거리며 가로지르는, 하늘에서 보면 뒤집은 S자 형태를 한 수로야. 사람들과 물자들을 실어나르는 배들이 여기 그려져 있는 것도 그 때문이지."

"화가는 무엇보다도 부와 상품에 경의를 표하고 싶어하는 것 같아요."

"부두를 이탈리아어로 '몰로'라고 하는데, 이 거대한 '몰로'를 그린다는 건 사실상 도시의 역동성과 경제적 위세를 나타내 보이는 일이 돼. 게다가 카날레토를 좋아하던 수집가들을 흡족하게 해주는 일이기도 했지. 그들은 대개 은행가이거나 요직의 재무관이었거든……"

"하지만 그러면요, 감탄스러운 '경관'을 직접 가서 보는 게 더 나을 텐데요! 그 수집가들이 베네치아에 살았다면야 그냥 그 장소에 가면 되는 건데! 왜 그림을 사죠?"

"일단 카날레토의 수집가들이 다 베네치아 사람은 아니었어. 자기 집에 베네치아 석호 풍경 한 조각을 들여놓을 수 있어 기뻐하는 영국 고객이 아주 많았지. 그리고 무엇보다 네가 그곳에 있더라도 저만큼 멋있게 볼 일은 절대 없을 거야…… 우리의 시선이 한번에 아우를 수 있는 조망은 그리 넓지 못해. 네 시야각은 약 180도 정도란다. 비교하자면 고양이는 280도를 넘어! 파리들은 말할 것도 없지. 앞을 보는 동시에 등 뒤에서 무슨 일이 일어나는지 볼 수 있거든. 이 같은 인간의 약점을 넘어서기 위해 카날레토는 일단 굉장히 세밀한 습작품을 여러 장 그려놓는 작업에 힘썼단다. 그때 **카메라 옵스쿠라**, 우리가 페르메이르를 보면서 얘기했던 그 유명한 장치를 이용했지. 카날레토의 장치는 휴대용이었고, 거리에서뿐만 아니라 물위에서도 그걸 가지고 작업했단다. 굉장히 기발한 방법을 썼어. 장치를 가지고 가서 배 위에 고정시킨 다음, 베네치아 건축물들이 벌이는 춤판을 여러 장의 종이에 펜으로 베껴 그리는 거야. 카메라의 파인더 시점을 조금씩 옮겨서 일련의 크로키를 따낸 뒤 그것들을 한쪽 끝에서 다른 쪽까지 쭉 이어놓으면, 짜잔! 파노라마 풍경이 나오는 거지. 한마디로, 공간을 팽창시켰던 거야. 이론적으로 네 눈이 한꺼번에 여러 건물을 저 그림에서처럼 뚜렷하게 본다는 건 불가능해. 매번 고개와 시선을 돌려야 하고, 한 광경을 눈에 담으면 다른 광경은 놓칠 수밖에. 저 그림에선 풍경 일체가 동시에 솟구치지. 시간은 마치 정지된 듯하고."

모나는 카날레토 덕분에 자기 눈이 고양이 눈으로 변했다는 생각에 빠져들었다…… 그러고는 화폭에 별자리처럼 늘어선 곤돌라 사공들과 거리를 산책하는 사람들을 뜯어보았다.

"이제까지 할아버지가 보여준 건 언제나 인물들이 커다랗게, 척 봐도 한가운데 그려진 그림들이었어요. 그런데 여기서는 인물들이 정말정말 작아요. 아, 물론 뱃사공들이 얘기하거나 배를 묶고 있는 걸 여전히 볼 수 있긴 하지만요. 그래도 그들이 배경에 불과하다는 느낌이 들어요."

"넌 방금 예술사의 중요한 경향 하나를 지적했어. 주위 풍경이 부각되는 대신 인간 형상의 비중이 점차 줄어드는 거지. 그에 대해선 터너, 모네, 세잔을 보러 가서 다시 얘기하게 될 거야. 지금 당장은 카날레토가 여기서 '점경인물'이라는 기법을 쓴다는 걸 알아두면 된단다. 무얼 상징한다거나 하는 의미가 딱히 없는 부수적인 인물들을 화폭에 흠뻑 려놓는 거야. 그렇게 해서 색채의 균형을 잡아주는 터치들, 특히 노란색, 하얀색, 맑은 하늘을 연상시키는 파란색을 넣을 수 있지. 후경에 있는 저 넓은 광장을 좀 보렴."

"네, 정말 디테일이 얼마나 많은지, 거기서부터 그림 한 폭이 다시 펼쳐지는 거 같아요! 저기 있는 사람 한 명 한 명을 상상해보고 함께 걷고 싶어져요. 다들 멋지게 사는 것처럼 보여요!"

"맞아. 분위기가 어찌나 즐거워 보이는지, 그저 산책과 기쁨의 공간인 것만 같지. 게다가 요즘 관광객들이 근심 걱정 없이 열광하며 쏘다니는 곳이기도 하고. 하지만 곧이곧대로 믿어선 안 된다! 화폭에서 지배적인 자리를 차지하고 있는 저 두칼레궁은 재판이 열리고 선고가 내려지던 곳이야. 종종 끔찍한 선고들이었지. 사자 기둥과 산테오도로 기둥 사이의 광장은 반역자, 강도, 이단자를 밧줄에 매달거나 도끼로 참수하는 처형장이었지. '고귀한 도시' 베네치아에서는 누구도 분란을 일으켜선 안 되었던 거야……"

"알아요, 예전엔 사람들을 더 쉽게 죽였죠…… (이 말을 하면서 모나는 전문가인 척 심각한 태도를 꾸며 보였다.) 하지만 이 그림에서는요, 화가가 정말로 삶을 얘기하고 싶었다고 확신해요. 저는 그걸 느낄 수 있어요. 빛이 사방에 있고 부드럽고 편안하거든요. 평온해요."

"사실이야. 카날레토는 언제나 화폭 전체를 조화로운 빛 속에 잠기게 만들어 대비 효과를 누그러뜨리는 한편 어둠 속에 묻혀 있는 구역들도 생생하게 보여주려고 하지. 기술적으로 말하자면, 연이어 바른 글라시 층을 통해서 이 균질한 투명함을 얻어낼 수 있었어. 덕분에 두칼레궁의 서쪽 벽면마저 해를 등지고 있는데도 반짝거리며 붉은빛을 내지. 또 물을 어떻게 처리했는지 보렴. 붓털을 몇 가닥 풀어헤친 붓을 써서 동그란 아치 모양으로 정교하게 그려낸 하얀 잔물결을 잔뜩 넣었어. 덕분에 물의 공간이 마치 돌 포석을 깐 듯 견고해 보이지."

"마치 리모컨이 있어서 베네치아를 정지시켜놓은 것 같아요!"

"바로 그거야! 상업의 유동성, 새벽부터 해질녘까지 흐르는 자연의 유동성, 늘 움직이는 중에 있는 우리 지각의 유동성이 멈춰 선 채 석화되어 이상적인 사진 한 장으로 현상되었지. 카날레토는 세상을 정지 상태에 놓고 우리도 똑같이 해보라고 권하는 거야. 세상에서 벗어나 명상에 잠기거나 기도를 올리라는 게 아니야. 그의 작품에 신비로운 건 전혀 없지. 다만 그는 세상의 장난감이 되지 않기 위해서, 세상을 제어하기 위해서, 세상의 무수한 변덕에 가만히 당하지 않기 위해서는 세상을 정지시켜야 한다는 사실을 상기시켜주는 거야."

앙리가 긴 침묵으로 말을 갈무리하며 작품 앞에 서 있는 동안, 모나는 자기들 뒤에서 누군가가 소리 죽인 발걸음으로 멀어져가는 것을 감지했다. 아이는 돌아보았다. 이럴 수가! 초록 숄의 부인이었다! 티치아노의 〈전원 음악회〉를 보러 갔을 때 자기들의 말을 듣고 있었던 부인…… 카날레토까지 자기들을 몰래 쫓아왔던 것도 분명 그 부인이었다고 모나는 확신했다. 무슨 목적으로? 알 수 없었다…… 아이는 긴 한숨을 내쉬었다.

13

토머스 게인즈버러

감정 표현을 억누르지 마라

카미유와 모나가 반 오르스트 선생의 진료실에서 대기하는 일은 보통 없었다. 하지만 이번만은 간호인 파업으로 인해 대기중인 사람이 아주 많다고 병원 사무국에서 공지했다. 원칙적으로 모든 사회 투쟁에 연대하는 카미유였건만 이번에는 자기도 모르게 투덜댔고, 특별대우를 좀 해줄 수 없는지 말을 꺼냈다가 단칼에 거절당했다. 카미유는 핸드폰에 이어폰을 꽂더니 모나를 나 몰라라 하고 작은 화면에 빠져들었다. 그러고는 온갖 주제에 대해 참가자들이 공격적인 언사를 주고받는 짧은 길이의 TV 토론들을 강박적으로 이어 재생했다. '격돌'이라 불리는 이 동영상들은 민주적인 토론의 정점으로 여겨지곤 했다. 모나는 조용히 앉아 팔짱을 낀 채 지난 진료에서 들었던 말을 되씹었다. "오십 대 오십입니다." 그게 무슨 뜻인지 엄마에게 물어보고 싶었지만 차마 말을 걸 수 없었다. 두 사람의 모습은 기이한 광경을 연출했다. 가상 세계의 물결에 몸을 맡기고 줄담배를 피우듯 연거푸 영상을 넘겨보는 건 아이가 아니라 어른 쪽이었다. 엄마의 신경이 점점 더 날카로워지고 있음을 알아챈 모나는 예쁜 눈으로 서글프게 엄마를 쳐다보았다. 그러다, 소맷자락을 잡아당기는 대신 예고 없이 핸드폰에 손을 뻗어서는 화면을 건드려 영상을 중지시켰다. 놀란 카미유는 소스라치듯 고개를 들고 모나를 돌아보았다. 그 순간 간호사 한 명이 혼곤한 기색으로 대기실에 들어오더니 억양 없는 목소리로 상황을 알렸다.

"죄송합니다. 의사와 치료진이 너무 부족해서 오늘은 위급한 환자만 받습니다. 이대로 댁에 돌아가시고 다음에 다시 내원해주십사 부탁을 드려야겠습니다."

일단 지하철에 탄 뒤, 모나는 엄마가 이제 핸드폰에서 손을 뗐다는 사실을 확인했다. 모나는 엄마에게 물었다.

"그런데 엄마, 나는 위급했던 거죠, 그죠?"

그래서 카미유는 모나에게 아니 딱히 위급했던 건 아니라고, 그저 정기 검진일 뿐이었다고 말해줬다. 마음이 놓인 모나는 머리를 긁적였다.

"치료받다가 잠깐 멈춰가는 시간이라고 쳐요." 아이가 속삭였다.

◆

손녀와 함께 루브르를 향해 가는 동안, 앙리는 장애가 자질을 한층 더 높이 끌어올린 예술가들을 생각했다. 손을 떨었던 푸생의 얘기는 모나에게도 이미 했다. 아마 언젠가는 고야와 그의 청각 장애에 대해서도 얘기해줄 수 있을 것이다. 아니면 툴루즈로트레크의 장애와 알코올중독에 대해서. 또는 추상화가 한스 아르퉁에 대해서도 말해줄 수 있을 것이다. 그는 전쟁에서 한쪽 다리를 잃은 뒤 새로운 기법과 몸놀림을 발명했다. 앙리는 특히 세월에 따라 시력이 약해진 예술가들을 떠올렸는데, 개중에는 완전한 실명에 이른 경우도 심심찮게 있었다. 로돌프 퇴퍼, 화가의 아들이자 자신 역시 장래가 유망한 화가였던 그는 아주 젊은 나이에 색상을 구분하지 못하는 시력 이상증을 진단받았다. 퇴퍼는 붓을 포기했지만 그 대신 엄청난 양의 펜 그림을 그리며 전대미문의 방식으로, 즉 한 칸에서 다음 칸으로 이어지는 이야기를 들려줬다. 그렇게 해서 19세기 전반에 만화를 발명한 사람이 된 것이다. 앙리는 물론 클로드 모네도 생각했다. 노년에 이르러 거의 눈이 멀다시피 한 그는 산산이 부서진 형상으로 혼란하기 짝이 없는 지베르니 풍경화들을 내놓았고, 그 작품들은 인상주의 최후의 몰락이라기보단 그 절정을 이룬다…… 비슷한 예로, 로살바 카리에라의 작품 앞에 모나를 데려다놓고 싶기도 했다. 바토 및 카날레토와 동시대를 살아간 베네치아 화가로, 당대의 그 누구보다 파스텔화 기법에 뛰어났으나 불운하게도 1749년에 위험하고 고통스러운 백내장 수술을 받은 뒤 영영 캄캄한 어둠 속에서 여생을 보내야 했다…… 물론 이는 슬픈 운명의 장난이었으나, 최소한 그 여인은 시각이 소등되기 전 세계의 온갖 경이를 흠뻑 누렸었다. 사태가 위급하다는 생각에 비통해진 앙리는 걸음을 서둘렀다. 무슨 대가를 치러도 좋으니 로살바의 이야기와 작품을 모나가 알아야 한다고 생각했다. 그런데 미술관 보안검색대를 지나는 순간, 손녀가 할아버지를 향해 느닷없는 선언을 날렸다.

"하비, 오늘은 연인들을 보러 가요!"

돌연한 만큼이나 억누를 수 없는 요청이 폭죽 화살처럼 쏘아올려진 것이다. 앙리는 거기에 그만 마음이 녹아 손녀를 이끌고 영국의 지평선을 향해 갔다.

그림은 별로 크지 않았다. 세로 길이가 75센티미터도 되지 않았고 가로는 그보다도 약간 더 작았다. 대화를 나누는 듯한 젊은 커플이 야외 풍경의 중심을 차지하고 있었다. 청년은 동행인의 얼굴을 향해 몸을 돌린 채 자기 말에 힘을 더하려는 듯 펼친 손을 그 방향으로 뻗고 있었다. 나란히 앉은 두 사람이 이루는 결집체가 화폭에서 주요 부분을 차지했고, 세로로 따지면 화폭 전체 길이 중 정확히 절반에 해당했다. 그럼에도 작품은 풍부한 공간감을 내뿜었는데, 맞닿은 공간들이 다섯 층으로 깊이를 달리하는 덕분이었다. 먼저, 주인공들의 층. 그들이 앉아 있는 벤치 옆에는 덤불숲이 하나 있고 그 덤불이 화폭 왼쪽 가장자리 부분까지 이어졌다. 식물 군락이 그림 안쪽으로 깊어지면서 두번째 층, 좀더 빽빽한 녹색과 오렌지색 이파리들에 가닿는다. 이 잎들은 여러 나무로부터 뻗어나온 가지들에서 우거진 것이었는데, 높이 솟은 이 나무들의 키는 화폭 위쪽의 경계를 훌쩍 넘었다. 그림 오른쪽에 보이는 세번째 층에서는 수면이 펼쳐졌고, 그 물기슭을 따라 다른 나무들의 밑둥치가 늘어서 있었다. 물가에 닿아 있는 네번째 층의 정자가 특히 눈에 띄었다. 코린토스식 장식의 머리 기둥들로 지붕을 받친 원형 정자였다. 마지막으로 멀리, 그림 오른쪽 위로 트인 공간에서는 하늘을 뒤덮은 무수한 구름과 그 사이로 새어나온 한 줄기 회색빛을 볼 수 있었다. 이 빛 아래에서 은색을 띠게 된 자연 경관이 연인의 옷 색깔과 대비를 이뤘다. 원형 정자와 냇물을 배경으로 도드라져 보이는 청년은 타는 듯한 붉은색 연미복을 빼입었는데, 앞섶 단추를 풀고 있어서 그 아래에 노란색 조끼가 드러나 보였다. 수염 자국 없는 동그란 얼굴에 머리에는 삼각모를 썼고, 꼬고 앉은 허벅지 위에 올려둔 책을 손끝으로 붙들고 있었다. 또한 화가는 선을 한 가닥 그려넣어 청년의 허리춤에 달린 검을 슬쩍 내비쳤다. 젊은 여인으로 말하자면 치마폭이 굉장히 풍성한 분홍색 파니에 드레스를 입었는데, 치맛단이 말려올라간 부분 아래로 옅은 청록색 천이 드러났으며 모은 다리 위로는 부채를 펼쳐 들었다. 늘어뜨린 곱슬머리를 감싼 부드러운 모자 아래, 여자의 풋풋한 얼굴은 관심을 달라고 호소하는 자기 옆사람이 아니라 관객을 응시하고 있었다.

"저 사람들, 너무 아름다워요." 말없이 작품을 살피는 시간을 갖기도 전에 모나가 달려들었다.

"아, 안 돼! 부탁이야, 규칙을 지키자. 입을 다물고 일단 보는 거야. 말하기 없기!"

15분이 지나는 동안 모나는 안달을 내고, 발을 구르고, 앙리의 손을 잡고서 손톱이 박힐 만큼 꽉 쥐어댔다. 아이는 질문하고 싶지 않았다. 그냥 말하고 싶었다. 그 마음을 느낀 할아버지는 아이에게 오늘의 수업을 시작하도록 했다.

"아시겠죠, 하비, 보세요. 저 남자는 여자를 사랑해요. 젊은 청년이고요, 손에 책을 들고 있고요. 여자한테 듣기 좋은 말을 해요, 열심히 골라낸 말을요. 아마 시일지도 모르죠. 저 책에는 아마도 그가 느끼는 것들, 자기로서는 원하는 대로 말하기 힘든 것들을 말할 수 있게 해주는 시가 실려 있을 거예요. 아시겠죠, 그는 여자를 사랑해요. 손을 여자 얼굴 쪽으로 뻗고 있어요. 그 손으로 사랑하는 여인의 턱을 살짝 감싸고 싶겠죠. 아니면 모자를 매고 있는 끈 매듭을 풀고 싶거나요. 아니면 말에 힘을 더하기 위해서 저런 동작을 하는 걸 수도 있어요. 그게 자기 말이건, 시의 말이건 간에. 아시겠죠, 그는 여자를 사랑해요…… 그리고 여자도요. 하지만 그 사실을 감춰요. 우리를 보고 있으니까요, 우리를요."

"맞아. 여인은 자기 마음을 전혀 드러내지 않으면서 관객과 비밀을 나누는 듯한 저 표정으로 그림을 보는 이들을 끌어들여 장면에 개입시키지. 그걸 '중개자admoniteur'라고 해. 이 작품에서는 여성형으로 'admonitrice'라고 해야겠구나. 아! 영화였다면 그냥 '카메라 응시'라고 하면 될 텐데, 덜 까다로운 표현으로 말야. 하지만 모나야, 저 여자는 남자보다도 우리한테 관심을 두고 있는데, 무엇을 보고 그를 사랑한다는 걸 알 수 있니?"

"그치만 하비, 저 사람은 남자를 사랑한다구요, 정말! 드레스를 보세요! 장밋빛이고 커다란 하트 모양이에요. 사랑으로 부푼 커다란 하트! 게다가 레오나르도의 '라 조콘다'처럼 미소 짓고 있어요. 그리고 또 저 부채가 있죠. 얼굴이 너무 빨개질까봐 부채 바람으로 식히려는 거예요! 오! 저 뺨을 보세요, 감추려고 연기해봤자죠! 저들이 누군지는 몰라도 저는 두 사람이 서로를 사랑한다고 말할 수 있어요!"

"충분히 그럴 수 있지." 손녀의 열렬함에 감복하며 앙리가 끼어들었다. "그들이 누구인가에 대해 말하자면, 이 작품을 그린 젊은 청년이 곧 작품 속의 청년이라는 게 가장 그럴듯한 가설이란다. 이 〈공원의 대화〉를 그린 화가는 갓 스무 살이 된 젊은 영국인이야. 토머스 게인즈버러라고 하고. 따라서 그 옆에 있는 여인은 이제 막 결혼한 그의 젊은 부인 마거릿 버가 되겠지, 어느 공작의 사생아였다고 해. 게인즈버러는 런던에서 그라블로라는 프랑스 출신 판화가로부터 그림을 배우긴 했지만, 더 중요한 건 그가 놀랍도록 뛰어난 독학자였다는 사실이야. 영국 동부 서퍽 지방, 배경이랄 게 전혀 없는 집에서 태어난 그의 재능에는 전적으로 자연스럽다고 할 만한 뭔가가 있었어. 한두 세대에 걸쳐 한 차례 나올까 말까 한 재능이지. 그뿐만이 아니야. 바로 그 자연스러움을 고양하는 것이 게인즈버러 작품들의 특징이란다. 의례적인 상징들로 채워진 알레고리화, 딱딱한 커플 초상화, 혹은 수작을 주고받는 남녀를 그린 장난스러운 캐리커처에 불과했을 주제들이 이 화가의 손에서는 생생하고 감동적이고 애정 가득한 삶의 한 순간이 되는 거야. 이게 18세기 영국 예술에서 볼 수 있는 전형적인 장면이 되는데, 그걸 '컨버세이션 피스conversation piece'라고 해. 대화의 한 장면이라는 뜻이지……"

"기억하시죠, 할아버지가 라파엘로의 〈아름다운 정원사〉에 대해 얘기해줬을 때, 라파엘로가 그림을 쉽게 그렸다는 인상을 주고 싶어서 엄청 힘들게 작업했다고요. 여기서도 그런 건가요?"

"흠, 딱히 그렇진 않아. 자, 두번째 근경에 있는 나무들을 보렴. 가을철 다갈색 색조며 영롱한 초록색을. 이 나무들엔 기막힌 역동성이 있는데, 게인즈버러의 자연스러움이 터치의 자연스러움이기도 하기 때문이야. 말 그대로 터치였어. 게인즈버러는 가끔 붓을 내팽개치고 스펀지 조각을 사용하거나 직접 손가락을 대서 문지르곤 했거든. 당시 그를 알던 사람들의 증언에 따르면 게인즈버러는 빠르게, 정말 빠르게 작업했다고 해. 또 아주 감각적으로 작업했대. 심지어 자기가 사용하는 색깔들의 냄새를 킁킁거리길 좋아했다나. 느껴보렴, 모나야! 저 나뭇잎들의 황토색에는 그 색이 표현하는 축축한 숲의 향기와 그 색을 이루는 시에나산産 황토 염료의 향기가 동시에 담겨 있단다."

눈을 감고 주먹을 쥔 채, 모나는 폐 한가득 숨을 들이쉬었다. 아이의 콧구멍이 잡아챈 것은 축축한 숲도 시에나의 흙도 아닌 할아버지의 향수 냄새뿐이었는데, 그 향기가 의식 깊은 곳, 할머니에 대한 희미한 기억을 자극했다. 그 때문에 아이는 작품에 더 강렬한 친밀감을 느끼게 되었다.

"너무 낭만적이에요, 하비! 저 배경 때문에 특히 그래요. 물가랑, 저기 안쪽의 신전이랑요!"

"정확히 신전은 아니다, 모나야. 저건 18세기에 '파브리크fabrique' 혹은 '폴리folie'라고 부르던 건데, 정원에 몽상적이고 극적인 요소를 더하려고 만든 작은 건축물을 가리켜. 정원 자체도 무성한 상태로 방치해서, 불규칙하고 구불구불한 모습의 자연을 루이 14세의 정원사 르노트르처럼 길들이려고 하기보다는 그런 모습 그대로를 되살리고 모방하지. 실제 자연 풍경에 가까운 이 영국식 정원의 유행은 게인즈버러에게 큰 영감을 주었단다. 그는 거기에서 삶의 자연스러움을, 갖가지 감정들의 반영을 읽어내기도 했어. 아직 너무나도 젊은, 하지만 정말이지 조숙한 저 화가가 우리에게 말하려는 건 감정의 표현, 그 수단이 무엇이든 감정을 표현하는 게 얼마나 중요하냐는 것이야. 대화는 쓸데없는 것이 아니라 생명의 원동력이라고 말이야. 저길 보렴, 청년은 칼을 차고 있어. 영국 귀족 사교계의 상징이지. 오늘날 우리가 사는 곳과는 전혀 다른 세계야. 전통과 무수한 관습으로 격식을 차리며 뻣뻣해진 사회이자 철저하게 억눌린 세계지. 게인즈버러는 사회에 욕을 퍼붓거나 돌을 던지진 않으면서도 감정을 믿어야 한다고, 감정을 표현할 줄 알아야 한다고 생각하게 만든단다. 그게 요즘 사람들이 말하는 의미에서 '낭만적'인 것인지는 모르겠다, 모나야. 하지만 그것이 오십 년 뒤 유럽 전역에서 움트게 될 움직임, 아닌 게 아니라 후일 '낭만주의'라고 부르게 될 움직임의 원천인 것만은 분명해."

"저기요, 하비. 토머스와 마거릿에겐 아이가 있었어요?"

"두 딸이 있었지. 토머스가 애지중지하며 자주 그렸어. 게인즈버러는 사실 나이 어린 이들의 초상화를 무척 많이 그렸단다. 그가 1760년대부터 더없이 큰 성공을 거둘 수 있었던 것도 바로 그 분야를 전문적으로 다루면서였지. 그 당시는 이제 막 아이들에게 주의를 기울이면서 좀 더 존중하기 시작했던 때야. 온갖 수를 써서 아이를 작은 어른으로 훈육하려고 드는 대신, 아이들 고유의 감수성에 관심을 가지기 시작했지. 그야말로 진정한 혁명이었어. 특히 장자크 루소라는 철학자가 그 기틀을 마련했고."

"하지만 저는요, 하비. 아시겠지만 하비랑 있을 때 좋은 건 하비가 언제나 저한테 꼭 어른인 것처럼 말해주기 때문인걸요……"

"그렇다면야 계속해서 그 멋진 길을 가자꾸나! 하던 얘길 계속하자면, 그리하여 게인즈버러의 명성은 1760년대부터 퍼져나가기 시작했고, 1770년에서 80년대, 즉 조지 3세 치하의 영국이 초기 산업혁명을 겪던 시기에는 정점에 이르러서 왕실을 위해 작업하기도 했지. 그럼에도 왕립 아카데미라는 강력한 공식 기관과는 내내 옥신각신했어. 그곳에 자기 그림이 잘못된 방식으로, 관람자들에게서 너무 멀리, 너무 높게 걸렸다고 생각해서였지. 그런 이유로 게인즈버러는 자기 작품을 자신의 집에서 보여주는 편을 선호했단다. 훨씬 더 자유롭고 사적인 분위기에서 작품이 전시되는 거지. 그도 그럴 것이, 게인즈버러의 작품을 제대로 보려면 두툼하게 발린 물감, 오돌토돌한 물감 알갱이처럼 질감의 가장 세세한 디테일을 살펴야 하기 때문이야. 눈길을 던져 우리를 찾는 마거릿과 약간 비슷해. 손을, 손가락을 부르는 그림이지. 보여지고 싶어하는 만큼이나 만져지고 싶어하는 그림이랄까……"

모나는 할아버지의 어깨 위에 올라타 다른 각도에서 미켈란젤로의 조각을 살펴보았을 때의 즐거움을 떠올렸다. 색다른 감각에서 오는 그 충격을 이번에는 작품에 아주 가까이 다가가서 느껴보고 싶었다. 그래서 아이는 할아버지에게 전시실의 경비원한테 말을 걸어 관심을 딴 데로 끌어달라고 부탁했다. 노인은 고약한 술책을 간파했지만 부탁을 들어주기로 마음먹었다. 손녀가 토머스 게인즈버러를 그렇게 가까이서 볼 기회가 어쩌면 영영 없을지도 몰랐다. 모나에게 이처럼 특별한 추억을 마련해주기 위해 그 정도 고생은 할 만하다는 생각이 들었다. 그렇게 감시로부터 완전히 자유로워진 모나는 드레스의 분홍빛 주름들과 하얀 광채가 어린 파란 무도화 쪽으로 코를 바짝 들이댔다. 그게 어찌나 경이롭고 어찌나 기막히게 아름다웠던지, 아이는 자기 얼굴께로 손을 들어올리더니 그 먼 시대 한복판으로 옮겨 가 화가의 작업실에 있다고 상상하면서, 흙바닭 오솔길에 닿을락 말락 핀 들장미 꽃잎처럼 뾰족하게 각 잡힌 옷감을 향해 조심스럽게, 아주 조심스럽게 손을 뻗었다. 그리고 어루만졌다.

　루브르 회랑에 경보 알람이 울려퍼졌다.

14
마르그리트 제라르
약한 성性 같은 건 없다

하지 선생님이 여러 번 조용히 하라고 외쳤는데도, 오늘 아침 아이들은 유난히 들떠 있었다. 초빙 수업을 하러 온 농학자가 점심시간에 제철 과일과 채소를 맛보게 될 거라고 약속했기 때문이었다. 구내식당을 향해 달려가면서 디에고의 머릿속은 이름을 처음 들어본 근대, 단감자, 케일, 덩굴월귤 등이 '맥도날드 해피밀보다 천 배' 나을 거라는 상상으로 벌써 꽉 차 있었는데 디에고의 표현법에서 그건 엄청 맛있다는 뜻이었다. 하지만 식탁에 앉자 흥분은 급속하게 가라앉았다. 순식간에 먹어치우리란 예상과 달리, 찐 채소 조각들은 아이들의 접시에 달라붙기라도 한 듯 도통 줄어들 기미가 보이지 않았다. 모나는 몇 조각이나 남았나 깨작이면서 쓰레기통을 힐끗거렸다. 디에고로 말하자면, 요리가 훌륭하다고 여기진 않았지만 그렇게 생각하고 싶은 마음이 너무 강렬했고 그 마음만으로도 너무 즐거웠으므로 음식을 요란하게 씹으면서 한 입씩 먹을 때마다 큰 소리로 품평을 했다. "진미로구나!"

조예 깊은 미식가를 흉내내는 이 과장된 말투가 식당에 있던 한 소년의 신경을 거슬렀다. 불쌍한 디에고는 느닷없이 자기보다 훨씬 더 건장한 소년과 맞닥뜨리게 되었다. 그는 매몰차게 닥치라고 쏘아붙이면서 디에고의 턱 아래쪽을 향해 귤 한 조각을 던졌다. 디에고는 대들지 못했다. 눈꺼풀 아래 그렁그렁한 눈물을 붙들고 있는 것만도 힘에 부쳤는지, 잠자코 입을 다문 채 밥을 마저 먹고는 운동장으로 가 공상에 잠겼다.

모나는 다 보고 있었다. 디에고를 괴롭힌 소년은 그 무서운 낙제생이었다. 모나는 마음이 찢어졌고, 기욤을 향한, 스스로 보기에도 너무 끔찍한 자신의 호감에 죄책감을 느꼈다. 점심을 먹은 뒤 모나는 축구하는 학생들 근처를 일부러 얼쩡거렸다. 처음 해보는 일이었다. 아우성치며 너나없이 팔꿈치로 떠미는 난장판 속에서 스펀지 공이 한쪽 끝에서 다른 쪽 끝까지 날아다녔다. 모나는 소년을 쳐다보았다. 너무나 난폭하고 밉살스러운, 그럼에도 너무나 빛이 나는 그 아이를. 공을 받아 패스를 하고 난 기욤이 멈춰 서서 모나에게 말을 던졌다.

"뭐야? 머리에 또 공 맞고 싶어?"

모나는 겁나지 않았다. 그보다는 어안이 벙벙했다. 그애가, 무심한 기욤이 두 달 전에 벌어진 사고를 기억하고 있다는 것을 믿을 수 없었다. 모나의 혈관에 알 수 없는 용기가 차올랐다.

"기욤!" 모나는 이름을 똑똑히 발음하면서 그애를 불러 세웠다. "기욤." 또 한번 부르자 경기가 멈췄다. "식당에서 디에고한테 한 짓 내가 다 봤어. 우리끼리만 아는 것으로 두겠어, 고자질쟁이는 싫으니까. 하지만 그건 바보 같은 짓이야. 그리고 나는 네가 그것보단 낫다고 생각해."

기욤은 명치를 가격당한 듯 숨이 막혔고, 밀려드는 갖가지 느낌을 어찌하지 못하고 부들부들 떨면서 모나에게 다가갔다. 모나는 흔들림 없이 꼿꼿하고 당당하게 서 있었다. 어떻게 반응해야 할지 몰랐던 기욤이 보인 행동은 우스꽝스러울 만큼 서툴렀다. 모나의 펜던트를 잡아쥐고 거칠게 당겼는데, 목걸이 끈으로 사용된 낚싯줄이 끊길 정도로 힘을 주진 않았다. 모나는 대답으로 따귀를 날렸다. 주위에 서 있던 아이들이 별안간 와자하게 환호했다. 기욤은 물러선 뒤 붉어진 얼굴로 어쩔 줄 몰라하며 축구 시합으로 돌아갔다……

◆

이번에는 무엇도 정해놓은 수업 계획을 방해하지 못하리라. 앙리는 스스로에게 다짐했다. 지난번에는 여성 작가 로살바 카리에라의 작품을 포기했다. 모나가 '연인들'을 보고 싶어했고, 베네치아의 파스텔 화가보다는 게인즈버러가 그 주문에 더 잘 부합하기 때문이었다. 그런데 최근 루브르에서 멋진 일이 있었다. 그동안 제대로 평가받지 못한 마르그리트 제라르의 작은 유화 한 점을 사들인 것이다. 이 최신 구매작을 감상하러 가는 앙리의 즐거움은 따라서 두 배가 되었다. 손녀를 그 경이롭도록 복잡한 세계에 입문시킬 수 있을 뿐 아니라, 새로운 화폭의 향기를 즐기겠다는 자신의 이기적인 욕구 또한 채울 수 있을 테니까.

풍성한 흰색 새틴 파니에 드레스를 입은, 곱슬거리는 머리를 묶어올린 젊은 여자가 작은 스툴 의자에 앉아 있는 옆모습이었다. 여자는 그림의 왼쪽을 향하고 있었고, 여자의 몸을 받치며 치맛자락을 부풀게 하는 의자는 그림 오른쪽 아래 구석에 자리했다. 킹 찰스 스패니얼* 한 마리가 그 위, 가장자리 술 장식이 늘어진 푸른색 벨벳 발받침에 몸을 옹그린 채 쉬고 있었다. 의자 아래 가로대 사이로 비집고 들어간 상태에서 용케 몸을 위로 내민 고양이 한 마리가 개의 꼬리를 쏘삭거리고 있었다. 주인공은 액자에 표구된 큼지막한 판화를 들여다보고 있었다. 4분의 3 각도로 보이는 액자 속 이미지는 아기 천사들이 들고 있는 잔을 향해 달려드는 연인의 모습을 보여주고 있었다. 액자 유리판에서는 또한 판화를 살펴보는 여자의 단단한 팔이 비치는 것을 볼 수 있었다. 집중한 기색이 역력한 여자 주위로, 작업실의 잡동사니가 뚜렷한 대비를 이루며 어지럽게 널려 있었다. 후경에는 높직하게 벽에 걸린 작품 몇 점이 있었지만 너무 짙은 어둠에 싸여 잘 보이지 않았다. 젊은 여자의 양쪽에도 가구들이 보였다. 여자와 가장 가까운 곳의 빛이 환한 자리에는 루이 15세 양식의 원탁이 있었고, 그 위에 금박 천으로 가두리를 댄 붉은 민무늬 비단이 깔려 있었다. 군데군데 접혀 주름진 이 비단 위에는 진주 목걸이 하나가 보일 듯 말듯 놓여 있었다. 더 눈에 띄는 것은 두 아기 천사의 조각상으로, 서로의 어깨를 붙든 채 발치에서 팔딱거리는 심장 하나를 놓고 다투는 모습이었다. 이 조각상은 또한 천사들의 머리에 씌우기에는 너무 큰 깃털 모자 하나를 받쳐놓는 데 쓰이고 있었다. 좀더 안

---

* 영국 국왕 찰스 2세가 좋아했던 견종. 그가 통치하던 17세기 영국 궁정에서 사랑받은 이래 왕의 이름을 따른 별명이 붙었다.

쪽, 대리석 상판을 깐 책상 위에는 두 개의 채색 미니어처 인형, 여남은 오렌지색 꽃잎이 비어져나온 화분과 화분 받침, 돌돌 말린 커다란 종이 한 장이 어둠 속에 드러나 보였다. 이것들 말고도 작품 구석구석 눈에 띄지 않는 부분들을 잘 살펴다보면 나사형 스툴, 도화지 보관함, 여기저기 흩어진 종잇장들을 볼 수 있었다…… 하지만 가장 인상적인 디테일은 왼쪽 아래 모서리, 즉 아옹다옹하는 개와 고양이의 맞은편에서 이 촌극에 대응하듯 반짝이고 있었다. 패턴 카펫 위에 놓인 육중한 금속구에 관람객의 시점 뒤편에 있었을 작업실이 비쳐 보였다. 금속구 일부분이 바닥에 깔린 목판화와 카펫 주름으로 가려져 있었지만, 구의 볼록한 면에는 창문에서 들어오는 햇빛을 받으며 이젤에서 작업중인 여자 화가의 모습이 축소되어 선명하게 비쳤고, 그 주위로 무릎 꿇은 개와 앉아 있는 또 한 명의 여자, 서 있는 두 명의 남자 역시 알아볼 수 있었다. 남자 중 하나는 여자 화가의 작업을 관찰하고 있었다.

단연 눈길을 끄는 중앙의 인물과 기막힌 솜씨의 반사 이미지를 제치고, 작품 앞에서 보낸 20분 중 마지막 5분 동안 모나가 정말 눈을 뗄 수 없었던 건 몸을 뒤집고 있는 고양이였다. 하지만 할아버지를 잘 아는 꾀바른 모나가 그날 수업의 중심 주제를 간파하기란 어렵지 않았기에, 아이는 정곡을 찌르는 말로 대화를 시작했다.
"하비, 루브르에서 예술가가 될 수 있는 권리는 남자들한테만 있다고 생각할 뻔했어요. 1787년에 와서야 드디어 여자 예술가를 보네요……"

"우리 모나, 명판에 적힌 화가 이름을 읽었구나. 네 말이 옳아. 마르그리트 제라르는 남성들이 판치는 세계에 돌파구를 뚫었단다. 훌륭한 예술 작품을 만들어낸 여성 화가였을 뿐만 아니라, 여성의 가치를 부각시키는 주제를 다뤘지."

모나는 〈흥미로운 여학생〉이라는 제목을 곱씹으면서 그림 속에 자신을 투영하지 않을 수 없었다. 자기 역시 긴 새틴 드레스를 입은 주인공과 마찬가지로 할아버지로부터 판단하는 법, 이미지를 분석하는 법을 배우고 있으니까.

"여자의 옷 스타일이 지난주에 본 게인즈버러의 아내 것과 약간 비슷해요…… 저건 누구예요?"

"바로 그거 말인데 모나야, 모델이 정확히 누군지는 밝혀져 있지 않아. 물론 역사 연구자들이 샅샅이 조사한 덕분에, 오늘날에는 셰로 양이라는 사람이 아닐까 추측하긴 하지. 그런데 중요한 건 그게 아니야. 마르그리트 제라르가 그린 건 정확히 말해 초상화가 아니거든. 프랑스 할스의 〈보헤미안 여인〉과 마찬가지로 이건 일종의 풍속화야.

"아, 네, 기억나요! 매일 매 순간 삶에서 겪는 장면들을 다루는 작품들이죠!"

"그리고 그 장면의 중심부에서 화가는 어느 젊은 여성의 가치를 격상시키고 있어. 그 젊은 여성은 누구라도 될 수 있단다. 이 여성이 전문가의 재능을 갖췄다는 것, 예술 작품의 가치를 알아볼 수 있다는 것을 보여주는 거야."

"그리고 저도요, 하비 덕분에 저 역시 언젠가는 그렇게 할 수 있을 거예요!"

"넌 이미 그런걸! 너는 나의 **흥미로운 여학생**이라 할 수 있지! 하지만 그림 속 여자가 판화를 들고 보듯이 이 작품에 손을 댈 생각은 말아다오…… 루브르의 알람을 매주 울릴 생각은 아니겠지? 각설하고…… 너는 전문가니까, 그림에 대한 네 생각을 말해주렴."

"약간 페르메이르가 생각나요…… 하지만 하비가 페르메이르는 오랫동안 잊혔다고 하셨죠……"

"사실이야, 그는 잊혔지. 하지만 페르메이르라는 사람을 넘어서서 얘기하자면, 17세기의 네덜란드 예술이 이 작품이 그려진 1780년대에 크게 유행했어. 그러니까 너는 정확히 본 거야. 프랑스에서는 특히 북구 화파를 재발견했지. 마르그리트 제라르가 거기 흠뻑 빠졌다는 데는 의심의 여지가 없단다. 네덜란드의 양식이 추구하던 목표를 자기 것으로 삼은 거야. 다양한 디테일과 직물 표현을 곳곳에 배치한다든가, 미묘한 시각 현상들을 재현하는 데 주력한다든가. 페르메이르야 당시에는 잊혔고, 작품의 분위기에도 약간 진지하고 형이상학적인 구석이 있으니까, 그보단 헤라르트 테르보르흐에 자주 비교되었어. 오! 요즘 사람들은 그를 전혀 모르지. 하지만 그는 1630년대에 암스테르담에서 작품 활동을 할 때부터 19세기 말에 이르기까지 대단한 본보기로 군림했던 예술가란다…… 자 그러니까, 마르그리트 제라르의 그림은 그의 그림과 경쟁했던 거야."

"그런데요, 하비. 그러면 이 사람이 역사상 처음으로 여성 예술가가 된 거예요?"

"다행히 그전에도 있었단다. 다만 문화적인 제약이 매우 강력해서 19세기까지는 여성 예술가가 무척 적었어. 심지어 20세기 초까지도 그랬지. 전형적인 불공평의 예를 몇 개 들어보렴. 르네상스와 고전주의 시대 내내, 교회는 한 작업장에서 남녀가 함께 있는 것을 금했어. 따라서 가족일 경우를 제외하면, 남자 직공이나 모델이 있는 곳에서 여자가 교육을 받는 건 불가능했지. 게다가 사회 관습상 여자들은 그저 조신해야 했고, 청결하고 위험하지 않은 일만 하도록 했기 때문에 조각가가 될 수도 없었지. 또 어느 정도 명성을 얻는다 해도, 전투 장면 등 그 시대에 가장 중요하게 여겼던 주제들은 다룰 수 없도록 금지되어 있었어. 그래서 단편적인 일화를 주제로 삼을 수밖에 없었고, 거의 언제나 아마추어적인 작업만 할 수 있었단다. 이 모든 게 여자는 **약한** 성이라고 여기는 편견에 기반하지. 정념에 쉽게 무너진다는 의미에서 **약한** 존재이고, 세상의 중요한 일들, 예를 들어 전쟁 등에서 멀리 떨어뜨려놓고 보호해야 한다는 의미에서 **약한** 존재라는 거지. 그런 역사 속에서 두각을 나타내는 데 성공한 예술가들, 예를 들어 17세기 이탈리아의 아르테미시아 젠틸레스키, 1770년대 런던의 메리 모저 같은 이들은 그러니까 희귀한 경우였고, 선구자이자 영웅이었던 거지."

"그럼 하비 생각엔 마르그리트 제라르도 영웅이에요?"

"나름의 방식으로 그렇다고 할 수 있지. 왜냐면 무엇 하나 포기하지 않거든. 당시의 사람들이 여자는 **약한** 성이고 말한다? 그러라지! 이때 제라르는 아직 스물여섯 살밖에 안 되었는데도 묘기에 묘기를 더해 보이는 거야! 이 그림에서 제라르가 하는 걸 보렴. 첫째로 그림의 주제, 판화를 들여다보는 여인을 중심으로 갖가지 부주제들을 펼쳐놓았어. 익살맞은 두 동물이 주고받는 움직임, 애정과 사랑에 대한 암시들, 흔히 죽어 있다고 여겨지는 사물들의 활기, 이젤 앞 그림 수업. 그리고 이 모든 디테일에도 불구하고 작품은 완벽한 통일성을 유지해. 소재들을 균형감 있게 배치하고 빛을 고르게 배분한 덕분이야. 둘째, 화가는 극히 다양한 질감을 재현해 보이고 있어. 반들거리는 자수의 잔털, 사람의 피부 살결, 조각상의 꺼끌꺼끌한 돌 표면까지. 마지막으로, 작품에 이미지 속 이미지를 변형시켜 삽입했어. 판화는 원근법에 따라 비틀린 각도로 축소된 다음 유리에 비친 주름진 소맷자락의 그림자와 합쳐졌지. 카펫과 종잇장의 무늬들은 금속공에 눌려 구겨지고, 그 금속공의 굴곡이 화면 바깥에 있는 인물들을 찌부러뜨리거나 부풀려놓고. 솜씨 좋은 손이 이 작품을 그렸다고 말하는 걸로는 부족해. 이건 손으로 체현된 솜씨 그 자체야. 이 작품 자체가 남녀 사이에 위계가 없다는 사실의 증명인 셈이지."

"다 그렇다고 쳐도, 아직 마음에 걸리는 뭔가가 있어요, 하비. (아이는 머리를 긁적이며 한참 시간을 끌었다.) 작품의 제목은 〈흥미로운 여학생〉이에요…… 넓게 퍼진 드레스를 입은 저 여자는 그러면 학생이에요, 선생님이에요?"

단순하기 그지없는 이 순진한 질문으로, 모나는 작품의 중심에 놓인 수수께끼를 정확히 짚었다. 앙리는 질문을 음미하면서 최대한 느린 말투로 답변을 펼쳐냈다.

"사실 지금까지 우리는 제목이 가리키는 인물이 판화를 관찰하는 가운데의 여자인 양 얘기해왔지. 동의하니?"

"네."

"하지만 우리는 잘 보지 않았어……"

"무슨 말이에요, 하비? 저는 잘 봤다구요!"

"나도다, 모나야. 그리고 나는 저 그림에 남자 선생이 한 명 있다는 걸 똑똑히 봤지."

"정말요? 어디에요?"

"그의 이름은 장오노레 프라고나르야. '신의 손 프라고'라는 별명으로 불렸지. 바토의 계승자이자 18세기에서 가장 중요한 화가 중 한 명으로, 회화에서 리베르티나주 경향을 대표한단다. 자 그런데, 프라고나르가 저기에 있어."

"그러니까 어디요?"

"먼저 그림 중앙의 판화가 실은 프라고가 그린 가장 아름다운 알레고리화 중 하나를 복제한 것이라는 걸 알아야 해. 〈사랑의 샘〉이라는 제목이 붙은 1785년의 작품이야. 아기 천사들이 들고 있는 잔을 향해 두 연인이 달려가서 열정의 갈증을 달래지. 이 작품 속 판화에서는 천사들을 잘 알아볼 수 없지만, 어떻게 말하자면 3차원으로 복제되어 원형 탁자 위 두 천사로 등장한달까. 당치않게 큰 모자를 씌워 귀엽게 희화화시켰지. 다음으로 모나야, 우리는 작품 왼쪽 금속공에 작디작게 비친 상을 아직 자세하게 들여다보지 않았어. (그는 길게 뜸을 들였다.) 잘 관찰해보렴, 작업실의 나머지 부분이 비쳐 보인단다. 앉아 있는 늠름한 개 외에도, 네 인물의 실루엣이 뚜렷하게 나타나 있지. 그림을 그리고 있는 사람은 당연히 화가 자신, 즉 마르그리트 제라르야. 옆에는 제라르의 언니, 세밀화가였던 마리안 제라르가 있고, 뛰어난 판화가였던 오빠 앙리는 반사상의 오른쪽에 서 있어. 마지막으로 이젤 앞 화가의 등 뒤에는 마리안의 남편이자 마르그리트의 형부, 또한 선생이기도 했던 사람이 있지. 바로 프라고나르야. 그는 자기 학생을 지켜보고 있어…… 이게 의미하는 걸 이해하겠니?"

"즉 **흥미로운 여학생**은 그림을 그린 사람, 반사상에서 아주 작게 보이는 여성 화가라는 거죠……"

"바로 그거야, 모나야. 우리는 수수께끼를 풀었어. 여학생은 마르그리트 제라르야. 자기 선생 프라고나르가 보는 학생, 선생이 **흥미롭**다고 여기는 학생…… 게다가 선생은 이 뛰어난 제자에게 적극적으로 동조했던 모양이야. 직접 붓을 들어서 이 작품의 모티프 하나를 그려넣었거든…… 명판에서 화가의 이름 옆에 그의 이름이 언급되어 있는 것도 그 때문이야. 이 그림의 한 요소가 프라고의 손으로 그려졌다는 말이지. 뭔지 알아맞힐 수 있겠니?"

"힌트 하나만 주세요."

"네가 크리스마스 선물로 바랄 만한 것……"

"야옹! 고양이! 프라고가 고양이를 그렸군요!"

15
자크루이 다비드
고대를 네 미래에 활용하라

베르투니 인형 애호가는 골동품 가게에 다시 오지 않았다. 처박혀 있던 낡은 종이 상자 속 인형들을 정리해서 대강 목록을 만들고, 잠들어 있던 329개의 인형 중 열댓 개를 가게에 진열해놓은 폴에게는 아쉬운 일이었다. 모나의 조언에 따라, 그는 인형들을 같은 상품군으로 모아놓지 않고 띄엄띄엄 배치한 뒤 각기 다른 상황을 꾸며놓기로 했다.

어느 일요일, 숙제를 마친 모나는 아빠와 합류해 진열대 연출을 계속하기로 했다. 아이는 벤치에 누워 있는 남자 납 인형을 네온관 다발 사이에 놓은 뒤 멀찌감치 떨어진 곳에 배치해서 여름 낮잠의 분위기를 만들어내고 싶었다. 그러려면 네온관이 걸리는 자리를 약간 옮겨야 했다. 즉 사다리 발판을 펴고 올라가서 망치를 들고 벽에 못을 박아야 한다는 뜻이었다. 해본 사람에게는 단순하기 짝이 없지만 처음 시도하는 사람에게는 매 단계가 각양각색의 위험과 부상으로 창창한 미지의 장이었다. 폴은 딸에게 집안 수리는 자기 몫이라고 부드럽게 지적하면서 그 일은 자기가 해주겠다고 말했다. 모나는 단호하게, 거의 사납게 거절했다.

사다리 발판은 흔들거렸다. 망치는 무거웠다. 미숙했지만, 놀랍게도 모나는 어떻게든 해내고 있었다. 그때 예기치 못한 일이 벌어졌다. 못 대가리에 마지막 망치질을 하는 순간, 모나는 뭔가가 끊기는 것을 느꼈다. 무슨 조화인지는 몰라도, 그 끔찍한 기움이 며칠 전에 잡아당겼던 펜던트 낚싯줄이 풀린 것이다. 마치 슬로 모션처럼 소라 껍데기가 떨어져 아이가 서 있던 발 받침대에 부딪히더니 그 위를 굴러 다시 허공을 가른 뒤 통풍구 덮개의 철책 사이로 빠졌다. 모나는 심장이 터질 것 같았다. 이내 울부짖기 시작했다. 달려온 폴은 아이가 손가락을 찧었다고 여기고는 한 팔로 아이를 꾸러미 지듯 안아 내렸다. 무슨 일인지 물어도 아이는 꼬박 5초 동안 아무 말을 못하더니 몸을 웅크리며 드디어 말했다. "할머니!" 거의 우스울 정도로 엉뚱했지만 폴은 그 뜻을 즉각 이해했다. 펜던트가 떨어졌다. 아마 못 찾을지도 모른다. 그런데 곧이어 펼쳐진 광경에 그는 어안이 벙벙해졌다. 펜던트가 들어간 통풍로 입구를 막고 있는 쇠철책은 굉장히 육중해서 제아무리 건장한 죄수라도 탈출을 포기할 법했다. 모나는 개의치 않았다. 말 한마디 없이, 알 수 없는 결의에 찬 수감자처럼 철책에 달려들어 힘을 썼다. 한 번, 두 번, 세 번, 다섯 번, 손목이 끊어질 판이었다. 여섯번째 시도에 드디어 철책이 움직였다. 모나는 컴컴한 구멍 속에 팔꿈치까지 손을 집어넣어 부적을 되찾았다. 그제야 마음이 놓인 아이는 울음을 터뜨리며 아빠의 품에 안겨들어 펑펑 눈물을 쏟았다.

그날 저녁 시간에 엄마에게 이야기를 들려주면서 모나는 딱히 유난을 떨지도, 의기양양해하지도 않았다. 그러고는 디저트를 다 먹지 않고 남긴 채 곧바로 자러 들어갔다. 쇠라 포스터 아래 침대에 몸을 눕히고 난 뒤에야 아이의 머릿속에 의문이 찾아들었다. 심장이 터져나가던 그 한없는 몇 초 동안, 수천 개의 얼룩이 또 시야를 가렸다는 걸 엄마 아빠에게 얘기해야 했을까?

◆

이번 주 수요일 만남을 마지막으로 구체제 시대의 작품은 끝이겠구나, 셈을 해본 앙리는 알아차렸다. 이런! 벌써 2월 중순이 지났고 매주가 쏜살같으니, 모나에게 왕의 명령으로 그려진 작품을 적어도 하나쯤은 보여주는 게 급선무가 되었다. 이젤용 화폭을 더 볼 때가 아니다. 그 참에 돌이켜보니 아이에게 펼쳐 보인 예술의 파노라마에 얼마나 유감스러운 구멍이 많은지, 앙리는 새삼 깨달았다. 좋아! 오늘은 왕실에서 주문한 대형 화폭을 다뤄볼 것이다. 얼마나 거대한가 하면, 1783년에 그 주문을 받은 인물, 극히 오만한 성격으로 유명했던 그 화가가 이 년 뒤 대담하게 내놓은 화폭은 왕실 건물 총관리자가 요구했던 크기를 초과할 정도였다. 이것이 왕실의 눈에는 전혀 좋게 보이지 않았다⋯⋯ 게다가 이 작품은 루이 16세를 위해 제작되긴 했지만 사후적으로 돌이켜보면 역사상 유례없이 거대하게 일어날 봉기의 대지진을 알리는, 이미 생생한 노호로 간주될 수밖에 없었다⋯⋯ 이 모든 것을 모나에게 설명해줘야 했다. 작품에 가까이 가던 아이는 반쯤은 주눅이 들고 반쯤은 의심스러워하며 거부감을 느끼는 듯했다.

여럿이서 맹세를 하는 순간이었다. 장소와 의상은 고대의 것이었다. 검박한 석재로 된 바닥은 다소 닳은 회색과 벽돌색 널돌로 구획되어 있었다. 뒷배경에는 도리아식 기둥들 위로 세 개의 아치가 나란히 늘어서 있었으며 그 뒤로 어둑하게 그늘진 공간이 자리했다. 벽돌을 정연하게 쌓아올린 측면 벽이 장면의 양 끝을 갈무리했고, 강조된 대칭성과 왼쪽에서 오른쪽으로 향하는 생생한 빛이 이 장면을 극적으로 만들었다. 그림 속 사건은 빛의 방향을 따라, 세 개의 아케이드 장식이 만들어내는 리듬에 따라 펼쳐졌다. 먼저 세 명의 젊은 남자들이 보였다. 바짝 붙어 선 세 실루엣은 그림 안쪽을 향해 비슷한 형상으로 반복되며 나란히 늘어선 대형을 이뤘다. 셋 모두 정수리 장식이 있는 투구를 쓰고 가죽끈 샌들을 신었으며 붉은색, 푸른색, 흰색 토가*를 입고 있었다. 똑같이 60도로 다리를 벌린 채 손바닥을 아래로 향한 팔을 시선 방향으로 평평하게 뻗고 있었다. 두번째 남자의 오른팔은 첫번째 남자의 철갑 두른 허리에 둘렸고, 첫번째 남자는 창을 들고 있었는데 아래쪽을 장딴지에 받쳐 고정시켰다. 세 남자가 뻗은 팔들은 그들 앞에 선 한 남자가 들어올린 세 개의 칼을 향하고 있었다. 이 남자의 턱수염과 머리카락은 반백이었고, 각진 얼굴과 두드러진 콧날은 한 다발의 빛으로 뚜렷하게 강조되어 있었으며, 위쪽을 향한 눈은 그 빛이 들어오는 곳을 바라보고 있었다. 마지막으로, 세 남자와 세 개의 검, 세 개의 아케이드와 시

---

* 고대 로마의 의상으로, 기다란 옷감을 어깨와 몸 주변에 걸쳐서 입는다.

각적 각운을 이루는 듯, 조용한 비탄에 짓눌려 앉아 있는 세 여자가 있었다. 몸을 가누지 못한 채 눈을 감고 있는 여자들 중 가장 안쪽에 있는 사람은 두 팔과 푸른 천의 튜닉으로 어린 소년 둘을 싸안고 있었는데, 그중 나이가 많은 소년은 그림 중앙의 남자들을 넘겨다보고 있었다. 다른 두 여인은 작품 끝자리에서 서로 머리를 기대고 비탄을 나눴다. 무척 공들인 티가 나지만 지나친 꾸밈은 없는 터치 덕분에 하나하나의 선과 표현, 발등에서 팔딱이는 가느다란 핏줄이며 홍예석을 이루는 박판을 덮은 부식된 회반죽까지, 가장 작고 미세한 디테일까지도 놀랍도록 정확하게 관찰할 수 있었다.

"하비, 하비가 전쟁 취재를 자주 갔다는 건 알지만 저는요, 전투라든가 무기라든가, 그런 게 싫어요……"

"나도 좋아하지 않는단다, 모나야. 게다가 살육과 죽음을 높이 사는 사람은 별로 없어…… 이 그림 속 인물들도 마찬가지였지. 사실 네가 보고 있는 장면은 기원전 7세기 전 역사의 일화에서 나온 건데, 이웃한 두 도시인 알바 롱가와 로마 사이의 분쟁에서 너무 많은 희생이 생기는 걸 막으려던 거야. 대살육을 피하고자 두 도시에서 내보낸 가장 뛰어난 전사들이 결투를 한 뒤 그 결과에 따라 분쟁을 담판 짓기로 했지. 로마 진영에서는 호라티우스 형제들이, 알바 롱가 진영에서는 쿠리아티우스 형제들이 뽑혔어. 이건 가혹하기 짝이 없는 희생의 순간이란다. 두 가문은 친인척 관계였거든. 오른쪽의 두 여인을 보렴. 사비나는 호라티우스 가문의 큰며느리이자 쿠리아티우스 가문의 딸이고, 카밀라는 호라티우스 형제들의 누이이자 쿠리아티우스 가문의 약혼자였어.

그러니 누가 승자가 되건, 결투의 결말은 **필연적으로** 견딜 수 없이 고통스러울 수밖에. 그럼에도 호라티우스의 세 아들은 여기 아버지 앞에서 맹세를 하고 있단다. 승리 아니면 죽음입니다, 하고 아버지에게 선언하지. 개개인을 넘어선 대의가 그들을 북돋아 이끌고 있어."

"그치만 끔찍해요! 그런 걸 그리다니 잔인해요!"

틀린 말은 아니다, 노인은 생각했다. 하지만 잠자코 고고한 침묵을 지켰다. 물론 그는 모나에게 얘기해주고 싶었다. 국민의회 의원으로 선출된 다비드가 루이 16세, 즉 카페 왕조의 처형에 주저 없이 찬성을 표했다는 것, 피바다를 몰고 온 공포정치를 지지했다는 것, 광장에서 옛 동료 혹은 옛 주문자의 목이 잘려나갈 때도 눈 하나 깜짝하지 않았다는 것을. 거기에 1794년 말, 그 자신이 위기에 처했을 때는 단두대의 '서늘한 바람'*을 피하려고 약삭빠르게 친구 로베스피에르에게 등을 돌렸다는 사실을 덧붙여야 하리라. 마지막으로 민주주의에 대한 그의 열정이, 자신이 욕조의 순교자로 그린 '민중의 친구' 마라가 표방하던 가치에 대한 그의 믿음이, 십 년 후 황제 나폴레옹에 대한 숭배로 거리낌 없이 옮겨갔다는 사실 또한 얘기해야 할 것이다. 하지만 이처럼 갈팡질팡한 행보를 설명한다면 이 무서운 사람을 손녀의 눈앞에서 곧바로 단죄하는 셈일 텐데, 그랬다간 실로 굉장한 인물이었던 것만은 분명한 이 예술가의 메시지를 손녀가 아예 얻지 못하게 될 우려가 있었다.

"화가가 잔인함을 좋아했다고는 생각하지 않는다. 그보단 다비드가

---

* 의사 조제프 기요탱은 단두대를 소개하면서, 자신이 만든 이 혁신적 기구에서는 처형당하는 이가 별다른 고통 없이 '겨우 목덜미를 스치는 서늘한 바람이나 느낄 것'이라고 표현했다.

반항적인 인간이었다는 점을 염두에 두어야 해. 그는 리베르티나주, 자유사상가의 풍속과 사상에 맞서는 결연한 공격을 이끌었지."

"아! 기억나요! 하비가 바토의 그림 앞에서 얘기해줬던 거죠?"

"맞아. 루이 15세 치하에서 크게 유행한 자유사상은 루이 16세 치하에서도 왕성한 생명력을 유지했어. 작가이자 모험가였던 베네치아 출신의 자코모 카사노바, 그리고 회화에서는 우리가 지난번에 얘기한 '프라고 선생'이 그 경향을 대표하지. 또다른 유명한 화가로는 프랑수아 부셰가 있어. 다비드가 막 청소년기를 벗어났을 때 부셰는 죽음을 준비하는 나이였고, 둘은 짧게 만난 적이 있단다. 부셰는 소년 다비드의 선생은 아니었지만 그래도 아낌없이 충고를 베풀었는데, 그 소년이 장성해 당대의 가장 뛰어난 예술가가 되는 걸 지켜보는 시간까지는 누리지 못했지. 어쩌면 그에게는 다행인지도 몰라. 빅토르 위고의 말처럼 다비드는 부셰를 단두대로 보내버렸으니까. 물론 상징적인 의미에서야! 하지만 대중으로부터 경탄을, 제자들로부터 경애를 받으며 막강한 권력을 손에 쥐게 된 그가 로코코를 가차없이 파묻어버린 건 사실이지. 이 〈호라티우스 형제의 맹세〉에서도 그 파묻기 작업이 진행중이란다. 배경의 엄격한 기하학적 구성에서부터 주인공들이 보이는 불굴의 태도까지 모든 게 준엄하고, 선명하고, 정연하고, 어딘가 영웅적인 기운이 감돌고 있어. 게인즈버러의 정원 속 대화의 매력은 벌써 다른 세계 같지……"

"바토의 불쌍한 〈피에로〉는 아주 무덤 밑바닥에 있고요……"

"좋은 지적이야! 1804년에 길에서 〈피에로〉를 발견하고 구입했던 비방 드농, 바로 그 해 루브르 미술관의 초대 관장이 되었던 이를 기억하니? 자, 다비드가 그를 얼마나 호되게 꾸짖었을지 상상해보렴!"
"그러니까 이 다비드란 사람은 약간 무서운 것 같고요, 쌈박질 잘하는 사람들을 좋아하는 성격인 것 같아요. 그리고 내가 보기엔 하비도 같은 생각이고요!"
"아니야. 나는 다비드에 경탄해. 그의 그림은 '계몽의 이상'이라 불리는 것의 극치라고 할 수 있단다. 이기적인 사익 추구, 권력의 자의적 횡포, 종교적 교조의 몽매주의에 맞서 이성, 시민 정신, 모두를 위한 평등을 기반으로 삼는 이상이지. 이 〈호라티우스 형제의 맹세〉는 그런 가치들을 한껏 드높이고 있어. 세 전사들을 보렴. 뻗은 팔과 다리의 자세는 흔들림 없는 그들의 결심을 증언하지. 형제의 허리에 두른 팔은 그들의 연대를 표현하고. 또 다비드가 이 육체들을 얼마나 정확하게 재현했는지 살펴보렴. 근육 하나하나가 선명하게 도드라지면서 그 움직임의 숭고한 의미를 기리도록 한 거야. 다비드는 밑그림을 그릴 때 일단 벗은 상태의 모델들을 그렸단다. 해부학적 디테일을 최대한 포착하기 위해서였지. 물론 다음 단계에서 약간의 눈속임을 쓰기도 해. 가령 팔다리의 길이를 살짝 늘여 구성에 활력을 더한다든가."
"아무래도 저들은 약간 조각상 같아요······"
"맞아, 정확해. 다비드는 조각가가 아니었지만 그가 그린 인물들은 무척 조각 같지. 그는 주인공들에게 차가운 질감의 옷을 입혔어. 그뿐만이 아니야. 주인공들의 피부를 한번 주의깊게 보렴. 살 색깔이 분홍빛만큼이나 잿빛을 띠지. 또 비껴드는 빛을 통해 몸의 굴곡과 능선을 하나하나 부각했어. 그들의 자세는 조각상으로 만들어질 만한 기념비적 이야기에 완벽하게 들어맞고. 여기서 1748년, 즉 다비드가 태어난 바로 그 해에 대대적인 고고학 발굴이 이뤄지면서 폼페이를 재발견했다는 사실을 얘기해둬야겠구나. 층층이 쌓인 과거 전체가 물질적인 형태로 솟아난 거야!"

"그럼 다비드가 이 고대의 전투를 그린 것도 그 때문이에요?"

"어, 그렇지. 물론 르네상스 이래로 고대는 이미 흔하게 다뤄지고 있었지만, 이 시기인 18세기 후반에는 부쩍 열기를 띤 관심이 고대에 집중됐어. 다비드는 요한 요아힘 빙켈만이라는 프러시아 작가와 친분을 쌓으며 그의 저서를 읽었는데, 이 어마어마한 지식의 소유자는 긴 세월 동안 그리스 및 이탈리아 고대 도시들의 잔해와 유적을 누비고 다니며 그 양식들을 분류했어. 불행히도 갓 쉰 살이 되었을 때 어느 여관방에서 살해당했지. 어쨌거나 다비드는 '신고전주의'라고 명명된 빙켈만의 주장을 받아들였어. 고대의 모델들이야말로 절대 넘어설 수 없는 최고의 경지라고 보는 주장이란다."

"그러면요 하비, 다비드가 과거로 돌아가 살고 싶어했다는 말이에요?"

"바로 그게 진짜 역설적인 부분이야…… 다시 말하건대 다비드는 반항하는 인간이었고, 반항하는 인간은 노스탤지어를 안중에 두지 않아. 그는 말했지. 과거를 아는 것은 우리의 의무이며, 이는 거기에서 영감을 얻기 위해서이고, 미래의 이상, 즉 계몽의 이상을 세우는 데 필요한 가치들을 길어내기 위해서다. 이제 저기 곱슬한 금발의 아이를 보렴. 애통해하며 자신을 감싸안은 할머니의 품에 숨겨져 장면에서 물러나 있지. 저 아이는 그저 하나의 디테일이 아니야, 천만에. 아이는 불안한 표정인가? 물론 그렇겠지! 어떻게 아닐 수 있겠니? 아직 어린애일 뿐인걸. 그럼에도 맹세를 하는 호라티우스 형제들을 눈빛으로 지지해. 이를 통해 저 아이는 미래, 쇄신을 향해 뻗어나가는 힘, 눈앞에서 일어나는 비극을 넘어서는 갱생의 희망을 상징하지. 또한 동요한다는 점에서, 벌어지는 비극과 호라티우스 형제에 대한 경탄 사이에서 양분된 감정을 느낀다는 점에서 이미 반항하는 인간이지."

"하비가 이겼어요. 하비의 다비드가 약간 더 좋아지기 시작했어요……"

"잘됐구나. 이건 1785년의 작품이란다. 그런데 사 년 뒤, 1789년 7월 14일에 무슨 일이 일어났는지 말해줄 수 있겠니? 7월혁명 기념비와 그 위에 선 자유의 정령을 지날 때마다 너한테 설명해줬는데……"

"바스티유 감옥 점령이요! 하비 집 바로 옆이죠."

"정확해. 그리고 그전에 또다른 사건이 있었단다. 6월 20일, 베르사유의 테니스코트에 국민의회 일동이 모여 보다 공정한 헌법을 제정하자는 결의를 다지는 서약을 했어. 이때 절대주의에 맞서 결성된 국민의회는 제3신분이라는 집단을 대표했는데, 말하자면 귀족과 성직자를 제외한 모든 사람이라고 할 수 있어. 어떤 의미에서는 그게 프랑스대혁명의 시작이었지. 이 시초의 순간을 담은 그림을 그려달라는 주문이 다비드에게 맡겨졌단다. 그는 광대한 화폭에 작업을 시작했지만 완성에는 이르지 못했어. 그림이야 어찌되었건, 그 서약의 결과는 어마어마했지. 같은 해 8월 4일에는 신분 특권을 폐지했고, 26일에는 '인간과 시민의 권리 선언'을 발표했어. 그 선언문은 너와 나, 나와 너, 모든 남녀 각각이 자유롭고 평등한 권리를 지니고 태어난 존재라고 못박아 말해. 그것이야말로 그토록 바라왔던 출구, 계몽의 이상으로 향하는 출구였지. 그러니 과연, 고달파도 반항하는 보람이 있었던 거지."

모나와 앙리는 자리를 떴다. 이날 루브르에서 보낸 오후에 아이는 녹초가 되어 정신이 멍했다. 몽트뢰유의 집에 다다랐을 때, 바라가 모퉁이에서 모나는 다비드의 금발 소년을 떠올리게 하는 걱정스러운 표정으로 할아버지를 쳐다보며 자신이 하는 이 일도 반항인지 물었다.

그는 미소 지었다. 아이가 그 어느 때보다도 사랑스러웠다.

"아니, 모나야, 너는 혁명중이야."

16
마리기유민 브누아
모든 차별을 철폐하라

"M… R… T… V… F… U…" 오른쪽 눈은 완벽하게 기능했다. "E… N… C… X… O… Z…" 왼쪽 눈도 마찬가지였다. 반 오르스트 선생의 진료실에서 모나는 대단히 훌륭한 시력을 확인시켜 카미유를 기쁘게 했다. 사건이 일어난 뒤 이제 네 달, 딸이 그렇게 멀리 있는 글씨를 읽어내는 모습을 지켜보니 달가운 안도감이 찾아들었다. 하기야 열흘 전 가게에서 갑작스럽게 증상이 다시 나타났다는 얘기를 아이는 아무에게도 하지 않았다. 검사에서 좋은 결과를 받아 자신감을 얻은 모나는 한술 더 떠서, 검사표에서 멀지 않은 곳에 붙어 있는 종이의 자잘한 글씨도 읽을 수 있다고 선언했다. 반 오르스트 선생은 재미있어하며 아이에게 그 말을 증명해보라고 부추겼다. 정말로 아이는 남달리 정확한 시력으로 검은 글씨의 곡선과 획을 빠짐없이 보는 것 같았다. 압정으로 벽에 고정된 글이 아이의 또랑또랑한 목소리로 진료실에 울려퍼졌다. "히포크라테스 선서. 의업에 종사하는 일원으로 받아들여지는 이 순간, 나는 명예와 정직의 법도에 충실할 것을 약속하고 맹세한다. 정신적으로나 육체적으로나, 개인적으로나 사회적으로나, 모든 측면의 건강을 회복시키고 보전하며 증진하는 것을 나의 최우선적 고려 사항으로 삼을 것이다. 나는 모든 사람의 자율성과 의사를 존중할 것이며, 지위나 신념에 따른 어떤 차별도 행하지 않을 것이다. 나는 인간적 일체성과 위엄이 손상되었거나 취약해졌거나 위협받는 사람들을 보호하기 위해 나설 것이다." 카미유와 반 오르스트는 아이에게 찬사를 보냈고, 일시적 실명이라는 극적인 상황을 겪은 아이가 펼쳐 보이는 그 신통한 시력 묘기에 완전히 매료되었다. 반 오르스트는 같은 거리를 두고 다른 인쇄물로 재시험했다. 이 테스트도 성공이었다. 경이로웠다.

"분석을 더 해봐야겠지만 최소한 18점은 됩니다." 의사가 말했다.

"들었니, 모나야? 20점 만점에 18점이야!" 카미유가 열광했다.

"아뇨, 아뇨, 부인. 20점 만점에 18점이 아니라요." 반 오르스트가 설명했다. "10점 만점이에요. 모나의 시력은 10점 만점에 18점입니다. 특등사수의 시력이죠……"

진찰을 끝내고 돌아오는 길, 사람들로 붐비는 파리의 골목을 지나면서 카미유는 평소보다 확연히 즐거운 기색으로 마음껏 딸에 대한 공상에 빠져들었다.

"대체 어디서 그런 시력을 타고났을까, 내 아가는? 아마 네 아빠 유전일 거야, 그건! 확실히 나는 아니야! 특등사수? 그 의사는 정말 아무 소리나 한다니까. 아냐, 어쩌면 프랑스 공군 곡예비행부대의 조종사가 되지 않을까? 7월 14일 군사 행진 때 내가 샹젤리제에서 안녕! 하고 손짓할게. 넌 비행기 조종간 앞에서 군중 속에 있는 날 찾아내는 거지!"

"엄마," 딴 데 정신이 팔린 듯한 아이가 대답했다. "그 글은 뭐였어요?"

"글? 무슨 글, 아가?"

"저, 제가 읽었던 글이요. 벽에 있었던……"

"아…… '히포크라테스 선서'였던 거 같아."

"히포크라테스가 뭐예요?"

"의사들의 조상이야. 의사라는 직업에서 기본이 되는 원칙들을 고대에 처음으로 규정한 사람. 어떤 의사들은 그걸 진료실에 붙여놔. 자신들에게 큰 의미를 지니니까."

"그 글은 정말 아름다웠어요…… 나중에는 저도 사람들을 치료하고 싶어요."

◆

I. M. 페이가 만든 피라미드의 규구법*에 경탄을 느끼는 앙리였지만, 거기 딸린 회랑의 저속한 상점들에는 치를 떨었다. 그래서 모나가 무슨 물건이나 광고 앞에서 신나할 때마다 그는 예술 작품이 제공하는 가장 아름답고 가장 의미 있는 것을 모나의 기억 속에 새겨줘야 한다는 계획을 새삼 절절하게 실감하곤 했다. 그런데 그 수요일, 앙리와 모나는 손님을 끌려고 2미터 높이의 핫도그 모형을 가게 앞에 설치해둔 외식 체인점과 맞닥뜨렸다. 빵 사이에 끼워진 소시지를 세로로 세워놓은 이

---

* 건축에서 설계된 구상을 실현하기 위해 부재의 형태 및 접합부 등의 치수를 산출하는 방법.

모형에는 두 다리와 얼굴이 있었고, 그 위로 튜브에서 흘러나온 머스타드가 걸쭉하게 뿌려져 있었다. 혀는 입술 끝을 핥고 있어서, 먹히기도 전에 스스로를 맛있어하는 것 같았다. 이 시대가 만들어낼 수 있는 역겨운 것의 정수라 할 만하군, 앙리는 생각했다. 하지만 그 광경이 모나에게는 식욕을 선사했다. 앙리는 자기 취향을 굽혔다. 꾸물거리지 말고 얼른 샌드위치를 먹어치우라고 아이를 재촉하긴 했다. 그러자 배를 채워 행복하기만 한 아이는 태연자약하게 그날의 수업이 뭔지 할아버지에게 물었다. 그들은 〈라 조콘다〉의 여동생을 보러 갈 참이었다.

화폭 오른쪽을 향해 4분의 3 각도로 돌아앉은 젊은 흑인 여자의 초상화였다. 고개를 돌리고 있어서 시선은 정면을 향했다. 그림 왼쪽으로 의자의 등판이 약간 드러나 보였지만 목제 골조 한 부분과 반들반들한 장식 징 몇 개를 알아볼 수 있을 뿐이었고, 나머지 부분은 등판 위 가로대부터 팔걸이까지 드리워진 큼지막한 푸른 천으로 가려져 있었다. 화폭에 담긴 것은 젊은 여자의 허벅지 부근까지였다. 배나 다리 위쪽은 전혀 볼 수 없었고, 대강의 형상조차 짐작할 수 없었다. 허리에 맨 빨간 띠가 언뜻 보이긴 했어도, 어깨에서 벗겨진 드레스가 가슴 높이까지 늘어져 있어 마치 널찍한 흰 시트를 덮고 있는 모양새가 되었기 때문이다. 여자는 손을 오므린 채 직각에 가깝게 굽힌 왼쪽 팔로 흘러내린 옷을 붙들고 있었고, 다른 쪽 손은 배 근처에 두었다. 틀림없이 앉아 있는 자세인데도 어쩐지 병석에 누운 채 상체만 일으켜 가슴을 내보이는 환자 같은 면이 있는 모델이었다. 아닌 게 아니라 상체에 모든 시선이 집중되었다. 가슴 한쪽

이 벌거벗겨졌고, 늘어뜨린 가녀린 어깨는 우아한 곡선으로 그림 중앙부를 가로지르며 리듬감을 자아냈다. 길고 유연한 목 위에는 계란형 얼굴이 있었고, 머리에는 무슬린 천으로 된 커다란 터번을 둘러썼는데, 그 한끝이 흘러내려와 반투명한 천에 회갈색의 민무늬 뒷벽이 비쳐 보였다. 머리카락 몇 가닥이 관자놀이에서 얼굴 쪽으로 삐져나와 있었다. 오른쪽 귀에 매달린 금빛 고리에서 빛이 반짝였지만, 보다 너른 빛 자락이 주로 네 부분, 즉 드러난 가슴, 삼각근, 쇄골, 얼굴에 퍼져 짙은 피부를 단연 돋보이게 했다. 그중 얼굴로 말하자면, 섬세한 빛 한 줄기가 다문 입술 위에 내려앉아 음영을 가르고 있었다. 빛은 콧날을, 특히 크고 둥근 까만 눈을 강조했다. 뒷배경이 민무늬로 비어 있어 작품에 깊이감이 부족해 보일 수도 있었다. 하지만 실제로는 그 뚜렷하게 도드라진 두 눈의 궤에 세계의 깊이 전부가 깃들어 있는 것만 같았다. 가느다란 눈썹이 그 궤를 완성하듯 아치를 그렸다. 작품에는 '라빌 르루, F. 브누아'라는 서명이 남겨져 있었다.

작품을 15분 정도 끈기 있게 살펴본 뒤, 모나는 서명이 새겨진 곳을 가리키며 할아버지와 대화를 시작했다. '라빌 르루, F. 브누아.' 두 줄로 쓰인 서명은 아이의 눈에 길고 좀 복잡해 보였다. 무엇보다도 모나는 그것이 그림 속 공간에 자리하고 있다는 사실에 놀랐다.

"작품에 서명을 하는 관행도, 그와 관련된 지침도 오랫동안 없었단다. 물론 르네상스 시대부터 화폭에 이름을 써넣는 행위가 흔해지긴 했지. 이를 통해 화가는 스스로의 사회적 가치를 드높이는 한편 작업물이 자신의 진품임을 보장할 수 있었거든. 그럼에도 19세기에 이르기까지는 대체로 제멋대로였어. 서명을 하기도 하고 안 하기도 하고, 아무데나 아무렇게나 했지. 이 작품의 서명 방식을 보자면, 아무것도 없는 배경을 바탕으로 멋들어진 필기체가 부각되도록 써넣었어. 덕분에 서명이 눈에 확 띄면서 화가의 개성에 힘을 실어주지. 모델의 오므린 손 바로 위에 있다는 사실도 의미심장해. 초상화에 그려진 사람과 초상화를 그린 사람 사이에 상징적인 관계가 있음을 암시할 수 있으니까. 하지만 일단은 누군지부터 해독해보자꾸나. '라빌 르루'는 작가의 아버지 쪽 성이야, 결혼하기 전의 성이지. '브누아'는 남편의 성이고. 즉 결혼 후에는 '브누아'가 작가의 성이 되었지. 이런저런 고유명사로 혼란스럽다만 사실 그 뒤에 감춰진 건 그저 한 여자, 마리기유민이야."

"유명한가요?"

"전혀. 마르그리트 제라르에 대해 얘기했던 걸 떠올려보렴. 여자에게 이 시대는 제약과 편견으로 가득했고, 마리기유민도 그 질곡을 피하지 못했단다. 브누아 당제라는 사람과 결혼했는데, 1793년에 이 남편이 수상쩍은 경제 사건에 연루되면서 스위스로 망명했고, 남겨진 마리기유민은 공포정치 아래 파견된 요원들에게 시달려야 했지. 남편이 지위를 잃었으니 집안 생활비를 충당하기 위해 교훈적인 주제로 자잘한 작품을 열심히 그려 팔아야 했단다. 그뒤 남편은 1814년에 국가 고문으로 임명받아 정치계 전면에 복귀했고, 그러자 아내에게 화가 활동을 접어달라고 부탁하지. 마리기유민은 마지못해 받아들였고. 그래도 두 시기 사이에 이 특별한 초상화를 그려낼 수 있었어. 한 여자가 다른 여자에게 경의를 바친다, 이 점부터 이미 평범하지 않지. 하지만 그보다 더

별난 게 있는데……"

"아, 미스터리 연출은 그만두세요, 하비! 알아챘다구요. 지금까지 우리가 같이 본 작품 모두에서 인물들은 언제나 하얀 피부였죠. 검은 얼굴을 보는 건 이게 처음이에요."

"구체제 아래서 흑인들의 지위가 지독하게 낮았기 때문이야. 식민지에서 그들을 노예로 만들었거든. 하지만 대혁명 때 상황이 바뀌어 혁명력 2년 우월雨月 16일, 즉 1794년 2월 4일에 노예제가 폐지된단다. 십년도 안 되어 나폴레옹이 노예제를 재도입하기까지 잠시에 그쳤지만. 그래도 그사이 1797년과 1798년에는 지로데라는 이름의 화가가 서아프리카 고레섬 출신 국회의원의 초상화를 전시하기도 했어. 마리기유민 브누아의 초상화는 미적 금기에 맞서고 있단다. 당시 통용되던 이론은 화폭에 밤색을 주된 색조로 사용하는 게 시각적으로 보기 좋지 않다고 주장했거든. 멍청한 인종주의를 여실하게 드러내는 생각이야. '그림에 거슬린다'는 게 아카데미의 입장이었다만, 그것만큼 틀린 생각도 없지. 얼굴이나 가슴의 환한 그러데이션이라든가, 흑단빛에서 금갈색까지 이어지는 섬세한 변조라든가, 이 흑인 여인에게서 나타나는 색조의 변화는 좀더 흔한 모델들의 창백한 피부색보다 못할 게 없단다. 게다가 여기에서는 까만 피부가 하얀 천과 대조를 이루면서 더욱 생기를 띠고."

"가끔 하비는 정말이지 하비가 보고 싶은 것만 봐요! 그치만 잘 보세요, 파란 천도 있어요……"

"지당한 말이다, 모나야. 그러면 넌 미미하게나마 허리띠 표현에 사용된 빨간색 터치를 눈여겨봤니? 파란색, 흰색, 빨간색…… 프랑스 국기에 대한 암시가 살짝 들어가 있는 거야. 1794년에 자크루이 다비드가 최종적으로 확정한 국기 모양이란다."

"앗, 하비! 하비가 그 사람 얘기를 다시 꺼내니 신기해요! 저는 〈호라티우스 형제의 맹세〉에서 그림이 약간 차갑다는 느낌을 받았어요. 하비한테 숨기려고 했지만, 이 작품도 저한텐 약간 같은 느낌이에요……"

"말하고 싶은 건 다 말해도 된다. 예술 작품 앞에서 자신이 느낀 것을 검열하거나 조심스러운 부분에 대해 입을 꾹 다물 필요는 절대 없단다. 전혀. 오히려 자기 느낌을 믿고 그 이유를 찾아봐야 해. 그건 그렇고, 확실히 이 초상화에는 차가운 느낌이 감돌지. 필시 마리기유민 브누아가 1786년에 다비드의 작업실을 거쳐갔기 때문일 거야. 거기에서 신고전주의의 가르침을 받아들였는데, 기억하지, 신고전주의는 지나치게 발랄하고 예쁜 것을 금지해. 이 작품에서도 배경에는 아무것도 없고, 꾸미거나 뽐내는 구석도 전혀 없지. 장식이라곤 귀에 걸린 금귀걸이뿐이고. 모델이 자연스러운 상태에 있다는 게 어깨를 늘어뜨린 선에서 느껴지지. 동시에 얼굴 표정은 담담하기만 해. 흑인 여자니까 열정이라든지 열기라든지, 이국적인 상상을 부추기도록 그려졌을 수도 있어. 하지만 마리기유민 브누아는 그런 상투성을 일절 내보이지 않지. 소위 그림거리가 될 만한 묘사를 피하고 인위적인 기교를 배제해. 초상이 약간 차가워질지언정 이 담백한 거리두기가 작품에 고귀함을 부여하지. 차가움이 이 초상의 위엄을 이루는 거야."

"하비." 모나가 웃으며 끼어들었다. "있죠, 저는 이제 다 컸어요. 여자가 가슴을 내놓은 걸 똑바로 봤지 뭐예요, 웬걸……"

"오, 무슨 얘기를 하고 싶은 건지 알겠다! 그래, 드러내놓은 이 가슴이 남자 수집가들의 시선을 끌기 위한 에로틱한 속성일 수도 있지. 하지만 더 은유적으로 보면 젖 먹이는 가슴, 풍요의 상징이기도 해. 또, 여성주의적인 사변을 네가 좀 받아준다면, 고대의 아마존 여전사들에 대한 암시이기도 하단다. 활을 가로질러 메고 다니려고 오른쪽 가슴을 절단했던, 즉 스스로 가슴을 잘라냈던 여자들이야."

모나는 이 발상에 얼굴을 찡그리면서 가끔씩 찾아드는 아이 같은 반사 행동으로 할아버지의 허리를 꼭 껴안았다. 할아버지는 잠자코 아이를 받아주며 잠시 기다렸다. 그런 뒤 무릎을 꿇고 아이가 다음 이야기를 잘 새겨듣도록 어조를 가다듬어 낮은 목소리로 말했다.

"있지 모나야, 18세기 중반부터 열렸던 굉장히 중요한 공식 행사가 있어. 오늘날의 박람회 같은 건데, 그때 예술가들은 아주 수많은 대중에게 작품을 선보일 수 있었단다. 그걸 '살롱'이라고 불렀는데, 작품들이 비치되었던 루브르의 전시실인 '살롱 카레Salon carré'에서 따온 이름이란다. 앞으로도 자주 얘기하게 될 거야. 화가와 조각가들의 작품 중 가장 아름답다고 여겨지는 것을 감상할 수 있는 중차대한 자리였지. 보통 벽에 걸리는 건 저명인사들, 대개 귀족 출신들의 초상화였고, 아니면 정치적으로나 도덕적으로 특별한 의미를 지니는 역사 속 장면들이었어. 그러니 살롱의 벽에 걸리는 순간, 작품에 재현된 대상은 더없이 영예로운 상징적 지위를 점하게 되는 셈이야. 그런데 1800년, 마리기유민 브누아의 작품이 거기 한 자리를 차지한 거야. 이해하겠니? 한 여성 예술가가 감히 예술의 정상부에 한 흑인 여성을 올려놓은 거지. 마리기유민 브누아는 민족 간 위계를 깨뜨렸고, 인종차별의 악마들을 쓰러뜨렸어. 또한 그렇게 함으로써 마들렌에게 경의를 표했지."

"그러니까 저 부인이 마들렌이에요?"
"응, 그게 모델의 이름이야. 마들렌은 서인도제도 출신이고, 화가의 시댁에서 하녀로 일했어. 이 그림은 이백 년 전부터 루브르에 있었는데, 그림 속 여자가 누군지 찾아볼 생각은 아무도 하지 않았지. 최근에서야 드디어 예술사가들이 조사에 착수했고, 그 결과 작품의 제목을 바꿀 수 있었단다. 과거 〈검둥이 여자의 초상〉이라고 불렸던 것이 이제는 〈마들렌의 초상〉이라는 제목으로 알려지게 되었지."
"참 이상해요, 하비. 제목을 그렇게 바꿀 수 있다니……"
"오래된 그림들의 경우 그리 드문 일은 아니야. 방금 전에 얘기한 서명과도 좀 비슷한데, 오랫동안 제목은 부차적인 요소, 시간이 지남에 따라 바뀔 수도 있는 요소로 여겨졌지. 화가가 제목을 붙일 때 망설여서일 수도 있고, 제목이 가리키는 바가 정확하지 않아서일 수도 있고. 명칭이 연달아 바뀔 때, 핵심은 가장 정확한 기억을 유지하는 데 있단다. 그렇지 않으면 역사를 배반하게 되니까."
 루브르를 떠나면서 모나는 부루퉁한데다 어쩐지 조금은 부끄러워하는 기색이었다. 그날의 만남이 미적으로든 형이상학적으로든 알 수 없는 이유로 아이를 괴롭히는 건 아닌지 앙리는 자문했다. 손녀가 드디어 입을 열었을 때 할아버지는 망연히 하늘을 쳐다볼 수밖에 없었다. 아니, 아이를 괴롭히는 건 전혀 없었다. 그저 핫도그를 하나 더 먹을 수 있을까 궁리했던 것뿐…… 그리고 물론, 손녀에게 질려버렸다는 눈빛에 사랑을 가득 담아 앙리는 자기 취향을 굽혔다.

17
프란시스코 고야
도처에 괴물들이 도사리고 있다

기욤의 만행을 보다 못해 모나가 날린 위풍당당한 따귀가 쉬는 시간 운동장의 세력 관계를 크게 바꾸진 못했다. 축구를 하는 남자애들이 여전히 운동장을 장악한 채, 누군가 자기들 경기에 너무 가까이 다가온다 싶으면 얼굴 한복판에 공을 날려주겠다는 협박을 내세우곤 했다. 거듭되는 문전박대에 릴리는 점점 더 짜증이 났다. 그러던 어느 날, 릴리는 발치에 굴러온 때문은 스펀지 공을 잡아채더니 가슴팍에 끌어안고 고함을 질렀다.

"운동장은 모두의 거야!"

공을 둘러싸고 몸싸움이 벌어졌지만 릴리는 자드와 모나가 휘두르는 주먹의 보호를 받으며 꿋꿋하게 버텼고, 그 기회를 살려 자기가 기욤을 상대로 골을 넣을 수 있다고 외쳤다. 여자애 중 한 명이 골을 넣는 데 성공하면 운동장을 같이 쓰는 거야! 릴리가 선언했다. 또 한 차례 비웃는 말들이 쏟아졌다. 자기 실력에 자신이 있었던 기욤은 도전을 받아들여 골대 가운데 섰고, 도전자는 그로부터 약 5미터 거리에 있는 슈팅 지점에 공을 놓았다. 멀찍이서 달려온 릴리는 아뿔싸, 발을 뻗어 공을 차야 하는 순간에 멈춰 서는 실수를 저지르고 말았고, 동작이 꼬이면서 우스꽝스러운 모습으로 나동그라지고 말았다. 이 서툰 실책을 보고서 자신들이 이겼다고 생각한 남자애들은 배꼽을 쥐고 웃으며 왁자지껄 릴리를 놀려댔다. 그러자 자드가 공에 발이 닿지 않았으며 따라서 내기는 아직 진행중이라는 사실을 지적했다. 그러고는 바닥에 넘어진 채 창피해서 어쩔 줄을 몰라하는 릴리를 보면서 자기가 여자 쪽 대표로 나서겠다고 말했다. 그러든지, 상대편이 동의했다. 언제나처럼 오만방자한 기욤은 쉰 목소리로 소리쳤다.

"아시아 것들은 축구에 영 젬병이야!"

물론 자드의 가늘고 긴 눈을 두고 하는 인종주의적 욕설이었다. 실은 우즈베키스탄 출신 유라시아인의 특징이었지만, 아무려나, 그런 유의 모욕에 아주 이골이 난 자드는 치미는 화를 꾹 참았다. 도움닫기 없이 어깨를 골대로 향한 채 몸을 곧게 펴고, 아이는 간결하고 정확한 폼으로 슛을 쏘아보냈다. 발사된 공은 땅 위로 약한 커브를 그리며 날아가 골대를 맞혔고, 그대로 튕겨져나와 요행히도 기욤의 장딴지에 부딪혔다. 갑자기 날아든 충격에 무릎이 꺾인 기욤은 몸을 돌려 골대 그물망에 안착한 공을 보았다.

2000년 유로컵 결승전에서 슛바운드로 결승점을 기록한 트레제게처럼, 자드는 폭발적으로 환호하는 친구들의 팔에 안겨 승리의 기쁨에 젖어들었다. 릴리도 자기가 넘어졌던 건 벌써 다 잊고 박자에 맞춰 "이! 겼! 다!"를 연발했다. 몇몇 학생은 공이 맞고 튀어나간 각도를 계산하며 골대를 살펴보았고, 골의 순간을 거듭 되새겼다. 그때 승리자의 못된 열의가 자드를 사로잡았다.

"낙제생, 나가!" 패배에 얼이 빠져 있던 기욤에게 자드가 쏘아붙였다. 모나는 온 마음으로 여자애들의 승리를 기뻐했다. 그럼에도 슬로 모션처럼 자드의 말이 소년의 가슴을 찢고 세상 다 끝난 듯한 아픔을 안겨주는 것을 지켜보지 않을 수 없었다. '낙제생, 나가!' 얼마나 잔인한 말인지…… 그는 안뜰 쪽으로 달아났다. 진작 중학교에 진학했어야 할 나이에 꼬맹이들 사이에서 너무 큰 아이로 지낸다는 것, 솔직히 견딜 수 없는 일이었다. 자드는 정곡을 찔렀다. 너무 정확하게 찔렀다. 패배한 골리앗으로 다윗들 사이에서 얼쩡거리는 노릇을 견딜 수 없게 된 기욤은 화장실에 몸을 숨기고 울었다. 폭력적인 언행 말고는 이 학교에서 자기 자리를 찾을 수가 없었는데, 그게 실은 자기 자신에게 가하는 폭력이었다. 살그머니 화장실에 따라 들어간 모나는 터져나오는 흐느낌을 주체하지 못하는 아이가 있는 칸의 문을 두드렸다.

"나와, 바보야." 모나가 소리쳤다. "운동장은 모두의 것이라고. 그러니까 네 것이기도 해."

◆

손녀와 함께 파사주 리슐리외의 회랑을 걸어가던 중, 누군가가 앙리의 어깨를 두드렸다. 그는 놀라 돌아보았다.

"저희 기억하세요?"

노인은 눈썹을 치켜올리며 안경을 고쳐 썼고, 부정하며 경계하는 움직임을 보였다. 하지만 모나는 이 한 쌍의 얼굴을 알아보았다.
"네! 네! 프란스 할스 앞이었어요!"
과연, 세 달 전 〈보헤미안 여인〉 앞에서 앙리와 모나가 나누는 대화를 엿듣던 젊은이들이었다. 앙리도 드디어 두 사람이 기억났다. 굳어 있던 얼굴 주름들이 풀어졌다.
"정말이네! 자신들이 연인인 줄 모르던 연인 아닌가! 그 뒤로 생각에 진전이 있었나?"
손을 맞잡고 있던 둘은 약속한 듯 끄덕이며 똑같이 바보 같고 감동적인 미소를 지었다.
"그냥 감사드리고 싶었어요." 청년이 이어 말했다. "저번에 들었던 선생님 말씀, 굉장히 멋졌거든요. 하지만 더 방해는 안 하겠습니다. 오늘 저희는 메소포타미아를 볼 거예요!"
메소포타미아라니, 거대한 후피동물을 연상시키는 단어였지만 모나에게는 너무 어려워서 전혀 매력적으로 느껴지지 않았다.
"그래, 그럼 무시무시한 파주주*를 기리며 드라이 화이트와인 한 잔 하시게." 앙리가 넌지시 권했다. "내 손녀와 나는 고야와 약속이 있다네."

아무 장식 없는 검은 바탕을 배경으로 민무늬 나무판 위에 불쑥 솟아 있는 어느 동물의 조각난 몸체를 보여주는 그림이었다. 화폭은 세로 45센티미터에 가로 62센티미터로, 대상의 범속성과 정물화

---

* 바빌로니아 및 아시리아 신화에 등장하는 바람의 수호신이자 악마.

라는 장르에 어울리는 아담한 크기였다. 그림 왼쪽에는 양의 머리가 오른쪽을 향한 옆모습을 보이며 바닥에 놓여 있었다. 눈꺼풀이 무거워 보였지만 눈을 뜬 상태였다. 주둥이의 입술 아래로 이빨 세 개가 드러나 보였다. 목 부분이 잘렸기 때문일까? 가죽이 부분적으로만 벗겨져 목부터 눈 밑 능선부까지는 피하지방이 벌겋게 드러나 보이는 반면, 나머지 부분에는 피가 몇 방울 튀어 얼룩이 졌을 뿐 베이지색 털이 그대로 남아 있었다. 안쪽 면이 보이게 놓인 두 조각의 움푹한 흉곽에는 살이 두툼했다. 하나는 그림 정중앙에 세로로 놓여 있었는데, 엉덩판이 바닥에 오도록 세워져서 위쪽의 등뼈와 정연하게 놓인 일곱 대의 갈비까지가 한 덩어리로 솟아 있었다. 두번째 흉곽은 그 뒤편에 긴 방향으로 눕혀져 있었다. 검붉은색, 맨드라미색, 주홍색 색조 때문에 고기는 부패했거나 적어도 상태가 좀 나빠진 듯 보였다. 갖가지 색조의 붉은색이 있는 한편 흰색의 변주도 있었다. 군데군데 노란색 혹은 회색을 띠는 이 흰색들은 물론 뼈를 표현하는 데 쓰였지만 콩팥에도 쓰였다. 거의 젤라틴에 가까워 보이는 동그란 콩팥 두 개가 지방질에 싸인 채 끈적끈적한 줄로 이어져 아직 몸통에 붙어 있었던 것이다. 이 전부가 차분한 완성미보다는 스케치 상태의 전율하는 표현력을 노리고 내던진 듯한 두툼한 터치로 그려져 있었다.

뭐라 형용할 수 없는 불편함에 사로잡힌 모나는 10분 만에 관찰을 접었다. 아이는 자기가 느끼는 거북함을 표현할 수 없었다. 하지만 정말이지, 아름다움을 기려야 할 예술 작품이 불쌍한 동물을 세 동강 내놓은 걸 뽐내다니, 어떻게 그럴 수 있는가? 이런 감정을 아이는 입 밖에 내지 못한 채 되씹었다. 앙리는 그런 반발을 예상했다. 그처럼 어린 마음으로 고야를 느끼게끔 하는 건 지독하게 무모한 모험이었다.

"일단 모나야, 이 작품은 정물화로 여겨져. 예술적 위계에서 가장 낮다고 간주되는 회화 장르야. 물론 전통적인 관점에서 정물화가 움직이지 않는 사물이나 동물을 재현함으로써 화가의 솜씨를 자랑하고 일상적 사물의 아름다움을 드러낼 수 있다고 여겨지긴 했지. 그렇다고 해도 도덕적인 메시지를 전파하고 대중의 정신을 고양하기란 결국 불가능하다는 것이 사람들의 주장이었어. 고야는 이런 작품을 거의 그리지 않았는데, 그의 바람에도 그의 지위에도 어울리지 않는 장르였기 때문이야. 그는 스페인 궁정에서 카를로스 4세와 페르난도 7세의 사랑을 듬뿍 받던 수석 화가였거든. 그러니 이 정물화는 그의 행로에서 무척 이례적이지. 그럼에도 고야가 굉장히 독창적인 화가였음을 잘 보여주는 작품이란다."

"하비, 정물화가 우리 주위의 것들이 지닌 아름다움을 보여줄 수 있다고 했는데요. 그치만 이 화가가 그린 건 뭔가 끔찍해요……"

"이건 여느 정물화와는 다르거든. 네가 보기엔 뭘 그린 것 같니?"

"치, 모르죠! 하지만 제 생각엔 부엌인 것 같고요, 저 고기를 먹으려고 손질하려는 거 같아요."

아이는 평소의 쾌활함 없이 체념하듯 대답했다.

"그럴 수도 있지. 하지만 그 경우라도, 도축업자 식으로 말하자면, 이건 잘해야 대분할만 된 상태일 거다. 두태 부위로 쓰여야 할 콩팥이 엉덩판에서 분리되지도 않았고, 엉덩판이 갈빗대에서 분리되지도 않았으니까. 무엇보다도 고야는 동물 머리에 미세한 노란색 자국을 잔뜩 그려넣어 보드라운 양털이 아직 살가죽에 남아 있다는 것을 보여주지. 두께를 보건대, 두 개의 몸통도 마찬가지야. 암시에 그치지만 아직 가죽이 남아 있는 것처럼 보여. 미리 가죽을 벗기지 않고 조각낸 양고기는 비위생적이고 해로워. 우리 앞에서 붉게 빛나는 저것, 물론 먹히기 위한 동물의 살이겠지. 하지만 어쩐지 동강난 사람 몸뚱이 같기도 해. 고기인가, 시체인가? 모호함이 가시지 않지."

가차없는 이 말에 모나의 괴로움은 더해졌다. 앙리는 이번 만남을 그쯤에서 마쳐야 하나 망설였다. 하지만 혹시라도 손녀가 시력을 영영 잃게 되는 날이 온다면, 역사에서 가장 위대한 화가 중 한 명에 대해 편향되고 불쾌한 기억만 간직하게 되리라는 데 생각이 미쳤다. 그는 좀더 소박하게 화가의 생애부터 얘기하기 시작했다.

"고야를 이해하기 위해서는 그의 삶을 염두에 두어야 해. 많은 노력 끝에 그는 영예로운 의뢰를 받으며 무척 잘나가는 화가가 되었어. 왕후들의 초상화가였고 명망 높은 종교화가였지. 하지만 마흔다섯에서 쉰 살 사이, 그러니까 그때까지 쌓은 명성을 누리며 편히 쉴 수 있었을 나이에 갑자기 다른 길로 접어들었단다. 그는 인간성의 어두운 영역을 탐사하기 시작했어."

"무슨 일이 있었는데요?"

"고야는 1746년에 태어났어. 그가 인생의 방향을 바꾼 건 한 차례 중병을 앓은 뒤의 일이야. 필시 1792년 카디스에서 걸린 말라리아로 추정되는데, 몇 주에 걸쳐 고열에 시달리면서 거의 죽을 지경에 이르지. 그는 살아났지만 중대한 후유증이 남았단다. 청력을 잃었어. 더 지독한 건, 머릿속이 웅웅거리는 소리로 꽉 차게 되었다는 거야. 귀머거리인 동시에 끊임없는 소음에 시달리게 된 거지."

"저런. 그래서 미쳐버렸어요?"

"아니. 대신 그의 그림은 문명의 음지와 우여곡절에 더 많은 자리를 내주게 되었어. 그는 고전적이고 신성한 상징들을 모조리 뒤흔들기 시작했지. 그리고 자, 보렴. 그게 바로 이 그림에서 일어나는 일이야. 유대교와 기독교 전통에서 새끼 양은 성도의 무리 혹은 구세주의 희생을 상징해. 그런데 그 양이 여기에서는 잔인하게 조각난 모습으로 속화된 거야. 사람들은 보통 초년에 말썽을 피우다가도 시간이 지남에 따라 얌전해지고 어느 정도 나이에 이르면 보다 큰 안락함을 구하게 되지. 고야의 여정은 반대였어. 먹고사는 데 급급한 청춘을 보내다 완숙기에 이르자 소란을 피웠지."

모나는 자기가 잘 이해했는지 확신할 수 없었지만, 그래도 궁금증은 여느 때보다 더 커졌다. 앙리는 모나의 어깨를 잡고 무릎을 꿇어 아이의 시선에 눈높이를 맞춘 뒤 핏빛 정물화를 함께 눈으로 훑으면서 격정적인 어조로 말했다.

"고야의 세계는 환상에서 깨어나는 중이야. 전에 얘기해준 계몽주의 정신을 기억하니? 자, 그런데 이 화가는 열렬한 계몽주의 신봉자였지. 끝까지 군주제 왕정에 충실했지만 그러면서도 위대한 스페인 사상가들, 가령 가스파르 멜초르 데 호베야노스나 마르틴 사파테르의 동지가 되어 활발하게 교류했어. 종교적 몽매주의에서 벗어나고, 교조를 깨고, 자유사상을 고취하기를 바랐던 이들이지. 하지만 화가와 친구들은 진보를 향한 이 고귀한 열망이 고꾸라지는 것 또한 비통하게 목도해야 했단다. 고야는 그 역효과의 증인이었지. 이를테면 어떻게 평등의 이상이 단두대를 정당화하는지, 어떻게 혁명이 나폴레옹을 낳기에 이르는지를 지켜봤어."

"하지만 나폴레옹은 영웅이었는데요?"

"네가 어느 진영에 몸담고 있느냐에 따라 다르지. 프랑스에서야 나폴레옹이 영웅이지. 하지만 유럽의 나머지 지역에서는 대체로, 고야에게는 특히, 나폴레옹은 피바람을 몰고 온 정복자일 뿐이야. 1808년 5월 3일, 마드리드에서 나폴레옹의 가장 믿음직한 장교였던 조아생 뮈라가 이끄는 부대원들이 프랑스군에 맞서 봉기한 일반 시민들을 재판 없이 총살했어. 그런데 고야가 그 자리에 있었던 거야, 상상해보렴. 넋이 나갈 듯한 불행에서 벗어날 수 없었던 그는 육 년 후에 이 끔찍한 학살을 그림으로 그렸어. 우리가 보는 정물화는 정확히 이 시기, 1808년과 1812년 사이에 그려졌고. 이 작품은 폭력에 사로잡혀 있지. 게다가 고야는 양 머리에서 흘러나온 피가 고인 부분에 작은 글씨로 서명을 남겨서 저 불쌍한 짐승과 자신을 동일시했어. 스스로를 머리 잃은 존재로 여긴 거지. 그리고 마지막으로 동물의 눈 왼쪽 아래, 흰색으로 강조된 터치를 잘 보렴. 고야는 거기에 여린 빛이 반짝이게 해놓았어. 눈물이 차오른 것처럼. 부조리의 감정과 참담함으로 펄떡거리는 화폭이란다."

한없는 심란함에 모나는 아무 말 없이 가만히 있었다. 할아버지는 아이를 그림에 더 가까이 다가가게 한 뒤 쇠칼로 뭉개놓은 것 같은 터치를 바라보게 했다. 노인의 목소리는 한층 더 느리고 부드러워졌다.

"고야의 그림이 우리에게 알려주는 건 괴물들이 도처에 있다는 거야. 종교재판관, 군인, 마녀, 낡은 믿음과 현대의 희망, 그 모든 것들 사이에 괴물들이 도사리고 있지. 웃음 속에, 노래 가사 속에, 축제 속에, 달밤과 대낮에. 고야의 그림은 우리에게 알려준단다. 무슨 일이 일어나건 간에 인류는 괴물스러운 것을 생산하고 앞으로도 계속 생산하리라고, 인류는 갖은 악몽을 만들어내는 기계라고. 무서운 얘기지. 하지만 고야의 그림은 우리에게 이러한 사실을 받아들이는 법, 우리의 어두운 일면을 명철하게 대하는 법 또한 알려줘. 그 이상의 것도 있지. 이 비극적인 메시지를 일단 받아들이고 나면, 우리 자신의 괴물들을 만들어 승화시키는 법, 그것들을 더이상 무서워하지 않는 법도 알게 된단다. 한 유명한 판화에서, 고야는 책상에 엎드린 남자와 그를 덮치러 몰려드는 야행성 맹금류들을 그렸어. 판화의 제목은 스페인어로 〈엘 수에뇨 데 라 라손 프로두세 몬스트루오스El sueño de la razon produce monstruos〉야. **수에뇨**라는 단어는 의미가 모호해. 먼저 이 제목은 이성의 잠이 괴물들을 낳는다는 뜻일 수 있어. 논리적인 얘기지. 지성의 사용을 멈춘다는 건 최악의 가능성에 문을 열어주는 거니까. 하지만 **수에뇨**에는 또다른 뜻이 있어서, 이성의 꿈이 괴물들을 낳는다는 의미가 될 수도 있어. 이렇게 보면 사람의 머리에서 나오는 열망, 즉 이상이 제 변덕에 따라 괴물을 만들어낸다는 뜻이 되지. 그리고 이제 모나야, 저 콩팥들을 보렴……"

"맞아요, 하비. 저건 괴물들 같아요! 고기 위에 돋아나는 눈알을 보는 것만 같아요……"

아이는 두 손으로 눈을 가렸다. 앙리는 더 말하지 않았다. 그는 아이가 떠올린 이미지, 정작 아이 자신은 얼마나 강력한지 모르는 그 이미지를 음미하고 싶었다. '고기 위에 돋아나는 눈알을 보는 것만 같아요.'

보들레르의 12음절 시구와 같은 리듬을 타는 말이었다. 그건 시였다. 앙리는 모나의 언어가 지닌 저 해묵은 비밀을 밝혀내기 위해 그 방향을 모색해야 하는 걸까 자문했다. 하지만 그는 곧 이 생각을 물리쳤다. 그 '나직한 음악'의 신비는 잘 꾸민 문장이나 세련된 은유에 있지 않았다. 모나의 말을 계속 들으면서 알아봐야지, 할아버지는 체념하면서 은근히 기뻐했다.

그들은 녹초가 되어 길을 나섰다. 작품을 보면서 앙리가 손녀를 이 정도로 몰아붙인 적이 없었지만 그래도 19세기의 **푸리아***에 진입하기 위해서는 꼭 필요한 일이었다. 그는 아이와 자기 자신 모두가 자랑스러웠다. 그래도 파리 시내를 걷다보니 그 스페인 화가에 대해 자신이 아이에게 보여준 트라우마적인 이미지를 좀 누그러뜨려주고 싶다는 생각이 들었다. 그는 화가가 사족을 못 쓰고 병이 날 정도로 먹어댔던 초콜릿 얘기를 꺼내보려고 했다.

"아! 고야가 특히 좋아하던 미식을 너한테 알려주려고 했는데, 잊을 뻔했구나."

"양고기요?"

---

* furia. 분노, 열정, 격노 등을 뜻한다.

18
카스파르 다비트 프리드리히
육체의 눈을 감아라

 의자에 앉아 종아리를 꼰 자세로 폴은 술기운에 나가떨어졌다. 상체는 옆으로 기울어지고 머리는 팔에 묻혀 책상 위에 엎어진 채였다. 가게 한가운데에 대각선으로 뻗은 몸은 앉아 있는 동시에 누워 있는 듯했다. 괴로운 하루 끝의 어둠과 주크박스에서 흘러나오는 데이비드 보위의 〈섀도 맨〉이 그를 둘러싸고 솟아올랐다. 그의 곁에 혼자 있던 모나는 아빠가 무슨 꿈을 꿀까 자문했지만 실은 술꾼의 잠에 빠져들었을 뿐이라는 걸 알고 있었다. 폴은 결국 깨어나 자기 발치에 놓인 철제 병꽂이를 보게 될 터였다. 병꽂이는 이미 주둥이가 꼬챙이에 꿰인 와인병으로 가득했다. 아! 모나는 예전부터 그 병꽂이가 극도로 싫었다. 아이는 대개의 동물을 무척 좋아했지만 고슴도치에만은 공포증이 있었다. 들판에 있을 때마다 흙과 돌이 뭉친 덩어리를 보기만 하면 고슴도치라고 여기곤 했으니…… 그런데 문제의 물건을 부를 때도 그 발칙한 짐승의 이름이 쓰였다.

아빠가 코를 골며 자는 동안 모나는 멍하니 잡동사니 사이를 걸어다녔다. 뚜렷한 이유도 모르는 채, 가게 뒷방으로 들어가 폴이 사춘기 때부터 모아들여 터무니없이 많아진 하트 모양 열쇠고리들이 쌓여 있는 나무 상자들을 뒤적였다. 문득 떠오른 생각, 갑작스럽고 뚜렷한 동기도 없는 괜한 고집이 모나를 사로잡았다. 아이는 열쇠고리를 오십 개쯤 그러모아 아빠 곁으로 돌아왔다. 아빠는 세상모르고 자고 있었다.
 릴리와 자드는 비디오 게임을 많이 했지만 모나는 딱히 좋아하지 않았다. 그래도 대다수의 게임에 '최종 보스'가 있다는 건 모르지 않았다. 마지막에 나오는 제일 세고 십중팔구는 무섭게 생긴 적을 가리키는 말이었다. 그 '보스'의 공격을 피하면서 적절한 기술로 연타를 잔뜩 먹여야 하는 것이었다. 자 그렇다면, 좋다! 모나는 고슴도치를 공격하기로 했다. 그게 모나의 '보스'다! 아이는 고꾸라져 있는 아빠를 깨우지 않도록 조심하면서 자기가 싫어하는 그 병꽂이, 그 녹슬고 날카로운 뼈대, 가시들, 갈고리들, 더러운 종기처럼 꽂혀 있는 유리병들에 다가갔다. 그러고는 마치 생사가 달린 양 정신을 집중해서, 병 주둥이나 몸통을 잡고 하나씩 꺼내 짐승의 껍데기를 벗겼다. 마지막으로, 투우사의 창에 알록달록한 리본을 달듯이, 가게 뒷방에서 가져온 오십여 개의 하트 고리를 병꽂이에 걸었다. 철골에 마치 별자리처럼 심장들을 매달게 된 그 물건은 완전히 다른 모습이 되었지만, 모나가 보기에 기이하긴 마찬가지였다. 하지만 두려움은 사라졌다. 그리고 무엇보다도, 아빠를 위한 메시지로는 깜찍했다.

◆

앙리는 고야의 정물화에서 본 19세기 특유의 가혹함과 심란한 양상을 이번에 보러 갈 작품에서도 마주하게 될 거라고 손녀에게 예고해두는 편이 좋겠다고 여겼다. 모나는 그건 아무 문제 없지만 그 대신 할아버지에게 까다로운 질문을 하나 하고 싶다고 말했다.

"하비가 지상의 아름다운 것에 대고 맹세할 때, 고야도 떠올릴 수 있으세요?"

"그럼, 물론. 못할 것 없지."

"그러면 가끔은요, 지상의 아름다운 것에 대고 맹세하면서 저도 떠올리세요?"

"응, 그러기도 하지…… 실은 그렇게 맹세하면서 너를 생각할 때가 많다."

"그렇다는 건 제 머리에 대고 맹세하나, 소 머리에 대고 맹세하나 똑같다는 거네요!"

"첫째, 소가 아니라 양이고. 둘째, 아니, 전혀 똑같다고 할 수 없어……"

"아, 그래요? 왜 제가 하비 말을 믿어야 하죠?"

"어, 내가 지상의 아름다운 것에 대고 너에게 맹세하기 때문이지."

그리고 그는 아이의 머리카락에 입맞춤했다. 만족한 모나는 자지러지게 웃었고, 자기 손을 꼭 잡은 할아버지의 마르고 각진 손에 연거푸 입을 맞췄다. 그러면서 그들은 한 점의 풍경화를 향해 갔다. 지난주의 작품과 비슷하게 작은 크기였다.

고분 아래에서 본 풍경이었다. 좀더 가까이 가서 보면 절벽 위 평평한 지대에 있는 듯한 느낌을 자아내는 배경이었고, 분묘의 봉긋한 실루엣은 허공에 둘러싸인 곳처럼 보였다. 풀과 고사리로 뒤덮인 작은 언덕은 마치 내민 혀를 입 안쪽에서 바라본 것 같은 모양으로 솟아 있었다. 배의 모양에 비교할 수도 있었다. 즉 배 위에 올라 눈앞으로는 위로 쳐들린 뱃머리를 바라보고 있다고 생각할 수도 있었는데, 그렇게 보면 뱃머리가 뾰족하게 솟은 땅인 셈이었다. 전경에는 떡갈나무가 한 그루 서 있는데, 뿌리와 죽은 가지들이 얽힌 땅에서부터 구불구불한 모양으로 뻗어 자란 수형이 화폭의 상당 부분을 차지했다. 나무는 구부러지고 뒤틀린, 바싹 말라 군데군데 껍질이 터진 둥치로 모였다가 자잘하게 굽이치는 이끼 낀 가지들로 뻗어나갔고, 갈색 잎사귀 다발이 드문드문 가지 끝에 남아 나부끼고 있었다. 화폭 왼쪽의 그루터기에는 가지들이 뻗어나와 있었다. 대기원근법*으로 그려진 원경은 아주 멀리까지 밀려나 있어 알아보기가 힘들었고, 다만 희부옇고 인적 없는 공간이 드넓게 펼쳐져 있을 뿐이었다. 초록빛이 어른거리는 곳에는 들판이 있다고 짐작되지만, 푸른색과 보라색 색조를 보면 바다를 향해 있는 것도 같았다. 작품의 10분의 4 높이에 위치한 지평선은 언덕 꼭대기 부근에서 가려졌다. 작품 왼쪽 깊숙한 원경에는 그 지평선에 걸쳐진 두 개의 거대한 절벽이 먼 거리에서 아주 작아진 모습으로 겹쳐 보였다. 안개처럼 반투명해진

---

* 빛이 공기를 통과하며 발생하는 다양한 효과를 이용해 원근감을 표현하는 회화 기법.

오른쪽 부분에서 그나마 알아볼 수 있는 형상은 아마 안개가 피어오르는 초목 지대의 능선인 것 같았다. 그 위에는 오렌지색 띠가 그림 중앙을 향해 연한 노란색으로 변하며 뻗어나갔고, 지는 해의 우수를 엷게 퍼진 구름에 흘려넣었다. 마지막으로, 많은 수의 검은 새들이 풍경에 깊이를 더하는 동시에 약간의 생동감을, 또한 깊은 상징성을 부여하고 있었다. 어떤 새들은 나무 근처에서 날아다니고, 어떤 새들은 나뭇가지 위에 앉아 쉬고, 그런가 하면 하늘이 휑하게 펼쳐진 부분에서 황혼녘의 구름 위로 열을 지어 활공하는 무리도 있었다.

모나는 집중 상태를 무한정 유지할 수 있는 것처럼 보였다. 이제는 그 필수 단계에 익숙해진 것이다. 마침내 앙리가 아이의 집중을 깨뜨리면서 차분한 목소리로 말했다. 고야에 대한 설명을 마무리할 때와 같은 목소리였다.

"그러니까 이건 카스파르 다비트 프리드리히의 풍경화야. 보이는 건 자연뿐이지. 나무와 풀 같은 식물계가 있고, 까마귀라는 동물계가 있고, 배경에는 절벽의 막강한 광물계가 있다. 4원소의 조합도 볼 수 있어. 언덕을 이룬 땅, 불타는 하늘, 드넓은 바다, 비어 있는 대기. 물론 저 헐벗은 나무도 있고. 그 형상이며 뻗어나간 가지들은 그간 겪어온 전투를 말해주지. 떡갈나무는 번개처럼 지그재그를 그리고, 무엇보다도 바람의 힘에, 또한 내내 버텨내야 했을 계절의 흐름에 깎이고, 구부러지고, 뒤틀렸어. 니콜라 푸생에 대해, 돌로 빚은 듯 견고한 그의 고전적 아르카디아 풍경에 대해 내가 얘기해줬던 걸 떠올려보렴. 여기선 정반대야. 이 나무는 새로운 슬로건을 구현해. **슈투름 운트 드랑**Sturm und

Drang! 독일어로 질풍노도라는 뜻인데, 독일은 19세기 초에 낭만주의가 태어난 나라란다."

"저 기억나요, 하비. 연인들 그림이 '낭만적'으로 보인다고 했더니 하비가 지적하고 고쳐줬죠."

"게인즈버러 앞에 있었을 때 말이지? 그야 오늘날에는 멋지고 감상적인 걸 싸잡아서 '낭만주의'라고 부르는데, 그건 좀 섣부른 일이거든."

"아빠랑 엄마가 촛불 켜놓고 하는 저녁식사 같은 거요!"

"예를 들면 그렇지…… 나는 네 부모를 무척 사랑하니까 비방할 의도는 전혀 없다만, 낭만주의 예술가들은 촛불 아래에서 식사를 하는 커플보다 훨씬 더 파격적인 포부를 품었단다. 그들은 한 개인이 자기 삶을 얼마든지 마음대로 해도 된다는 생각을 옹호했어. 교회에든 군주에든 사회 규범에든 구애될 것 없이, 아무리 난폭하고 광적인 과격함이라도, 아무리 치명적인 취향이라도 원한다면 얼마든지 추구할 수 있다는 거지. 그들은 또한 자연의 본원적 힘으로 돌아가야 한다는 생각을 옹호했어. 맹금 무리가 둘러싼 앙상한 나무의 모습처럼 자연이 불안을 자아내건, 아니면 피난처가 되어주건 간에 말이야."

"그러면 이 프리드리히라는 사람이 낭만주의자였다는 건 그가 고독했다는 뜻이에요?"

"더해, 인간 기피자였지. 인간을 싫어하지 않으려고 인간과 가까이 지내는 일을 피한다고 말하곤 했단다…… 하지만 그를 세상에서 완전히 고립된 사람으로, 저주받은 무명 예술가로 생각해선 안 돼. 예를 들어 1810년 서른여섯 살의 나이에 그는 베를린 아카데미에 가장 아름다운 작품 중 하나를 전시했어. 바닷가 해변에 있는 작디작은 수도사의 실루엣을 그린 작품인데, 프로이센 황제 프리드리히 빌헬름 3세가 친히 그 화폭을 샀지. 그렇다고는 해도, 프리드리히가 살아 있을 때 그의 작품은 오늘날과 같은 명성을 누리진 못했단다. 그를 좋아하던 사람들은 점점 줄어들었고. 오! 그래도 죽기 육 년 전에 프랑스의 대조각가 다비드 당제가 드레스덴에 있던 그의 초라한 작업실을 방문하긴 했어…… 변변찮은 위로였지!"

"왜요?"

"다비드 당제만은 그가 정말로 비범한 예술가임을 인정했단다. 그의 표현에 따르면 프리드리히의 그림이 '풍경의 비극을 향해 가는 일종의 여정'을 보여준다는 거야. 하지만 충분하진 않았지. 프리드리히는 잊혔고, 1840년 무관심 속에서 죽었어. 오십 년이 지나자 프리드리히가 생애 대부분을 보낸 도시인 드레스덴의 미술관에서도 그의 작품들을 기억하는 사람은 전혀 없었고, 심지어 그의 이름을 기억하는 사람조차 없었지. 작품들은 수장고에 묻혀 있었어. 그러다가 몇몇 예술사가의 고집스러운 노력 덕분에 사후의 재발견이 이뤄지고 그를 격찬하기에 이르렀단다."

"정말이지 슬퍼요. 자기에게 마땅한 삶을 누려야 하는 건데……"

"화폭 전체를 지배하는 듯한 저 유일한 나무가 그의 운명을 상징하지. 나무는 마치 죽음의 무도 같기도 하고, 도자기에 그물처럼 퍼진 균열 같기도 해. 줄지어 밀어닥친 트라우마들이 프리드리히의 삶에 깊은 골을 남겼지. 아주 젊었을 때 그는 누이와 어머니를 잃었어. 그런가 하면 형은 그의 눈앞에서 익사했고. 연못에서 스케이트를 타던 중이었는지, 물이 가득한 도랑에 빠져 죽었는지, 정확히는 알려져 있지 않아. 그는 하인리히 폰 클라이스트라는 이름의 뛰어난 작가를 마음 깊이 좋아했는데, 그 사람은 1811년에 자살을 해. 가장 친한 친구는 1820년에 강도에게 살해당하고, 그가 아끼던 제자는 1822년에 세상을 떴어. 바로 이 작품이 그려진 해야. 쉰 살에 이르기도 전에 프리드리히는 수많은 죽음에 깊은 상처를 받았고, 그가 만들어낸 예술 전체에 그 영향이 스며들어 있지. 덧붙이자면, 이 풍경에서 지면이 봉긋하게 솟아 있는 건 그게 고분, 즉 무덤이기 때문이야. 척 봐서 알 수 있는 건 아니고 화폭을 뒤로 뒤집어 보아야 알게 되는 사실이지. 캔버스 뒤에 쓰인 작가의 손글씨가 주제의 비밀을 밝혀주거든. 그림은 독일 북동부 뤼겐섬에 있는 훈족 전사의 묘지야. 훈족은 중세시대 민족 중 하나였단다. 망각의 바다 아래 이름이 묻힌 영웅을 기리며 세워진 기념물은 이제 자연의 조직 속으로 녹아들어가 부식토 아래 묻혔고, 고사리와 솟아오른 떡갈나무, 무한한 하늘, 발트해의 파도, 악착스러운 수천 마리 까마귀 사이에서 사라져버렸지."

"과장이 심하시네요, 하비. 고작 예순여섯 마리인데요⋯⋯ 게다가 왼쪽 부분의 다섯 군데에 하얀 붓칠이 되어 있는 것도 볼 수 있을걸요! 저는요, 그게 돛단배들이라고 생각해요. 그리고 나무를 보세요. 하비는 분명 한 그루라고 했죠? 하지만 실은 마치 두 그루가 있는 것처럼 보이는걸요!"

"나무 가장자리의 둥치들 말이니? 모나야, 그건 죽어버린 나무들일 뿐이란다!"

아이는 고개를 저었다. 그러고는 아무 말 없이 손가락을 들어 그림으로부터 몇 센티미터 떨어진 허공에 두 개의 동그라미를 그려 보였다.

첫번째 동그라미는 떡갈나무의 실루엣이었다. 좀더 작은 두번째는 그 나무가 만들어낸 넓은 미로 중 한 부분이었는데, 오른쪽을 향해 수평으로 뻗어나간 긴 가지 위 거의 중간 부분에 수직으로 솟았다가 다시 여러 줄기로 분기되며 펼쳐진 부분을 짚어 보인 것이다. 과연 그리고 보니 약간의 나뭇잎이 끈질기게 붙어 있는 그 가지는 뻗어나간 모습이나 리듬이 전체 나무와 무척 비슷했다. 첫번째 나무와 똑같이 생긴 떡갈나무가 후경에 한 그루 더 있는 게 아닌가 생각할 수 있을 정도였다. 모나가 옳았다. 혼자 볼 땐 미처 주목하지 못했던 그 확연한 복제 형상을 손녀 덕분에 이제야 알아볼 수 있었다. 그러고 나니 다른 건 눈에 들어오지 않았다. 모나의 기민함에 완전히 흥분한 앙리는 기세를 몰아 아이에게 그 놀라운 시각 능력을 좀더 펼쳐보라고 하고 싶었다. 하지만, 그러면 프리드리히를 배반하게 될 터…… 그의 그림은 디테일에 대한 찬가가 아니었기 때문이다. 그래서 적어도 이번만은 모나에게 숙련된 명인급의 관객, 나아가 선생을 대신하는 선생의 자리에 올라서는 기분을 안겨줄 대화 방향을 피하기로 했다.

"네가 관찰해낸 모든 것에 정말이지 깊은 감명을 받았어, 모나야. 그리고 네가 말한 건 옳아. 하지만 알다시피 예술가들이란 무척 기이한 사람들이란다……"

"그러니까 하비가 그렇게 좋아하는 거죠!"

"프리드리히는 자기를 따르고 싶어하는 제자들에게 이렇게 말했단다. '육체의 눈을 감고 먼저 정신의 눈으로 네 작품을 보아라. 그런 다음 어둠 속에서 본 것을 세상에 내놓아라. 네가 본 것이 다른 사람들의 내면을 향해 작용하도록.' 알겠니? 창조를 위해서는 눈을 감아야 한다고 예술가들에게 요구한 거야."

"하지만 그림을 그릴 때라면 그렇게 하기가 좀 어려울 것 같은데요!"

"사실 기이한 역설이지. 게다가 그게 전부가 아니야. 프리드리히의 말이 의미하는 바는, 화가가 일단 내면의 광경을 포착해 화폭에 옮겨놓더라도, 그가 위대한 작품을 창조해냈다는 평가를 받기 위해선 한 가지 조건이 필수적이라는 거야……"

"그게 뭔데요?"

"작품이 그것을 바라보는 사람의 내적인 눈에 작용해야 한다는 거지…… 단순히 망막이나 감각이 아니라, 마음 가장 깊은 곳에. 다른 말로 하면 모나야, 이 작품이 진정한 예술인지, 아니면 그저 한 폭의 그림에 불과한지를 알기 위해선 내가 매번 너한테 당부하는 것을 이제 정반대로 해야 한다는 거야."

"다시 말하면요?"

"눈을 감아라! 정신의 굴곡들 사이에서 하나의 광경, 하나의 생각, 하나의 진동 등 〈까마귀들이 있는 나무〉만이 선사할 수 있는 뭔가가 떠오르는지 아닌지를 살펴야 해."

모나는 행동에 옮겼고 몇 초 만에, 스스로 만든 어둠 속에 아주 잠깐 남아 있던 색채의 얼룩들이 흩어지자마자, 기쁨과 슬픔 사이를 오가는 무척 혼란스러운 감정에 당혹했다. 모나 안에서 유년기의 아늑한 보호막이 천천히 찢어지고 있었고, 마치 심연에 이끌리듯 그 고통에 이끌림을 느꼈다. 무엇보다도, 그건 말로는 표현할 수 없는 것이었다. 잘해봐야 새들, 나무들, 황혼이 알 수 없는 비애의 감정들 위에 내려앉아 있다고 할 수 있을 뿐이었다. 어쩌면 어느 날 그 비애들이 이름을 밝힐지도 모르지만, 지금으로선 손에 잡히지 않는 그림자들의 공연이 펼쳐지는 극장일 따름이었다. 모나는 '풍경의 비극' 속을 헤맸다.

그들은 미술관에서 나왔다. 그날 오후 하늘은 낮았다. 어찌나 낮은지, 땅에 추락한 하늘이 무거운 안개 속을 걷는 행인들의 실루엣 사이를 메꾸고 있는 것만 같았다. 모나는 할머니를 생각했고, 할머니에 대한 기억을 헤집었고, 아무 기억도 찾아낼 수 없었지만, 차마 할아버지에게 할머니 얘기를 해달라고 할 수는 없었다. 침묵이 얼마나 거추장스러울 수 있는지는 모두가 안다. 다만 몽트뢰유를 향해 돌아가는 앙리와 그의 손녀에게 따라붙은 침묵은 그렇지 않았다. 교류는 노인의 손을 꽉 쥐는 아이의 손, 그에 대한 응답으로 아이의 손을 꽉 쥐는 노인의 손으로만 오갔고, 이것이 경이롭게도 서로가 그저 거기 있다는 사실을 벅차게 느낄 수 있게 해주었다. 그들은 느린 걸음으로 대로와 골목을 걸었다. 비가 오기 시작했다. 그래도 물어봐야겠다는 생각에 앙리가 입을 열었다.

"까마귀 예순여섯 마리는 그러니까 네가 세어본 거니?"

모나가 소심하게 대답했다.

"사실은요, 하비, 그냥 본 거예요."

19

윌리엄 터너

모든 게 먼지일 뿐

오텔디외 병원의 정기 검진 때 모나는 마음 깊은 곳에 자리한 거북함에 휩싸였다. 맥박, 혈압, 반사 기능, 동공 상태 등 모든 지표는 그럼에도 더없이 좋았다. 지난번 진찰 때 모나가 입증해 보인 날카로운 시력에 대한 놀라움을 생생하게 간직하고 있었던 의사는 그 방향으로 검사를 더 해보고 싶어하면서 운동선수, 파일럿, 군인 등을 대상으로 하는 소프트웨어가 있다고 알려줬다. 표면의 기복을 관찰하고, 대상에 초점을 맞추고, 지형을 분석하고, 색조를 파악하는 능력을 테스트하는 프로그램이었다. 의사는 모나에게 언제 한번 그 평가를 해보자고 제안했다. 반 오르스트 선생과의 만남은 일종의 놀이가 될 참이었다. 하지만 모나는 입 밖에 내지 못한 두 가지 걱정거리에 사뭇 신경이 쓰였다. 첫번째는 두 달 전에 언뜻 들었으나 내내 물어볼 엄두가 나지 않아 지금까지도 무슨 뜻인지 알 수 없는 말, '오십 대 오십입니다'였다. 두번째는 물론 아빠의 가게에서 짧은 순간 찾아들었던 실명 상태로, 모나는 뒤따라 닥칠 일들이 무서워서 여태까지 아무에게도 말하지 못했다. 스스로 걸머진 침묵의 덮개가 이제는 묵은 거짓말에 가까운 것이 되어가고 있었다. 온 정신이 경직 상태로 마비된 듯, 이제 증상이 재발했다고 털어놓는 걸 상상조차 할 수 없었다. 그렇다고 해서 자신의 상황과 동떨어진, 지나치게 낙관적인 전망에 동조하면서 비상한 시력을 지녔다는 판정을 내려줄 검사에 나설 수도 없었다. 어찌할 바를 몰랐던 아이는 체면치레로 어색한 미소를 지었다. 아이 엄마는 뭔가 있다는 낌새를 알아차렸다. 의사는 모나를 안심시키고자 두 손으로 볼을 잡고 눈을 들여다보려 했지만 모나는 눈을 감아버렸다.

"괜찮니?" 의사가 조심스럽게 물었다.

"네." 여전히 눈꺼풀을 꼭 감은 채 아이가 한숨 쉬듯 대답했다. "저, 시험을 해보고 싶은 것 같아요……"

"좋아! 다음번에는 컴퓨터 앞에서 몇 가지 테스트를 할 거야."

"사실 저는 다른 걸 시험해보고 싶다는 얘기였어요."

"아 그래? 그럼 뭘 시험해보고 싶단 얘기였어?"

모나는 눈을 뜨고 엄마를, 다음에는 반 오르스트 선생을 쳐다보았다. 그러고는 최면을 시도해볼 마음이 생겼다고 선언했다.

"그거 좋은 소식…… 아니지, 그야말로 위대한 한 걸음이구나!" 의사의 소견이었다.

카미유는 그저 어안이 벙벙했다. 머릿속으로 의사가 최면 요법을 제안했던 순간을 재빨리 되감아봤다. 벌써 먼 과거의 일만 같았다. 경계하는 모나, 펄펄 뛰며 거절하는 폴, 조심히 입을 다물고만 있는 자기 자신. 가타부타 어떤 말도 하지 않았지만, 사실 카미유는 그 발상이 줄곧 마음에 들었었다. 체계가 있으면서도 비이성적인 부분이 섞인 그 치료법이 자기 자신과 비슷하기도 했다. 그럼에도 결정하는 건 모나여야만 한다는 사실을 알고 있었다. 이런 배짱이 갑자기 어디서 솟았을까? 카미유는 자문해봤다. 아이에게 그러한 성격을 물려준 건 물론 엄마였다! 하지만 이 상황에서는 아이가 매주 수요일에 만나러 가는 신비로운 정신의학자도 떠올랐다. 확실히 그가 판도를 바꿔놓고 있어. 카미유는 그렇게 믿고 싶었다.

◆

모나는 몰랐지만 3월의 그 수요일은 '하비'와 루브르에 가는 마지막 날이 될 것이었다. 지나간 순간들에 벌써 향수를 느끼는 할아버지는 약간 울적했다. 칼자국이 난 얼굴은 조지프 말러드 윌리엄 터너의 놀라운 그림이 펼쳐 보이는 불타는 듯한 풍경과 대조를 이뤘다. 이 작품이 입문 의식의 첫 단계에 마침표를 찍어줄 것이었다.

마치 투명한 안개 필터가 씌워진 것 같은 풍경이었다. 엄청난 복사광이 따뜻한 색조를 사방으로 퍼뜨리고 있었다. 전경에 펼쳐진 땅 자락에는 초록색이나 밤색 터치가 전혀 없었으며, 오로지 노란색과 오렌지색의 변조만으로 그 윤곽이 극도로 모호하게 그려져 있었고 어디에도 데생은 없었다. 이 땅 자락이 왼쪽에서는 언덕으로 부풀어 올랐고, 그 언덕 발치에는 언뜻 누운 사람처럼 보이는 어렴풋한 형상이 빨간 반점들로 암시되어 있었다. 그림 오른쪽도 마찬가지로 봉

굿하게 솟아오른 지형이었다. 그림의 테두리에서 잘리긴 했지만, 거기에서는 좀더 뚜렷하게 두 나무의 둥치와 우거진 나뭇잎을 알아볼 수 있었다. 전경 땅 자락의 가운데쯤에서는 그림 바닥에서부터 오솔길 하나가 가벼운 커브를 그리며 그림 안쪽으로 뻗어나가다 이내 더 빽빽한 터치들로 갈색을 띠는, 아마 그늘진 암벽을 나타내는 듯한 지대에 가려지면서 보이지 않았다. 오솔길이 뻗은 방향을 쫓아가면 원경의 강과 맞닥뜨리게 되는데, 강은 더 멀리까지 이어져 다른 강과 합류했다. 강에 이르기까지 길은 두 부분에서 굽이쳤다. 첫번째 굽이는 왼쪽을 향했고, 두번째 굽이는 오른쪽을 향해 난 야트막한 능선 사이의 계곡이었다. 첫번째 커브의 마지막 부분에서부터 물줄기를 암시하는 청회색 색조들이 미모사색에 가까운 무척 연한 노란색에 거의 섞여 들었다가 좀더 멀리서 펼쳐진 수면을 나타내기 위해 다시 나타났다. 확실하게 보이진 않았지만 수면은 오른쪽에서 약간의 땅 기슭에, 나머지 부분에서는 지평선에 접하고 있었다. 데생 없이 넓게 발린 물감이 자아내는 지독한 모호함 속에서 지평선의 정확한 위치를 잡아내긴 어려웠으나, 그 부근에서 그림이 거의 비슷한 크기의 두 부분으로 나뉘었다. 그림 윗부분에는 낮게 깔린 권층운으로 짐작되는 거대한 투명막이 공간을 차지하고 있었지만 꽉 막힌 느낌을 주진 않았다. 오른쪽 윗부분 모서리에서는 걷힌 구름 뒤로 창공이 한 틈 드러나 보였다.

22분 동안 꼼짝 않고 있던 모나는 그 암시적인 풍경과 접촉하면서 황홀한 전율을 느꼈다.

"정말 아름다워요, 하비." 감동한 목소리로 아이가 말했다. "마치 사막 같아요, 그렇죠?"

"그래, 그렇게 보일 수 있지. 선이나 데생이 전혀 없으니까. 밝은 색조의 유화 물감을 굉장히 엷게 칠했고, 게다가 군데군데를 천이나 스펀지로 두드려 닦아내는 방식으로 그린 작품이야. 그러니 전체적으로 보면 모래밭 같은 것도 사실이지. 나무가 보이긴 하지만 건물은 하나도 없어. 원칙적으론 저기에 윤곽이라도 그려졌어야 하는 건물이 분명 있는데 말이야. 이건 사실 사막이기는커녕 화사하고 신록 무성한 웨일즈 지방, 와이강과 세번강이 합류하는 지점의 풍경이거든. 지리적 사실에 충실하자면 중세의 유적 챕스토성이 저 계곡의 오른쪽에 보여야 해. 총안*들로 들쑥날쑥한 그 성의 윤곽선이 터너의 휘몰아치는 금빛 물감에 잠겨버린 셈이지!"

"어떻게 그려야 할지 몰라서 꼼수를 썼을 수도 있죠, 어때요?"

"아니, 그는 꼼수를 쓰지 않았어. 그리고 싶었다면야 저 텅 빈 배경 속에 성을 배치하는 일쯤은 전혀 어렵지 않았을 거야. 사실 이 풍경화의 다른 버전들에서는 그렇게 하기도 했어. 있지, 터너는 아주 어렸을 때부터 뛰어난 데생 실력을 드러냈단다. 보잘것없는 출신이었지만 아버지가 일찌감치 그의 소질을 알아보았고, 덕분에 막 사춘기에 들어선 소년 윌리엄의 스케치들이 가족의 가게에 전시되었어. 대성공이었지. 심지어 너보다 고작 몇 살 더 많은 나이에 건축가들과 함께 일하기도 했단다. 고객의 투자를 유치하기 위해 건축가들이 도면을 주면 그걸 바

---

* 안에 몸을 숨기고 적에게 총을 쏘기 위해 성벽 등에 뚫은 구멍.

탕으로 건물의 완성된 모습을 그려 보이는 일을 맡았지. 윌리엄의 재능은 단연 두드러졌어. 얼마나 재능이 뛰어났던지 열네 살 때 왕립 아카데미에 입학했고, 스물여섯 살에 아카데미 정회원이 되었단다. 신기록이었지!"

"그러고 보니, 그림을 시작할 즈음의 상황이 게인즈버러와 좀 비슷하네요." 모나가 지적했다. 스스로 해낸 비교가 적잖이 대견한 모양이었다.

"옳은 얘기야. 둘 사이에 교제는 없었어. 게인즈버러가 죽은 게 1788년인데 터너는 1775년에 태어났거든. 하지만 둘은 공통점이 많지. 그중에서도 가장 중요한 건, 둘 다 실험적이고 대담했다는 거야. 그 시대, 조지 3세 치하의 영국에서 자유는 전혀 당연한 것이 아니었어. 자유의 기치를 내두르고 자유를 지지하며 실행하기 위해선 모종의 기질이 있어야 했지. 사실 조지 하울랜드 보몬트, 그 시대 가장 입김이 셌던 비평가 중 하나는 터너가 색조와 광도에서 지나친 재량권을 행사한다고 비판했어. 우리 시대에는 예술가가 원하는 대로 할 수 있다는 생각이 일반적이지만 언제나 그랬던 건 아니란다."

"이 그림에서는 터너가 뭘 나쁘게 했어요?"

"나쁘게 한 건 없어. 다만 크롬 황색이라고 불리는 색을 무진장 썼지. 19세기 초에 유통되기 시작한, 굉장히 풍부하고 다양한 색조를 내는 염료야. 터너는 정말이지 노란색을 열정적으로 썼단다. 그의 광기이자 강박이었달까. 터너의 작품들은 하나같이 호박색, 황토색, 시에나산 황토색 등, 가끔은 황갈색에 가깝기도 한 노란색들로 아롱거리지. 노란색에 대한 터너의 집착은 숱한 비웃음을 샀어. 가령 어떤 만평가는 발치에 노란색 물감 단지를 마련해두고 거대한 빗자루를 든 채 이젤 앞에 서 있는 모습으로 그의 캐리커처를 그렸단다! 또 한 가지, 거의 반투명에 가까운 저 광도 역시 관습을 위반하는 것이지. 특히 강이 시작되는 부근에서 하얗게 번지는 저 빛이 그렇단다. 캔버스를 준비할 때 터너는 바탕에 어두운색 대신 밝은색을 칠했어."

"저 빛에 대해 더 얘기해주세요, 하비……"

"터너는 과학에 호기심이 많았어. 그래서 당시 한창 발전하던 광학에 대해 늘 최신 지식을 갖췄지. 또한 그는 17세기의 한 프랑스 화가, 로랭의 작품에 크게 탄복했어. 그의 그림을 모사하기도 했단다. 로랭으로 말하자면, 마치 관객의 눈을 부시게 하려는 듯 이글이글한 태양을 정면에서 그리는 편벽을 지닌 화가였어. 터너의 이 그림에서도 비슷하게 자연이 태양빛을 받고 있지만 무엇보다도 눈에 띄는 건, 저 아롱진 노란색들로 칠해진 자연이 그림 밖으로 튀어나와 빛을 뿌려대는 것 같다는 거야. 관객인 우리에게! 그게 터너의 광적인 야망이었지. 원소들의 흐름을 마치 우리가 그 원소들을 직접 접할 때처럼 강렬하게 느끼게 만드는 것."

"아! 그러니까 마치 당장 그 속에 있는 것처럼 자연을 느끼게 하고 싶었다는 거죠?"

"응. 당장 자연 속을 걷는 것처럼, 심지어는 당장 폭풍우 한가운데를 항해하는 것처럼! 한 풍설에 따르면, 터너는 요동치는 물을 회오리 중심에서 관찰하기 위해 배 돛대에 몸을 묶고서 폭풍우 치며 파랑 이는 바다 한가운데로 나갔다고 해. 그 위험천만한 상황 속에 몸을 맡겨본 뒤에는, 소용돌이나 난파선 그림에서 그 날뛰는 물결이 관객들에게 구체적으로 느껴지는 경지에 이르렀단다. 자, 그러니 우리가 보고 있는 풍경을 그리기 위해 그가 화로에 들어갔던 건 아닌지 알아봐야겠지……"

"이 터너란 사람은 하비보다 더 모험적이었네요!"

"그는 끝도 없이 걸어다녔어. 하루에 수십 킬로미터씩 걸으며 우리가 지난주에 얘기했던 슈투름 운트 드랑의 명맥을 이어 강렬한 감각을 찾아다녔지. 그는 가볍게 여행했어. 물병 하나, 편한 신발, 거기에 최대한 많은 스케치북. 영국의 시골, 알프스, 베네치아, 어디에서나 어느 때나 마찬가지였지…… 그런 방식으로 그는 숭고를 쫓아다녔어. 숭고, 그건 아름다움을 초과하는 감정, 우주의 힘 앞에서 인간 존재의 허망함을 느끼게 하는 감정이란다."

앙리는 〈아기레, 신의 분노〉의 감독 베르너 헤어초크를 떠올렸다. 안개에 싸인 산과 함께 마추픽추가 펼쳐지는 그 영화의 첫 장면은 프리드리히나 터너의 작품에 비견할 만한 한 폭의 그림이었다. 영화계 지망생들이 이 독일인 감독에게 어떤 교육을 받아야 그의 뒤를 따를 수 있을지 물었을 때, 그는 이렇게 대답했다. "영화 학교에서 삼 년을 보내느니, 3천 킬로미터를 걷는 게 나을 겁니다……" 물론 터너는 그걸 알았지, 앙리는 속으로 생각했다. 그러고는 좀더 부드러운 목소리로 설명을 이어나갔다.

"하늘이 어떻게 처리되었는지 살펴보자꾸나. 잔뜩 안개가 끼어 있고, 지평선 근처는 모든 게 너무 흐릿해서 땅, 물, 공기가 구분되지 않아. 특히 그림 왼쪽은 거의 신기루라는 시각 현상을 떠올리게 할 정도로 인상적이지. 광선이 대기에 퍼지는 모습을 표현하기 위해 터너는 수십 년을 연구했어. 수채 물감, 즉 물에 희석시킨 염료로 종이 위에 그리는 작업과 진하고 빽빽한 유화 물감으로 캔버스 위에 그리는 작업을 병행했지. 예술계에서 수채화가 그저 부차적인 기법으로 여겨졌던 시대에 터너는 그것을 엄연한 장르로 승격시켰고, 더 나아가 수채화에 잠재된 표현력, 특히 그 유동성을 유화로 옮겨놓았단다."

"그러니까, 하비, 이건 유화 물감으로 그린 거대한 수채화 같다는 거네요!"

"응, 그런 부분이 있지! 자 이제, 터너가 이 작품을 말년에 그렸다는 점을 알아두렴. 여기엔 날짜도 서명도 적혀 있지 않아. 터너는 이 작품을 전시한 적이 없단다. 그가 죽은 뒤에야 작업실에서 비슷한 스타일의 다른 화폭들과 함께 이 작품이 발견된 거야. 이 사실이 상당히 문제적이지. 작품이 그의 눈앞에 펼쳐져 있었을 풍경과는 영 비슷하지 않지만, 어쩌면 그게 그가 실제로 바란 것이었을 수 있어. 하지만 그의 의도를 명확하게 밝혀줄 자료가 없으니 얼마간 신중함을 기할 수밖에 없단다. 어쩌면 이 작품은 그저 미완성일지도 모르지······."

"하지만 하비······ 어째서 의심하죠? 아무리 그래도 분명히 느낄 수 있을 텐데요? 하비 얘긴 이상해요. 이 작품이 그가 바랐던 그대로라는 게 저한텐 확실하고 분명해요."

"나도 네 의견에 동의한다······ 하지만 우리가 과거의 작품을 볼 때, 그 시대 이후에 벌어진 일을 전혀 모른다는 듯이 볼 수는 없다는 사실을 새겨두렴. 터너는 1851년에 죽었고 그 이후에 무엇이 올지 전혀 알 수 없었지. 하지만 너와 나, 우리는 알아. 즉 터너 이후 오늘날에 이르기까지 쏟아져나온 수천의 작품, 수백만의 이미지들이 사후적으로 우리의 판단을 좌우한다는 얘기다."

모나는 무슨 말인지 하나도 이해할 수 없었다. 할아버지의 혼란스러운 설명을 따라가자니 마치 배 돛대에 몸을 묶고 폭풍우 한가운데 들어간 화가가 된 기분이었다. 너무 어려웠다. 앙리는 설명을 계속했다.

"터너 이후에 있었던 일들 덕분에 우리는 그의 동시대인과 다른 눈으로 그를 보게 되는 거야. 이 작품이 그저 밑그림이 아니라 하나의 완성작이라고 생각하는 건 예술사에서 그후에 일어난 일에 대해 아는 바가 있기 때문이지. 모나 너는 스스로 예술사라곤 전혀 모른다고 생각하겠지. 하지만 자, 이 순간에도, 터너에 대한 네 호평은 사실 어느 정도 19세기의 한 작품에서 오는 것이기도 해. 터너가 죽은 뒤 한참 후에야 그려진 작품이니, 너는 디테일을 하나하나 다 아는 그 작품을 터너는 몰랐을 수밖에. 그 작품 덕분에 너는 터너를 지금처럼 평가할 수 있게 된 거야."

"하지만 하비, 그건 불가능해요!"

"아니 왜?"

"왜냐니요, 우리가 함께 본 작품들은 다 이 작품 전에 그려진 거니까요!" 아이가 짜증을 냈다.

"하지만 내 대답은 그대로야. 네가 속속들이 아는 작품이 있어. 모든 게 미립자가 되어버린 이 풍경을 네가 어쩐지 친숙하다고 여기면서 좋아할 수 있는 건 그 작품 덕분이야."

"그렇다기보단 우리가 봤던 몇몇 작품들과 비슷한 데가 있어서 좋아하는 것 같은데요. 그리고…… (아이는 무슨 형용사를 써야 할지 몰라 말문이 막혔다.) 저 쬐끄만 빨간색의 인물 말이에요. 마치 색채들 속 하나의 얼룩 같기도 하고, 하비가 말한 것처럼 그냥 하나의 먼지 더미 같아요."

"나는 먼지라고 말한 적 없는 것 같은데. 모나 네가 생각해낸 표현이고, 아주 좋은 말이야. 터너의 그림이 우리에게 말해주는 게 사실 그것이거든. 모든 게 먼지일 뿐이다. 모든 게 떠다니는 입자들일 따름이다. 봐라, 넌 안다니까!"

"네, 네, 퍽이나요."

"나중에 알게 될 거야. 날 믿으렴."

모나는 의심스러웠다.

그들은 루브르를 떠나 몽트뢰유로 돌아왔다. 아이는 할아버지를 꼭 껴안으며 인사를 나눈 뒤 곧장 제 방으로 들어갔고, 침대에 몸을 던진 뒤 수요일의 피로를 맞아들였다. 몸과 정신의 긴장이 풀리면서 사면의 벽이 살짝 빙빙 도는 느낌이었다. 아이는 생각에 잠겼다가, 더이상 생각하지 않다가, 다시 생각에 잠겼다. 등을 뒤로 젖히고 머리를 거꾸로 늘어뜨린 채, 아이는 자기를 내려다보는 오르세 미술관의 점묘파 포스터를 바라보았다.

"쇠라!" 아이가 속삭였다. "하비가 맞았어!"

2부

오르세

20
귀스타브 쿠르베
소리 높여 외치고 꿋꿋하게 걸어라

"아니, 하고 싶지 않아."

릴리는 고집을 부리며 골동품 가게 모형을 만드는 게 싫다고 했다. 학년 말 과제를 함께할 수 있게 해준 추첨의 행운을 마냥 기쁘게 받아들였던 두 친구가 이제는 그 주제를 정하던 참이었다. 모나는 자기 아빠의 가게 모형을 만든다는 아이디어를 릴리도 무척 좋아할 거라고 생각했는데, 릴리는 알 수 없는 분노를 억누르느라 주먹을 꼭 그러쥔 채 생각을 바꾸려 하지 않았고, 짝꿍 사이에 느닷없이 슬픈 노래 같은 균열이 생기고 말았다. 릴리와 모나는 며칠 동안 서로 말을 걸지 않았다.

그러다 릴리가 갑자기 속내를 털어놓았다. 어느 수요일, 수업이 끝나고 부모님들이 오기를 기다리는 시간에 릴리가 모나와 자드를 안마당 한구석으로 불러냈다. 말하는 내내 릴리는 등에 멘 커다란 책가방이 덜그럭거릴 정도로 어깨를 들썩이며 흐느꼈다.

"아빠가 이번 여름에 이탈리아로 돌아간대. 그리고 나도 같이 가서 아빠랑 살 거래. 거기서 중학교에 가고. 엄마는 여기에 남는대. 그리고 내 고양이는…… 몰라. 그렇다나봐……"

그러니까 릴리가 만사에 뻗대던 건 바로 이것, 이별 통보 때문이었다. 그리고 나서야 릴리는 드디어 모나에게 골동품 가게 모형을 만드는 대신 자기 집 주방을 만들고 싶었다는 설명을 할 수 있었다. 작은 테이블이 있고, 매일 저녁 아빠 엄마와 함께 저녁을 먹던 곳.

봄은 이제 막 시작이었고, 4월 5월 6월은 모나와 자드와 릴리가 영원한 우정을 즐기기에 아직은 꽤 긴 시간처럼 보였다. 하지만 그들은 더이상 아주 어린애들도 아니었다. 릴리의 부모님이 이혼하고 릴리가 다른 나라로 가게 되었다는 소식을 들으니 유년기가 이제 곧 추억이라고 불리는 마법의 가루로 줄어들 것이란 사실이 실감났다. 모나는 눈물이 차오르는 것을 느꼈다.

감정에 북받쳐 딸꾹질이 난 아이를 큰 소리로 부르는 목소리가 학교 철책에서 들려왔다. 앙리였다. 친구들 앞에서 울고 싶지 않았던 모나는 뒤로 돌아 고함소리들이 울려퍼지는 운동장을 가로질러 달렸다. 스치는 공기가 젖어 있던 눈시울을 말려줬다. 슬픔에 더 사로잡히지 않도록 얼른 할아버지 곁으로 달아나고 싶어서 정신없이 달렸다. 모나는 할아버지를 힘껏 껴안고 긴 한숨을 내쉰 뒤 할아버지의 손에 다정하게 손을 맡겼다. 앙리는 걸어가면서 오늘은 새로운 곳에 갈 거라고, 그러니까 루브르의 수업은 끝났다고 알려줬다. 끝? 벌써? 할아버지의 쾌활한 어조에도 불구하고, 모나는 먼지를 한 움큼 삼킨 듯 가슴이 옥죄이는 것을 느꼈다. 문득 루브르가 위베르 로베르의 1796년 작품에 담겼던 묵시록적 풍경에서처럼, 세월에 침식되어 지붕이 뚫리고 아케이드가

허물어진 모습으로 뇌리를 스치고 지나갔다. 모나는 할아버지에게 마음을 다 털어놓고는 수업 장소를 바꾸기 전에 마지막으로 한번 더 가자고 애원하고 싶었다. 할아버지는 아이의 괴로움을 알아채고 애정어린, 그러나 단호한 시선을 보냈다. 계속 나아가야 한다. 모든 것이 덧없다는 생각에 덴 가슴을 진정시키고 모나는 수긍했다. 그래, 계속 나아가야 하는 거였다.

◆

그리하여 앙리는 I. M. 페이의 피라미드로 들어가는 대신, 루브르궁의 사각 안뜰을 가로질러 루아얄 다리를 건넌 뒤 오른쪽으로 꺾어 어느 육중한 건물로 다가갔다. 청동으로 만든 거대한 동물들이 좌대 위에 올라 건물 앞 광장을 내려다보고 있었다. 앙리는 손녀를 재미있게 해주고 둘 사이의 비밀도 상기시킬 겸, 매주 수요일에 모나가 만나기로 되어 있는 아동정신의학자와의 상담은 이제 새로운 주소, 센강에 면한 레지옹도뇌르가 1번지에서 이뤄질 거라고 설명해줬다. 예전에는 역이었는데 미술관으로 개조한 건물이었다. 1848년부터 1914년까지의 시대를 아우르는 오르세 미술관은 근처에 있는 루브르 미술관보다 더 아담하지만 걸작이 많기로는 밀리지 않는 보석상자였다. 모나에게 그 증거가 단번에 주어졌다.

거대한 화폭은 야외 장례식을 파노라마식으로 펼쳐 보였다. 배경에는 잿빛 하늘이 무겁게 내려앉았고, 계곡 한 끄트머리를 둘러싸고 두 개의 하얀 절벽이 늘어서 있었는데 그중 그림 왼쪽의 절벽 위에는 집 몇 채가 보였다. 잔풀로 덮인 진흙 바닥에 파인 묘혈 하나가 작품 아래 중앙에, 약간 비스듬하게 위치했다. 중간에서 잘린 모습의 구덩이는 액자 경계 너머 관객이 서 있는 지점까지 이어진 듯했고, 따라서 관객은 구덩이 속 혹은 그 언저리에 있는 셈이었다. 묘혈 가장자리에 두개골 하나가 놓여 있었고, 그 옆에는 포인터 사냥개 한 마리가 고개를 돌리고 있었다. 가장 근경에 있는 이 요소들과 멀리 보이는 풍경 사이를 채우고 있는 건 주로 사람들이었는데, 모습이 뚜렷한 서른여섯 명에다 몇몇 그림자나 수정 과정에서 지워졌다 다시 보이게 된 사람들까지 세면 마흔다섯 내지 쉰 명이었다. 어쨌든 수십 명이 있는 셈이었다. 시간이 지나면서 어두워진 염료의 혼탁함 탓에 한 덩어리로 뭉쳐진 사람들의 실루엣에는 원근이 없어 보였다. 다만 실은 하나의 원근법이 있었다. 이것을 포착하려면 인물들의 묘한 배치를 주의깊게 살펴보아야 했다. 그림 깊숙한 지점에는 거리에 따른 크기 조절로 작아져 알아보기 힘든 인물들이 늘어서 있었다. 하지만 마침 그 자리가 언덕이나 솟은 지대라도 되는 듯 그들은 전경에 있는 사람들보다 살짝 더 높은 곳에 자리했다. 이러한 눈속임은 단체 사진을 찍을 때 맨 뒷줄에 선 사람들의 얼굴이 보이도록 일부러 높은 곳에 세우는 것과 비슷했다. 이 맨 뒷줄에는 왼쪽에서 오른쪽 방향으로, 그림 끄트머리의 노인 한 명, 하얀 옷을 입은 전례 담당 사제들, 검은 옷을 입은 몇몇 사람들, 마지막으로는 여자들이 있었다. 여자들은 스무 명 정도 되었고 나이대가 다양했다. 이들은 눈물을 흘리거나 손수건에 얼굴을 파묻은 채 구불구불 줄을 지어 가 고 있었고, 이 줄은 그림 맨 오른쪽에서 방향을 꺾어 왼쪽으로 묘혈을 향했다. 바로 이들의 걸음을 따라가면서 공간의 깊이 및 그 속에서 이어지는 행렬과 원근 관계를 이해할 수 있었다. 마지막으로, 이 광경 맞은편 그림 왼쪽에서는 관이 다가오고 있었는데, X자로 가로놓인 두 개의 뼈와 눈물 모양이 수놓여 장식된 관보로 덮여 있었다. 커다란 모자를 쓴 네 명의 남자가 영구를 운반했고, 그 앞에 두 명의 성가대 아이들이 앞장서 갔다. 그들 옆에는 십자가를 들고 가는 큰 코에 콧수염이 있는 남자가 조그만 그리스도의 십자가 수난상을 지평선 위로 쳐든 채 관객을 정면으로 쳐다보고 있었다. 미사 경본을 들여다보는 신부, 무릎 꿇은 묘혈 인부, 어두운 눈빛의 유력 인사들, 붉은 옷을 입은 두 남자 등이 묘혈을 둘러싸고 있었고, 거기에는 또 약간 세련된 옷차림의 두 남자도 있었는데 한 명은 하얀색, 다른 한 명은 파란색 긴 양말을 신고 있었다.

작품 앞에서 왔다갔다하며 족히 30분을 보낸 모나는 한 가지 수수께끼에 부닥쳤다. 이 시골 풍경에서 우중충한 현실성이 즉각적으로, 여과 없이 느껴진다는 점에는 의문의 여지가 없었다. 그럼에도 분명한 건 하나도 없었고, 〈오르낭의 매장〉이라는 알쏭달쏭한 제목 역시 어떤 단서도 되지 못했다.

"하비, 오르낭은 어디예요? 그리고 누굴 묻는 거예요?"
"이 작품의 화가, 그러니까 귀스타브 쿠르베가 자란 프랑슈콩테 지방의 작은 마을이야. 그는 마을 구석구석을 꿰뚫고 있었고 주민 모두를 잘 알았어. 여기 그려진 이들 중엔 화가의 친지도 몇 명 있단다. 가운데, 눈물을 닦는 남자 바로 위에 옆모습으로 그려진 게 그의 아버지야. 맨 오른쪽에는 어머니와 여동생들이 있고, 그 외에도 여러 명의 친구들이 나온단다. 쿠르베는 이 거대한 화폭을 비좁은 작업실에서 여러 부분으로 나눠 작업했어. 모델을 한 명씩 차례로 작업실로 불러 포즈를 취하게 했지. 그렇지만 관 속에 누운 이가 누군지는 미스터리로 남아 있단다……"

"모든 게 무척 어두워요." 모나가 논평했다. "슬프고요. 그렇지만 재미있는 인물들도 있어요. 몇 명은 딴 데 정신이 팔려 있죠, 예를 들어 저 합창대 아이들이요. 또 술에 취한 것 같은 사람들도 있고요. 심지어 우리를 쳐다보는 사람들도 있어요!"

"맞아. 이처럼 서로 다른 분위기를, 극적인 요소와 우스꽝스러운 요소를 뒤섞는 방식은 쿠르베의 예술 전체에서 두드러지는 특징이야. 이걸 거슬려하는 사람들이 있었지. 가령 영향력 있는 시인 테오필 고티에는 쿠르베가 진지한 태도로 죽음의 드라마를 핍진하게 표현하려고 했는지, 아니면 그저 캐리커처를 터무니없이 기념비적인 규모로 그린 건지 의아해했어. 특히 그림 중앙의 붉은 옷을 입은 두 남자를 지적했지. 이들은 교회지기야. 즉 성직자가 아닌 일반인이지만 전례를 순조롭게 진행시키는 일을 맡는 사람들이란다. 테오필 고티에는, 기억나는 대로 인용하자면, '주홍색을 치댄 그들의 얼굴짝'과 '술냄새가 진동하는 그들의 거동'에 어이없어했어."

"아! 그럼 쿠르베는요, 실제로는 진지한 사람이었어요?"

"호쾌한 사람이었지. 하지만 무엇보다도 대단한 선동가, '예술을 속되게' 만들고 싶다고 선언한 사람이야. 1839년 스무 살의 나이로 파리에 상경한 그는 까다롭고 격식 차리기 좋아하는 계층에 편입되려고 무진 애를 써야 했어. 그래도 영리했고, 꾀바른 전략가였고, 게다가 재능이 있었지. 루브르와 변변찮은 교습소를 다니면서 실력을 다졌고, 특히 많은 시간을 빈털터리 도제들, 유토피아 사상가들, 저주받은 무명작가들이 득실대는 카페에서 시간을 보냈단다. 맥주를 몇 리터씩 마시고, 즐겁게 노래를 부르고, 역사에 족적을 남기고 싶어했지. 쿠르베는 자신이 '세상을 구원'할 수 있다고 믿는다고, 친구였던 시인 보들레르의 놀림을 사기도 했어."

"근데요, 하비. '세상을 구원'하기로 되어 있는 건 예수예요, 그렇죠? 그런데 저기, 십자가 위에서 예수는 정말 작디작아요……"

"게다가 하늘이 빛 한 줄기 없이 꽉 막혀 있는 걸 보렴. 그런가 하면 전경의 두개골은 최초의 인간 아담의 두개골을 상징하는데, 그것이 볼품없이 반으로 쪼개져 있지. 충성의 알레고리인 개는 어디 딴 데를 쳐다보고. 전례 담당 사제들과 신부 역시 전혀 그럴듯하게 그려져 있지 않고. 종교화의 규모로 그려진 예식인데도 일상적이고 세속적인 양상을 띠면서 진창 같은 분위기에 잠겨 있지. 심지어 어느 비평가는 이 작품이 '오르낭에서 매장되는 걸 질색하게 만든다'고 일갈했단다. 보통 같으면 이런 그림은 공식 살롱전에서 퇴짜를 맞았을 거야. 하지만 1849년에 다른 그림으로 상을 받았던 쿠르베는 일 년 뒤 자기가 원하는 건 뭐든지 전시할 수 있었어. 그는 이 틈새를 이용했고, 어머어마한 스캔들을 일으켰지."

"저라면요, 이 까만색들요, 가까이서 보면 전부 다 무척 아름답다고 했을 거예요. 또 하얀색이랑 이루는 대비도 근사하고요……"

"나도 그렇게 말했을 거다. 또 이 작품을 지지했던 누군가가 말했듯 '예술의 민주주의'가 도래했다고도 했을 거야."

"아! 이해했어요, 하비. 프랑스 할스의 〈보헤미안 여인〉 초상화나 흑인 여자 마들렌의 초상화처럼요. 민중 계층의 사람들을 크게 보여준다는 거, 그렇죠?"

"정확해. 작품 자체가 정말이지 하나의 투쟁 선언이야. 가난한 사람이든 힘있는 사람이든, 누가 되었건 그림에 재현될 권리가 있다고 주장하는 거지. 민주주의에서 모든 사람이 그들이 투표한 자를 통해 대변될 권리가 있는 것과 마찬가지로. 이 작품이 1848년에 격렬한 봉기를 겪은 파리에서 전시되었다는 사실도 덧붙여야겠구나. 처음에는 이 봉기가 성공해서 7월 왕정을 무너뜨렸어. 하지만 얼마 안 가 나폴레옹 1세의 조카인 루이 나폴레옹 보나파르트라는 사람이 국가 원수 자리를 꿰찼고, 권력을 장악한 그는 폭군이 되지. 이 화폭은 공화국의 이상이 땅에 묻혔다고, 그러나 지방부터 시골, 자기 고향 쥐라의 서민들까지 모든 민중은 아직 서 있고 계속해서 싸울 것이라고 말하려는 듯해. 저 구렁텅이 가에 파란색 양말을 신은 늙은 남자와 하얀색 양말을 신은 또 한 명의 남자가 서 있잖니. 이들은 1793년의 노병들이거든. 말하자면 프랑스대혁명의 인물들인데, 그들이 여전히 일어서 있는 거야."

"이 그림에 나왔다는 게 자랑스러웠겠어요!"

"모델이 수십 명이었으니 다 그렇진 않았어…… 포즈를 취할 땐 무척 신나했지만 그중 몇 사람은 이후에 이 작품이 추저분하다는 시비를 일으켰다는 소식을 듣게 되지. 그들은 화가가 자기들을 일부러 욕보였다고 생각했어. 게다가 여기 나온 사람들의 정치적 의견이 모두 쿠르베와 같았던 것도 아니야. 일단 교회 사람들이 있고, 다른 한편에는 프랑스대혁명을 그리워하는 사람들이 있었지! 심지어 관보에 수놓인 무늬들은 프리메이슨단을 암시하는데, 가톨릭 교리의 대척점에 있는 단체란다. 하지만 파리의 일반 대중은 그 같은 미묘한 의미나 긴장 관계를 느끼지 못했어. 다비드의 〈호라티우스 형제의 맹세〉가 보여주는 투시원근법이나 선명한 양감과 비교하면, 이 작품은 어둡고 적대적인 군중 무리를 한 덩어리로 주조해놓은 것 같지. 이 화폭을 마주한 신문기자들은 쿠르베가 혁명을 조장한다고, 선동자라고, 시골에서 올라온 무정부주의자가 관습을 모조리 파괴하려고 한다고 비난했어. 과장이지만 완전히 틀린 얘기도 아니야. 쿠르베는 작품 활동 내내 수없는 금지 사항들을 보란듯이 어겼거든. 그의 대표작으로 꼽히는 작품 중에는 당나귀 한 마리에 올라타고 미사에서 돌아오는 술 취한 사제들 그림이 있고, 심지어 여자 성기를 밀착해서 그린 그림도 있어……"

이 얘기를 하면서 앙리는 모나가 자기를 놀리려고 그 유명한 〈세상의 기원〉을 보러 가자고 조를 것 같아 내심 저어했다. 하지만 손녀는 그럴 생각이 없었다. 모나는 여전히 관에 온 신경이 쏠린 채 그것이 품고 있는 수수께끼, 대체 누구를 묻고 있는 것인가만을 곱씹었다. 할아버지는 '미스터리'라고 딱 잘라 말했지만 아이는 그가 더 아는 게 있을 거라는 생각이 들었고 사실 아이가 옳았다. 앙리는 쿠르베의 열렬한 팬으로서 그 문제에 대한 예술사가들의 가설을 모두 조사해봤기 때문이다. 그 관 속에는 아마 1834년에 죽은 화가의 여동생이나 전경에 있는 인물 중 누군가의 아내가 있을 것이다. 혹은 관 속에 공화국이나 낭만주의가 들었다고 보지 못할 이유도 없다. 보다 미학적인 후자의 해설을 내놓은 건 쿠르베 자신이었다. 하지만 앙리는 다른 해석을 지지했는데, 더 야심만만한 동시에 더 실제 상황에 초점을 맞춘 해석이었다. 그는 깊은 목소리로 얘기를 이어갔다.

"이 그림을 그리기 위해 쿠르베는 살아 있는 모델들이 포즈를 취하게 했지. 하지만 거기 더해 더이상 볼 수 없는 인물도 한 명 그려넣었어. 그림 맨 왼쪽에 있는 노인, 관 뒤쪽에 거의 유령처럼 서 있는 그 사람은 화가가 작품을 그리던 시기 얼마 전에 죽었거든."

"그게 누군데요, 하비?"

"장 앙투안 우도, 쿠르베의 할아버지야." 앙리가 감정을 억누르느라 잠긴 목소리로 속삭였다. "하얀 양말과 파란 양말을 신은 두 인물과 마찬가지로, 그의 존재는 대혁명과 이어지는 끈을 상징해. 국민의회 의원이었거든. 손자에게 어마어마하게 중요한 사람이었지. 쿠르베가 평생토록 실천하게 될 지침을 준 것도 이 할아버지야."

모나는 그게 자기 상황과 비슷하다는 사실을 알아차렸다. 쿠르베의 할아버지가 남겨준 좌우명을 자신의 할아버지가 말해주는 것을 들었을 땐, 심지어 아주 판박이라는 생각이 들었다.

"소리 높여 외치고 꿋꿋하게 걸어라." 앙리가 속삭였다.

"와! 멋져요…… 소리 높여 외치고 꿋꿋하게 걸어라." 모나가 따라 말했다.

"이 작품은 사교계의 숨죽인 분위기 속에서 하나의 외침이었어. 예술의 새로운 역할을 위해 모이라는 외침, 그리고 그런 예술은 비평이나 아카데미의 관습들에 짓눌리지 않고 '꿋꿋하게 걸어'가야 한다는 외침이었지. 진정성으로 충만한 이 폐부 깊숙한 곳으로부터의 외침을 일러 '사실주의'라고 해. 무엇보다도 진실을 재현할 것을 맹세하면서 거슬리고 모순적인 현실의 모든 양상을 있는 그대로 느끼게 하려는 예술 사조지. 삶은 불완전하기 마련이야. 하지만 거기에 살아가는 묘미가 있단다."

"이 쿠르베라는 사람, 전 정말 맘에 들어요!"

앙리 역시, 역사상 그 어떤 예술가보다도 쿠르베가 마음에 들었다. 심지어 파리 코뮌 백 주년을 기해 쿠르베의 유해를 오르낭의 묘지에서 팡테옹*으로 옮겨오려고 모나의 할머니와 함께 애쓰기도 했다고, 하지만 성사시키진 못했다고 모나에게 얘기했다. 쿠르베는 1871년 파리 사람들이 프러시아의 침입자와 그에 항복한 프랑스 정부 양쪽에 맞서 싸웠던 그 끔찍한 투쟁 현장에서 용감하게 활약했으니까. 앙리가 설명을 이어갔다. 평화주의적이고 평등주의적이면서 문화유산을 존중하고 미래를 지향하는 사회주의를 지지하며, 화가는 파리 코뮌에 참여했다. 하지만 슬프도다! 그는 패배자가 되어 탄압당하면서 호된 댓가를 치렀다. 투옥, 스위스 망명, 명예 훼손과 병마를 겪고 결국 1877년 12월 31일 자기 아버지가 지켜보는 가운데 너무 이른 나이에 사망한다. 모나는 미술관을 떠나면서 언젠가는 쿠르베를 팡테옹에 들어가게 하고야 말겠다고 마음먹었다. 앙리는 즐거워하며 아이의 계획에 지지를 표했다. 안 되리란 법도 없지, 파리 코뮌 이백 주년인 2071년은 어떨까?

센강을 지나면서 그들은 마음이 가볍고 즐거워진 것을 깨닫고 놀랐다. 하기야 장례식에서 돌아오는 길이 기이하게도 그럴 때가 있다.

---

* 프랑스 역사상 위대한 인물들의 유해를 안치하고 그 업적을 기리는 곳.

21
앙리 팡탱라투르
죽은 자는 산 자 사이에 머무른다

빚에 눌린 가게는 무너져갔고, 놀란 회계사는 매주 미지불 청구서들을 들이댔다. 부도 위험이 이렇게까지 육박해온 적은 없었다. 카미유는 모나가 늦은 오후 시간을 가게에서 보내는 게 더이상 바람직하지 않다고 여겼다. 자기 남편이 펼쳐 보이는 음울한 취기 쇼 때문에 조마조마했기 때문이다. 하지만 아이는 고집을 꺾지 않았다.

그날 폴은 레드와인을 어찌나 콸콸 들이부었던지 서 있기조차 힘들었지만, 딸이 자기 옆에서 숙제를 하고 있는 한 최소한의 존엄성을 유지하지 않을 수 없었다. 갈피 없이 그저 먼 곳을 바라보던 중, 골목 건너편에서 이리저리 헤매는 듯한 우아한 구경꾼을 보았다.

"어라, 인형 손님 같다······" 딸꾹질을 하며 그가 중얼거렸다.

모나는 반사적으로 고개를 들었다. 거리가 족히 30미터는 되었지만 아이는 당장에 알아보았다. 그 손님이 맞았고, 이제 총총걸음으로 멀어져가고 있었다.

"아빠, 지금 불러서 납 인형들을 다 보여줘야 해요! 서둘러요, 아빠, 얼른!"

"하지만, 애야, 저분을 방해하면 안 되지." 폴이 미적거렸다. "게다가 그건, 아니 그러는 거 아니야, 나는……"

"그만, 아빠." 자기 엄마와 비슷한 투로 모나가 말을 끊었다. "일어나요. 집중해서 잘 서봐요. 그리고 저분을 부르는 거예요. 서둘러요, 얼른, 너무 멀어지겠어요!"

아이는 아빠의 소맷자락을 끌고 가서 문을 열었고, 거기에서 다시 한 발 한 발 똑바로 디딘 다음 그 손님을 소리쳐 부르라는 엄명을 내렸다. 폴은 시도했고, 가냘픈 목소리가 새어나왔다.

"더 크게." 아이가 다그쳤다.

그는 그렇게 했고, "선생님!"이라는 그의 외침이 명중했다. 상대는 길을 잃고 헤매던 티가 나는 미소를 지어 보이며 뒤를 돌아보았다. 모나가 짧은 틈을 타서 아빠에게 마지막 충고를 늘어놓자마자 풋사과 색의 고급 맞춤 정장을 입은 멋쟁이 노인이 가게 앞에 도착했다. 괴짜 같은 풍모는 두 달 전에 처음 왔을 때와 마찬가지였다.

"아! 정말이지 재밌군! 자네를 찾고 있었던 건 난데 자네가 나를 찾아내다니!" 인사말도 없이 그가 쩌렁쩌렁한 목소리로 말했다.

"들어오세요, 가게에 마침 베르투니 주조물이 몇 개 있습니다." 술냄새를 풍기며 폴이 설명했다.

손님은 지체 없이 여기저기 흩어져 있는 물건들을 들여다보기 시작했고, 특히 모나가 네온 태양 아래 연출해놓은 벤치 위 인형을 자세히 보았다. 인형을 하나씩 살펴보며 그가 얘기하길, 직접 만든 디오라마에

베르투니 인형들을 가지고 자기 삶의 갖가지 장면을 재구성하는 일을 낙으로 삼고 있다는 것이었다.

"장관들은 말년에 자서전을 쓰고, 부지사들은 가명으로 에로소설을 쓰지. 나는 상자 속에 내 인생을 담는 거야. 그게 훨씬 재밌지!" 연극적인 투로 그가 외쳤다.

그러고는 손가락으로 기병 인형을 집어들고 말타기를 흉내내면서 소뮈르에서 군복무 하던 시절을 재현했다. 그는 자기 상관에게 전쟁에 나가기에는 너무 뚱뚱하다고 지적했다가 결투 신청을 받고 급기야 군에서 쫓겨났다. 얘기를 마친 뒤 그는 주머니를 뒤졌다.

"열다섯 개를 다 사겠네! 하나에 50유로라고 저번에 합의를 봤지, 우리?"

"네, 그렇습니다." 불현듯 술이 깬 폴이 끄덕였다.

"자 여기. 현찰 750유로일세, 딱 맞지. 그리고 쪽지에 주소 좀 적어주게나. 나한텐 인터넷도 핸드폰도 없지만 아직 읽을 수 있는 눈이 있지! 그리고 이렇게 하면 자네가 길에서 날 부를 필요도 없을 테고! 곧 다시 오겠네. 꼭 좀 베르투니를 더 찾아주게나! 그럼 안녕히!"

◆

오르세 미술관에 도착해 화랑을 지나던 모나는 거대한 카오스 같은 에너지로 진동하는 듯한 화폭을 발견하고 깜짝 놀랐다. 그 소요에서 첫눈에 이해할 수 있는 건 별로 없었지만, 비상한 지각 능력 덕분에 야수들과 전사들 사이의 전투 장면이라는 점은 알아볼 수 있었다. 아이는 할아버지를 멈춰 세우고 그 소용돌이치는 작품을 봐달라고 했다. 노인은 외젠 들라크루아의 〈사자 사냥〉 스케치를 알아보았다. 대형 캔버스에 그려진 완성본은 스톡홀름에 있었다.

아! 들라크루아! 앙리가 그를 건너뛴 건 확실히 너무 무심한 처사였다…… 물론 낭만주의 작품으로 고야, 프리드리히, 터너를 루브르에서 보여주긴 했다. 하지만 그는 〈지옥의 단테와 베르길리우스〉 〈사르다나팔루스의 죽음〉 〈민중을 이끄는 자유의 여신〉을 제쳐놓았다. 유감스러운 누락이었다. 들라크루아는 정념 표현과 격한 색채에서 역사적인 선구자 중 하나였기 때문이다. 게다가 장오귀스트도미니크 앵그르와의 극적인 라이벌 관계도 있었다. 한 사람은 폭발하는 색채의 분출적인 힘을 자랑하면서 작품이 '눈을 위한 하나의 축제'가 되게 만들리라는 야심을 품었고, 다른 한 사람은 그에 오연하게 맞서며 '데생은 예술의 정직성'이라고 주장했다. 이 거인들의 논쟁을 짚지 않고 지나온 것이다. 놓쳐버린 그 만남을 만회하기 위해 〈사자 사냥〉 스케치를 볼 수도 있겠지만 습작은 어디까지나 습작일 뿐이었다. 대단히 흥미로운 작품이긴 했지만 앙리는 대안을 선택하기로 마음을 돌렸고, 그리하여 모나를 압도적인 크기의 화폭 앞으로 데려갔다. 가로 250센티미터, 세로 160센티미터였다.

한가운데에서 화폭 전체를 지배하는 듯, 한 남자의 반신 초상화가 그림 속 공간을 굽어보고 있었다. 족히 쉰 살이 넘어 보이는 남자의 풍모에는 기품이, 심지어 도도함이 묻어났고, 좁다랗게 손질된 콧수염이 있는 얼굴의 시선은 먼 곳을 응시하는 듯 화폭 오른쪽을 향하고 있었다. 이 초상화는 간소한 금색 틀에 표구되어 어느 실내의 (눈에 잘 띄지 않는 불그스름한 직선 무늬 몇 줄을 제외하면) 장식 없는 벽에 걸려 있었다. 이 그림 속 그림 아래, 장밋빛 꽃잎들이 흐드러진 다발이 자그만 원형 탁자 위에 놓여 있었다. 무엇보다도 그림 양옆에는 열 명의 인물이 두 줄로 늘어서 있었는데, 모두 남자였고 외양이 서로 엇비슷했다. 가장 젊은 사람(서른도 안 되어 보였다)과 가장 나이 많은 사람의 나이 차는 많게 잡아야 스무 살 정도였고, 모두 장식 없는 세련된 정장을 입고 있었다. 약간의 변주가 있긴 했다. 누구는 나비넥타이를 맸고, 그 옆 사람은 일반 넥타이를 맸다. 아니면 어떤 이는 어깨에 스카프를 길게 늘어뜨렸고, 다른 이는 가슴 주머니에 주름 접힌 손수건을 꽂았다든가. 어쨌든 그룹 전체가 풍기는 하나의 통일된 스타일이 있었다. 도시적이고 문학적인 삶의 스타일이 느껴지면서도, 신경쓰지 않은 머리나 자연스러운 포즈에서 약간 보헤미안적인 분위기도 풍겼다. 그들의 시선은 지극히 강렬했으며, 그중 일곱은 정면을 향하고 있었다. 중앙의 초상화 양편으로 두 명씩 짝지어 선 네 사람이 그림 안쪽의 줄을 차지했다. 전경에는 앉아 있는 네 인물이 있었다. 오른쪽에서 두번째 자리의 모델은 맨 뒤와 맨 앞 사이 공간에 서 있어서 모습이 더 잘 드러나 보였다. 붉은 기가 도는 금발은 다른 이들보다 더 부스스했고, 라일락색 리본넥타이를 맸으며, 조끼 위에 입은 상의를 여미지 않은 채 한 손을 주머니에 넣고 있었다. 또다른 한 명, 왼쪽에서 세번째 자리의 남자는 지팡이를 짚고 우뚝 서 있었다. 몸은 옆을 향한 채 관객을 향해 고개를 돌리고 있었고, 이 돌아보는 자세가 사뭇 위엄을 자아냈다. 검은색의 이 힘

문학동네 편지함

문학동네 편집자가 지금 함께 읽고 싶은 책을 전해드립니다.

젊은작가상 수상작품집을 읽어온 지난 시간을 떠올리면, 그게 언제든 뭉근한 봄기운이 넘실거리는 듯한 느낌이 듭니다. 과거가 이처럼 생생한 감각으로 기억된다는 건 얼마나 소중하고 뜻깊은 일인지요. 미지근해진 음료를 앞에 둔 채 좋은 소설이란 무엇인지 친구들과 시간 가는 줄 모르고 이야기 나누던 수많은 밤들. 사소한 줄로만 알고 그저 흘려보냈던 그 시간들이 차곡차곡 모여 지금의 삶을 이루고 있어요. 제가 그렇게 한국문학에 빠져들게 되었듯, 『2025 제16회 젊은작가상 수상작품집』 역시 누군가에게 한 시절로 각인될 수 있기를 바랍니다.

이번 작품집을 관통하는 키워드 중 하나는 '틈'인 것 같습니다. 견고하다고 생각했던 믿음의 벽이 찢어지고, 그 사이로 비집고 들어오는 불온한 감정과 불편한 진실들. 각자가 겪는 어려움과 구태여 화해하려 애쓰지 않고 자신의 속내를 솔직하게 드러내는 화자들이 반가웠어요. 반면 강한 척하지만 실은 깊은 수렁에 빠져 있는 사람의 가냘픈 몸부림도 느껴졌습니다.

"쓰는 일은 앞으로도 어렵고 복잡하고 어색하리라. 각오하고 있다." 대상을 수상한 백온유 작가의 작가노트 속 문장입니다. 읽는 일 역시 그에 못지않다는 생각을 합니다. 오늘날 한국문학이 이룬 성취는 물론 독자 없이 불가능한 일이었습니다. 끝까지 같이 읽자는 각오를 전합니다.

_임고운 (국내문학 편집자)

SINCE 1993 MUNHAKDONGNE

찬 풍채와 대조를 이루며 하얗게 빛나는 품 넓은 셔츠를 입은 젊은 남자가 그의 등 뒤에 꼿꼿하게 앉아 있었고, 그의 손에는 몇 가지 색으로 얼룩진 팔레트가 들려 있었다.

누군가에 대한 경의를 표하며 모인 이 인물들을 모나는 찬찬히 살펴보았다. 제단화를 떠올리게 하는 배치로 인해 부재하는 그 인물은 마치 신처럼 보였다. 아이는 초상화 속 사람이 외젠 들라크루아라는 것을 이해했다. 그러니까 할아버지가 그를 보여주긴 한 것인데, 다만 들라크루아는 오늘 그림의 주제이지 화가가 아니었다. 앙리가 말을 꺼냈다.

"1863년 들라크루아가 죽자 미술사의 거대한 한 시기가 무덤에 드는 것과 같았단다. 수많은 논란을 무릅써가며 예술에 굉장한 자유의 바람을 불어넣은 화가였고, 그의 존재가 낭만주의 그 자체였거든. 죽을 때는 영웅이었지만 작품 활동을 시작할 땐 회화계의 문제아였어. 하지만 여기서 그에게 존경을 표하기 위해 그의 초상화를 둘러싸고 있는 인사들 대부분은 그 시절을 기억할 수 없었지. 들라크루아가 '술 취한 야만인'이라는 별명으로 불리면서 작품이랍시고 '물감 뒤범벅'을 내놓는다고 비난받던 1820년대에 이들 대개가 태어나지도 않았으니까."

"하얀 셔츠를 입은 사람은 아직 청년인 것 같아요. 팔레트를 들고 있으니까 그가 작품을 그린 사람인 거죠?"

"정확해. 앙리 팡탱라투르야. 흔히 팡탱이라고 불려. 스물여덟 살밖에 되지 않았지만 재능이 출중했지. 작품의 왼쪽 전경에 자화상을 넣은 셈이란다. 자기 자신의 모습에 아홉 명의 동료들을 덧붙이고, 거기에 이들 전체를 굽어보는 들라크루아의 초상화를 더했어. 말하자면 이 초상화는 그림 속 그림, 재현된 작품을 재현한 것이지. 단! 들라크루아가 저런 식으로 그려진 유화 초상화는 사실 존재하지 않아. 팡탱은 사진을 보고 들라크루아를 상상했지······."

"그런데요, 하비." 모나가 그림 오른쪽 전경의 인물들을 가리키며 말을 이었다. "이 사람의 주름살이랑 저 사람의 반백 머리카락을 보세요. 그러니까 이들은 노인이죠?"

"네 눈에는 노인이겠지만 내 눈에는 그다지! 하지만 맞는 말이야, 이 그룹에서 가장 연장자거든. 둘 모두 1821년생이지. 팔짱을 끼고 정면을 바라보는 첫번째 사람은 영향력 있는 비평가였던 샹플뢰리야. 쿠르베의 사실주의를 강력하게 옹호했던 사람으로 유명하지만 독창적인 책들을 쓴 저자이기도 했어. 그중 하나는 고양이들 이야기란다. 재밌겠지. 또 한 명의 고양이 애호가가 그 옆에 있구나. 이마가 넓게 벗어진 이 사람은 시인 샤를 보들레르야. 들라크루아를 엄청나게 좋아했고, 여기에서도 그의 죽음을 비통해하며 말을 삼가는 듯 입술을 굳게 다물고 있지. 들라크루아에 경의를 표하면서 보들레르는 이렇게 썼어. '들라크루아가 누구보다 훌륭하게 표현함으로써 우리 세기를 영광되게 만든 저 신비로운 알 수 없는 것, 대체 그것은 무엇인가? 그건 보이지 않는 것, 만질 수 없는 것, 꿈이고 신경이며, **영혼이다.**'"

"알겠습니다······." (지나치게 열렬한 설명에 모나는 언제나처럼 이런 식으로 대답하며 빙글거렸다.)

"들라크루아가 영광스러운 선배처럼 모셔져 있긴 해도, 그림을 둘러싼 인물들이 딱히 그의 추종자나 제자로 여겨지진 않아. 당시 비평가들이 이 작품을 두고 했던 비판이기도 해. 설명해줄게. 첫번째 줄 맨 왼쪽에 앉아 있는 건 뒤랑티야. 〈사실주의〉라는 신문의 편집장이었고 쿠르베의 동료였지. 그 뒤에 서 있는 건 루이 코르디에와 알퐁스 르그로라는 화가들. 그 반대편, 그림 맨 오른쪽 있는 알베르 드 발루아도 화가인데, 역시 그리 대단한 사람은 아니란다. 또 펠리스 브라크몽도 볼 수 있지, 완전히 뒤쪽에 묻혀 거의 가려져 있어. 뛰어난 판화가였고 보들레르의 친구였지. 그다음, 특히 눈여겨볼 수 있는 건 팡탱 바로 옆에 모로 서 있는 미국인 화가 휘슬러야. 얼굴이 들라크루아의 얼굴과 지근거리에 있지. 휘슬러에겐 회화를 뒤흔들겠다는 굳은 결의가 있었고, 이후 실제로 해낸단다. 하지만 그는 현대 사회, 도시, 일상을 주제로 삼았고, 이 점이 낭만주의의 포부와는 반대였어. 이 그림에서도 자세나 색깔의 단조로움이 낭만주의적인 것과는 전혀 거리가 멀지. 사방이 갈색, 회색, 밤색이니."

"그래도 꽃다발이 있는걸요."

"맞아, 시선을 들라크루아의 초상화까지 이끌어준다는 점에서 더더욱 핵심적인 꽃다발이지. 게다가 팡탱은 나중에 꽃 그림에 뛰어난 화가로 유명해질 거야. 하지만 역사 속에 아직 그의 이름이 남아 있는 건 무엇보다도 예술가 무리를 그린 초상화 때문이란다. 후대 사람들은 특히 그가 〈테이블 구석〉이라는 작품에 아직 무명이었던 청년 아르튀르 랭보를 폴 베를렌의 옆자리에 그려준 것을 다행스럽게 여기며 고마워하지. 하지만 팡탱이라는 화가를 훌륭한 자료 기록자로만 보는 건 부당한 일이야. 그의 작품은 당시의 문화적 삶에 대한 정보 말고도 훨씬 많은 것을 우리에게 알려주거든. 이 작품 자체에 대해서는 어떻게 생각하니? 작품이 보여주는 것 말고 작품이 어떤지에 대해서 말이야. 물감이라든지 터치라든지."

앙리는 정신을 곤두세우고 모나의 답에 귀를 기울였다. 손녀의 언어에 어떤 비밀이 숨겨져 있다는 생각이 전에 없이 확실해지는 한편, 아이가 그림의 질료에 대한 날카로운 감수성을 길렀다는 사실을 확인했다. 어떤 창조물이 육체성을, 적실성을, 나아가 세계의 조직 속 필연성을 갖추는가 갖추지 못하는가 하는 문제는 언제나 질료를 어떻게 쓰는가에 달려 있다. 할아버지와 함께 시간을 보내며 온통 빼곡해진 단어장을 점점 더 주의깊게 사용하면서, 모나는 그림의 '기법'(아이가 이 단어를 썼다)이 '사실주의적'인 동시에 '모호하다'는 점을 주목했다. 앙리는 마지막 단어를 고쳐줬는데, 모나의 시선이 섬세함을 표현하는 어휘와 결합해 놀라운 속도로 일취월장하고 있음을 느꼈기 때문이었다. "나라면 '모호하다'보다는 '암시적'이라고 말하겠어." 손녀는 어른에게 요구될 법한 이 까다로움을 즐거이 받아들였다.

"이제 보자, 모나야. 팡탱라투르가 그림 속 들라크루아를 어떤 크기로 그렸지?"

"살아 있는 사람과 똑같은 크기로요."

"맞아. 왜냐면 팡탱은 들라크루아가 아직 살아 있다고 여기기 때문이야. 그림이 우리에게 말해주는 것도 바로 그것이고. 죽은 자들은 우리를 떠나지도 버리지도 않아. 그들도 남아 있는 이들과 똑같이 중요하지. 1850년에서 60년대를 전후로 한 이 시대에는 교령술과 신비주의 교리가 크게 유행했어. 죽은 사람과 접촉을 유지하고, 그들을 불러내 우리 곁에 둘 수 있다고 생각했단다. 오늘날에는 민간 전통의 재밋거리로 여겼지만 그때는 전혀 그런 게 아니었어. 고인들의 영혼이 산 자들 사이에 머물며 매일 낮을 지켜보고 매일 밤을 보듬어준다는 진지한 확신이 있었지."

"그리고 제가 잘 이해했다면요, 이들은 들라크루아의 그림을 모방하는 걸 좀 우습게 여겼어요. 그들이 노리는 건 위험을 무릅쓰는 거죠. 들라크루아가 그랬던 것처럼."

"다 이해했구나. 죽은 이들, 우리보다 앞서간 이들이 우리에게 바라는 건 그들이 해놓은 것을 그대로 따라 하는 게 아니야. 각자의 삶에 합당한 격을 갖춰 살아가라는 것 뿐이지."

이 문장에 대해 곰곰이 생각하던 모나는 흉곽 근처에서 뭔가 뚫고 나오는 듯 찌릿한 것을 느꼈다. 하지만 앙리의 쾌활한 설명이 이어지며 태동하는 불안을 잠재웠다.

"말했지, 들라크루아는 논란이나 일으키는 사람으로 시작했지만 말년에는 전 세계의 추앙을 받기에 이르렀단다. 그래서 심사위원석에 앉기 시작했지. 특히 공식 살롱전의 심사위원을 맡곤 했어. 그런데 어느 날, 1859년 살롱전 심사위원단은 한 소년의 작품을 받았어. 무슨 계시라도 받은 듯한 취객을 그린 그림이었지, 발치에는 술병이 굴러다니고. 〈압생트 마시는 사람〉이었어. 심사위원들 모두가 이 작품을 상스럽다고 여겨 퇴짜를 놨지. 한 명만 제외하고."

"들라크루아죠, 확실해요!"

"그였지. 다른 심사위원들이 놀랄 수밖에 없었던 게 그 작품엔 사실주의적인 투가 있었거든. 들라크루아의 신념이라고 여겨지는 것과는 정반대였지. 하지만 들라크루아는 그 작품의 표현력을 완벽하게 간파했어. 자신이 걸어온 낭만주의의 길을 따르고 있는지는 신경도 쓰지 않

있어. 전혀! 그가 무엇보다도 바랐던 건 자신의 반항 정신이 젊은 세대들 사이에 살아남는 것이었고, 취객을 그린 화가가 그 정신을 다분히 갖췄다는 걸 명백히 보았던 거지."

"그게 누구예요?"

앙리는 느릿느릿한 손짓으로 동그라미를 그리며 그때까지 유일하게 아무런 언급도 하지 않은 채 남겨둔 오른쪽의 인물을 가리켜 보였다. 덥수룩한 금색 머리칼을 하고 손을 주머니에 꽂고 있는, 리본넥타이의 남자였다. 그러고는 당선자를 호명하듯 말했다.

"저 사람이야, 에두아르 마네."

"마네." 아이가 낮게 속삭였다. "모나랑 발음이 비슷하네요. 하비, 저 사람 그림들을 보러 가요!"

"아니, 그건 다음에. 하지만 지상의 아름다운 것에 대고 너에게 맹세하마. 우리가 그에게 경의를 표할 날이 올 거야."

그들은 오르세 미술관에서 나와 센강을 건넜다. 4월이 싹을 틔우고 있었기에 튈르리 공원 풀밭에 녹아드는 파리 시민들이 대화를 나누거나 피크닉을 즐기고 있었다. 사방에 봄의 음악이 감돌았다.

22
로자 보뇌르
동물은 너와 동등하다

예정대로 이번 진료에서 반 오르스트 선생은 소아과 의사복을 벗고 최면치료사의 도구들을 챙겼다. 여태까지 해온 무수한 검사로는 모나의 일시적 시각 상실이 전혀 설명되지 않았기 때문에, 이제 그가 시도하려는 일은 모나를 의식 분리 상태에 빠뜨려서 불가사의한 병의 근원에 정신을 잠기게 하는 것이었다. 모나는 거짓말에 가까워진 비밀들과 타협하는 차원에서 이 치료에 응하기로 했다. 엄마와 의사는 모나가 그 시도를 받아들인 게 아이가 매주 수요일마다 받기로 되어 있는 정신과 의사와의 상담 덕분이라고 생각했지만, 길을 열어준 건 사실 예술 작품을 거듭 마주하며 보낸 시간들이었다.

반 오르스트는 큼지막한 팔걸이가 있는 폭신한 가죽 소파에 아이를 앉힌 뒤 고개를 뒤로 젖혀달라고 했다. 그러고는 마치 투명한 유동체로 감싸주려는 것처럼 아이의 어깨 위 10센티미터 부근에서 손을 왔다갔다 움직이면서, 차분한 목소리로 긴장을 풀고 좋아하는 음악을 생각해보라는 말을 반복했다. 이제 머릿속에서 음을 하나씩 떼어내보라고, 음악이 한없이 늘어지는 것처럼 각각의 음을 길게 늘려보라고 했다. 그다음에는 몇 분 동안 손끝과 발끝을 의식해보라고 했다. 그런 뒤 모나의 이마 위에 세 손가락을 얹은 채 눈꺼풀이 '무거워져 감긴다, 무거워져 감긴다' 하고 반복해서 말했다. 아이의 속눈썹이 파르르 떨리기 시작했다.

이렇게 반 오르스트는 모나를 포근하고 평온한 변성의식상태에 잠기게 했다. 첫 시술에서부터 아이의 기억을 들쑤시고 싶진 않았다. 고통스러운 발작의 순간을 되살리고 그때의 주변 상황을 헤집어보게 하는 대신, 그는 일단 아이에게 좋은 감정들을 떠올려보라고 했다. 이 방법의 핵심은 든든한 형상들을 불러내는 데 뇌를 익숙해지게 만들어서 혹 다음 최면 때 지나치게 부정적인 광경에 압도될 경우를 대비하는 것이었다. 그는 이것을 '피난처 생각'이라고 불렀다.

모나는 감미롭게 멍멍한 상태에 빠져드는 것을 느꼈다. 쏟아지는 회색과 흰색이 주의를 끌었다. 마치 불분명한 꿈 속에서 빈 영화 필름이 돌아가는 것 같았다. 의사의 목소리가 아주 똑똑하게 들리는데도 멀게만 느껴졌다. 좋아하는 사람들을 떠올린다는 생각이 내면에 퍼져나가면서 엄마와 아빠가 점점 더 선명하게 느껴졌다. 그다음에는 거대하고 모호한 형상으로, 구체적인 사건과는 아무 관련 없이, 할아버지의 모습이 나타났다. 모나는 가만히 몸을 맡기고 이 아우라에 감싸였다. 추상적인 형태들만 오가는, 언어 바깥의 비공간 속을 부유했다.

그때였다. 엄청나게 커다란 뭔가가 불쑥 나타났다. 시공간을 넘어선 무언가였다. '네가 사랑하는 사람들', 목소리의 암시가 마치 주문처럼 되풀이되었다. 모나의 정신이 동요했다. 아이는 다정함과 슬픔이 뒤섞인 막대한 감정이 자기 안에 솟아나는 것을 느꼈다. 손가락을 튕겨내는 딱 소리가 들렸다. 모나는 눈을 떴다. 반 오르스트가 자기를 향해 미소 짓고 있었다.

잠자리에 드는 시간까지 모나는 이상하게 좋은 기분을 느꼈지만 그럼에도 그 경험을 어떻게 생각해야 할지, 엄마 아빠에게는 뭐라고 해야 할지도 알 수 없었다. 엄마가 침대에 누운 모나에게 이불을 여며주러 왔을 때, 질문을 하나 던져봤을 따름이었다.

"엄마, 언젠가 말이에요. 저한테 할머니 얘기를 좀 해줄 수 있을까요?"

◆

오르세 미술관 중앙 회랑을 가로질러 가는 중, 계단 아래 육중한 받침대 위에 군림하듯 자리잡은 커다란 사자 동상이 모나의 눈길을 확 사로잡았다.

"앙투안루이 바리의 작품이야." 할아버지가 귀띔해줬고, 곧이어 파리 식물원에 있는 동물원에 줄기차게 드나들던 그 조각가가 19세기 전반 이탈리아에서 동물 예술의 새 기점을 마련했다는 설명을 덧붙였다. 앙리는 모나가 들떠 흥분하는 것을 눈치챘다. 모나에게 짐승들, 특히 포동포동하고 귀여운 짐승들의 세계는 뜨겁게 빛나는 에덴동산과도 같았다. 그날의 주제도 마침 동물이었는데, 다만 앙리는 대단한 포식자들의 과하게 영웅적인 스펙터클만큼이나 개나 고양이 등 반려동물들의 과하게 사랑스러운 장면도 피하는 접근법을 택했다. 모나를 데리고 그는 좀더 평범한 동물, 소를 보러 갈 것이다……

작품은 파노라마적인 규모로, 보습*이 지나가며 일궈놓은 밭고랑을 좌우로 한껏 널찍하게 펼쳐 보였다. 화폭의 거의 절반을 차지하는 하늘에서는 점점 엷어지는 파란색이 완벽한 그러데이션을 이루며 차가운 아침의 섬세한 빛을 퍼뜨렸다. 쟁기를 끄는 두 무리가 앞뒤로 잇따라 가고 있었다. 둘은 구성이 같았다. 여섯 마리의 소가 쟁기를 끌고 그 쟁기를 농부가 뒤에서 잡고 조종하고 있었으며, 소몰이꾼은 끝에 쇠침이 달린 장대로 소들을 찔러 몰아갔다. 들판의 배경에는 그림 왼쪽으로 나무가 심긴 언덕이 솟아 있고, 거기 나무 우듬지 위로 지붕 두 개가 빼꼼하게 보였으며, 전체적으로 초목이 넉넉하면서도 시야가 트인 드넓은 풍경이었다. 약간 비스듬한 각도에서 바라본 장면이었고, 따라서 일궈진 땅의 고랑들이 나란히 늘어서지 않고 하나의 점을 향해 모여들었는데, 이 지점은 그림 바깥을 한참 벗어나 지평선 바로 아래에 위치했다. 이렇게 연출된 투시 각도 때문에 주인공들은 왼쪽에서 오른쪽으로 나아갈수록 점점 더 크고 가깝게 보였고, 이에 따라 갈아엎은 땅은 평원 가운데 거의 평지처럼 보이는 오르막처럼 아주 완만한 경사를 이루는 듯 보였다. 쟁기에 매인 세 종의 소들은 두 열로 늘어서 있었고, 대개가 하얀 크림색이었다. 멀리 있는 무리는 약간 뭉쳐 보이는 반면, 앞서가는 무

---

* 농기구의 끝에 끼워 사용하는 넓적한 삽 모양의 쇳조각.

리, 특히 오른쪽 열에서 축 늘어진 입술에 거품을 물고 걷는 세 마리의 소는 아주 똑똑히 볼 수 있었다. 맨 앞의 소는 짙은 베이지색이었고, 맨 끝의 소는 그림에 나온 열두 마리 중에서 예외적으로 다갈색이었으며, 이 두 마리 사이에서 걸어가는 소가 작품의 주제는 아닐지언정 핵심은 되는 것 같았다. 소는 관객 쪽으로 살짝 머리를 돌리고 있었고, 그 눈이 관객에게 비장한 시선을 던지는 듯했다. 아마 나막신을 신고 나란히 걷는 젊은 소몰이꾼의 꼬챙이에 방금 찔린 것이리라.

디테일을 하나하나 살펴보면서 보낸 25분 동안, 모나는 특히 동물들의 털에 바르르한 떨림을 주는 밝은 톤 색조들에 빠져들었다. 또한 풀 돋은 땅이 경계를 이루는 경작지의 고랑들도 유심히 보았는데, 그 흙은 밤색 빛을 발했다. 모나는 자책했다. '아! 하비는 작품을 지성적으로 보라고 당부하는데, 나는 〈찰리와 초콜릿 공장〉의 윌리 웡카와 초콜릿 강을 생각하고 있다니!' 아이의 입에 군침이 돌았다. 이 〈니베르네의 쟁기질〉은 시골 풍경이라는 점에서 어쩌면 쿠르베의 〈오르낭의 매장〉과 비슷한 듯도 했지만 분위기는 딴판이었는데, 주제도 그렇지만 특히 그림의 처리 방식이 전혀 달랐다. 쿠르베가 진흙과 재의 광택 없는, 불투명한 강렬함을 추구했던 반면 로자 보뇌르는 글라시 기법을 통해 거의 식욕을 일으키는 효과를 노렸고, 그리하여 큼직큼직하게 엉긴 흙덩이로 덮인 고랑들은 실로 카카오처럼 보였다.

"자, 모나야. 여기서 우리는 또 위대한 여성 화가를 마주하는구나." 마침내 앙리가 시동을 걸었다.

"저도 이름을 봤어요. 로자 보뇌르*라니, 기막히게 멋진 이름이라고 생각해요!"

"19세기에는 모든 분야에서 인식의 변화가, 일대 변혁이 이뤄졌어. 로자 보뇌르는 그 혁신들을 단적으로 보여주는 인물이었지. 사회적 신분 상승을 완벽하게 이뤄냈거든. 1822년에 보잘것없는 가정에서 태어나, 여느 여자아이 같았으면 재봉사가 될 참이었지. 열세 살이 되던 해에 어머니가 돌아가셨을 때도 집에 장례를 치를 돈이 없어서 공동 묘혈에 묻었다고 해. 하지만 보뇌르는 이내 그림 쪽으로 진로를 틀었어. 화가였던 아버지가 딸을 직접 가르쳤단다. 작품 활동을 하며 경력을 쌓아갔고 마침내는 전 세계, 특히 미국에서 유명해졌지. 로자 보뇌르는 자기 길을 가면서 비범한 기개로 세인들의 온갖 선입견에 굴하지 않고 맞서야 했어."

"세인들이요? 남자들을 말씀하시는 거예요, 사람들을 말씀하시는 거예요?"

"둘 모두야! 보뇌르는 여성인데도 짧은 머리를 하고, 시가를 피우고, 바지를 입었어. 당시에 여자가 바지를 입으려면 '변장 허가서'가 필요했는데도 말이야! 결혼은 하지 않고 여자들과 살았어. 특별한 인물이었지. 성별에 따라, 계층에 따라, 도시 출신인지 시골 출신인지에 따라 사람을 차별하는 위계질서에 맞섰거든. 그런데 이 작품이 우리에게 보여주는 건 그 이상이란다……"

앙리는 깊고 온화한 목소리로 말했다. 할아버지 옆에 있던 모나는

---

* '보뇌르(Bonheur)'는 프랑스어로 '행복'이라는 뜻이다.

가만히 있는 대신 그림 앞으로 다가가 화폭을 등지고 할아버지를 바라보며 발돋움을 했고, 그러자 모나의 얼굴이 쟁기질하는 두 무리 사이에 나란하게 들어갔다. 그런 뒤 아이는 미소를 띤 채 눈썹을 치켜올리며 손가락을 세워드는 귀여운 동작을 해 보였다. 발언 기회를 요구하면서 마치 '저도 한마디해도 될까요?' 하는 투였다.

"자, 하비. 다시 한번 대형 화폭이 나왔는데, 이 작품은 들판에서 일어나는 일을, 농부들을 다루고 있어요. 게다가 이들이 짐승들과 함께 양옆으로 쭉 전체 공간을 차지하고 있어요. 자 이건 말이죠, 화가가 들판의 아름다움을, 거기에 있는 모든 것의 아름다움을 보여주고 싶었기 때문이에요. 그러니까, 예를 들면, 언덕 위나 밭에 있는 나무들, 일하는 사람들, 그리고 또……"

아이는 망설였다.

"자, 모나야, 또 뭐가 있니?"

"그리고 또, 짐승들이 있다고 할 수 있죠."

"정말? 입가에 침을 질질 흘리는 짐승들인데, 자신할 수 있어?"

"에이, 그럼요, 하비. 일단 쟤네들이 침을 흘리는 건 사실이지만요, 소들이니까요. 그리고 소들은요, 그러니까…… 딱 잘라 아름답다고 말하긴 여전히 좀 어렵지만, 그래도 쟤네들은 아름다워요, 제 생각에는요…… 그치만 제가 틀렸을 수도 있고요……"

"전혀 틀리지 않았어. 게다가 로자 보뇌르의 생각도 너와 같았어. 그 화가의 눈에 동물의 아름다움은 인간의 아름다움과 대등했지. 보뇌르는 동물들을 무척 좋아했단다. 이 작품을 그린 뒤 몇 년 후에는 파리에 커다란 작업실을 하나, 퐁텐블로 숲 근처에 성을 하나 살 수 있었어. 그 사이 재능을 펼쳐서 돈을 많이 벌었거든. 두 장소 모두에 어엿한 동물원을 구비했지. 말, 양, 염소, 암소, 고양이, 개, 새들 사이에서 지냈어. 야크, 가젤도 있었고 심지어 어느 조련사가 선물한 사자도 암수 한 마리씩 있었지!"

"그렇다는 건 인간보다 동물을 더 좋아했다는 뜻인가요?"

"나는 잘 모르지만 그럴 수 있지. 보뇌르는 이렇게 단언한 적도 있으니까. '인간이란 종은 대체로 동물들만 못하다.' 그런데 이 화가가 동물들을 그린 방식을 살펴보면, 구태여 우리와 비슷하게 만들려고 애쓰지 않았음을 알 수 있지. 각각의 짐승마다 고유한 표정의 강렬함을 존중하는 거야. 소 역시 마찬가지고. 여기 저들을 보렴. 소들이 화폭 전체를 차지하고 늘어서 있는데, 함께 가는 소몰이꾼들은 그림 안쪽에 대수롭잖은 크기로 간략하게 처리되었지. 터치도 색조 변화 없이 단조롭고. 반면 샤롤레 니베르네 종의 저 수소들 털은 훨씬 더 섬세하게 그려졌어. 이 주름들, 이 그림자들을 보렴. 털빛의 크림색, 베이지색, 밤색 등 온갖 색조들이며 뻣뻣하거나 곱슬곱슬하거나 닳은 질감도. 로자 보뇌르는 이 소들에게 기품과 위엄을 부여해. 보뇌르가 소를 관찰하면서 어마어마한 시간을 보냈다는 얘기를 해둬야겠구나. 자신이 말을 타고 누비던 들판에서뿐만 아니라 루브르 미술관의 전시장에서도 관찰을 계속했어. 시골 출신으로서 그 세계의 유산을 누렸을 뿐만 아니라, 동물 회화의 오랜 전통을 이어받기도 했던 것이지."

"그리고 여기, 이 작품에서는 저 가여운 동물들이 고되다는 게 느껴져요. 저 일이 아주아주 힘들고, 반복적으로 오래 계속되리라는 인상을 줘요."

"맞아, 그리고 그 수고로움의 인상이 특히 극적으로 표현된 건 소실선이라고 불리는 것을 통해서야. 보렴, 바로 저 선들인데, 하나의 점으로 모이면서 원근법을 구축하고 깊이감을 자아내지. 저 고랑의 선들을 쭉 이으면 화폭 왼쪽, 액자 바깥에서 수렴하겠지. 반대편 오른쪽에서는 무한히 길게 이어질 수 있을 것 같고. 로자 보뇌르의 이 특별한 구도 덕분에 소들이 끝없이 펼쳐지는 밭길을 따라 악착스럽게 일하고 있다는 인상이 한층 돋보이지. 게다가 그 길은 살짝 오르막처럼 보이고."

갈아엎은 흙더미 타래에서 한순간 초콜릿 강을 연상했던 모나는 이제 그 비장한 차원을 깨닫게 되었다. 그건 밭을 비옥하게 만들고 사회 전체를 먹여 살리는 존재들이 해야 하는 노동의 차원이었다. 그렇지만 할아버지는 이 애달픈 해석을 누그러뜨리면서 로자 보뇌르가 농촌 생활의 혹독함과 전원의 신선함, 찬란함 사이에서 완벽한 균형을 찾아냈음을 주목했다. 이 작품은 예를 들어 조르주 상드의 『마의 늪』에 묘사된 농촌을 상기시키는데, 그 소설이 1846년, 즉 〈니베르네의 쟁기질〉이 살롱전에서 성공을 거두기 삼 년 전에 출간되었으니 실제로도 화가에게 영감을 제공했을 가능성이 있었다. 하지만 모나를 특히 매혹했던 건 작품의 한 디테일이었다.

"하비, 게인즈버러의 〈공원의 대화〉에서 우리를 바라보던 여자에 대해 하비가 얘기해줬던 걸 기억하세요?"

"응, 그 여자는⋯⋯"

"잠깐만요." 모나가 말을 막았다. "그 단어 제가 생각해낼 거예요! 하비가 그랬죠, 그 여자는 '중개자'라고요." (아이는 맛깔스럽게 현학적인 그 용어가 뭉개지지 않도록 각 음절을 한껏 음미하며 발음했다.)

"코끼리에 버금가는 기억력을 가졌구나, 모나야."

"로자 보뇌르의 그림에서는 그게 저 소예요. (모나는 중앙에 자리잡은 가장 잘 보이는 소를 가리켰다.) 커다란 눈으로 우리를 바라보고 있어요."

"그러니 그 소가 중개자의 역할을 한단 말이구나. 정확해. 흔히 소는 텅 빈 눈빛을 하고 있다고들 하지. 마치 소에겐 지능도 의식도 없다는 듯이. 바로 그 속설을 깨뜨리고자 화가는 흰자위 가운데 튀어나올 듯 팽창된 까만 동공을 그렸어. 그 시선이 우리에게 관심을 요구하고, 우리를 그림에 연루되게 만들고, 공감하게 하지. 바로 그게 이 작품의 의미야."

"하비, 동물들을 아프게 하는 사람이 있으면 저도 똑같이 해줄 거예요...... 그리고 아빠랑 엄마가 제 마음대로 하게 두는 날이 오면요, 전 채소만 먹을 거예요."

"어쩌면 동물보호단체에 가입하고 싶어할지도 모르겠구나. 그중 SPA란 단체가 19세기 영국, 네덜란드, 바이에른에서 크게 일어난 적이 있지. 이탈리아에도 옮겨가고 프랑스에도 1845년에 들어왔어. 로자 보뇌르도 SPA의 초창기 회원 중 한 명이었단다."

"하지만 하비, 인간보다 동물이 더 낫다고 말해도 좋다고 생각하세요?"

"거듭 말하지만 모나야, 모든 사람은 얼마든지 자기가 원하는 대로 생각하고 말할 전적인 권리를 누려야 해. 네 질문엔 그렇게 답할 수밖에 없구나. 하지만 확실히 말할 수 있는 건, 동물은 너무 오랫동안 무시되어왔다는 거야. 마치 기계적이고 하등한 존재들인 양, 인간의 필요에

좌우되면서 전혀 배려를 받지 못했고, 거의 항상 인간의 잔인함에 매여 있었지. 18세기부터 프랑스의 장자크 루소나 영국의 제러미 벤담 같은 철학자들이 동물을 '느낄 줄 아는 존재'로 규정했어. 무슨 뜻이냐면, 그들은 동물의 고통을 고려하고자 했다는 거야. 사실 말로 표현되지 않으니 더더욱 비극적인 고통이지. 이런 관점은 정말이지 큰 발전이야. 나는 로자 보뇌르의 그림이 그 진보에 참여한다는 점에서 훌륭하다고 생각해."

미술관에서 나와 모나는 파리의 길거리에서 뛰어노는 모든 개가 저와 동등한 친구인 양 하나하나 인사를 건네고 싶어했다. 앙리는 재미있어했다. 그는 장난기 가득한 표정으로 아이에게, 채식주의자가 되겠다면서 몇 주 전에만 해도 루브르에서 소시지 샌드위치를 두 개나 먹었음을 상기시켰다. 하지만 이번 수요일의 모나는 무엇보다도 초콜릿 잔을 마시고 싶었다.

23

제임스 휘슬러
어머니보다 존엄한 존재는 없다

릴리는 학교에서 사나워졌다. 부모의 이별 통보가 사춘기 진입을 앞당긴 것인데, 그게 말과 거동에서 드러났다. 이제 막 열한 살이 되었을 뿐이지만 그럼에도 벌써 공격성과 무관심이 뒤섞인, 유년기의 명랑한 자연스러움과 너무나도 대조적인 그 투가 배어났다. 이제 릴리는 책가방을 양어깨에 매기를 거부하면서 불편해도 굳이 한쪽 끈만 걸친 채 무신경한 모양으로 늘어뜨리고 다녔다. 하지 선생님은 릴리에게서 은근한 폭력성이 분출되는 것을 눈여겨보았다. 대놓고 그러진 않았지만 휴지부터 안경다리까지, 자기 수중의 온갖 물건을 괜히 구기고 깨뜨리고 자르고 함부로 굴렸다.

살면서 처음으로 느끼는 부당함의 감정은 흔히 아주 작은 일에서 비롯되고, 그 여파의 규모는 원인이 된 일의 크기에 반비례한다. 장자크 루소는 『고백록』에서 오십 년 전 집에서 벌어진 한 사건을 언급하며 자기 잘못이 아니었음을 밝히기 위해 안간힘을 쏟는다. 누군가 머리빗의

살을 부러뜨렸는데 아무 짓도 하지 않은 그가 혼났다는 것이다. 물건이 망가졌고 부당하게 체벌을 받았다는 이 하찮은 사연이 훗날 철학자가 될 이의 존재에서 핵심적인 부분을 차지했고, 자유주의 유럽 전체에 영향을 미칠 문학적 정치적 사상을 불어넣었다. 그렇다. 현대 민주주의 체제들을 이어주는 사회계약 속에 부러진 빗 하나가 있는 것이다⋯⋯ 그런데 릴리의 뒤틀린 마음 깊은 곳으로 들어갈 수 있다면, 무엇을 보게 될까? 물론 엄마와 아빠의 식어버린 사랑, 친구 자드와 모나가 없는 다른 나라로 떠나야 한다는 사정이 큰 부분을 차지하고 있을 것이다. 하지만 릴리가 느끼는 진정한 부당함의 감정, 손에 들어오는 모든 것을 망가뜨리고 싶게 만드는 건 따로 있었다. 은연하게만 드러나는 그것을 포착하기 위해선 모나의 혜안이 필요했다.

　학년 말 과제인 모형을 만들던 릴리가 짜증을 냈다. 자기 집 부엌을 축소 버전으로 그리는 중이었는데, 고양이 모래판을 두고 자꾸 어깃장을 놓으며 고양이한테 충분한 공간이 없다고 투덜거렸다. 모나는 문득 친구가 운동장에서 했던 말을 떠올렸다. '내 고양이는⋯⋯ 몰라.' 이탈리아로 데리고 가는 건지 아닌지 모른다는 얘기였다. 그래서 모나는 릴리에게 이사할 때 고양이는 어떻게 되는 거냐고 물어봤고, 릴리는 입을 다문 채 종이만 찢어댔다. 그러자 모나는 문제가 바로 그것임을 알아챘다. 친구가 마음 깊이, 정말로 참을 수 없어하는 건 자기 부모가 고양이에 대해선 신경도 안 쓴다는 사실이었다. 어쩌면 자기들끼리 고양이의 운명을 정해놨는지도 몰랐다. 누가 알겠는가. 다른 사람에게 주기로 했거나 심지어 버리기로 했을지도 몰랐다. 이 심연, '어른들'에게는 하등 중요할 게 없는 문제 속에 릴리의 온갖 폭력이 웅크리고 있었다. 지금 각자만을 생각하느라 바쁜 어른들에게는 아무 의미도 없는 고양이 문제가 자식에게는 큰 화가 되어 닥쳐들었는데, 오직 또다른 어린아이만이 사태를 알아챌 수 있었던 것이다.

모나가 아이디어를 냈다. 이 부엌 모형을 만드는 건 집어치우자. 이탈리아의 릴리 방을 상상해야 한다. 아쉬움이 아니라 바람을 모형으로 만들자. 그 방에는 뭐가 있을까? 물론 릴리의 침대가 하나 있을 것이다. 높은 곳에서 자는 걸 좋아하는 자드를 위해 이층침대를 놓자. 모나는 원체 무던한 성격이라 보조 매트리스 하나로 충분했다. 다음으로는 작은 책상 하나, 벽장 엄청 많이…… 하지만 이 모형에는 무엇보다도 고양이를 위한 바구니가 있어야 해. 모나가 릴리에게 귀띔했다. 고치 모양에 속은 폭신폭신하고, 선명한 빨간색의 멋진 바구니. 그 동물이 릴리의 쌍둥이나 마찬가지라는 걸 알려줄 바구니.

"네 부모님은 서로 헤어질 수 있겠지. 그렇다고 너를 네 동생과 떼어놓을 만큼 모질게 구시겠어?" 모나는 넌지시 말했다.

"아니겠지." 릴리는 안도하며 모나를 힘껏 껴안았다.

◆

그주 수요일, 앙리는 손녀에게 그날 만날 사람은 오르세에서 이미 한 번 마주쳤던 인물이라고 설명했다.

"마네요?"

"근접했다!" 노인이 대답했다. "하지만 아니야."

팡탱의 그림에서 모여 있던 예술가들 사이에 한 명의 미국인이 자리하고 있었다. 제임스 휘슬러. 모나는 그의 당당한 모습을 기억했다. 그 사람이 그린 대형 초상화를 볼 예정인 것이었다. 거의 정사각형에 가깝지만 가로가 살짝 더 긴, 신기한 규격이었다.

늙은 여인이 옆모습으로 앉아 있었다. 반백의 머리카락을 레이스 모자로 감쌌는데 모자의 양쪽 끈은 어깨 위로 흘러내려와 있었고, 여인이 앉아 있는 수수한 나무 의자는 뒷부분의 살대만 보였다. 턱에 주름이 패고 광대뼈 언저리가 붉은 얼굴이었고, 눈을 크게 뜨고 눈썹을 치켜올린 채 구도상 왼쪽 화폭 바깥의 한 점을 응시하고 있었다. 품 넓은 드레스를 입은 여인의 형상이 검고 근엄한 덩어리로 우뚝 솟아 있었고, 드레스 밖으로 나와 있는 건 나무 발판 위에 서로 바짝 붙여 내려놓은 두 발의 신발 코끝뿐이었다. 허벅지 위 모인 두 손에는 손수건이 들려 있었는데, 그 직물의 흰색이 창백한 손가락과 밝은색의 소맷단에 어우러졌다. 확실히 뻣뻣한 포즈였지만 상체부터 종아리까지의 실루엣은 부드럽게 S자 곡선을 그렸다. 여인 주변은 온통 회색이었다. 물론 색조의 차이야 있었지만 한결같이 회색이었고 따뜻한 색깔은 전혀 없었다. 모델이 곁하고 있는 밝은 회색 벽은 화폭 가로 길이의 4분의 3가량을 차지했고, 벽 아래에는 어두운 색 굽도리널이 대어져 있었다. 작품 왼쪽, 나머지 4분의 1 부분에는 자수 장식 커튼이 바닥까지 늘어뜨려져 있고, 바닥에는 한구석이 찢긴 무척 수수한 카펫이 깔렸는데 매우 얇게 채색되어 있어 나무 바닥이 비쳐 보이는 듯했다. 주름진 커튼에서는 불분명하나마 몇몇 무늬를 알아볼 수 있었다. 사선들, 꽃잎처럼 보이는 점들, 그리고 모노그램 하나. 커튼 가까이 위쪽 벽, 전체 그림의 중앙 지점에서 살짝 벗어난 자리에는 가로로 길쭉한 형태의 작은 그림이 걸려 있었다. 모래사장이 있고 후경에는 건물들이 늘어선 밋밋한 색조의 풍경화였다.

오래도록 그림을 관찰한 뒤, 모나는 할아버지에게 작품에 붙어 있는 제목이 기이하다고 지적했다. 제목은 이중으로 되어 있는 것 같았다. 〈회색과 검은색의 편곡 1번〉, 일명 〈화가 어머니의 초상〉.
"휘슬러는 '편곡'이라는 어휘를 음악 용어에서 빌려왔어. 제목을 지을 때 자주 그렇게 했지. 애인 중 한 명을 그린 초상화를 '백색 교향곡'이라고 했고, 옅고 투명하게 그린 풍경화에는 '하모니'라든가 '야상곡'이라든가 하는 제목을 붙였지."
"알겠어요. 하지만 하비, 의자에 앉아 있는 저 부인은 음악은커녕 침묵에 잠겨 있는 것 같은데요. 그리고 하비는 '투명'하다고 했지만 저 까만 드레스를 보세요. 두툼하기만 한데요!"
"그건 그래. 하지만 그 검은 덩어리를 중심으로 색깔들을 그 자체로 음미하게 되는 것도 사실이지. 작품이 무엇을 재현하는지의 문제와는 별개로 여러 색상이 서로 어울리고, 변주되고, 서로 화답하고, 또 서로 대조되기도 하는 방식을 음미하는 거야. 어떤 멜로디에 매료될 때 바로 그렇잖니. 그런 식으로 다양한 사각형과 그 색조들 사이의 작용이 이 작품의 즐거움을 자아내지. 바닥에 큼지막하게 가로로 놓인 흑갈색 띠가 있고, 그 위에는 갈색 굽도리널이 있어. 거기 더해 세로로는 노란색 터치가 보일락 말락 하게 흩뿌려진 회갈색 커튼이 대위법에서처럼 부

주제를 이루고. 또 무엇보다도, 공간 대부분을 차지하는 3:4 비율의 연회색 벽이 있지. 즉 가로 길이가 세로 길이의 3분의 1만큼 더 길어. 조금 딴 얘기지만, 그 비율은 시각적으로 쾌적하고 균형감이 있어서 나중에 가면 고전 무성 영화에, 1950년대부터는 텔레비전에 쓰였단다……"

"작품 속에, 벽에 걸린 또하나의 작품이 있다는 것도 말씀하셔야죠…… 저건 뭐예요?"

"휘슬러 자신의 판화 작품 중 하나야. 템스강을 그린 것으로 추정돼. 하지만 윤곽선들이 엷게 바래서 회색, 검은색, 흰색 조합이 만들어내는 흐린 분위기와 잘 어울리지. 판화도 음악적인 모호한 분위기에 일조해. 휘슬러는 우키요에라고 불리는 일본 판화에서도 많은 발상을 길어냈단다. 근사한 이름이지, '부유하는 세상' 내지 '덧없는 세상'이라는 뜻이야. 아시아 문화가 한창 재발견되던 시대였고, 게다가 휘슬러는 호쿠사이, 〈거대한 파도〉라는 작품을 그린 유명한 화가를 무척 좋아했어. 그러니 왼쪽의 직물에서, 흩뿌려진 점들과 구불구불한 선들로 흐드러지게 핀 꽃을 암시하는 문양이 일본풍인 것도 놀랍지 않지. 실제로도 그건 커튼으로 수선한 기모노였고."

"그 위에 뭔가가 또 쓰여 있는 것 같아요. 저 위, 테두리 가까운 곳에요."

"그건 나비야. 휘슬러가 자신의 서명으로 쓴 거란다…… 있지, 휘슬러는 1866년에 개인적으로 큰 변화를 겪었어. 어느 날 갑자기 배를 타고 유럽을 떠나 지구 반대편에 있는 발파라이소에 가서 칠레인들과 함께 스페인 식민군에 맞서 싸웠지. 자기와 전혀 상관 없는 전쟁에 뛰어들었던, 엉뚱하게만 보이는 이 행적에 대해 그는 일평생 어떤 설명도 하지 않았어. 예술가들의 삶에 남아 있는 가장 매혹적인 미스터리 중 하나지! 그는 완전히 딴사람이 되어 돌아와. 사람들이 알던 그는 매력적이고 자유분방했는데, 이젠 성마르고 난폭하고 복수심에 불타는 사람이 되었지. 저 나비는 그의 변신이야."

"누구한테 복수를 하고 싶어했는데요?"

"모든 사람한테. 하지만 무엇보다도 젊었을 때 우러르던 화가와 화풍, 즉 쿠르베의 사실주의에 앙심을 품었지."

"〈오르낭의 매장〉의 화가 말이죠."

"응, 바로 그 사람. 쿠르베는 그의 모델이자 친구였는데, 나중에 가서는 적이 된 거야. 휘슬러는 쿠르베 때문에 자기가 미학적으로 잘못된 길을 택했다고 생각했고, 따라서 쿠르베의 영향을 지워내면서 터너의 연장선상에서 자기 스타일의 비물질적인 면을 발전시키려고 노력했어. 점점 더 이 세상과 멀어지는 그의 화풍에 대해, 명망 높은 비평가 존 러스킨은 급기야 그가 '관객의 면전에 물감 단지를 던지'기만 하면 다인 줄 안다고 힐책했지."

"어, 그치만요, 이 검은 옷 입은 부인이 저한테는 바로 그 〈오르낭의 매장〉 속 부인들을 생각나게 하는걸요!"

"우러르던 이들에게서 벗어난다는 게 그리 쉽지만은 않거든."

"휘슬러가 틀린 방향을 취했을 수도 있죠! 초상화를 그릴 거면 앞을 보게 했으면 좋았을 텐데요!"

"그는 말하자면 사이드 스텝을 밟는 거야. 모델 정면에서 초상화를 그리는 대신 비켜서서 옆모습을 노리는 거지. 이렇게 시점을 바꾸는 건 소박하나마 하나의 위반이야. 예술가들은 아무래도 얼굴 표정을 살핌으로써 사람의 성격을 드러내는 데 더 익숙해져 있으니까. 반면 이 초상화에는 실루엣만 있지. 그것도 거의 종이를 잘라내서 붙여놓은 듯한 실루엣이고."

"저게 화가의 엄마라고 하니, 아마 엄마를 무척 좋아했나봐요?"

"무척 사랑했지. 발파라이소로 떠났다가 돌아온 뒤엔 어머니가 있는 런던에 정착했어. 그러니까 이건 회화 기법에서나 발상에서나 무척 야심만만한 작품이지만, 더 단순하게 어머니에 대한 애정 표현이라고 생각할 수도 있지. 휘슬러는 1860년대 초 흰색으로 차려입은 젊은 여인들의 초상화를 그린 화가로 명성을 얻었단다. 흰색은 순수함을, 말하자면 삶에 주어진 신선함을 상징하지. 그런데 그로부터 십 년 후에는 검은색을 차려입은 어머니를 숭배하고 있어. 이게 작품에 경건하고도 우수어린 분위기를 부여하지. 어머니가 돌아가시기 전에 자기만의 방식으로 기념상을 세우는 거야."

"어머니가 늙고 아팠어요?"

"아니, 예순일곱 살밖에 되지 않았고 십 년 뒤에나 죽을 거야. 휘슬러는 어머니와의 단단한 애정으로 묶여 있었을 뿐만 아니라 초상화에 대한 애착을 통해 그 애정을 이중화했지. 그림을 떠나보내려 하지 않을 정도였으니까. 1891년에 프랑스 정부가 사들였을 때에야 마침내 그림을 내놓았지."

"잠깐만요, 하비. 휘슬러가 미국인이라고 하시더니 칠레로 떠났다가 런던으로 돌아왔다고 하고, 이제는 또 그의 작품이 프랑스에 자리잡았다고요?"

"1872년에 휘슬러가 이 그림을 전시했을 때 영국인들은 좋아하지 않았어. 대범한 형태의 틀과 창백한 배경에 질색했지. 미국인들의 경우 1933년에야 이 작품을 제대로 발견할 수 있었고. 프랑스가 작품을 빌려준 덕분에 그해 몇몇 도시에서 순회 전시가 이뤄졌거든. 어찌나 큰 성공을 거뒀는지 미국 대통령 프랭클린 델러노 루스벨트가 친히 이 그림을 지목해서 우표를 만들게 했단다. 거기에 이런 문구가 쓰였지. '미국의 어머니들을 기리며'. 1938년 펜실베이니아에서는 이 초상화에 기반한 기념상이 만들어지기도 했어. 휘슬러 부인의 옆모습을 취해서 동상을 만든 다음, 애슐랜드라는 도시 꼭대기에 세우고 그 아래엔 이런 명문을 새겼지. '어머니보다 존엄한 존재는 없다.' 이 작품이 자식의 사랑, 가정에 대한 존경심의 아이콘이 된 거야."

"하비, 작품을 하나 볼 때마다 하비가 저한테 '이게 이 작품이 우리에게 말해주는 것'이라고 알려주는 순간이 있는데요. 그런데 여기선요, 하비가 말하고 싶은 게 뭔지 알아내기가 어려워요. 제가 하비의 말을 잘 이해했다면, 이 작품은 우리한테 어머니란 존엄하며 제일 중요한 존재라고 말한다는 거죠. 그런데 또, 한 폭의 그림을 대할 때 그려진 대상보다 색이 더 중요하다고도 말하죠…… 그럼 말이 달라지는 거예요!"

모나의 명석함에 앙리는 깜짝 놀랐다. 손녀는 작품 앞에서 나눈 대화들의 메커니즘을 정확하게 파악하고 있었고, 작품에서 추출되는 도덕적이거나 철학적인 가르침을 예상하는 능력까지 갖추게 된 것이었다. 아이가 그날의 메시지로 끌어낸 두 가지 결론에는, 아이의 말로 표현되긴 했지만 예술사의 두 시각이 응축되어 있었다. 하나는 '도상적'인 시각으로서 이미지들이 세계에 대해 말하는 내용을 이해하는 것에 주력하는 관점이고, 다른 하나는 소위 '형식적'인 시각, 하나의 작품을 자족적인 개체로 여기며 외부 현실과는 별 관계가 없다고 보는 관점이었다. 앙리는 말을 이어갔다.

"편하게 생각하자면, 이 작품은 두 가지 모두를 조금씩 말해준다고 볼 수 있겠지. 하지만 네 말이 옳아. 그 둘은 무척 달라. 자, 그러니 네가 결정하렴. 내가 너한테 묻는 거야. 반은 '편곡'이고 반은 '초상화'인 이 작품에서 우리는 무엇을 배워야 할까? 모든 어머니는 존엄하다? 아니면 그림이란 다른 무엇이기에 앞서 형태와 색채로 이뤄진 순전한 공간이다?"

모나의 생각은 오락가락했다. 물론 아직 어린 내면의 마음은 휘슬러가 그린 이 초상화를 어머니들에 대한 경의로 보는 쪽으로 단박에 이끌렸다. 그럼에도 지적으로 더 까다롭다고 느껴지는 건 두번째 선택지였기에 그편이 더 성숙한 대답일 것 같았다. 그러니까 모나가 풀어야 할 문제는 아무렇게나 대답해도 괜찮은 사안이 아니었다. 이 때문에 모나의 마음은 난데없는 소용돌이에 휘말리고 말았다. 아! 할아버지가 어른 대접을 하며 말해주는 방식을 그렇게도 좋아하는 모나였다. 그러니 그들을 묶어주는 그 기막힌 신뢰에 어울리는 수준에 이르렀음을 입증해야 했다. 그리하여 휘슬러라는 화가가 예술사에서 얼마나 중요한 전환점이 되는지를 잘 아는 전문가가 할 만한 말들이 모나의 입속에 오래, 아주 오래 맴돌았다. 그러나 이 조예 깊고 박식한 단어들은 구체화되어 입 밖으로 나오지 못한 채 그저 떠돌기만 했고⋯⋯ 모나의 입에서는 전혀 다른 말이 나왔다.

"이 작품이 우리에게 말해주는 건요, 어머니란 세상에서 제일 존엄한 존재라는 거예요." 모나가 꾸밈없이 속삭였다.

앙리는 조용히 있었다. '에잇! 하비는 내가 형태와 색깔들이라고 대답하는 걸 듣고 싶었나보다.' 아이는 속으로 생각했다. 하지만 '하비'는 손녀의 다정한 됨됨이를 확인하고는 그 어느 할아버지보다 더한 행복을 느끼고 있었다. 가만히 삼킨 감정에 온몸이 떨렸다. 이렇게 놀라운 손녀를 두다니, 어떻게 이런 행운이 자신에게 찾아들었을까? 그린다는 것, 그건 무엇보다 사랑한다는 것이다.

24
줄리아 마거릿 캐머런
흐릿함은 실제를 불린다

 카미유는 폴의 설명에서 아무것도 이해할 수 없었지만 그가 어찌어찌해서 예기치 않은 수익을 거둬들였다는 사실만은 확실히 알 수 있었다. 상황을 제대로 알아보려고 가게로 갔다. 모나는 일어난 일들을 직접 얘기하고 싶어하면서 엄마를 모든 일이 시작된 구석 자리로 데려갔다. 그러니까 몇 달 전, 갖가지 인물상을 본떠 만든 납 주물 채색 인형들로 가득한 상자를 모나가 우연히 발견하고 그중 하나를 가게에 내놓았다. 그 물건이 나이 지긋한 어느 괴짜 손님의 관심을 끌었다. 모나는 인형들을 더 꺼내서 진열해뒀고, 몇 달 뒤 그 애호가가 다시 와서 내놓은 인형들을 싹 쓸어갔다. 은퇴한 고위 관료인 그 손님은 이후 두 번 더 가게에 들렀으며, 여전히 식을 줄 모르는 열의를 드러내며 베르투니가 계속 들어오기만 한다면 앞으로도 꾸준히 들르겠다고 약속했다. 카미유는 모나의 말을 끊지 않으면서도 사뭇 질렸다는 기색을 드러냈다. 모나나 폴이나, 자기에게 좀더 일찍 말해줄 수도 있었잖느냐는 뜻이었다.

폴이 말을 이어갔다. 꽤 매력적이기도 한 이 손님은 게다가 묻지도 따지지도 않고 자기가 직접 정한 가격으로 현금 계산을 했다. 그저 그 작은 인형들을 몹시 좋아했고, 그것들을 가져다 자기 일생의 갖가지 장면을 디오라마로 만든다고 했다. 폴과 모나는 포화 상태를 피하고자 한 번에 열두어 개씩만 내놓기로 했지만, 상자에 담겨 있는 양은 아주 넉넉했다. 삼백 개가 넘는 인형들이 있었고, 게다가 재고 목록에 없는 품목이니 잠정적으로 추산하건대 1만 5천, 어쩌면 2만 유로까지 비과세로 벌어들일 수 있는 셈이었다…… 회의적인 듯 실쭉한 엄마의 표정을 보고 모나는 인형들을 가져다가 보여줬다. 뚱뚱한 역장, 학교 책상에 앉아 있는 초등학생, 윌로 아저씨*처럼 장대 같은 키에 체형은 둥글둥글한 자전거 타는 남자. 카미유는 한숨을 쉬었다.

"그러니까 두 사람 다 이 상자가 어디서 왔는지 혹시 내가 알 수도 있다는 생각은 전혀 못했다는 거지?"

"어 그게, 그렇네." 폴이 어쩔 줄 몰라하며 대답했다. "맞아, 그리고 보니 그렇다 모나야, 네 엄마한테 물어볼 수 있었는데……"

"그랬다면 두 사람이 엄마의 인형 컬렉션을 팔아치우는 중이라는 걸 알 수 있었을 텐데 말야."

"엄마요? 엄마라니 무슨 뜻이에요? 엄마 말이에요?"

"아니, 내 엄마 말이야…… 콜레트."

침묵이 내려앉았고 카미유는 고개를 내저었다. 하지만 워낙 기막힌 상황인지라 카미유도 이내 표정을 풀지 않을 수 없었다. 그러고는 슬프

---

* 프랑스의 감독 겸 배우 자크 타티가 영화 〈윌로 아저씨의 휴가〉(1953)에서 창안하고 직접 연기한 인물.

지만 진심어린 미소를 지었다. 앙리의 아내이자 모나의 할머니인 콜레트 뷔유맹이 죽었을 때 유품들을 조금씩 나눠 보관해야 했다. 앙리는 카미유에게 그 인형들을 가져가라고, 아무데나 넣어두고 그냥 잊어버리라고 했다. 그런데 그것들이 다시 수면 위로 떠오른 것이다.

모나는 돌이킬 수 없는 바보짓을 저질렀다는 부끄러움에 사로잡혔다. 즉시 알아챈 카미유가 울음이 채 터지기도 전에 모나를 꼭 끌어안았다.

"엄마, 죄송해요." 모나가 속삭였다.

"됐어, 별일도 아니야. 자기 물건이 손에서 손으로 전해진다니, 할머니도 무척 기뻐하셨을 거야. 이 얘기라면 심지어 꽤나 웃으셨을 것도 같고. 자, 다 잘된 거야."

"엄마, 좀더 얘기……"

"그건 그렇고, 모나야." 카미유가 다시 화난 기색으로 모나의 말을 끊었다. "나한테 할머니에 대해 말해 달라고는 하지 마. 때가 아니야."

◆

오르세 미술관 앞 광장에 햇빛이 좀 드는가 싶으면 산책하는 사람들이 알프레드 자크마르의 코뿔소 동상 근처를 즐거이 어슬렁거리곤 했다. 그 수요일에는 가죽에 주름이 자글자글한 그 후피동물 앞에서 두 젊은이가 핸드폰 카메라로 자기들 모습을 찍고 있었다. 모나는 그들을 알아보았다. 우연히 만나 할아버지와 담소를 나눴던 루브르의 연인들이었다. 모나는 사진 찍는 걸 도와주러 그들에게로 달려갔다.

그들은 연신 믿기지 않는다고 외치면서 모나와 앙리를 열렬히 반겼다. 아이가 나서서 터치 한 번으로 커플의 모습을 담아낸 뒤, 청년과 그의 여자친구는 이번엔 자기들이 모나와 '하비'가 함께 있는 순간을 영원히 남을 모습으로 찍어드리겠다고 한사코 권했다. 신이 난 모나는 할아버지 주위를 돌며 발바닥에 불이 나도록 팔짝팔짝 뛰었다. 앙리가 손녀를 어깨 위로 들어올렸고, 손녀는 팔을 뻗어 흔들었다. 3미터가 넘는 인간 탑이 된 두 명이 가볍게 휘청였다. 센강의 유쾌한 물결, 노랗게 바랜 루아얄 다리의 돌, 벌써 꼬마처럼 작아진 루브르 드농 관의 추억이 그들의 등 뒤에서 반짝거렸다. 사진은 멋졌고, 그날 볼 작품에 마침 좋은 도입부가 되었다. 1872년에 줄리아 마거릿 캐머런이 찍은 사진이었다.

어떤 여자의 단순한 인물 사진으로, 머리부터 어깨까지 프레임에 넣은 흑백 사진이었다. 아무 디테일 없이 하나로 뭉개져 보이는 어두운색 옷과 뒷배경이 검은색 대부분을 이뤘다. 흰색으로는 그 뒷배경에 흩어져 파닥이는 듯한 이십여 개의 빛 조각들이 있었는데 보아하니 꽃송이와 잎사귀들이었고, 무엇보다 희고 길게 뻗은 목과 그 위에 당당히 자리잡은 거의 완벽한 달걀형의 흰 얼굴이 있었다. 미세하게 고개를 뒤로 젖혀 턱을 들고 있어서, 모델을 당당하고 기품 있게 만드는 로 앵글의 느낌이 나기도 했다. 여러 곡선이 온화하고 반듯한 이목구비에 특별한 율동감을 불어넣었다. 상하로는, 가르마를 타서 헝겊모자로 감싸 뒤로 잡아맨 밝은색 머리카락이 둥근 곡선을 그려냈다. 두 눈썹과 크고 볼록한, 거의 두툼하다 싶은 눈꺼풀은 아치형을, 두 눈은 완벽한 원형을 그렸다. 코 역시 동글동글했고, 지그시 다문 입술 또한 코와 날카로운 턱선 사이에서 가느다란 곡선을 이뤘다. 여자는 미소 짓고 있지 않았지만, 그럼에도 크게 뜬 눈부터 섬세한 입술까지 생김새의 조합에서 뭔가 화사한 기운이 풍겼고, 아랫입술에서는 그림에서처럼 반짝이는 빛의 터치가 돋보였다. 무덤덤하지만도 않은 그 모델의 표정이 뭐라 딱 잘라 말할 수 없는 것이긴 했다. 기쁨, 멜랑콜리, 권태, 각자가 보고 싶은 대로 보게 되었다. 화면 전체가 약간 알갱이 진 거친 질감을 내는 동시에 묘한 흐릿함에 감싸여 부드러운 느낌을 자아냈다.

이 얼굴을 보면서 모나는 그림을 살펴볼 때보다 더 많은 노력을 기울여야 했는데, 작품을 감상하면서 세부 묘사나 붓의 터치 등에 빠져들 수 없었기 때문이다. 그럼에도 더크워스 부인이 아름답다고 여길 수밖에 없었다. 활짝 꽃 핀 커다란 화관을 씌워주는 듯한 식물 배경과 대조를 이루면서 아주 미묘하게 돋보이는 방식이 특히 그랬다.

"저건 말이에요, 하비, 확실히 핸드폰 사진과는 전혀 다르네요!"

"훌륭한 관찰이구나, 모나야." 앙리가 아이러니로 응수했다. "하지만 줄리아 마거릿 캐머런이 저 사진 한 장에 들여야 했던 몇 시간, 심지어 며칠을 상상하긴 힘들걸. 19세기에 저건 하나의 쾌거였어. 광학 법칙과 화학에 완전히 통달해야 했으니까."

그런 뒤 앙리는 사진의 역사에 대한 긴 설명에 돌입했다. 그는 모나에게 1826년에서 1827년 사이 니세포르 니에프스라는 프랑스인이 어떻게 **카메라 옵스쿠라**의 도움을 받아 창문에서 바라본 풍경의 상을 인화 매체에 맺히게 하고 고정시키는 놀라운 업적을 이뤄냈는지 설명했다. 이윽고 너무 이르게, 알려지지 않은 채 죽은 니에프스에게서 바통을 넘겨받아 루이 다게르가 개발한 '다게레오타이프'가 실물의 비어 있는 곳과 차 있는 곳, 요철, 우둘투둘한 질감까지 살려 선명하게 표현해낼 수 있게 되었다. 사업 감각이 있었던 다게르가 1839년에 일찌감치 특허 신청을 제출했고, 덕분에 사진 발명의 아버지가 되었다는 사실도 덧붙였다. 하지만 그는 니에프스를 어둠 속에 묻어둔 다게르의 행동 방식이 맘에 들지 않았다. 게다가 앙리는 이 모험에서 활약한 또다른 주역, 윌리엄 헨리 폭스 탤벗이라는 영국인을 무척 높이 평가했다. 이 사람은 다게르가 자기 기술을 공식화한 날로부터 불과 몇 주 후에 대안적 방법을 제시했는데, 거기에는 두 가지 장점이 있었다. 다게레오타이프가 단단한 표면에 상을 고착시키는 반면, 탤벗의 칼로타이프는 종이에 상을 고정시켰다. 무엇보다도 다게레오타이프가 매번 하나의 인화물만 내는 반면, 그의 방법을 사용하면 네거티브를 얻어낼 수 있어 하나의 원판에서 여러 장을 인화할 수 있는데다 인화 단계에서 흑백 대비나 빛의 강도를 조정할 수도 있었다.

모나는 어리벙벙해하면서도 완전히 빠져들어 앙리의 이야기를 들었다. 희열에 들뜬 앙리가 말을 이었다.

"아, 모나야, 그리고 이 줄리아 마거릿 캐머런은 얼마나 대단한 여자였는지! 알코올중독으로 죽은 귀족 아버지로부터 캐머런은 불굴의 활력을 물려받았지. 앞뒤 가리지 않는 유머의 소유자였고, 명민했고, 감수성이 풍부한데다 폭넓은 소양을 갖춘 이였어. 그 시대 영국에서 최고로 뛰어난 작가들, 철학자들과 친하게 지냈고. 하지만 당시 영국 사회, 즉 빅토리아 여왕 치하의 보수적인 풍속과 관습 때문에, 캐머런은 남편이 머나먼 영국 식민지로 일하러 가고 아이들이 집을 떠난 뒤로는 부득이하게 한가한 처지에 묶이게 되었지. 그러던 중 1863년, 사진기를 선물로 받았고 그때부터 사진의 잠재력을 실험하는 데 엄청난 에너지를 쏟아부었어. 당시엔 정말이지 끔찍하게 복잡한 기계였거든! 캐머런은 일단 석탄 창고와 닭장을 개조해서 제대로 된 스튜디오를 마련했지. 무엇보다도 캐머런이 사용한 인화법은 나무랄 데 없는 세밀함과 아름다운 회색 톤을 갖춘 네거티브를 만들어냈단다. 특히 저 얼굴의 음영들, 눈동자 홍채의 명암, 아치를 그리는 입술을 보렴. 그녀가 사용한 이 방법을 '콜로디온 습판법'이라고 해."

"저한텐 너무 어려운 단어가 또 나왔네요, 하비!"

"그럴지도. 하지만 이런 결과물을 얻어내기까지 셀 수 없이 거쳐야 했던 화학 실험들보단 덜 어려울걸. 성공적인 사진 단 한 장을 위해 수백 차례의 실패를 겪어야 했지!"

"요컨대, 당시에는 그림을 한 장 그리는 게 사진 한 장 뽑기보다 더 쉬웠던 셈이네요. 오늘날은 그 반대라고 할 수 있을 텐데 말이에요!"

앙리는 그 두 매체 사이의 경쟁 관계를 그렇게 요약해서 생각해본 적이 없었지만, 모나의 이 지적 덕분에 20세기의 가장 큰 화두를 꺼낼 수 있었다. 사진을 기술로 보아야 하는가, 예술로 보아야 하는가? 할아버지가 또다시 굉장히 첨예한 설명에 들어가려는 것을 감지한 아이는 눈썹을 찌푸린 채 전력을 다해 집중했다.

"있지, 모나야. 줄리아 마거릿 캐머런이 살던 시대의 많은 사람은 사진이란 혁명적인 기술이되 그저 기계적인 작업일 뿐이라고 여겼어. 말하자면 사진에서 인간의 손과 정신은 제한적으로만 개입할 뿐, 결국 거기에서 얻는 건 실재를 비굴하게 베껴내는 상(像), 어떤 식으로든 이상화를 통해 격상될 수 없는 상이라는 거지. 시인 샤를 보들레르는 사진이 상상력을 죽인다고 주장하기까지 했어. 하지만 캐머런이 보기에 사진은 회화와 경쟁할 수 있었던 거야. 캐머런은 자신의 많은 작품에서 신화적인 허구와 알레고리적인 장면을 연출했는데, 그 사진들은 '라파엘로 전파'를 생각나게 해. 당시 영국 회화의 한 유파로, 셰익스피어의 극과 빅토리아 시대의 문학에서 많은 영감을 길어내며 꽃 무더기에 파묻힌 젊은 여인들의 꿈꾸는 듯한 모습을 즐겨 다뤘지. 이 더크워스 부인의 사진은 단순한 초상, 그저 초상 사진일 뿐이지만, 모델의 부드럽고 몽상적이고 반투명한 얼굴, 거기에 틀을 제공하는 꽃잎과 식물은 역시 그러한 경향에 맞물려 있단다."

"저는 이게 그림이었으면 좋겠어요, 하비. 하지만 색깔은 빼고요!"

"그 지점이 핵심적이지. 캐머런을 비롯해 사진술의 역사에서 초기에 활동한 모든 사진가에겐 색이라는 그 기본적인 도구가 없었어. 따라서 캐머런은 사진을 찍을 때나 그후 인화를 할 때 구성뿐만 아니라 빛에 각별한 신경을 썼고 선명함에 무척 공을 들였지."

"하지만 저 사진은 흐릿한걸요."

"내 표현이 서툴렀구나. '선명함 부족'에 공을 들였다고 해야 했는데 말이다. 사진을 찍으려면 빈틈없는 주위 환경을 마련해야 했고 재료를, 특히 빛을 포착하기 위해 콜로디온으로 적신 판들을 완벽하게 준비해뒀어야 했어. 그리고 몇 초 내내 포즈를 취하는 동안 모델은 최대한 움직이지 않아야 했지. 이 여러 단계 중에 우연한 사고가 약간이라도 끼어들면 형태가 흔들리고 흐려졌거든. 그런데 가끔은 바로 그 우연한 사고들이 캐머런의 마음에 들었던 거야. 덕분에 대상을 실물 그대로 기록하는 것보다 훨씬 더 개성적으로 아름답게 표현할 수 있었던 거지. 그래서 캐머런은 우연한 사고들을 바로잡는 게 아니라 제어하기 위해 애를 썼단다."

"그리고 이제 하비는 그 시대 사람들이 캐머런의 사진을 싫어했다고 말하겠죠, 장담해요……"

"그건 좀 과장이겠고, 다만 전문가나 사진사 그룹에서 초점이 엄밀하지 않다는 점을 자주 지적했다고 해두자. 이러한 비평에 캐머런은 상처를 받았지만 그래도 꿋꿋하게 계속해나갔어. 더크워스 부인의 얼굴이 아주 살짝 움직였거나, 아주 미세한 공기의 흐름이 끼어들었거나, 현상 시간이 아주 조금 부족했거나, 그런 작용들로 이렇게 흐릿한 윤곽이 나오는 거지. 그때 시선의 회색빛, 머리채, 머리카락을 덮은 헝겊모자, 광대뼈와 뺨, 모델 주위로 별처럼 흩어져 있는 꽃들이 극대화되고. 이 사진에서 흐릿함은 성당에서 음악이 울리는 것과 같아. 정밀성이 사그라들면서 깊이와 서정성을 얻는 거야."

"네, 그렇긴 하지만 이 사진은요, 선명했더라도 똑같이 아름다웠을 거 같아요. 더 아름다웠을 수도 있죠!"

"내가 보기엔, 더크워스 부인의 초상이 흠 없이 정밀하기만 했다면 칼날 같은 선들이 두드러지면서 매혹적인 힘을 약하게 했을 것 같다. 이 사진에서는 초상이 모델의 혼을 드러내는 초자연적인 아우라로 감싸여 있는 것 같잖니. 영국인들이 쓰는 말 중 '비거 댄 라이프bigger than life'라는 기막힌 표현이 있지. 실물보다 크다. 그게 이 사진이 우리에게 말해주는 거야. 흐릿한 것에는 실제보다 더한 뭔가가 흘러들지. 캐머런은 1879년에 세상을 떠난 탓에 뒤이은 수십 년 동안 예술 사진의 입지를 정식으로 확립하게 될 운동, 정확함보다는 암시의 효과를 노리는 운동이 나타나는 것을 보지 못했어. 그 움직임은 후에 '회화주의'라는 이름으로 불리게 돼. '화가'라는 단어와 마찬가지로 라틴어 **픽토르**pictor에서 만들어낸 말이야. 사진가가 자기 식대로 화가가 된 셈이지."

"하비, 사진에 나오는 더크워스 부인이 누군지 말해주는 걸 잊으셨어요."

"결혼 전 이름은 줄리아 잭슨이야. 줄리아 마거릿 캐머런이 예뻐했던 조카이자 대녀였지. 굉장히 아름다워서 그 시대의 유명한 화가들을 위해 모델이 되어주곤 했어. 그리고 한 여성 소설가의 어머니가 되지. 바로 이 소설가가 20세기에 들어선 뒤 완전히 잊혔던 줄리아 마거릿 캐머런, 그러니까 자기 이모할머니의 사진들을 발굴해 출판한다는 당찬 생각을 품었지. 그 도움이 없었다면, 우린 이 사진술의 〈라 조콘다〉를 감상할 기회를 갖지 못했을 거야."

"그럼 그 소설가 이름은 뭐예요?"

"버지니아 울프라고 해."

버지니아 울프. 물 흐르듯 파도의 움직임을 닮은 부드러운 이름이 모나의 머릿속에서 그 사진 작품의 경이로운 온화함과 결합했다. 그 순간, 아이는 불현듯 소스라쳤다.

"아까 말이에요! 하비 어깨 위에서 찍은 제 사진, 받을 주소를 주는 걸 완전히 까먹었어요!"

그렇네, 앙리도 인정했다. 그처럼 답답한 실수를 저지르다니, 어떻게 된 일인가? 손녀를 다독일 말이 떠오르지 않았다. 아이의 얼굴이 어두워졌다. 할아버지 위에 올라타서 찍은 그 빛나는 사진을 잃어버렸다는 생각을 정말이지 견딜 수가 없었다.

25
에두아르 마네
적은 것이 더하다

두번째 최면 요법을 받으러 반 오르스트 선생의 진료실에 가서 모나는 첫번째 최면에서 체험한 것을 되짚어 의사에게 들려줬다. 의식 분리 상태에 빠져드는 경험은 불쾌하지 않았지만 상당히 놀라웠다. 그리고 눈을 뜨기 직전에는 굉장히 다정하고 편안한, 그럼에도 슬픈 존재가 곁에 있음을 느꼈다. 반 오르스트는 모나에게 그 존재에 이름을 붙일 수 있었는지 물었다. 모나는 대답하고 싶었지만, 말할 수 있다고 생각한 바로 그 순간, 염두에 두었던 이를 지칭하는 것만으로 설명할 수 없는 뭔가가 마음속에서 부풀어올라 말문을 막았다. 반 오르스트는 모나를 안심시켰다. 괴로운 일은 전혀, 말 그대로 전혀 없을 것이고, 이번에도 그는 그저 모나가 좋아하는 사람들을 떠올리도록 이끌어갈 것이었다. 무사히 잘 진행된다면, 아마 다음 최면 때는 실명 발작이 있기 직전의 순간으로 돌아가 원인을 찾아볼 수 있을 것이다. 모나는 준비가 되었다고 느꼈다. 그리고 로켓 안으로 들어가는 우주 비행사처럼 부드러운 가죽 소파에 몸을 밀어넣었다. 반 오르스트는 세 손가락으로 모나의 이마를 짚으며 '눈꺼풀이 무거워져 감긴다'고 말하는 것만으로 최면 상태를 유도했다.

이번에는 굉장한 속도로 터널 속을 빠져나가는 것 같은 느낌이었다. 터널의 내벽은 잇닿은 회색 구역과 흰색 구역으로 이뤄져 있었고, 모나는 취한 것 같으면서도 완벽하게 안전한 상태라고 느꼈다. 가장 든든한 것들을 생각하라고 북돋는 의사의 목소리가 함께하긴 했지만 아주 먼 곳, 모나가 전속력으로 통과하고 있는 그 환상적인 통로 끄트머리에서 가물거리는 작디작은 점으로부터 울려올 뿐이었다. 반 오르스트의 말소리는 결국 완전히 꺼졌고, 대신 처음에는 추상적이었으나 점점 더 구체성을 띠는 갖가지 감각들이 뒤섞여 나타났다. 터널을 빠져나간 모나의 혼은 이제 '하비', 아빠, 엄마 곁에서 절대적인 행복감에 잠겨들었다. 아이는 그들을 보았고, 그들이 얘기하는 것을 들었고, 심지어 할아버지의 향수 냄새도 맡을 수 있었다. 그런데 그 실루엣들 사이에, 뚜렷하게 잡히지 않는 희부연 형체 하나가 움직이고 있었다. 가까이 다가가 그 형체를 파악할지 말지는 순전히 자기 마음에 달린 문제임을 모나의 혼은 느낄 수 있었다. 무엇보다도 거기에 거대한 신비와도 같은 것, 세계가 품어온 온갖 비밀 중 가장 아름답고도 가장 불행한 비밀의 결정체가 있음이 느껴졌다. 그것은 모든 면에서 가장 고귀하고 가장 비극적인 삶으로 느껴졌다. 죽음과 맞닿아 있기에 삶이라고 느껴지는 무언가였다. 용감하게, 모나의 혼은 가까이 가보기로 했다. 유년의 대륙을 떠날 태세를 갖추자 혼이 의식 속을 역행하듯 아주 어린 시절로 거슬러올라가 급기야 태어난 지 얼마 안 되었던, 한없이 흐릿한 시절로 되돌아간 느낌이 들었다. 그러자 한 줌의 퍼즐 조각들이 쭈뼛쭈뼛 모여 맞춰지듯 희부연 형체가 천천히 모습을 갖춰갔다. 모나의 정신 속에서 콜레트는 현존했다. 틀어올려 묶은 그 영원한 은발 머리, 당당한 여전사의 얼굴, 달빛 같은 눈, 한결같은 미소가 걸린 입술을 하고 손녀의 머리맡에 있었다. 콜레트는 모나의 손을 어루만지며 담담하고 온화하게 말했다. "안녕히, 내 아가. 사랑한다." 반 오르스트의 손가락이 부딪히며 딱 소리를 냈다.

"할머니, 할머니……" 아이가 두 차례 한숨 쉬듯 내뱉었다.

◆

모나는 달리 어쩔 수 없었다. 오르세 미술관 근처에 도착하자 지난주에 자기와 할아버지의 사진을 찍어준 젊은 커플을 찾아 염탐하듯 주위에서 어슬렁거리는 사람들을 곁눈질했다. 고양이처럼 재빠르게 얼굴을 하나하나 훑고 눈도장을 찍으면서 미술관 앞 광장을 산책하는 사람 중에 그 둘이 없다는 사실을 확인하는 데는 몇 초밖에 걸리지 않았다. 하기야 있을 까닭이 있나? 그들이 다시 올 거라 생각할 만한 근거가 없었다. 건물 안으로 들어섰을 때 앙리가 반색하며 오늘은 사 주 전 팡탱의 화폭 앞에서 약속했던 대로 마네에게 경의를 표하러 갈 거라고 소리 높여 말했다. 아이는 건성으로 반응하며 가망 없는 탐색을 포기하지 못하고 이어갔다. 모나의 시선이 무리 지은 방문객들을 향해 사방으로 내달리며 얼굴에서 얼굴로, 목덜미에서 목덜미로, 오른쪽과 왼쪽, 가는 방향과 지나온 방향과 등 뒤쪽을 오가며 해독 작업을 이어갔다. 그런데 아닌 게 아니라 바로 모나의 등 뒤에서 놀라운 일이 다가오고 있었다.

"앗! 하비!" 갑작스러운 딸꾹질이 일었다. "이럴 수가! 보세요!" 한 부인이 10미터 될까 말까 한 거리를 두고 그들의 뒤를 밟고 있는 것처럼 보였다. 루브르에서 처음에는 티치아노의 〈전원 음악회〉, 다음에는 카날레토의 〈부두〉 앞에서 마주쳤던 부인, 그때도 지금도 초록 숄을 두르고 있는 부인이었다…… 앙리는 어깨를 으쓱 들어 보였을 따름인데, 벌써 두 사람이 감상할 그림 앞에 다 왔기 때문이었다. 널따란 벽에 파묻힐 듯 작디작은 그림이었다.

탁자 위에 놓인 아스파라거스 한 줄기. 작품 묘사를 그렇게 끝낼 수도 있었으리라. 틀린 말은 아니다. 다만 지평 없는 구도의 독특함이나 물감이 마르기 전에 가해진 덧칠 등 활기 가득한 필치를 환기하기엔 부족했다. 목탄빛 회색을 띠는 황백색 판을 아주 가까이에서 본 모습이었다. 가로로 긴 (혹은 미묘하게 기울어진) 선을 그리는 뚜렷한 터치들이 약 스무 개 정도 흩어져 있었고, 오른쪽 상부 귀퉁이에는 'm' 자 모양의 사인이 있었다. 화폭 아래쪽을 길게 가로지르는 아스파라거스는 왼쪽에서 오른쪽을 향해 살짝 내려가는 사선을 그렸다. 흰색 밑동 부분 끝이 탁자 가장자리를 조금 벗어나 있었고, 반대편에서 위로 살짝 들린 모양을 한 보랏빛 머리 부분은 상판 안쪽에 안정적으로 놓여 있었다. 전경에서 약 10도의 상승 각도를 그리는 상판 모서리는 왼쪽 아래 구석에서 시작해 세로 17센티미터 화폭의 아래로부터 5센티미터 부근에서 끊겼다. 그 아래로 탁자 프레임의 바깥쪽 면이 슬쩍 보였고, 어두운 갈색의 이 부분이 상아색 단색화에 가까운 그림 전체와 대비를 이뤘다.

"저기요, 하비." 7분 동안 그림을 바라본 뒤 모나가 쏘아붙였다. "저번에 얘기를 나눌 때 마네는 반항아였다면서요! 그러더니 이렇게 데려와서 고작 채소나 보게 하시다니! 게다가 전 아스파라거스 맛이 싫다구요······."

"이렇게 보잘것없는 걸 보면서, 자기 시대와 '사투'를 벌일 거라고 선언하는 마네를 상상하기 어렵다는 건 인정하마. 그래도 사실이야, 들어봐. 이 청년은 1832년에 상류층 집안에서 태어났어. 해군이 되려고 했다가 예술가의 길로 접어들었지. 기억하겠지만 그가 첫 고배를 마신 건 1859년 살롱전에 낸 〈압생트 마시는 사람〉이 심사위원들로부터 거절당했을 때였고······."

"들라크루아만 빼고요!"

"들라크루아만 빼고, 훌륭해. 자, 그 〈압생트 마시는 사람〉 때문에 마네는 자기 선생 토마 쿠튀르와도 사이가 틀어졌어. 사 년 뒤에는 〈풀밭 위의 점심식사〉를 제출하면서 마네의 길이 또 한번 막혀. 벌거벗은 여자 하나가 정장 차림의 남자들과 야외에서 피크닉을 하는 그림이지. 이 작품은 '낙선자전'이라는 곳에 따로 전시되었는데, 많은 관중이 그리로 몰려가 그림에 욕설을 퍼부었어. 그림을 찢어버려야겠다며 지팡이를 휘두르고! 이어서 1865년에는 외설적이고 저속한 그림, 특히 창녀를 보여주는 〈올랭피아〉를 그렸다고 기소되었지. 심지어 1869년에는 내무부 장관이 나서서 그를 검열했어. 황제 나폴레옹 3세의 외교 정책을 규탄하는 판화를 제작했기 때문이었지. 그게 다가 아니야! '샤투'는 마네의 편에 섰던 사람들과도 벌어졌단다. 샤를 보들레르는 마네를 높이 평가하면서도 칭찬이랍시고 그가 '회화 쇠퇴의 길에서 1등'이라는 말을 날렸어. 또 한번은, 1870년에 자기 동료 에드몽 뒤랑티와 순전히 미학적인 문제로 말다툼을 벌이다 그에게 따귀를 날렸고. 담판을 짓기 위해 두 사람은 칼을 들고 결투를 벌였지! 마네는 상대에게 부상을 입혔고, 그런 다음 맥주 한 잔 들면서 그와 화해했단다. 마찬가지로 휘슬러에게 화를 내는가 하면, 쿠르베와의 관계는 소원하기만 했어. 마네를 정신적 아버지로 삼았던 예술가들, 그러니까 인상주의자들이 꾸린 전시회에도 절대 작품을 내지 않았단다."

'인상주의자'라는 단어가 모나의 귀에 익었지만 할아버지는 나중에 더 상세히 설명할 테니 기다려달라고 했다. 대신 그 개념이 함축하는 것이 무엇인지, 또 마네가 어떻게 자신이 합류하지도 않은 운동의 창시자가 되었는지를 이해하기 위해 〈아스파라거스〉의 작풍을 분석하기 시작했다. 그는 열변을 토했고, 무시무시하게 복잡한 단어들이 튀어나왔지만 모나는 단 한 마디도 놓치지 않고자 귀를 기울였다. 외따로 놓인 채소 하나를 재현한 이 그림에선 마치 회화의 수단, 즉 마네가 작업에 사용하는 수단이 그 자체의 모습을 드러내면서 회화의 대상이 되는 듯하다. 줄기 위에 내려앉은 빛들은 빛의 반사를 강조하는 백연의 밝은 색조를 가리켜 보인다. 그와 대조를 이루는 갈색의 탁자 프레임은 어두운 흙색을 가리켜 보이며, 게다가 이 흙색은 극히 얇게 칠해져서 물감 층 아래로 캔버스의 직조가 드러나 보인다. 마지막으로, 탁자 상판 위를 내달리는 짙은 회색의 가로선들에 서명의 물결 모양 선이 호응하는

가 하면, 그 선들 속에서 담비털 붓이 갈라진 흔적을 볼 수 있었다. 모나도 나서서 그 아스파라거스와 루브르에서 본 고야의 토막 난 양을 비교했다. 아이는 스페인 화가에 대해 얘기할 때 쓰였던 '정물화'라는 표현을 기억해냈고, 마네의 이 작은 유화를 지칭하면서 그 용어를 조심스럽게 꺼내봤다. 앙리가 칭찬했다. 모나는 그 장르에 대한 평가가 유보적이었으며 심지어는 어느 정도 경멸적이었다는 점도 떠올렸다.

"맞아." 앙리가 수긍하더니 열정적인 목소리로 설명을 덧붙였다. "하지만 19세기에 들어서서 정물화는 전에 없이 중요한 입지를 차지하게 돼. 그 이유는 이렇단다. 19세기 전체에 걸쳐 새로운 그림 애호가 층이 나타나지. 예술에 대한 접근이 민주화된 거야. 이 부르주아 고객층에겐 돈과 공간이 있었지만 당연히 제후, 국가, 교회가 지녔던 것만큼 어마어마한 재력은 아니었어. 그래서 이들은 다른 주문을 하지. 전쟁이나 신들의 모습을 보여주는 대규모 작품보다는 좀더 소박하고 금전적으로 접근 가능한 작품을 선호하는 거야. 조밀하게 구성된 초상화, 풍경화, 일상의 사건들을 다룬 그림, 마지막으로 정물화가 있지."

"그러면요 하비, 아스파라거스 한 줄기만 그려달라고 주문한 사람이 있었던 거예요?"

"아, 그건 아니고. 그보다 재미있는 사연이 있지. 샤를 에프뤼시라는 당시의 대수집가가 아스파라거스 한 단이 그려진 그림을 주문했어. 화가는 8백 프랑에 그림을 넘겼고. 마네의 그림 한 폭이 수백만을 호가하는 오늘날에는 우스운 액수 같지만 전혀 시시한 금액이 아니었단다. 당시 평균 일급이 약 5프랑이었으니까. 어쨌거나 그 작품(지금은 독일에 있단다)을 받고 몹시 흡족했던 샤를 에프뤼시는 마네에게 천 프랑을 보냈지! 그러자 마네는 재치와 기발함, 관대함을 발휘해서 화폭에 이 아스파라거스 한 줄기를 따로 그린 뒤, 그 수집가에게 이런 말을 곁들여 보냈어. '선생에게 보낸 아스파라거스 단에서 하나가 빠져 있었소.' 마네는 따지고 보면 이 화폭에 '볼' 것이 별로 없다는 사실을 '보게' 만들어. 그저 아스파라거스 한 줄기, 혹은 평범한 탁자의 한 부분, 그리고 그걸로 그림을 그려서 선물하는 소소한 관대함이 있을 뿐이야. 약간의 관대함이 발동한 덕에 그 사물들이 그림 한 장에 담겨 선물로 제공될 수 있었지. 하지만 이 작품이 우리에게 말해주는 건, 바로 그 거의 아무것도 아닌 것이야말로 삶의 매력을 이룬다는 점이란다. 거의 아무것도 아닌 것, 그것만으로 삶은 충분히 빛을 발해. 우리가 지나쳐버리는 이 거의 아무것도 아닌 것들이 없다면 사물은 그저 사물에 불과할 거야. 뭔지 모를 것 하나만 있어도 사물들을 갑자기 그윽해지지. 영국인들의 표현 중 '적은 것이 더하다Less is more'라는 말이 완벽한 한 줄 요약이 되겠구나."

"하비는 그렇게 말하지만 그래도 마네의 붓질이 있어야 했죠."

"맞아. 터치를 거의 헤아릴 수 있을 것 같지."

"아스파라거스 머리 부분에는 사십 개 정도가 보이고요. 나머지 줄기 부분엔 그보다 조금 더 많아요, 더 길고요. 어쨌든 아스파라거스 전체에 붓질 백 번 정도. 그것도 넉넉하게 최대한으로 잡은 거예요, 하비!"

"그걸 세어본 거니?"

"어, 프리드리히의 까마귀 떼와 비슷하다고 할까요. 그냥 보는 거예요……"

무슨 뜻으로 모나가 그렇게 말하는지 앙리는 확실하게 이해할 수 없었지만 모나의 지각 능력이 비범하다는 것, 분석적으로 식별하는 능력이 가히 마법에 가깝다는 사실은 이미 눈여겨본 바였다. 어떤 아이들에게는 음악을 듣는 희귀한 능력, 소위 '절대 음감'이 있다. 모나로 말하자면, 일종의 '절대 시각'을 누리는 것 같았다. 그럼에도 앙리는 희귀 재능이나 신동 같다는 평으로 모나를 치켜세우는 실수만은 절대 피하고 싶었다. 최소한 세 가지 이유가 있었다. 첫째, 그런 능력에 대해 확실하게 아는 게 없었다. 둘째, 아이의 순진무구함을 그르칠 위험이 있었다. 마지막으로, 모나와 함께 보내는 그 모든 순간에 무서운 실명의 위험이 여전히 도사리고 있음을 알았기 때문이다. 절대 시각을 가졌다는 희망을 준다면 얼마나 잔인한 짓이 될까. 만에 하나 그 시각이 어느 날 다시 깜깜해져버린다면······

"저요, 바라는 게 있어요, 하비. 다음번에는 인상주의를 설명해주셨으면 해요."

"그래, 그러자꾸나. 그럼 우리는 모네를 발견하게 되겠구나!"

"모네······" 아이가 따라 했다. "조심하세요, 마네나 모나랑 헷갈릴 수 있겠어요!"

"걱정하지 마, 난 헷갈리지 않고 잘 구분할 수 있으니까. 우린 생라자르역 플랫폼에서 만나게 될 거야."

미술관 출구로 가려고 〈아스파라거스〉에서 돌아서는 순간, 앙리와 모나는 그들 뒤에 서 있던 여자와 부딪혔다. 그들은 귀신과 맞닥뜨리기라도 한 듯 질겁했다. 초록 숄의 여인이 다시 홀연히 나타난 것이다······

"안타깝지만 모네의 〈생라자르역〉을 보러 가실 수는 없을 거예요."

맑고 우아한, 약간 '슈' 소리가 두드러지는 목소리로 여자가 말했다.

"왜죠, 부인?" 앙리가 낯선 반응을 보였다. "그리고 웬 참견이시죠?"

"끼어들어서 죄송합니다, 선생님. 제 소개부터 해볼게요. (여자는 앙리에게 엘렌 스타인이라는 이름이 찍힌 명함을 내밀었다.) 저는 여기, 오르세 미술관의 학예사입니다." 그러고는 모나를 향해 덧붙여 말했다. "학예사란 작품을 관리하고 보존하는 일을 맡은 사람, 또 전시회를 조직해서 작품을 알리려고 노력하는 사람이야."

"하지만 제 기억이 맞다면 루브르에서도 두 번이나 마주쳤는데요!" 아이가 활짝 미소 지으며 외쳤다.

"그래, 맞아. 일 때문에 정기적으로 루브르에 가거든. 그래서 너와 네 할아버지가 모르는 사이에 둘 사이의 대화를 몇 번이나 들었단다. 처음에는 네 말대로 루브르에서였고 다음엔 여기서였지. 양해해주세요. 저는 예순다섯 살입니다만, 제 직업이 이렇게 큰 의미를 지니리라고는 꿈에도 생각지 못했습니다. 진심으로 드리는 말씀이에요…… 미술관 복도에서 이렇게 멋진 관람객들을 마주친 건 처음입니다. 제가 해온 일에 대한 보상을 한꺼번에 받았어요, 두 분을 지켜보면서요. 모나야, (즉 여자는 모나의 이름을 알고 있었던 것이다) 그리고 선생님, 이렇게 불쑥 끼어들어서 죄송합니다. 하지만 작품들 앞에서 나누는 두 사람의 대화는, 은퇴를 앞둔 저 자신이 받고 싶었던 것 중 가장 아름다운 선물이었어요."

"자자, 완전히 용서해드리겠습니다." 앙리가 나긋한 투로 말했다. "부인의 칭찬에 감동했습니다. 그런데 우리가 모네의 〈생라자르역〉을 보러 가는 걸 왜 반대하시는지는 아직 잘 모르겠습니다."

"사실이 그렇거든요. 전시실에서는 그 작품을 발견하실 수 없을 거예요. 지금 작품의 액자를 교체하는 중이라서요. 그래서 작품이 저희 수장고에 있답니다……"

"저런, 제가 가장 좋아하는 작품 중 하나인데!" 앙리가 아쉬워했다.

"수장고가 뭐예요, 하비?" 모나가 물었다.

할아버지는 이런 미술관들에 갖춰진 보물 창고, 대중들이 모르는 지하 어딘가에서 수천 점의 작품들을 보존하고 복원하고 치장하는 장소의 생김새를 묘사해주려고 했다. 하지만 그럴 시간이 주어지지 않았다. 학예사가 앙리 대신 대답했기 때문이다.

"음, 모나야, 그걸 알아보기 위한 가장 좋은 방법은 다음주에 우리가 거기 함께 가보는 거지. 그러면 모네도 볼 수 있을 테고!"

26

클로드 모네
모든 것은 흘러간다

하지 선생님의 5학년 교실 뒤편에 학년 말 전시를 목표로 작업중인 열댓 개의 모형이 이제 자리를 잡았다. 릴리가 갖고 싶은 미래의 방을 모델링한 모나와 릴리의 골판지 모형 한복판에는 고양이를 위한 거대한 바구니가 떡하니 놓여 있었다. 아이들은 대개 비현실적인 건물이나 상상의 기념물을 만들었고, 가끔은 즐거운 실패 속에 나뒹굴기도 했다. 어느 조는 사크레쾨르 대성당의 축소 모형을 만들기로 했는데, 지금으로선 모두가 입을 모아 굉장히 지저분한 대왕 머랭에 더 가깝다고 말했다…… 하지만 모든 이의 예상을 뒤엎고 가장 놀라웠던 건 자드와 디에고가 추진중인 모형이었다. 학급 친구들에게 언제나 놀림받으며 뒤처져 있던 꼬맹이 디에고가 멜리에스*의 영화에 나올 법한 달 모형을 만들어냈기 때문이다. 풀 먹인 종이로 빚은 뒤 에어로졸로 전체에 은색

---

* 프랑스의 영화감독. 초창기 영화 제작 기술과 장르 발전을 이끈 선구자로, 〈달세계 여행〉(1902)이 걸작으로 꼽힌다.

을 입힌 커다란 구체 하나가 보이지 않는 실로 상자 천장에 매달려 작은 모터의 힘으로 천천히 회전했다. 잘 숨겨진 전구들은 가상의 분화구, 계곡, 산을 관찰할 수 있게 해주었다. 추첨에서 그 소년과 짝이 되었을 때만 해도 신경질을 부렸던 자드는 이제 그와 한 조라는 기쁨을 숨기지 않았다. 지난날의 앙금을 털어버리고 그처럼 갑자기 태도를 바꿀 수 있다는 것이야말로 유년의 달콤한 비밀이다. 그리고 작업이 거의 끝나가는 지금, 자드는 화룡점정의 아이디어를 끼워넣어 그 모형을 자기 것으로 만들고 싶어했다. 자드가 특히 밀어붙인 제안은 〈땡땡의 모험〉에 나오는 것 같은 빨간색과 흰색이 섞인 로켓을 달 표면에 붙이자는 것이었다. 그때까지 혼자서 모형을 만들어온 디에고는 한 마디도 뺑긋하지 않았다. 순응적으로 고개를 끄덕이긴 했지만 마음 깊은 곳에서는 동의하지 않았고, 그게 뻔히 보였다. 이 달의 아름다움은 헐벗은 상태에 있다는 것을 디에고는 잘 알았다. 둘의 토론에 끼어들게 된 모나는 처음엔 자연스럽게 자드에게 동조했지만 끝에 가서는 애써 의리를 접고 자기 친구에게 반대하는 입장을 취했다. 평소 좋은 애라고 여겼던 디에고를 위해서, 또 놀랍도록 멋져 보이는 그의 창작물을 위해서였다. 약간 배신감을 느끼는 자드에게 모나는 거기에 무얼 더해선 안 되는 이유를, 그랬다간 이미 '천재적'인 작업을 망칠 위험이 있음을 설명했다. 디에고는 환희에 찼고, 처음으로 학급 친구가 자기를 진심으로 좋아해준다고 느꼈다. 디에고는 모나의 볼에 침 범벅 뽀뽀를 하고 싶어했지만 모나는 호들갑 떨 것 없다면서 적당히 거절했다.

◆

학예사 엘렌은 모나와 할아버지를 오르세 미술관 근처에 있는 한 골목에서 만나기로 했다. 관례대로 진심의 감사를 표한 앙리는 엘렌에게서 생기 있고 반항적인 지성이 엿보이는 눈, 높은 매부리코, 엄격하고 귀족적인 어법을 눈여겨보았다. 온 존재가 자연스럽고 무게 있는 권위를 풍기는 사람이었다. 엘렌은 두 사람을 이끌고 무수한 감시카메라가 지켜보는 가운데 여러 개의 관계자 외 출입금지 문, 엄중한 통로, 금속 승강기를 거쳐 갔다. 어쩌다 뜸하게 마주치는 사람들은 멈춰 서서 엘렌에게 정중히 인사할 뿐, 이 삼엄한 곳에 무슨 이유로 노인과 아이를 대동하고 왔는지는 감히 묻지 못했다. 마지막으로 두 개의 거대하고 육중한 문을 지나 그들은 끝없이 펼쳐져 있는 듯한 어느 공간에 도착했다. 화폭들로 가득한 수십 개의 슬라이딩 철창, 놀라운 물건들이 모여 있는 복층이 줄지어 나타났다. 대가들의 데생들이 올라가 있는 도면대도 여럿 보였고, 외국의 전시회를 위해 해외로 나갈 작품들이나 대여되었다가 이제 막 돌아온 작품들이 보관된 무수한 상자들도 있었다. 엘렌은 창문을 통해 한 여자가 오귀스트 로댕의 청동상에 달라붙어 녹청 표면을 보수하는 모습을 보여줬다. 이 무대 뒤 공간은 정말이지 아름다웠다! 아이가 상상할 수 있는 모든 것 이상이었다. 모나는 미술관 아래 또 하나의 진짜 미술관을 발견했다. 관람객도 소리도 없는, 입이 딱 벌어지는 곳이었다.

그런데 엘렌은 훨씬 더 멋진 것을 준비해뒀다. 모나와 앙리는 〈생라자르역〉을 보러 온 것이었는데, 그 화폭이 19세기의 이동용 접이식 삼각 이젤 위에 올려져 있었던 것이다. 야외에서 그림을 그리기 위해 특별히 고안된 도구였다. 1840년대부터 주석 튜브가 상용화된 덕분에 물감을 아틀리에 밖으로 가지고 나갈 수 있게 되었고, 그 이래로 소위 '현장에서' 그림을 그리는 일이 점점 더 많아졌다. 이 새로운 방식의 신봉자였던 인상주의자들은 퐁텐블로 숲부터 코트다쥐르 바다에 이르는 전원에서뿐만 아니라 도시에서도 마찬가지 방식으로 작업했다. 지금 오르세 미술관 수장고의 미로 속에서 엘렌과 앙리와 모나가 함께 보고 있는 모네의 1877년 작품도 역 플랫폼 바로 그 자리에서, 어리둥절해하는 여행객들 앞에서 그려진 것이었다.

지면에는 가벼운 곡선을 그리며 지평선 쪽으로 뻗어나가는 철로망이 넓게 펼쳐져 있었다. 지평선은 철제 고가 다리와 태양빛이 어루만지는 건물들로 이뤄진 빽빽한 도시 풍경으로 시야가 막혀 있었다. 특히 작품 왼쪽에는 꼭대기가 함석판으로 덮인 7층 정도 높이의 커다란 석조 건물이 보였다. 이 도시 풍경을 바라보는 시점 위에 자리한 커다란 유리 구조물이 전경을 지배하며 꼭대기 각도가 120도쯤 되는 이등변삼각형을 그렸다. 이 널찍한 유리 지붕의 대칭형은 마찬가지로 대칭을 이루는 두 개의 가느다란 받침 기둥, 철골을 지지하는 중앙부의 철제 격자로 인해 더 두드러졌다. 구조물 전체가 거의 정육각형의 구도를 이뤘는데, 이 광경을 그리고 있는 화가는 그 아래 꼭짓점에 해당하는 위치에 있는 셈이었다. 레일 위에 있는 세 대의 기차는 그림 왼쪽에서 오른쪽으로 갈수록 원경으로 멀어져갔다. 시점과 평행하게 놓여 있어 객차가 늘어선 것은 보이지 않았다. 맨 왼쪽 기차는 멈춘 채 돌아서 있는 데 반해 다른 두 선로 위 증기기관차들은 연기를 뿜으며 다가오고 있었다. 세로 정중앙선 아래의 기관차는 검은색 물감 붓질 몇 번으로 대충 스케치되어 있었지만, 그럼에도 일종의 무게 중심을 이루고 있달까, 어쨌든 가장 가시적이고 생생했다. 마찬가지로 파편화되고 산산조각난 터치들이 화폭 오른쪽 선로 위에 서 있는 한 사람의 형상을 나타내고 있었고, 그의 등 뒤로 여행객, 철도노동자, 구경꾼 같은 이들이 보였지만 형상이 불분명해서 어떤 사람들인지는 전혀 분간할 수 없었다. 마지막으로, 튀고 흩뿌려지고 패이고 덩이진 터치들이 쌓여 만들어내는 그림자와 파동과 떨림의 무수한 움직임들 가운데, 기관차에서 무더기로 뿜어져나오는 증기들이 있었다. 대부분은 우윳빛이었지만 중앙의 증기는 푸른색이었고, 수증기의 영향으로 미묘하게 굴절된 빛이 드리워져 있었다.

엄정하면서도 마술적이었다. 모나는 작품을 아주 오랫동안 살폈다. 할아버지를, 특히 학예사를 대동하고서 그러고 있자니 보물에 둘러싸인 전문가가 된 느낌이었다. 그럴 만도 한 것이 일련의 색채를 살펴보는 중에 루브르의 한 작품이 떠올랐기 때문이다. 모나는 큰 눈을 동그랗게 뜨고 소심한 투로 의견을 내놓아봤다.

"하비, 저 건물 밝은색 벽에 쓰인 색이요, 터너와 같은 크롬 황색인가요? 흰색이 좀 섞이긴 했지만······"

학예사는 너무 경이로워서, 아이와 할아버지의 대화를 엿들은 몇 차례의 경험이 없었다면 자기를 놀래려고 꾸며낸 조잡한 쇼라고 생각했을 것 같았다.

"적절한 지적이야." 앙리가 막힘없이 대답했다. "모네는 모든 것이 끊임없이 변화하고 흐른다는 것을 보여줘. 고정되어 있는 건 허상일 뿐, 사실은 모든 것이 매순간 뒤바뀌며 변하는 일련의 인상들에 불과해. 우리가 눈을 살짝 움직이거나 머리를 가볍게 흔들기만 해도 공기의 흐름이, 부단한 빛의 변동이 색을 바꿔놓지. 자, 모네가 여기 이젤 앞에 있다고 상상해보자. 이제 그가 모나 너를 둘러싸고 있는 수장고 벽이 무슨 색깔인지 묻는다면 뭐라고 답하겠니?"

모나는 작품에서 눈을 떼고 고개를 돌려 우중충한 내벽을 보고 어깨를 으쓱하며 답했다.

"그야 회색이죠, 모네 선생님!"

"정확해. 하지만 계속해서 응시해보렴. 그냥 회색이 아니라 수천 가지 색조가 투과되어 있는 게 보일 거다. 밝은 흰색을 띠기도 하고, 반대로 검은색을 띠기도 하고, 불빛이 떨어지는 지점엔 노란색 반사광들이 내려앉아 있는데 한 발짝만 옆으로 비껴서도 사라지지. 이 회색은 그 안에 무한한 색의 변조를 담고 있어. 마찬가지로 누군가에게 연기가 무슨 색이냐고 물으면 그는 아마 똑같이 회색이라고 대답할 게 분명해. 하지만 모네는 그걸 어떻게 그렸지?"

"파란색으로요!"

"그렇지, 보다 정확하게는 코발트 청색과 백연으로 그렸어. 그뿐만이 아니야. 모네의 이 작품은 사람들의 대규모 이동을 미화하고, 현대성 덕분에 가능한 거대한 움직임들, 역과 기차와 증기의 움직임을 보여주지. 그와 관련된 얘긴데, 그림 위쪽에 있는 저 삼각형 유리창을 보고 뭐

생각나는 거 없니?"

"바보 같은 말이지만, 루브르 앞의 피라미드 같아요, 하비."

"바보 같은 말이라니 모나야, 전혀 아닌걸. 루브르의 피라미드는 더 최근 것일 뿐 그것 역시 이집트의 피라미드를 본따 만들어졌으니까. 즉 이렇게 생각해볼 수 있어. 피라미드는 먼 과거에서 나온 것인데도 현대성의 정점을 상징한다고. 여기 그려진 이 역도 피라미드의 희미한 기억, 심지어는 그 부활과도 같다고 말이지."

모나는 혼란스러웠다. 한 단어, '현대성'만이 머리속에서 되울렸다. 아이는 그 단어가 정확히 무슨 뜻인지 물었다. 지금 당장은 그 표현을 작은 씨앗처럼 놔둬보자고 앙리가 제안했다. 명확하게 정의내리지 않아도, 앞으로 나눌 얘기들 속에서 저절로 싹을 틔워 그 정체가 밝혀지리라는 것이었다.

"이 그림에서 현대성은 파리야. 파리는 오스만이라는 사람의 덕을 많이 봤지. 그는 얽혀 있던 파리 시가를 완전히 풀어내고, 구석구석 신선한 바람이 통하게 만들었어. 산업혁명 덕분에 그 같은 변신이 가능했던 건데, 여기 그 상징물이 몇 가지 있단다. 왼쪽 후경에 서 있는 커다란 석조 건물은 오늘날 많이 볼 수 있는 건물들과 비슷하지. 당시에는 저게 굉장한 혁명이었고, 새로운 표준형으로서 수도 개축의 지표가 되었어. 역사를 덮은 유리로 말하자면 그 시대에야 제대로 다룰 수 있게 된 재료였고, 그 투명함과 가벼움을 모네는 참 좋아했단다. 마지막으로 그는 저 두 기관차를 통해 증기의 힘을 찬양하지. 그것이 뿜어내는 수증기를 좋아해서뿐만 아니라, 그게 기차를 움직이게 하는 것, 따라서 세계의 변화를 촉진하는 것이기 때문이야. 이 그림은 수많은 변모의 아이콘이란다. 또한 빠르고 리드미컬한 붓질로 그린다는 것, 그건 삶과 사회의 가속화에 발맞추는 일이지. 모네는 자기 시대의 질주하는 현대성을 현대적인 방식으로 그렸다고 할 수 있어."

모나는 빙긋 웃어 보였고, 그건 작은 씨앗이 싹을 틔웠다는 뜻이었다…… 앙리는 이젤 가까이, 모네가 그림을 그리면서 앉아 있었을 거리만큼 다가가 말을 이었다.

"플랫폼에서 그림을 그려도 된다는 허가를 받아낸 모네는 그 기회를 활용해서 일곱 가지 버전으로 이 역 내부를 그렸어. 철도노동자들에게 부탁해서 기관차가 증기를 뿜어내게 만들거나 앞으로 가게 하고 뒤로 물러서게도 하는 등 여러 장면을 만들어냈지. 화가가 연출가로 변신한 셈이야. 그것도 기차를 배우로 등장시켜서! 모네는 같은 주제를 연속해서 다루기를 좋아했단다. 미세한 변화들을 보다 잘 표현하기 위해서였지. 빛, 색, 분위기의 변화, 하늘과 대기의 변화, 드리운 그림자들, 뚜렷해지거나 흐려지는 부피감의 변화. 많은 미술사가가 '연작'이라는 것을 발명한 게 모네라고 생각해. 1892년과 1894년 사이에는 특히 루앙 대성당 정면을 마흔 개의 버전으로 그렸어. 그 성당을 바라보면서 그는 선언했지. '모든 게 변한다, 돌마저.' 여기서도 마찬가지야. 공간의 예술이어야 할 회화가 흘러가는 시간의 표현이 되지. 근본적으로 이 작품이 우리에게 전해주는 건 고대의 사상가, 에페소스의 헤라클레이토스가 말한 유명한 문장과 같아. '모든 것은 흘러간다.' 고대 그리스어로는 판타 레이Panta rhei라고 해."

"판타 레이." 모나가 따라 했다. "그런데 하비, 모네가 기차를 타긴 했어요?"

"아 물론이지! 생라자르역은 1850년부터 모든 예술가의 애정을 듬뿍 받았어. 저곳은 그들에게 자연으로 가는 '열려라 참깨'였지. 자연이 한달음에 갈 수 있는 노천 화실이 된 거야. 생라자르역은 노르망디 해안과 그 지방의 온갖 시골들로 가는 차표였어. 그러니 이 작품은 현대성의 신전인 동시에 보들레르가 '여행으로의 초대'라고 부른 것, 몽상을 위한 천창이기도 해."

엘렌이 다이아몬드처럼 영롱한 목소리로 끼어들었다. 처음으로 두 공모자의 대화에 누군가가 합류한 것이었다. 파리와 노르망디 지방 사이에서 모네는 줄곧 망설였다고 엘렌은 간략하게 말했다. 이어서 모네가 르아브르에서 캐리커처 화가로 활동하던 초창기 시절을, 다음으로는 외젠 부댕과 만나 대기 현상에 관심을 갖게 된 일을 설명했다. 모네의 미학이 바뀌어간 과정을 짚으면서 엘렌의 어조는 점점 쓸쓸해졌다. 얼굴 특징을 누구보다도 잘 포착하던 화가는 해가 감에 따라 사람들의 얼굴과 실루엣으로부터 멀어져갔다. 학예사는 그림의 오른쪽 부분을 가리켰다.

"저길 보렴, 모나야. 이렇게 흐려진 인물들에서 벌써 그 변화를 상당 부분 알아볼 수 있지 않니."

모나는 보았다. 그리고 자신이 성장하는 것을 느꼈다. 엄청나게 기분 좋은 일이었다.

"그리고 사실 모네는," 이때 손놓은 채 있고 싶지 않았던 앙리가 덧붙여 말했다. "나중엔 결국 수도를 아주 떠나서 노르망디 지방에 자리를 잡았어. 지베르니에 있는 화려한 정원이 딸린 예쁜 집이었지. 1899년부터 삶의 마지막날까지 자기가 직접 키운 멋진 수련들을 그린 것도 바로 그곳에서였어."

"응, 삶의 마지막날까지." 엘렌이 말을 이었다. "그러니까 거의 실명 상태가 되었을 때도 모네는 꽃들을 그린 거야. 마치 우주를 향한 사랑과 평화의 선언처럼, 그 꽃들 속에서는 삶의 정수가 고동친단다."

학예사의 아름다운 말을 끝으로 긴 침묵이 뒤따랐고, 실명의 위협이라는 터부가 떠올라 모나를 무겁게 내리눌렀다. 그림 속 깊은 곳에서 전해지는 고동소리가 침묵을 채웠다. 그 박동은 움직이는 기차라는 재현 대상보다는 클로드 모네의 무성한 터치가 자아내는 고유의 격동에서 왔다.

"죄송하지만." 문득 말을 꺼내며 모나는 즐거이 난처한 투를 꾸며냈다. "이 많은 얘기를 했지만 저한텐 아직도 답이 하나 비어요. 왜 모네를 인상주의자라고 해요?"

"그러고 보니 그렇구나." 앙리가 인정했다. "자 그럼, 시작으로 돌아가 얘기를 끝마치자꾸나! 이 근사한 명칭은 원래 욕이었어. 1874년에 루이 르루아라는 예술 비평가가 모네의 그림 〈인상, 해돋이〉를 보고 '인상적이었다'고 비꼬는 표현을 썼던 거야. 본심은 그 그림의 불분명함, 암시만 할 뿐 끝맺음이 덜 된 터치가 개탄스럽다는 거였지. 그는 모네와 가까이 지내며 그와 같은 스타일로 그림을 그리던 화가들인 르누아르, 피사로, 시슬레, 모리조 등을 싸잡아 '인상주의자'들이라고 규정했어. 이런 욕을 듣고 어떻게 해야 했을까? 체념? 항의? 모네는 훨씬 똑똑한 생각을 했지. 그걸 받아서 깃발로 내세운 거야. 모욕을 자랑으로 뒤바꿨어. 그리하여 오늘날 인상주의는 세계에서 가장 유명하고 가장 많은 사랑을 받는 유파가 되었단다."

앙리는 말을 마친 뒤, 모나가 그처럼 큰 선물을 해준 엘렌에게 감사 인사를 하도록 조용히 있었다. 진지하고 조숙하게 어른스러운 양 보이고 싶은 미숙한 욕심이 가로막지만 않았어도 모나는 학예사를 끌어안았을 것이다. 세 사람이 출구를 향해 걸음을 재촉하는데 문득 아이가 소스라쳤다. 그림이 벽에 걸려 있지 않고 이젤에 놓여 있었으니 작품을 빙 둘러볼 수 있는 다시 없는 기회였는데 놓쳤다는 것이었다. 일행은 길을 되돌아갔다. 모나는 〈생라자르역〉 등 뒤로 숨어들어 거울 너머 세계로 들어갈 수 있었다. 거기에서 아이가 본 것은 시든 갈색의 낡은 캔버스와 나무 골조였다. 그것 참! 갑자기 그 모든 게 얼마나 하찮고 취약하고 엉성한 조립품처럼 보이는지! 그림의 **감춰진 방향**, 그것 역시 이미지들 뒤에서 간파해야 했던 **숨겨진 의미***임을 모나는 알게 되었다. 그림이 품고 있는 건 복잡한 독해, 박식한 해석, 대담한 암호 풀이, 수백 개의 가설만이 아니었다. 이제 염두에 두어야 할 것은 층층이 쌓인 그 염료들 아래 감춰져 있는 것, 즉 골조에 씌워진 영혼 없는 캔버스의 보잘것없음, 인류 사상 불멸의 순간들이 고정될 그 물건의 어이없는 단출함이었다.

이번에는 정말로 떠날 수 있었다.

---

* 원문인 프랑스어 'sens'는 '방향' 외에도 '의미'를 뜻할 수 있다.

27

에드가 드가
자기 삶을 춤춰야 한다

베르투니 애호가는 가게에 다시 왔고 이후로도 계속 왔다. 그리고 이 작은 기적이 또다른 기적을 낳았다. 손님들이 몰려들었고 물건이 곧잘 팔렸다. 모나는 맑은 정신을 되찾은 아빠가 주크박스에 평소보다 훨씬 더 활기찬 음악, 특히 "저항하라!"는 후렴을 되뇌는 프랑스 갈의 1980년대 초 노래를 자주 트는 것을 눈치챘다. 가끔 모나와 아빠는 주먹을 쥐고 가공의 마이크를 만들어 듀엣으로 노래를 흥얼거렸다.

얼마 전부터 모나가 품은 생각이 하나 있었다. 베르투니가 할머니에게서 왔다면 혹시 가게 어딘가에 할머니와 관련된 낡은 상자들이 더 있을지도 모른다고 생각한 것이다. 전에 보았던 신비로운 콜레트의 이미지가 모나에게 점점 더 자주 찾아들었다. 그런데 어른들이 굳게 입을 다물고 있으니 모나 쪽에서 조사를 시작할 수밖에 없었다. 다만 가게의 지하 창고로 내려가는 뚜껑문은 여전히 모나를 옴짝달싹 못하게 만들었다. 어느 날, 폴이 회계사와 전화로 긴 얘기를 나누는 틈을 타서 모나는 모험을 감행하기로 결심했다. 아이는 지하 창고를 막고 있던 두 개의 무거운 문을 연 뒤 사다리를 타고 내려갔다. 어둑한 곳에 잠겨드니 실명 발작의 무시무시한 기억이 되살아났다. 빛을 만들어내고 유령을 쫓아주는 초자연적 힘이 펜던트에 깃들어 있기라도 한 듯 모나는 목걸이를 움켜쥐었다. 실제로 빈약하나마 한 다발의 빛이 머리 위, 열려 있는 뚜껑문에서 들어오고 있었다. 겁에 질려 얼어붙은 상태로 한 걸음씩 겨우 나아가다보니 그 어두운 난장판 가운데 베르투니 인형들이 담겨 있던 것과 똑같이 생긴 종이 박스 세 개를 알아볼 수 있었다. 이것도 할머니의 물건들일까? 가까이 다가간 모나는 자기 키 높이에 있던 상자를 열어 크라프트지 봉투들이 무더기로 담겨 있는 것을 보았다. 그중 하나를 집어드는 순간, 멀리서 아빠가 부르는 소리가 들려왔다. 심장이 두근거렸다. 아이는 그 얼마 안 되는 전리품을 본능적으로 바지 허리춤에 감추고는 사다리로 달려가 번개처럼 올라가서 외쳤다.

"가요, 아빠!"

낮 시간이 흘러갔고 모나는 자기 방에서 조용히 노획물을 제대로 살펴볼 수 있기만을 기다렸다. '만세, 할머니다!' 아이는 속으로 생각했다. 봉투 속에는 가위로 오려낸 작은 신문 조각이 있었다. 노랗게 바랜 신문 기사는 1967년 9월 9일의 것이었고, "콜레트 뷔유맹, 존엄을 위해 존엄을 훼손하는 투쟁"이라는 제목이 붙어 있었으며, 노골적인 공격성을 드러내는 사람들로부터 지탄받는 혈혈단신의 여자 사진이 딸려 있었다. 너무 젊어서 알아볼 수 없었지만, 그 여인이 바로 콜레트였다. 아이는 옛날 기사를 읽어봤지만 거기에서 느껴지는 것, 자신의 할머니를 향해 쏟아지는 적의가 너무 충격적이어서 읽으면 읽을수록 의미를 종잡을 수 없었다. 기사에서는 시위, 병, 죽음, 심지어 감옥 얘기를 하고 있었다. 무겁고 불쾌한 내용이었다. 자기 할머니의 이름이 더럽혀졌다는 인상을 받은 모나는 엄마 아빠에게 달려가 얘기해보고 싶은 마음에 속이 탔지만 그랬다간 호되게 야단을 맞으리란 걸 잘 알고 있었다. 할아버지는? 두 사람은 한 번도 이 주제에 대해 얘기를 나눈 적이 없었다. 할아버지한테 그 얘길 꺼내면 안 된다는 금기는 훨씬 더, 몹시도 엄했다. 모나는 펜던트를 만지작거리며 생각을 짜내려 애썼다. 어쨌거나 반 오르스트 선생님의 도움을 받아 조사를 이어갈 수 있지 않을까? 무엇보다도 1967년 9월 9일은 굉장히 오래전이었다. 그후 분명 상황이 달라졌을 것이다. 위안이 되는 이 생각에 매달리면서 모나는 마음을 다졌다.

◆

오르세 미술관 앞 광장은 관광객을 상대로 약간의 돈을 벌기에 딱 좋은 곳이었고, 그날 모나는 부동자세 쇼를 보게 되었다. 분장도 복장도 완전히 하얀색으로 통일한 세 사람이 단체 조각상의 자세를 흉내내고 있었는데, 마치 고대의 행렬이 대리석으로 굳어버린 것 같았다. 움직이지 않는 것으로 돈을 벌다니, 모나는 생각해보면 이상한 일이라고 할아버지에게 말했다. 앙리는 적절한 지적이라고 여겼다. 사실 앙리는 무운동 상태를 유지하려고 애쓰는 이런 퍼포먼스들이 끔찍했다. 그는 이내 더 당황스러운 감정을 느껴야 했는데, 목줄 없는 닥스훈트 한 마리가 동상 트리오 주위로 명랑하게 뛰어다니면서 돌덩이 흉내를 내는 다리 중 하나에 곧 방광을 비우겠다는 위협을 뚜렷하게 드러냈을 때였다. 개는 거의 일을 저지를 뻔했고, 그 바람에 몸을 움직인 트리오는 제멋대로 돌아다니는 짐승에게 욕을 퍼부었다. 모나는 한바탕 웃었고, 앙리는 모나의 손을 잡고 다시 좀 진지해져보자며 다른 퍼포먼스, 좀더 하늘하늘한 퍼포먼스를 향해 갔다. 에드가 드가가 그린 무용 그림이었다.

공연의 한 장면을 위에서 내려다본, 역동적인 구도의 그림이었다. 회색의 무대 안쪽에는 배경 장식으로 엉성하게 스케치된 작은 집이 보였다. 화폭 오른쪽에서 무대 위로 솟아난 듯한 여자 무용수가 무대를 차지하고 있었고, 그 모습이 작품 전체 면적의 약 3분의 1에 달했다. 무용수는 관객을 향해 인사하며 '아라베스크 팡셰'라고 불리는 자세, 즉 팔다리를 쭉 뻗고 몸으로 사선을 그리는 독특한 자세를 취하고 있었다. 평평하게 지면에 붙인 발 위로 곧게 뻗어 몸을 지탱하고 있는 다리는 그림에 드러나 보였지만, 왼쪽 다리는 단축법 때문에 전혀 보이지 않았다. 앞으로 내민 상체는 관객을 향했고, 반쯤 감긴 눈에 은근한 황홀감이 비치는 장밋빛 얼굴은 뒤로 젖혀져 있었다. 머리에는 꽃 장식 티아라를 쓰고 목에는 검은 리본을 두른 모습이었다. 은빛으로 반짝이는 하얀색 의상 위에는 따뜻한 색의 꽃잎들이 여기저기 흩뿌려져 있었다. 주로 화폭 왼쪽 상단 모서리에 배치된, 말하자면 무용수와 비스듬한 각도로 쑥 들어간 후경에서는 기이한 무대 뒤 풍경이 눈에 떠었다. 보통은 '팡드리용'이라고 불리는 커튼이 무대 뒤 공간을 가리는 동시에 공간에 리듬감을 주게 되어 있는데, 여기에서는 그것 대신 동굴들 같은 게 있었다. 황토색과 그보다 좀더 은은하게 쓰인 초록색 터치들의 배합이 자연 공간을 표현하는 듯했다. 아마 군데군데 굴이 뚫린 절벽으로 꾸민 무대 측면 배경인 것 같았다. 이 동굴들 속에는 서 있는 형체들이 얼핏 보이도록 대충 그려져 있었다. 세 명의 또다른 무용수들, 그리고 가장 가까이에는 검은색 정장을 입은 남자가 한 명 있었는데 그의 얼굴은 감춰져 있었다.

모나는 무용수라는 장래 희망에는 철벽을 세웠고, 할아버지는 그것을 모르지 않았다. 아이는 튀튀스커트를 절대 입지 않았고 '오페라의 생쥐'*라는 표현도 알지 못했다. 그럼에도 작품에서 본 것을 말하는 모나의 목소리에는 게인즈버러가 그린 연인 앞에서와 같은 조급함이 있었다.

"보세요, 하비. 저 무용수는 행복해요. 몸짓에 그게 드러나 보여요. 저 동작이 정확히 뭔지 말하긴 어렵지만, 마치 나는 것 같다고나 할까요. 보세요, 무용수가 날아요. 그리고 있죠, 옷도 하얀 걸 입었고요. 의상이 새의 깃털 같아요. 하얀 새라고 할 수 있겠어요. 어쩌면 백조일 수도 있죠. 그리고 잠깐만요, 하비, 보세요. 저 뒤에도 사람들이 있어요. 아마 저 무용수가 화가의 관심을 끌었을 테지만, 그 외에도 다른 게 있어요. 화가는 우리의 눈을 무용수 등 뒤에 있는 소녀들로 이끌어요. 그리고 또, 검은 옷을 입은 신사가 한 명 있어요. 보세요, 화가는 그 사람의 바

---

* 파리 오페라 무용 학교의 학생을 가리키는 표현. 수습 무용수로서 무대에 오르기도 한다.

지와 정장 끄트머리만 보여줘요. 머리는 감춰져 있어요. 그건, 하비, 공포영화와 같은 거예요. 머리를 감춰놓죠. 자, 그러면 그게 누군지 모르게 돼요. 그게 '서스펜스'를 만들어내는 거예요…… (앙리는 이 문장의 엉뚱한 표현에 웃음을 터뜨렸다.) 약간 무서워요, 저 검은 옷 입은 신사는요. 하지만 무용수는 기뻐요. 날고 있어요."

"아주 잘 말했어, 모나야. 전부 좋아. 그래도 네가 받은 하늘하늘한 인상이 어디에서 왔는지 자문해봐야지. 무대 위의 무용수를, 특히 두 팔이 그리는 선을 잘 살펴보렴. 오른쪽 팔은 구부러져 있고 왼쪽 팔은 펴져 있어. 우리는 볼 수 없는 관객에게 인사를 보내는 중이라는 걸 알 수 있지. 드가는 관객을 화폭에 그려넣지 않으면서도 그 존재를 암시해. 관객은 '오프off' 상태*에 머물러 있지만(모나는 '오프'라는 표현을 조용히 따라 했다), 무용수는 관객에게 인사를 하지. 관객을 향한 감사 표현, 우아한 인사 동작이야."

"그러면 우리는요, 하비. 우리는 관객에서 빠져 있다는 뜻이에요?"

"우리도 관객석에 있지. 그런데 좀 특이한 장소에 있어. 드가가 우리에게 무용수를 보여주는 시점이지. 그가 위치해 있는 자리는 필시 위층 옆쪽 칸막이석일 거야. 특이한 조망을 제공하는 자리지. 이 특이한 시점 덕분에 뭔가가 사라졌지……"

"다리 한 쪽이요!"

"맞아, 뒤로 뻗은 다리가 각도 때문에 가려졌지. 그렇게 해서 하늘하늘한 인상이 만들어지는 거야."

---

* 연극이나 영화에서 화자를 등장시키지 않고 말소리만으로 존재를 알리는 기법.

"하비, 바보 같은 말처럼 들리겠지만요. 하비는 예술가들이 작품에서 **대조법**(아이는 이 단어를 제대로 말하려고 애썼다)을 사용한다는 얘길 자주 했는데요, 이 그림에서는 날아오르는 소녀와 제가 말한 등 뒤의 것들, 그러니까 하얀 옷 입은 무용수들이랑 꼿꼿하게 서 있는 검은 옷의 신사 사이에서 그걸 사용한 것 같아요."

"전혀 바보 같지 않아. 드가는 자기 역시 순전한 관객으로서 눈앞의 광경을 보고 있을 뿐이라는 느낌을 주지. 하지만 실제로 그는 일종의 연출가야. 드가는 이 그림을 현장, 그러니까 오페라 극장에서 그리지 않았어. 그곳에서 본 것에서는 발상을 얻을 뿐, 그후 화실에서 자기만의 광경으로 재창조하는 거야. 리포터처럼 사태를 그대로 옮겨 적기보다 자기 관심을 끄는 것을 표현하기 위해 재배치를 해. 여기 이 광경에서는 두 가지 현실이 배합되어 있단다. 무대의 현실, 그리고 기이한 방식으로, 거의 미완성 상태로 형상화된 무대 뒤의 현실."

"동굴 같아요!"

"정말 그렇지. 그리고 드가는 스타 무용수의 감동적인 영롱한 광채와 등 뒤의 엄한 부동자세를 대비시키지. 검은 옷 입은 남자의 존재는 무대 뒤 어둠 속에 난폭하고 못된 남성 권력이 숨어 있다는 사실도 상기시킨단다…… 흔히 드가를 무용수들의 화가라고 말하지만, 실은 음악회와 오페라의 환경 전반을 이루는 모든 것의 화가이기도 해. 거기엔 아이들을 억압하는 어른 남성들의 권력도 포함되어 있고."

앙리는 생각에 잠겼다. 화가의 성격을 설명해줄 필요가 있을 것이다. 동시대 시인들, 특히 스테판 말라르메와 폴 발레리의 찬탄을 받던 매혹적이면서도 고약한 인물, 자기 자신에게도 남들에게도 미친듯이 까다로워서 번번이 분통을 터뜨리며 인간 혐오에 빠졌던 인물. 후경의 검은 남자, 그것은 얼마간 드가 자신이기도 했다. 모델들에게 가혹했던 드가, 자기가 바라는 몸짓이나 포즈가 나오지 않으면 고래고래 고함을 쳐 모델들을 울렸던 드가. 화가는 즐겨 말하곤 했다. "예술은 악덕이다. 예술과는 결혼하지 않는다, 욕보일 뿐." 하지만 이 얘기를 모나에게 했다간 이 작품에 대해 이해해야 할 것에까지 나쁜 인상을 남길 위험이 있었다.

"잘 보렴, 모나야. 드가가 실험을, 뿐만 아니라 뚝딱거리고 짜맞추는 수작업을 얼마나 좋아했는지가 느껴져. 예술사에서 전통적으로 구분하는 기법들을 드가는 오히려 한데 얽고 결합시키지. 이와 관련해서 가장 잘 알려진 예는 〈어린 무용수〉라는 조각상인데, 밀랍 주형에 진짜 스커트와 머리카락 다발을 붙인 작품이야. 1881년에 전시되었을 때 이 작품은 어마어마한 스캔들을 일으켰어. 인공적인 소재에 실제 요소들을 뒤섞는다는 게 완전히 관례에 어긋나는 일이기 때문이기도 했지만, 모델이 된 가엾은 소녀가 추한데다 품행이 수상쩍어 보인다는 이유 때문이기도 했어. 이 작품 〈발레〉에서도 기이한 조합을 찾아볼 수 있단다. 처음에 드가는 모노타이프를 찍었어. 독특한 판화 장르인데, 일단 금속판 전체에 물감이나 잉크를 바르지(앙리는 동작을 흉내냈다). 이 액체 상태의 매개물을 긁거나 닦아내서 이미지를 그리는 거야. 이렇게 만들어진 원판을 축축한 종이로 덮은 뒤 프레스에 통과시키면 금속판에 있던 이미지의 음화가 나오지. 정말 선명한 상은 첫번째 쇄에서만 얻어낼 수 있어. 그렇기 때문에 **모노타이프**라고 하는 거야. **모노**는 그리스어로 '한 번'이라는 뜻이고, **타이프**는 '찍기'라는 뜻이란다. 그런데 드가는 가끔 두번째 쇄를 찍었어. 그러면 굉장히 연한, 거의 희미한 판화가 되는데, 그 나쁜 화질의 판화를 밑그림 삼아 그 위에 파스텔 작업을 더했지."

"아, 하비! 방금은 가게의 아빠 같았어요. 어떻게 만드는지 다 아는 걸 나한테 이야기로 풀기 시작하면 (아이는 귀엽게 얼굴을 찡그려 보였다) 아이고!"

"내게 한 번 기회를 다오. 그다음 단계에서 드가가 데생을 했다고 얘기하려던 참이었단다. 그는 화학자이자 유명한 파스퇴르의 생화학 제자이기도 했던 앙리 로셰라는 사람에게 자주 도움을 청했어. 미묘하고 다양한 색의 파스텔을 만들어달라는 거였지. 튀튀스커트 부분을 그가 어떻게 칠해놓았는지 보렴. 색채를 띤 저 데생 선들이야말로 튀튀를 역동적으로 만드는 한편, 스타에 어울리는 광채를 선사하지."

"어, 그러면 하비, 모네와 비슷하다고 할 수 있나요?"

"그렇다고 하자. 사실 드가는 인상주의자들과 친하게 지냈어. 인상주의라는 용어를 싫어하긴 했지만 그 그룹과는 연결되어 있었지. 하지만 그는 화실 작업을 고집했고, 자기 집에 틀어박혀 살았어. 고전과 현대를 아우르는 작품들로 이뤄진 굉장한 컬렉션을 갖춘 집이었지. 작업할 때 그는 습작과 사진에 의지하기도 했지만 결정적으로 의지한 것은 자신의 기억이었어. 현장에서 그림을 그리기 위해 모네가 이동식 이젤과 캔버스와 팔레트를 가지고 사방으로 다녔다던 걸 기억하지? 드가로 말하자면 그 방식을 어찌나 싫어했던지, 어느 날에는 정부에 '야외에서 풍경화를 그리는 사람들을 감시하라'는 청원을 넣기도 했단다! 그런데 둘 사이엔 그것 말고도 차이점이 또하나 있지……"

"뭔데요?"

"기억해보렴. 모네의 그림에서는 유화 물감의 조각난 터치들이 작품에 인상주의적 성격을 부여했지. 여기서 조각난 건 터치가 아니라 선에 가까워. 팡탱이나 인상주의자들과 마찬가지로 드가는 들라크루아와 불타는 그의 색채를 좋아했어. 하지만 동시에 들라크루아의 막강한 라이벌, 장오귀스트도미니크 앵그르도 높이 평가했단다. 너한텐 얘기한 적이 없지만 그 역시 19세기의 무척 중요한 화가였어. 그런데 앵그르에게서는 선과 윤곽이 모든 것에 우선해. 정확하고 확실한 움직임으로 그어진 윤곽선은 최고로 우아한 육체와 자세를 그려낼 수 있으니까."

"저는요, 하비. 제가 보기엔 저 무용수에게는 우아함이 있어요!"

이 말을 하면서 아이는 한 다리로 서서 드가의 작품에 인사를 했고, 그러다 휘청하면서 작품에 부딪힐 뻔한 것을 앙리가 붙들었다…… 전시실의 경비원이 노인의 반사 신경에 박수를 보냈다. 앙리가 말을 이었다.

"하나의 동작엔 언제나 어떤 목적, 어떤 동기가 있는 것 같지. 우리는 살아가면서 무한히 많은 동작을 하게 돼. 이동해야 하니까 걷고, 먹어야 하니까 포크를 들어 입에 가져가고, 자야 하니까 눕고. 이런 동작들엔 일상적 쓸모가 있어. 하지만 춤의 동작에는 그런 게 없지. 그 자체를 위해 존재할 뿐, 그 동작은 매일의 생활로부터 벗어나 있단다. 이 점에 대해 드가 자신이 한 말을 들어보렴. 그가 쓴 근사한 시가 몇 편 있는데, 발레리나에 대해 그는 이렇게 썼어. '그리고 그녀의 새틴 발은 바늘처럼 / 즐거움의 데생을 수놓는다.'"

"발이 수를 놓는다고요?" 모나는 그건 아무래도 좀 이상하다고 지적했다. 앙리는 완전히 동의하진 않았다. 무용수들이 '파 쿠페'*로 움직일 때, 그는 가끔 재봉틀을 떠올리곤 했다…… 하지만 그 시의 표현을 곧이곧대로 받아들여 자수 놓는 발을 상상하면, 사실 엉뚱하기는 하다고 인정했다. 그는 아이의 이러한 태도, 아무것도 잠자코 받아들이지 않으며, 예술적 권위에도 문학적 권위에도 휘둘리지 않는 태도를 무척 아꼈다. 그가 말을 이었다.

"알겠니, 이 작품이 우리에게 말해주는 건, 삶이 그저 살기 위한 것이어선 안 된다는 거야. 삶을 춤출 필요도 있어. 우리의 동작, 우리의 움직임, 우리의 행동이 세상만사의 일상적인 흐름, 관습과 제약에 따른 기계적이고도 끝없는 이어짐에서 가끔 벗어난다 해도 괜찮아. 조금 떨어져나가도 괜찮단다. 그게 자기 삶을 춤추기 위해서라면."

모나는 입을 다물었다. '삶을 춤출' 수도 있다는 생각은 정말이지 기이했다. 아이는 하지 선생님에게서 배운 문법 수업들을 떠올렸다. 그러니까 '삶'이 '춤추다'의 직접목적보어인가? 그렇네. 그래서 모나는 머릿속에서 자기 발이 재봉틀처럼 수를 놓게 하면서 즐거워했다.

---

* 발끝을 세워 뻗은 다리를 발목까지 빠르게 들어올리는 움직임.

28

폴 세잔
와라, 싸워라, 이름을 새겨라, 버텨라

반 오르스트는 모나에게 이미 예고했다. 이번에는 실명 위기를 다시 체험하게 할 거라고. 그로부터 벌써 여섯 달 넘게 지났다. 처음 두 차례의 최면을 성공적으로 치른 아이는 이제 치료의 다음 단계로 나아갈 준비가 되어 있었다. 그러나 막상 커다란 가죽 소파의 움푹한 자리에 몸을 누이자 긴장하지 않을 수 없었다. 내리깐 시선과 경직된 입술에서 불안의 기색을 알아챈 의사는 아이를 안심시켰다. 혹시라도 너무 불편하다면 포근하고 위안이 되는 생각, 지난 두 상담 때 만들어놓은 '피난처 생각' 쪽으로 옮겨가면 된다고. 반 오르스트는 모나의 이마 위에 세 손가락을 댔다. 모나는 꿈속으로 잠겨들었다.
  의사의 목소리에 따라 모든 것이 다시 나타났다. 수학 숙제, 부엌 식탁, 일요일 저녁식사의 냄새, 몽트뢰유의 집에 있는 엄마. 환각은 경이로웠고 모나는 그 저주스러운 저녁의 동작들을 되풀이하고 있다고 느꼈다. 매혹적이면서도 무서웠다. 숙제를 더 편하게 하려고 펜던트를 목에서 벗어냈던, 아주 단순한 그 동작을 다시 하는 순간이었다. 눈이 안 보이는 공황 상태가 모나를 사로잡았다. 몸을 기울이고 있던 식탁 위에 우주 끝 블랙홀과도 같은 심연, 거대한 심연이 생기더니 서서히 식탁을 삼켰다. 이 악몽으로부터 달아나야 했다. 모나의 정신은 버둥거리며 몸을 빼내려고, 뒤로, 더 멀리 물러서려고 했지만 그처럼 안간힘을 쓰며 버티는 긴장 상태는 아무 효력도 발휘하지 못한 채 오히려 을씨년스러운 인력을 더 강화할 뿐이었다. 결국 모나는 대응 방식을 바꿨다. 애초에 자기가 질 게 뻔한 맞대결을 이어가는 대신, 검댕 소용돌이의 리듬에 문득 몸을 싣고 그것과 함께 빙글빙글 왈츠를 추기 시작한 것이다. 소용돌이에 한 발을, 한 발만 살짝 디뎌봤다. 그러고는 그 위로 미끄러져들어가 멋들어지게, 우아하게, 일종의 우주 스케이터가 되어 소용돌이를 굴복시켰다. 아이의 정신은 자신의 승리가 자랑스러웠지만, 그 우주 발레가 진행되는 동안 소용돌이의 회전에 말려들었던 아이의 몸은 상당히 줄어들고 말았다. 모나는 시간을 거슬러올라갔던 것이다.

 이제 완전히 작아진 모나는 18개월 무렵, 어느 공원 길섶에 꽃무가 늘어선 산책로 끝에서 자기를 부르는 할머니를 보고 있었다. 두 다리를 딛고 어정거리며 일어선 모나는 만족감과 호기심으로 긴 '아' 소리를 내고는 흔들흔들 율동적인 균형잡기 운동을 시작했다. 한 발 다음에 한 발을 얼른 옮겨서 넘어지지 않게 움직이기. '걸음마'라고 불리는 기초 안무였다. 최면을 통해 모나는 처음 걸었던 순간을 다시 경험하고 있었다. 탁 트인 야외에서, 자기에게 팔을 뻗은 콜레트가 지켜보는 가운데 아이는 나아갔다. 콜레트의 목에서 뿔고둥이 매달린 낚싯줄 펜던트가 달랑거렸다. 어리디어린 모나는 거기에 시선을 고정시키고 가까이 다가갔다. 1미터, 2미터, 4미터, 6미터, 비틀거리지 않았다. 기뻐하는 외침, 뽀뽀가 쏟아졌다. 그러더니 모나가 삶을 가로지르는 법을 배웠던 그 공원에서의 마지막 기억이 떠올랐다. 할머니 곁을 지나가던 어떤 사람이 멈춰 섰다. "부인, 저는 부인을 압니다. 콜레트 뷔유맹 씨죠. 부인을 한없이 존경합니다. 알아주셨으면 해요." 그리고 형체는 사라졌다. 반 오르스트 선생의 손가락이 부딪히며 딱 소리를 냈다.

◆

그주 수요일, 앙리는 깜빡한 건지 늘 보이지 않도록 셔츠 안쪽에 넣고 다니던 펜던트를 옷 위로 내놓고 있었다. 목걸이에 대해 좀더 알고 싶어진 모나는 오르세 미술관을 향해 걸어가던 중 할머니와 그가 왜 이 소라 껍데기를 주워 목에 걸고 다니기로 했는지 얘기해달라고 부탁했다. 죽은 배우자에 대해 한마디라도 해야 할 때마다 한없는 비애로 극히 말이 없어지곤 하는 그 노인이 이번에는 좀더 선선히 입을 열었다.

"네 할머니는 전사였어. 대단한 전사였지." 그가 털어놓았다.

그러고는 그 펜던트를 '부적' '행운 목걸이'라는 말로 설명했다. 그것을 지니고 싸움에 나선 사람들은 삶에 깃든 폭력이나 나쁜 운수로부터 보호받을 수 있다는 것이었다. 대단한 전사? 모나는 더 얘기해달라고 할아버지를 졸랐지만 앙리는 말문을 닫아버렸다. 한참 동안 등을 푹 수그리고만 있던 그는 그날의 작품 앞에 이르러서야 기운을 되찾았다. 거기에서 마치 예술의 에베르스트산을 오를 채비를 갖추듯, 그는 등을 펴고 곧게 섰다.

지중해 연안 분위기가 물씬 풍겨나는 가운데, 거대한 산봉우리가 한복판에 불룩 솟아 있는 광활한 풍경이었다. 시점 구실을 하는 테라스에서부터 첫번째 근경에는 소나무들이, 그 뒤에는 대지가, 마지막으로 투명한 하늘 아래 땅에서부터 솟아난 것처럼 보이는 산맥이 화폭에 배치되어 있었다. 붓 터치는 황토색, 초록색, 파란색 등의 색깔 가닥으로 이뤄진 부분들을 서로 접붙이며 사방에서 역동성을 띠었고 진진하게 명징했다. 화폭 어디에도 그림자는 없는 것 같았다. 그도 그럴 것이 양감을 느끼게 할 요철이나 급경사면 하나하나가 감미롭게 훈훈한 색조로 채워져 있었기 때문이다. 화폭 왼쪽, 곶 위에 선 것 같은 느낌을 자아내는 테라스 가장자리 바로 뒤에는 커다란 소나무가 잡목 숲 위로 솟아 있었다. 나무와 숲은 모두 위로 솟구친 터치로 그려졌고, 주로 초록색 계열이지만 청색도 섞여 있었다. 우거진 잡목 숲은 오른쪽에도 있었는데, 그 숲의 윗부분에서는 솟구친 키 큰 나무 대신 멀리, 초원과 산 사이, 열두 개의 아치로 이뤄진 수도교의 존재가 눈에 띄었다. 탁 트인 화폭 중앙에는 시골 땅이 펼쳐져 있었다. 희미하나마 인간의 손길이 느껴졌으므로 어쩌면 농지라고도 할 수 있을 것이다. 이 방목장 혹은 밭은 꽤 기하학적으로 분할되어 있었다. 가로로 그은 붓질이 많았고, 집들을 나타내는 각지고 기하학적인 형상들도 많았다. 풀의 색조에 노란색 계열의 색깔들이 뒤섞였고 가끔은 더 붉은빛을 띠는 색조가 끼어들어 주위에 완전히 녹아든 듯한 두 지붕의 대략적인 형상을 그려냈다. 마지막으로 산괴가 있었다. 화폭 왼쪽에서 정상까지 능선은 완곡한 상승선을 탔고, 정상에 다다라서는 일종의 고원 지대를 이루며 펼쳐지다가 오른쪽에서 급격하게 내리꽂혔고, 거기에서 움푹 패인 지대로 꺼졌다가 다시 완만하게 이어지며 화면 바깥, 무한한 프로방스 지방을 향해 흘러갔다.

명판에서 화가의 이름을 보고 모나의 반사 신경이 반응했다. 아이는 노래를 흥얼거리기 시작했다. 세잔? 휘파람소리가 나는 이 이름의 음절들을 여러 차례 들어보지 않았나? 아빠 가게의 낡은 주크박스 중 하나가 프랑스 갈의 히트곡을 뱉어낼 때였다. "하지만 자 여기 그 남자 / 밀짚모자를 쓰고 / 얼룩이 잔뜩 묻은 작업복에 / 수염은 아무렇게나 산발 / 세잔은 그리네 / 자기 손이 마법을 이뤄내도록……" 아이의 목소리는 들릴락 말락 가늘었지만 정확한 음정에 맑은 음색이었다. 할아버지가 가세해서 그 곡을 끝까지 함께 흥얼거렸고, 지켜보던 방문객들은 흠씬 반해서 합창으로 따라 부를 기세였다…… 후렴 부분에서 모나는 약간 힘을 주어 더 크게 불렀다. "행복이 존재한다면 / 그건 작가 몫의 별쇄본*." 그러자 앙리가 전문적이건 대중적이건, 천재적이건 통상적이건, 주어진 소재를 십분 부각시키는 탁월한 재능을 발휘하며 그 매력적인 대중가요 가사를 곧이곧대로 해석했다.

"우리가 보고 있는 이 그림의 경우, 작가 몫의 별쇄본은 아니야. 판화에서는 '작가 별쇄본'이라는 말을 쓰지. 그런데 이건 그려진 작품이야.

---

* '작가 별쇄본'은 판화에서 시험 삼아 찍어 얻은 첫 결과물을 가리키는 말로, 보통 작가가 소장한다.

반면 세잔이 이걸 그릴 때 밀짚모자를 쓰고 있었다는 덴 의심의 여지가 없지. 저 파란색과 아이보리색 하늘을 보건대 지중해 연안의 태양이 빛나고 있었을 테니까."

"그렇다면 하비, 그건 세잔이 밖에서 그렸다는 뜻이네요. 이동용 이젤을 가지고 다니던 모네처럼······"

"정확해. 더군다나 모네와 세잔은 서로 잘 알고 지냈어. 친했고, 뜻을 같이했고, 서로에게 경탄했지. 게다가 1874년, 비평가 루이 르루아가 일군의 화가들에 대해 모네의 뒤를 따르는 '인상주의자'들이라고 비난했던 그 유명한 사건이 일어났을 때, 세잔은 모네와 함께 그림을 전시했고 르루아도 세잔을 그 유파와 관련지었어. 둘에겐 연작을 그렸다는 공통점도 있단다. 모네는 생라자르역, 루앙 대성당, 수련 연작을 그렸어. 세잔으로 말하자면 여기, 프로방스 지방의 생트빅투아르산 앞에 서서 이 자연의 기념물을 거의 아흔 번에 걸쳐 모델로 삼았지!"

"흠, 확실히 세잔의 그림도 바위나 밭을 보면요, 작은 조각들로 이뤄진 것 같아 보이긴 해요. 모네를 떠올리게 하지만 하비, 모네는 좀더 얼룩들이었다고 할까요? 여기 이건······ 더 견고해요! 뭐, 제가 보기에는 말이에요······"

"딱 맞는 말을 찾아냈구나! 세잔 자신이 '인상주의를 견고하고 오래가는, 미술관의 예술 작품 같은 것'으로 만들고 싶다고 말했거든. 모네는 잘게 나뉘고 다소 휘발적이면서 상당히 유동적인 터치들의 암시 작용을 통해 자기가 본 것을 그려냈어. 세잔이 그린 이 버전의 생트빅투아르에서는 산의 단면들, 평원의 밭들, 나무의 가지들과 근경의 테라스 가장자리 돌이 물론 불연속적인 터치로 잘게 나뉘어 있긴 하지만, 그래도 꽤 각이 잡혀 있고 모네의 터치보다 훨씬 더 단단하지. 인간의 눈이 지각하는 것에 내재된 순간성을 표현하고자 모네가 대상을 희석시키는 데 반해, 세잔은 희석시키지 않아. 대신 대상을 단순화함으로써 좀 더 안정적이고 좀 더 기하학적인 뭔가를 지향하지. 과연 1904년 어느 날에는, 자신을 존경하는 한 화가에게 '자연을 원통, 구, 원뿔로 다루라'고 충고하기도 했단다."

 모나는 속으로 어렸을 때 자기가 그린 그림들을 생각했다. 그 그림들에 세잔이 주장하는 듯한 단순성이 있지 않은가? 어쨌거나 소나무가 그저 원뿔이라면 자기도 그릴 수 있겠다고 여겨졌다! 의혹으로 머리가 뒤흔들렸다. 정말이지 화가들이란 이상했다! 어른이 되고, 열심히 작업하고, 수업을 잔뜩 듣고, 기술과 이론을 잔뜩 배우면 뭐하나. 결국 아이 때 하던 것으로 돌아가고 싶어하다니……! 앙리는 이 역설을 해명하고자 했다. 그의 설명에 따르면, 세잔에게 관건은 예술이 아이다운 특질을 띠되 최대한의 강렬함을 지니도록 밀어붙이는 것이었다. 그는 예를 들었다. 아이는 어디에도 그림자를 넣지 않고, 어떤 요소도 시점에서 먼 후경으로 밀어내지 않는다. 모든 모티프가 똑같은 중요성을 지닌다. 따라서 한 마리 새를 자동차와 같은 비율로 그려넣을 수도 있다. 아이는 모티프를 하나 더 넣을 때마다 매번 다른 것과 똑같이 주인공으로 만들고 싶어하기 때문이다. 약한 요소들을 강한 요소 하나에 종속시키거나, 이것보다 저것을 더 높게 치는 법이 없다. 세잔도 마찬가지다.

 모나는 웃음을 터뜨렸다. 할아버지의 설명에서 아무것도 이해하지 못한 것이다! 젠장, 앙리는 대답 대신 투덜거렸다. 만만치 않군, 애들한테 스스로가 지닌 천재성을 이해시켜야 하다니…… 그래도 그는 계속했다.

"들어보렴. 세잔은 풍경에 원경을 배치해 깊이의 허상을 만들려 하지 않았다는 점에서 아이다운 이상에 다다랐어. 그는 자기가 그리는 대상들이 화폭 바깥으로 솟아나길 원해…… 그리고 실제로 그가 그린 정물화들을 보면, 선이나 배치의 효과를 통해 대상들이 앞쪽으로 쏟아질 것 같은 느낌을 주는 작품이 많지. 제일 좋은 방법은 그림자들을 관찰하는 거야. 화가라면 직관적으로 그림자를 오목하게, 즉 쑥 들어가게 재현했을 거야. 그 결과 대상의 존재감을 약화시키지. 그런데 세잔이 말하길, 자기는 그림자들에 무지갯빛을 넣어 그려야 한다는 것, 그렇게 해서 그림자들이 중심에서 멀어지며 불룩 튀어나오게 해야 한다는 것을 깨달았을 때에야 비로소 생트빅투아르산을 그리는 법을 깨우쳤다나. 그러니까 그는 그림자들을 볼록하게 그려. (이 어휘에 모나는 루브르에서 본 마르그리트 제라르 작품 왼쪽 구석에 있던 금속 공을 떠올렸다.) 세잔은 이 그림에서 무엇도, 단 1센티미터도 어둠에 내주지 않아. 게다가 저 소나무들을 보렴. 뭔가를 생각나게 하지 않니?"

모나는 우듬지 가닥 가닥에 활기를 불어넣는 일련의 수직선과 사선 터치들을 살펴보았다. 색조는 죄다 초록색 계열인데도 어쩐지 불꽃처럼 보였다. 아이는 이런 생각을 할아버지에게 말했고, 앙리는 동의했다. 그는 말년의 세잔이 했던 말을 기억을 더듬어 들려줬다. 생트빅투아르는 '태양을 향한 갈급한 목마름'을 품고 있으며, 그 산을 이룬 바위 덩어리들은 순전히 '불'로 이뤄져 있다. 광물의 불길이랄까.

"있잖아, 모나야. 이 산이 있는 프랑스 남부 지방을 폴 세잔은 구석구석 잘 알았어. 1839년에 그곳에서 태어나 자랐거든. 그의 아버지는 은

행가였고 화가가 되겠다는 그의 결심에 반대했단다. '천재성을 가지면 굶어죽고 돈을 가지면 먹고 사는 법'이라고, 아들이 택한 직업에 개탄하곤 했지. 오랫동안 폴은 한 친구의 우정과 격려에 의지해 지낼 수 있었어. 에밀 졸라, 후일 그 시대에 가장 영향력 있는 작가가 되는 사람인데 엑상프로방스에서 폴과 함께 자랐지. 불행히도 그들은 세월이 지남에 따라 서로 멀어졌어. 더군다나 대부분의 인상주의자들이 폴 뒤랑뤼엘이라는 선견지명 있는 상인의 원조를 누릴 수 있었던 반면, 폴 세잔은 어떤 재정적 지원도 받지 못했고. 이 작품을 그리던 시절, 즉 1890년 즈음까지도 세잔은 판매한 작품이 얼마 되지 않았어. 그래도 그는 고집스럽게 작업을 계속했지. '회화는 자기편을 알아보게 될 것'이라며 스스로를 다잡았어. 엄청난 용기를 지닌 사람이었고 극도로 고독한 사람이었지. 그 고독 속에서, 세잔의 친구 중 하나는 두 세기 전에 죽은 화가였어. 루브르의 고전 대가 중 하나인 니콜라 푸생이야. 세잔은 자기 작업이 '사생으로 완전히 다시 그린 푸생'이라고 말하곤 했어. 세잔이 푸생과 정확히 같은 유의 작품을 그리기 때문이 아니야. 바보같이 17세기를 따라하겠다는 생각 따위는 전혀 없었지. 다만 생트빅투아르산을 마주하면서 당시의 푸생과 똑같은 엄격함을 쏟아부었던 거야."

"아 그거, 저 기억나요 하비! 떠는 건 금지라고 했었죠."

"맞아. 모든 것이 더없이 완벽한 균형을 이루도록 최대한 확고함을 유지하라. 부서짐 없이 모든 것이 똑같이 진동하게 만들기 위해."

"그랬다는 건, 세잔이 작품 앞에서 침착함을 유지했다는 뜻이에요?"

"그렇진 않았어. 오히려 끊임없이 녹아내렸지. 내부의 화염이 그를 태웠어. 그가 제일 중요시한 건 '감각'이었단다. 자연의 모든 감각을 포착한 뒤 그로부터 완벽한 조화를 끌어내기를 바랐어. 조금 전에 넌 프랑스 갈의 노래를 불렀지. 나는 거기에 독일 시인 라이너 마리아 릴케로 대답하고 싶구나. 릴케는 세잔의 예술을 우러르면서 이렇게 선언했어. '작품의 점 하나하나가 다른 모든 점들을 알고 있는 것만 같다.' 자, 이게 열쇠야. 마치 이 화폭에선 풍경 한복판에 있는 두 지붕의 불그스름한 터치들이 주위 다른 요소들과의 관계를, 산에 드리운 반사광의 미세하기 그지없는 보랏빛 색조와, 하늘 속에 이는 미풍을 암시하는 작디작은 곡선 터치와, 밭의 윤곽을 그려내는 가로선 하나하나와의 관계를 의식하고 있는 것만 같아. 역으로도 마찬가지고."

"그 모든 걸 더 간단하게 말할 수도 있을 것 같아요, 하비! 사실 그건 노래에서 '그는 세상을 밝힌다'라고 말하는 바로 그것 같아요."

"그래, 맞아. 세잔만의 눈, 뜨인 그 눈은 모든 걸 보고 싶어했어. 실제로 그의 눈은 너무 집중한 나머지 벌겋게 충혈되어 머리에서 튀어나올 지경이었지. 우주와 그림을 샅샅이 보려는 노력과 강박 때문에 그의 눈은 완전히 탈진 상태였어. 가끔은 말 그대로 짓눌려서, 붓질을 한 번 한 뒤 다음 붓질을 하기까지 20분이 걸릴 때도 있었지. 작업이 며칠에 걸쳐 이어지기도 했어. 생트빅투아르산 앞에서 끝없는 시간 동안 진을 빼고 있는 그를 두고, 침식되는 건 산이 아니라 산을 그리는 세잔이라는 우스갯소리가 있었을 정도야. 그럼에도 이 화가는 집요하게 밀어붙이고, 고집하고, 절대 항복하지 않았지."

"그럼, 저 산을 그린다는 건 등반하는 것이나 마찬가지네요." 모나가 조심스럽게 의견을 내놓았다.

"그래, 정확해. 그는 마치 기어오르듯 산을 그려. 그리고 실패와 의

혹이 있어도, 노력하느라 눈에서 피가 흘러도, 그는 자기 길을 계속 갔어."

"아, 하비! 오늘 작품의 메시지!" 모나가 들떠 외쳤다. "오늘은 제가 해도 된다고 말해주세요! 오늘의 메시지가 뭔지 알아요!"

앙리는 말해보라고 권했다. 격려를 받은 모나는 미소를 지으며 노래를 하기 시작했다. 하지만 더이상 〈세잔은 그린다〉가 아니었다. 프랑스 같의 다른 노래, 일주일 전 가게에서 아빠와 함께 콘서트 흉내를 냈던 노래인 〈저항하라〉였다. 과연 노래 가사 사이에서, 그날의 작품과 그 전설적인 화가가 내리는 지령에 완벽하게 들어맞는 네 개의 명령문이 터져나왔다.

"와라! 싸워라! 이름을 새겨라! 버텨라!" 모나가 포효했다. 두 손을 미술관 천장을 향해 높이 치켜들고, 고개를 뒤로 젖히고, 머리카락은 아무렇게나 산발을 하고, 도취해서 격하게 진동하며, 생기 가득하게.

29
에드워드 번존스
멜랑콜리를 소중히 여겨라

하지 선생님은 매주 아이 한 명을 강단에 세워 스스로 고른 주제로 선생님 대신 수업을 하게 했다. 자신의 차례가 되었을 때 모나는 방에 장식으로 걸려 있던 조르주 쇠라의 포스터를 가지고 왔다. 왼쪽 다리를 오른쪽 다리 위에 포갠 자세로 스툴 의자에 앉아 있는 젊은 여자의 옆모습을 보여주는 포스터였다. 모나는 그것을 칠판에 붙여놓고 작품 묘사를 개시했다. 따로따로 떨어진 자잘한 터치들을 흩뿌려놓는 방식인 점묘법을 언급하면서 그 기법 덕분에 여자의 얼굴이 곧 사라질 것처럼 보인다고, 최면적인 광채가 어린 피부와 배경이 자글거리는 느낌을 낸다고 말했다. 모나는 작품의 맥락을 설명했다. 터너와 그의 풍경화들이 보이는 희석 상태에 대해 언급한 뒤 마네, 모네, 세잔을 소개하면서 이 화가들은 순수한 색채 및 암시 작용에 힘을 싣기 위해 너무 선명한 그림자나 형태를 피하는 경향을 보였다고 설명했다.

이 과제를 준비하면서 아이는 부모님과 할아버지에게 아무 도움도

청하지 않았다. 단지 루브르와 오르세 미술관을 다니며 이제까지 배웠던 것들에서 유추하고 인터넷에서 몇 가지 정보를 훑어보면서, 자기가 쇠라에게서 느낀 것을 자신의 언어로 전달하려고 했을 뿐이다. 모나가 말했다.

"이것은 신인상주의입니다. 다시 말해 화가가 인상주의자들보다 더 멀리 갔다는 거죠. 그는 정말로 먼지 같은 그림을 만들어내려고 했어요!"

이 모든 것을 모나는 확신 있게, 그러면서도 겸손하게 얘기했다. 그렇게 말을 계속하다보니, 자기가 제대로 못하고 있다는 느낌이 들었다. 왜일까? 할아버지를 떠올렸기 때문이다. 스스로를 바깥에서 바라보며 자신의 절대적 기준에 맞춰 평가하는 잘못을 저질렀던 것이다. 수업을 하는 모나는 강단 위에 서 있는 동시에 자기 책상에 앉아 있었다. 끔찍하게 불쾌한 분리 상태에 얽매인 모나의 머릿속은 단 두 마디 말로 마법에 걸린 듯 굳게 잠겨버렸다. '나는 엉터리야.' 눈물이 차올랐다.

그럼에도 성실하게 준비한 덕분에 발표는 거의 자동적으로 이어졌다. 조르주 쇠라는 일찍 죽었고 작품을 얼마 남기지 못했다는 얘기를 했다. 또한 터치 하나하나가 서로 가까이 있는 덕분에 색의 혼합이 팔레트 위에서가 아니라 보는 이의 눈 속에서 이뤄진다는 점을 설명했다. 아이는 덜덜 떨면서, 자기 설명에서 뭐라도 알아듣는 사람은 아무도 없을 거라고, 자기 말이 뒤죽박죽이라고 확신하면서 완전히 위축되고 말았다. 터져나오려는 울음에 자꾸 말이 가로막혔고 금방이라도 와르르 무너질 것 같다고 생각했지만 그래도 싸워보기로 했다. 모나는 버텼고, 고비를 넘겼다. 발표의 막판 스퍼트 대목에 이르러, 자기 작품을 응시하는 사람이 점묘법의 타다타닥 튀어오르는 아름다움을 통해 '속이 씻긴' 느낌(이 표현에 디에고가 웃음을 터뜨렸다)을 받기를 꿈꿨다는 쇠라의 말도 제대로 전했다. 마지막으로는 남은 힘을 쥐어짜서, 소박한 단어들로, 19세기의 화가들이 색채 탐색으로 가득한 이런 유의 작품을 만들어야 했던 건 사진과 경쟁하기 위해서였는데, 사진은 당시에 아직 흑백으로만 되어 있었다는 점을 강조했다.

자, 끝났다. 모나는 도중에 다 그만두고 싶었던 마음에 잘 저항했다. 그럼에도 여전히 자기 할아버지를 생각하면서 할아버지가 지닌 어른의 지식과 아이인 자기 능력 사이에 넘을 수 없는 간극이 느껴진다고 생각했다. '나는 엉터리야, 나는 엉터리야.' 모나의 정신이 헐떡거렸다.

줄지어 앉아 있던 아이들은 모두 넋이 나가 있었다. 그러자 하지 선생님이 허식 없는 호의를 보이며 큰 박수를 보내자고 했다. 폭포 같은 박수가 터져나왔다. 모나의 사랑스럽고 순수하고 작은 마음은 겸허하기만 해서 그 환성이 자기를 위로하는 것인지, 아니면 예술사가로서의 뛰어난 활약을 인정하는 것인지 알 수 없었다.

◆

할아버지를 만나 오르세 미술관으로 향해 가면서, 모나는 수업에서 성공을 거뒀던 이야기는 하지 않기로 했다. 왜? 아이로서는 명쾌하게 말할 수 없었지만 이유는 분명했다. 작품들 앞에서 모나가 정신적으로 독립했다는 것, 이는 앙리에게 행복과 뿌듯함을 안겨줬겠지만 모나 안에서는 불안한 감정을 일으켰다. 사실 할아버지 없이 판단을 내리고 작품을 보며 즐긴다는 건 지금의 모나로선 전혀 상상할 수 없는 일이었다. 독립을 고려한다는 건 성장을 고려한다는 것이었고, 성장을 고려한다는 건 마법적인 유년 시절과의 작별을 고려한다는 것이었다. 누군가가 물었다면 모나는 온 세상을 향해, 세상에 있는 가장 아름다운 것에 대고 맹세했을 것이다. 어떤 미술관이든 자기의 영웅 '하비' 없이 갈 수 있을 날은 절대 오지 않을 거라고. 그건 진심이었으리라. 사실 그날 할아버지의 손을 잡고 있는 모나는 당장 선서라도 하고 싶은 듯 보였다. 하지만 드디어 에드워드 번존스의 비통한 걸작 〈운명의 수레바퀴〉를 마주했을 때는 두려움과 열렬함이 동시에 모나를 사로잡았고, 아이의 손가락은 할아버지의 손에서 스르르 풀려났다.

꿈의 색조를 띤, 심원한 기이함이 감도는 상상의 장면이 매끈하고 끊김 없는 터치로 그려져 있었다. 청회색 옷에 머리에는 헝겊모자를 쓰고 발에는 아무것도 신지 않은 젊은 여자가 옆얼굴을 보이며 눈을 감은 채 바퀴살 사이에 끼워넣은 손으로 굉장히 큰 나무 바퀴를 돌리고 있었다. 바퀴 테 위에는 베일로 치부만 가린 근육질의 남자 두 명이 묶여 있었다(세번째 남자도 있었지만 완전히 아래에 있어 그림에서는 어깨와 월계수 관을 쓴 얼굴만 보였다). 놀라운 구도였다. 옆으로 살짝 비켜 세워진 바퀴(이 바퀴가 작품 전체 공간의 3분의 1 이상을 차지했다)는 그림의 오른쪽을 향하고 있었지만, 단축법으로 너무나 가까운 거리에 그려져 있어 바퀴 윗부분과 아랫부분은 화면에서 잘려 제대로 보이지 않았다. 바퀴의 진행 방향이 관객의 시점을 향하고 있었기에 조금만 움직이면 액자 밖으로 튀어나와 관객과 부덧힐 것만 같았다. 사람들을 원형 물체 위에 등이 뒤로 젖혀진 일자 자세로 고정시켜놓은 뒤, 그것을 굴려 사람들을 짓이기는 고전적 형벌을 알아볼 수 있었다. 화폭 속 남자 인물들은 분명 등이 뒤로 좀 젖혀진 자세이긴 했지만 일자 자세는 전혀 아니었다. 오히려 살짝 뒤튼 골반과 팔다리의 부드러운 움직임에서 모종의 관능이 풍겼고, 표정을 보면 반쯤 잠든 상태 같았다. 바퀴 테 가운데 자리한 중심인물은 금관을 쓰고 왕홀을 쥐고 있었다. 마지막으로, 전체의 기이한 비율을 눈여겨볼 만했다. 원근법이 적용되지 않았는데도, 왼쪽의 여자는 고문받는 남자들보다 약 두 배 더 컸다. 얼핏 동상 받침대처럼 보이는 광석 바닥돌에 콘트라포스토 자세*로 올라서 있어서 더더욱 여신처럼 보였다. 바퀴도 그것이 가로지르는 배경에 비해 터무니없이 컸고, 배경은 그림 곳곳의 작디작은 틈새에서 겨우 볼 수 있을 따름이었다. 금속성의 하늘 아래 고대 도시인 듯한, 초목이 들어설 구석이라곤 거의 없는 공간이 펼쳐져 있었다.

모나는 작품에 압도되었다. 특히 그림의 꼼꼼함, 인체의 피부색과 해부학적 완벽함에 신경을 쓴 만듦새가 훌륭해 보였다. 하늘에서 지상의 풍경을 눈으로 훑을 때처럼, 아이의 시선은 구겨진 곳이나 천이 너울대는 곳의 긴 고랑과 요철 사이를 누비고 다녔다. 할아버지의 목소리가 모나를 몽상에서 끌어냈다.

---

* 한쪽 발에 무게 중심을 두고 다른 쪽 다리의 무릎은 자연스럽게 약간 구부린 자세. 몸이 전체적으로 완만한 S자 형태를 이루며, 얼굴·가슴·대퇴부 등 신체 각 부위의 정면이 조금씩 틀어진 상태가 된다.

"그림 주제가 신비롭지. 불가사의한 여자 거인이 세 남자를 수레바퀴 형벌에 처하고 있으니 말이다. 저들은 위에서부터 차례로 노예, 왕, 시인이란다. 배경의 건물은 꽉 조여진 구도 때문에 신전인지 성채인지 묘지인지 알 수 없이 겨우 닳은 돌만 보이지. 모든 것에 가벼운 회색빛이 감돌고, 그처럼 낮은 채도로 인해 장면에서 핏기가 가시고, 그 결과 장면 전체가 혼란스러운, 심지어 해독할 수 없는 꿈의 세계에 빠져들고 있어."

"그러면 이 작품이 뭔지를 말하기란 불가능하겠네요? 유감이에요." 모나가 아쉬워하는 척했다.

"노력해보자꾸나…… 에드워드 번존스는 1833년에 태어났고, 독학으로 그림을 배워서 '라파엘로 전파'라는, 당시에 굉장히 유력했던 영국 화가 그룹에 들어갔어. 나도 안다, 단어가 어렵지…… 간단히 말해, 이 예술가들은 라파엘로 이전의 이상으로 돌아가기를 바랐다고 해두자."

"동정녀와 아기 예수를 그렸던 화가 말이죠."

"응, 따라서 현대성의 화가지. (모네의 〈생라자르역〉 앞에서 언급되었던 이 단어가 모나의 호기심을 자극했다.) 라파엘로는 일찍이 16세기부터 자연에 대한 지식과 탁월한 회화 기법이 필수적이라는 신념을 입증한 선구자로 여겨졌어. 그래서 후대의 여러 예술가가 그를 우러렀지. 하지만 그를 곱게 보지 않는 이들도 있었어. 라파엘로 전파 화가들에 따르면, 라파엘로는 창작을 망가뜨렸다는 거야. 라파엘로가 얼마나 천재적이었든 그들이 보기에 그는 중세 예술에 있다고 여겨지는 성스럽고 신비한 포부를 꺼뜨렸어. 그들의 주장은 그 영적이고 집단적인 이상으로 되돌아가고 싶다는 것이었지."

"알겠습니다······."

"번즈존스가 속했던 세대는 빅토리아 여왕 치하에서 영국의 산업혁명을 경험했단다. 자신만만한 시대, 물질적 성공을 거두며 그 성공을 즐기는 데 사로잡힌 시대, 지식과 합리적 사고를 통한 진보가 가능하다고 생각했던 시대지. 결연하게 미래를 향하는 시대였던 거야. 하지만 그 산업혁명이 야기하는 폐해들도 있어. 환멸, 극빈, 이기주의의 씨앗을 뿌리거든. 시와 공상을 등한시하게도 만들지. 그런 건 진보의 행진과 어긋난다고 여겨지니까. 번즈존스, 영국의 라파엘로 전파, 더 넓게 말해 유럽 전역의 '상징주의자'들은 그걸 용납할 수 없었던 거야."

모나가 '라파엘로 전파'와 '상징주의자'라는 단어들을 익히기 위해 소리 없이 따라 읊조리는 동안, 앙리는 혼종적이고 고의적으로 부도덕한 환상에 흠뻑 빠져들었던, 소위 '데카당' 유파의 화가들을 떠올렸다. 프랑스의 귀스타브 모로와 오딜롱 르동, 벨기에의 제임스 엔소르와 페르낭 크노프, 독일의 막스 클링거. 그러자 공감각이 지닌 마력의 힘인지, 벨벳 언더그라운드가 연주한 〈모피를 입은 비너스〉의 성난 알토가 앙리의 머릿속에서 울려퍼졌다. 인간 지성이 쉬이 내려가지 못하는 비현실적 깊이감을 지닌 그 신랄한 록 음악 작품을 앙리는 한때 콜레트와 함께 연이어 되돌려 듣곤 했다.

"떠올려보렴, 모나야. 우리는 이때까지 외부 세계를 향해 있는 작품들을 많이 보았지. 모네의 그림처럼 한창 변화하는 도시를 보여주거나, 드가의 그림처럼 현대의 여가 활동을 보여주거나, 세잔의 그림처럼 풍경을 보여주거나. 여기에서는 그 반대야. 번즈존스는 내적인 느낌을 그리고, 이를 위해 알레고리를 동원해. 여기에서 저 돌아가는 바퀴, 운명의 바퀴를 통해 번존스는 운명이란 변덕스럽다는, 옛 세대로부터 내려온 생각을 구체화시켜. 제아무리 가장 강력한 제후, 가장 완벽한 시인이라고 한들 행복과 재능은 시간의 흐름을 따라갈 수밖에 없지. '모든 것은 흘러가'니까……"

"판타 레이!" 오르세 미술관의 수장고에서 배운 표현을 떠올리며 모나가 외쳤다.

앙리는 모나의 뛰어난 학습 능력에 다시 한번 경이를 느끼면서도 그런 낌새는 전혀 드러내지 않으면서 말을 이었다.

"모네는 물리적인 시간의 준엄한 흐름, 그것이 자연과 사회에 가져오는 부단한 변모를 암시했어. 그에 비해 번존스는 좀더 문학적인 그림을 통해 개개인이 겪는 운명의 흐름, 삶의 길고도 구불구불한 여정에 대해 말하지."

이런 설명을 따라잡기가 약간 힘들었던 모나는 확신하지 못하는 기색으로, 그럼에도 고분고분하게 고개를 끄덕였다.

"아! 그리고 네가 좋아할 만한 수수께끼가 하나 있어…… 아까 나는 너한테, 라파엘로 전파 화가들이 르네상스를 경계하면서 그보다 앞선 시대의 이상을 되찾고 싶어한다고 말했지. 하지만 그러면서도……"

"하지만 그러면서도." 거의 예언가 같은 확신에 찬 어조로 모나가 끼어들었다. "바퀴 위의 몸들은 루브르에서 본 죽어가는 노예의 몸과 비슷해요. 미켈란젤로의 작품 말이에요……"

"정확해." 고개를 끄덕이며 앙리는 다시 한번 손녀의 날카로움과 시각적 기억력에 놀란 마음을 애써 감췄다. "이 세 남성 인물은 미켈란젤로의 예술에서 영감을 얻은 것으로, 고통의 이미지와 동시에 우아함의 이미지를 전해. 마치 은색의 빛이 그들의 살을 어루만지는 것처럼 그려졌지. 달리 말해, 운명의 불확실함이라는 건 비극적인 생각인데, 번존스는 그걸 보기 좋고 매력적인, 이끌릴 수밖에 없는 알레고리로 만들었다는 거야."

"왜죠?"

"그렇게 해서 그는 아주 독특한 감정을 표현하는데, 아이 적에는 전혀 모르다가 나이를 먹으면서 날카롭게 느끼게 되는 감정이란다. 인간이 적극적이고 실용적이며 효율적이어야 하는 산업혁명기의 온갖 물질주의적 가치들에 맞서서, 이 작품은 멜랑콜리를 승격시키지."

"하비가 예전에도 한번 들려줬던 단어네요. 미켈란젤로 앞에 있을 때요!"

"기억력이 정말로 좋구나. 멜랑콜리란 뚜렷한 이유가 없고 달래기 힘든 슬픔이야. 더 모호한, 그래서 더 지독하게 고통스러운, 가끔은 광기와 다를 게 없는 감각이고, 멜랑콜리에 빠져 있을 땐 모든 것이 더이상 아무 의미가 없고, 미래를 위해 만들어지는 모든 것이 결국에는 죄다 사라질 것으로 보이지. 저 바퀴를 보렴. 바퀴가 그려진 구도 때문에 저 사람들 모두가 당장이라도 작품 경계 바깥, 즉 이 세계 바깥으로 내던져질 것만 같지. 멜랑콜리란 되어가는 사태와 다르게 될 여지가 전혀 없어 보이는 상태를 말해."

모나는 눈썹을 모으고 생각에 잠겼다. 감수성이 예민한 아이에게 슬픔이 매력적이라는 생각은 꽤 흥미로웠고 어쩌면 반갑기까지 했다. 아이의 반응을 놓치지 않은 앙리가 설명했다.

"멜랑콜리는 아무것도 아닌 것에 달려 있어. 태양빛이 기쁨을 자극한다면 달빛은 멜랑콜리를 자극한달까. 그런데 이 그림 모든 것에 은색빛이 배어 있지. 담대하게 쳐든 얼굴이 힘을 불어넣는 반면, 살짝 숙인 머리는 멜랑콜리를 불어넣어. 그런데 이 그림에서 눈 감고 있는 여자는 머리를 땅으로 향하고 있지. 푸릇한 정원이나 새로 지은 건물이 삶을 표현한다면 오래된 건축물은 멜랑콜리를 표현해. 이 그림에선, 회색빛에 금이 간 낡은 석조 건물들이 장면을 에워싸고 있지. 저 밤의 분위기, 저 고개 숙인 인물의 옆모습, 저 석조 배경은 형언할 수 없이 아름답지만 그 아름다움에는 슬픔의 향기가 어려 있어…… 그리고 역으로, 그 슬픔의 향기가 불러일으키는 감정 덕분에 우리는 존재의 신비를 조금이나마 파고들 수 있단다. 모나야, 잘 들으렴. 아름다운 삶을 즐긴다는 건 멋진 일이야. 하지만 행복할 때 모든 것은 표면을 겉돌며 반짝거려. 멜랑콜리는 우리 안의 균열이기 때문에, 세계의 의미와 무의미를 들여다볼 수 있는 틈을 내서 심연을, 깊은 곳을 바라볼 수 있게 해준단다. 예술가들은 그걸 알기 때문에 작품을 창조하기 위해 멜랑콜리를 가꾸지. 이 작품이 말하는 건 모나야, 멜랑콜리를 소중히 여길 줄 알아야 한다는 거야."

"그럼 저 여인이 예쁜 것도 그 때문이에요?"

"부분적으로는 그래. 저건 당시의 시인들이 즐겨 사용하던 클리셰란다. '팜므 파탈', 즉 여자란 치명적이라는 거야. 논리적 비약이긴 하지만, 이런 생각은 굳건히 자리잡게 됐어. 많은 이들이 치명적인 여자의 희생자를 자처하면서 그 생각을 지지했거든. 그래서, 맞아, 네가 말한 대로 행운의 여신은 예뻐. 기쁨을 안겨주기 위해서인 동시에 괴로움을 안겨주기 위해서지. 게다가 번존스가 보기에, 괴로움은 기쁨을 품고 있는 것이기도 하고."

모나는 이처럼 돌고 돌며 갑자기 뒤집히기도 하는 언어의 묘기, 즉 역설을 무척 좋아했다. 앙리는 그 어법을 곧잘 사용하면서도 그저 사변적인 말장난이 되지 않도록 주의했다. 그런데 이 경우, 그 수사법이야말로 번존스와 그의 세대 전체를 지배했다는 것이 그의 진심어린 생각이었다. 그 무리가 마음속 깊은 곳에서 느꼈던 모순적 쾌락은 가히 마**조히스트**라고 할 만하다. 어라! 게다가 그 단어는 라파엘로 전파와 번존스의 동시대 사람이 만들어낸 것이잖은가. 그는 레오폴트 폰 자허마조흐를 떠올렸다. 1870년 '모피를 입은 비너스'라는 제목의 이야기를 쓴 작가였다. 게다가 이럴 수가! 방금 전 그의 머릿속에서 맴돌던 벨벳 언더그라운드의 곡에 영감을 준 것도 바로 그 소설이었다. 아! 그처럼 오랫동안 이걸 모를 수 있다니, 어찌된 영문인가? 이렇게 해서 그는 자기 나이에도 여전히 많은 것을 배울 수 있다는 사실을 깨달았다. 스무 해의 봄을 네 차례 보냈다는 것, 그건 멋진 일이었다.

30
빈센트 반 고흐
현기증을 정착시켜라

콜레트에 대한 오래된 신문 스크랩이 들어 있던 크라프트지 봉투를 모나가 슬쩍한 지 삼 주가 흘렀다. 아이는 기사의 내용을 잘 이해하지 못하면서도 더이상 파고들고 싶지 않을 만큼 깊은 쓰라림을 느꼈고, 그 자국을 기억에서 지우고 싶었다. 하지만 모나 안에서 깨어난 할머니의 모습들은 잊어버리자고 결심하기엔 너무 강렬했다. 최면 치료를 받을 때 느껴지는 할머니의 존재는 신비로웠고, 아빠의 가게에서 할머니의 옛 물건들을 찾아낸 것도 그에 못지않게 기이한 일이었다. 그 두 가지가 뒤섞여 모나의 마음속에 막연한 우수를 흘려넣었고, 모나의 의지로는 더이상 그걸 감당할 수 없었다. 이따금씩 가게에 혼자 있을 때면, 다시 한번 지하 창고로 잠입해서 다른 자료를 빼내 오고 싶은 마음도 들었다. 하지만 그건 그저 규칙을 어기는 데서 재미를 느끼는 어린아이의 위반보단 훨씬 더 무거운 일, 제 발로 고뇌 속에 뛰어드는 일 같았다. 따라서 모나는 생각을 접었다.

어느 일요일 오후 끝 무렵, 세상을 떠난 할머니에 대해 더 알 수 없다는 비애를 제치고 다른 비애, 훨씬 더 곤란한 비애가 찾아들었다. 자기 곁에 할머니가 없다는 비애, 그 존재를 온전히 곁에 둘 수 없다는 비애였다. 할머니의 목소리, 할머니의 시선, 구원이 되는 그 웃음, 아무것도 아닌 그저 심상한 몸짓들이 없다. 빼꼼히 열린 공허가 문득 얼마나 커졌는지! 가게 뒷방에서 바닥에 엎드려 숙제를 하던 모나는 절벽을 이룬 종이 상자들 사이에서 눈물을 쏟기 시작했다. 아이는 혼자 생각했다. '나 좀 봐. 이제 울었다고 혼나게 생겼네.' 더없이 순수한 슬픔에도 아이들은 얼마나 큰 죄책감을 느끼곤 하는지, 놀라운 일이다. 모나는 팔꿈치 안쪽 소매로 최대한 두 뺨을 닦아내면서 연보랏빛 면 셔츠를 흠뻑 적셨다. 다시 가게 구석구석을 뒤져 할머니의 흔적을 되찾고 싶은 마음이 들었다. 아이는 일어나 어둑한 공간으로 들어섰다. 뚜껑문 앞에 섰고, 그것을 열려고 몸을 낮췄다. 그런데 거기에서 아이는 무거운 덮개 문짝을 들어올리는 대신 무릎을 꿇은 채 가만히 멈춰 있었다. 새로운 추억이 떠오르면서 상실감이 아이를 덮쳤던 것이다.

모나는 세 살이었다. 콜레트의 무릎 위에 앉아 잔뜩 쌓인 작은 상자들, 그중 몇몇은 고급스럽기도 한 상자들을 보고 있었다. 열고, 닫고, 탐색했다. 열면 물건들이 수십 개씩 나오는 그 모든 함이며 뚜껑은 정말이지 재미있었다. 노랗게 바랜 향기로운 주머니들, 사진들, 보석들, 그리고 아무 쓸모 없는 잡동사니들! 그러던 중 모나가 상자 하나에서 성모와 아이의 모습이 그려진 금 도금 목걸이를 하나 꺼냈다. 뒷면에 '콜레트'라는 이름이 새겨져 있었다.

"이건, 아가, 이제 나한텐 영영 아무 의미 없는 것이 되었구나." 이런 말을 털어놓은 뒤 할머니는 목에 걸려 있던 뿔고둥을 보여주면서 덧붙였다. "지금 내게 소중한 건 이거야. 나중엔 네 것이 될 거란다."

모나는 자기 어깨를 감싼 할머니의 손, 너무나 다정하고 너무나 온화한 그 두 손을 다시 느꼈다. 눈을 감은 채, 아이는 울고 또 울었다. 죽은 자들로부터 돌아온 그 유령을 떠날 수 없었다. 거기 그 뚜껑문 앞에서, 그렇게 되찾은 애정의 비현실적인 피복에 싸여, 무릎을 꿇은 채 가만히 머물러 있었다. 눈을 다시 떴을 때 모나를 껴안고 있는 건 손이 아니라 팔, 거대하고 부드러운 두 팔이었다.

"그만 울어, 아가. 아빠 여기 있어." 아빠가 속삭였다.

◆

오르세 미술관으로 가는 길, 모나는 멜랑콜리를 떨치지 못했다. 감히 앙리에게 할머니 얘기를 할 수는 없으니 에둘러서 그 화제에 접근해보려고, 아이는 할아버지에게 영원히 잃어버렸다고 생각되었던 것을 되찾을 수 있다고 믿는지 물었다. 어리둥절해진 앙리는 아이가 시력을 완전히 잃을까봐 두렵다는 얘기를 하려는 거라고 잘못 짚었다. 고통으로 일그러지려는 표정을 억누르며, 그는 모나를 안심시키려고 이렇게 말했다.

"필리프 드 샹파뉴의 작품을 떠올려보렴……"

그래서 모나는 항상 기적을 믿어야 한다는 사실을 떠올렸다. 하지만 전혀 위안이 되지 않았다. 예전에는 도움이 되어줬던 그 메시지가 당장 그 순간에는 아무런 의지도 되지 않았다. 할아버지가 몸소, 그 자리에서 곧바로, 기적이 실제로 일어날 수 있다는 증거가 될 만한 경이를 빚어내줬으면 싶기도 했다. 그런 바람이 부당하다는 건 알고 있었다. 기적이란 주문한다고 되는 일이 아니니까. 실패할 것이 뻔한 일을 부탁해서 서로 풀이 죽는 상황은 없어야 했다. 그럼에도 아직 아이 같은 모나의 마음은 순진함과 약간의 이기심 사이에서 흔들리다가 더 참지 못하고 그에게 간청했다.

"하비, 하비가 기적을 보여주세요!"

앙리가 한숨을 쉬며 미소 지었다.

"수요일마다 요구할 생각은 말아라. 하지만 이번만은 들어주마……"

모나는 눈을 동그랗게 떴다. 그러자 앙리가 엄숙한 몸짓으로 손가락을 들어 30미터쯤 전방에 늘어선 미술관 대기 행렬을 가리켰다. 아이는 금세 이해했다. 몇 주 전에 둘의 사진을 찍었던 젊은 연인이 거기 있었다. 깜짝 놀란 모나는 소리를 지르면서 할아버지의 손을 놓고 달려갔다. 그러더니 주렁주렁한 방문객들 앞에 선 연인의 다리 사이로 뛰어들어 그들에게 매달려 제발 사진을 지우지 않았기만을 바란다고 애원했다. 그들 역시 아이와 다시 마주친 걸 기뻐하며 지우지 않았다고 대답했다. 태양처럼 온 세상을 내려다보는 듯한 모나와 앙리의 모습이 담긴 사진은 핸드폰에 그대로 저장되어 있었다. 아이는 거의 숨도 쉬지 않고 이메일 주소를 댔고 사진은 즉시 전송되었다.

"하비, 하비, 미쳤어요. 진짜 미쳤어요." 기쁨에 취한 아이가 소리쳤다.

'미쳤다고? 좋아, 그럼 미친 얘기를 해볼까.' 노인은 생각했다.

세로로 긴 화폭의 그날 작품에서는 시골 교회 한 채가 봄철 풀밭 위에 서 있었다. 일종의 뒤집힌 피라미드 모양을 이룬 풀밭의 가장 자리를 따라, 거의 대칭형으로 갈라진 두 개의 길이 교회를 감싸는 모양으로 나 있었다. 눈에 확 띄는 붓질 자국들이 노란색과 밤색, 화창한 낮 시간의 따뜻한 색조들로 오솔길을 채우고 있었다. 교회는 살짝 비낀 방향에서, 단축법이 적용되어 단단히 뭉쳐진 형태로 그려져 있었는데, 잘 보면 교회의 뒷모습, 즉 후진부였다. 그림 맨 왼쪽에는 제실 한 칸의 바깥벽이, 그 오른쪽에는 합각지붕 아래 벽에 붙은 후진부가 보였으며, 이 후진부 오른쪽에 다시 소후진 하나가 딸려 있어 통틀어 세 개의 커다란 창문과 좀더 작은 창문 두 개가 나 있었다. 길마형 종탑, 즉 지붕의 두 경사면이 마주보고 있는 종탑이 후경에서 풍경 전체를 지배했다. 고딕 양식과 로마네스크 양식이 뒤섞인 이 건물을 부각하는 배경의 하늘은 여러 색조의 파란색으로 이뤄져 있었다. 구름이라곤 없는데도 굽이치거나 빙글빙글 도는 터치들이 있어 공기가 무리 지어 움직이고 있다는 느낌을 자아냈다. 어쩌면 폭풍우가 다가오는 것도 같았다. 어쨌든 그림 양쪽 모퉁이가 더 어두운 것을 보건대 밤이 내리고 있다는 것만은 확실했다. 후경의 채색 소용돌이에 호응이라도 하듯이 지붕 능선, 모서리 기둥, 코니스 할 것 없이 건축물의 선들이 모두 너울거리는 듯, 심지어 비틀거리는 듯 보였는데, 마치 이 광경을 바라보는 시선이 취해 있는 것 같았다. 마지막으로, 교회에 가려지긴 했지만, 너무나 오렌지색 기왓장 등 지평선 부근에 작은 마을이 있다는 표지들을 어렴풋이 알아볼 수 있었다. 거기에 더해 전경에는 치마 차림에 챙 모자를 쓴 농촌 여자의 뒷모습도 있었다. 왼쪽 길을 따라 걸어가는 여자의 실루엣은 두꺼운 윤곽선으로 갈무리되어 있었는데, 실은 그림 전체에 그 윤곽선이 고루 나타났다.

그림에 완전히 반한 모나는 30분 내내 쉬지 않고 화폭을 살폈고, 급기야는 얼근한 취기를 느꼈다. 마침내 아이가 중얼거렸다.
"있죠, 하비. 아빠가 술을 많이 마실 때요, 아빠가 보는 광경이 약간 저럴 거라고 생각해요." (아이는 손을 들어 중심을 잃고 흔들거리는 교회의 모습을 흉내냈다.)
"네가 멋진 아빠를 뒀다는 걸 절대 잊지 마렴, 얘야. 아빠는 널 사랑해. 그리고 한없는 감수성을 지녔어. 뛰어난 감수성을 타고난 사람들은 취기에 빠져들곤 해. 취기가 그 자질을 더 날카롭게 해주거든. 그 예로 빈센트 반 고흐는 압생트를 어마어마하게 마셔댔지. '초록 요정'이라는 별명이 붙은 증류주인데, 나중에 가서 금지되었지만 당시에는 와인보다 저렴한 술이었단다. 그것이 그의 천재성과 광기를 동시에 부추겼지. 그러니 네 말이 옳아. 이 그림에서는 능선들이 구부러지거나 약간씩 흔들리고, 엉뚱한 색들이 튀어나오기도 하지. 가령 저 오렌지색 지붕 면은 사실 회색빛이어야 하거든."
"혹시 화가한테 병이 있었어요?"
"빈센트는 여러 정신 장애에 시달리고 있었지. 사실 저 그림에서 두 개의 대칭적인 길이 그가 보인 정신 분열의 상징으로 해석되기도 한단다. 그는 더이상 제정신이 아니었거든."
"그렇다는 건 그 화가가 좀…… 못된 사람이었다는 뜻이에요?"

"전혀 그 반대야, 모나야. 광기는 못된 성격과 아무 상관이 없어. 물론 반 고흐가 공격적인 모습을 보일 때도 있었지만, 그보다는 오늘날 의사들이 '공감 과잉'이라고 부르는 것에 가까웠지. 그는 감수성이 너무 예민해서 다른 사람들이 느끼는 것까지 오롯이 느끼는 사람이었어. 마주치는 모든 이를 향해 어마어마한 애정을 발산하곤 했지. 그는 그들과 자신을 하나로 보고, 그들과 형제처럼 지내기를 바랐어. 그림 왼쪽에 있는 농촌 여자의 저 소소한 실루엣에조차 그는 온 영혼을 들이부었을 거야, 확실해. 이에 대해 빈센트가 쓴 기막힌 문장이 있지. 1888년에 자기 동생 테오에게 보내는 편지에서 이렇게 썼어. '사람들을 사랑하는 것보다 더 진정으로 예술적인 일은 없다.'"

"아, 하비! 너무 아름다워요! 그걸 오늘의 메시지로 해요! 부탁이에요!"

"그렇게 서두르면 안 되지! 그보다는 네가 보기에, 이 그림에서 그 과도한 사랑을 구체적으로 보여주는 것이 뭔지 말해보렴."

마치 환각처럼, 모나에게는 건물이 솟아 있는 풀밭을 에워싼 두 갈래의 길이 하트 모양으로 보였다. 귀여운 생각이긴 했지만, 어지간히 경험을 쌓은 지금의 모나는 자유로운 몽상과 진짜 상징 정도는 충분히 구별할 수 있었다. 이 발상은 말할 것도 없이 그저 공상이었다. 그래서 반신반의하는 어조로 교회라고 말해봤다. 모나에게는 당연하지만은 않은 일이었다. 기독교적 가치가 문제될 때마다 부모님, 특히 엄마는 공공연한 경멸을 드러내며 이죽거리곤 했기 때문이다. 하지만 할아버지에게 믿음과 신성함에 대한 경의는 그저 가볍고 뻔한 조롱거리로 치부하기에는 너무 중요한 것이었다.

"맞아, 반 고흐에게 저 교회는 사랑을 구체화한 것이지. 아, 물론 그는 가톨릭 신자가 아니라 개신교도였어, 네덜란드 출신이었거든. 어쨌거나 열렬한 신자였어. 젊었을 때는 보잘것없는 사람들과 늘 함께 살아가기 위해 목사가 되려고도 했지. 그 겸허함이 저 그림 속 교회를 그린 방식에서도 드러난단다. 입구가 있는 위풍당당한 정면, 말하자면 교회의 얼굴 대신 낮게 웅크린 그 반대편, 즉 소후진을 택해 그렸지."

모나가 느닷없는 웃음을 터뜨렸고, 그러자 옆에 있던 방문객 한 명이 대놓고 투덜댔다. 잘난 척하는 댄디 분위기를 풍기는 청년으로, 리본넥타이를 매고 우스꽝스러울 만큼 19세기 복장을 흉내낸 차림이었다. 모나는 등 뒤에서 손가락을 꼰 채 사과를 하는 척했다.* 그러고는 자기가 받은 인상을 귓속말로 말하려고 할아버지에게 몸을 숙여달라고 했다. 무엇이 그렇게 갑자기 재미있었냐면, 반 고흐가 그 거룩한 12세기 건축물의 엉덩이를 그렸다는 생각, 이 화가라면 누운 짐승을 그릴 때도 머리가 아닌 엉덩이를 프레임에 넣을 것 같다는 생각이 들어서였다.

"보세요, 저건 교회 궁둥이예요!"

맙소사, 정말이지 이 아이의 상상력은 걷잡을 수가 없구만…… 앙리는 속으로 생각했다. 하지만 직관력이 돋보이는 평이었다. 반 고흐를 말썽꾸러기처럼 보는 시각이 마음에 들었다. 결국 광기란 자기 자신과 벌이는 말썽투성이 카니발 아닐까? 그럼에도 앙리는 얼마간 진중함을 다시 갖췄다.

"이 작품은 색채가 무척 강해. 하지만 반 고흐가 늘 이런 색 조합으로

---

* 행운을 빌 때 손가락을 꼬는 제스처는 거짓말의 여파로 찾아들 악운을 미리 막기 위해 쓰이기도 한다.

그랬던 건 아니야. 젊었을 적 그는 광산 지역에 드나들었고, 그래서 그의 초기작들은 사뭇 석탄빛을 띠었지. 1885년에서 86년경 안트베르펜에서 루벤스를, 그다음엔 파리에서 인상주의자들을 발견하고 폴 고갱이라는 사람을 만난 다음에야 그림에서 색채가 터져나왔단다. 1890년에 오베르쉬르우아즈에서 이 그림을 그렸을 때는 그 빛의 탐색이 절정에 이르러 있었지."

"그렇다는 건 그가 그때 행복했다는 뜻이에요?"

"꼭 그렇진 않아. (앙리는 잠깐 망설이는 기색을 보였다.) 아니 그보다는, 그래, 네 말이 맞기도 해. 그는 그림을 그리면서 극히 행복해했어. 손에 붓만 들어도 행복감을 느끼면서 작열했지. 하지만 타오르는 그의 화폭들과 불행한 삶 사이의 간극이 있었어. 전설이 될 만큼 큰 간극이었지. 파리 시절 이후로 그에겐 희망의 시기와 실망의 시기가 번갈아 찾아들었어. 빈센트는 공동체적 기질이 강해서 가령 폴 고갱과 예술가 마을을 세우고 싶어하기도 했어. 둘은 프랑스 남부 지방의 아를에 공동 주거지를 마련했지. 하지만 일이 나쁘게 돌아갔어. 다툼이 이어지고, 동료를 더이상 견딜 수 없게 된 고갱은 파리로 돌아가겠다고 했지. 반 고흐는 극도로 슬퍼하면서 면도날로 자기 귀를 잘랐어. 그러고는 정신병자들을 위한 요양원에 수용되었지. 몇 달 후에 퇴원했지만 여전히 의학적으로 깊은 주의가 요구되는 상태였단다. 오베르쉬르우아즈라는 이 작은 마을에 이르게 된 것도 실은 저 교회에서 몇 미터 떨어지지 않은 곳에 가셰라는 의사가 살고 있기 때문이었어. 그 의사가 그를 보살폈지."

"저는요, 제가 의사였다면 그를 칭찬해줬을 거예요. 특히 저 파란색들을요."

"응, 의사는 그 색들을 엄청나게 좋아했어. 아닌 게 아니라 반 고흐는 하늘을 저 깊은 파란색으로 칠해서 교회 유리창의 순수한 코발트색에 하늘이 화답하게 만들었지. 건물의 돌에는 보랏빛 광채의 막이 덮이고. 게다가 시선이 작품 아래쪽을 향해 내려가는 사이, 아주 가만하게, 풍경 구성에 단절이 하나 끼어드는데……"

"그건 이런 거예요. 하늘은 어두워요, 특히 화폭 양쪽 모퉁이 부분이요. 교회는 약간 더 밝아요, 어둠과 밝음 사이라고 할까요. 반면 풀밭 한복판의 길에는 빛이 가득해요. 봄이라는 게 확연히 드러나고요. 무슨 말인지 아시겠죠, 하비? 낮이면서 동시에 밤인 거예요."

"맞아. 반 고흐의 절묘한 표현 덕분에 자연에서 서로 반대되는 두 힘이 함께, 그리고 동시에 존재하고 있어. 하지만 이 그림엔……"

"……하지만 이 그림엔 견고함이 부족해요." 모나가 특유의 예언자적 어투로 끼어들었다. "세잔에 대해 하비가 얘기해줬던 것 기억하세요? '단단하다'고 하셨죠. 반 고흐의 그림은 굉장히 달라요. 꼭 무너질 것 같아요……"

"……왜냐면 터치가 와해되기 때문이지." 이번에는 앙리가 끼어들었다. "전경에서 두 방향으로 갈라지는 저 길처럼 그림은 막 분열되려는 것 같아. 간단히 말해 불안정해. 반 고흐와 놀랄 만큼 비슷한 길을 간 시인이 있단다. 아르튀르 랭보라고 해. 반 고흐는 1853년에 태어나 1890년에 죽었는데, 랭보는 그보다 일 년 후에 태어나고 일 년 후에 죽었어. 둘 모두 굉장히 짧은 시기 동안 강렬한 표현에 주력하며 창작했고, 당대에는 비교적 알려져 있지 않다가 사후에야 명실상부한 신화가 되었단다. 반 고흐가 생전에 판매한 작품이 단 한 점뿐이었다는 사실을 오늘날에는 믿기 힘들지! 게다가 두 사람 다 동료와 유익한 동시에 유독한 관계를 맺었단다! 랭보는 베를렌과, 반 고흐는 고갱과. 삶의 결말이 끔찍하고 가혹했다는 점도 같아. 화가 쪽이 특히 그랬지. 네가 보고 있는 작품을 완성한 지 채 두 달도 되지 않았을 때, 빈센트는 자기 가슴에 총을 쏴서 삶을 마감했어…… 랭보와 반 고흐가 만난 적은 없어. 하지만 『지옥에서 보낸 한 철』이라는 유명한 작품에, 랭보의 의도와는 별개로 이 화폭의 메시지가 될 만한 구절이 담겨 있지.”

"그래서 랭보가 뭐라고 말했는데요?"

"그는 말했어, '나는 현기증을 정착시켰다.'"

"아, 맞아요, 하비!" 전에 없이 성숙한 진지함을 보이며 모나가 한숨을 내쉬었다. "이 작품이 바로 그래요. 가벼운 어지럼증이 이는 것 같은데…… 하지만 영원히 사라지지 않는 어지럼증인 거죠!"

얼큰히 취한 듯한 두 사람이 작품으로부터 멀어져 걸어나오는 사이, 모나는 미술관 복도에서 그 리본넥타이를 한 젊은 잘난척쟁이와 다시 한번 눈이 마주쳤다. 청년은 거들먹거리며 모나를 향해 경멸조로 샐쭉한 낯을 지어 보였다. 이번에는 모나도 빼꼼 혀를 내밀지 않을 수 없었다.

31
카미유 클로델
사랑은 욕망이고 욕망은 결여다

반 오르스트 선생이 모나의 이마 위에 세 손가락을 대자마자, 모나는 지난번 최면 때와 마찬가지로 부엌 식탁 앞의 실명 발작과 그로부터 생겨난 소용돌이에 맞닥뜨렸다. 그리고 그 속으로 잠겨들어가는 것을 느꼈다. 기이하고 뭐라 설명할 수 없었지만, 잠재의식 상태에서 일어나는 일들이 으레 그렇듯, 그 소용돌이는 암흑 속으로 잠겨들었던 끔찍한 경험인 동시에 깊이 묻혀 있던 기억들의 만화경이었다. 눈이 잠시 깜깜해졌던 때를 경험하는 순간, 시간을 가로지르는 터널이 열렸다고나 할까. 실제 세계의 물리학과는 전혀 다른 법칙이 그 여정을 지배했다. 원심력과 구심력이 맞부딪혀 하나가 되었고, 캄캄한 구렁텅이 속이었지만 가늘게 떨리는 빛이 감지되었다.

모나는 끝없는 현기증을 느꼈다. 지하에서 솟아나는 듯한 기억들이 있었다. 한쪽에서는 빼꼼하게 열린 문틈으로, 주먹을 그러쥐고 분통을 터뜨리면서도 눈물로 애원하는 카미유에게 할머니가 담담하게 '싫다'

고 고개를 젓는 것이 보였다. 그런가 하면 저쪽에서는 커다란 탁자가 보였고, 콜레트의 이름으로 건배하며 잔을 부딪히는 소리가 들렸다. 또 다른 쪽에서는 할머니의 목소리가 메아리치듯 들렸다. "이게 너를 모든 것으로부터 지켜줄 거야." 이 말에 대응하는 이미지는 없었다. 얼굴은 보이지 않고 그저 그 말만 계속 반복해서 울렸는데, 어떤 감촉이 느껴지긴 했다. 낚싯줄의 감촉과 한쪽 끝은 뾰족하고 다른 쪽은 비어 있는 단단한 나선형 소라 껍데기의 감촉이었다. 모나는 자기 목에 펜던트가 걸리는 것을 느꼈다.

기억의 회오리가 점점 빨라졌고, 그 선장이자 승객인 모나의 뇌는 더이상 따라갈 수가 없었다. 모나는 반 오르스트 박사가 불러내기도 전에 갑작스럽게 깨어났고, 극심한 경련으로 몸을 떨며 토하기 시작했다. 모나는 창피했다. 이런 경우는 반 오르스트도 겪어본 적이 없었다. 그는 미안하면서도 흥미를 느꼈다. 진료실로 돌아와 딸의 상태를 본 카미유는 의사를 향해 매섭게 화를 냈고, 의사는 사죄의 말을 더듬거렸다. 모나는 엄마에게 다 괜찮다고 말하면서도 겪은 일에 대해서는 털어놓지 않았다.

전철에서 카미유는 상황을 너무 심각하게 여기지 않으려고 노력했다.

"그 의사가 나한테 오십 대 오십일 거라고 했던 것을 생각하면 정말이지! 너한텐 백 퍼센트였는데 말이야!"

허공에 대고 뱉듯 던진 말이었지만, 그 문장은 아이를 기겁하게 만들었다. 오십 대 오십? 백 퍼센트? 몇 주 전에 엄마와 의사 사이에서 오갔던 그 말을 모나는 똑똑히 기억하고 있었다. 모나의 눈이 완전히 멀

2부 오르세 367

위험을 얘기하는 게 아니었던가? 카미유는 커다란 눈을 동그랗게 뜨면서 비죽거리는 특유의 미소를 지어 보였다.

"아니, 전혀 아니야, 아가. 네가 최면에 반응을 할까 물었더니 의사가 내놓았던 추정이었지!"

아이는 오해했던 것이 풀려서 기뻤지만 구토감은 끈질겼다. 그래서 몽트뢰유로 돌아온 아이는 그 불쾌감을 밀어내고자 다른 현기증, 할아버지의 어깨 위에서 느꼈던 현기증의 추억에 집중했다. 모나는 미술관 앞 광장에서 할아버지와 함께 찍은 사진을 인쇄해서 자기 방 벽의 쇠라 포스터 바로 옆에 붙였다.

◆

오르세 미술관의 한 복도에서, 에콜 데 보자르*의 학생들로 보이는 젊은이 열 명 정도가 어느 조각상을 에워싸고 있었다. 커다란 대리석 덩어리의 상단 표면 위로 헝겊모자를 쓴 여자의 머리가 솟아오르는 모습의 작품이었다. 견습 데생가들은 스케치북에 오귀스트 로댕 작 〈생각〉의 굴곡을 옮겨 그리고 있었다. 부정형의 재료에서 어떤 형상이 싹트고 있다는 인상을 자아내기도 하고, 팔다리와 상반신, 심지어 목조차 없는 그 형상이 재료에 갇혀 있다는 인상을 자아내기도 하는, 어쨌거나 모호하다고 할 수 있는 작품이었다. 말없이 모여 앉아 제각기 손에 연필을 들고 작품 연구를 하는 와중에, 한 학생이 킥킥거리며 손을 놀리

---

* 파리 국립고등미술학교.

는 것을 눈여겨본 모나는 가까이 가서 그의 크로키를 슬쩍 훔쳐보았다. 로댕의 작품, 특히 돌의 구겨진 듯한 모양이 훌륭하게 옮겨 그려져 있는 것이 보였다. 그런데 그 초상화 위쪽에, 학생은 만화식 말풍선을 더하지 않을 수 없었던 모양이다…… 이렇게 쓰여 있었다. "누구 나한테 팔 좀 빌려줄 사람?" 엉뚱하고 짓궂은 익살에 모나는 웃음을 터뜨렸다. 아이의 반응에 으쓱해진 학생은 그 페이지에 헌사를 곁들인 뒤 윙크와 함께 모나에게 건넸다. 손녀를 지켜보던 앙리는 물론 기뻤지만 그래도 이제 시간이 되었으니 대리석 표면에서 부유하는 그 얼굴에 좀더 진지한 경의를 표하러 가야겠다고 생각했다. 그건 카미유 클로델이라는 이의 얼굴이었고, 둘은 이내 거대한 청동상 곁에 가서 섰다.

세 인물로 구성된 조각상이었다. 오른쪽에서 왼쪽으로, 벌거벗은 젊은 여자가 무릎을 꿇은 채 한 남자에게 애절하게 호소하고 있었고, 남자는 여자를 버리고 가는 중이었으며, 떠나는 남자 곁에서 그를 부추기는 듯한 악마 같은 모습의 늙은 여자 인물이 하나 있었다. 사타구니 근처만 천으로 가려진 벌거벗은 모습의 남자는 애원하는 여인에게서 돌아서서 결연하면서도 체념의 빛이 어린 걸음을 옮기고 있었고, 앞을 향해 당겨진 그의 몸은 폭풍우 속에서 기울어진 나무처럼 받침대와 사선을 이뤘다. 그는 근육질이 아니었고 몸통 부분의 피부는 시들어 있었다. 표정은 강인했지만 눈에 띄게 비쩍 마른 얼굴이었다. 그럼에도 남자의 실루엣에서는 힘이 발산되는 듯했는데, 디디고 선 두 다리의 윤곽과 움직임 덕분이었다. 큼직한 손 덕분이기도 했다. 특히 뒤쪽을 향해 있는 손, 버려진 불쌍한 여자와 한 틈 거리를 두고 있는 손이 그랬다. 남자를 먼 곳으로 이끌고 가는 여자는 누더기 같은 머리카락에 얼굴은 지독히도 쪼글쪼글한 것이 한눈에 보아도 굉장히 나이든 인물이었다. 조각상 뒷면으로 돌아가 살펴보면 다소 그로테스크한 여자의 엉덩이, 바람에 날리는 망토 혹은 무시무시한 날개처럼 펄럭이는 천 자락 몇 폭이 보였다. 두 손으로 남자의 두 팔을 붙들어 얼싸안은 늙은 여자는 달아나는 그의 걸음을 재촉하고 있었고, 남자의 등 뒤 공중에 떠 있으면서도 얼굴은 남자의 이마에 거의 붙어 있었다. 어쩌면 돌아보지 말라고 속삭이는 것도 같았다. 다양한 높이로 층진 울퉁불퉁한 암석이 그 한 쌍을 떠받치고 있는 반면, 격분과 절망 속에서 굴욕적으로 애걸하는 여자는 좀더 아래에 위치해서, 머리채를 틀어올려 수수하게 묶은 여자의 옆으로 기운 머리 정수리가 도망치는 남자의 허벅지 높이에 이를락 말락 했다. 떠나는 남자의 손끝과 바닥에 있는 젊은 여자의 손끝 사이 거리는 겨우 몇 센티미터로, 물리적으로는 지척이지만 한없이 멀게만 느껴졌다.

늙은 남자의 얼굴은 모나에게 기이한 인상을 남겼다. 아이는 그 얼굴에서 하나하나가 골짜기 같은, 거의 흉터처럼 보이는 홈들을 눈여겨보았다. 오른쪽 광대뼈에서 눈썹까지 패여 있는 할아버지의 얼굴처럼 무슨 상처 때문에 난 흠집은 아니었다…… 그건 안에서부터 생긴 흠집, 무자비한 시간의 작업으로 패인 얼굴이었다.

"무서워요, 저 둘 말이에요." 애원하는 여자로부터 멀어지는 인물들을 가리키며 모나가 말했다.

"그야 그럴 수밖에. 저들은 늙음과 죽음을 상징하거든. 저 둘은……"
"……알레고리군요!"
"브라보. 이들은 삶에서 가장 비극적인 것의 알레고리야. 뼈가 도드라진 무서운 여자는 유한성을 의인화한 인물로, 남자를 중년으로 이끌고 가지. 그는 거기에 저항할 수 없고."
"하비…… 언제부터 늙은 사람이 돼요?"
"그 문제에 대해선 각자 자기만의 대답이 있단다, 모나야. 나로 말하자면, 객관적으로는 늙었어. 하지만 늙었다고 느끼진 않아. 적어도 너랑 같이 있을 땐 그래…… 하지만 이 작품에 질문을 던지면서 대답을 구해보자꾸나. 여기에서 노년은 쇠락임이 분명해. 카미유 클로델이 엄지를 써서 남긴 우둘투둘한 자국들이 그것을 극적으로 드러내 보이지. 예를 들어, 가까이 가서 저 여인의 머리를 보렴. 눈이 어찌나 움푹 들어가 있는지 눈알이 뽑혀나간 것처럼 보여…… 늙음이란 육체적 퇴락과 뗄 수 없는 관계임이 분명해. 동시에 이 예술가는 '중년'에 접어든다는 것이 무엇인가에 대해 주관적인 차원으로도 우리의 관심을 이끌어 가지. 그게 언제냐, 바로 스스로가 젊은 시절을 떠나고자 할 때, 젊은 시절로부터 등을 돌릴 때야."

이 같은 할아버지의 말은 〈오르낭의 매장〉 앞에서 들었던 말만큼이나 모나 자신의 상황 속에서 큰 울림을 만들어냈다. 모나는 자신이 할아버지의 영원한 젊음의 샘이라는 사실에 우쭐했지만 그와 동시에 마음이 찡하기도 했는데, 그건 거의 불안에 가까운 감정이었다.

"사실 이 작품에는 두 예술가, 카미유 클로델과 오귀스트 로댕의 개인적 운명이 암시되어 있어. 두 사람은 서로 깊이 사랑했지만 그 사랑엔 많은 난관이 있었지. 파리에서 명망 높은 아틀리에를 꾸려나가고 있던 로댕은 카미유의 스승이었단다. 큰 나이 차가 둘을 가로막았어. 게다가 로댕은 오래전부터 로즈라는 여인과 삶을 함께하고 있었고. 젊은 애인보다 훨씬 나이가 많은 이 여인은 자기 남자를 뺏기고 싶어하지 않았어. 충분히 이해할 수 있는 일이지. 이런 상황에서 카미유 클로델은 엄청나게 괴로워했고, 결국 로댕은 둘 사이의 열정적인 관계를 뒤로하고 자신이 로즈를 떠나는 일은 없을 거라고 못박았어. 실제로 그는 죽기 몇 달 전에 로즈와 결혼식을 올리기도 했지. 카미유가 받은 이런 충격이 〈중년〉을 낳은 거야."

"그러니까 무릎 꿇고 울고 있는 게 카미유라는 거죠? 로댕이 로즈랑 떠났기 때문이고, 로즈는 로댕의 팔을 잡고 끌고 가고요, 맞아요?"

"그래, 모나야, 맞아. 하지만 유념해야 할 건 카미유 클로델이 그저 자기 자신만을 위해 이런 작품에 뛰어든 게 아니었다는 사실이야. 카미유는 정부로부터 공식 주문을 받았는데, 그것이야말로 자신의 실력을 입증할 기회였지. 그리고 그 기회에 자기 삶을 바탕으로 구상한 작품을 제작한 거야. 달리 말하자면, 카미유 클로델은 자기 불행을 표현한 작품을 통해 대중의 인정을 받길 원했던 거지. 그 불행의 원인 제공자는 로댕이었고."

"그건 얄궂은 일이네요. 로댕이 스승이니까 사람들은 카미유가 로댕에 대해 좋게 말할 거라고 기대할 테니까요!"

"맞아. 그런데 이런 작품을 제작하는 건 아주 오랜 시간이 걸리는 복잡한 일이야. 대리석에 하는 것처럼 재료를 직접 깎는 게 아니거든. 일단 석고로 작업해서 주형을 만들고, 거기에 청동을 부어서 완성시키는 거야. 그래서 로댕은 카미유가 그들의 가슴 아픈 이별, 로댕 자신한텐 이득 될 게 없는 장면을 작업중이라는 소식을 듣고는 손을 써서 정부가 그 주문을 철회하게 만들었단다. 그렇게 추문을 피한 거지."

"아, 이 작품에서 자기가 어떤 모습을 하고 있는지 로댕의 아내가 봤다면 굉장히 화를 냈을 게 분명해요······"

"확실히 그렇지! 그렇게 해서 오귀스트 로댕, 즉 카미유 클로델의 스승은 카미유가 제자 처지를 벗어날 수 있었던 순간에 앞길을 가로막았어······"

"하지만 보세요. 그래도 조각상이 만들어졌어요. 우리가 이렇게 보고 있는걸요!"

모나의 순진함에 앙리는 프리드리히 엥겔스의 유명한 문장을 떠올렸다. "푸딩은 존재한다, 우리가 먹고 있으므로." 그는 모나에게 〈중년〉이 거쳐야 했던 우여곡절을 설명해줬다. 정부가 비겁하게 주문을 취소하자, 작품 초안에 반했던 티시에라는 장교가 개인 명의로, 자기를 위해 청동상 하나를 완성해달라는 주문을 한 것이다. 덕분에 조각상은 당당한 규모, 인체의 약 절반 크기로 완성될 수 있었다.

그리하여 모나는 한 걸작의 존재가 사소한 기적으로 좌우되기도 한다는 것을, 다른 이들에 앞서 예술가의 천재성을 알아본 선구자들에게 늘 경의를 표해야 한다는 것을 이해했다. 아이는 그 티시에라는 장군을 기리는 뜻으로 관자놀이에 손을 직각으로 갖다붙이며 우정어린 군대식 경례를 보냈다.

앙리는 카미유가 겪은 수차례의 정신 발작, 자기 삶에서 응당 누려야 했던 영광을 아깝게 잃은 뒤 급기야 보클뤼즈의 요양원에 갇혀야 했던 잔혹한 운명에 대해서는 언급하지 않았다. 거기에서 카미유 클로델을 기다리고 있던 건 추위와 배고픔, 보살핌의 부재, 아침부터 저녁까지 울부짖는 입원인들뿐이었다…… 그리고 섬망증. 1930년대에 세인들로부터 완전히 잊힌 그 불쌍한 여인은, 로댕이 이미 죽었음을 알면서도 그가 내린 지시 때문에 자신이 여전히 박대를 당한다고 확신했다. 시인이자 외교관인 동생 폴 클로델을 포함해 모든 이들로부터 버림받은 카미유 클로델은 1943년 가을, 결국 공동 묘지에 매장되었다. 아! 눈물로 점철된 이 운명이 저 난파자, 바다에 무릎 꿇은 채 헛되이 사랑을 갈구하는 여인의 모습 속에 숭고하게 새겨져 있는 것만 같았다! 구부러진 채 허공에 매달리는 여자의 손가락들에서 아이는 시선을 떼지 못했다.

"모나야, 예술 작품을 보면, 예술가들이 손을 재현하는 데 특히 주의한다는 사실을 알 수 있을 거다. 왜일까 맞혀보렴."

"그야 쉽죠. 그들은 손을 가지고 작업하니까요!"

"그래. 예술가들에게 손은 일을 하기 위한 연장이야. 더없이 감동적인 표현도 모두 그 연장을 거쳐야 태어날 수 있어. 게다가 손이 지닌 웅변의 힘은 어마어마해. 저 조각을 보렴. 기다란 사선 한가운데 저 단절의 지점이 있잖니. 손들이 헤어지는 지점이지. 젊은 여자의 두 손바닥이 서로 떨어져 있어. 죄어 있던 팔이 풀리고 여자는 자신이 버림받았음을 깨달아. 남자의 손 역시, 곧게 편 손가락들이 이미 여자의 손에서 빠져나갔고. 근육이며 굵은 핏줄들이 불거진 손목의 모습이 팽팽하게 뻗은 그 손의 기운을 두드러지게 보여주지. 저 손가락들은 안녕을, 거부를, 또한 으스러진 마음을 드러내."

"있죠, 하비. 제일 중요한 것이 저 손들 사이에 있는 것 같아요. 제 말은, 텅 빈 부분에 실은 뭔가가 있달까요……"

"정말 너무나 적절한 말인걸. 아무리 육중한 조각 작품이라도 채워진 부분과 비워진 부분으로 구성될 수밖에 없지. 카미유 클로델의 조각에서도, 청동상의 규모가 아무리 기념비적이어도, 작품의 중심 주제는 바로 저 공허야. 〈중년〉의 역설 전부가 거기에 담겨 있지……"

"아 그래요?"

"공허라는 건, 채워지지 않은 것이야."

"다시 설명해주실래요?"

"자, 모나야. 사랑한다는 것보다 더 아름다운 게 없고, 매혹보다, 누군가에게 느끼는 이끌림보다 더 강력한 건 없지. 이런 감정들이 상호적일 때 일종의 완전함을 느낄 수 있단다. 하지만 클로델의 조각상이 우리에게 말해주는 것, 그것의 가장 위대한 메시지는 말이야, 그래도 사랑은 절대로 완전히 채워지지 않는다는 사실이야. 설사 지상의 삶이 지속되는 짧은 기간 동안 그게 채워진다 쳐도, 호시탐탐 허를 노리는 시간과 죽음이 결국에는 연인들을 떼어놓고 말겠지……"

"하지만 그러면 너무 슬픈걸요……"

"맞아, 물론이야, 슬프지. 최악의 부당함이라고도 할 수 있어. 하지만 그 피할 수 없는 공허야말로 바로 욕망을 유지하는 것임을 알아야 해. 그것 덕분에 우리는 생동하며 강렬한 감정을 느낀단다. 우리가 행동하는 것도 그것 덕분이야. 물론 이 조각상이 사랑의 비극적인 면모를 보여준다는 데는 의심의 여지가 없어. 하지만 네가 깊은 인상을 받은 건 인물들의 자세와 구도를 통해서잖니?"

"다시 말하자면…… 아! 어쩌면 바보 같은 말일 수도 있는데! 그래도 말해보면요, 사실 어쨌든 움직임이 있다는 거죠!"

"그래. 강력한 에너지가 그들을 움직이고 있지. 부동의 중력이 아니라 앞으로 나아가는 동역학이 이 작품을 지배하고 있어. 저건 사랑과 죽음의 대결, 그리스어로 말하자면 에로스와 타나토스의 대결이 아니라 좌절되어 폭발하는 에로스야. 따라서 〈중년〉의 메시지는 고대의 위대한 철학자 플라톤이 남긴 말과 같아. '사랑한다는 것은 욕망한다는 것이고, 욕망한다는 것은 결여되어 있다는 것이다.'"

모나는 어깨를 으쓱했다. 존경하는 할아버지가 펼치는 최종 논증을 이번만은 정말이지 전혀 이해할 수 없었다. '에이, 그런 건 진짜 다 어른들 얘기지.' 아이는 생각했다. 몽트뢰유의 집으로 돌아와서 모나는 보자르 학생이 준 웃긴 데생을 부랴부랴 꺼내 자기가 앙리의 어깨 위에서 날고 있는 사진에 바짝 대어 붙였다. 잠이 들려는 순간에는 그날의 메시지에서 부스러기라도 건져보려고 노력했다. 하지만 어린 모나에게는 그 모든 게 너무 추상적이었다. 모나는 잠 속으로 고꾸라졌다.

그리고 기욤 꿈을 꾸었다.

32
구스타프 클림트
죽음 충동이 살아 숨쉬길

급식실에서 나온 모나는 운동장에 있는 흔들의자 중 하나에 걸터앉았다. 아기 고양이 모양 의자는 유치원생용이라 이제 너무 커버린 모나는 그 위에서 편하게 흔들거릴 수 없었다. 그래서 올라타는 것으로 만족하며 가만히 앉아 주위의 법석을 구경했다. 사방에서 아이들이 학년 말의 행복감에 싸여 뛰어다니며 고함을 질러대는 광경에 모나는 푹 빠져들었다. 가끔은 제일 까불거리는 친구들을 짓궂게 부추기기도 했고, 그럴 때마다 그들의 고함과 뜀박질에 기운이 더해지곤 했다.

궤도에 따라 이동하던 태양의 빛에 마침내 눈이 부셔왔다. 모나는 묘한 느낌에 사로잡혔다. 7월과 8월의 즐거움이 내다보이고, 그 지평 너머로 중학교에 입학할 일이 그려졌다. 옛날부터 늘 오가던 이 학교로부터 멀어지는 것이다. 모나가 학교의 벽에 둘러싸여 보낸 시간은 삶 전체에 배어들 만큼 길었고, 그리하여 학교는 이제 모나의 유년기 자체가 되기에 이르렀다.

환한 빛에 눈앞이 캄캄해져서 모나는 고개를 오른쪽으로 돌렸다. 그리고 그때서야 자기 옆 흔들의자에 앉아 있는 커다란 소년, 기욤을 보았다. 전날 밤 그의 꿈을 꿨던 게 기억나서 몰래 웃음을 지었다. 모나는 아무 말 없이 소년을 빤히 쳐다보았다. 기욤은 이제 둥근 뿔테 안경을 썼고, 몇 달 전까지 모든 아이들이 익히 알아보던 공격성의 가면을 벗어버리고 완전히 차분해진 모습이었다. 그는 더이상 축구를 하지 않았다. 예전의 열등생은 이제 뛰어난 학생이 되었다. 강아지 모양 시소 의자에 걸터앉은 기욤은 『해리 포터』를 읽고 있었다.

모나가 그에게 심란함을 느꼈던 건 몇 주 전의 일이었고, 달가운 망각 속에서 그건 이미 희미해져 있었다. 그럼에도 둘이 나란히, 자기들 몸에 너무 작아진 탈것에 올라탄 채 가만가만 청소년기를 향해 가는 듯한 이상한 구도 속에 놓이고 보니, 새삼 그를 달리 보게 되었다. 기욤이 책에서 눈을 들어 모나를 마주 응시했다. 그 상태로 얼마나 있었을까? 운동장에서 이는 먼지와 소란의 수면 한복판에 1초, 1초가 방울져 떨어지면서 몇 초가 몇 분으로, 몇 년으로, 몇 세기로 변해갔다.

모나는 기욤이 한없이 아름답다고 여겼고, 자기를 바라보는 그의 시선을 느끼면서 거울 효과로 자신 역시 아름다워지는 듯한 느낌, 막연하게 싫으면서도 몹시 황홀한 혼란을 느꼈다. 한마음으로 그들은 어마어마한 고함을 내질러 유년의 껍질을 터뜨리고 두 팔로 서로를 끌어안고 싶었다. 모나는 침묵 속에 머물렀고 기욤은 아무 말도 하지 않았다. 모나는 숨을 참았고 기욤은 전혀 움직이지 않았다. 삶의 아침녘에 이렇게 둘이서 마주쳤다는 것이 얼마나 근사한 일인지 서로에게 털어놓는다는가 하는 일은 전혀 없었다.

◆

 7월이 다가오자 모나는 걱정이 되었다. 일주일에 한 번 할아버지와 함께하는 방문을 중단하게 되는 걸까? 두 사람이 계약을 맺은 지 이제 여덟 달이 되었다. 하지만 논리적으로, 여름휴가 기간에 의료 상담이 있다는 게 당연하지만은 않은 일이고 보니 속임수가 탄로날 우려가 있었다…… 게다가 어느 날 문득 부모님이 모나에게 그 허깨비 상담에 대해 이런저런 질문을 던질 수도 있었다! 그러면 뭐라고 해야 할까? 앙리는 모나를 안심시키고자 카미유와 폴이 '정신과 의사'에게 받는 진료에 대해선 절대 끼어들지 않겠다고 굳게 맹세했고, 따라서 그건 앙리 자신만의 책임이자 특권이라는 사실을 상기시켰다. 모나는 고개를 끄덕이고는 향수 냄새가 밴 할아버지 외투 속으로 뛰어들어 뼈가 불거진 그의 마른 옆구리를 꼭 끌어안았다. 옛날에, 애정이 솟구칠 때마다, 모나는 할아버지의 무릎을 끌어안곤 했다. 그다음에는 허리였고, 이제는 흉곽이었다. 살에 와닿는 이 변화로 손녀가 성장의 새로운 단계에 들어섰음을 알 수 있었다. 할아버지에게 매달린 채, 모나는 소심한 목소리로 물었다.
 "하비, 정신의학자가 뭔지 말해주실래요?"
 앙리가 미소 지었다. 빈으로 여행을 떠날 때가 왔다. '무의식의 화가'와 맞서 겨룰 시간, 즉 구스타프 클림트를 만날 시간이었다. 사실 적잖이 긴급한 일이기도 했는데, 수십 년 전부터 오르세 미술관의 소유였던 것이 전쟁 전에 그 작품을 강제로 박탈당했던 가족의 자손들에게 이제 곧 반환될 예정이었기 때문이다.

가로 세로 약 1미터의 정사각형 화폭에 과수원 풍경이 펼쳐져 있었다. 극도로 밀착되어 있는 구도 때문에 작품 전체가 거대한 울창함, 자잘한 초록색 터치들이 가득 들어찬 상태로 보였고, 요철이나 원근 표현은 아예 사라진 듯했다. 과일과 꽃잎을 암시하는 다른 색깔들이 있긴 했다. 연보라색, 오렌지색, 노란색의 파편들이 있는가 하면 '님프의 허벅지'라고 불리는 살결색 꽃들이 동그란 빛을 발하고 있기도 했다. 작품 아래쪽을 살펴보면, 잎사귀 다발보다 전체적으로 밝은 색조를 띤 풀밭 화단 위에 여섯 그루의 나무가 따로 떨어져 있는 것을 알아볼 수 있었다. 왼쪽에서 오른쪽을 향해, 먼저 약간 깊은 원경에 나무 한 그루, 그다음에는 화폭 아래에 땅딸막한 장미나무, 그 옆에는 좀더 높이 자란 또 한 그루의 장미나무, 다음에는 (가로 길이의 3분의 2 지점에) 다시 나무 한 그루, 그리고 또 (이것 역시 약간 깊은 원경에) 세번째의 나무, 마지막으로 앞의 장미나무들에 맞춰 선 세번째 장미나무. 피어오른 잎들이 한데 뭉쳐 온통 색채들로 지글거리는 광경을 만들어내고 있어서, 사라졌다 다시 나타나는 모티프들을 알아보기 위해서는 지속적인 집중이 필요했다. 나무 둥치는 곧고 가늘었으며, 높다랗게 공모양으로 풍성하게 부푼 엄청난 잎 무더기에 비해 취약해 보였다. 화폭 하단의 3분의 2 지점에 있는 나무가 특히 그랬는데, 그 거대한 잎사귀 더미가 그림 속 공간의 대부분을 차지하고 있었다. 그럼에도 작품 위쪽 모서리에 두 개의 틈새가 남아 있긴 했다. 왼쪽 모서리에서는 푸르스름한 색조의 잎사귀 바탕에 붉은색이 점점이 흩뿌려진 나무 우듬지가 보였고, 오른쪽 모서리에서는 멀리 있는 들판과 그 위 구름 덮인 하늘을 볼 수 있었다.

모나는 박동하는 듯한 작품에 눈부심을 느끼면서 자신이 학교에서 했던 쇠라에 대한 발표를 떠올렸다. 게다가 이 정원은 수백 가지 향기를 뿜어내는 것 같았는데, 아이의 머릿속에서 그건 할아버지의 향수 냄새로 상상되었다. 할아버지가 열렬한 어조로 운을 뗐다.

"구스타프 클림트는 당대의 온갖 관습을 뒤엎었어. 아, 물론, 처음부터 작정하고 그랬던 건 아니야. 원래는 자기 시대의 관례에 따라 '역사주의'라고 불리던 양식의 그림을 그렸는데, 그건 인류가 거쳐온 위대하고 전설적인 순간들을 정확하게 묘사하는 장르, 잔뜩 공을 들여 화려한 장관을 제공하는 장르였단다."

"저건, 죄송하지만, 그보다는 이상한 풍경화에 가까운데요. 모든 게 뒤섞여 있고요, 나무들이 서로 녹아들어 있고요…… 심지어 정원을 위에서 보는 것 같기도 해요. 잎사귀 더미는 옆에서 본 모양인데도요! 그리고 저 작품에선 인물도 이야기도 빠져 있어요! 물론 어쩌면 제가 뭔가를 놓쳤다고 하실 수도 있지만요……"

"네가 놓친 건 없어. 이건 1905년의 작품이야. 그로부터 팔 년 전, 클림트는 작법을 완전히 바꿨거든. 1897년 빈에서 그는 '분리파'라고 불리는 운동을 결성했어. 이 단어는 낡은 전통들과 단절할 것을 주창하면서 훨씬 더 현대적인 시각을 제안해. 클림트의 스타일은 그때 더 예리해지고, 더 에로틱해지기도 했어. 또 더 도발적인 것이 되었지. 화폭에 금을 섞어넣는 일도 자주 있었고, 고전적인 아름다움을 지닌 젊은 여자들과 끔찍한 죽음의 이미지를 뒤섞곤 했지. 베토벤에게 경의를 표하는 어느 프리즈* 작품에서는 눈에 나전을 박아넣은 거대한 원숭이 한 마리를 벌거벗은 여자들에 둘러싸인 모습으로 보여주지."

모나가 나지막하게 원숭이 울음소리를 흉내냈지만, 앙리는 태연하게 말을 이어나갔다.

"그는 부단하게 스캔들을 일으켰고, 가끔은 검열을 자초하기도 했단다. 게다가 클림트는 약간 미친 사람처럼 보였어. 여행을 싫어하고, 각기 다른 여자들에게서 얻은 열댓 명의 사생아가 있었지…… 대문에 방문사절 표지판을 걸어두고 몇 시간이고 틀어박혀 작업에만 몰두하기도 했어. 하지만 악마적인 평판에도 불구하고 많은 후원자가 좋아하는 빈의 대스타가 되었단다. 부유하고 영향력 있는 인물이었지. 그것도 유럽의 등대나 다름없었던 도시 빈에서 말이야."

"왜죠, 빈이 어땠는데요?"

"오스트리아-헝가리라는 강력한 제국의 수도였는데, 수세기 전부터 유럽의 한 부분을 지배해온 가문이 그 제국을 이끌었지. 합스부르크라는 가문이야. 클림트 시대에 빈은 끊임없는 무도회와 음악회로 활기를 띠었어. 뿐만 아니라 그 도시에는 굉장히 대단한 예술가, 학자, 유명인사들이 살았고, 장차 그들이 인류의 역사를 바꾸게 된단다. 좋은 쪽으로, 또 나쁜 쪽으로."

모나는 암시를 이해하지 못했고, 앙리는 굳이 밝히고 싶지 않았다. 그는 아돌프 히틀러의 이름을 함구했다. 1907년, 클림트가 사랑스러운

---

* 건축물의 벽이나 물건에 연속된 장면이나 패턴을 수평적으로 배열한 띠 모양의 장식.

〈키스〉의 작업에 몰두하고 있던 해에 히틀러는 빈의 예술학교 입학시험에 도전했다가 퇴짜를 맞았다. 대체 역사, 즉 어떤 사건이 일어나지 않았다면 달리 전개되었을 일련의 사태들을 상상해보는 가설들을 역사가들은 진지하게 받아들이지 않는다. 그래도 그 형편없는 소년의 시시한 풍경화들이 최소한의 동의를 얻어냈다면, 20세기의 형세는 어땠을까? 빈이 쇤베르크의 무조 음악, 아돌프 로스의 건축적 파괴, 칼 크라우스의 신문 비평, 실레와 코코슈카의 회화적 광기를 쏘아올리던 시점에, 그 도시는 아무개 씨를 대량 학살의 운명에 내치는 종말론적 죄악을 저지른 것이다. 앙리가 다시 말을 이었다.

"시각 예술 전체를 생각해보렴. 당연히 그게 회화만은 아니라는 걸 알 수 있을 거야. 갖가지 형태들이 실용적인 면에서뿐만 아니라 시각적으로도 쾌적한 일상을 만들기 위해 고안되고 제작되어 너를 둘러싸고 있어. 포스터 글자의 선명함, 가구의 간소함, 창문의 투명함, 바닥이나 방향 표지판이나 직물의 색깔, 이 모든 것을 건축가나 디자이너가 언제나 궁리하고 있는 거야…… 예를 들어 지하철역처럼 허술하고 천장이 낮은 잿빛 공간을 걸어가다보면 질식할 것 같은 느낌이 들지. 20세기 초의 빈에서는 이런 문제들이 진지하게 검토되었어. 클림트 세대의 동지들은 각자 자기 분야에서, 식사할 때 사용하는 그릇부터 벽 장식용 작품들을 거쳐 건물 지붕에 이르기까지, 사람들이 살아가는 환경의 혁신을 꿈꿨지. 그리고 이를 위해 한편으로는 형태를 도식화해 그 기하학적 순수함을 활용했고, 다른 한편으로는 각종 예술과 작업 기술 사이에서 무엇이 더 중요하다거나 덜 중요하다는 식으로 통용되던 차별을 없애고 대통합을 기했단다."

"다시 말하자면요, 하비?"

"이 세대의 창작자들은 목수, 유리 장인, 재단사, 조각가나 이젤용 그림 화가 사이에 가치 차이가 있다는 생각을 부정했다는 거지. 그들은 모두 똑같이 중요하고 정당해. 저 작품을 보렴. 색채 터치들로 완전히 뒤덮여 있으면서 극도로 단순화된 방식으로 장미나무가 있는 과수원을 나타내 보이지. 이러한 미학에 영감을 준 세 가지가 있는데……"

"인상주의는 알겠어요, 그건 확실해요!"

"브라보, 첫번째가 나왔구나. 또 오래전부터 내려온 모자이크 기법도 있어. 돌이나 법랑, 유리나 금의 자잘한 조각을 나란히 붙이는 건데, 20세기 초에 재부상했단다. 저건 모자이크가 아니지만 극도의 점묘법이 꼭 '테세라'라고 불리는 작은 조각들처럼 보이지. 마지막으로, 클림트의 기법은 벽지나 태피스트리, 심지어 편직물에서 볼 수 있는 무늬들과도 비슷해. 장식 예술의 비법과 미학이 이 그림 속에 흠뻑 스며들어 있는 셈이야."

"이건 마치 자연에서 흔히 보이는 작은 씨앗들이 사방에 있는데, 그 씨앗들에서 자라나는 꽃, 열매, 가지, 거대한 나무들도 동시에 있는 거 같아요!"

"바로 그거야, 모나야. 흐드러지는 개화의 진행 과정을 눈앞에서 지켜보는 듯하지."

"폭발 같기도 하고요……"

"네 말이 맞다. 그건 생각해보지 못했구나."

그는 한동안 말을 멈춘 채 모나의 말이 열어젖힌 방향으로 생각을 이끌고 가봤다.

"물리적인 의미에서, 폭발이란 뭘까?" 그는 소리 내어 말하며 생각을 이어갔다. "강력한 에너지의 순간적인 해방, 공간 속으로 퍼져나가는 파동이지. 그것이 여기서는 야윈 갈색 둥치에서 둥근 우듬지에 이르는 나뭇잎들의 팽창으로, 또 타닥타닥 튀어오르는 온갖 색채들의 터치로 표현되어 있어."

"네, 그렇기도 하지만 폭발이란 건요, 좀더 폭탄 같은 거예요…… 죽음이랄까요. 구멍, 공허, 무만 남는 순간이에요……"

"음, 이 경우, 저 화폭이 맹렬한 생명을 분출한다는 점에는 의심의 여지가 없어…… (그는 다시 한번 오랫동안 말을 멈췄다.) 그렇다고는 해도…… 내 생각엔 말이다, 네 직관을 끝까지 밀어붙여볼 필요가 있겠구나! 폭발이란 위험해, 폭력적이지. 주위에 있는 것들을 침해하고 먹어치워서 아무것도 남겨놓지 않아. 자 그러니까, 나는 이 작품에서 폭발 역시 충분히 볼 수 있다고 생각한다. 저 작품이 열띤 역동성과 파괴적인 충동을 합치시킨다는 거야."

"하지만 그 둘이 동시에 있다니, 어떻게 그럴 수 있어요?"

"이 역설의 길로 나를 밀어넣은 건 너란다…… (이렇게 치하하는 말을 완전히 믿진 않으면서도, 모나는 일단 반색했다.) 저 에덴동산에서 기하급수적으로 증식하는 꽃망울, 그건 번성하는 자연, 무한한 번영의 표지야. 그와 동시에, 너는 다채로운 다발로 터져나오는 저 초목 속에서 폭발의 기미를 느꼈지, 뭔지 모를 죽음의 기운 같은 것을 보았지. 어쩌면 마음을 가라앉히는 기운일 수도 있고…… 자, 그게 이 작품의 열쇠야. 이 작품에선 서로 대항하는 힘과 긴장이 불가분하게 얽혀 있어. 삶의 충동과 죽음의 충동이 한데 모여 결합하지."

모나는 생각에 잠겼다. 그날의 메시지를 이해하고 싶었지만 너무 난해했다. 몇몇 요소가 지난주에 카미유 클로델의 조각을 보면서 나왔던 것과 여러모로 비슷하다는 점은 눈치챘다. 하지만 보다 근본적으로, 아이는 자기가 그저 개인적인 관점을 말해봤을 뿐이라는 데 신경이 쓰였다. 개화의 이미지가 폭발의 이미지와 겹쳐진다는 것. 그런데 앙리는 거기에서 출발해 작품의 메시지를 끌어냈다. 만약 폭발하는 폭탄 말고 다른 생각이 들었다면 할아버지는 뭐라고 했을까? 커다란 케이크이나 동물들이나 지도 같다는 생각이 들었다면? 한순간 스쳐지나가는 주관적인 느낌에서 결정적인 메시지를 끌어내다니, 작품을 갖고 장난치는 게 아닌가? 그리고 무엇보다, 모나 자신은 대체 무엇 때문에 그런 이미지를 **보게** 된 걸까?

"하비, 사방이 꽃인데 왜 저는 폭발을 보는 것 같았을까요?" 아이가 물었다.

"네 무의식 때문이야, 모나야."

"내 뭐요?"

"네 무의식."

"그게 뭐예요, 그, 뭐라고 하셨죠?"

"자, 들어보렴. 빈에서 구스타프 클림트가 살던 곳 가까이, 베르크가세 19번지에 사는 어떤 교수가 있었어. 이 작품이 그려지던 시기에 막 유명해지기 시작한 교수였지. 그 사람의 말과 글에 클림트는 큰 흥미를 느꼈어. 우리 모두의 행동이 우리가 밝힐 수 없는 생각들의 영향하에 이뤄진다는 게 이 교수의 주장이었거든. 무의식이란 우리 정신에서 묻혀 있는 부분인데, 깨어 있을 때도 우리에게 덮쳐들곤 한단다. 그러면서 예를 들어, 네가 방금 한 것처럼, 하나의 이미지를 이상하게 다른 이미지와 연결한다든지 하는 거야. 하지만 무의식이 특히 자유롭게 표현되는 건 우리가 꿈을 꿀 때지. 우리의 지성이 당장은 이해하지 못하는 메시지들을 통해서, 무의식은 우리가 원하는 것이나 두려워하는 것들을 아주 많이 밝혀 보여준단다. 그것들은 우리도 모르는 것, 스스로도 용납되지 않는 것, 뚜렷하게 떠올리지도 못하는 것들일 때가 많지. 이 교수가 또 주장한 바에 따르면, 우리가 심히 불행한 건 그런 것들을 내면에 담아두고 스스로에게 감추고 있기 때문이야. 그래서 그는 직업을 하나 만들어내서 본인도 그 직업에 종사했단다. 환자들이 아무 검열 없이, 아무 판단 없이 자기들의 희망, 두려움, 사랑, 증오를 털어놓게 해서 더 홀가분하고, 더 당당하고, 더 평안히 있게 해주는 직업이었지."

"하지만 그게 우리 머릿속에 숨겨져 있는데, 어떻게 그렇게 할 수 있었죠?"

"자기만의 방법들을 시도했지. 최면과 약간 비슷해."

"그 교수 이름은 뭐였어요?"

"지그문트 프로이트."

"그럼 그 사람의 직업은 뭐였는데요?"

"정신의학자였단다."

33
빌헬름 하머스호이
너의 내부가 말하게 하라

모나는 그렇게 불쾌한 벨소리를 들어본 적이 없었다. 새되고 소란스럽고 쉬어 갈라진, 다른 시대에서 온 그 소리가 가게 안에 울려퍼지자 모나의 아빠는 갑자기 행동을 멈추고 머리카락을 쥐어뜯었다. 진짜 미친 사람 같았다. 그렇게 울리고 있는 건 아빠 앞의 다이얼 전화기였다. 그는 수화기를 들고 떨리는 목소리로 물었다.
"당신이야?"
건너편의 목소리가 대답했다.
"카미유가 전화했습니다!"
폴이 의자에서 벌떡 일어났다. 그는 떨듯이 기뻐했다.
그제서야 모나는 아빠가 핸드폰에 맞게 개조하려고 어마어마한 노력을 들이부어온 1950년대식 베이클라이트 전화기가 드디어 성공적으로 작동되었음을 알게 되었다. 그는 수화기에 입술을 갖다대며 아내에게 입맞춤을 보냈고 큰 소리로 사랑한다고 외쳤다. 그리고 모나에게 달려가 두 볼을 감싸쥐더니 이번 여름에 벼룩시장에 가서 자기가 발명한 그 물건의 시제품을 팔 거라고 알려줬다. 그는 안달하며 발을 굴렀다. 아이는 미소를 지어 보이며 아빠를 관찰했다. 다크서클이 사라졌고 안색에 전보다 생기가 돌았다. 그는 젊어졌다. 아마 술을 끊었기 때문이리라.

이 행복의 절정 앞에서 뭔가 불쾌한 기분이 든다는 게 모나는 기이하게 여겨졌다. 이 거북함은 어디에서 연유하는 걸까? 어린 나이에도 불구하고, 모나는 그게 무엇인지 알아챘다. 이 상태가 끝나리라는 두려움이 마음속에 은밀한 고통을 불러일으킨 것이었다. 모든 것이 잘되어갈 때, 기쁨이 그늘 한 점 없이 빛나야 할 그런 순간에, 무슨 문제가 다시 일어날 것이라는 불안한 예측이 때로는 실제로 문제를 겪는 것보다 삶을 더 무겁게 짓누르기 마련이다. 인간의 영혼은 현실로 닥친 어려움을 불안한 가능성보다 훨씬 더 쉽게 길들인다. 열 살 나이에, 모나는 이것을 배우는 중이었다.

본능에 떠밀려 아이는 난데없이 유머를 발휘했다. 기쁜 소식을 축하하는 건배를 제안하듯 아빠를 향해 잔을 들어올리는 시늉을 해 보인 것이다. 폴의 행복감이 산산이 부서졌다. 그가 보기에는 배려가 부족하다고 여겨지는 딸의 행동에 실망감을 느꼈고 쓰라린 상처를 받았다. 그는 노엽게 빈정거리며 대꾸했다.

"아! 네가 해줄 건 그것뿐이니? 고맙구나, 모나야."

야멸찬 핀잔이었고, 지독하고 잔인했다…… 아빠의 마음을 상하게 할 뜻은 전혀 없었던 모나는 속이 울렁거렸다. 모나가 하고자 했던 건 다시 술 마시는 아빠를 볼 수도 있다는 가능성을 생뚱맞은 투로 가볍게 넘기는 것, 더 나아가서는 언짢은 전망과 기쁜 순간을 가상적으로 뒤섞는 것이었다. 모나는 슬픈 침묵 속에 잠겨들었고, 폴은 그처럼 화를 낸 게 마음에 걸려서 내내 웅숭그리고만 있었다.

그날 늦게 침대에서 남편의 굳은 얼굴에 놀란 카미유가 이유를 캐물었다. 그는 어물거리며 그날 가게에서 모나와 있었던 일을 털어놨다. 카미유는 일어나더니 부스스한 머리를 한 채 권위적인 어조로 말했다.

"아니, 폴, 당신 바보야, 뭐야? 당신 딸은 두려움을 이겨내려고 그렇게 한 건데! 당신도 이해할 수 있으면서, 안 그래?"

그렇다, 물론 지금 그는 이해할 수 있었다. 그리고 맞다, 정말이지 그는 바보였다. 완전히 바보였다. 그는 모나의 방으로 달려갔다. 아이는 자고 있지 않았다. 폴은 모나에게 다정하게 미소 지었다.

"미안하구나, 내 딸. 너랑 건배하려고 왔단다! 네 건강을 위해."

그가 들어올린 가상의 잔이 어슴푸레한 빛 속에서 반짝였다.

◆

여름은 이제 겨우 시작인데 벌써 폭염이었다. 모나에게는 초코 바닐라 아이스크림을 사달라고 할아버지를 조를 기회였고, 아이는 튈르리 공원을 가로지르며 연이어 두 개를 해치웠다. 공원 가로수길에서 모나는 나무 사이로 비끼는 햇빛이 만들어내는 스트로보스코프* 효과에 사로잡혔다. 눈을 감은 채, 눈꺼풀 아래에서 가늘게 늘어지고 박동하는

---

* 주기적으로 점멸하는 빛과 그것이 만들어내는 시각 잔상을 이용해 움직임 혹은 정지 상태의 착시를 만들어내는 장치.

빛의 춤에 취했다. 마치 자기 안에 은하계를 통째로 품고 있는 것만 같았다. 눈을 감은 채 걸으며 아이는 노래를 흥얼거렸다. 앙리가 '눈섬광'이라는 멋진 단어를 알려주면서 망막에 찍히는 그 반점들을 가리키는 말이라고 했다. 애기가 나온 김에, 그와 같은 시각 현상을 증폭시켜 명상에 들도록 유도하는 '드림머신'이라는 기구가 1960년대 초반 두 명의 미국인 예술가, 브라이언 기신과 이언 서머빌에 의해 고안된 적이 있다는 사실도 언급했다. 일단 여러 개의 틈을 낸 원통 속에 전구를 넣어야 한다. 그것을 회전판에 놓아서 빙빙 돌게 만든다. 그런 다음엔 이 장치에 감각을 집중시켜야 하는데 단, 눈을 감은 채다. 당연히 모나는 그걸 사용해보고 싶었다.

"그렇게 쉽게 구할 수 있는 물건이 아니야!" 할아버지가 대꾸했다.

"아빠가 만들어줄걸요!"

짓누르는 더위 속에서 그날의 오르세 미술관 방문은 더없이 시원한 경험이 될 예정이었다. 바이킹족의 이름을 가진 북쪽 나라의 거장, 빌헬름 하머스호이가 그린 서늘한 실내 풍경이 그날 볼 작품이었기 때문이다.

한 여자가 벽을 향해 앉아 있는 뒷모습이었다. 두꺼운 까만 치마 위에 뒤트임이 있는 좀더 밝은 색깔의 블라우스를 입고 있었다. 부드러운 목선에 척추뼈가 솟아 있었고, 그 선을 따라 목이, 그리고 풍성한 갈색 머리칼을 하나로 틀어묶은 머리가 잇달았다. 여자의 모습은 그림 정중앙에 자리했다. 어깨선이 왼쪽에서 오른쪽을 향해 가볍게 기울어지다가 뒤로 뺀 팔로 이어지면서 완벽한 대칭을 깨뜨렸지만, 그럼에도 극도로 균형 잡힌, 성스러울 만큼 조화로운 구도였다. 뒤에서 바라본 의자의 다리나 좌석은 보이지 않았고, 등받이의 두 기둥, 이것들을 연결하는 단단한 가로대와 그 아래 또다른 두 개의 가로대만 보였다. 맨 아래 것은 아주 가늘었고, 가운데의 가로대는 바둑판 모양의 마름모들이 물결 모양으로 깎여, 모서리와 사각형의 느낌이 지배적인 가구에 약간 둥근 느낌을 더해줬다. 수수한 목제 가구였고, 오른쪽에 있는 식기대도 마찬가지였다. 그림 경계에서 잘린 식기대 위에는 가장자리가 꽃부리 모양으로 퍼진 원형의 하얀 접시가 놓여 있었다. 그리고 무엇보다도, 화폭 면과 정확히 평행을 이루는 벽이 있었다. 여자에게서 어떤 움직임의 낌새도 찾아볼 수 없었기에(손은 감춰져 보이지 않았다), 그 불투명하고 생기 없는 거대한 벽면에 거의 무릎을 붙인 채 그저 벽을 바라보고 있는 것 같았다. 여자는 거기에서 무엇을 보는가? 벽에 가미된 변주라곤 고작해야 작품 세로축의 4분의 1 지점에 위치한 굽도리널뿐이었다. 벽은 잿빛이었지만 신비로운 빛이 감돌고 있어서, 마치 밖에서 들이닥친 햇빛이 그 어둡고 수수한 내부에 달라붙어 머무는 듯했다.

한없이 작품을 관찰하던 모나는 자신이 그림을 마주하고 있는 것과 같이 여자 역시 페인트 벽을 마주하고 있음을 깨달았다. 앙리로서는 손녀의 목선과 모델의 목선이 나란히 늘어선 모습에 르네 마그리트의 초현실주의 그림을 떠올렸다. 등을 보이고 서 있는 한 남자가 거울로 자기 모습을 보는데 남자의 얼굴이 아니라 등이 비쳐 있는 그림이었다.

"아, 하비! 저 머리 가닥들, 또 저기, 작은 옷 주름이랑 저기, 꽃 모양

그릇의 주름도! 다 너무 아름다워요. 저는 있죠, 저렇게 아름다운 그림을 그릴 수 있으려면 학교에서 얼마나 시간을 보내야 하는지 가끔 궁금해요…… 제 말은, 예술가들이 어렸을 때요, 그들이 예술가가 될 거라는 걸 미리 알 수 있나요?"

"위대한 화가들을 두고 그들의 조숙함에 대한 전설이 회자되곤 하지. 빌헬름 하머스호이에 대해서는 두 가지 얘기를 들려줄 수 있어. 첫번째는 겨우 두 살 된 그가 풀밭에서 네잎클로버를 알아보고 따올 수 있었다고들 해. 아주 어린 나이부터 시각적 감별력이 남달랐음을 밝혀주는 얘기지. 예술가 자질에 대해서는 여덟 살인가 아홉 살 때, 그의 어머니가 트롤과 땅 요정이 잔뜩 나오는 동화를 읽어주는데 아이가 색연필을 집어들고 그것들을 그리기 시작했다고 해. 어찌나 강렬하게 그렸는지 자기가 그린 괴물들 때문에 겁에 질려서 냅다 달아났다나!"

"자기 그림에 겁을 먹었다고요?" 모나는 믿을 수 없다는 투였다.

"응. 굉장히 무시무시했나보지…… 그렇지만 하머스호이는 그런 유의 환상적 화풍으로 더 나아가진 않았어. 충분히 그럴 수 있었는데도 말이야. 이 화가는 유럽 북부에 있는 덴마크란 나라 출신인데, 그 지역엔 숲속에서 마녀들이 주문을 왼다거나 밤마다 나무들이 돌아다닌다거나 하는 초자연적 신화들이 아주 풍부하거든…… 하지만 그가 하게 된 건 전혀 다른 것이었지. 보다시피 그의 관심을 끄는 건 평범하기 짝이 없는 실내야."

"약간 페르메이르와 비슷하네요, 어때요?"

"그럴 수도, 하지만 훨씬 더 헐벗은 모습이지. 물건이랄 게 거의 없어. 가운데에 놓인 의자, 육중한 식기대, 그리고 네가 이미 지적한 저

하얀 접시뿐이야. 하머스호이는 오래된 목제 가구를 무척 좋아했어. 화려하지 않아도 아름답기만 하다는 거야. 실내에 많은 물건이 들어차 있을 필요가 없다, 품격 있는 물건이라면 단순하고 수수한 몇 가지만으로도 공간이 리듬을 띨 수 있다고 말하곤 했단다."

"요즘 우리의 실내 장식들은 싫어했을 거라고 장담해요!"

"어쨌든 지나치게 과시적이고 상스러운 건 다 싫어했다고 해두자. 그에게 그리고 싶다는 욕망을 불러일으키는 건 선들과 그 선들의 순수함이란다. 그가 자기 화법에 대해 공개적으로 밝힌 몇 안 되는 사실 중 하나야. 직선이건 곡선이건, 선의 품격에 사로잡혀서 그 아름다움을 옮겨 그리고 싶어했어. 예를 들면 저 그림에서 그는 굽도리널에, 의자의 골조에, 또는 화면 바깥의 커튼인지 벽의 모퉁이인지가 저 왼쪽에 드리운 그림자 때에 매혹되었을 게 분명해. 이런 것 모두를 통틀어 그는 '건축적 격조'라고 불렀지."

"하비, 이 하머스호이란 사람은 화가보단 실내 디자이너가 되어야 했을 텐데요!"

"하지만 그에겐 선택의 여지가 없었단다."

"아 그래요? 누가 강요했는데요?"

"설명해줄게. 하머스호이는 과묵한 사람이었어. 발언을 해야 할 때마다 잔뜩 긴장하고, 꽤 멜랑콜리한 성격이기도 했지. 그에 대한 얘기들에 따르면 극히 말수가 없는 사람이었고, 게다가 잘 듣지 못하기도 했어. 왼쪽 귀가 들리지 않았거든. 라이너 마리아 릴케라는 위대한 시인의 이름을 이미 한 번 언급했는데, 그게 벌써 몇 주 전이구나. 자, 이 시인이 어느 날 코펜하겐 스트란가데 30번지 2층에 있는 소박하고 아름다운 집으로 하머스호이를 방문해. 저 그림의 배경이 된 집이기도 하지. 화가가 워낙 조심스러운 성격인데다 둘 사이 언어 장벽도 있어서, 릴케는 거의 아무 말도 나누지 못하고 떠났어. 그때 릴케는 이렇게 썼지. '그가 오직 그림에만 자기 자신을 쏟아붓는다는 건 주지의 사실이다. 그리는 것 이외에 다른 일을 그는 할 수도 없고 바라지도 않는다.' 나는 정말 그랬으리라고 생각해. 하머스호이는 자신의 소명에 홀려 있었어. 자기 작품을 논평하거나 분석하는 것, 미학에 대해 논하는 것조차 좋아하지 않았지. 그는 침묵 속에서, 항상, 끈질기게 그렸어. 그것만이 그의 표현 수단이었고 어떻게 보면 유일한 존재 수단이기도 했지. 자, 그럼 그는 대체 뭘 그렸을까? 가장 직접적으로 드러나는 자기 삶, 그저 그뿐이었어. 그의 집, 그의 물건. 또 그의 아내 이다Ida."

"저, 하비, 그래도 자기 아내를 뒷모습으로 그리는 건 이상한 것 같아요…… 있죠, 휘슬러의 엄마 때 같아요. 초상화를 옆에서 그리다니, 화가가 방향을 틀리게 잡았다는 느낌을 받았죠……"

"내가 생각하기엔 그렇다기보다 하머스호이가 신체의 한 부분, 회화사에서 제대로 관찰된 적이 별로 없는 부분, 고전적인 초상화에선 당연히 절대 나오지 않는 부분에서 느끼는 매혹을 한껏 표현하고 싶었던 것 같아……"

"목이요." 모나가 자기 목을 만지며 답했다.

"훌륭해. 목이야. 더없이 유연한, 빛나는 이랑과도 같은 목…… 휘슬러에 대한 암시로 말하자면, 네가 정확하게 봤구나. 그는 하머스호이가 좋아하던 화가였단다, 특히 색채 때문이었지."

"그거 말인데요, 하비. 색채는 여기서 시시한 것 같아요. 완전히 잿빛

인걸요……"

"일부러 먹먹한, 답답한 색을 쓰는 거야. 왜냐하면 색채의 측면에서 하머스호이는 사용하는 색의 수를 제한함으로써 최대의 효과를 얻을 수 있다고 보았거든. 그때 그가 노리는 건 침묵과 몽상의 효과야. 일반적으로 말해서 그림이 다채로울수록 육체적 에너지가 넘실대는 것 같고, 색조가 밋밋하고 광물의 색을 띨수록 그림이 명상과 비현실에 고착된 느낌을 주지."

그런 뒤 앙리는 손녀에게 복합적인 역사적 현상 한 가지를 설명해줬는데, 다름 아닌 내밀성의 탄생이었다. 그는 18세기부터 19세기를 거치며 점점 더 도시화되는 주거 환경에서 집이 다양한 방들로 나뉘게 된 과정을 설명했다. 사람들이 자기 집에서 휴식을 취할 때 침실, 욕실, 안방이나 서재 등의 닫힌 공간들이 어떻게 자기 자신, 자기의 감각과 주관성에 대한 관심을 고취시켰는지도 얘기했다. 물론 굉장히 흥미로운 얘기였지만, 모나는 약간 얼떨떨한, 심지어 어질어질한 느낌이 들었다. 필시 더위 때문이었으리라. 앙리는 바삐 설명을 이어나갔다.

"이다는 자기 집 내부에 잠겨 있어. 그러면서 자기 자신, 자기만의 내부에 온전히 들어가 있지. 그리고 둘을 연결해주는 것이 있어. 바로 벽이야. 화가는 그림 바깥의 광원, 화폭 왼쪽의 보이지 않는 창문에서 들어오는 빛이 그 벽에 비쳐 일렁이는 모습을 그렸어. 있잖니, 모나야. 이 작품의 천재성은 모델이 등을 돌리고 있어서 관객이 그 손을 볼 수 없다는 데 있어. 어깨와 오른쪽 팔꿈치에 움직임의 기미가 좀 있지만, 예를 들어 이다가 뭘 읽는 중인지 수를 놓는 중인지 아무것으로도, 아무데서도 알아낼 수 없어. 전혀. 그렇기 때문에 우리는 저 벽을 바라볼 수밖에 없고, 침묵 속에서 그 벽에 젖어들게 되지."

"그러면, 그게 하머스호이의 메시지예요?"

"응, 그거야. 자기 내부가 말하게 해야 한다."

모나의 어지러움이 심해졌다. 그럼에도 모나는 창백한 벽에서 파닥거리는 빛을 더 깊이 관찰하려고 노력했다. 우윳빛 붓으로 칠해진, 약간 초록빛이 돌고 가끔은 푸른빛이 도는 벽면. 모나는 몽상에 빠졌고 몽상 속에서 멍멍해져갔다. 아까 미리 봐둔 작품 제목은 〈휴식〉이었는데, 고요함에 이어 느껴지는 건 견디기 힘든 거북함이었다. 정신이 흐려졌다. 뭐가 뭔지 알 수 없게 된 모나는 하머스호이의 그림에서 네잎 클로버나 트롤의 흔적을 찾기 시작했다. 모나가 횡설수설하면서 얼굴이 창백해진 것을 보고 놀란 할아버지는 부랴부랴 아이를 미술관 의자로 데려가 앉혔다. 순간적으로, 더위에 숨이 막혀 죽을 것 같은 느낌이 들었다. 사리분별이 흐려진 상태에서 반사적으로, 조금이라도 숨이 트였으면 해서, 스카프나 스웨터를 벗듯 펜던트를 벗었다. 맥박이 다시 빨라졌다. 그림의 아담한 잿빛 벽면을 다시 보고 싶어서 아이는 고기를 빼들었다. 벽이 까맸다. 모든 게 까맸다. 전에 겪었던 그 실명의 악몽이 다시 시작되면서 눈에 가리개가 씌워졌고, 모나는 몇 초 동안 그대로 굳어 있었다.

"숨쉬어, 모나야, 숨쉬어." 한순간도 침착함을 잃지 않은 앙리가 거듭해서 말했다.

"괜찮아요, 하비, 괜찮아요……"

아니, 괜찮지 않았다. 하지만 모나는 이런 극적인 상황에 휩쓸리지 않기로 했다. 한 손으로는 할아버지의 무릎을 단단히 붙들었고, 다른 한 손으로는 뿔고둥을 잃어버리지 않기 위해 다시 목에 걸었다. 숨을 들이마시고, 내쉬고, 다시 들이마시고, 다시 내쉬고, 심장 박동이 견딜 만해질 때까지 계속했다. 침침한 막이 한 조각씩 밝아졌다. 모나 앞에 이다의 목이 다시 나타났고, 의자의 골조, 오른쪽 접시의 하얀 꽃부리, 왼쪽에 드리운 그림자, 그리고 마지막으로 벽이, 빌헬름 하머스호이의 아담한 벽면이 다시 나타났다. 아이는 앙리를 껴안았다.

"이제 됐어요, 하비. 아마 아이스크림 때문일 거예요. 너무 빨리 먹었던 거죠……"

"가엾은 모나, 심지어 넌 트롤을 봤다고 했어……"

"전 그걸 봤는걸요……"

"에이 설마……"

"저기, 정말이에요. 오른쪽 팔꿈치께, 소매 주름 사이에요. 트롤 얼굴이 있어요. 끙끙거리는 입에, 찌그러진 커다란 코에, 눈은 아래쪽으로 내리깔고요."

앙리는 모나가 가리키는 지점을 살펴보았다. 아이가 옳았다.

34
피에트 몬드리안
단순화하라

카미유는 내내 정중했지만 분명하게 해두고 싶었다.
"선생님, 곧 여름방학이고 모나의 상태는 괜찮아요. 솔직히 말씀드리자면 삼 주 전의 상담 이후로 굉장히 주의해서 지켜보기도 했고요. 이쯤에서 그만둘 수도 있지 않을까요?"
의사는 난처한 기색이었다. 어깨를 으쓱하더니 길게 한숨을 내쉬고는 회의적인 기색으로 얼굴을 찌푸렸다. 하지만 그는 누구도 강요하고 싶지 않았다. 그래도 전체 검진은 받아보라고 권했다. 눈의 경우, 망막 단층촬영과 안압 및 각막 두께 검사를 해야 했다. 그런 다음 여름이 끝나갈 즈음에 마지막 진료를 잡을 것이다. 그는 아이를 바라보았고, 작별할 준비를 하면서 침울한 마음이 치밀어오르는 것을 느꼈다. 그런데, 일전에 한번 그랬던 것처럼, 아이가 나섰다.
"잠깐만요!" 아이가 엄마에게 말했다.
마지막으로 한번 더 최면 상태에 들어가보고 싶다는 것이었다. 카미유는 한순간 망설였지만 딸의 결연한 어조에서 자기 자신을 닮은 성격을 뚜렷하게 알아볼 수 있었기에 이내 승낙하고 진료실에서 나갔다.

눈꺼풀이 파닥였고 몸이 축 처졌다. 모나는 이제 너무도 익숙해진 반수면 상태로 빠져들었다. 이번에도 의사는 실명의 순간을 다시 체험해보라고 했다. 그의 제안에 아무 대답 없이 30초가량이 흘렀다. 그런 다음 전혀 예상치 못한 일이 일어났다. 처음에는 어린 환자가 첫번째 트라우마적 순간, 반 오르스트 자신도 진행 과정을 거의 외울 정도로 잘 알고 있는 발작에 대해 하는 얘기를 들었다. 하지만 뒤이어 모나는 아직 한 번도 털어놓지 않았던 사건들을 불러냈다. 벌써 몇 달 전, 아빠 가게에서 겪었던 발작, 또 아주 최근 오르세 미술관에서 하머스호이의 작품을 보다가 겪은 발작. 의사는 아이가 이 두 차례의 일과성 재발을 주위 모두에게 감춰왔음을 알아차렸다. 아이는 최면에 빠져든 상태에서 그걸 의사에게 밝히자는 충동에 따른 것이다. 아이가 복기하는 기억들을 의사는 최대한 주의깊게 들었다. 최면 상태 속을 활공하는 모나의 목소리는 차분하기만 했다. 반면, 아이가 반복적으로 해 보인 제스처가 있었는데, 그 작은 제스처가 반 오르스트의 주의를 끌었다. 그는 아이를 깨웠고, 아이 엄마를 진료실로 다시 불러들였다.

모나의 얼굴이 변해 있었다. 마침내 회복기에 들어선 사람처럼 가뿐하고 환해 보였다. 생기 띤 딸의 안색을 알아차린 카미유는 의사의 표정을 살폈다. 철통같았다. 카미유는 질문을 던졌다. 의사는 처방전을 쓰면서 단조로운 투로 대답했다.

"자, 말했던 대로 모나는 건강 검진을 받아야 합니다. 조금이라도 이상이 있으면 최대한 빨리 알아보기로 하죠. 이상이 없으면 9월에 다시 보겠습니다. 그때까지 모나는 즐거운 방학을 보내되 아동정신의학자와의 상담은 계속해야 합니다. 상담에서 그는 뛰어난 작업을 해내고 있어요, 제가 보기엔요. 개학 때 그분을 만나볼 생각입니다."

모나는 말문이 막혔다. 물론 반 오르스트 선생님의 요구 덕분에 7월과 8월에도 쭉 할아버지와 미술관에 갈 수 있게 되었고, 그건 신나는 일이었다. 하지만 존재하지 않는 '정신의학자'를 의사가 만나고 싶어 하니, 이제 부모님과 의사에게 뭐라고 둘러대야 할 것인가? 아이는 그저 공손한 미소를 지어 보였다. '하비가 방법을 알아낼 거야.' 아이는 속으로 궁리했다.

진료실 문이 열렸다 닫혔다. 사무실에 혼자 남겨진 채 서류 더미에 둘러싸인 반 오르스트는 블랙커피를 들이켰다. 그는 생각에 잠겼고, 마침내 셜록 홈스처럼 중얼거렸다.

"그 모든 게 고작 줄 하나에 달려 있단 말이지······"

◆

손녀와 함께하는 수요일의 예술 나들이가 여름에도 중단되지 않을 것임을 알게 되자 앙리는 안심했다. 카미유에게는 태연자약하게 그 신비로운 아동정신의학자가 자기 진료실에서 변함없이 상담을 이어갈 거라고 못박아 말했다. 카미유는 더 알고 싶어했지만 앙리는 처음에 약속한 대로 아무것도 묻지 말고 자기를 계속 믿어달라고 요구했다. 카미유는 마지못해 수긍했다. 앙리는 벌써 보부르에 갈 생각에 푹 빠져 있었다. 보부르, 그렇다. 그가 일주일 단위로 세운 계획에 따르면 오르세 미술관 방문은 이제 한 차례만 남았고, 귀한 손녀를 위해 마련한 거대 예술 프레스코화의 마지막 3분의 1을 향해 곧바로 여정을 이어갈 것이었기 때문이다. 아이에게 일정을 예고하면서, 앙리는 다음에 볼 보석상자의 겉모습을 묘사했다. 센강의 다른 쪽 강변, 유서 깊은 레알 지구에서 멀지 않은 곳에 위치한 그 미술관은 굵은 파이프들이 바깥에 노출되어 있고, 온통 원색이고, 투명한 에스컬레이터가 있다. 아이는 당장 가고 싶어서 발을 동동 굴렀다. 하지만 그전에 오르세 미술관으로 마지막 작품을 보러 가야 했다. 19세기 회화에서 본 것 전부를 나름의 방식으로 요약하는 동시에 현대성의 무수한 난장판을 예고하는 작품을. 모나는 준비 태세를 갖췄고, 미술관으로 가는 길에 이번에는 아이스크림을 하나만 먹었다. 앙리는 아이를 데리고 아주 조그만 작품 앞에 가서 섰다. 세로 35센티미터에 가로 45센티미터의 그 화폭은, 장차 세계를 바라보는 시각에 혁명을 몰고 올 어느 네덜란드 화가의 작품이었다.

가까이 붙어 있는 두 개의 커다란 건초 더미, 그리고 화폭 오른쪽에 보다 작은 건초 더미 또하나가 연이어 있는 모습이 주를 이룬 들판 풍경이었다. 건초 더미들은 화폭 왼쪽에 위치한 시점에서 4분의 3 각도로 그려져 있었다. 얇게 층진 환한 구름 자락이 펼쳐진 하늘을 제외하면 모티프가 무엇인지 곧바로 알아볼 수 없었기 때문에 확실히 알려면 명판을 읽어봐야 했다. 들판에서 흔히 볼 수 있는, 말린 풀을 압축시킨 건초 더미들이 이 그림에선 약간 볼록하고 모서리가 무른, 말하자면 통통해 보이는 정육면체에 가까웠다. 게다가 겉면은 힘차고 적나라한 세로 터치로, 짙은 진홍색부터 와인색에 이르는 날실을 걸어놓은 듯 처리되었다. 건초 더미들이 놓인 지면(전체 공간의 3분의 1을 차지했다)을 묘사하기란 거의 불가능했다. 초록색과 파란색 띠들이 여기저기 굽이치며 뒤섞여 있어서 십중팔구 물가, 어쩌면 둑길처럼 보이긴 했다. 하얀색 얼룩과 곤추선 다갈색 쉼표도 특히 오른쪽에 많이 보였는데, 정황상 습기 많은 곳에서 흩어져 자라는 갈대 같은 식물일 듯했다. 따라서 건초 단들은 연못이나 침수된 목초지, 간척지 같은 진흙질 땅에 세워져 있으리라 추론할 수야 있었지만, 마구 그려 엉망진창이 된 것처럼 불분명했다.

모나가 화폭 앞에서 보낸 반시간 동안, 춤추듯 돌아다니는 관광객들이 평소보다 유난히 더 획획 돌아서는 움직임을 보였다. 전시실 경비원들은 "노 플래시, 플리즈! 노 플래시, 플리즈!" 목이 쉬어라고 외치며 주의를 주었다. 모나는 어른이 어른에게 야단치는 광경이 무척 좋았는데, 보고 있으면 약간 고소한 기분이 들었던 것이다…… 작품의 서명도 소란에 한몫 기여했다. 작품을 그린 이가 누군지 알아낼 때마다 관람객은 깜짝 놀라거나 심지어 실망하는 듯했고, 대상을 쳐다보는 그들의 시선에서 배어나오는 당황스러움이 주위로 퍼져 분위기를 물들였다. 번듯하게 차려입은 한 신사는 왼쪽 아래 모서리에 있는 작은 모노그램에 세 번씩이나 안경을 들이대더니 감히 자기를 속이려 하나며 경비원을 불러 격분을 토해냈다.

"이게 몬드리안이라고? 어림없지!"

아이는 할아버지를 쳐다보며 의중을 살폈다.

"있잖니, 모나야. 피에트 몬드리안은 원색, 즉 파란색, 노란색, 빨간색의 사각형들을 주요소로 삼아 흔히 '추상화'라고 일컬어지는 작품들을 그린 것으로 전 세계에 널리 알려진 사람이야. 1차대전 이후에 창작된 그 작품들은 회화뿐만 아니라 디자인과 건축까지 전복시켰단다. 하지만 보렴, 그가 실은 1890년대부터 작품 활동을 시작했고 처음에는 자연을 정확히 재현하려는 사실주의적 스타일을 취했다는 사실이 너무 자주 간과되곤 하지."

"하지만 하비, 저 작품도 그런 경우라고 할 수 있나요?"

"아니야, 사실 여기서는 그렇지 않아. 1908년 작품인 이 건초 더미들에는 아리송하고 불분명한 면모가 있지."

"네, 풍경이 살짝 떨리는 것 같아요. 마치 흔들린 것처럼······"

"옳지, 맞는 방향으로 가고 있구나. 들어봐. 몬드리안은 당시 유럽 전체에 크게 유행했던 학설에 깊은 관심을 가졌어. 신지학이라는 건데, 아주 오래되고 보편적인 진실을 밝혀 보일 수 있다고 주장하던 학설이었지."

"종교예요?"

"어떻게 보면 그럴 수도. 나쁘게 말하는 사람들은 그것을 사이비 종파라고 할 테고, 신봉자들은 하나의 지혜라고 주장하겠지. 신지학은 동서양의 모든 종교, 심지어 모든 지식의 총체적 화합을 도모했다고 말해두자. 그렇게 해서 모든 인간이 계시를 누리는 조화의 나라를 지상에 만들고자 했단다. 자기 자신을 최대한 순수하게 만들어 본질에 이르러야 한다며 헐벗음과 지혜를 추구했어. 사실 몬드리안의 모든 작품을 눈앞에 펼쳐놓을 수 있다면, 초기부터 성숙기에 이르기까지 화가가 바로 그 길을 따라 나아갔음을 볼 수 있을 거야. 그는 최대한의 헐벗음을 향했어. 꼼꼼한 구상화에서 시작해 점차 가장 기초적인 기하 형태들만 남기는 방향을 향해 갔던 거야. 이 〈건초 더미들〉은 그 여정에서 정확히 중간 지점에 있다는 점에서 무척 흥미롭지."

앙리는 이 중간 지점이 예술사에서 '표현주의'라고 불리는 중요한 조류에 해당한다는 사실을 설명하고자 했다. 창작을 내면적인 행위로 이해했던 이 조류는 실제 지각을 아예 도외시하진 않되 체험된 감각을 더 중시했다. 반 고흐와 고갱은 두 명의 위대한 선구자였다. 노르웨이 화가 에드바르 뭉크도 있었다. 〈절규〉의 작가로 유명한 뭉크는 다음과 같은 말로 표현주의를 훌륭하게 정의한 바 있다. "예술은 인간의 신경을 통해서, 그의 심장, 그의 뇌수, 그의 눈을 통해서 감지된 이미지의 형태다." 바로 그런 것이 표현주의였다. 망막부터 생명 기관, 현존하는 감정, 지나간 추억, 체액을 거쳐 피부막에 이르기까지 존재를 구성하는 모든 요소가 그림의 프리즘 속에 들어간다고 보는 관점. 이 난해한 생각을 보다 잘 이해하고자 모나는 할아버지의 말을 구체화시켜봤다. 아이는 네덜란드의 들판을 거니는 몬드리안을 상상하며 그를 흉내내기 시작했다.

"자, 그러니까, 제가 몬드리안이라고 쳐요…… 저는 조용히 들판을 걸어요. 앞에 있는 건초를 보면서(아이는 눈꺼풀을 치켜올렸다) 여러 감정을 느끼기 시작하죠(아이가 점프를 했다). 기쁨, 고통, 그리고 또다른 감정들을요. 나중에 건초를 그릴 때 저는 이때 느낀 모든 것(아이는 손과 손가락으로 뭔가가 끓어오르는 모습을 흉내냈다)을 그려요…… 그러니까 초록색이 있어야 할 자리에 제가 갈색이나 빨간색을 좀 넣을 수도 있어요. 왜냐면 그게 제 마음이나 신경에(아이가 가슴팍을 두드렸다) 담긴 색들이니까요. 그게 제 눈앞에 진짜로 있었던 색깔과 다르다고 해도, 뭐 별수 있나요…… (아이는 말을 멈춘 채 가만히 있었다.) 이런 건가요?"

"바로 그겁니다, 몬드리안 선생님. 거기에 제가 좀 덧붙여도 된다면요, 선생님은 일부러 작은 크기의 화폭을 고르실 겁니다. 화폭이 작을수록 내밀하고 개인적인 것을 더 수월하게 불어넣을 수 있을 테니까요."

모나는 역할을 그만두고 오랫동안 말없이 작품을 응시했다. 서서히, 작품이 제대로 보이기 시작했다.

"있죠, 하비. 이 그림을 보면서 반 고흐를 생각해야 한단 건 잘 알겠어요. 그건 확실해요, 정말 비슷하거든요…… 그리고 그전의 모네와 세잔과도 좀 비슷하고요. 알고 있어요. 하지만……"

"그래, 맞아! 그런데 하지만이라고 하면?"

"하지만 이상해요…… 저한테 특히 생각나는 건 다른 사람이거든요…… 완전히 바보 같은 소리일 것 같아서 겁나지만요! 제겐 확실해요, 다른 누군가가 또 있어요…… 하비는 빵점이라고 하시겠죠. 그럴 것 같아요……"

"누구니, 모나야. 얘기해보렴."

"자, 기억해보세요, 하비. 〈라 조콘다〉를 볼 때, 작품의 메시지는 삶에 미소 지어야 한다는 것이었죠. 기억하죠, 확실해요…… (앙리가 고개를 끄덕였다.) 하지만 그 메시지를 전달하기 위해 레오나르도가 풍경 전체에 에너지가 깃들어 있음을 보여줬다고도 했어요. 레오나르도가 보여준 것은 사방에…… (모나는 망설였다.) 진동이 있다는 것이었어요, 아시겠어요?"

"알겠다. 그래서?"

"그러니까 저기도요, 하비, 레오나르도랑 같은 거예요. 몬드리안은 저게 살아 있다는 것, 사방으로 진동하고 있다는 것이 잘 느껴지기를 원했던 거예요. 그래서 정말 두꺼운 터치들을 가하는 거죠. 그렇기 때문에 저건 마치 살아 있는 것 같고, 마치 숨을 쉬는 것 같고……"

"마치 펄떡거리는 것 같고……"

"맞아요, 그거예요! 저 기억해요, 하비. 그 단어를 고야의 조각난 양 앞에서 쓰셨죠. 그러니까 이 그림도 비슷한 거예요. 게다가 하비, 보세요, (모나는 킥킥거렸다) 몬드리안의 건초 더미들은 로스트비프 같기도 해요!"

"요리와 비교하는 건 좀 지나쳤지만, 넌 몬드리안이 표출하고자 했던 감각들을 완벽하게 이해했어. 그의 그림은 저 평범한 여물 더미를 가로지르는 내부의 아우라를 표현해. 구름에 흐르는 듯한 흰색을 쓴 것도, 그렇게 해서 저 건초 덩어리들을 후광으로 감싸고 그것들에 우주적 면모를 부여하기 위해서지. 몬드리안은 우리가 자신과 마찬가지로, 세계의 모든 구성 요소 안에서 빛을 발산하는 정기를 느끼길 바라는 거야. 그는 우리를 불러들여 그 요소들 하나하나의 원초적 존재를 바라보게 해."

"그리고요, 하비, 보셨어요? 건초들에서는 붓질이 뜨개질 땀처럼 되어 있어요!"

"역시나 좋은 지적이다, 모나야…… 내가 말했듯 이 작품을 그릴 때 몬드리안은 한창 이행기에 있었어. 작품을 순수한 구조들로 환원시키려는 참이었지. 1910년, 이 작품을 그린 지 얼마 지나지 않아 세로선과 가로선을 교차시킨 그물 형태로 공간을 조직하는 시도를 할 거야."

"왜요?"

"세로선은 상승하는 양상을 띠니까 영적인 가치를 지닌다고 생각했고, 가로선은 펼쳐져 있으니 지상적인 가치를 지닌다고 생각했단다. 자신의 화폭을 반듯한 각도로 격자처럼 구성하면서 우주의 숨겨진 조화를 밝혀 보인다고 여겼어. 물론 그건 갑자기 찾아든 생각이 아니었지. 그가 입문했던 신지학이 그런 생각을 불어넣은 거였어."

모나는 조금 혼란스러웠지만 상승의 역동감을 자아내는 풍부한 터치들이 화폭 가로 방향으로 길게 끌린 선들, 특히 전경에서 두드러지는 선들과 직각을 (하지만 매번 아주 정확하진 않게) 이루는 것을 눈여겨보았다. 아! 저 전경…… 모나에게 제일 거슬리는 게 바로 그것이었다. 아무리 그래도 모나가 보기에 이 화가는 실제와 닮게 그려야 한다는 생각을 너무 많이 놓아버린 것 같았다. 네덜란드의 간척지가 어땠는지 앙리가 얘기해줘봤자 모나가 보기에는 그저 더러워진 팔레트 같기만 했다!

"하비가 얘기해준 '신지학'이며 '표현주의'며 '추상' 수법이며, 몬드리안의 메시지가 복잡할 거라는 건 충분히 알겠어요……"

"맞아, 그럴 수도 있겠지. 하지만 꼭 복잡하란 법도 없어. 당장 그 메시지를 단 하나의 동사로 말해볼 수도 있지. 뜻 자체도 간단하기 그지없는 명령형이란다. 단순화하라. 몬드리안은 자신의 회화 기법과 작법을 단순화했어. 색채가 자연에 상응하는가 아닌가를 더이상 신경쓰지 않으면서 자신의 색채 또한 단순화했지. 그는 건초에, 즉 단순하기 짝이 없는 일상의 대상에 집중했어. 변모를 생각할 때 사람들은 언제나 더 복잡해지는 방향으로만 가. 이행이나 변신은 더하기를 통해 이뤄진다고 생각하지, 빼기를 통해서가 아니라. 몬드리안은 우리에게 그 반대를 가르쳐주는 거야. 단순화하라. 모나야, 단순화하라. 보이니?"

"네, 하비, 보이는 것 같아요. 보고 있어요……"

3부

보부르

35

바실리 칸딘스키
모든 것에서 혼을 발견하라

그리하여 초등학교라는 인생의 한 페이지가 넘어갔다. 이제 곧 중학교가 펼쳐질 것이었다. 하지만 모나는 실감하지 못했다. 학년 말 축제로 그저 즐거워서 릴리, 자드와 함께 공 던져 깡통 쓰러트리기 게임을 하며 목청껏 웃어댔다. 세 친구는 계속해서 게임을 했고, 맹렬한 굉음을 터뜨리며 깡통 기둥이 무너질 때마다 귀청을 찢을 듯한 승리의 외침을 쏘아올렸다.

흥분에 취한 셋은 하지 선생님이 모형 전시를 해놓은 그들의 교실로 갔다. 아이들이 일 년 내내 공을 들인 대망의 모형들이었다. 조명 달린 상자 속에서 회전하는 달 모형이 모두의 관심을 끌고 호기심에 불을 지폈다. 딱히 협조했다고 말하기는 뭣한 자드와 함께 디에고가 만든 것이었다. 그 디오라마 작품을 가까이서 보려고 양떼처럼 몰려든 어른들이 팔꿈치와 어깨로 서로를 밀쳐댔다. 그러다 영문을 알 수 없는 사건이 발생했다. 한참 혼란스럽던 외중에 어느 순간 풀 먹인 종이로 만든 달이 짓이겨졌던 것이다. 커다란 은빛 구체는 크레이프처럼 납작해졌다. 서로 밀쳐대는 통에 일어난 사고였나? 질투에 찬 누군가의 악의였나? 별다른 기미를 알아챈 사람은 아무도 없었다. 잔혹한 악마의 장난 같았다. 산통이 깨졌다. 디에고에게도 이 소식이 전해졌다. 그는 아무 말 없이 3, 4초 동안 소식을 곱씹더니 사라져버렸다. 아무도 그를 다시 보지 못했다.

장차 릴리가 갖게 될 방을 보여주기로 한 모나와 릴리의 모형 속에는 귀여운 디테일이 하나 있었다. 두 아이가 거대한 바구니 속에 고양이 인형을 넣어둔 것이다. 모나 아빠의 가게에서 슬쩍 해온 베르투니 인형이었다. 모나는 추억을 재구성하기 위해 인형을 사들인다는 수집가 댄디 손님의 얘기를 떠올렸고, 기억의 극장을 만드는 그 손님의 프로세스를 다른 방향으로 적용하기로 했다. 네 개의 미니어처 벽에 둘러싸여 몸을 동그랗게 말고 있는 그 고양이 인형은 일종의 청원, 릴리의 아빠에게 보내는 기도였다. 자녀들이 만든 것을 보려고 몰려든 학부모들 사이에 릴리의 아빠 역시 끼어 있었다. 메시지는 전달되었고, 그는 고양이도 이탈리아로 가는 길에 오를 거라고 맹세했다.

릴리는 여세를 몰아 이사하자마자 모나와 자드를 초대해서 이탈리아에서 만날 수 있게 해달라고 아빠에게 간청했다. 그는 만성절 방학 때 만나라는 말로 얼버무릴 수밖에 없었다. 릴리가 폭발했다.

"만성절이라니! 한참 멀잖아요! 부당해요! 아빠가 지긋지긋해요. 다 지긋지긋해요, 정말 지긋지긋해!"

모나는 친구를 진정시켜야 한다는 것을 알아챘다. 그래서 손가락을 꼽으며 꾀바른 증명을 해 보였다.

"릴리, 만성절은 네 달 뒤야. 그런데 사실 생각해보면, 일 년 열두 달 중에서 네 달, 그러니까 일 년을 셋으로 나눈 거랑 같은 셈이야…… 3분의 1년만 지나면 보는 거지!"

분수로 단순화된 숫자는 학교 책상에 붙들려 보낸 시간의 기억을 생생하게 상기시키면서 릴리의 불안을 덜어줬다. 수학의 기교 덕분에 릴리에게 주어진 기한은 좀더 받아들일 만한 것이 되었다. 세 아이는 깡통 쓰러뜨리기 판을 휩쓸러 와자지껄 교실을 나섰다.

◆

모나는 조르주 퐁피두 센터를 본 적이 없었다. 다른 사람들과 마찬가지로 앙리 뷔유맹은 그 건물을 '보부르'*라고 불렀는데, 그 같은 명칭의 이견은 중세부터 내려오는 옛 이름의 기억을 갓 생겨난 기억, 즉 현대 예술 애호가였던 프랑스 대통령의 이름보다 우선시하는 까닭이었다. 그 건물을 할아버지와 함께 처음 보게 된 모나는 완전히 까무러쳤다. 밝고 선명한 색과 이리저리 얽힌 거대한 도관들 때문에 건물 전체가 거대한 장난감처럼 보였고, 아이는 미술관이 그렇게 진지하지 못한 모습을 취해도 되는지 믿기가 어려웠다. 건축물에서 발산되는 놀이의 분위기가 7월의 대기를 물들이고 있었다. 게다가 건물 앞에 펼쳐진

---

* 프랑스의 국립현대미술관은 동시대 작가들의 작품을 전시하기 위해 1818년 뤽상부르궁에 만들어졌고, 1947년 팔레 드 도쿄로 옮겼다가, 1977년 완공된 조르주 퐁피두 예술문화센터로 이관되었다. 퐁피두 센터에는 국립현대미술관 외에 공공정보도서관, 영화관, 공연장 등이 있으며, '보부르'는 이 건물이 위치한 구역의 별칭이다.

가벼운 경사면의 광장에는 재미나게 놀고 있는 듯한 두 청년이 있었는데, 엄청난 근육질의 두 사람은 사실 기상천외한 묘기를 펼치는 중이었다. 첫번째 청년이 팔을 지면에 직각이 되게 뻗은 채 머리는 아래로, 다리는 공중으로 하고 I자처럼 꼿꼿하게 물구나무를 섰고, 두번째 청년은 그 몸에 기어올라 첫번째 청년의 발바닥을 손바닥으로 쥐고 똑같은 자세를 취해 보였다. 모나는 그들을 보부르의 뒤집힌 건축물에 비교했다. 앙리가 수긍했다. 계단, 승강기, 환풍기, 수도관, 전기 설비, 기계 따위를 감추는 대신 그 모든 걸 눈에 띄게 내놓은 것이다. 이내 모나는 그 거대한 도관들로 들어가 롤러코스터를 타는 상상에 빠져들었지만, 할아버지는 서둘러 아이의 놀이공원 공상에 제동을 걸었다. 그는 아이를 데리고 더없이 고전적인 회랑들을 지나 그중 특히 멋들어진 회랑으로 갔고, 거기에서 종이 위에 그려진 작은 작품을 보았다.

빨간 망토를 걸친 기사 하나가 백마 위에 올라타 있고, 백마는 허공 속으로 돌진하며 그림 왼쪽에서 오른쪽을 향해 대각선으로 뛰어올라 날고 있었다. 질주중이거나 장애물을 뛰어넘는 말을 극도로 도식화해서 그린 그림처럼, 말의 다리는 앞뒤 수평으로 쭉 뻗어 있었다. 작품은 습작이었다. 즉 대략적이고 압축적이며 확실히 미완성 상태였다. 굉장히 단순화된 데생에서는 아이 같은 서투름마저 엿보였는데, 주인공과 말이 몇 획의 먹선으로, 아무 디테일도 없는 측면 실루엣으로 요약되었기 때문이다. 배경에서는 황혼, 아니 어쩌면 새벽의 빛을 암시하는 오렌지빛이 진동했고, 너무 모호해서 무엇인지 알 수 없는 형체들이 여기저기에 떠돌아다녔다. 이 장면이 들어 있는 흐물흐물한 사각형의 모서리 혹은 그 근처에는 네 개의 형체가 있었다. 왼쪽 하단에는 널쩍하게 칠해진 초록색 수채 물감에 골격만 남은 까만 소나무 같은 것이 겹쳐 그려져 있었다. 그 널쩍한 칠이 위쪽에 다시 더 넓게 나타났고, 그 초록색 가에는 톱니바퀴 모양으로 시작해서 둥글게 마무리되는 윤곽선이 둘렸다. 오른쪽 상단에는, 말의 형상에 조응하듯 그와 거의 평행한 각도로 중앙부를 향해 길게 늘어진 형상이 있었다. 어쩌면 구름인 것도 같은 이것이 태양 모양의 반원을 스쳐 지났고, 그 태양은 기사의 망토와 접해 있었다. 오른쪽 아래 모서리는 말하자면 쏠리고 침식된 모습이었고, 거기 있는 와인빛과 보랏빛의 채색면에서 생겨난 뿌리 같은 선들이 하늘을 향해 얼기설기 오르고 있었다. 공중으로 떠오르는 듯한 짙은 색 구멍들이 여기저기 그림 전체에 흩어져 얼룩무늬를 이뤘다. 마지막으로 눈여겨볼 점은 이 이미지 전체가 깊은 청색의 테두리 바탕색으로 부각되어 있다는 사실로, 기사의 몸에 쓰인 것과 같은 청색이었다.

데생을 보자마자 그 표면적인 단순성 아래 고도의 복잡성이 깔려 있음을 확신한 모나는 20분 동안 작품을 뜯어보았다. 명판에 쓰인, 크리스탈처럼 울리는 화가의 이름도 마음에 들었다. 바실리 칸딘스키……
"러시아 이름이란다." 앙리가 설명했다. "그는 1866년 모스크바에서 태어났어. 네가 보는 저 작은 데생은 1911년의 작품이고, 그러니까 화가가 저 작품을 그렸을 때는 마흔다섯 살, 이미 지긋한 나이였지. 무척 침착하고 합리적인 기질을 가진 사람이었어. 대학 교수가 될 예정이기도 했지. 이젤 앞에 설 때 그는 언제나 굉장히 우아하게 차려입었단다.

작업복이 아니라 정장으로……"

"정말요? 보기에는 오히려 아이처럼 그리는 것 같은데요."

"그럴 수 있어, 그렇기도 하지. 하지만 우리가 세잔 앞에서 나눈 대화를 기억하겠지?"

물론 기억했다. 하지만 모나는 할아버지에게 기억을 되살려달라고 했고, 그래서 앙리는 어째서 몇몇 화가들이 유년기의 초보적 언어로 돌아가고자 했는지, 또 그에 따라 겉으로 보기에는 전혀 성숙기에 걸맞지 않는 표현법을 밀어붙여 어떻게 그 잠재력을 최대치까지 끌어냈는지 다시 한번 설명했다.

"모나야, 이 작품에서 몇몇 모티프를 알아볼 수 있어. 뭔지 알겠니?"

"백마 위에 한 남자가 올라타 있다는 건 알겠어요. 남자는 파란색 옷을 입었고 망토를 둘렀고요. 남자와 말은 하늘을 향해 떠나가는 것 같아요. 그 주위는, 말하기가 좀더 어려워요. 예를 들어 검은 것들이 있는데 석탄 조각들 같기도 하고요, 여기저기에 떠다니고 있어서 저게 대체 뭘까 궁금해져요."

"맞아, 그에 대해서는 무엇이라고 딱 잘라 말하는 게 불가능해. 박차고 오른 기사가 날아가는 공간은 막연하게나마 자연의 모티프들을 환기시켜. 나무, 구름이 가로지르는 하늘, 아마 작은 언덕일 법한 것 등. 하지만 이 모두가 실은 자유분방한 형상이고, 우리가 알고 있는 바와 닮으려는 야심을 전혀 비치지 않아서 더욱 흥미를 자아내지. 따라서 이 형상들은 추상적이라고 할 수 있어…… 그와 관련해서 이야기를 하나 들려줄게. 1908년 어느 저녁, 무르나우라는 독일 도시에 있는 자기 작업실로 돌아온 칸딘스키는 옅은 어둠에 잠긴 그 익숙한 장소에서 전혀 예기치 못한 뭔가와 맞닥뜨렸단다…… 휘황찬란한 색채로 가득한, 어떤 주제도 알아볼 수 없는 수수께끼 같은 그림이었다고 해. 그가 모르는 작품이었는데, 몹시 강렬한 인상을 받았다는 거야……"

"어떻게 해서 그의 작업실에 그 작품이 있었던 걸까요? 분명 누군가가 그에게 장난을 쳤던 거겠죠."

"장난을 친 건 운명이었지…… 자, 설명은 이래. 하루해가 거의 넘어갈 무렵 사위어가는 빛 때문에 주위가 어슴푸레해진 상태에서, 사실 자기 자신이 그린 그림 중 하나였던 것을 알아보지 못했던 거야. 실은 그림이 옆으로 놓여 있었고, 그렇게 거꾸러져 있으니 그게 풍경화인 걸 알 수 없었던 거란다. 그가 거기에서 볼 수 있었던 건 폭발하는 색채들과 자유롭게 길을 내는 선들뿐이었지."

"아, 사실은 거꾸러져 있었다고요…… 알겠어요. 중요한 건 수채 물감으로, 먹으로 그려진 선들과 색조들의 아름다움이라는 거죠. 그건 휘슬러에서도 이미 조금 봤던 거죠, 기억하세요?"

"정확해, 모나야. 그리고 이제 저 기사를 보렴……"

"……저 기사는." 돌연 흥분으로 낭랑해진 목소리로 아이가 말을 이었다. "저 기사는 사선(아이는 사뭇 의기양양하게 이 표현을 썼다)을 그리면서 땅을 박차고 올라요. 하지만 저렇게 과장되어 있어서 마치 로켓처럼 보여요! 그리고 노란색, 오렌지색, 보라색, 이 색들은 이미지를 둘러싼 파란색 속에서 꼭 폭발하는 것 같고요. 그러니까 저건 하늘로 쏘아올려질 때의 불꽃이에요."

그러면서 모나는 손을 들어 칸딘스키의 말과 대각선으로 펼쳐진 구름과 나란한 각도로 이륙하는 비행기를 흉내냈고, 이 몸짓에 곁들여 입으로는 모터 굉음을 냈다. 이에 앙리가 나서서 손녀의 손을 잡아 펼친 손가락을 다정하게 말아줬었다. 그는 문득 이 데생이 그려진 시기가 항공술이 태동하던 때와 마침 맞아떨어진다는 사실을 깨달았다. 그래서 모나에게 1909년 직접 만든 단엽기를 타고 영불해협을 횡단한 루이 블레리오의 쾌거와 당시 처음으로 모습을 갖추기 시작한 우주 탐험의 꿈들에 대해 얘기해줬다. 그런데 앙리의 설명에 따르면, 칸딘스키뿐만 아니라 그 세대의 많은 예술가에게서는 언뜻 보기에 서로 반대되는 두 영향이 결합되어 나타났다. 한편으로 그들은 자연발생적인 원류, 민중적이고 원시적인, 가끔은 투박하기까지 한 문화들로 돌아가고 싶어했다. 그러면서도 다른 한편으로는 세기 초의 기술적 발견과 혁신이 가져다주는 모든 것에 열광했다.

"웃기네요." 모나가 덧붙여 말했다. "그렇게 오랫동안 수백만의 사람들이 낙원을 발견할 수 있을지 모른다며 하늘에 가고 싶어했다니! 그러니까 이 그림에서 칸딘스키는, 시대가 발전한 덕분에 드디어 우리가 살아서도 편안하게 신과 천사들을 보러 갈 수 있게 되었다고 말해준다는 거죠!"

앙리는 손녀가 하는 말을 듣고 안심했다. 물론 그렇게까지 표현을 해낸 것이 기특하기야 했지만, 그 말에서 풍기는 여전한 풋풋함이 모나가 사춘기에 접어들려면 한참 멀었음을 알려줬기 때문이다…… 무엇보다도 아이에게 가르쳐줘야 할 것이 아직 남아 있었다. 섬세한 차이를 통해 상징에 속하는 게 무엇인지 보다 잘 파악할 수 있게 해줘야 했다. 칸딘스키가 얘기했던 건, 당연히, 사람들이 실제로 모종의 기구를 이용해서 현실 저편의 세계로 쾌속 여행을 다녀올 수 있으리라는 뜻이 아니었다. 그가 우주 정복의 상상에 기댄 건 사람들에게 영적인 것을 향해 돌아서라는 권고를 하기 위해서였다. 곰곰이 생각한 뒤, 모나가 말했다.

"알겠어요. 기사가 한 명 있어요. 그는 자유로워요. 자기가 바라는 곳 어디로든 달려나가죠! 모험을 향해 떠나는 거예요! 그리고 보세요, 게다가 그는 파란색이에요. 그건 중요한데, 왜냐면 파란색은 하늘의 색깔이기 때문이에요. 하비가 라파엘로의 〈아름다운 정원사〉 앞에서 그렇게 얘기했죠. 저 파란 기사는 원한다면 어디든지 갈 수 있는 우리 정신의 알레고리라는 거죠."

"그리고 저 청기사, 독일어로 **블라우에 라이터**Blaue Reiter는 이내 상징이 되어서 일군의 예술가들을 단단히 결집시켰단다. 아닌 게 아니라 저 데생은 원래 그 그룹의 잡지에 들어갈 일러스트였어. 그 잡지에서 칸딘스키와 그의 친구들은 시적이고 몽환적인 것에 많은 자리를 내주고자 한다는 취지를 밝혔지. 그들은 예술가와 수공 기술자가 어떤 차별도 위계도 없이 서로 소통하기를 바랐어. 또 우리 눈앞에 존재하는 것을 재현해야 한다는 의무로부터 벗어나기를 바랐지. 보렴, 모나야. 저 풍경의 나무들, 바위들, 그 어떤 것도 우리가 바깥에서 인지할 수 있는 것과 정말로 닮았다고는 할 수 없지. 차라리 머릿속 이미지들과 닮았어. 저 생생한 색이며 무질서한 선들이며, 우리 안에서, 우리 의식을 가로지르는 추상의 섬광을 따라가며 볼 수 있는 것들이지······"

"······그건 우리의 무의식도 가로지르고요." 모나가 클림트의 메시지와 프로이트의 설명을 떠올리며 끼어들었다.

"정확해. 칸딘스키는 그저 인류의 눈이나 의식에만 호소하려고 하지 않았어. 그건 존재들의 표면에만 호소하는 셈이니까. 그는 그들의 혼에 말을 걸고 싶어해."

모나는 놀란 기색을 보이며 한동안 아무 말 없이 가만히 있었다. 누군가의 혼에 호소하다니, 그게 대체 무슨 뜻일까? 앙리는 당황하는 아이의 표정을 보았다. 그러자 그는 구강 가장 깊은 곳에서 울려나오는 저음의 소리로 난데없이 흥얼거리기 시작했다. 바그너의 〈발키리의 기행〉이었다. 앙리가 아카펠라로 부르는 곡조가 몇 마디 흐르자마자 모나의 다리가 들썩이기 시작했다. 그는 미소 지었다.

"너도 느끼지, 모나야. 음악은 가장 민감한 네 신경 섬유에 이렇게 직접적으로 호소하는 힘을 지녔다는 걸. 네 영혼 전체가 거기에 반향하기 시작한 거란다. 자 그래서, 식견 있는 음악 애호가이기도 했던 칸딘스키는 회화도 같은 수준의 강도를 목표로 삼아야 한다고, 전적인 감동을 끌어낼 수 있는 새로운 언어를 회화에서도 개발해야 한다고 주장했어. 칸딘스키는 이렇게 말했지. 우리에게 (앙리는 기억나는 대로 인용했다) '물질적이고 추상적인 사물들 속에서도 **혼**을 체험'할 수 있음을 가르쳐주고 싶다고. 칸딘스키의 말은 모든 것이, 절대적으로 모든 것이 성스러울 수 있다는 뜻이야. 우리를 둘러싸고 있는 세계에 주의를 기울이면, 그 형태, 색채, 윤곽에서 아무리 사소한 것이라도 주의를 기울이면 분명 신성을 감지할 수 있으리라는 것이지. 러시아 변방의 오지 시골에서 만들어진 보잘것없는 물건에서도, 한 줄기 빛에서도, 그저 한 마리 새의 노래에서도. 그러므로 각자가 품고 있는 내면의 불꽃을 일깨우기 위해 무슨 사원 같은 곳에 갈 필요가 더이상 없는 거야. 불티는 도처에 있어."

뒤이어 모나는 칸딘스키의 데생을 몇 분 더 찬찬히 바라보았다. 단, 기사에 집중하는 대신 색깔들에, 특히 진동하는 파란색의 덩어리와 뿌리 같은 모양의 두터운 검은 선들에 집중했다. 모나의 머릿속에서 〈발키리의 기행〉이 천둥처럼 울려퍼졌다.

36

마르셀 뒤샹
사방에 난장판을 벌여라

폴은 모나와 함께 노르망디의 에브뢰 시장에 갔고, 7월의 태양 아래 일요일 시장의 자그마한 노천 가판대를 빌렸다. 헌옷 장수와 크레이프 가판대 사이에 낀 자리였다. 거기에 폴은 그가 해체해서 핸드폰과 통화할 수 있게 개조한 다이얼 전화기 시제품 여섯 대를 내놓았다. 제일 각광받는 모델은 금속종이 달린 목제 전화기로, 프루스트가 살던 시대의 향취를 풍기는 물건이었다. 호기심을 보이는 사람들이 지나갔고, 멈춰 섰고, 관심을 보였고, 그러더니 마침내 주위가 북적거리기에 이르렀다. 폴은 여러 차례 시연해 보였다. 하루가 끝날 무렵, 소규모 군중이 그를 둘러싸고 빽빽하게 늘어섰다. 가져온 것은 시제품일 뿐이어서 맞춤 제작으로 주문한 뒤 나중에 기기를 받아야 했다. 손님들은 당연히 실망했지만 그만큼 더 간절해졌다. 한나절의 성과는 무척 고무적이었다. 저녁 7시 30분경, 폴의 장부에는 기기당 300유로의 주문이 열한 건이나 기입되었다······ 지역 신문 〈파리 노르망디〉의 기자가 찾아와 최소한 토막뉴스로라도 싣겠다며 폴의 사진을 찍었다. 포즈를 취할 때 모나는 아빠에게 한 손으로는 목제 수화기를, 다른 한 손으로는 스마트폰을 들고 찍으라고 귀띔했다. 헌옷 장수와 크레이프 장수로 말하자면 기꺼울 따름이었다. 폴의 가판대에 이끌린 군중이 그들의 매상을 대폭 늘려줬기 때문이다. 그 보답으로 빨간 천 모자와 라바로 치즈 샐러드가 들어간 특선 크레이프가 모나에게 주어졌다.

짐을 꾸리고 있을 때 들이닥친 마지막 손님이 폴에게 거래를 제안했다.

"그 베이클라이트 전화기, 당장 이 자리에서 파시면 600유로에 사겠습니다!"

그러고는 소액권으로 현찰을 내미는 것이었다. 폴은 한순간 얼떨떨했지만 지금은 제작 주문만 받는다고 대답하며 정중히 거절했다.

몽트뢰유로 돌아오는 길, 모나는 끊임없이 아빠의 얼굴을 뚫어지게 쳐다보았다. 그날의 성공에도 불구하고 그는 평소와 마찬가지로 내내 겸손하고 친절했다. 그런 아빠의 모습에 아이는 행복했다. 모나가 아빠에게 얼마였으면 그 전화기를 팔았겠냐고 묻자, 폴은 그 전화기는 처음으로 작동에 성공한 기기라서 절대 내놓지 않을 거라고 대답했다.

"만 유로를 줘도요?" 모나가 밀어붙였다.

그러자 폴은 웃음을 터뜨리며 엄마에게 말하지 말라고 부탁하면서 대답했다. "5만 유로를 줘도 안 돼!"

그 작은 물건을 성물로 받드는 투가 너무 좋아서, 아이는 아빠에게 달려들어 목을 끌어안고 싶었다. 하지만 그는 운전대를 잡고 있었다. 좋다고 사고를 낼 순 없었다! 하는 수 없이 모나는 그 대신 낚싯줄에 걸린 뿔고둥을 꼭 쥐었고, 거기에서 어림할 수 없을 정도로 깊은 애정과 신비로운 효력이 흘러드는 것을 느꼈다.

◆

보부르에 가면서 앙리와 모나는 리볼리가를 지나갔다. 오스만 시대에 만들어진 이 넓고 아름다운 대로의 52번지에는 BHV, 즉 시청 바자 백화점이 있었다. 1층에 커다란 진열창을 갖춘 대형 매장이었다. 그 진열창 중 하나에 다기능 샤워기가 딸린 샤워 부스를 비롯해 각종 물품이 구비된 번쩍번쩍한 욕실이 전시되어 있었다. 모나는 누군가 거기 들어가서 완전히 벌거벗고 보행자들이 지켜보는 가운데 몸을 씻으면 어떻게 될지 궁금했다. 아이의 지적을 곧이곧대로 이해한 앙리는 20세기 이후 그러한 도발은 충분히 예술가의 작품이 될 수 있을 거라고 대답했다. 그런 것을 '퍼포먼스'라고 한다며, 그는 심화 설명에 들어갔다.

"1차세계대전 시기에 '다다'라고 불리던 운동이 있었는데, 그때 새로운 유형의, 진짜 골때리는 술집이 고안되었지. 사람들은 거기에서 모든 걸, 닥치는 대로 했어. 고함을 지르고, 점프하고, 몸을 뒤틀고, 쩌렁쩌렁하게 시를 낭송하고. 관객 앞에서 펼쳐지는 난장판은 그 자체 창작으로 여겨졌어. 시대의 부조리를 표현한다는 취지였지. 그렇지만 퍼포먼스 풍조가 특히 널리 유행한 건 2차세계대전 이후야. 그때부터 미적인 것이나 훌륭한 취향이라 할 수 있는 것에 어긋나 보이는 행위들이 예술작품으로 지칭되기 시작했거든. 어떤 남자는 자기 팔에 총을 쏘고, 어떤 연인은 서로를 향해 기진맥진할 때까지 고함을 지르고, 어떤 청년은 밀폐된 석조 구조물에 스스로를 가둔 채 꼼짝 못하는 상태로 일주일을 지내고…… 그처럼 무의미하고, 어리석고, 폭력적이고, 부조리한 행동들조차 예술 작품의 지위를 요구했지."

자기 말에 손녀가 무척이나 황당해하는 것을 느낀 앙리는 즐거이 최후의 일격을 내리쳤다.

"더 흥미로운 건, 그 정신 나간 모험이 바로 여기, BHV 백화점에서 시작되었다는 사실이야! 어때, 좀더 알아봤으면 좋겠니?"

모나는 열렬하게 호응했다. 그러나 앙리는 백화점의 여닫이 양문을 밀고 들어서는 대신 모나의 손을 잡고 보부르로 이끌었다. 이번에야말로 모나는 그저 어안이 벙벙했다.

물건이 하나 매달려 있었다. 흔히 '고슴도치'라고 부르는, 아연도금 철로 만든 병꽂이였다. 원형의 바닥 틀 위에 다섯 개의 원형 틀이 얹혀 있고, 각 원의 지름은 위로 갈수록 작아지다가 마지막 세 개에 이르러서는 똑같아졌다. 이 다섯 개 층 각각에서 원형 틀과 약 110도의 둔각을 이루는 짧은 가지들이 일정한 간격으로 삐져나와 있었다. 거기에 꽂아 말리는 유리 용기는 그중 어느 가지에도 흔적조차 없었다. 가지를 세어볼 수 있었는데, 첫번째 층에는 열세 개, 두번째 층에는 열 개, 나머지 세 개 층에는 아홉 개씩이었다. 구조물은 네 개의 세로대로 지탱되었고, 각 요소를 접합하는 둥근 대갈못들을 구조물 전체에서 볼 수 있었다. 건조대는 실 한 가닥으로 매달려 있어 마치 공중에 떠 있는 것처럼 보였고, 그 덕분에 조명을 받아 길게 드리워진 그림자도 볼 수 있었다. 마지막으로, 받침대 구실을 하는 원형 틀에는 검은색으로 손글씨가 쓰여 있었다. "마르셀 뒤샹 1964 / 사본 / 로즈Rrose"

혼란에 휩싸인 모나는 할아버지가 요구하는 대로 긴 시간을 두고 관찰할 수가 없었다. 그럴 만도 했다. 이 물건, 이 병 건조대는 아이에게 해묵은 공포증의 결정체였기 때문이다. 아빠 가게에 있던 병꽂이를 오래도록 무서워했던 모나였다. 여기에서 아이가 느끼는 거북함은 그 물건의 형제 중 하나가 명망 높은 미술관에 매달려 있다는 어처구니없는 사태로 인해 가중되었다. 정말이지 전혀 진지해 보이지 않았다. 아닌 게 아니라 앙리의 설명은 그게 진지하지 않기 때문에 진지하다는 말로 시작되었다.

"맞아, 모나야, 이건 그냥 병꽂이야. 사소하고 평범한 병꽂이. 어디에서든 똑같은 걸 찾아낼 수 있지. 예술가 자신도 바로 그런 걸 BHV 백화점에서 샀고……"

"아! 그래서 거기 들어갈 것처럼 하다가 여기로 데려오신 거네요. 참 훌륭도 하신 장난입니다, 하비!"

"장난이라. 그 분야에선 이 작품의 작가 마르셀 뒤샹이야말로 제대로지. 그의 이름을 잘 새겨두렴. 20세기에 그만큼 막대한 영향력을 발휘한 사람은 드물거든."

모나는 자문했다. 할아버지의 속임수가 계속되는 걸까? 하지만 그는 진심으로 말하는 것 같았다. 모나는 미켈란젤로나 카미유 클로델이 대리석이나 청동으로 만든 기념비적인 작품들을 떠올리며, 이 병꽂이 역시 일종의 조각인지 물었다.

"어떤 의미에선." 앙리가 대답했다. "이 작품을 조형물로 간주할 수도 있지. 이차원뿐인 그림과는 달리 삼차원에 펼쳐진 입체물이니까. 하지만 뒤샹은 바로 그런 전통적 카테고리를 깨뜨리고 싶어했단다. 이 병꽂이는 뒤샹이 제작한 게 아니고, 게다가 변형을 시키지도 도색을 하지도 않았고, 또 뭐가 있을까, 어쨌든 아무것도 하지 않았어. 그저 이걸 골랐을 뿐이고, 심지어 고른 이유도 이 물건에 이렇다 할 특징이 전혀 없기 때문이었어. 아름다운 구석도 없고, 추한 구석도 없고. 그저 저렇게 생긴 거야. 이미 있고, 이미 만들어져 있고. 바로 그래서 뒤샹은 이 물건을 가리켜 레디메이드ready-made라는 영어 단어를 사용했단다."

"하지만 하비, 그럼 저게 예술 작품이에요?"

"아! 중대한 질문이지! 아마 마르셀 뒤샹은 작품이지만 '예술이 아닌' 작품이라고 대답했을 거야! 나로서는 저게 예술 작품인지 아닌지는 모르겠구나. 다만 내가 아는 건, 저게 여기에서 지금 이 순간, 우리의 눈 속에서 예술 작품이 되는 중이라는 사실이지."

모나의 눈 속에서는 아직이었다. 아이는 눈살을 찌푸린 채 한동안 입을 다물고 애초에 해야 했던 대로 좀더 시간을 들여 병꽂이를 살펴보기 시작했다. 1분, 2분, 5분…… 할아버지가 알려준 대로 눈 속에서 예술 작품이 되고 있는 건가? 앙리가 뒤샹의 유명한 문장으로 침묵을 깼다. 그 문장이 모나의 마음 가장 깊은 곳에 다다라 메아리쳤으면 하는 바람으로, 그는 하나하나의 음절을 끊어가며 천천히 발음했다.

"작품을 만드는 것은 관객이다."

아이는 미소를 지었다. 그 단호한 문장을 진진하게 맛보며 그저 어린 여자애일 뿐인 자기 역시 미술관에 갈 때마다 중요한 역할을 하는 셈이라고 생각해봤다. 미술관에 보관된 그림, 조각, 사진, 데생이 자기 덕분에 환해지고 생동하게 되는 것이었다. 그것들은 자기 덕분에 진정한 모습을 갖추게 되고, 나아가 의미가 더해지기도 했다. 앙리가 모나에게 직관적으로 깨우쳐주고 싶었던 것, 그건 마르셀 뒤샹이 그의 병꽂이와 이후의 다른 레디메이드들을 통해 관객을 하나의 심연 앞에 데려다놓는다는 점이었다. 어떤 순간부터, 혹은 어떤 문턱을 넘어야 하나의 사물이 작품이 되는가? 뒤샹은 답을 내놓지 않고 질문을 제기한다(아니 더 정확하게는 질문을 느끼게 한다). 미적이거나 도덕적인 치장이 전혀 없는, 지극히 미니멀한 제스처를 통해서.

"있잖아, 모나야, 마르셀 뒤샹은 아주 많은 도발을 감행했어. 예를 들어 1917년에 익명으로 〈샘〉이라는 제목의 작품을 제작했는데, 작품이라지만 그저 소변기를 뒤집어놓은 것이었지. 그걸 조각들과 그림들 한복판에 전시해달라고 내놓은 거야. 전시위원회는 누구도 내치지 않겠다는 약속을 내건 상황이었는데, 그 작품만은 사절이었지. 뒤샹은 짓궂은 장난질을 통해 심사위원단을 영원한 질문 앞에 세워놓을 거란다. 하나의 물건은 어떤 시점부터 예술 작품이 된다고 간주할 수 있는가? 그것이 자연의 뭔가를 모방해야 하는가? 아니면 반대로, 자연과 구별되어야 하는가? 서명이 있기만 하면 되는가? 아니면, 화랑에 놓여야 하는가? 모종의 작업이 가해졌어야 하는가? 그 경우, 누가 그걸 평가하는가? 어떤 기준에 따라? 병꽂이나 소변기나 직접적인 방식으로는 아름답지도 흥미롭지도 않지만, 뒤샹에게서 그것들은 귀류법적 논거로 쓰인 거야……"

"알겠어요. 하지만 저는 하비, 작품이라면 그 앞에서 감정이 일어야 한다고 생각해요!"

"확실히 그렇지. 하지만 어떤 이들은 그건 자기들이 신경쓸 바가 아니라고 대답할 텐데. 그런 그들의 시각도 똑같이 정당하단다. 게다가 모나야, 이해할 수 없음, 의혹, 거북함, 격분, 모두 다 감정이야. 심지어 웃음도. 이 모든 것에 유머가 깃들어 있다는 걸 놓쳐선 안 되겠지."

모나는 속으로 생각했다. '저 작품이 거슬리는 건 사실이야. 하지만 웃기다는 것도 사실이긴 해. 미술관 한복판에 저렇게 대롱대롱 매달린 쇠붙이라니……'

"잘 생각해보니까." 모나가 큰 소리로 말했다. "하비가 보여준 저 물건이 마음에 들어요. 저렇게 공중에서 떠 있는 것도 근사하고요. 칸딘스키의 청기사랑 비슷해요, 꼭 로켓 같아요!"

"로켓 얘기가 나왔으니 말인데, 뒤샹이 한 얘기가 있어. 어느 날인가 동료 예술가인 페르낭 레제와 콘스탄틴 브랑쿠시와 함께 항공술 박람회에 갔대. 그날 관람하던 중, 위풍당당한 프로펠러를 하나 보게 되었다는 거야. 인류의 손에서 더 훌륭한 것이 나오진 못할 거라고, 그는 친구들에게 선언했어. 그러고는 거기에서 이제 회화는 죽었다는 결론을 끌어냈지……"

"장담하건대, 붓질 솜씨가 엉망이니까 그런 말을 했을 거예요……"

"단단히 틀렸어, 모나야. 이젤 앞에서 마르셀 뒤샹은 능수능란했단다. 하지만 1910년대 초부터 그게 시대에 뒤떨어진 기법이라고 느끼면서 예술에 대한 고전적인 이미지를 부수려 했어. 이 병꽂이가 1914년의 작품인 건 우연이 아니야. 그 항공술 박람회에 가서 회화가 죽었다는 확신을 갖게 된 지 불과 몇 개월 후니까……"

"제가 보기엔 1964년인 것 같은데요! 저 철판에 그렇게 쓰여 있어요, 보세요!"

"놓치는 게 없구나. 사실 마르셀 뒤샹은 1914년에 병꽂이를 샀어. 따라서 원래의 병꽂이는 바로 그 해가 맞아. 그런데 어느 날 마르셀의 누이가 실수로, 그게 작품일 줄은 생각도 못하고, 내다버리고 말았단다! 그런 연유로 뒤샹은 처음 것과 비슷한 병꽂이들을 사서 사인을 한 뒤 여러 미술관에 주게 되었지. 그게 주로 1964년의 일이고. 그러니까 어떻게 생각하면 그것들은 원본의 복제품이야. 하지만 또 다르게 생각해보면, 복제품이니 원본이니 따지는 게 어처구니없는 노릇이지. 이미 1914년부터 문제의 병꽂이는 BHV 백화점에서 볼 수 있는 다른 것들과 매한가지였으니까……"

"이 뒤샹이란 사람, 진짜 골칫거리네요!"

"끊임없이 관습을 깨고 싶어하는 사람이지. 일상을 지배하는 것을 뒤집어엎음으로써 사회의 습관들, 사회가 인정하는 정상적 기능이라는 것에 주의를 기울이게 만드는 거야. 메커니즘을 해체함으로써 이론의 여지가 없어 보이던 것도 실은 그렇지 않다는 걸 보여줬어."

"알겠어요……"

"병꽂이에 쓰여 있는 것을 보렴. '로즈'라고 되어 있지, 그건 '로즈 셀라비'를 암시해."

"여자 이름이네요, 누구예요?"

"가상 인물의 이름이야. 뒤샹은 여자로 변장하면서 가끔 그 인물이 되곤 했지. 우리는 남성 아니면 여성, 이렇게 양편으로 나눌 수밖에 없다고 생각하는데, 뒤샹은 그런 카테고리들을 얼마든지 변환할 수 있다고 생각하게 만들었어."

"그러니까 하비의 이 뒤샹이라는 사람, 진짜 사방에 바자회 같은 난장판을 벌였던 거네요!"

"정말 그래. 마르셀 뒤샹의 메시지, 그건 바로 사방에 난장판을 벌여야 한다는 거야. 이 병꽂이로는 그 메시지를 일차적 의미로 실행했다고 볼 수 있지. 하지만 그는 더 나아가 자신의 삶과 작품 전체를 난장판을 벌이는 데 바쳤고 가장 진지한 장소들, 일단 미술관부터도 그 난장판을 피해갈 수 없었단다……"

전시실을 떠나면서 모나는 아빠가 겪은 알코올중독의 비루한 상징물인 그 고슴도치 병꽂이가 어떻게 되었는지 문득 궁금해졌다. 어슴푸레해진 가게에서 아빠에 대한 사랑을 전하려고 그 물건을 하트 모양 열쇠고리들로 장식했던 날을 떠올렸다. '그러니까 나는 그때 조형 작품을 만들어냈던 거네……' 이렇게 결론지은 모나는 마르셀 뒤샹이 그 나름의 방식으로 마술사이기도 하다고 생각했다. 모든 걸 예술 작품으로 변신시킬 놀라운 가능성을 제공했으니 말이다. 뒤샹이 삶과 예술의 경계를 뒤섞으면서 만들어낸 혼란에 모나는 전율했다. 그것이야말로 진짜라기에는 너무 근사한 것이었다……

37
카지미르 말레비치
자율성을 키워라

턱을 굳게 다문 카미유는 긴장한 표정으로 딸을 데리고 안과 센터에 와 있었다. 반 오르스트 선생이 방학 직전에 정기 검진차 받도록 지시한 온갖 종류의 테스트 중에는 안압 측정 검사가 있었다. 각막에 약간의 공기를 분사하는 그 검사를 치르며 모나는 몹시 불쾌한 느낌을 참아내야 했다. 딸을 관찰하던 카미유는 분통이 터져 울부짖고 싶어졌다. 아이를 노리는 실명의 위협에 그만큼 애가 탔던 것이다. 카미유 역시 참아내야 했다.

대기실에서 다른 사람들과 함께 얌전히 앉아 검사 결과를 기다리는 동안, 모나는 스스로 도전 과제를 세우면서 생각했다. 20초 안에 머릿속으로 30까지 세는 데 성공하면 검사 결과가 좋을 것이다. 손목시계를 들여다보면서 숨을 참고, 숫자를 줄줄이 헤아리고, 목표를 달성했다. 이 과제는 너무 쉬웠다. 진짜 도전할 만한 것은 아빠 말마따나 '광대 짓거리'를 무릅쓰는 것일 터. 그래서 모나는 10분 이내로 엄마를 웃기는 데 성공하면 좋은 소식을 받을 거라고 정했다. 오후 3시 11분이었다. 3시 13분, 모나는 별의별 괴상한 표정을 지어 보였고, 이에 짜증이 폭발한 카미유는 모나에게 그만두라고 일갈했다. 3시 15분, 썰렁한 수수께끼를 던져봤지만 기대했던 효과는 거두지 못했다. 3시 18분, 괴상한 표정 짓기를 다시 시도했다. 시간이 촉박했다. 자기 인생이 카미유의 웃음에 달려 있다고 굳게 믿기로 한 아이는 침묵으로 봉인된 그 진료실에서 진짜 난동을 부려보기로 각오했다. 3시 19분, 모나는 일어나서 거기 있는 환자들에게 수수께끼를 냈다. 카미유의 얼굴이 일그러졌지만 모나는 자리로 돌아가 앉지 않았다. 설치 동물처럼 앞니를 드러내고, 앞으로 기울인 머리 뒤로 양손을 들어올려 후두부 위쪽에 일직선으로 붙이더니 박수를 쳤다.

"이게 뭔지 아시겠어요?" 아이는 허공에 대고 질문을 던졌다.

이 즉흥 퍼포먼스가 언짢았던 청중은 투덜거리는 소리를 냈다.

"헬멧 쓰는 걸 까먹고 오토바이를 탄 토끼입니다!" 모나가 의기양양하게 소리쳤다.

아이는 돌아서서 시무룩한 기색으로 어깨를 으쓱했다. 아이 엄마는 못 말리겠다는 듯 하늘을 향해 눈을 들어올렸고, 결국 굴복하고 말았다. 설핏, 보기 좋은 웃음이 새어나왔다. 3시 20분이었다.

◆

앙리는 카미유를 통해 모나의 병원 검진에서 이상 소견이 전혀 발견되지 않았을 뿐만 아니라 모나가 극히 드문, 그저 뛰어난 정도를 훨씬 능가하는 지각 능력을 지녔음이 밝혀졌다는 사실을 알게 되었다. 스스러웠던 모나는 할아버지에게 반 오르스트 박사로부터 자기 시력이 10점 만점에 18점, 말하자면 특등사수나 전투기 조종사의 시력이라는 판정을 들었다는 얘기를 일언반구 꺼내지 않았다. 앙리는 그 소식이 무척 흐뭇했지만, 신중을 기하면서 기쁜 기색은 전혀 내비치지 않았다. 절대 시각...... 그래, 어쩌면 모나는 절대 시각을 누리는 것일지도 모른다...... 마음뿐만 아니라 눈도 보물인 게 틀림없다. 그러니 엄중한 겉모습을 꿰뚫고 저 난해한 카지미르 말레비치의 막대한 파급력을 이해할 수 있으리라.

하얀 바탕에 검은색 십자가 하나가 그려져 있을 뿐이었다. 가로 가지와 세로 가지의 길이가 같고, 둘의 교차점이 각각의 중앙에 위치한 그리스식 십자가였다. 가로 세로가 모두 두꺼웠다. 그림은 가로 80센티미터에 세로 80센티미터였는데, 십자가 가지들은 둘 다 그 표면적 중 대략 3분의 1을 차지하는 듯했다. 하지만 실은 그 무엇도 아주 구조적이거나 기하학적이진 않았다. 대칭은 흔들려 있었다. 가로 사각형은 측면들이 사뭇 비스듬해서 사다리꼴의 형태를 띠었고, 십자가 머리 부분은 그림 왼쪽으로 미세하게 기울어져 있었다. 선들은 철저하게 똑바르다는 인상을 주지 않았고, 비율도 빈틈없다고 할 수 없었다. 검은색과 흰색의 텍스처에는 다양한 색조와 우둘투둘함이 가득했다. 작품은 간소했고 노골적으로 무뚝뚝한 미니멀리즘의 성격을 띠었지만 그럼에도 떨림이, 더 나아가 관능성이 있었다.

모나의 장난기에 발동이 걸린 날이었다. 아! 할아버지도 참! 지난주에는 병꽂이를 보라고 끌고 가더니 이번에는 하얀 바탕에 검은색 십자가를 보라고 데려오다니. 과일도 없고, 꽃도 없고, 얼굴도 풍경도 없고, 싸움도 디테일도 없고, 빨간색 터치 하나 노란색 점 하나 없다. 거의 아무것도 없는 데서 긴 시간을 보내는 도전 과제를 내주려는 것 같으니까, 좋다, 모나는 버텨보기로 했다. 40분이 지난 뒤, 앙리가 침묵을 깼다.

"카지미르 말레비치는 1879년 지금의 우크라이나, 당시에는 러시아 제국이었던 곳에서 태어났어. 그때 러시아 제국은 세계에서 가장 큰 나라였고, 전권을 쥔 차르가 지배했지. 화가가 죽은 1935년에는 러시아가 소비에트 사회주의 연방이 되었단다. 영토는 더 넓어져 어마어마해졌고, 전체주의 독재하에 놓였지."

"그 사이 무슨 일이 있었어요?"

"시작은 파업중이던 분노한 여성 노동자들이었지. 일어난 민중 봉기가 퍼져나가 1917년, 결국 차르를 물러나게 만들었어. 말레비치는 이 혁명을 지지했단다. 더 나아가 그 세대의 많은 예술가들이 그랬듯 혁명에 동참하기도 했고. 기질이 혁명적인 사람이었어······"

"오! 그건 다비드를 생각나게 하는데요! 하지만 저런 그림을 그리면서 혁명을 하다니, 아무래도 전 믿기가 힘들어요."

하지만······ 할아버지는 생각에 잠겼다. 항거하고, 분개하고, 부당함을 고발하고, 현행 권력에 맞서 대중을 고취하는 수천 가지 방법이 있다. 관건은 그 순간의 맥락에 알맞은 표현 방식을 발견하는 것이고, 다비드는 그걸 발견했다. 거기에는 이론의 여지가 없다. 그런데 이제 모나에게 납득시켜야 하는 건 이 십자가, 흰 바탕 위에 그것 말곤 아무것도 없는 이 단순한 십자가, 말레비치의 말마따나 '형태의 영점'인 바로 그것이 1915년에는 폭탄이었다는 점이다……

"사실," 앙리가 말을 이었다. "이 작품을 그려 전시할 때까지만 해도 말레비치는 유럽 전역에 큰 영향을 발휘했던 예술 조류를 따르고 있었어. 미래주의라는 조류인데, 줄기찬 변화를, 모든 것의 항상적인 변혁을 주창했고, 심지어 그 변혁엔 폭력이 곁들여질 때도 많았어. 말레비치는 그 미래주의의 논리를 극도로 헐벗은 추상을 통해 터무니없는 차원까지 밀어붙였단다. 세계에 변화를 주기 위해서는 가장 기본적인 것들, 우리 내부 가장 깊은 곳에 자리한 것들로부터 재출발해야 한다는 사실을 납득시키고자 했지. 우리의 혼에 깃든 색채들, 그저 하나의 선, 하나의 원, 하나의 십자가, 하나의 사각형, 하나의 사선, 우리 안에 있는 가장 소박하고 가장 순수한 내면성으로부터 재출발함으로써 어마어마한 전복을 일으킬 수 있다는 거야."

"신기해요." 모나가 속삭였다. "그러니까요, 처음에는 저 십자가가 그냥 십자가, 단순해빠진 십자가라고 생각되죠! 하지만 사실은, 선들이 약간 기울어져 있어요. 꼼지락거리는 것들이 있어요. 저 십자가는요, 살아 있어요. 그건 살아 있어요, 왜냐면…… 왜냐면 그건……"

"왜냐면, 진동하고 있으니까." 앙리가 문장을 완성했다. "말레비치가 표현하는 건 가장 미세하고 가장 내밀한 약동과 리듬인데, 바로 그것들이 나아가 우주 전체의 행진을 지휘하는 거야. 방향, 중력과 무게의 관계, 유동성, 공간의 횡단, 원자들과 행성들의 회전 전부를 말이야. 말레비치가 표현하는 건 행동의 최소 단계, 행동의 배아, 행동 최초의 진동, 모든 가능태가 존재하기 시작하면서 전개되는 출발점이야. 그것은 곧 완전한 자유로 나아가자는 부름이지."

"하지만 십자가는 예수와도 관련이 있는걸요, 하비! 말레비치도 그걸 알았나요, 자기가 종교의 상징을 그리고 있다는 걸?"

"물론이지. 이걸 그리는 말레비치에겐 그 생각도 있었지…… 칸딘스키만큼이나 말레비치도 무척 영적인 기질을 지녔으니까, 말할 것도 없지. 그런 의미에서 그의 추상은 유물론에 대한 거부를 표명하기 때문에 혁명의 지렛대가 되었다고 볼 수 있어."

"뭐에 대한 거부라고요?"

"유물론. 일차적인 의미에서 그건 우주가 순전히 물질로만 이뤄져 있다고 주장하면서 신성한 것을, 좀더 박식한 용어를 쓰자면 '초월적인 것'을 신경쓰는 게 쓸데없거나 허망한 짓이라고 주장하는 세계관이야. 그런데 말레비치는 보이지 않는 것, 만져지지 않는 것에 내내 깊은 애착을 보였어. 이 십자가는 여느 교회에서 볼 수 있는 것과 같은 기독교의 십자가는 아니지만 그럼에도 성스러운 아우라가 실려 있지."

"하지만 사람들이 이 십자가를 볼 때 하비가 나한테 말해준 그 모든 걸 다 알아챌까요?"

"어떤 사람들은 거기에서 어리석은 도발만을 보는가 하면, 어떤 사람들은 그게 진짜 혁명적이라고 수긍해. 1915년의 맥락에서는 말레비치가 예술을 일체의 관례로부터 해방시켜 새롭게 도약시키고자 한다는 걸 느낄 수 있었지. 하지만 더 의외인 건, 아무것도 없으니 별로 위험할 것도 없다고 여겨질 수 있는 말레비치의 작품들이 결국에는 정말 중대한 문제를 일으키기에 이르렀다는 사실이야. 그걸 설명해줄게."

모나는 과장되게 진지한 표정을 지었다.

"1922년에 소비에트 연방이 수립되었고 말레비치는 그 거대한 정치적 사회적 변화에 우호적이었어. 특권들과 차르가 지배하는 구체제에서 공산주의라는 체계로 이행하는 변화였으니까. 하지만 얼마 안 가서 예술, 그림, 회화를 불신하는 공산주의자들이 많아졌단다……"

"그게 무슨 말이에요?"

"무슨 말이냐면, 공산주의자들 가운데 예술의 지나친 지적 면모, 지나친 개인주의적 면모를 싸잡아 반대하는 사람들이 많았다는 거야. 그들이 보기에 그런 아방가르드적 탐구는 평등 사회와 배치되었어. 그런 예술 때문에 문화가 귀족적인 것이 되고, 엘리트들만 누릴 수 있는 예외적인 것이 된다는 거야. 그뿐만이 아니었어. 얼마 안 가서는 예술이 철저하게, 온전하게, 소련 연방의 혁명적 대의에 봉사해야 한다는 주장이 나왔지."

"그렇게 되면 십자가며 사각형들을 그린 말레비치는 멍청이처럼 보였겠는데요……"

"아무래도 정신이 나간, 약간 위험한 사람처럼 보였지. 그렇게 단순한 형태를 그리면서 모든 게 가능하다고, 각자가 자기 자신의 내면에, 자기 안에서 보는 것에, 자기 주관성에 기댈 수 있다고 주장하는 사람은 나쁘게 여겨지던 때였어. 그래서 어떻게 되었느냐. 말레비치에게 십자가, 단색화, 질감과 순수 기하로 환원된 작품들을 그리면 안 된다는 금지령이 내려졌지. 그는 감시받고 모욕당했어. 그러다 다소 일찍, 1930년대 중반에 암으로 죽었지. 말레비치가 보여주려는 것, 그건 하나의 작품이 자율적인 공간이라는 거야. '자율적autonome'이란 말은 '법'이라는 뜻의 그리스어 노모스nomos와 '자기 자신'을 뜻하는 오토auto에서 유래한 단어란다. 자율적이라는 건 그러니까 스스로에게 자기만의 법을 정해준다는 거야. 기하학적 근본을 추구하는 말레비치의 예술은 작품에 고유한 법칙을 따르지. 그건 우리를 둘러싼 자연으로부터 완전히 벗어난 예술이야. 자연을 모방한다는 건 자연에 종속된다는 것, 자연에게 주도권을 넘긴다는 것, 자연의 죄수가 된다는 것이니까."

"재밌어요, 하비. 가끔 아빠는 저한테 언젠가 제가 크면 자율적이 될 거라고 하거든요. 그게 무슨 말인지 이제 알겠어요."

"말레비치는 각 개인에게 '자유로운 하얀 심연' 속을, 무한 속을 마음껏 항해하라고 권해. 이 십자가에 대해서나, 〈하얀색 바탕 위의 검은 사각형〉에 대해서나 그것들이 예술사에 마침표를 찍는다고, 회화가 죽었음을 알리는 상복과도 같다고들 하는데, 그건 오해일 뿐이야……"

"……회화는 죽었다. 하비가 말해줬죠. 마르셀 뒤샹은 그렇게 생각했다고."

"그렇지. 다만 말레비치는 전혀 그렇게 생각하지 않았어. 오히려 그가 '절대주의'라고 불렀던 추상화 덕분에 회화가 다시 태어난다고 생각했지. 근본적이고 무한히 풍요로운 배아 상태로 돌아가기 때문에 다시 태어난다고. 게다가 20세기 초의 그 추상화 장르는 부지불식간에 네 주변에도 폭넓은 영향을 끼쳤단다. 특히 디자인이나 건축이 그렇지……"

모나와 할아버지는 경비원이 말을 걸어왔을 때에야 깊은 숙고로부터 빠져나올 수 있었다.

"저기요, 둘이서 무슨 못된 작당을 하는 거죠?"

"못된 작당이라니?" 앙리가 의아해했다. "무엇 때문에 그러시죠?"

"저 십자가를 쳐다본 지 벌써 1시간째요! 저걸 10초 이상 보는 사람은 아무도 없는데."

"아니, 보세요. 늙은이 한 명에 여자아이 한 명! 무슨 못된 작당을 할 수 있다는 겁니까? 조금만 더 기다려주시죠. 그럼 다음주까지는 우리가 당신을 귀찮게 할 일은 없을 테니까."

"5분 더 드리죠…… 더는 안 됩니다."

경비원은 자리로 돌아가 앉은 뒤에도 그들 2인조에게서 눈을 떼지 않았다. 모나는 키득거렸다.

"뭐, 이 정도면 충분해. 다른 사람들에게 그림을 넘겨줘야겠구나!"

38
조지아 오키프
세계는 살이다

여름방학은 느리게 흘러갔다. 그주에 모나는 대부분의 시간을 몽트뢰유의 방학 센터에서 보냈지만 새로운 친구들을 찾아내기가 쉽지 않았다. 아무한테도 말을 걸지 않고 쓸쓸하게 외톨이로 지내서는 아니었다. 전혀 그렇지 않았다. 다만 자드와 릴리가 그리웠을 뿐이다. 방학 센터에서는 컴퓨터나 스마트폰 사용이 금지되어 있었지만, 대신 잘 갖춰진 도서관을 이용할 수 있었다. 모나는 거기로 가서 열람실을 감시중인 시청 직원에게 순진하게 물었다.

"글을 써도 될까요?"

아무래도 엉뚱한 질문, 어쨌거나 정말이지 누구도 한 적 없는 질문이었지만, 소녀가 다른 사람들의 이야기를 읽는 대신 자기 이야기를 하기 위해 펜을 들겠다는 걸 가로막을 이유는 없었다. 모나는 그늘진 구석에 앉아 가방에서 빨간 표지로 덮인 커다란 공책과 연필, 지우개를 꺼냈다. 자기가 받은 인상을 적어두고, 자기 마음 상태를 뇌까리고,

희망을 부르짖기 위해 일기를 쓰기 시작하는 때가 모나에게 온 것이다……

처음에는 거기에서 그날 겪은 일을 쓰려고 했다. 하지만 이내, 현재를 묘사하려면 그전에 할아버지와 함께 루브르, 오르세, 보부르를 꼬박꼬박 방문하며 보낸 여러 주일을 머릿속에서 훑어보아야 할 거라는 생각이 들었다. 헷갈리는 게 생기면 할아버지한테 도와달라고 할 것인가? 아니, 되도록이면 자기 안에서 답을 구해보자고 마음먹었다. 모나는 눈을 감았다. 보티첼리의 손상된 프레스코화를 다시 보았다. 비너스, 미의 세 여신, 큐피드와 선물을 받는 젊은 여인. 모나는 연필을 쥐고 정성 들인 글씨로 다음과 같이 썼다. "하비는 맨 먼저 나에게 받는 법을 가르쳐주셨다."

◆

7월의 타들어가는 공기 속에서 파리의 플라타너스들이 노랗게 바랬다. 할아버지 옆에서 걸어가던 모나는 그 현상을 눈여겨보았다. 아이가 물었다.

"나무들의 초록색이 사라지면 어디로 가요?"

앙리는 우뚝 멈춰 섰다. 물론 과학적인 관점에서야 의미가 없는 질문이었다. 하지만 형이상학적인 차원에서는 깊은 울림을 자아내는 수수께끼였다. 그는 말없이 지평선을 바라보다가 비로소 차분하고 진중한 목소리로 운을 뗐다.

"정말 그래, 모나야…… 눈이 녹으면 그 흰색은 어디로 사라질까. 화산이 꺼지면 그 붉은색은, 맨드라미가 시들면 그 진홍색은, 머리카락이 세면 그 갈색은, 날이 저물면 하늘의 푸른색은? 혹시 색깔들의 천국이 있을까? 거기에서 색깔들은 노래를 하고, 천둥소리를 내고, 폭발하고, 서로 떼밀며 뒤섞일 게 분명해. 그런 다음 날아오르겠지. 그런 다음 돌아오고. 한없이."

그러자 모나는 거인처럼 커다란 마로니에나무를 처다보았다.

"음, 보세요, 하비. 이제 곧 가을이 오면 나뭇잎의 노란색이 오렌지색이 될 거예요. 그런데 저걸, 저 노란색을 제가 아주 오랫동안 바라보면요, 어쩌면 저게 내 머릿속으로 흘러들게 될지도 몰라요. 그러니까 그 색깔들의 천국은 어쩌면 내 머릿속일 거예요!" 모나가 외쳤다.

자기가 발견한 것에서 굉장한 시적 매력을 느끼며 아이는 들떠서 미소를 지었다...... 그러다 발랄하고 순박한 얼굴이 갑자기 어두워졌다.

"제가 시력을 잃게 된다면, 머릿속에 색깔들의 천국이 있으면 좋겠어요......"

앙리는 뭐라 해야 할지 알 수 없었다. 전혀. 그는 아이의 손을 잡고 미술관으로 이끌었다. 슬픔으로 동공이 어두워졌다. 어쩌면 조지아 오키프의 그림이 그들을 위로해줄 수 있을지도.

극히 정교한 붓질로 칠해진 색깔들의 덩어리가 유연하게 굽이치고 있었다. 뚜렷하게 경계 지어진, 무척이나 선명한 붉은색, 노란색, 오렌지색이 물결 혹은 혓바닥 같았다. 용암의 다양한 색조를 완벽히 추상화한 것처럼 보이기도 했다. 겹겹이 쌓인 지층들 같은 구성이 리듬감 있게 자아내는 움직임은 약간 기우뚱했는데, 지층의 경계

선이 완전히 곧지도, 바른 수평을 이루지도 않고, 물결치는 모양으로 왼쪽에서 오른쪽을 향해 기울어져 있었기 때문이다. 딱딱하거나 각진 곳은 전혀 없이 온통 구불거림, 환한 너울뿐이었다. 하지만 더 주의깊게 살펴보면, 뭔가 풍경 같은 것이 그려졌다. 분홍색, 노란색, 흰색 구름들이 주를 이루는 윗부분은 황혼 또는 여명에 불붙은 하늘을 상기시켰다. 그 아래, 검은색에서 회색으로 변해가는 더 가느다랗고 불룩한 줄무늬는 바위 산맥과 비슷했다. 이 산맥은 작품 아래쪽 반절에 면해 있었는데, 그 아래쪽에서는 따뜻한 색의 넓은 면들이 진동하며 부풀어오르고 휘어 뒤틀리다가 맨 아래에 이르러 옅어지면서 살결과 비슷한 색조를 띠었다. 그런데 이 면들은 맨 위의 구름들을 되살리면서 거기에 반향했다. 필시 자유롭게 변형된 모습으로 비친 물그림자이리라. 숨겨져 있던 주제가 이렇게 나타난 것이다. 말하자면 그것은 과일 색깔들로 경련하는 하늘, 그 아래의 어두운 산, 산기슭에 섞여드는 호수의 풍경인 듯했다.

한 주 전에 모나는 할아버지의 인내력에 도전하려고 말레비치의 십자가를 말 한마디 없이 오랫동안 쳐다보았다. 그런데 그 한없는 관찰 시간이 실상 아이를 단련시켰다. 별스러운 기질을 발휘하지 않고 시련에 맞선다는 느낌도 없이, 모나는 이번에도 지치지 않고 끈질기게 그림을 살펴볼 수 있었다.
"조지아 오키프는 1887년에 미국에서 태어났어. 그때 미국은 생긴 지 얼마 되지 않은 나라였지. 무엇보다도 굉장히 큰 나라, 또 경제적으로나 문화적으로나 한창 성장중인 나라였고. 조지아 오키프의 어머니는 헝가리 출신, 아버지는 아일랜드 출신이었어. 뉴욕에서 오키프는 윌리엄 메릿 체이스라는 선생의 가르침을 받았는데, 그는 당시 가장 뛰어난 화가였고 명실상부한 스타였지만 여전히 철저하게 구대륙의 미학, 특히 인상주의의 발상 안에 갇혀 있는 사람이었지."

"그리고 선생님들이란 한편으로 커다란 사랑의 대상이지만," 모나가 끼어들었다. "다른 한편으로, 우리들은 언젠가 그들의 학생 노릇을 그만둬야 하죠. 조지아 오키프는 그걸 깨달았을 거예요, 장담해요……"

"맞아. 영점에서부터 다시 시작하기 위해, 그녀는 그때까지 배운 모든 것을 과감하게 벗어던졌어. 그렇게 미국의 정신을 드러내고 구축한 몇몇 화가 중 하나가 되었지. 미국의 정신이 뭔지 말할 수 있겠니, 모나?"

"제가 보기엔요, 하비, 미국에서는 모든 게 거대해요. 사막, 호수, 산맥이 있는 풍경들도 그렇고, 뉴욕의 어마어마한 마천루들도 그렇죠. 정말 미국에서는 모든 게 거대해요!"

"바로 그거야. 조지아 오키프는 곧추선 대규모의 도시들뿐만 아니라 끝 간 데 없이 펼쳐진 망망하고 풍만한 자연을 그렸단다. 도시 미국의 예술가이면서 동시에 시골 미국의 예술가였고, 무지막지한 규모를 제대로 보여주는 그림들을 그렸지."

"어쨌거나 이 그림은 도시보다 전원에 가까워요."

"사실이야, 저건 조지 호수야. 애디론댁산맥 기슭에 있는 멋진 곳이지. 이미 19세기의 미국 화가들이 여러 차례 그렸던 풍경인데, 그 풍경화가들도 저마다 나름대로 개척자였고 탐험가였어. 미개척의 땅을 헤치고 들어가서 그 풍경에 대한 경의를 대형 화폭에 담아내 새로운 에

덴동산 같은 미국을 보여줬거든. 그런데 보렴, 조지아 오키프가 하는 것도 바로 그 명맥을 이어받고 있단다. 조지 호수, 거기에 잠겨드는 잿빛 검은 산맥, 그 위로 펼쳐진 하늘은 극도로 추상화되어 더이상 알아볼 수 없지. 이제 그저 줄무늬들이 되었어. 그런데 그 줄무늬들은 물결치는 운동으로 인해, 색조와 명암을 달리하는 색채의 변주로 인해, 보드랍고 든든한 비단 자수천, 온기 가득한 파도들처럼 보여."

"자연 전체가 어루만지는 손길들로 변한 것 같아요······."

이렇게 중얼거린 뒤, 모나는 앙리의 손을 잡더니 있는 힘껏 손톱을 박아넣었다. 손톱이 파고든 자리는 아팠고 앙리의 마음에 균열이 생겼다. 자연과 어루만짐이 서로 연결되면서 그가 어렸을 적에 처음으로 느꼈던 감각들, 미지근한 바람결이나 봄의 향기에 취했던 첫 순간들이 떠올랐기 때문이리라. 앙리는 아주 오래된 그 기억들을 떠올릴 때마다 약간의 멜랑콜리를 느끼곤 했다. 그가 모나의 나이였던 때가 있었음을 되새기는 게 얼마나 기이하게 느껴지는지! 어느 날 모나가 자기 나이가 될 거라고 생각하면 얼마나 아뜩한지!······ 열 살 때 그는 어떤 표현을 했던가? 모나가 지금의 여덟 배 나이가 되면 어떤 표현을 할까? 조지아 오키프의 선들이 갑자기 불덩이처럼 타닥거렸다. 자연은 어루만짐이 되었고, 어루만짐은 불이 되었다.

"조지아 오키프는," 앙리가 말을 이었다. "밀착 구도로 꽃을 그리면서 특히 명성을 얻었어. 이 호수 풍경에서 네가 어루만짐을 떠올린 것과 비슷하게, 이 화가가 그린 꽃잎 꽃부리, 암술, 줄기는 인체 해부도와 신체의 한 부분을 떠올리게 한단다. 그래서 '생체표현주의'라고들 하지."

"정말 그래요! 보세요, 하비, 빨간색이나 분홍색인 곳들요! 아래쪽에

선 혀나 입술이 보이는 것 같아요. 저한텐 입술 세 개로 보여요. 그리고 위쪽 구름을 보면, 누군가가 누워 있는 모습 같아요. 다리가 보이고 또 엉덩이도 보여요! 진짜 신기해요, 하비. 왜냐면 저는요, 하늘을 올려다 보면서 동물들이나 이런저런 것들을 볼 때가 많거든요. 그런데 저기에서는, 확실해요, 산 위에 엉덩이 세 짝이 있어요. 멋지네요, 생체표현주의라는 건!"

모나는 웃음을 터뜨렸다. 앙리는 별말 없이 눈썹을 찌푸리며 짐짓 아연실색한 표정을 지어 보였지만, 유치할지언정 아이의 논평이 옳은 방향을 향하고 있음을 인정하지 않을 수 없었다. 게다가 덕분에 노인은 조지아 오키프의 그림들이 여자 성기를 암시하는 것으로 유명하다고 설명해야 하는 사태를 면할 수 있었다…… 하고자 했다면, 꽃과 풍경에 여성의 관능성을 부여함으로써 화가가 자신의 정체성을 긍정했다고 설명할 기회가 되었을 것이다. 하지만 그가 보기에 그건 너무 협소한 독법이었다. 그는 덜 에로틱한, 더 철학적인 해석을 택했다.

"모나야, 우리 자신의 몸을 생각할 때, 보통은 일단 공간이 있고 그 공간 속에 그것과 구분되는 우리 존재가 있다고 느끼곤 하지. 우리가 환경에 둘러싸인 한 단위로 존재한다고…… 그런데 조지아 오키프의 그림은 그걸 다르게 느껴보라고 해. 이 화가의 작품에서 세계의 요소들은 해부학의 요소들로 녹아들고, 해부학의 요소들은 추상적인 요소들로 녹아들고, 추상적인 요소들은 세계의 요소들로 녹아들고, 그렇게 계속 이어져. 모든 게 원을 이루는 것 같고, 뗄 수 없이 뒤섞여 있는 것 같아. 저 그림에서 주가 되는 형상이 뭔지 말해볼래?"

"직선일까 곡선일까 망설여지지만, 곡선 쪽이 맞는 것 같네요……"

문제가 너무 쉽다고 여긴 모나가 장난스러운 투로 대답했다.

"맞아, 사방이 곡선이야. 이쪽 방향으로 휘었다가 또 반대 방향으로 휘었다가. 이 S자 곡선들이 빚어내는 형태의 어울림은 유동성을 완벽하게 구현해. 이걸 일차적으로 주목하면서 더 나아가보면 물의 흐름이나 하늘의 대기 변화, 또 거기 떠다니며 늘어지고 찢어지고 다시 합쳐지는 연기 덩어리들의 유동성이 극치 상태로 표현되었다고 생각할 수 있어. 조지아 오키프는 그런 대기 현상에 많은 관심을 기울였거든. 하지만 내 생각엔 더 멀리 가볼 수도 있을 것 같다. 조지아 오키프가 보기에 그 유동성은 코스모스의 성질 자체, 우주의 모든 육체를 연결해주는 흐름이야. 한편에 인간의 생물학적 신체가 있고 다른 한편에 산과 호수의 광물체가 있는 게 아니야. 그것들은 동일한 하나의 회로를 이루고 있어. 그러니 저 풍경 속에서 점막, 팔다리, 어렴풋한 피부의 감각들이 감지되는 게 당연하지."

"알겠어요. 게다가 하비, 그렇게 보면 저기 상처들이 있다고도 할 수 있겠어요. 저 풍경이 일종의 피부이기도 하다고 생각하면, 피를 흘린다는 생각도 충분히 가능해요. (모나는 오래 뜸을 들였다.) 에이! 아마 제가 틀렸겠죠……"

"내 생각에 넌 전혀 틀리지 않았어, 모나야, 전혀…… 너는 조지아 오키프의 메시지를 완전히 파악했어. 세계는 살이라는 메시지를."

모나의 머릿속에 혼란을 일으키고 싶지 않아서 더 말하진 않았지만, 앙리는 현상학 철학자 메를로퐁티를 떠올렸다. '세계의 살', 또는 '세계 만유의 살'이라는 표현을 내놓은 이 철학자는 인간의 지각이 하늘, 산, 호수를 느낀다는 사실을 설명했을 뿐만 아니라, 인간의 지각이 꿰뚫는 하늘과 산과 호수 역시 살이므로 그것들도 인간을 느낀다고 말했다……

그러다 느닷없이 모나가 팔을 치켜들었다. 핏기가 돌면서 아이의 작은 광대뼈가 활기를 띠었고, 계시의 전기가 통한 듯 머리카락들이 머리 위로 곤두서는 것 같았다. 화폭 속 따뜻한 색깔들의 물결 사이에서 아이는 거의 눈에 띄지 않는 미세한 녹색의 색조를 발견했고, 그것이 두 시간 전에 바라보았던 나무들을 떠올리게 했기 때문이었다. 생명의 색조들이 사라지면 어디로 가는가? 모나는 이제 그 수수께끼의 해답을 얻었다.

"하비! 색깔들의 천국이 저기 있어요! 제가 찾아냈어요! 그건 그림 속에 있어요……"

39
르네 마그리트
네 무의식에 귀를 기울여라

8월의 그날, 모나는 열한 살이 되었다. 매년 생일마다 같은 의례가 치러졌다. 간식 시간에 아빠가 몽트뢰유의 가게를 장식한 뒤 거기에 커다란 식탁을 차려놓고 초콜릿 쿠키를 만들어 초를 꽂는다.

네 가지 깜짝 선물이 숨겨져 있다고 엄마 아빠가 알려줬다. 모나는 과자를 먹어치우면서 가게를 뒤지기 시작했다. 몇 분도 안 되어 그중 셋을 찾아냈다. 세 개의 박스에는 각각 52장짜리 카드 한 벌이 들어 있는 예쁜 상자, 귀걸이 한 쌍, 60유로가 든 봉투가 들어 있었다. 모나는 기뻐서 깡충거렸다. 하지만 네번째 선물은 사방을 한참 뒤져도 나오지 않아서 찾기를 포기했다. 카미유가 잽싼 턱짓으로 가게 뒷방에 가서 둘러보라는 암시를 보냈다. 그쪽으로 달려간 모나는 불현듯 할머니가 생각나서 그대로 굳어버렸다. 정신의 기이한 작용으로 할머니의 기억과 그사이 폴이 남김없이 판매한 베르투니 인형들의 기억이 새삼 연결된 것이었다. 콜레트 뷔유맹과 작은 납 인형의 모습들이 머릿속에 그물처럼 펼쳐졌다. 다행히, 모나가 울적해질 시간이 길게 주어지지 않았다. 알 수 없는 소리가 들려와서 설핏한 슬픔을 신나게 박살내고 쓸어가버렸기 때문이다.

"아빠, 엄마, 이상한 소리가 나요!"

그 '이상한 소리'가 다시 한번, 이번에는 더 분명하게 들려왔다. 그리고 또, 한번 더. 모나의 가슴이 세차게 뛰기 시작했다. 아이는 한 걸음 한 걸음 다가갔다. 생각했던 바로 그것이었다. 사랑스러운 스패니얼 강아지가 한 구석에 모로 누워 낑낑 소리를 내고 있었다. 손을 가까이 갖다댔더니 강아지가 가볍게 깨물었다. 숨을 멈춘 채 모나는 강아지의 털을 어루만졌고, 손바닥 아래에서 파들거리는 부드러운 감각에 깊이 감동했다.

모나는 강아지의 눈을 들여다보았고, 강아지도 모나의 눈을 들여다보았다. 주둥이를 쏙 핥은 강아지가 작디작은 앞발을 짚고 일어나 앉았다. 말할 것도 없이, 이 여린 존재가 네번째 선물이었다. 하지만 또다른 것도 있다는 걸 아이는 이해했다. 괴테가 말한 '선택적 친화력', 즉 짐승과 아이 사이에 즉각적으로 일어난 감응 작용을 통해 형언하기 힘든 또다른 무언가가 모나에게 주어졌다. 자각이었다. 세계의 막膜에 대한 자각. 공유로서의 세계, 생명으로 짜인 조직체로서의 세계.

"네 이름은 코스모스야." 행복해서 눈물을 흘리며 딸꾹거리던 모나가 강아지에게 말했다.

◆

손녀가 강아지를 가방에 담아 미술관에 데리고 오겠다는 걸 앙리는 안 된다고 했다. 모나는 순순히 받아들이면서 스스로 도전 과제를 내걸었다. 미술관을 방문하고 집으로 돌아가서 그날 얻어낸 메시지를 되짚어 코스모스에게 전해주겠다는 것이었다. 앙리는 기발한 발상이라고 여기며 찬성을 표했다. 그는 모나에게, 약간의 아이러니를 섞어, 그러면 작품 사진을 찍거나 구해서 개한테 보여주라고 제안했다.

"네, 그렇게 하는 게 맞겠어요." 모나는 무척 진지한 투로 동의했다.

아이는 코팅 처리된 예쁜 카드들에 작품 사진을 붙일 거라고 했다. 생일 선물로 받은 것인데, 단단해서 사진들을 받치는 데 쓸 수 있을 것 같았다.

"코스모스가 좋아하겠어요!" 아이가 결론지었다.

내심 감탄하면서, 앙리는 기상천외한 시인이자 조형 예술가 마르셀 브로타에스를 떠올렸다. 1970년 현대 미술에 대한 고양이와의 대담을 녹음했던 사람…… 브로타에스는 벨기에인이었는데, 장대한 초현실주의 화가 르네 마그리트도 그랬다. 이제 마그리트를 발견할 시간이었다.

거의 나란하게 놓인 반장화 한 켤레가 화면 공간의 중심을 차지했다. 위에서 아래로 내려다본 4분의 3 각도로 신발 뒤축이 그림 오른쪽에, 발가락이 왼쪽에 오게 그려져 있었다. 그렇다, 신발 앞코가 아니라 발가락인데, 왜냐면 신발이 조금씩 발로 변해갔기 때문이다. 보다 정확히 말하자면, 섬세하고 꼼꼼하게 그려진 고동색 가죽이 주상

골 근처에서 하얗고 발그레한, 혈맥이 사뭇 두드러진 피부로 탈바꿈했다. 흠잡을 데 없는 그러데이션 덕분에 물건이 인체의 일부로 변하는 과정이 완벽하게 자연스럽고 실로 그럴싸했다. 반장화와 인체 모두를 진짜처럼 보이게 만드는 디테일도 하나하나 들여다보였다. 신발끈은 위를 향해 가로로 네 차례 매인 뒤 장화 목 윗부분에 이르러서는 풀려 있었고, 진줏빛 케라틴질의 발톱은 약간 길고 끝부분이 다소 지저분했다. 살을 보면서 인간을 떠올리게 되지만, 단 토막난 인간, 유령 인간이었다. 이 대상 전체가 밀착 구도로 담겨 있는 화면은 꽤 음산했고, 석탄빛의 무딘 색조가 지배적이었다. 화폭 세로 방향으로 아래쪽 3분의 1 부분까지는 밤색 자갈투성이 땅바닥이었다. 나머지 3분의 2 부분에는 여기저기 옹이 무늬가 있는 베이지색 나무 울타리 판자 네 개가 땅바닥에서부터 가로로 잇대어져 있었다.

대화가 시작되기까지, 모나는 작품 앞에서 40분이 좀 넘는 시간을 보냈다.

"보다시피," 앙리가 말을 꺼냈다. "마그리트와 함께 우리는 이전 관람 때보다 언뜻 더 고전적인 것으로 돌아가게 되지. 화폭에 유화 물감으로 그려진 구상화니까……"

"……하비, '고전적'이라고요? 하비가 그렇게 생각하시다니 이상해요. 제가 보기에 저 작품은 오싹한데요…… 있죠, 학교 친구 몇 명은, 심지어 릴리도요, 사람을 펄쩍펄쩍 놀라게 하는 좀비 영화를 엄청 좋아해요. 저는요 하비, 그런 게 정말 싫어요…… 그런데 오늘 하비의 그림, 저 잘린 발, 신발처럼 생긴 발이든지, 또 저 음침한 색이라든지, 볼 때마다 눈을 가리게 되는 그 영화들을 생각나게 해요. 이렇게 말해서 죄송해요, 하비……"

"다른 사람이 너한테 느꼈으면 기대하는 것과 네가 느낀 것이 들어맞지 않을 때마다 죄송하다고 하는 건 그만둬라. 너에겐 네 마음대로 느낄 자유가 있어. 더 좋은 사실을 말하자면, 마그리트의 모호하고 불길한 분위기 앞에서 느끼는 거북함은 네가 저 그림을 볼 줄 안다는 증거야. 화가가 장치해둔 것을 잘 찾아낸 거지."

"마그리트가 우리를 무섭게 하려고 했다는 뜻이에요?"

"그러지 말란 법도 없잖니? 가장 기본이 되는 사항을 떠올려봐라. 순진한 시각으로 예술사에 접근하면 창작이란 오로지 아름다운 것을 만들어내기 위한 것이라고 생각하게 되지. 하지만 틀렸어. 회화, 조각, 사진, 문학, 음악, 연극 등은 우리 존재 속 가장 깊이 파묻혀 있는 층들을 뒤흔들고 자극해. 우리의 불안도 그중 하나지. 너는 영화 얘기를 했어. 르네 마그리트가 속했던 사조, 초현실주의라는 사조를 형성했던 예술가들은 초창기 영화와 같은 시대에 태어났단다. 그리고 그 초창기 영화 중엔 환상 장르가 많았고. 게다가 초현실주의자들은 줄기차게 영화관을 들락거렸지, 그들한텐 그게 거의 마약이었어. 자, 그들에게서 가장 인기가 있던 장편 영화 중 하나도 소설 『드라큘라』에서 영감을 얻은 악마적인 흡혈귀 이야기였단다. 프리드리히 무르나우 감독의 1922년 작 〈노스페라투〉라는 영화지."

"전 유령 생각을 했어요, 이 그림에선요."

"설명해보렴."

"일단 몸의 일부가 있어요, 반은 발이고 반은 반장화고요. 다음으로는 그림 제목이 있는데 〈붉은 모델〉이라고 되어 있어요…… 일단 그건, 보이는 것과는 차이가 있어요. 붉은색은커녕, 차가운 색조들만 있죠! 또 왜 '모델'이라고 하죠? 인간 피부로 변한 신발은 비어 있어요. 그런데 제목을 생각하면, 그래도 뭔가가 있음을 알아채야 하는 것 같아요. 그래서 저기에서 떠도는 유령이 있다는 생각이 들어요……"

앙리는 모나를 안심시키려고 아이의 빽빽한 머리채에 손을 넣어 힘껏 헝클어뜨렸다.

"그대로 갚아줄 거예요." 난발이 된 아이가 쏘아붙였다.

노인은 쭈그려앉아 아이가 머리카락을 흐트러뜨리게 해주었다. 이마 위로 머리카락 한 가닥이 불쑥 솟아서 우스꽝스러운 모양이 되었다. 모나는 손으로 입을 틀어막으며 웃음을 터뜨렸다.

"알겠지, 유령은 웃음으로 쫓아낼 수 있어." 할아버지가 아이에게 속삭였다.

근엄하고 진중해 보일 때가 많은 앙리와는 잘 어울리지 않는 이 신기한 방법을 그는 일본 애니메이션 〈이웃집 토토로〉에서 알게 되었다. 미야자키의 경이로운 작품 중 하나였다. 이야기 시작 부분에서, 오랫동안 사람이 살지 않던 커다란 집에 들어섰을 때, 아버지가 두 딸에게 유령 행렬을 쫓아내려면 억지로 지어낸 소리로라도 크게 웃으라고 알려준다. 그 방법이 통해서, 어두운 기운이 이내 흩어진다.

"어렸을 때는 사방에 유령들이 있지." 앙리가 못박아 말했다. "지하 창고 구석에 도사리고 있을 수 있고, 빛이 안 드는 길가의 덤불에도 있을 수 있고, 심지어는 침대 커버나 모자처럼 흔해빠진 물건에도 있을 수 있고, 또 벽지 무늬나 욕조 배수구에도 있을 수 있지. '유령fantôme'

은 '환상fantasme'과 어원이 같아. 나이가 들어감에 따라 어른의 상상 세계가 구축되면서 점차 환상이 유령을 대신하게 되지."

그처럼 유령이 흩어지면서 마음을 놓게 되고 덕분에 자립할 수 있게 된다는 것, 가령 집에서 혼자 잘 수 있게 된다든가 하는 것을 앙리는 잘 알고 있었다. 하지만 그 흩어짐은 동시에 어떤 마술이 깨지는 시간이기도 하다는 것을 모르지 않았다. 초현실적인 것 앞에서 느끼는 불안과 공포는 엄청나게 강력한 감정들을 느끼게 해주기 때문이다. 그는 말을 이었다.

"저 그림은 딱히 악몽이라고는 할 수 없어. 그보단 기분이 뒤숭숭해지는 나쁜 꿈에 가깝지. 그런 관점에서 배경의 땅바닥이나 울타리에 대해 말해보겠니?"

"바닥의 자잘한 자갈들은 고름 물집으로 뒤덮인 피부 같아 보여요. (아이는 징그럽다는 표정을 보였다.) 그리고 판자들에 있는 나무 옹이들은 약간 눈알 같아요. 오, 하비." 아이가 흥분하며 이마를 짚었다. "저걸 보니까 고깃덩어리에 달린 끈적끈적한 눈알처럼 보였던 게 생각나요! 루브르에서 고야를 볼 때였어요!"

"나도 똑똑히 기억해. 사실 고야는 초현실주의 화가들에게 대단히 큰 영향을 미쳤지. 그래서 말인데, 초현실주의 화가들은 그들이 존경하는 선배와 마찬가지로 기법 면에서 뛰어났단다. 그들은 유화를 예전의 대가들처럼 그렸어. 저 화폭을 보렴. 해부학적 비율이 완벽하지. 부풀어오른 혈관들은 펄떡이면서 발가락까지 뻗어 있고. 바로 그 덕분에 불안한 기이함이 생겨나는 거야. 충분히 진짜 같고 그럴싸해서 그 괴상함이 나머지 부분에 전염되는 거지. 그러면 덩이진 땅바닥이나 옹이가 있는 판자들조차 우리의 상상력을 어지럽히게 되는 거야. 더 정확히 말하자면 우리의 무의식을 뒤흔드는 거지."

"아, 무의식. 또 나왔네요!"

"맞아, 모나야. 초현실주의자들은 무의식이 '사고의 실제 작동기관'이라고 생각했어. 반대로 말하자면, 합리적이고 조리 있는 것, 적절하고 도덕적인 것, 즉 의식의 수준에 자리하는 일체의 것은 그들의 흥미를 끌지 않아. 초현실주의자들이 보기에, 일상과 뒤섞이는 정신의 층은 보다 깊은 층으로 덮여야 해……"

"……우리가 꿈속에서 가게 되는 층이죠." 클림트의 〈나무 아래 피어난 장미나무〉를 떠올리며 모나가 덧붙였다.

"저 이미지는 너무나 엉뚱해서 그 나름의 풍자성을 띠게 돼. 실제로 마그리트는 이 그림에 대한 논평에서 자기는 가죽 신발 제조 과정을 암시했다고 말하기도 했어. 무두질된 가죽으로 만들어지는 신발들 말이야…… 그 제조법에 음산한 윙크를 보낸 거지. 이 〈붉은 모델〉에는 블랙 유머가 가득해."

"저는요, 꿈에서 보는 모든 게 대체로 선명하고요, 이미지들이 뚜렷하게 인상에 남아요. 그런데 동시에, 그 이미지들은 약간 미완성 상태여서 스르르 빠져나가요. 저 그림을 보면 마그리트도 꿈을 세세하게 꾼다는 걸 느낄 수 있어요. 현실처럼요."

"알프레드 히치콕이라는 영화감독도 똑같은 얘기를 했어. 그 사람도 영화에서 꿈속 장면이 나올 때마다 화면을 흐릿하게 연출하는 게 웃기다고 여겼지. 자기 영화 〈스펠바운드〉에 쓸 무대 배경을 살바도르 달리에게 맡기면서 네 말대로 '선명하게' 그려달라고 주문하기도 했단다.

현실과의 혼동, 그건 초현실주의자들이 품은 지고한 야심이야. 그들은 너나 내가, 우리가 말하고 걷고 먹고 숨쉴 때, 더없이 일상적인 작업을 수행할 때도 끊임없이 꿈의 놀라움과 독창성을 마주하게 되길 바랐어. 들끓고 분출하는 무의식의 범람이 부단하게 의식을 덮치기를 원했고, 그 범람을 통해 그들은 전적으로 새로운 세계, 항시적으로 시의 환각에 빠져드는 세계를 만들어내고 싶어했어. 그러면 마치 꿈속을 걷는 기분으로 현실의 삶 속을 산책하게 되겠지."

모나는 자기 생각을 말로 표현하는 대신 손가락을 들어 두 지점의 디테일 묘사를 가리켜 보였다. 양쪽 신발 모두에서 가죽의 고동색과 피부의 분홍빛 사이, 무생물과 생물 사이 몇 센티미터가량의 전환부가 있었다. 밤에서 낮으로, 혹은 그림을 아래에서 위를 향해 본다면 낮에서 밤으로 옮겨가는 순간이 거기 담긴 것 같았다. 그림의 경이로운 힘이 바로 그 부분에 집중되어 있음을 모나는 본능적으로 느꼈다. 마그리트는 발등 맨 위쪽과 다리의 밑동이 만나는 부분을 어둠과 빛의 교착처럼 그렸다. 따라서 그 지대는 같은 뇌 안에서 서로 대립하면서도 실은 연속적인 두 상태 사이의 왕복 운동에 대해 은유적인 방식으로 얘기하고 있었다. 꿈꾸다 깨어 있고, 깨어 있다 꿈꾼다.

"네 무의식에 귀를 기울여라, 네 무의식을 기울여라……" 앙리의 말이 꼬였다.

"귀를 기울여요, 무의식을 기울여요, 하비?"

"미안, 실수였다." 그는 재미있어하며 딱 잘라 대답하진 않았다.

돌아갈 시간이었다. 모나는 자기 강아지를 떠올렸다. 그러니까 이제 강아지한테 초현실주의에 대해, 환각에 대해, 유화에 대해 말해줘야 하는 거였다…… 어마어마한 수업 계획이었다! 집에 도착하자마자 모나는 코스모스를 방으로 불러들였다. 아이 앞에 앉은 스패니얼 강아지는 그저 어리둥절할 뿐이었다. 모나는 강아지에게 작품을 보여주면서 몇 분에 걸쳐 유식한 설명을 늘어놓았다. 코스모스는 얌전히 있었다. 하지만 강아지의 머릿속에는 한참 자라나는 이빨로 그 장화를 물어뜯고 싶다는 생각뿐이었다……

40
콘스탄틴 브랑쿠시
시선을 들어올려라

 암흑 속에서 꼼짝할 수 없었던 첫번째 실명 발작 때, 모나는 진단을 위해 상자 속에 갇혀 뇌 MRI 검사를 받아야 했었다. 그런데 이날, 뇌 조직 상태를 확인하기 위해 그걸 다시 겪어야 했다. 2미터의 끔찍한 터널에 들어가 눕고 나니 이제 곧 자기 머릿속이 파헤쳐지리라는 생각이 떠올랐다. 그 악몽 같은 생각에 모나는 억누른 작은 비명을 질렀고, 그 소리에 엄마가 퍼뜩 놀랐다. 카미유는 침착한 목소리로 말했다.
 "엄마 여기 있어, 모나야. 상자는 너를 지켜주는 거야, 걱정하지 마. 오래 걸리지 않을 거야."
 이렇게 달래는 말이 즉각적인 효과를 보였다. 누워 있는 테이블이 포근한 침대로 변했고, 모나는 꿈을 꾸듯 그 '지켜준다'라는 동사에 몸을 실었다. 아이는 머릿속이 온통 그 단어에 잠겨들 때까지 속으로 반복했고, 몇 분이 지나자 반 오르스트 선생의 진료실에서처럼 멍멍해지는 느낌이 들었다. 최면 요법 때 떠올랐던 기억 중 하나가 새롭고도 훨씬 더 분명하게 나타났다……

"이게 너를 모든 것으로부터 지켜줄 거야." 자기 목에서 뿔고둥을 벗어내 손녀의 목에 걸어주던 순간, 모나의 할머니는 그렇게 말했었다. 콜레트는 당당하고 아주 결연하면서도 약간 슬픈 기색이었다. 모나는 마치 할머니가 자기 앞에, 자기 방 매트리스 가장자리에 있는 듯한 환각에 사로잡혔다. 심지어 할머니가 이마에 해주는 입맞춤까지도 느껴졌다. 마지막으로, 다음과 같은 당부가 들렸다. "언제나 네 안에 빛을 간직하렴, 내 아가." 콜레트의 그 말이 시간의 운하를 타고 흘러들었다. 세 살짜리 어린아이로서는 이해할 수 없었던 메시지가 드디어, 이제 소녀가 된 모나에게 불현듯 건네진 것이다.

"언제 다시 봐요, 할머니?" 반수 상태에 빠진 아이가 상자 속에서 중얼거렸다.

대답은 없었다. 앞으로도 없을 터였다.

검사실에서 나온 모나와 카미유는 방사선과 의사와 함께 검은색과 회색의 뇌 사진들을 보았다. 의사는 단층사진에 의심스러운 부분이 전혀 없다고 알려줄 수 있어서 무척 다행스러워하는 기색이었다. 카미유는 아이를 꼭 껴안았고, 아이는 자기 목걸이를 꼭 쥐었다. 맴도는 기쁨의 기류에 합류하며 의사는 경쾌한 톤으로 소견을 덧붙였다.

"지금 하는 얘긴 의학적으로는 전혀 의미가 없습니다만…… 이 뇌는 정말 멋져 보이는군요. 뭔가 환한 기운을 뿜어내고 있어요! 보통은 뇌를 보고 커다란 호두 같다고 하는데, 이건 거대한 보석 같다고나 할까요."

모나는 수줍게 어깨를 으쓱해 보였다.

"선생님의 무의식이 그렇게 보이게 만드는 거겠죠……"
카미유는 미소를 지었다. 달리 덧붙일 말을 떠올릴 수 없었지만, 하여간에 모나의 할아버지가 수요일마다 모나를 데리고 가는 그 신비로운 아동정신의학자는 한가락 하는 인물임이 틀림없었다……

◆

보부르 구역을 마주보는 거대한 파이프들 근처, 광장 위쪽에 새를 불러들이는 여자가 있었다. 수백 마리의 비둘기가 여자 주위를 맴돌고, 발치나 손목에 내려앉고, 얼굴 몇 센티미터 앞에서 날개를 퍼덕거렸다. 앙리는 거리 공연이라면 대부분 질색했지만 이번만은 특히 거북하고 비위가 상했다. 그가 보기에 청승맞기만 한 이 광경을 승화시키기로 마음먹은 그는 모나에게 역사 속 많은 사람이 대단한 새 애호가들이었다고 설명했다. 13세기에 성 프란체스코는 새들을 '형제들'이라고 부르면서 설교까지 베풀었다! 하지만 모나는 새들이 펼치는 공중 발레에 완전히 매료되어 황홀해하며 눈이 휘둥그레졌다.
"보세요, 하비, 저 사람은 허수아비와 반대예요!"
손녀가 새들을 보고 좋아하니 그 정수라 할 만한 새를 한 마리 보여주는 게 좋겠다고 앙리는 생각했다. 콘스탄틴 브랑쿠시의 새였다.

극히 순수한, 호리호리한 형태가 위로 올라가면서 살짝 부풀었다가 끝에 이르러 뾰족해지는 조각이었다. 가냘프면서도 스스로의 힘을 자신하는 듯한 그 조각상은 2미터에 가까운 높이로 곧추서 있었다. 청동 표면은 빈틈없이 반들반들하고 사방으로 빛을 반사했다. 직경과 높이가 15센티미터쯤 되는 원통형 초석이 조각상을 받치고 있었다. 더 정확히 말하자면, 조각 기반부에서부터 두 단계로 형태가 펼쳐졌다. 먼저 무척 가느다란 원뿔 모양의 발이 미세하게 뒤로 기울어져 있었는데, 이 부분은 전체 높이의 5분의 1도 되지 않았다. 이 부분의 꼭대기에서부터 청동이 점점 부풀었고, 그렇게 불룩해진 형태는 전체적으로 활이나 불꽃처럼 보였다. 또는 깃털처럼도 보였다. 더욱이 작품 제목은 〈공간 속의 새〉였다.

모나와 앙리가 이 조각상을 보러 간 곳은 사실 미술관이 아니라 미술관에 딸린 작은 부속 건물로, 브랑쿠시의 작업실을 복원해놓은 곳이었다. 그곳의 분위기는 색달랐는데, 엄선된 굉장한 작품들이 마치 서로를 생성하는 것처럼 보였을 뿐만 아니라, 사방에 연장들이 있었기 때문이다. 망치, 가위, 끌, 줄, 조각칼…… 물건들이 넘쳐나는 광경이 모나 아빠의 골동품점에 비견할 만했다. 모나는 한참 동안 입을 다물지 못했다.

"브랑쿠시는요," 아이가 드디어 입을 열었다. "전에 이미 들었던 이름이에요, 하비…… 어느 날 뒤샹이랑 있다가 같이 프로펠러를 보러 갔는데 그게 그들에게 깊은 인상을 남겼어요…… 그리고 나서 뒤샹은 그림을 그만두고 사방에 난장판을 벌였죠……"

"정확해, 모나야. 그리고 곧 알게 되겠지만, 바로 그 뒤샹이 네가 지금 보고 있는 저 조각상을 가지고도 난장판을 벌였단다. 곧 다 설명해줄게. 하지만 일단 알아둬야 할 사실은 브랑쿠시가 평생에 걸쳐 가벼움을, '비상飛翔의 본질'을 추구했다는 거야. 그게 그의 강박이었지."

"칸딘스키와 '청기사'처럼, 말레비치처럼 말이죠…… 그들도 사람들에게 공중에 떠있는 상태를 느끼게 해주고 싶어했어요."

"맞아. 솔직히 다 털어놓자면, 내가 보기엔 인류를 중력에서 끌어내고 싶다는 욕구가 추상 미술의 역사 전체를 가로지르는 것 같아. 아주 오래된 신화들에 양분을 제공했던 욕구이기도 하지. 그리스 신화의 이카루스 전설이라든지, 전령신 헤르메스라든지…… 바로 그거야, 추상이란 건. 비물질 속으로, 우리 모두 죽을 수밖에 없다는 지상의 무거운 조건 너머로 날아가는 로켓 엔진이랄까."

"저는요, 하비랑 같이 날아가고 싶어요…… 그리고 하비가 영원히 내 선생님이었으면 좋겠어요."

"그에 대해 브랑쿠시가 뭐라고 했는지 얘기해줄게. 그는 루마니아 사람이었는데, 변변찮은 오두막에 사는 아주 가난한 농민 집안 출신이었어. 스물다섯 살이 되었을 때, 작품 활동을 하려고 파리를 향해 떠났지. 그리고 그 먼 거리를 걸어서 여행했단다. 약 2천 5백 킬로미터를 별 것 없이 배낭 하나, 피리 하나만 가지고 말이야. 프랑스에 도착한 다음에는 금세 오귀스트 로댕의 눈에 들었지……"

"아, 알아요. 카미유 클로델이 자기보다 나이가 훨씬 많은데도 사랑했던 사람이죠……"

"맞아. 그리고 클로델과 마찬가지로 브랑쿠시도 그런 대가 아래에서 너무 오래 조수로 있다간 재능을 꽃피울 수도, 독창적인 작업을 할 수도 없으리란 걸 금세 알아챘지. 한 달이 지났을 때 그는 생각했단다. '거대한 나무의 그늘에선 아무것도 자라지 못하는 법.' 그래서 자기만의 길을 모색하기 위해 로댕을 떠났어. 이제 우리의 〈공간 속의 새〉로 돌아오자꾸나. 1923년부터 같은 제목으로 대리석, 석고, 청동 등 수많은 버전이 제작되었단다. 이 작품은 1941년의 것인데 가장 나중에 만들어진, 가장 압도적인 버전 중 하나야……"

"정말 그래요, 하비. 놀랍도록 아름다워요. 특히 작품 주위로 자리를 옮기면서 보면 온통 반사광들로 빛나고, 마치 조각이 살아있는 것 같아요. 하지만 이제 약속한 대로 뒤샹과 얽힌 얘기를 해주세요!"

"1926년 한 전시회를 위해 〈공간 속의 새〉 청동 버전 중 하나, 지금 우리가 보는 작품과 무척 비슷한 버전이 유럽을 떠나 미국으로 갔단다. 뉴욕항 세관에서는 보통 미국 영토에 반입되는 예술 작품에 세금을 매기지 않았어. 그에 반해 가공 물품이나 다양한 잡화에는 40퍼센트의 세금을 매겼고. 상업을 보호하고 규제하기 위한 정책이었지. 원칙적으로 〈공간 속의 새〉는 지불할 비용이 없어야 했어, 조각 작품이니까. 하지만 세관원은 이런 걸 조각 작품으로 간주할 수 없다면서 40퍼센트의 세금을 부과했어. 이 같은 세관의 결정은 우리가 마르셀 뒤샹의 병꽂이를 보면서 검토했던 것과 같은 질문을 제기하지……"

"알아요! 하나의 작품은 언제 예술 작품이 되는가 하는 질문이었죠." 모나가 재빨리 거들었다.

"정확해. 그리하여 어째서 마르셀 뒤샹이 이 이야기에 다시 등장하는지가 밝혀지지. 바로 그가 브랑쿠시를 부추겨 미국 정부에 소송을 걸라고 하거든. 재판을 열어서 그게 예술 작품인지 아닌지 법정에서 결정하자고……"

"그래서요, 하비. 법정에선 뭐라고 했어요?"

"기다려봐! 일단 네가 한번 해보렴, 모나야. 너라면 브랑쿠시를 어떻게 변호할지 말해보는 거야. 나는 미국 정부를 대변해서 주장을 펼쳐볼게."

모의재판을 연다는 생각으로 잔뜩 흥분한 모나는 당장 법정에 있는 듯한 기분이 되었다. 앙리가 권위적인 목소리로 운을 뗐다.

"자, 이 물건은 그 제목이 가리키는 것과 전혀 유사하지 않습니다. 그냥 길쭉하게 쭉 뻗은 형태일 뿐이고 유사한 디테일은 조금도 없습니다…… '새'라고요, 이게? 아니, 보십시오. 깃털은 어디에 있습니까. 부리는, 날개는, 다리는? 저기엔 조각가가 작업한 흔적이 전혀 없지 않습니까!"

"작업을 했죠, 당연히!" 역할에 한껏 몰입한 모나가 외쳤다. "오, 물론 흔히 보는 것과는 많이 다르죠. 하지만 예술가, 진정한 예술가는 놀라움을, 뭔가 새로운 것을 추구하는 법입니다. 다른 모든 이들과는 다르게 생각해야 하니까요! 극단적으로 말해, 작품이 아름답다면 새와의 유사성은 전혀 무의미합니다!"

"아름답다고요? 급기야 웃기는 단어가 나왔습니다!" 앙리가 대꾸했다. "대체 어떻게 하면 저걸 두고 아름답다고 할 수 있습니까? 그러면 일개 노동자가 만든 하잘것없는 놋쇠 물건도 다 아름답다고 주장할 수 있겠네요!"

"과연 그렇습니다." 모나가 엉큼한 투로 수긍했다. "공장에서 제조된 물건이라도 충분히 아름다울 수 있습니다. 예를 들어, 비행기의 프로펠러가 그렇죠! 어쨌든 이 작품의 경우, 저는 이 〈새〉의 조화, 또 온통 반짝거리는 금빛 반사광이 아주 마음에 듭니다."

"알겠습니다. 하지만 이걸 〈공간 속의 새〉라고 부르는 이유는 뭐죠? 물고기건 호랑이건 코끼리건, 무엇이건 될 수 있지 않습니까……"

"이 꼿꼿한 수직 대와 뾰족한 끝부분이 날아오르는 인상을 자아내기 때문입니다. 특히 아래쪽 부분이 아주 가늘고, 또 올라갈수록 팽창하는 에너지가 나타나 보이니까요."

"그렇다고 한다면, 애석하게도 전통 예술은 망했다고 말할 수 있겠군요……" 침통함을 잔뜩 과장한 목소리로 앙리가 덧붙였다.

"당연히 전통 예술도 계속 존재할 권리가 있죠! 단지 얼마 전부터 예술에는 추상이란 게 있다는 겁니다. 말레비치가 있고, 조지아 오키프가 있고요…… 그러니까 조각도 추상적일 수 있습니다. 예술은 변하는 겁니다!"

이번에는 앙리가 입을 다물고 더 말하지 않았다. 모나는 미심쩍은 표정이었다. 고질적인 겸허함이 자기 자신에 대한 의심을 부추겼기에, 아이는 조마조마한 심정으로 선고를 기다렸다.

"그래서요, 하비, 누가 이겼어요?"

"네가 이겼다. 정확히 말하자면 브랑쿠시가 이겼지. 1928년 11월에 판사가 판결을 내렸어. 그는 〈공간 속의 새〉를 예술 작품으로 간주하지 못할 이유가 없다고 판정했지. 그러니까 미국 정부가 진 거야. 판사는 특히 작품이 가리키는 것과 명시된 주제 사이에 반드시 유사성이 존재해야 한다는 논증을 기각했어. 공개 재판 당시 브랑쿠시를 위해 잇달아 법정에 선 증인들은 네 논지와 무척 비슷한 관점을 펼쳐 보였단다. 너는 훌륭한 변호사가 될 수 있었을 거야."

"있죠, 하비. 브랑쿠시가 거대한 나무로 자라고 싶어하고 또 날아오르는 게 무엇인지를 보여주고 싶었던 건, 그가 언제나 시선을 들어올려 높은 곳을 보고 싶었기 때문일 거예요…… 시선을 들어올려요, 하비. 시선을 들어올려요!"

드디어 그 순간이 왔다. 모나는 살면서 처음으로 자기가 들은 것에서 스스로 메시지를 끌어낸 뒤 할아버지에게 그걸 따르라고 권했다. 앙리는 지금 눈앞에서 놀라운 변혁이 이뤄지고 있음을 인지했다. 그는 현기증에 사로잡혔다.

"시선을 들어올려요!" 손녀가 거듭 말했고, 그 열기가 앙리에게 옮겨갔다.

그렇다, 그는 시선을 똑바로 들어올려 미래를 볼 것이다. 그래서 그는 쭈그려앉아 모나의 허리를 안고 일어섰다. 그리고 팔을 쭉 뻗어 모나를 어깨 위로 힘껏 들어올렸다. 모나가 공간 속에 한 마리 새처럼 떴다. 손녀를 향해, 앙리 뷔유맹은 눈을 들어올렸다.

41

한나 회흐
자기 존재를 구성하라

방학 센터에서 모나는 하루 중 많은 시간을 혼자 보냈다. 딱히 무례하게 굴진 않았지만, 몽상에 폭신하게 싸여 있느라 좀 멀거니 있는 것처럼 보일 때가 많았다. 어느 날 정오, 점심을 먹고 나온 아이는 그늘을 찾아 마로니에나무 둥치에 기대어 앉았다. 커다란 빨간색 공책을 펴서 렘브란트의 〈자화상〉과 자기 자신을 알라는 화가의 권고에 대해 자기가 써놓은 것들을 다시 읽어봤다. 그러다 울음이 터져나왔다. 모나는 할머니를 생각하고 또 생각했다. 그런데 어릴 때의 격정이란 잔인하기가 성인 나이의 격정에 비해 전혀 손색이 없는 고로, 5, 6미터 떨어진 벤치에 진을 치고 있던 세 명의 십대 소녀 무리가 그 기회를 놓치지 않고 눈물을 평평 쏟는 아이를 향해 욕설과 야유를 토해내며 마음껏 날뛰었다. 모나는 그전까지 딱히 눈여겨본 적도 없는 이들이었다. 일단은 무시하려고 했다. 어쩌면 겁을 먹어서였는지도 모른다. 그러나 추억들에 잠겨 세상에서 가장 아름다운 것을 자기 기억 속에 새기고 있기 때문이기도 했다.

하지만 몇 분이 지나자 그런 모욕에 정말이지 부아가 치밀기 시작했고, 무엇보다 그사이에 눈물이 그쳤다. 그래서 모나는 고개를 들어 세 명을 쏘아보았다.

"눈 내리깔아!" 무리 중 제일 기가 센 아이가 흠칫 놀라며 쏘아붙였다.

모나는 눈을 내리깔지 않았다.

"내리깔아!" 사납게 얼굴이 일그러진 그 아이가 다시 말했다.

모나는 여전히 그렇게 하지 않았다. 그런 모나 때문에 맹수로 돌변한 상대는 증오로 미쳐 날뛰면서 이제 그 명령을 연달아 뱉어댔다. 효과는 없었다. 격분한 공격자는 신경 발작을 일으킬 지경이 되었고, 급기야 분통을 터뜨리며 눈물을 쏟았다. 예기치 못한 반전이었다. 한 패였던 이들은 싸움에 진 대장을 놀리기 시작했다. 자승자박, 이제 그 아이가 '웃기는 애'였다. 모나는 어깨를 으쓱했다.

"자, 그만해. 됐으니까 다 같이 잊어버리자……" 무기를 내려놓게 만드는 호의를 보이며 모나가 툭 털듯 말했다.

그리고 다 같이 잊어버렸다.

◆

보부르에 새로운 작품을 보러 가기 전에, 앙리는 모나가 약속한 대로 배운 것을 강아지한테 잘 전달하고 있는지 알고 싶었다. 아이는 그렇다고 맹세했고, 그와 관련해 한 가지 부탁을 했다.

"하비, 저는 미술관에 갈 때 동물이 나오는 작품들 보는 게 너무 좋은데요. 그렇게 생각해보면 동물들도, 보부르를 관람할 수 있게 된다면 인간들을 보고 싶어할 것 같아요. 그리고 제가 독특하게 생긴 동물들을 보는 걸 좋아하는 것처럼, 동물들도 독특한 인간들을 구경하면 좋아할 거라는 생각도 들어요!"

독특한 인간들이라, 좋아, 앙리는 생각했다. 그러고는 한나 회흐의 작품 〈어머니〉 앞에 가서 섰다.

여러 요소를 콜라주하고 조합시켜 기이하게 만들어놓은 여자 초상화였다. 무엇보다도 얼굴이, 어떤 부족 가면의 사진에 조각난 인체 요소들을 뒤섞은 모습이었다. 가면에는 이마를 둘로 나누는 돌기부가 있었고, 끝이 처진 코가 그 중앙선에서 곧바로 이어졌다. 머리카락은 없었지만, 해부학에서 관상봉합이라고 일컫는 부분에 달걀 모양의 작은 무늬들이 그려져 있었다. 왼쪽 눈은 실제 여자의 눈 사진이었다. 잡지의 흑백 사진에서 오려낸 것으로, 가늘게 구부러진 눈썹 아래 정성스럽게 단장한 뚜렷하고 모양 좋은 눈이 있었다. 반면 오른쪽 눈은 가면에 조각된 대로였다. 더 도식적인 형태였고, 눈 속 동공은 외사시 증상을 보이는 것 같았다. 그 눈 바로 아래 광대뼈 위쪽 부분에, 비뚤어진 사다리꼴 모양으로 도려낸 작은 구멍이 있었는데, 마치 생기다 만 안와처럼 보이는 이 구멍을 통해 배경이 조금 드러나 보였다. 작품 전체의 배경에는 오렌지빛, 분홍빛, 회색빛 색조의 수채 물감이 세로로 나란히 칠해져 있었다. 혼종적이고 비대칭적인 이 커다란 머리의 아래쪽에, 사진으로 된 요소가 또 하나 있었다. 동그랗게 살집이 잡힌 조그만 턱 위로 굳게 다물어진 입술이었는데, 비율상 전체에 비해 너무 작았다. 이 부분은 단색으로 노란색을 띠었고, 수수한 스웨터를 입은 상반신도 마찬가지였다. 상반신의 어깨는 좁았고, 무겁게 내려앉은 가슴팍 아래로 사진이 잘려 있어서 추상적인 다색 배경이 다시 드러나 보였다. 불룩하게 솟은 배 부분을 통해, 작가가 임신 상태를 암시하고 싶었다는 게 확연히 드러났다. 팔은 이두근에서 팔꿈치가 나타나기 전에 끊겼다. 두꺼운 흰 여백이 작품 전체를 둘러싸고 있었다.

언제나처럼 그림을 살펴보는 동안, 모나는 부조화한 모습의 그 독특한 초상화를 짓누르는 비탄에 빠져들었다. 무엇 때문인지 그 초상화는 낙담과 권태감으로 무거웠다. 앙다문 입술, 또 색채의 조합이 특히 그랬는데, 배경의 엷게 바랜 수채 물감 색깔들과 얼굴의 단색 색조가 전혀 어울리지 않았기 때문이다.

"자 모나야, 네가 뭘 보고 있는지 말해다오." 마침내 앙리가 부드럽고 따뜻한 목소리로 물었다.

"저한텐 특히 저 가면이 눈에 띄어요. 가면이 얼굴 위에 놓여 있을 수도 있겠죠…… 하지만 왼쪽 눈과 턱은 오려낸 잡지 조각인데, 그것들은 오히려 위에 얹혀 가면을 가리고 있죠. 뭐가 위고 뭐가 아래죠? 확실하게 판가름하기란 불가능해요. 사실 좀 헤매고 있어요."

"분명 굉장히 중요한 요소지, 저 가면은. 그 역사적 면모에 대해 여태껏 너한테 얘기해준 적이 없는 것 같구나. 한나 회흐는 독일인이었어. 1889년에 태어나 20세기 초부터 다른 곳, 예를 들어 아프리카나 오세 아니아 나라들의 문화에 깊이 매료되었던 예술가 중 하나였지. 한나 회흐는 다양한 물건들이 전시된 민속지학 박물관들을 몹시 좋아했어. 뿐만 아니라, 몇몇 물품의 이미지를 잘라서 여성 신체의 이미지와 병치했지. 이 작품도 그 경우에 해당해. 가슴 아래 부분에서 임신 상태임을 암시하는 여자의 초상화에 아메리카 인디언 콰키우틀족의 가면을 붙였지…… 한나 회흐가 활동하던 시대부터 호기심 많은 몇몇이 오랫동안 무시되어온 그런 물건들을 새롭게 바라보기 시작했단다. 예를 들면 시인 기욤 아폴리네르, 그리고 특히 화가 파블로 피카소가 그랬지. 피카소에 대해서는 곧 다시 얘기하게 될 거야. 이들은 당시에 '원시 미술'로 칭해지던 부적, 보석, 가구 등을 자기들이 얼마나 높이 평가하는지 끊임없이 반복해서 얘기했어. 그런데 한나 회흐, 아폴리네르, 피카소 등이 피력하고 싶었던 건 '야만'과 '문명' 사이의 구분이 어리석다는 사실이야. 1차세계대전 동안 베를린에서 살았던 한나 회흐는 기술 발전이 야기한 참상을 인식했어. 하지만 불행하게도 이십 년 뒤에 또 전쟁이 일어나지. 1914년에서 1918년을 겪고도 전쟁은 사라지지 않았어."

"저 알아요, 하비. 그 전쟁 동안 많은 병사들이 폭발로 얼굴을 다쳤고, 부상이 너무 심해서 그 사람들을 '부서진 얼굴'이라고 불렀다고요."

"맞아. 이 초상화도 약간 그런 거야. '부서진 얼굴'이지. 각기 다른 조각들이 붙어 있어 조립품처럼 보이니까……"

모나는 할아버지를 너무 좋아했기 때문에 칼자국이 있고 한쪽 눈은 먼 그의 얼굴을 더이상 의식하지 못하게 된 터였다. 하지만 이번에는 그에 대해 생각해볼 수밖에 없었다. 아이는 할아버지가 정확히 어떤 상황에서 그 부상을 입었는지 알지 못했다. 그 문제에 대해 노인은 자세히 얘기하는 법이 없었다. 그럼에도 모나에게 '하비'는 그저 '얼굴', 한복판을 가로지르는 보라색 절개선이야 있건 말건 용맹하고 숭고한 얼굴이었다.

"한나 회흐는 전쟁에 격분을 느꼈지. 그 끔찍함이, 회흐의 말을 빌리자면, 몸을 '코르셋처럼 옥죄고' 숨을 막히게 하고 자유를 갈망하게 만들었어. 독일에서 겪은 전쟁의 충격은 무시무시했고, 팔다리를 잃은 몸으로 돌아온 부상병들을 어마어마하게 봐야 했지. 영구적인 부상을 입은 생존자들의 광경이 사람들의 의식을 강타했어. 최악인 점은, 한편으로는 그 모든 게 끔찍하면서도 다른 한편으로는 그런 광경이 불행히도 약간 어처구니없고 코믹하게 느껴졌다는 사실이야."

"코믹하다고요? 고통받는 사람을 보면서 정말로 웃을 수 있단 말이에요?"

"물론 그다지 온당한 처사는 아니지. 모나야, 네가 옳아. 하지만 실제로 예술은 가끔 우리 각자의 내면 깊이 파묻혀 있는 것을 휘젓기도 해. 그중에는 영광스럽지 않지만 인간 본성의 일부인 감정들이 있고. 한나 회흐는 다다 운동에 합류했어. 기상천외한 술집을 조직했던 사람들이라고, 내가 BHV 백화점 앞에서 잠깐 얘기했던 적이 있지. 그 운동에서 몇몇 예술가들은 전쟁의 고통으로 트라우마를 입은 사회와 일그러진 인류를 보여주고자 했단다. 하지만 그럴 때 밑바닥에는 언제나 파렴치한 아이러니가 깔리곤 했어⋯⋯ 라울 하우스만이라는 사람이 그런 경우였는데, 한나 회흐가 고통스러운 관계를 맺었던 남자야. 그에게 학대를 당했거든."

"얼른, 얘기해보세요⋯⋯"

"너도 보다시피 이 작품의 제목은 〈어머니〉이고, 임신한 여자를 보여 주지. 그런데 한나 회흐는 젊었을 때 두 차례, 1916년과 1918년에 낙태를 했어. 라울 하우스만이 여러모로 잔인한 동반자였다고 말하지 않을 수 없지. 한편으로 그는 가족적 전통을 끊어내고 싶어하며 한나 회흐에게 자유로운 여자, 해방된 여자가 되라고 부추겼어. 그러면서 다른 한편으로 자신은 이기적으로 살면서 회흐를 소유하고 싶어했고. 급기야 한나 회흐는 그가 너무 두려워진 나머지 몰래 숨어서만 그림을 그리게 되었단다. 그러다 그가 계단 올라오는 소리가 들리면 그 즉시 멈추고 말이야……"

"그건 참 무서운 얘기네요, 하비. 한나 회흐가 그를 떠났어야 할 텐데요……"

"응, 떠났어. 1922년 그를 떠나서 그후로는 어느 여자와 살았어. 한나 회흐가 이 〈어머니〉를 제작할 때는 라울 하우스만을 더 만나지 않은 지 한참이 지나 있었지. 하지만 둘은 여전히 서로를 높이 평가했어. 그도 그럴 것이 둘은 서로 팽팽하게 경쟁하면서 그 덕에 새로운 예술 기법을 하나 창안했거든……"

"잠깐만요, 하비. 저 하비가 뭐라고 할지 알아요! 둘은 콜라주를 창안했어요!"

"거의 맞췄다, 모나야. 네가 말한 '콜라주'로 말하자면 피카소로 거슬러올라가야 해. 그 화가가 이미 1912년에 진짜 밧줄로 테두리를 감싼 타원형 화폭에 밀랍 칠을 한 캔버스 조각을 붙였거든. 반면 한나 회흐는 1918년에 라울 하우스만과 함께 '포토몽타주'라는 걸 창안해서 (모나는 조심스럽게 그 단어를 따라 발음했다) 그 기법에 상당한 정치성을 부여했지. 잡지에 나온 대중문화 이미지, 고급문화 이미지, 개인 소장품 등을 자르고 잇대는 작법은 그저 형태의 혁신을 꾀하는 게 아니었어. 한나 회흐가 노리는 건 우리의 통상적인 좌표를 뒤흔드는 거였지. 사물들을, 또한 그것들 사이의 통일성을 상정하고 꾸며내는 우리의 사고방식을 깨뜨리는 것이었단다."

"어쨌든 저 작품은 임신이 커다란 불행이라고 느끼게 만들어요, 하비…… 저 이미지엔 어깨를 짓누르는 무게 같은 게 있어요."

"네 해석을 십분 이해해, 모나야. 한나 회흐의 작품은 그 모든 얘기를 들려주지, 그건 확실해. 하지만 나는 저 작품이 오로지 훼손이고 해체라고는 생각하지 않아. 작품은 겉으로 보기보단 훨씬 긍정적이야. 왜냐면 재형성과 재구성, 미적 표준의 재발명도 보여주거든. 그러니까 그건 어머니 되기의 상징이기도 해. 즉, 새로운 가능성과 예기치 못한 정체성의 탄생이지. 네가 알아두어야 할 건 모나야, 20세기 초에는 여전히 각자가, 특히 여자들이 자기 역할의 범주를 넘어서면 안 된다고 생각했어. 한나 회흐의 이 작품이 알려주는 것도 바로 그거야. 애초부터 그렇게 정해져 있는 건 사실 아무것도 없다는 것. 게다가 균형이 안 맞으면 뭐 어때. 우리 모두가 똑같다면, 육체적으로나 정신적으로나 똑같은 균형을 지녔다면, 얼마나 슬픈 노릇이겠니! 한나 회흐는 우리에게 그걸 말해주는 거야. 불균형이 필요하다고. 왜냐면 그 또한 자기 자신, 자기만의 독특성을 지닌 존재가 된다는 것이니까."

"오늘의 메시지는 그거예요?"

"오늘의 메시지는 끊임없이, 다시, 언제나, 자기 자신을 구성해야 한다는 거야."

"하지만 그러면요 하비, 저한텐 어떤 불균형이 있어요? 너무 큰 눈일까요, 쉬는 시간에 아이들이 말해준 것처럼? 아빠 말대로 너무 작은 턱일까요?"

"내 생각에 너는 무엇보다도 너무 커다란 마음을 가졌단다, 모나야."

42
프리다 칼로
날 죽이지 못하는 것은 날 더 강하게 만든다

폴은 중요한 약속을 앞두고 있었다. 활기 넘치는 젊은이들로 구성된 어느 회사의 경영진이 그를 만나 핸드폰과 통화할 수 있는 구식 다이얼 전화기 아이디어를 발전시키고 싶어했다. 그는 정성껏 차려입고, 턱수염을 밀고, 향수를 듬뿍 뿌렸다. 출발하기 전 그는 모나에게 행운을 빌어달라고 했다.

그동안 아이는 문 닫은 가게에 혼자 남아 있어야 했다. 가게 한쪽 벽에 〈파리 노르망디〉에 실린 기사가 붙어 있었다. 그걸 보며 모나는 뿌듯함을 느꼈는데, 물론 아빠 얘기와 아빠가 에브뢰 시장에서 거둔 성공 얘기가 실렸기 때문이지만, 아빠 곁의 자기 얘기도 있었다. 게다가 자신이 언급되는 문장에서 모나는 '어린이'가 아니라 '소녀'라고 지칭되었다. 그렇게 불린 게 처음이었나? 어쨌거나 그 말의 어감에 가슴이 벅찼고, 이 표현이 신문에 인쇄되었다는 영예로움이 흥분을 더욱 부추겼다. 모나 안에 막연하지만 강력한 소망 같은 것이 부풀어올랐다. 자기 삶을 구축하고자 하는 소망, 자기 자신을 구축하고자 하는 소망이었다.
 그리하여 용기와 의지를 끌어모은 모나는 코스모스를 품에 안고 가게 뒷방으로 갔고, 뚜껑문 앞에 가서 그것을 열었고, 지하 창고로 내려갔다. 새어드는 빛이 거의 없었다. 코스모스가 떨며 낑낑댔다. 진흙 같은 어둠 속에서 모나는 지난 5월 콜레트에 대한 오래된 문서들을 찾아냈던 상자를 되는대로 뒤졌다. 이번에는 크라프트지 봉투 세 개를 꺼내 들고 서둘러 위로 올라갔다.
 "이건 우리만의 비밀이야, 코스모스."
 모나는 노획물을 세밀하게 조사했다. 굉장히 오래된 스크랩으로, 각각 1966년, 1969년, 1970년의 언론 기사를 오려 모아놓은 것이었다. 모나는 그것들을 조심스럽게 바닥에 펼쳐놓은 뒤 그 앞에 무릎을 꿇고 앉아 자기가 그토록 자주 떠올리는 신비로운 할머니가 어떤 사람이었는지 그 단편들만이라도 포착해보려고 정신을 집중했다. "콜레트 뷔유맹, 두려움 없는 죽음." 한 신문이 커다란 글씨로 제목을 달아놓았다. "콜레트 뷔유맹, 존엄한 마지막 숨결을 위한 투쟁." 또다른 신문에 쓰여 있었다. 세번째는 질문을 제기했다. "그녀는 우리 모두의 자살을 바라는가?" 모나의 할머니는 매번 '투쟁하는 여성'으로 지칭되었다. 모나는 그 표현이 마음에 들었다. 지금은 그냥 '소녀'일 뿐이지만 나중에는 자기도 콜레트처럼 '투쟁하는 여성'이 될 거라고 스스로에게 맹세했다.
 그런데 반복적으로 쓰인 표현은 그게 다가 아니었다. 본 적 없고 읽기도 힘든 용어 하나가 기사를 읽는 내내 반짝거렸다. 그 단어는 부드럽고 노래하는 듯하며 꿀 같았고, 음악적이다 못해 묘한 불안감마저 자아냈다. '안락사'라는 용어였다.

◆

파리의 공기는 건조했지만 먼 하늘에서는 번개가 잇따라 줄을 긋고 있었다. 앙리는 모나가 침울하다는 걸 알아챘다. 게다가 아이는 끊임없이 펜던트에 매달렸다. 무의식적인 제스처로, 마치 그게 무슨 장치를 작동시켜 뭔가를 내보내는 사슬줄이라도 되는 양, 그걸 연신 잡아당겼다. 보부르를 마주하고 앙리는 멈춰 섰다. 폭풍우의 위협 아래 놓인 광장에서는 모든 것이 놀랍도록 고요했다. 그는 쭈그려앉아 손녀의 두 손을 잡고 눈을 들여다보며 말을 건넸다.

"모나야, 말해. 그러면 도움이 될 거야. 말해. 날 믿어, 그러면 한결 가벼워질 거야."

모나는 어렴풋하게 슬픈 미소를 지어 보였다. 할아버지를 더이상 편하게 마주볼 수가 없었다. 그래서 할아버지의 품속으로 파고들어 귓가에 입술을 갖다댔다. 약간 부끄러워하는 목소리로, 아이가 물었다.

"하비, 자기가 죽을 거라는 걸 언제 알게 돼요?"

긴 침묵이 이어졌다. 앙리는 손녀를 당겨 끌어안았고 세게, 더 세게 안았다. 모나는 할아버지가 끊임없이 뭔가를 삼키는 것을 느낄 수 있었다. 그의 목울대가 기다란 목을 따라 오르락내리락하는 게 마치 급물살을 타고 범람하는 감정을 흘려보내려고 미친듯이 움직이는 피스톤 같았다. 앙리는 할 수 있는 말이 없었다. 단 한 마디도. 도시 쪽으로 밀려드는 천둥소리처럼 그의 침묵이 낮게 노호했다. 어쩌면 프리다 칼로가 그를 도와 대답할 말을 찾아줄지도 모른다.

파란 단색 배경에 그려진 서른 살가량의 여자 초상화였다. 커다란 새의 두 날개처럼 하나로 이어진 눈썹이 두드러지는 진중한 얼굴은 4분의 3 각도로 그림 오른쪽을 향해 있었다. 눈썹의 풍성한 숱은 섬세하게 그려진 입술 위 솜털에서도 다시 볼 수 있었다. 목덜미에 늘어뜨린 초록색 리본 매듭이 보였고, 리본과 함께 땋아 묶은 검은 머리채의 정수리에서는 해바라기 화관이 빛을 발했다. 입체감이 약한 얼굴은 사실적으로 꾸밈없이 건조하게, 거의 순박하게 그려졌고, 이 점이 시간을 초월한 성상 같은 분위기를 자아냈다. 그럼에도 살결의 다채로운 색조와 붉은 핏빛의 다문 입술을 통해 넘쳐흐르는 강인한 생명력을 짐작할 수 있었다. 아치형 눈꺼풀이 뿜어내는 또렷한 시선에서는 무엇보다도 내면의 결연함이 인상적으로 전해졌다. 얼룩무늬가 있는 노란 가두리를 댄 초록색 상의 위로 긴 목이 몸통으로부터 뻗어나와 있었다. 여인을 에워싸고 단순한 모양의 알록달록한 무늬들이 정성스럽고도 서투른 대칭을 이루고 있었다. 양옆에는 분홍색과 붉은색 꽃부리들이 세 개씩 있었다. 여인 위로는 거의 추상에 가까운 배경 무늬가 있었는데, 예배당 궁륭이나 극장 커튼과 비슷했다. 그리고 그림 아래쪽에는 도식화된 옆모습으로 그려진, 멋진 도가머리가 있는 새 두 마리가 마주보고 있었다. 부리와 날개와 꼬리는 노란색이었고, 머리와 가슴은 장밋빛 붉은색이었다. 모델 어깨 높이에 위치한 새의 머리 뒤로 초상화의 공간이 투명하게 비쳐 보였고, 꽃이나 커튼 주름 일부에서도 마찬가지였다. 이를 통해 이 일련의 테두리 무늬는 사실 유리판 뒷면에 그려진 것이고, 유리판이 초상화를 덮으면서 무늬와 초상화가 겹쳐졌음을 알 수 있었다.

그림을 보는 할아버지의 심란함이 그처럼 크게 느껴진 건 처음이었다. 보통은 무척 꼿꼿한 자세를 유지하는 앙리이건만, 이 수요일의 그림을 보면서는 완전히 지쳤다는 듯, 몸이 구부정해 보였고 어깨는 죽어가는 나무처럼 바닥을 향해 수그러들었다.

"괜찮으세요, 하비?" 모나가 쭈뼛거리며 물었다.

"응, 괜찮다. (그는 미소를 지으면서 손녀의 머리칼에 손을 넣어 다정하게 쓰다듬었다.) 다만 이 작품을 볼 때마다 마음이 좀 괴롭단다. 있지, 저건 아주 희귀한 작품이야. 유럽의 미술관을 통틀어 프리다 칼로의 작품이 단 한 점 있는데, 그게 바로 저거야. 루브르 미술관이 1939년에 프리다 칼로에게서 작품을 매입했지. 초현실주의 작가 앙드레 브르통이 추천했거든. 브르통은 멕시코에서 화가를 발견했고."

"루브르가 말이죠! 오, 루브르!" 모나가 열띤 흥분을 보이며 외쳤다. "하지만 그렇다면 거기서 프리다 칼로를 봐야 했을 텐데요! 여기서 떼어다 〈라 조콘다〉 앞에 놓을 수 있을 텐데. 정말, 그렇게 하지…… 두 화폭이 서로 마주보게 될 거고, 그럼 진짜 멋질 거예요."

"훌륭한 아이디어다, 모나야. 나중에 네가 미술관 학예사가 된다면 그 대담성을 발휘할 수 있을 거야, 굳게 믿는다. 그건 그때 가서 생각하고, 지금은 아직 바보 같은 소리를 하는구나, 모나야……"

"하비가 무슨 생각하는지 알아요. 또 경비원한테 혼날 거라는 거죠……"

"틀렸어." 앙리가 아이의 약을 올렸다. "바보 같은 소리라고 한 건 네가 〈라 조콘다〉를 화폭이라고 했기 때문이야. 다빈치는 그 그림을 얇은 포플러 판자에 그렸어. 그리고 이 작품도 화폭이 아니야. 자화상은 알루미늄판에 그려졌고, 그 판이 소위 '유리 안쪽 채색'과 조합된 거지. 사실 저 작품은 두 부분으로 이뤄져 있단다. 일단 인물과 파란색 바탕이 보이는 판이 있고, 그 위에 유리판이 있는데 그 안쪽에도 그림이 그려져 있는 거야."

"거기에 꽃이랑 새랑 머리 위 닫집 장식이 있는 거고요. 그 장식물 전체가 초상화를 둘러싸고 있는 거 맞죠, 확실해요. 사실 몇몇 부분에서, 특히 비둘기 머리 부분에서 그게 겹쳐 있다는 걸 알 수 있어요."

"잘 관찰했다. 프리다 칼로는 요컨대 어떤 작업을 했지? 자기 자신이 그린, 자기 자신을 보여주는 작품을 두번째 작품, 즉 멕시코의 어느 작은 마을에서 나온 민속 공예품과 합친 거야."

"하비가 '유리 안쪽 채색'이라고 부른 부분은 프리다 칼로가 아니라 다른 사람이 그렸다는 뜻이에요?"

"정확해. 어느 장인이 그걸 만들었지. 아마 거기에 성화를 넣으려는 용도였을 거야. 프리다는 그걸 가져다가 자기 작품과 합쳤어. 화가의 개성적이고 개인적인 목소리와 민중문화 전통 속 익명의 목소리를 동등하게 취급하는 방법이었지."

이 같은 기법적, 정치적 화제를 다루면서 앙리는 평소의 위풍을 되찾았고 모나는 그게 기뻤다. 회흐, 브랑쿠시, 뒤샹, 칸딘스키 등을 통해 깨달았던 것, 즉 창작자들이 자기 것이 아닌 다른 기법들의 가치를 알아보는 것이 얼마나 중요했는가를 모나는 프리다 칼로와 함께 다시금 납득했다.

"프리다 칼로의 삶은 힘겨웠어." 앙리가 말을 이었다. "아주 어렸을 적에는 소아마비를 앓았단다. 병의 후유증으로 한쪽 다리가 다른 쪽 다리보다 짧아지면서 절룩거리게 되었지. 아주 뛰어나고 에너지와 창의성 넘치는 학생이었던 프리다는 의학을 공부하기로 마음먹고 멕시코에서 제일 우수한 학교에 입학했어. 학생 이천 명 중 여자는 서른다섯 명뿐인 학교였지. 그런데 1925년, 버스를 타고 가다가 끔찍한 사고를 당해. 한쪽 발이 으스러지고, 어깨가 탈구되고, 척추와 골반은 산산조각났어. 의식을 잃은 채 수주를 보냈지. 코마 상태에서 겨우 깨어났을 때 프리다 칼로는 그림을 그리게 화구를 달라고 했단다. 마비 상태였는데도 말이야."

"마비 상태인데 어떻게 그림을 그릴 수 있어요?"

"누워서 작업할 수 있도록 장치를 주문했어. 머리 앞에 화폭이나 종이를 설치하고, 또 자기 얼굴을 볼 수 있게 거울을 설치했지. 그런데 우리는 프리다 칼로를 서 있는 여자로 떠올려야 해, 수차례의 수술과 고통에도 불구하고 여전히 서 있는 여자. 저 놀라운 꼿꼿함이 느껴지니? 굳건한 목, 넓고 탁 트인 이마, 진중하지만 엄혹하진 않은 시선. 프리다 칼로의 올곧음을 특징적으로 드러내는 것들이지. 프리다는 몸이 무너지지 않도록 석고나 철로 된 코르셋을 착용해야 했어. 하지만 그림을 통해 정신적, 육체적 고통을 길들일 수 있었지. 육체는 끊임없이 괴로웠지만, 예술이 프리다 칼로를 삶 속에 붙들어 죽음의 유혹에 맞서게 해준 거야."

"하비 말은…… 프리다 칼로가 자살하고 싶어했다는 뜻이에요, 하비?"

앙리는 고개를 숙였다. 그의 턱이 조여들었다. 모나에게 그 모든 걸 얘기하는 게 온당한 일인가? 그렇다, 프리다 칼로는 자살하고 싶어했다. 또한 그렇다. 1954년에는 아마 결국 자살을 했던 것이리라…… 폐렴이 목숨을 앗아갔다고들 하지만, 모든 정황을 미뤄보건대 괴사 때문에 오른쪽 다리를 절단한 뒤로는 더이상 견딜 수 없어 스스로 죽기를 결심했던 듯하다. "끝이 즐겁고 다시 살아나지 않을 수만 있다면," 프리다 칼로는 일기에 이렇게 썼다. 모호한 여지가 전혀 없는 그 말에 앙리는 1950년 체사레 파베세가 마지막으로 남긴 말을 떠올렸다. "더이상의 말은 필요 없다. 한 번만 행동하면 된다. 나는 더이상 쓰지 않을 것이다." 그런 뒤 그 이탈리아 작가는 약을 먹고 자살했다. 하지만 이걸 모나에게 얘기해야 할까, 아니, 그럴 순 없었다. 언젠가 모나가 실명해서 장애 상태가 된다 해도, 절대, 무슨 일이 있어도 절대 삶의 욕구에 대해 의혹을 품게 만들어선 안 되기 때문이었다. 따라서 프리다 칼로의 작품을 삶과 죽음의 싸움이라는 잣대를 통해서만 읽는 건 손녀를 해치는 동시에 프리다 칼로의 기억을 해치는 짓이다. 그는 다시금 몸을 곧추세우며 아이의 어깨를 잡았다.

"그건 중요한 게 아니야, 모나야…… 중요한 건 우리가 눈앞에서 보고 있는 것이지. 우리가 뭘 잊었지?"

"두 마리 새요?"

"그렇지. 프리다 칼로는 동물을 좋아했어. 이전에 봤던 로자 보뇌르와 마찬가지지. 오십여 점의 자화상 중 많은 작품에서 프리다는 원숭이, 개, 고양이에 둘러싸인 모습으로 등장해. 앵무새를 키우기도 했어. 이 작품에서는 아마 비둘기로 보이는 두 마리의 도가머리 새가 화가를 에워싸고 있지……"

"저는요, 하비, 저 새들이 수호동물이라고 생각해요. 저 두 마리 새가 프리다 칼로를 지켜주는 거죠…… 그러면서 동시에 비상을 상징해요. 브랑쿠시의 조각처럼요……"

"확실히 그래, 모나야. 네가 상징 얘기를 하니 말인데, 두 새는 프리다 칼로에게 다른 멕시코 화가와의 사랑 이야기로 여겨졌을 거란 생각도 드는구나. 디에고 리베라, 이 사람도 굉장히 중요한 화가야. 두 사람은 한나 회흐와 라울 하우스만의 관계와 약간 비슷해. 치열한 예술적 경쟁을 바탕으로 한 열렬한 관계, 그러나 개인사 차원에선 끔찍한 관계였지. 프리다 칼로는 특히 사고 때문에 아이를 가질 수 없게 된 걸 괴로워했어…… 알겠지, 확실히 운명은 이 화가에게 너그럽지 않았어……"

"언제나 죽음 아주 가까이에 있었던 사람 같아요. 그 사실을 사람들이 알기를 바랐던 것 같고요."

"맞아. 하지만 저렇게 자랑스러운 자기 초상화를 보여주면서, 그 모든 고난을 이겨내는 성모로 스스로를 옹립하면서, 프리다 칼로는 훨씬 더 깊은 메시지, 숙명을 무색하게 만드는 메시지를 준다고 생각해."

"그게 뭔데요?"

"날 죽이지 못하는 건 날 더 강하게 해준다."

앙리는 이 말이 프리드리히 니체의 말이라는 것까진 언급하지 않기로 했다. 이 문장은 모나에게 무척 강렬한 인상을 남겨서 외우려고 따라 발음할 필요조차 없었다. 모나의 정신 속에서 그 말은 저절로 둥지를 틀었다.

밖으로 나와보니 폭풍우는 이미 파리를 지나간 참이었다. 보행로가 축축했다. 모나가 할아버지를 불러 세웠다. 너무도 또렷해서 환상의 건축물처럼 보이는 거대한 무지개가 도시 위로 걸쳐 놓여 있었다. 나란히 동시에, 그렇게 한다는 자각조차 없이, 둘은 각자의 목에 걸린 펜던트를 손에 꼭 쥐었다.

43
파블로 피카소
모두 부숴야 한다

두 달 만에 다시 돌아온 오텔디외 병원에서 책상 뒤에 굳게 자리잡은 반 오르스트 선생은 부쩍 활기찬 모습이었다. 모나의 안과 검진 결과는 전부 낙관적이었다. 실명 위험은 없었고, 시력이 이례적으로 뛰어났다. 모든 검사가 이를 입증했다. 반 오르스트는 전에 하던 대로 카미유를 진료실에서 나가게 한 뒤, 아이를 커다란 가죽 소파에 앉히고 무척 진지한 시선을 던졌다.

"어때, 실험을 하나 감당할 수 있겠니? 어쩌면 고통스러울지도 몰라."

"죽을 수도 있어요?"

"당연히 그건 아니지, 모나야! 단지 내 가설을 확인하기 위해선 이번에 뭘 할 건지 너한테 미리 말하면 안 되거든……"

모나는 잠시 망설이다가 씩씩하게 고개를 끄덕였다. 의사는 아이를 최면 상태에 빠뜨리지 않았다. 대신 긴장을 풀되 의식은 유지하라고, 마음을 가라앉히되 외부 세계에 대한 주의력을 유지하라고 했다. 모나가 완전히 차분해졌다는 느낌이 들자, 그는 모나에게 눈을 뜬 상태를 최대한 유지하라고, 눈을 깜빡이지 말아보라고 당부했다.

그런 뒤 소라 껍데기가 매달려 있는 목걸이를 아주 천천히 벗어보라고 했다. 아이는 손가락으로 낚싯줄을 집어 느릿느릿 머리 위로 벗어냈다. 그러자 세상이 깜깜해졌다. 병원의 하얀 공간이, 처음에는 벽, 그다음에는 바닥, 천장, 가구가 어둠 속에 잠겨들었다. 그러더니 놀라운 속도로, 자기 팔다리마저 공허 속에 녹아들어 알아볼 수 없게 되었다. 끔찍하게 무서웠다. 눈이 크게 뜨여 있고 동공이 확장되어 있는데도 일체의 빛이 사라졌다. 부엌에서 엄마와 있을 때, 가게에서 아빠와 있을 때, 오르세 미술관에서 할아버지와 있을 때 겪었던 악몽, 실명의 망망한 악몽이 다시 시작되면서 온몸을 집어삼키는 한기를 몰고 왔다…… 의사의 목소리가 모나에게 심호흡을 하라고 거듭 다독였다. 그러자 온기의 물결 같은 것이 몸을 소생시켰고, 모나는 다시 움직일 수 있게 되었다. 모나는 펜던트를 다시 목에 걸었다. 뿔고둥이 몸에 안착했다. 새벽이 한순간에 밤을 빨아들이듯, 우주가 다시 모습을 드러냈다.

모나는 호흡을 되찾았고, 덜덜 떨며 실낱같은, 거의 들리지 않는 목소리로 자기가 겪은 일을 의사에게 전했다.

"또다시 빛이 꺼졌어요……"

의사는 드디어 알아냈다는 승리감을 얼굴에서 지우고, 잠시 사이를 둔 뒤 스치듯 미소 지으며 말했다.

"나도 봤어, 모나야. 넌 강했어."

그런 다음, 딸을 데리러 진료실로 돌아온 카미유에게 의사는 단호하면서도 신중한 어조로 설명했다.

"모나는 목에 걸린 목걸이와 떨어지면 안 됩니다. 이제 조금만 더 알아내면 됩니다……"

◆

앙리는 손녀에게 선물을 하나 가져왔다. 원통 부분에 크림색 리본이 둘러진 챙 넓은 밀짚모자였다. 모자를 쓴 모나는 못 견디게 깜찍했다.
"그걸 마지막으로 썼던 사람은 네 할머니야." 앙리가 중얼거렸다.
그 즉시 선물의 무게를 가늠한 아이의 눈에 눈물이 차올랐다. 아이는 눈물을 막으려고 눈을 비볐다. 그러느라 의도치 않게 속눈썹 한 가닥이 뽑혀 눈꺼풀과 각막 사이로 들어갔다. 아이는 그 작디작은 불청객과 싸우기 시작했다. 발에 박힌 가시와 마찬가지로, 눈에 들어간 미세한 입자는 한없이 작은 것의 막강한 침투력을 보여준다. 속눈썹 한 가닥, 단 한 가닥만 있어도 기관이 삐걱거리고 고장난다. 마침내 침입자를 물리쳤을 때, 모나는 그 미미함에 반비례하는 강렬한 안도감을 온몸으로 느낄 수 있었다. 내 소중한 모나가 눈 때문에 낑낑거리다니, 얼마나 으스스한 광경이었나…… 앙리는 생각했다. 그리고 오늘 모나의 눈은 한번 더, 어쩌면 전에 없이 심하게 싸워야 할 판이었다. 예술사에서 누구보다도 훌륭하게 시각을 괴롭혔던 말썽꾼이 보부르의 전시실에서 그들을 기다리고 있었기 때문이다.

두 여자가 있었다. 한 명은 벌거벗고 침대에, 그림 구도상으로는 거의 중앙부에 수평으로 누워 있었다. 전경 오른쪽 의자에 앉아 있는 다른 한 명은 만돌린을 들었는데, 지판 부분을 쥔 채 연주는 하지 않고 있었다. 왼쪽에는 빈 나무 액자가 바닥에 놓여 있었다. 이 모든 것을 분명 알아볼 수는 있었다. 하지만 그러자면 상당한 노력이 필요했는데, 그림 속 무엇도 순순하게, 사실적으로 표현되지 않았기 때문이다. 모든 것이 극히 각진 단면들과 조각들로 형상화되어(머리, 턱, 무릎, 팔꿈치가 둥글지 않고 뾰족했다) 어두운 분위기 속에 잠겨 있었다. 후경은 기상천외한 원근법으로 구축한 헐벗은 구조물에 불과했고 온통 갈색, 회색, 검은색, 밤색 색조였다. 누운 모델의 살은 병색 짙은 베이지색을 띠었고 만돌린 악사의 피부는 파란색, 틀어올린 머리채는 초록색이었다. 침대와 의자는 전혀 편안해 보이지 않았다. 하지만 가장 기이한 건 두 사람의 몸이었다. 신체 부위들이 있어야 할 자리에 있지 않고 이리저리 짜맞춰져 있었는데, 상식적으로 알려진 인체의 대칭 및 해부학적 구조를 전혀 따르지 않았다. 이마 꼭대기에 박힌 두 눈은 서로 어긋나 있었고, 입은 입술 없이 그저 작대기 하나였고, 그 외에도 갖가지 변형이 이해를 어렵게 했다. 예를 들어 누워 있는 여자는 관객을 향해 돌아누워 있는 듯 사타구니가 보였지만, 동시에 머리나 발 쪽에서 단축법으로 그려진 듯 두 개의 아치를 이룬 엉덩이가 옆구리 위에 얹혀 있었다. 두 모델 모두 이런 식으로 어깨와 가슴이 뒤섞인 모습이었다. 정면, 측면, 4분의 3 각도, 굴곡과 평면, 깊이와 표면이 일제히 공존하면서 깨진 거울 속 모습처럼 산산조각나 있었다.

파블로 피카소의 〈오바드〉에 사로잡힌 모나의 황홀경은 한참을 이어졌다. 전통적으로 혹은 아카데미풍으로 그려졌다면 두 여인이 상당한 아름다움을, 부드럽고 매끈한 관능을 지녔으리라는 점을 아이는 즉시 이해했다. 그런데 이 그림에서 여자들이 불러일으키는 감흥은 그 뒤틀리고 거의 괴물 같은 모습에서, 동시에 각각의 선, 각각의 두께, 각각의 색채가 눈길을 끄는 그림 자체의 표현력에서 나오는 것이었다.

작품 앞에 책상다리로 앉은 모나의 입은 헤벌어진 채였고, 앙리는 아이의 가쁜 숨소리, 참고 기다리는 이의 숨소리를 들었다. 앙리가 운을 뗐다.

"1940년, 프랑스가 나치와의 전쟁에서 패배하면서 파리가 다시 한번 점령 상태에 놓였어. 도시 곳곳이 괴이하고 질식할 것 같은 분위기였지. 폭력적이고 인종차별적이고 반유대적인 적군 세력이 자유의 목소리를 억눌렀거든. 피카소는 그 목소리 중 하나였어. 스페인 사람인 그는 1881년 말라가에서 화가의 아들로 태어났어. 처음에는 탁월한 기법을 구사하는 화가로 두각을 드러냈지. 굉장히 어린 나이부터 숙련된 그림 솜씨를 갖췄거든. '아이였을 때 나는 라파엘로처럼 그렸지만, 이후로는 평생에 걸쳐 아이처럼 그리는 법을 배워야 했다.' 그가 말했지."

"세잔을 생각나게 하네요……"

"응, 사실 피카소에게 세잔은 위대한 모범이었어. 저 〈오바드〉를 보렴. 모든 게 파편으로 나타나지. 마치 두 모델의 정면, 측면, 후면을 동시에 볼 수 있다는 듯이. 저건 당시에 '입체파'라고 불리던 양식인데, 세잔에게서 깊은 영향을 받았고 1910년대에 급부상했어. 피카소와 그의 친구 조르주 브라크가 그 양식의 대가들이었지. 그들은 현실을 해체하고 파괴해 자기들 방식으로 재구성하려고 했어. 그럼으로써 세계의 표면과 이면을 보여주고자 했고. 피카소는 일생 동안 수없이 다양한 양식을 거쳐갔지만, 그중에서도 이 '입체파'의 방법은 그가 자주 돌이켜 사용하는 양식이었어. 저 작품, 1942년에 그려진 저 〈오바드〉도 그런 경우야."

"말하자면 세계가 조각나 있는 것 같은 거예요……?"

"응, 조각나 있는 거야. 피카소는 전쟁에 반대하면서 참여적 성격이 짙은 작품을 그리기도 했어. 특히 〈게르니카〉라는 굉장히 유명한 대작을 꼽을 수 있는데, 1937년 스페인의 한 시장에서 벌어진 민간인 학살을 고발하는 작품이야. 하지만 시각적 재현의 기준이 얼마나 교란되었는지가 가장 잘 드러나는 건 일상적인 주제들이 파편화될 때지."

"제가 보기엔 이 그림 속에요, 익히 알려진 그림들이 전부 조금씩 있는 것 같아요. 예를 들어 티치아노의 〈전원 음악회〉에 나왔던 벌거벗은 여자들과 음악이 생각나요. 하지만 이 작품에서 피카소는 더 슬프고 더 어두운 장면을 만들어요. 실내 배경이고, 모든 게 뒤틀려 있고, 색조가 둔탁하니까요."

경탄한 앙리는 손녀를 칭찬해주려고 했다. 하지만 이내 생각을 바꿨다. 피카소 앞에서 둘은 이제 거의 대등한 관계로 말하고 있었으니까. 모나가 말을 이었다.

"장담해요, 사람들은 피카소가 그림을 망가뜨리고 싶어한다고 생각하겠죠. 하지만 그는 그림을 무엇보다도 사랑해요."

"맞아, 피카소는 이전 대가들에 대해 아주 뛰어난 식견을 갖추고 있었어. 그리고 네가 눈여겨본 대로, 이 〈오바드〉는 티치아노의 작품들에 많은 것을 빚졌지. 피카소는 고야, 쿠르베, 마네도 무척 좋아했어……

그 모든 걸 터득해서 자기 방식으로 다시 새로 만들어낸달까. 그들을 비웃기 위해서가 아니라 그들의 천재성을 이어가기 위해서야. 〈오바드〉에서는 모든 게 뒤틀려 있는 것 같고, 원근법은 알 수 없는 미로가 되어버리지만, 밑바닥에는 위대한 고전주의가 있단다."

모나는 한동안 생각에 잠겼다. 고전적, 고전주의…… 할아버지가 푸생과 다비드를 볼 때, 강력한 견고함과 엄밀함이 두드러지는 작품들을 볼 때 사용했던 단어들이었다. 모나는 이어서 현대적인 것이나 현대성이 거론되었던 경우들, 특히 모네를 떠올렸다. 피카소가 두 개념의 기적적인 만남이었던 걸까? 앙리가 다시 말하기 시작했다.

"비극적인 분위기를 암시하는 여러 표현이 있어. 망가진 얼굴, 뻣뻣하게 굳은 몸, 각진 천장 무늬, 생기 없는 색채, 엷게 깔린 어둠, 그리고 또, 마치 빈자리처럼……"

"저, 하비가 뭐라고 할지 알아요. 왼쪽의 액자 얘기죠. 보통은 작품, 아니면 그 비슷한 뭔가를 담고 있어야 하는데 저기서는 덩그러니 그것만 있어요…… 그리기를 멈춘 예술가의 상징이에요……"

"침묵하는 예술가의 상징이지. 피카소는 자유의 목소리였는데 이제 침묵에 부쳐진 거야. 만돌린을 들고만 있고 연주하지 않는 오른쪽의 저 여자와 마찬가지지. 저 작은 액자가 얘기하는 건 바로 그거야. 나치가 피카소의 예술을 싫어했다는 사실을 염두에 두어야 해. 그들은 그게 '퇴폐'한 예술이라고들 했어. 나치는 예술이 인간 육체를 강력하고 매력 있게 표현해야만 한다고 생각했거든. 초록색과 파란색인데다 두개골은 뾰족한 머리, 가슴 자리에 있는 겨드랑이를 그리는 피카소는 그들이 보기에 인간 존재를 모욕하고 인간의 실추, 타락, 쇠퇴에 일조하는 거였어."

"그리고 저기, 보세요. 그림 중앙 매트리스에 약간 꺾인 선이 아홉 개 있어요. 그 선들이 떡하니 중앙에 있으니까 감옥 창살, 아니면 누군가를 침대에 묶어놓을 때 쓰는 끈을 생각하게 돼요. 그리고 보세요, 하비. 누운 여자의 머리카락도 까만 선 아홉 개예요. 저 머리카락들도 금속처럼 무거워요……"

이 말에 앙리는 화폭 가까이 가서 가는 회색 선으로 나뉜 머리 가닥을 세어봤다. 아홉, 과연 아홉 가닥이었다. 이번에도 모나는 그걸 한눈에, 단번에 파악했다. 여러모로 아이는 피카소가 지녔던 놀라운 지각력을 떠올리게 했다. 피카소의 천재성은 이중으로 이뤄져 있었다. 말할 것도 없이 그는 형태를 창안하는 데 뛰어났고, 어떤 재료든지 기막히게 활용했다. 가장 좋은 예는 〈오바드〉와 같은 해인 1942년에 만든 황소 머리인데, 실은 고물 더미 속에서 발견한 자전거 핸들과 가죽 안장을 합친 것이었다. 하지만 그러기에 앞서 피카소는 또한 더없이 뛰어난 관찰자였다. 자기 주위를 살피면서 모든 것을 꿰뚫어보는 시각, 야행성 새들과도 같은 시각이 있었던 것이다. 아닌 게 아니라 밤새들에 완전히 매료되었던 피카소는 그 동물들과 자신을 동일시했다.

"요컨대 피카소는 어떤 작업을 하지? 그는 실제를 탈구시키고, 실제의 거죽을 뒤집어. 그 과정에서 실제는 매끄럽고 평평한 것이기를 그치고 불현듯 온통 우둘투둘하고 각이 진, 온통 깨지고 불거진 모습이 돼. 모나야, 난 사실 이런 생각이 든단다. 피카소는 자기 그림들이 아까 네 눈에 들어간 속눈썹 같은 효과를 내길 바랐다고. 자기 작품을 보는 관객들이 시각적 거북함에 휩싸이기를 바랐을 거야. 피카소의 대단한 친

3부 보부르 497

구이자 라이벌이었던 앙리 마티스는 그 나름의 입장에서, 그림이란 '육체의 피로를 풀어주는 좋은 안락의자와도 같은 것'이라고 했지. 〈오바드〉는 완전히 그 반대야. 그림은 우리를 세계의 혹독함으로 내몰아. 여기에서는 네가 말했듯이 매트리스조차 감옥 같지."

"모두 부숴야 한다. 전쟁 때 그려진 이 〈오바드〉의 메시지는 그거예요. 사슬을 부숴야 한다, 창살을 부숴야 한다……"

"더 나아가서는, 모나야, 우리를 둘러싼 모든 걸 부숴야 해. 그래야 그 작동 방식을 이해할 수 있어. 피카소는 완전한 학자이면서 동시에 완전한 아이로서 회화를 대했어. 대가들의 연장선상에서 우주의 비밀들을 꿰뚫어보고 싶어했다는 점에서 완전한 학자였지. 완전한 아이라는 건, 그 비밀들을 알아내기 위해 행동하는 방식이 꼬마들과 빼다 박았다는 점에서야. 장난감이나 물건의 메커니즘을 알아내기 위해 그걸 뜯고 해체하지."

"그리고 자기 방식대로 다시 조립하고요." 모나가 어깨를 으쓱하며 말했다.

몽트뢰유로 돌아가는 동안 모나는 내내 할머니의 모자를 쓰고 있었다. 모자가 무척이나 자랑스러웠다. 집에 도착했을 때, 코스모스가 모나를 향해 방방 뛰었다. 모자를 차지하고 싶은 모양이었다. 모나는 코스모스의 머리에 모자를 씌우고 웃음을 터뜨렸다. 강아지가 아직 너무 작아서 모자 속에 완전히 파묻혔기 때문이다. 결국에는 모자를 다시 집어들고 크림색 리본을 풀어 코스모스의 목에 묶어줬다.

"너한테 피카소의 〈오바드〉에 대해 얘기해야겠어." 모나가 강아지에게 말했다.

하지만 강론을 펼치려는 순간, 어린 나이에 으레 저지르는 실수에 발목이 붙들리고 말았다. '오바드'라는 게 대체 뭐지?

44

잭슨 폴록
정신이 나가야 한다

여름이 어찌나 순식간에 지나갔는지…… 9월의 그 월요일, 눈을 떴을 때 모나는 땀으로 흠뻑 젖어 있었다. 잠을 설쳤다. 중학교 입학을 앞두고 있었고, 그날 밤에는 줄기차게 악몽을 꿨다. 새 학교 건물로 가는 길, 불안으로 속이 울렁거림을 느낀 아이는 손톱자국이 날 정도로 엄마의 손을 꽉 그러쥐었다. 두려움을 감추려고 해도 나쁜 예감이 끈질기게 따라붙었다.

흔들거리는 머리 수백 개가 건물 속으로 빨려들어가고 있었다. 어떤 얼굴들에선 걱정이, 어떤 얼굴들에선 오만과 허세가 내비쳤다. 이쪽에선 떠들고 저쪽에선 고함을 쳤다. 카미유는 딸의 손을 놓았다. 카미유 역시 속이 울렁거렸다. '곧 보자'며 웃어 보이는 입가가 가볍게 떨렸다.

모나가 들어선 6학년* 복도는 끝없이 이어지는 듯했고 음산한 울림

---

* 프랑스의 중학교는 4년제로, 6학년으로 입학해서 3학년에 졸업한다.

을 냈다. 모나, 그리고 모나가 전혀 모르는 서른 명가량의 아이들이 삼 켜지듯 들어선 교실은 낡은 시골 저택 냄새를 풍겼다. 속닥거림조차 멈 췄다. 모나의 자리는 교실 맨 뒤, 짝이 없는 책상이었다. 드디어 젊은 남자가 한 명 들어왔다. 스리피스 정장에 리본넥타이 차림의 선생은 거 만한 분위기를 풍겼고 거기 있다는 사실만으로 화가 난 것 같았다. 그 가 프랑스어를 가르칠 거라고 입을 떼자마자 모나는 소스라쳤다. 그 사람이 누군지 기억났다. 오르세 미술관, 반 고흐의 작품 앞에서 모나 와 실랑이를 벌였던 그 사람이었다! 그림 앞에서 웃어댄 것에 일단 사 과하는 시늉을 했다가 나중에 복도에서 다시 마주쳤을 때는 대놓고 혀 를 내밀어 보였었다. 간밤의 불길한 예감은 허황한 게 아니었다. 모나 는 잔뜩 오그라들었다. 온 세상이 문득 난해하고 불가사의해졌다. 모나 는 자기 역시 밖에서 보면 불가해한 상형문자 중 하나란 사실을 모르 지 않았다. 현실이 얼어붙었다. 어디를 어떻게 붙잡아야 할까? 억지로 비틀고 들어가야 할지도 모른다. 선생이 출석을 부르기 시작했다. 자기 이름에 대답하는 목소리들은 하나같이 들릴락 말락 했고, 그 소심함이 선생에게는 흡족했다. 모나의 차례가 되었을 때, 팔을 들어올린다는 것 이 느닷없이 필통을 치고 말았다. 필통이 엎어지면서 필기도구를 몽땅 쏟아냈고, 그것들이 바닥에 떨어지면서 갑작스럽고 요란한 소음을 일 으켰다.

"네!" 동시에 모나가 외쳤다.

선생은 눈썹을 찌푸렸고 모나를 한참, 아주 한참 동안 쳐다보았 다…… 저 되바라진 아이가 누구였더라? 설마 모나를 살렸달까. 결 국 선생은 소동을 뜻하지 않은 실수로 여겼다. 학급 전체가 모나를 돌아보았다. 모두가 모나의 얼굴을 보았고, 모나는 모두의 얼굴을 보았다.

◆

수요일 오후 보부르로 걸어가면서, 앙리가 준 챙 넓은 모자를 쓰고 온 모나는 자기에게 들이닥친 믿을 수 없는 봉변을 물론 잊지 않고 얘기했다.

"믿을 수 있으세요, 하비? 하비랑 오르세 미술관에 있을 때 제가 놀렸던 사람이 하필 프랑스어 선생님이라니까요. 설상가상으로 담임 선생님이고요!"

사실 놀라운 우연의 일치였다. 그로부터 운명의 요행, 우발성과 필연성, 예정된 미래에 대해 긴 논의를 펼쳐갈 수 있었으리라. 하지만 손녀의 말에서 나온 너무도 놀라운 디테일이 그의 정신을 온통 독차지했다. 모나는 '설상가상'이라고 말했다…… '설상가상'이라니! 그건 어른의 표현이었고, 말하자면 성숙을 드러내는 지표였다. '나는 몇 살 때 저 표현을 처음으로 썼을까?' 앙리는 자문했다. '아! 삶의 실타래를 되감아 언어의 영화를 한 편 만들어볼 수 있다면! 첫 단어, 첫 문장, 죽음, 아름답다, 사랑해나 설상가상이 처음으로 발음된 순간을! 아! 내가 처음으로 의문문을 사용했던 때는 언제였을까?' 앙리는 애가 탔다. 또한 삶에서는 감탄문이 평서문보다 먼저 나올 수밖에 없음을 깨달았다. 채 분절되지 않은 채 들끓는 상태에서 솟구치는 외침들로부터 모든 게 시작된다. 그의 정신이 번득였다. 만일 바로 그 순간에 그의 뇌를 도면으로 나타낼 수 있었다면, 미술관 복도를 성큼성큼 걸어가던 모나가 멈춰 서서 보자고 한 그 작품과 아주 비슷했을 것이다.

흡사 물감의 카오스 같은 추상화였다. 색채들이 길게 이어지거나 흐른 자국들, 가끔은 데생 선처럼 가늘고 또 가끔은 얼룩처럼 두툼한 자국들이 서로 가로지르고, 얽히고, 포개졌다. 자국들은 어떤 곳에선 직선이었고(하지만 자로 그은 선은 전혀 없었다) 어떤 곳에선 곡선, 또 어떤 곳에선 지그재그였다. 화폭은 그처럼 고랑들, 줄무늬들, 얼룩들의 기상천외한 그물망으로 꽉 차 있었고, 그것들을 헤치고 알아볼 만한 모티프는 전혀 없었다. 유일하게 현실에서 비교할 만한 게 있다면 아마 더럽혀진 상태에서 잘린 매트 조각, 더 정확히 말하자면 화가의 작업실에서 우연히 엎질러진 희석 염료가 지워지지 않고 남아 있는 바닥 보호용 매트 조각이리라. 다만, 분출하듯 엉긴 무질서를 담고 있음에도 화폭은 실로 꽤 정연했다. 조직도 구성도 없고, 중심과 주변조차 구분할 수 없었지만, 전체적으로 고른 리듬과 일관성이 있다는 점에서 정연했다. 가장 크게 덩어리진 검은색 타래들은 흩어진 채 십여 개의 섬을 이루며 흰색의 물결에 맞서고 있었다. 노란색과 빨간색은 수적으로는 밀릴지언정 사방에서 뚜렷한 존재감을 드러내며 솟구쳤다. 그 위로 풍성한 은빛 회색이 뒤얽히며 펼쳐져 있었는데, 둥글게 뭉친 자국이 다른 색들에 비해 훨씬 더 많았다. 물감 각각이 충분히 진해서 서로 흡수되거나 뒤섞이지 않고 겹쳐져 있다는 점, 또한 작품이 경계 없는 전체에서 떼어낸 조각처럼 보였다는 점을 특히 눈여겨볼 만했다.

앙리는 모나가 잭슨 폴록의 작품 중 옆에 있는 훨씬 더 큰 화폭이 아니라 조촐한 크기, 정확히는 가로 80센티미터에 세로 61센티미터인 이 화폭 앞에서 30분을 보내고 싶어했다는 점이 기뻤다. 그는 사실 이 미국 화가의 미학은 더 제한된 규모에서 펼쳐질 때 더 잘 이해할 수 있다고 생각해왔다. 예술사가라면 누구나 그게 얼토당토않은 소리라며 따지고 들 것임을 앙리는 모르지 않았다. 세계대전 직후 뉴욕에서 마크 로스코, 프란츠 클라인, 빌럼 더코닝, 로버트 마더웰 등과 함께 대두한 추상표현주의 운동은 상당히 넓은, 때로는 압도적인 표면적에 걸쳐 폭발하는 추상 형태를 특징으로 삼기 때문이다. 하지만 앙리는 인간이 지닌 천재성의 비밀을 꿰뚫어보고자 할 때 꼭 전문가들 사이에서 합의된 길을 따라갈 필요는 없다는 사실 또한 알고 있었다. 어떻게 해서든 자기 코 위에 앉고 싶은 듯한 파리 한 마리를 쫓아낸 뒤, 마침내 모나가 말을 시작했다.

"있죠, 하비. 지금까지 본 예술가들은 자기들이 뭘 할지 알았어요. 그들에게 어떤 계획이 있다는 게 거의 느껴졌죠. 말레비치나 브랑쿠시처럼 추상일 때도 마찬가지였고요. 그런데 저건 처음이에요. 전혀 달라요. 아무렇게나 만들어졌어요, 저 모든 게…… 그렇지만 저는 하비가 뭐라고 할지 벌써 알 수 있어요……"

"정말, 모나야? 그럼 네가 말해보렴!"

"그보단 더 복잡하다고 하시겠죠."

"맞아! 그리고 또?"

"물감이 곳곳에 사방으로 뿌려져 있고, 그 때문에 작품이 더러운 식탁보처럼 보일 정도다. 그러니까 아무렇게나 만들어졌다고 생각될 수 있지만 자, 실은 완전히 다른 거다. 정말이지 조화롭고, 또 정말이지 예술가가 의도한 대로다 하시겠죠."

앙리는 담담하면서도 행복한 미소를 지었다. 실제로 그가 하려던 말과 비슷했다. 하지만 그는 일단 역사적인 관점에서 폴록의 위치를 잡아주고 싶었다. 폴록은 낡은 유럽 전통을 불만스러워했다. 그 전통에 따르면 그림은 뭔가와 닮아야 하고, 단어로 지칭될 수 있는 모티프들에 충실해야 했다. 숙련된 원근법을 통해 꾸며내는 깊이감의 환상에 적대적이었던 폴록은 훨씬 더 근본적인 에너지가, 육체, 몸짓, 속도, 사건, 우연의 에너지가 새겨지는 그림을 원했다. 따라서 그에 대해 얘기할 때 **액션 페인팅**이라는 말을 쓴다. 심지어는 화폭이 격투장으로 바뀌었다는 평도 있었다. 화폭에 일화도 상징도 이야기도 없기 때문이다. 다만 화폭은 그것과 마주한 예술가의 **푸리아**, 즉 격분을 포착하고 새긴다. 화폭은 폭력을 재현하지 않는다. 화폭 자체가 곧 폭력이다.

"이 화폭은 이젤 위에서 그려지지 않았어." 앙리가 이어 말했다. "화폭은 땅바닥에 뉘어졌고 폴록은 그걸 위에서 내려다봤지. 그러고는 붓질을 가해서 순차적으로 물감층을 포개어가는 게 아니라, 물감통에 담갔다 꺼낸 막대기로 물감을 뿌렸어. 마른 붓을 사용했고, 튄 자국이나 홀쭉한 소라형 무늬를 만들어주는 스포이드도 사용했지. 검은색 덩어리들을 보렴. 저 부분에서는 통에서 액체 물감을 바로 부었어. 그렇게 간소한 도구들과 몇 안 되는 색깔만으로, 0.5제곱미터도 되지 않는 작은 화폭 위에, 세포 조직으로 뒤덮인 유기체 혹은 바위의 결 무늬, 혹은 수천 개의 별이 늘어선 하늘만큼이나 풍성한 작품을 만들어낸 거야."

"저는 너무 좋아요, 하비! 하지만 분명 저 모든 게 휘갈긴 낙서라고, 그런 건 아이라도 똑같이 할 수 있다고 말하는 사람들이 있을 거예요."

"여전히 그렇게들 말해! 지나는 김에 하는 말이지만, 아이들이 똑같이 하지 않는 게 정말 유감이지!"

"제가 시도해볼까요?"

"모나야, 지금은 말고……" 앙리가 미소 지었다. "어쨌거나 폴록에게 비방자들만 있었던 건 아냐. 영향력 있는 비평가들이 굉장히 좋아하면서 그를 두고 미술사의 종착점이라고 말했을 뿐만 아니라, 미술애호가나 권력자들이 지지를 보내기도 했어……"

"더 설명해주실래요?"

"전후 미국에서는 오늘날 **소프트 파워**라고 불리는 것, 즉 문화, 상징, 가치의 힘에 대한 믿음이 컸단다. 당시 많은 미국인에게 이 작품 같은 추상 회화는 일견 어리석은 짓, 심지어는 욕설처럼 보일 수 있었어. 폴록이 곧잘 격분하는 성격이어서, 또 술을 많이 마시는데다 정치적으로 좌파 성향이어서 더욱 그랬지. 당시 미국은 보수주의자들이 지배했거든. 그런데 있지, 미국 정부는 폴록에게 모욕을 가하거나 그를 추방하기보다는 신대륙의 자유와 대범함의 화신으로 치켜세우는 편이 더 이득이란 걸 간파했어. 예술계의 제임스 딘이랄까. 늙은 유럽과 차별화하고 소비에트 연방에 근사한 교훈을 주기 위한 완벽한 방법이었지."

"아, 알아요! 기억나요, 말레비치에게 추상화를 그리지 말라고 했던 나라죠…… 저 색채들의 폭발은 그 사람들이 보기엔 정말 괴상했겠어요! 그러면 폴록은요, 그런 대우에 대해 뭐라고 했어요?"

"이렇다 할 표현을 하진 않았어. 사실 폴록은 자기를 놓고 벌어지는 사태들을 전혀 의식하지 않았을 거야. 아마 신경도 안 썼을걸. 폴록은 아직 젊은 나이였던 1956년, 술 취한 채 운전을 하다가 차 사고로 죽었어. 그에게 미국이란 아메리카 인디언들의 미국이었지. 저 작품을 보렴. 폴록에겐 리듬이 있고, 박자가 있어. 거의 춤을 춘달까. 그는 술을 통해서 자신을 벗어나 정신이 나간 상태를 맛보았단다. 그가 그림을 그리는 방식에는 샤머니즘적인 성격이 있어. 폴록에 따르면, 정신은 여행을 해야 해. 다른 차원을, 다른 영역을 발견해야 하고 자연 속에, 동물 속에, 물질 속에 녹아들어야 해. 그토록 소리 높여 주장했던 사람들 말대로 폴록의 예술이 전형적으로 미국적이라면, 미국 원주민에게서 그 원천과 표현법을 찾아야 할 거야."

바로 그 순간, 지긋지긋한 파리가 돌아와서 모나의 코끝을 성가시게 했고, 모나는 손등으로 성난 손짓을 날렸다. 덜컥 놀란 파리는 허공을 몇 바퀴 돌면서 자기를 받아줄 땅을 찾더니 마침내 폴록의 그림 위, 왼쪽 가장자리 거의 가운데 높이의 하얀 얼룩 근처에서 피난처를 발견했다. 파리는 앞뒤로 놓인 다섯 개의 눈을 오른쪽으로 향했다. 모나는 갑작스럽게 현기증에 사로잡혔다.

"저기 저 파리요, 하비. 폴록의 그림을 파리가 보는 식으로 볼 수 있다면 정말 좋겠어요!"

"모나야, 네가 생각하는 바로 그런 걸 폴록이 바랐을 거야. 샤머니즘 체험이란 바로 그런 거야. 눈을 감아보렴. (모나가 응했다.) 파리가 되었다고 상상해봐…… (모나는 집중했다.) 자, 이제 넌 백 배 작아졌어. 무슨 뜻이냐면 저기 폴록의 그림 위에 앉으면 그림이 백 배 더 크게 보인다는 거지."

"아름다워요." 모나가 말했다. 힘껏 감은 눈꺼풀에 주름이 졌다. "물감들이 색의 격류로 변해요! 아름다워요, 너무 아름다워요!"

"너는 진딧물도 될 수 있어, 모나야. 작디작은 진딧물. 그러면 저기서 모든 게 천 배 더 커 보일 거야."

눈을 감은 모나는 잠수하듯 자기 안으로 들어가 발밑의 그림을 보았다. 그림에 붙은 파리가 보는 식으로, 평평하게 펼쳐진 모습으로 보는 것이었다. 정신의 눈을 통해 바라본 그림은 가로 80센티미터가 80미터로 확대되었고, 진딧물의 단계로 건너가자 800미터에 이르렀다. 그런 다음엔 전체 면적이 아이의 머릿속에서 계속 확장되고 끝없이 팽창했다. 폴록의 얽힌 물감들이 이제 수십 킬로미터, 지평선에 다다르도록 펼쳐져 있었다!

"작아지는 게 느껴져요, 하비." 황홀경에 빠진 모나가 속삭였다.

"심지어 원자의 한 조각, 쿼크 입자가 되었다는 상상도 해볼 수 있지. 그러면 0.5제곱미터도 되지 않는 그림이 너한텐 거대한 우주가 될 거야. 미지의 행성이 나타나도 놀랍지 않을 우주······."

모나는 그것도 시도해봤다. 자신이 갑자기 미립자가 되는 건지, 폴록의 화폭이 우주처럼 커지는 건지 구분조차 되지 않았다. 모나 앞에는 잠정적으로 8기가 킬로미터, 즉 80억 킬로미터에 이르는 그림이 펼쳐져 있었다. 항성계 전체의 크기였다! 모나의 다리가 후들거렸다. 기절할 것 같은 순간, 할아버지가 어깨를 붙잡았다.

"오, 하비. 제 생각에 폴록의 메시지는 우리의 정신이 나가야 한다는 거예요······."

"옳은 말이야. 하지만 정신이 돌아올 필요도 있어. 그렇지 않으면 추락하게 될 테니까……"
"……파리처럼 추락하겠죠, 설상가상으로!"
"'설상가상'으로, 네 말대로야."

45
니키 드 생팔
남자의 미래는 여자다

폴의 사업이 굴러가기 시작했다. 골동품 가게가 아니라(거기에는 더 이상 충분히 신경쓸 수 없었다), 핸드폰과 호환 가능하게 개조한 구식 전화기 판매가 진척된 것이다. 그가 만난 젊은 사업가들은 그에게 더없이 전도유망한 계약을 제안했다. 카미유의 응원을 받으며 폴은 자문했다. 가게를 양도하고 이 사업에 뛰어들 때가 아닐까? 모나는 함부로 나서서 뭐라 할 수 없었지만 무척 심란했다.

가게 바닥에 누워 한 손에 연필을 쥐고 코스모스를 옆에 낀 채, 모나는 일기 속 이야기를 이어가려는 중이었다. 7월 말부터 쓰기 시작한 이래, 지난해 가을의 실명 발작부터 자기가 겪은 일들을 쭉 풀어내고 있었다. 8월 중순에 일어난 사건들을 쓰고 있었으니, 곧 현재에 이르게 될 참이었다. 모나는 마그리트와 브랑쿠시를 발견했던 일, 그사이에 받았던 MRI 검진, 그 검사가 불러일으킨 기억에 대해 쓰고 있었다. 되살아난 광경들에 취한 모나는 그저 생각이 흘러가는 대로 연필을 놀렸다.

모나는 MRI 기기 상자 안에서 과거를 기억해냈던 일을 떠올렸다. 아이의 눈으로 보기에는 망망한 저편 기슭처럼 먼 과거였다. 공책에 사각사각 글씨를 쓰면서 모나는 더이상 자기가 아닌 8월의 모나에게 다가갔고, 또 계속해서 쓰면서 잃어버린 불분명한 대륙, 아주 어렸을 때의 대륙으로 가는 길을 발견했다. 열한 살의 모나는 시간을 거슬러 옛날, 세 살밖에 되지 않았을 때의 모나에 다다랐다. 그러자 감각이 격류처럼 솟구쳤고, 폭발하듯 진실이 나타났다. 콜레트 뷔유맹, 사랑하는 할머니가 목에 걸고 다니던 펜던트를 자기에게 주는 순간을 다시 겪었던 것이다. 두 사람이 마지막으로 만났던 때였고, 할머니는 모나에게 이렇게 말했다. "언제나 네 안에 빛을 간직하렴, 내 아가." 작은 모나는 할머니를 또 보게 될 줄 알았는데 다시는 보지 못했다. 할머니는 너무도 생기 있고 행복하고 다정해 보였건만.

그 부재를 당시의 모나는 이해할 수 없었다. 그때의 모나에게는 그게 심오한 신비처럼 보였을 것이다. 이제 막 존재하기 시작한 아이에게 존재하기를 그친다는 것이 무엇인지 아무도 설명해줄 수 없었으니까. 삶에서 나아간다는 건, 그처럼 예고 없이 맞닥뜨리는 상처들, 잘 드러나지 않는 만큼 존재의 더 깊은 심연에 트라우마를 입히는 상처들을 헤집어 밝히는 고약한 노력을 기울인다는 것이다. 모나는 공책에 촘촘하고 떨리는 글씨로 이렇게 썼다. "할머니는 무슨 병으로 죽었을까?" 발치에서 몸을 말고 있던 개가 태평스레 하품을 했다.

◆

 국립현대미술관이 있는 퐁피두 센터의 남쪽 측면 바로 옆에는 600제곱미터 정도 되는 커다란 못이 있었는데, 물위 여기저기에 열여섯 점의 조각 작품이 설치되어 다양한 장치로 움직였다. 모나는 가까이 갔다. 생메리 교회에 바짝 붙은 한 건물의 널찍한 외벽에 어느 거리 예술가가 그려놓은 커다란 작품이 눈에 띄었다. 한 손가락을 입술에 갖다댄 얼굴의 오른쪽 절반을 거대한 크기로 재현한 벽화였다. 유명한 그 분수를 고요히 바라보라고 군중에게 권하는 것일까? 아마도. 아니면 그 분수에 귀기울이기 위해서일까? 아니란 법도 없었다. 분수는 묵묵했지만 미묘하게 음악적이었기 때문이다. 앙리는 모나에게 한 예술가 커플이 이 장소를 만들었다고 알려줬다. 생뚱맞고 망가진 기계들 비슷한 까만 작품들은 스위스인 장 팅겔리의 작품이었다. 알록달록한 작품들, 그중에서도 특히 금색 화관에서 물줄기 다발이 뿜어져나오는 기묘한 지휘자 혹은 한 마리 〈불새〉는 그의 아내, 니키 드 생팔이 만들었다.

 "그 두 사람은 '예술계의 보니와 클라이드'를 자처했어." 앙리가 말했다. "진짜 문제아 커플로, 서로가 서로의 광기를 자극했지."

 어쨌거나 모나는 단연 '보니' 쪽이 좋았다. 거대한 가슴의 세이렌 여인을, 또 특히 나선형으로 빙글빙글 돌아가는 뱀을 최면에 걸린 듯 바라보았다.

 "저건 코르크 따개라고 해도 되겠어요." 모나가 머리카락을 돌려 감으며 중얼거렸다.

 앙리는 조각가가 그 논평을 퍽 좋아했으리라고 여기며 반박하지 않았고, 니키 드 생팔의 다른 작품 한 점이 퐁피두 센터에 소장되어 있으니 보러 가자고 제안했다.

"승인합니다!" 모나는 열렬히 동의했다.

하얀색으로 차려입은 거대한 신부였다. 아니, 그렇게 말하는 것으로는 부족했다. 주름진 거대한 드레스 아랫단에서부터 가슴에 바짝 붙여든 부케를 거쳐, 삼실을 꼬아 만든 듯 길고 뻣뻣한 머리카락까지 온통 하얀, 더 정확히는 점토질의 옅은 잿빛을 띤 신부였다. 전체가 너무나 석고빛이어서 결혼에 결부되는 소위 순결함이 여기에서는 그로테스크한 기색을 띠었다. 여자는 꼭 유령 같았고, 이러한 인상은 비정상적인 비율로 인해 한층 강화되었다. 인물의 키가 표준 체형보다 3분의 1가량 더 컸는데, 머리만은 이 장대함에서 비켜났다. 전체에 비해 너무 작은 그 머리는 마치 거대하고 묵직한 몸에서 돋아난 것 같았다. 정면에서 보면 오른쪽으로 살짝 기울어져 있었고, 얼굴은 조잡한 가면처럼 빚어지다 만 듯했다. 그럼에도 입술 자리에는 가느다란 틈이 하나 나 있어 마치 헐떡이는 여자가 긴 숨을 내보내는 것 같았다. 하지만 이 초상이 노골적으로 공포스러워지는 건 몸통 부분에서였다. 신부는 석회질 꽃다발을 오른손으로 몸통에 딱 붙이고 있었고, 퇴화한 로댕풍 조각을 불쑥 끼워놓은 듯 거대한 왼쪽 손은 배 위에 놓여 있었다. 가슴과 팔은 마치 질료가 우글거리는 넓은 표면, 또는 부패하는 피부 같았다. 사실 조각상의 이 부분은 무수한 물건의 집합체였다. 그중 몇몇은 뚜렷하게 알아볼 수 있었고, 몇몇은 아래에 파묻혀 있었다. 장난감, 특히 인형들이 아주 많았다. 모형 비행기, 자전거, 마차, 작은 오리, 뱀, 새, 한 켤레의 아이 신발도 눈에 띄었다.

모나는 작품을 바라보면서 여러 차례 몸을 떨었다. 작품에 어두운 삶이 담겨 있는 느낌이었다. 사실이었다. 니키 드 생팔은 험난한 젊은 시절을 보냈다. 너무도 험난해서, 앙리는 침통한 세부 사실들을 아이에게 누출하기를 삼가고 그저 작가가 몇몇 시련을 겪었다고만 설명했다. 더없이 비극적인 사실들까지 알게 되는 일은 면하게 해준 것이다. 니키 드 생팔이 자기 아버지에게서 당했던 수차례의 성폭행, 나치에 점령된 저택에서 화재로 죽은 할머니의 단말마, 여동생의 자살…… 그 폭력적인 가족사 일체를 앙리는 전하고 싶지 않았고, 그건 예술가의 작품에 불행한 삶의 그림자가 너무 크게 드리워서 오로지 죽음의 상징 체계만을 보게 되는 위험을 피하기 위해서이기도 했다.

"저는요, 할아버지, 저걸 보면서 고야를 떠올렸어요. 아시겠죠. 또 괴물들도요…… 하머스호이, 북구 신화에 나오는 트롤 이야기랑 등 돌린 여자 초상화의 소매 주름에서 제 눈에는 트롤 머리가 보였던 것도 생각나요. 저 신부는 유령 같아요. 마치 벽장에서 미라가 된 것 같고요…… 그리고 지금 저걸 보니까, 방금 전에 분수에서 움직이던 조각들도 약간 괴물 같은 모습이었다는 생각이 들어요."

"니키 드 생팔도 인정할 거다. 그 작가는 괴물에 매혹을 느낀 게 사실이니까. 괴물로 가득한 영화를 무진장 봤다고 얘기한 뒤 이런 말을 덧붙이기도 했어. (그는 기억나는 대로 인용했다.) '나 역시 믿기지 않는 수의 괴물을 만들었다. 그 주제에 대해서라면 끝없이 새로운 것을 만들어낼 수 있다.' 그런데 나는 네가 석고 속에 봉해진 온갖 장난감도 눈여겨봤으리라고 믿어."

"네, 물론이죠. 보자마자 턱 아래 플라스틱 아기 인형이 눈에 들어왔어요. 또 사방에 인형들이 있고요, 어깨 근처에 비행기 모형도 있고요, 또 바로 그 위에는 새가 있어요! 즐거운 분위기를 내려고 한 거라면 실패네요."

"안심하렴. 작가는 저 들러붙은 것들이 신부를 더 유쾌하게 만들어주지 않는다는 걸 아주 잘 아니까. 사실 니키 드 생팔은 장난감들을 수집했단다. 쌓아놓은 양이 상식적인 수준을 벗어날 정도였지. 그저 인형들뿐만이 아니었어. 아이들 트렁크에서 흔히 볼 수 있는, 아이들이 자라면서 어느 날엔가는 다락에 처박히고 말 고릿적 물건들을 모아들인 거야."

"약간 마르셀 뒤샹처럼 하는 거네요. 이미 존재하는 사물을 가져다 예술 작품으로 만드는 거요."

"맞아, 그런 점도 있지. 실제로 니키 드 생팔은 예술사적으로 1960년대에 크게 유행했던 경향에 몸담았어. 물건을 골라 취한 다음 재조합하자는 조류였는데, 프랑스에서는 '누보 리얼리즘'이라고 불렸어. 거기 속한 예술가로는 물론 니키 드 생팔이 있고, 또 예를 들면 아르망도 있는데, 그는 화랑 하나를 쓰레기로 가득 채웠단다!"

"그럼 이 작품은 장난감 쓰레기통이겠네요!"

"옳은 말이야. 마치 유년의 세계가 저 여자에게 달려들어 짓누르는 것만 같지. 〈신부〉는 1963년 작품이야. 저 뻣뻣하고 시체 같은 면모는 생기 가득한 결혼식이라는 전통적 이미지를 정면으로 거스르지. 이 조각은 동시에 반항의 표현이기도 해. 얼굴이 마치 비명으로 찢어진 것 같지 않니. 1960년대는 전 세계에 걸쳐 보다 큰 자유와 관용을 위해, 사람들 사이의 평등을 위해, 전쟁과 제국주의에 맞서 수없이 많은 투쟁이 있었던 때야. 니키 드 생팔은 단말마를 겪는 듯한 저 〈신부〉와 함께 고함을 내질러……"

"뭐라고 고함 질러요?"

"여자들이 좋은 배우자라는 역할에 갇혀 있어선 안 된다고. 여자들이 자기 욕망을 지켜낼 줄 알아야 하고, 자기들 스스로 선택할 수 있어야 한다고. 뭘 선택하든, 아무리 부적절한 선택이라도."

"그럼 니키 드 생팔은 어떤 선택을 했어요?"

"음…… (앙리는 긴 사이를 두었다.) 예를 들어, 일생의 어느 시점에서 니키 드 생팔은 자신이 모범적인 어머니가 되지 못할 거라는 사실을 받아들였어. 자기 아이들보다는 예술에, 즉 자기 자신에 전념했지……"

"분했겠어요." 눈을 찡그린 채 모나가 한숨 쉬듯 말했다.

"응. 아닌 게 아니라 니키 드 생팔은 '사격 작품'이라고 표제를 단 작품들을 만들기도 했어. 소총을 들고 화폭을 겨눴지. 총알이 색색의 물감 다발을 터뜨렸어. 하지만 이 예술가의 작품 세계를 제대로 파악하고 싶다면 거기에서 여자들의 이미지는 이중성을 지닌다고 생각해야 해. 두 개의 면이 있는 이미지인 거야. 〈신부〉는 그저 죽음의 표현일 뿐 아니라, 여성이 다시 태어나야 한다는 부름이기도 해. 헌신적인 아내의 모습 이외에 다른 모습을 지니도록."

"어떤 모습이 있는데요?"

"가령 방금 네가 분수에서 본 알록달록한 세이렌의 모습, 그리고 무엇보다도 유명한 연작 〈계집애들〉의 모습을 들 수 있지. 솟아오르고 춤추고 뛰는 여자 조각상들인데, 몸이 둥글고 거대한 엉덩이에 작디작은 머리를 하고 있어. 하지만 그들은 생동감이 넘쳐. 사회의 강제로부터 해방되어 있고, 갖가지 욕망이 무시되던 소외 상태의 과거를 상징하는 〈신부〉와는 정반대로, 그 여자들은 빛나는 미래를 몸으로 구현하는 거야."

"이중 이미지라는 게 뭔지 알겠어요…… 그럼 거기서 끌어낼 수 있는 메시지는 뭐예요?"

"1963년, 그러니까 〈신부〉가 만들어진 때와 같은 해에 굉장히 정치 참여적이고 저항적이고 공산주의자인 것으로 유명한 어느 시인이 시구를 한 줄 썼는데, 그게 니키 드 생팔이 우리에게 전하는 메시지에 딱 들어맞아."

"그 시인이 누군데요? 그리고 뭐라고 했어요?"

"루이 아라공이라고 해. 이렇게 썼지. '남자의 미래는 여자다.'"

"아, 알겠어요. 하지만 니키라면 이렇게 말했을 거예요. '남자의 미래는 계집애다'……"

"옳은 말이야. 하지만 괜찮다면 나는 그냥 좀더 근엄한 아라공의 시구를 그대로 쓸게."

아이는 이제 떼려야 뗄 수 없게 된 펜던트를 꼭 쥐었다. 할 수만 있다면 〈신부〉가 고통을 이겨내는 데 도움이 되도록 그 목에 걸어주고 싶다고 생각했다.

"니키 드 생팔은 '투쟁하는 젊은 여성'이었어요." 마침내 모나가 맑은 목소리로 말했다.

앙리는 아연실색해 아이를 쳐다보았다. 표현이 마음에 걸렸다. 옛날 콜레트에 대한 얘기에서 자주 듣던 표현이었다. 그런데 손녀가 뿔고둥을 쥐면서 말하는 투로 미루어, 노인은 아이가 혹시 제 할머니를 암시하나 생각했다. 그들은 아무 말 없이 한참을 있었고, 마침내 앙리가 침묵을 깼다.

"맞아, 모나야. 니키 드 생팔은 투쟁하는 여자였어. 그리고 확신해도 돼, 네 할머니도 그랬어. 끝까지."

"알아요, 하비……"

46
한스 아르퉁
번개처럼 가라

반 오르스트의 진료실 앞에서 차례를 기다리며, 카미유는 신경질적으로 핸드폰을 두드렸다. 정해진 시간보다 한참 늦어지고 있었다. 흘러가는 1초, 1초를 세며 카미유는 저번 진료의 끝 무렵을 곱씹었다. 그때는 온순하게, 아무 반박도 하지 않고 가만히 있었다. 아마 의학의 권위라면 넙죽 떠받드는 자신의 성향 때문이었으리라. 하지만 아이가 반드시 펜던트를 목에 지녀야 한다니 무슨 얘긴지. 영 언짢았다. 웬 헛소리, 대체 무슨 뜻이람? 모나의 손을 잡고 벌게진 얼굴로 진료실에 부랴부랴 들어섰을 때, 갖춰야 할 예의 따위는 더이상 카미유의 안중에 없었다.

"일이 대체 어디로 가는 건가요, 선생님? 모나가 선생님 진찰을 받으러 온 지 일 년이 되었어요. 아이가 안 한 게 없어요. 뇌, 눈, 최면, 받을 수 있는 처치는 다 받았다고요. 그런데 지금 와서 우리한테 한다는 소리가, 아이가 펜던트와 떨어지면 안 된다니요?"

모나는 돌처럼 굳었다. 엄마의 어조와 신랄함 때문이기도 했지만, 그토록 아끼는 뿔고둥이 논쟁의 소지가 되었다는 생각 때문이었다.

"부인, 치료하는 게 제 일입니다." 반 오르스트가 대답했다. "화내시는 걸 이해합니다. 그러실 만도 하죠. 하지만 제가 아는 건, 정신이란 기막히게 복잡한 메커니즘이고 그 갖가지 작동 방식 중 어느 것 하나 무시할 수 없다는 사실입니다."

"그래서요?"

"그래서, 모나와 함께 상당한 진척을 거둘 수 있었던 연구 끝에 저는 실명의 원인을 찾아냈다고 확신합니다. 실명은 신체역학의 이상이 아니라 심리적 트라우마에 기인합니다. 이 해답에 이를 수 있었던 건 최면 덕분입니다…… 아니, 더 정확히 말하자면, 모나가 저와 함께 헤쳐나간 길 덕분, 모나 스스로 자신의 먼 과거에서 찾아낸 기억 덕분이지요."

"먼 과거라니요? 모나는 아직 아이인걸요!"

"모나는 어엿한 소녀죠. 그리고 모나의 지난 팔 년은 우리 같은 성인의 삼십 년보다 훨씬 더 깊고 다다르기 힘든 심연을 이룹니다."

"일단 그렇다고 해두죠. 그래서 그 과거에 뭐가 있는데요?"

반 오르스트는 서랍을 열더니 작고 까만 스프링으로 묶인 서류철을 조심스럽게 꺼냈다. 두꺼운 빨간색 판지로 된 표지에는 굵은 수성펜 손글씨로 '모나의 눈'이라고 적혀 있었고, 그 아래 밑줄이 두 개 그어져 있었다. 의사가 세심하게 작성해온 상세한 보고서였다.

"모든 게 그 안에 있습니다. 제목이 썩 의학적이진 않죠, 인정합니다…… 하지만 거기에 모든 자료를 모아놨습니다, 제 결론도요."

"그래서 뭐죠, 선생님 결론은?"

초조함이 잔뜩 묻어나는 이 물음에 모나는 대화를 중단시키는 동작을 취했다. 모나는 결론을 감지했다. 모나는 알고 있었다. 진실은 내내 모나 안에 있었고 모나 안에서 흐르며 모나를 형성하고 있었다. 그 결론은 자기 것이었다. 의사의 입으로 듣는 게 두려워서가 아니었다. 오히려 그걸 자신이, 자기 단어와 자기가 받은 느낌들로 표현할 기회가 없을까봐 두려웠다. 미래는 모나 자신이 구현해야 하는 것이었다. 그리고 그것을 온전하게 구현하기 위해, 손에 넣기 위해서는 자기가 그것을 품고 있음을 받아들여야 했다. 그리고 아무리 반 오르스트 선생만큼 친절하고 유능한 사람이라 해도, 타인의 권위에 발언권을 넘기지 않고 자기가 말해야 했다.

"엄마, 제가 발견한 것, 제가 이해한 것을 아빠랑 엄마한테 말하는 건 저였으면 해요. 때가 되면요."

"빛은 모나 안에 있습니다." 의사가 동의하며 서류철을 엄마가 아니라 소녀에게 내밀었다.

◆

그 수요일, 앙리 뷔유맹은 손녀의 모습이 또 달라진 것을, 그리고 점점 호리호리해지는 것을 발견했다. 그는 손녀에게 그대로 전했다.

"놀랍다, 모나야. 정말 빨리 크는구나. 이제 금세 네 아빠나 엄마보다 더 커질 거야, 두고 보렴! 내 생각이다만, 넌 엄마를 빼닮지도 아빠를 빼닮지도 않을 거야. 게다가 다행히 내 얼굴을 닮지도 않을 테고!"

그런데 아이는 이러한 평에 동요하며 돌연 침울해졌다.

"저는요, 그 말이 슬퍼요." 모나가 말했다. "저는 하비를 닮았으면 좋겠어요…… 누군가를 닮고 싶어요…… 대개는 하비였으면 좋겠고요. 아니면 엄마나 아빠라도……"

그러고는 복받치는 감정으로 가늘게 떨며 할아버지를 향해 뛰어들어 으스러지도록 껴안았다. 그런 반응에 놀란 앙리는 모나의 모자를 벗기고 다정하게 머리카락을 쓰다듬었다.

"너무 슬퍼요." 모나가 다시 말했다. "제가 그냥 저처럼 생겼다는 게……" 이 말에 노인은 가슴이 찢어졌다. 첫째로, 모나라면 그저 자기 자신인 것보다 더 아름다운 일은 없는데 모나는 그걸 아직 모르는 것이었다. 둘째로, 모나는 분명 누군가를 닮았다. 명백했다. 힘과 우아함과 선함의 피가 모나에게로 오롯하게 이어져 흐르고 있었다. 다만 아이는 그 원천을 모를 뿐이다. 하지만 앙리, 그의 눈에는 선연하기만 했다.

"물론 너는 누군가를 닮았어, 모나야…… 네 아빠도, 네 엄마도 안 닮았다는 건 사실이야. 또 나도 딱히 안 닮았고……"

"그러면 누굴 닮았는데요, 하비?"

"네 할머니, 모나야. 너는 네 할머니를 꼭 닮았어."

아이가 햇빛 가득한 커다란 눈을 떴다. 파랗던 눈이 갑자기 밝혀진 사실로 노랗게 빛났다. 변모했다.

"그러면 하비, 부탁이에요. 오늘은 할머니가 좋아하던 작품을 보러 가요!"

가로 111센티미터에 세로 179센티미터. 중앙의 거대한 어둠 덩어리가 주를 이루는 추상화였다. 완벽하게 새까만 단일 색조라기보다는 진동하는 막에 가까웠고, 물감을 분사해서 칠한 것임을 느낄 수 있었다. 게다가 아래와 위의 가장자리는 가볍게 일렁였고, 내뿜어진 물감의 미립자들로 이뤄진 불분명한 경계가 흩어지는 안개 같은 느낌을 자아냈다. 검은색 막 아래 노란 레몬색의 밑칠이 있었는데, 그 칠이 작품 하단을 차지하며 전체 높이의 20퍼센트 조금 안 되는 부분까지 올라와 있었다. 이 지대에는 아주 얇은 세로 줄무늬가 깔려 있었고, 이 무수한 줄금들이 작품에 생동감을 불어넣었다. 검은 막 위쪽 지대는 짙은 청색의 구간(여기에도 줄무늬가 있었다)에 접해 있었다. 청색 구간은 아주 좁아서 테두리 상단 가장자리 쪽으로 거의 짓눌려 있었고, 흡사 폭풍우가 휩쓸고 지나간 뒤 어슴푸레 트이는 하늘 귀퉁이 같았다. 마지막으로, 널찍한 검은색 덩어리 속에 번개처럼 빛나는 선명한 선 세 개가 곧추서 있었다. 길게 자란 풀 세 포기, 혹은 띄엄띄엄 떨어진 긴 머리카락 세 가닥처럼 살짝 휘어 있었고, 근사하게 유연했고, 그럼에도 강력한 대기 에너지 같은 것으로 팽팽했다. 가운데에 있는 제일 긴 선은 어두운 막 아래에서 위까지를 거의 완전히 가로질렀다. 그 왼쪽에 있는 두번째 선은 더 가늘고 더 둥글었으며, 가운데 선과 닿을 듯 말 듯 그어져 있었다. 그보다 더 연한 오른쪽 세번째 선도 마찬가지로 중앙의 선에 접근하되 닿진 않았다. 셋을 함께 보면 호리호리하게 솟은 큰 나무 둥치를 극히 단순한 필치로 그려냈다고 생각할 법도 했다. 그 밖에도 다른 많은 것을 떠올릴 수 있으리라.

그렇게 해서 모나는 할머니가 좋아하던 작품을 바라보고 있었다. 책상다리로 앉아 단순하기 그지없는 그 작품을 쳐다보면서 보낸 24분 내내 모나는 자기도 모르게 미소 짓고 있었다. 내면의 빛을 켜주는 그림의 힘을 그 어느 때보다 더 크게 느낄 수 있었다.

"전 할머니를 완전히 이해할 수 있어요." 마침내 아이가 할아버지에게 말했다. "그리고 확실해요. 할머니는 이 그림 앞에서 몇 시간이라도 있을 수 있었을 거예요……"

"몇 시간 꼬박 있곤 했어, 맞아." 앙리가 그리움에 젖어 행복한 목소리로 수긍했다. "작품을 완전히 외워서 눈을 감고도 구성 요소를 다 가리킬 수 있었지."

"저는요, 아홉 가지 요소가 보여요." 모나가 손가락으로 가리키며 말했다. "일단 세 영역. 아래 노란색, 가운데 검은색, 위의 파란색. 그다음으론 노란색과 검은색 사이, 또 검은색과 파란색 사이에 약간 모호한 경계 영역 둘이 있고요. 물론 세 개의 선도 보여요. 마지막으로 오른쪽 아래 모서리에 '아르퉁 64'라는 서명이 있어요."

"셈이 딱 좋게 떨어지는구나. 9는 아르퉁이 좋아하던 숫자였거든. 그의 아내가 좋아하는 숫자이기도 했고. 그 둘이 1929년 5월 9일에 만났다는 걸 말해줘야겠다. 각기 스물네 살, 스무 살 때였지."

그 나이를 언급하는 앙리는 약간 꿈에 잠긴 기색이었다.

"분명," 모나가 대화를 재개했다. "이 작품이 갖가지 대조로 가득하다는 점이 할머니 마음에 쏙 들었을 거예요. 그 대조들은 거기 투쟁이 있다는 인상을 주니까요……"

이렇게 말하는 모나의 눈부신 순진함에 앙리는 목이 메었다. 그는 작품 중앙의 선을 바라보았고, 작품과 동화되면서 얼굴 한쪽을 가르는 흉터가 떨리는 것을 느꼈다. 몇십 년 전 한쪽 눈을 못 쓰게 만든 칼침이 느껴졌다. 마치 살가죽이 다시 벌어진 듯 상처가 되살아났다. 설명할 수 없는 기제로, 죽은 눈이 부옇게 되더니 눈물을 떨구었다. 가느다란 감동의 눈물 한 방울. 너무 슬며시 예기치 않게 흘렀기에 모나는 보지 못했다.

"맞아, 모나야, 정확해." 마침내 그가 대답했다. "아르퉁은 렘브란트와 고야를 좋아했단다, 실은……"

"아, 그거였구나!" 모나가 끼어들었다. "루브르의 어떤 작품들을 떠올리게 한다는 생각은 들었어요! 확실해요, 그는 명암법을 좋아했어요. 그리고 저 추상화를 제작할 때, 저기 깜깜한 안개에서 벗어나는 듯한 노란색을 보세요, 과거의 예술가들과 똑같이 한 거예요."

"완전히 똑같이는 아니야. 그는 전혀 다른 기법을 써. 여기에서는 붓도 유화물감도 사용하지 않았지. 아르퉁은 화폭에 차체 제작용 페인트건, 즉 보통 자동차에 색깔을 입힐 때 사용되는 도구를 써서 아크릴 도료를 분사했어. 덕분에 다양한 채색 지대들이 진동하는 것 같고, 먼지에 휩싸인 것 같고, 서서히 사라지는 것 같은 모습이 되지……"

"구름이나 안개의 물결 같아요……"

"그럴 만도 하지. 아르퉁의 미학을 말하면서 그를 '암영주의자'로 일컫곤 하니까. 형태의 흐릿한 윤곽선들은 시선을 빨아들이고, 시선을 휩싸고, 시선이 작품 한가운데로 잠겨들게 만들지. 이 점에서 아르퉁은 그의 친구 중 하나와 무척 비슷해. 마크 로스코라는 미국 화가인데, 둘은 이런 문제를 놓고 많은 얘기를 나눴어."

모나는 할머니를 생각하면서 오랫동안 말없이 있었다. 아이는 자문했다. 예술가는 어떻게 해서 자기 자신에, 자기 작업에 이르는 걸까? 한스라는 이름의 청년은 어떻게 해서 아르퉁이라는 천재가 되는 걸까? 무엇보다도, 어떻게 해서 콜레트 뷔유맹의 감탄을 불러일으킬 수 있게 되는 걸까?

"아르퉁이 제 나이일 때, 그는 뭘 했어요?"

"1차세계대전이 이제 막 발발한 때였지. 처음에 그는 목사가 되고 싶어했어. 굉장히 종교적인 성격이었거든. 하지만 이후에는 천문학을 공부하고 싶어 목사의 소명을 버리고 별 관측에 전념해. 이 그림을 감상할 때 그 사실을 떠올리면 흥미롭지. 작품이 내면성의 표현, 각각의 인간 존재를 가로지르는 명암의 표현으로 보이는 동시에 우주, 자연, 물질의 운동들에 깃든 신비의 비전 같기도 하거든. 넌 아까 서명 옆의 숫자를 지적했지. 이건 1964년의 작품이고, 그해는 '블랙홀'이라는 용어가 처음 쓰인 해란다…… 물론 아르퉁이 천체물리적 현상들을 일차적으로 모방해서 그렸다고 생각해선 안 돼. 그는 그걸 자기 고유의 언어로 번역하지."

"그후에는요, 하비?"

"아르퉁은 강인하고 굉장히 용감한 사람이었어. 독일인이었지만 2차세계대전이 발발하기 직전에 자기 나라에 맞서 싸우기로 결심해. 나치를 싫어했거든. 그는 프랑스 남서 지방에서 지하 운동을 했고, 스페인 쪽으로 몸을 숨겼고, 감옥에 또 수용소에 수감되었어. 마침내 1944년에 다시 전투에 나섰을 땐 지독한 부상을 입었지. 다리를 심각하게 다쳤고, 제대로 마취할 수 없는 상태에서 절단해야 했어. 고통을 상상할 수 있겠지. 유럽에 평화가 돌아와서 다시 그림을 그릴 수 있게 되었을 때, 그는 더이상 예전처럼 움직일 수 없었단다. 몸놀림이 그 무엇보다 중요한 예술에서는 상당한 제약이지…… 이 작품을 볼 때도 중요한 사실이야. 아르퉁은 그림을 계속하기 위해 온갖 도구, 특히 좀전에 말했던 차체 제작용 페인트건 등을 사용하면서, 혹은 전용하면서 자신의 방법을 새로 창안했거든."

"저는 확신해요, 아르퉁은 언제나 가장 아름다운 선을 긋고 싶었을 거예요. 그리고 저기, 그가 그린 건 완벽해요. 가운데의 저 세 선이요……"

"단, 정확히는 '그린' 선이 아니라 긁어낸 선이야. 아르퉁은 아크릴 도료가 채 마르지 않은 상태에서 칼날이나 주걱을 이용해 놀랍도록 절묘한 솜씨로 표면의 한 층을 벗겨냈어. 그러면 빛이 검은 더미를 찢으면서 나타나는 거지."

"구름 한복판의 번개처럼!"

"맞아. 사실 한스 아르퉁은 네 나이 때 폭풍우를 무서워했단다. 하지만 벼락의 지그재그를 아주 빠르게 그리는 데 성공하기만 하면 자기한테 아무 일도 일어나지 못할 거라고 생각했다고 해. 실상 그림의 메시지는 그거야. '번개처럼 가라!'"

"그러니까 저는 할머니가 왜 이 그림을 제일 좋아했는지 알겠어요." 모나가 결론을 내렸다. "할머니가 돌아가시기 전에 저한테 했던 말을 기억하거든요. '부정적인 건 잊어버려. 언제나 네 안에 빛을 간직하렴.'"

이 말에 앙리는 휘청했다. 늘 감정을 다스릴 줄 아는 그가 앉을 곳을 찾아야 했고, 한순간 기절할 것 같아 무서웠다. 모나가 그의 뺨에 입맞춤했다. 그는 미소 지었다. 그에게 무슨 일이 일어난 건가? 무덤 너머로부터 온 목소리인 양, 자신이 열렬히 사랑하던 아내가 소중한 손녀에게 했던 말을 들어서였나? 그래, 그것이었다. 하지만 그뿐만이 아니었다…… 모나가 구사하는 언어의 비밀이기도 했다. 그는 모나의 단어, 구문, 표현에 숨겨진 독특함이 뭔지 제대로 포착하지 못한 채로 다만 뭔가가 있다는 사실만을 절대적으로 확신해왔다. 그런데 그 독특함, 오래전부터 그가 단서를 찾아 헤매온 그 이상하고 매력적인 음악성의 속성과 원인이 드디어 드러났다는 생각이 들었다. 마침내 비밀을 발견한 건가? 대답하기 위해선 한 가지 방법밖에 없었다. 모나가 말하는 것에 계속계속 귀기울이며 가설을 확인해야 한다…… '참을성 있게 해야 한다.' 앙리는 속으로 말했다. 맥박이 정상적인 박자를 되찾았다. 거의.

47
안나에바 베리만
끊임없이 영점에서 다시 시작하라

모나는 그 프랑스어 선생이 확실히 싫었다. 그 사람 수업이 시작되자마자 배가 쥐어짜듯 아팠고 이내 그 사람이 없기를, 병이 나기를, 그보다 더 나쁜 일이 일어나기를 바라기 시작했다. 어휘나 철자 연습 문제를 제대로 준비하지 못했다는 생각이 들면 꼼짝없이 구토감이 몰려왔다. 둘 다 모나가 완벽하게 해내는 영역이었지만 그 사람에게는 그걸로 충분하지 않았다. 선생은 잔인했고, 아무것도 아닌 것으로 끊임없이 꼬투리를 잡아서 모진 말을 하고 쉬이 벌을 내렸다.

그렇게 되니 모나는 배운 내용을 익히지 않고 기계적으로 주워섬기게 되었다. 꾸지람이 너무 두려운 나머지, 지식을 자기 것으로 만들기 위해서가 아니라 처벌을 피하려고 공부했다. 그날은 자기가 고른 시 한 편을 암송해야 했다. 극히 어렵지만 유달리 아름답다고 생각되는 시를 골랐다. 그런데 그야말로 불가항력이었다. 열네 시행으로 되어 있는 소네트에서 도무지 열한번째 행을 넘어설 수가 없는 것이었다. 열한번째 시구가 장애였다.

수업종이 울리고 나서 몇 분 뒤에야 교실로 돌아갔다. 학급 친구들은 다 앉아 있었고, 우스꽝스러운 리본넥타이를 보란듯 매고 다니는 선생의 엄명으로 죽은 듯한 침묵만이 감돌았다.

"봅시다, 모나 학생. 드디어 왔군요……" 그가 모욕적인 어조로 말했다. "아니, 앉지 마세요. 문 앞에 서 있는 김에, 준비한 시를 우리에게 들려주세요! 잘해내면 자리로 가서 앉아도 됩니다. 그렇지 않으면 교장실 행에 나머지 공부입니다. 들어봅시다, 모나 학생."

"〈지나가는 여인에게〉, 샤를 보들레르." 소녀가 떨리는 목소리로 시작했다.

거리는 내 주위에서 귀가 멍멍하도록 아우성치고 있었다.
정식 상복, 장중한 고통을 갖춘 훌쩍하고 날씬한
여인이 지나갔다, 호화로운 손으로
꽃무늬 장식 치맛단을 들어 흔들며,

날렵하고 고귀하게, 조각상 같은 다리로.
나는 마셨다, 정신이상자처럼 경련하며
그녀의 눈, 태풍이 움트는 그 납빛 하늘 속에서
매혹하는 부드러움과 살인적인 쾌락을.

한 줄기 번개…… 그런 뒤 어둠!—순식간에 사라진 미인이여,
그 눈길로 나는 불현듯 되살아났건만

"자, 모나 학생. 우린 다음 부분을 기다리고 있어요. 지금으로선 번개라기보단 어둠인데요!"

다음 부분. 시의 다음 부분…… 정말 아름다웠는데…… 아 그래! 그거였어! 기억이 신묘한 비법으로 일으킨 모종의 작은 기적 덕분에, 모나는 이제 나머지 네 행을 되살려낼 수 있을 것 같았다. 빗장이 열렸다. 속이 시원했다!

다만…… 모나는 보들레르의 단어들을 그 선생에게 내주고 싶지 않았다. 그 사람은 그걸 들을 자격이 없었다. 그래서 놀라운 일을 감행했다. 확고한 목소리로 "한 줄기 번개…… 그런 뒤 어둠!—순식간에 사라진 미인이여, / 그 눈길로 나는 불현듯 되살아났건만"까지 다시 읊은 뒤, 아무 말도 더하지 않고 자진해서, 활기에 차서 대담하게, 경쾌하다 못해 거의 나는 듯한 걸음으로 교실을 나섰다. 모나는 나머지 공부 벌을 받으러 교장실까지 지그재그로 벼락처럼 나아갔다. 당돌했고, 환히 빛났다. 무엇보다도, 더이상 아무것도 두렵지 않았다.

◆

보부르 앞에서 한 청년이 가로세로 6미터의 거대한 황마 화폭을 바닥에 펼쳐놓고, 헝겊 뭉치로 갖가지 연한 색을 큼직큼직 펼쳐 묻히며 그림을 그리기 시작했다…… 젊은이가 작업하는 건 초상화였다. 그런데 누구의? 1초, 1초, 얼굴 모습이 점차 드러났다. 경이로웠다. 아무것도 없는 곳에서 솟아나 전체를 향해, 생기 있는 두 눈과 무성한 곱슬머리와 빽빽한 수염이 서서히 떠오르는 광경을 지켜보고 있자니 신기했다. 앙리가 미소 지었다. 그는 금세 초상을 알아보았다. 20여 분 끝에 청년은 화폭에 서명을 했다.

"신사 숙녀 여러분." 그가 외쳤다. "이렇게 해서 여러분 눈앞에 세계에서 둘도 없는 거두*가 나타났습니다. 36제곱미터니까요! 지금까지 조르주 페렉의 출현l'apparition이었습니다!"

군중이 박수를 쳤다. 조르주 페렉은 누구인가? 앙리 뷔유맹이 무척 좋아하는 작가로, 그의 책들은 특정한, 때로는 어마어마한 제약에 따라 집필되었다. 앙리가 모나에게 설명하길, 예를 들어 페렉은 『실종La Disparition』이라는 작품을 썼는데, 그 소설에는 알파벳 'e'가 전혀 쓰이지 않는다. 수백 쪽에 걸쳐 그 모음이 들어간 단어가 하나도 나타나지 않는 것이다. 전체 이야기는 어느 실종에 대한 것이었는데, 강제 수용소에서 죽은 자기 부모의 실종에 대한 은유였다. 모나는 할아버지에게 도전해보라고 부추겼다.

"하비! 오늘 저한테 작품을 설명할 때 하비도 제약을 하나 정해서 따라주세요! 모든 단어를 거꾸로 발음하는 건 어때요! 아니면 하비 마음대로 아무거나요!"

하지만 앙리는 단호한 고갯짓으로 거부했다. 그러더니 대답으로 영문 모를 소리를 했다.

"아니, 모나야, 안 돼…… 내 생각에는 오늘도 작품에 대해 얘기하면서 또 한번 조르주 페렉의 마땅한 후계자가 되어 보일 사람은 아마 내

---

* 프랑스어에서 '큰 머리'를 뜻하는 'grosse tête'에는 '명석한 두뇌'라는 비유적 의미가 있다.

가 아니라 너일 거야……"

모나는 찡그린 표정을 지어 보였다. 앙리가 이어 말했다.

"지난주에는 네 할머니가 좋아하던 작품을 보았으니까, 이번엔 내가 좋아하는 예술가를 보러 가는 건 어때?"

모나는 기쁨이 넘쳐나는 미소를 지었다.

"오, 좋아요!"

순전한 추상이라고 생각할 정도로 단순화된 형태였다. 일종의 오각형인데 불규칙하고 불룩했다. 이 검은색 도형이 단색의 흰 바탕 위에서 단연 두드러졌다. 세로 180센티미터의 널쩍한 화폭에 기름한 모양으로 뻗어 있었으나 꼭짓점이 상단 테두리에 완전히 닿진 않았다. 그것은 선박 뱃머리였고, 다만 배 앞에서 바라본 모습이 단축법으로 그려졌기에 선수재*의 모서리 선이 돌출부 없이 완전히 눌려 보이는 것이었다. 오각형의 두 옆면은 미미하게 휘어진 곡선으로 선체의 형태를 담백하게 모방했다. 선체가 물에 잠겨 있다고 상상한다면 흘수선이 그림 바닥 테두리에 위치하는 셈이었다. 미세하게 드러나는 비대칭과 어그러짐이 만들어내는 역동성이 있었다. 즉, 왼쪽 상단 각은 오른쪽 상단 각보다 조금 낮았고, 더욱이 오른쪽 상단 각은 아주 약간 화폭 바깥으로 삐져나가 있어 미묘하게 중심이 흔들리는 느낌을 자아냈다. 마지막으로 검은색에 대해 말하자면, 광택 없는 검은색이 아니라 빛나는 검은색이었고 전혀 균질하지 않았으며

---

* 배의 맨 앞쪽 끝이 되는 골재.

칠 자국이 사방으로, 특히 사선 방향으로 가로지르고 있었다. 그 자국들은 뱃머리의 존재감에 밀도를 더했고, 그 위에 내려앉은 빛은 조명의 각도에 따라, 혹은 전시 공간 속 관찰자의 위치에 따라 반짝거렸다.

화폭 앞에서 모나가 그렇게 많이 움직인 건 처음이었다. 왔다갔다하고, 팔짝팔짝 뛰기도 하고, 거의 춤을 추며 무수한 각도에서 그림을 살펴보았다. 모나는 몰랐지만, 이는 자기 작품을 보는 사람들이 가만히 있기보단 움직일 것을 바랐던 작가의 의도에 부합하는 것이었다. 반면 앙리는 한 발짝도 움직이지 않았다. 피곤을 느낀 그는 안나에바 베리만의 걸작이 뿜는 빛 다발로부터 전혀 벗어나지 않은 채, 33분 만에 족히 1킬로미터를 뛰어다니는 모나의 모습을 음미하는 것으로 만족했다. 지금부터는 무엇보다도, 손녀의 언어 속 비밀에 대한 자신의 가설을 확인하기 위해 문장 하나하나를 주의깊게 들어볼 참이었다.

"이건 거대한 그림자 같아요, 하비." 마침내 아이가 중얼거렸다.

"그림의 기원에 그림자가 있단다, 모나야…… 말하자면 그림의 '영점'이랄까."

"어째서요?"

"고대에 대 플리니우스가 이야기를 하나 했는데, 그게 흔히 시각 예술의 탄생 신화로 여겨져왔어. 칼리로에 신화라고 해. 그러니까 지금으로부터 약 2600년 전에 그리스 시키온에 살던 여자야. 칼리로에는 한 남자를 사랑했는데, 그가 외국으로 떠나게 되었어. 칼리로에는 남자의 형상을 간직하고 싶었지. 그래서 어떻게 그걸 얻어냈나? 등불 빛을 비추어 벽에 드리운 남자의 그림자 윤곽선을 따라 그렸어. 그렇게나 단순한 거야. 그림자는 말하자면 모델의 음화란다. 숯을 사용해 그 실루엣을 고정시키면 칼리로에는 다시 양화를 얻어낼 수 있는 거지."

"작가가 그 이야기를 알았다고 생각하세요?"

"확실해. 안나에바 베리만은 노르웨이 출신인데 인류의 문화, 문명, 신비에 관심이 많았고, 신화에 무궁무진한 호기심을 보였지. 아니, 온갖 신화들이라고 해야겠구나. 고대 그리스 로마 신화뿐만이 아니었으니까."

"저는요, 하비. 신화라고 하면 아르카디아를 그린 푸생의 작품이나 번존스의 〈운명의 수레바퀴〉처럼 인물과 디테일로 꽉 찬 작품들을 생각하게 돼요. 그런데 여기 이건 말레비치의 흰색 바탕 검은색 십자가에 더 가까워요!"

앙리는 수긍했다. 그러고는 모나에게 커다란 화폭에 최대한 가까이 가서 고개를 들어 꼭짓점을 바라보라고 했다. 아이는 그대로 했고, 그러자 아이의 몸이 수영하다 물길에 휩싸여 수면 위를 떠도는 사람 혹은 물에 빠진 사람의 위치에 자리하게 되면서 그 위로 이제 막 선박의 뱃머리가 덤벼드는 것만 같았다.

"시점이 이만큼 압도적이면," 앙리가 말을 이었다. "배가 무슨 비밀을 숨기고 있는지 전혀 알 수 없지…… 선장은 누구일까? 거기 누가 타고 있을까? 말할 수 없어. 그렇게 되면 여기 나아가는 건 더이상 한 척의 배가 아니라 하나의 수수께끼라고 해야겠지. 또 거기에 뒤죽박죽으로 실린 온갖 희망과 두려움이기도 하고. 스칸디나비아 지방의 민간전승에서 배는 무척 중요해. 배는 떠도는 죽음과 결부되곤 했어. 파도가 삼킨 어부들의 유령이 산 자들을 괴롭히러 온다고들 했지. 이 그림에서 안나에바 베리만은 그런 전설들을 암시해."

"그럼 또 오싹한 그림인 거네요!"

"다만, 북구 신화에는 환상적인 배도 있단다. 스키드블라드니르라는 이름인데, 최고의 배지. 두 난쟁이가 작은 나무 조각들로 절묘하게 만든 배야. 얼마나 큰지, 모든 신을 실어나를 수 있었지…… 그런데 그뿐만이 아니야. 항해하지 않을 땐 착착 접어서 헝겊 조각 하나 크기로 작디작게, 아주 압축적으로 만들어 주머니에 넣을 수 있단다!"

"와! 그건 진짜 멋진데요…… 확실해요, 베리만은 여기 스키드블라드니르를 그렸어요. 그러니까 우린 저 거대한 그림을 접어서 가지고 갈 수 있을 거예요."

"하지만 넌 이미 가지고 있단다, 모나야!"

"무슨 말씀이세요?"

"넌 네 머릿속에 그걸 가지고 있어. 단순해. 말레비치의 〈검은 십자가〉나 브랑쿠시의 〈공간 속의 새〉처럼, 하나의 작품이 조화롭고 단순한 방식으로 구성될수록 더 쉽게 담기지. 반면 페르메이르나 쿠르베처럼 디테일로 가득한 그림은 우리 정신에 그렇게 순순히 포획되어주지 않을 거야."

모나는 할아버지의 논증을 이해했다. 그렇지만 모나로서는 거의 일 년 전부터 보아온 작품 하나하나가 자기 안에 다 흡수되어 있다고 여겼다. 잘난 척하는 것으로 보이지 않으려고 아무 말도 하지 않았지만, 간략한 말레비치 혹은 브랑쿠시나, 복잡한 페르메이르 혹은 쿠르베나 마찬가지였다. 그 작품들 전체가 기억 속에서 거의 환각에 가까울 정도로 정확하게 그려졌다.

"하비가 안나에바 베리만을 그렇게나 좋아하는 이유는 뭐예요?"

"굉장히 자유로운 사람이었기 때문이야. 1920년대부터 테니스를 치고, 영화관에 가고, 사내아이 같은 모습으로 다녔어. 1931년, 스물두 살 나이에 운전면허증을 땄지. 여자 중에는 거의 아무에게도 면허증이 없던 시대에 말이야. 초년기, 특히 1930년대에는 일러스트레이터이자 캐리커처 화가로 두각을 드러냈는데, 재치가 넘치다 못해 당돌했어. 예를 들어 나치를 거침없이 놀려댄다든가. 그런데 2차세계대전이 큰 영향을 미쳤단다. 안나에바 베리만은 미국 화가 바넷 뉴먼 등과 함께 1945년 직후 폐허로 돌아간 세계를 목도했던 예술가 중 하나였지. 창작 활동은 더이상 전과 같을 수 없었어. 바넷 뉴먼의 표현에 따르면, '영점에서 다시 시작'해야 했지."

"컴퓨터 '리셋' 버튼을 누를 때처럼요?"

"응, 거의 그런 거야. 그래서 안나에바 베리만은 자신의 예술 기획을 송두리째 변화시켰어. 작품에서 인간의 모습을 영영 몰아냈고, 작품의 모티프를 아주 기초적인 어휘로 축소시켰지. 돌, 비석, 나무, 별, 절벽 등 자연이나 우주에 속하는 주제들만 그렸어. 작품에 금속판을 넣을 때가 많았고, 무엇보다도 황금비에 기반한 작품 세계를 구축했지. 1.618배, 완벽한 비율을 만들어내는 배수야."

"됐어요, 하비. 이번엔 제가 졌어요."

"설명하기 쉽지 않다는 걸 인정하마. 하지만 간단히 말하자면, 안나에바 베리만이 자기 작품을 제작하기 위해 아주 많은 기하학 연구를 했다고 생각하렴. 작은 부분 대 큰 부분의 비율이 큰 부분 대 전체의 비율과 같은 형태들을 추구했고, 그건 한없이 완벽한 조화감을 자아내지."

모나는 집중했다. 워낙 날카로운 인지력을 지녔기에 산술적인 법칙을 적용하지 않고도 그림 속에 있는 황금률의 맹아들을 본능적으로 알아볼 수 있었다. 그런데 그 뛰어난 눈 덕분에 할아버지를 앞지르기에 이르렀다. 지나친 추상을 피하기 위해 작가가 그 법칙을 어떻게 응용했으며 어떻게 변형시켰는지까지 알아본 것이다. 모나는 검은 뱃머리의 원형, 즉 정오각형을 머릿속에 떠올렸다. 모나 스스로는 몰랐지만 더없이 적확한 접근법을 택한 셈이었는데, 그 모티프는 황금비에 대한 안나 에바 베리만의 모든 연구에서 기초를 이뤘기 때문이다. 그런 다음 모나는 시각 심상 속에서 그 오각형을 서서히 변형시켜봤고, 그것이 길게 늘어나면서 선박의 뱃머리로 변신하는 방식을 파악했다. 그 변신에 약간의 변주를 가하면 비석, 산꼭대기, 지평선, 집 등등이 될 수도 있으리라.

"영점에서 다시 시작하자, 영점에서 끊임없이 다시 시작하자…… 베리만의 메시지는 그것이네요." 모나가 자신 있게 덧붙였다. "모든 걸 다시 세우기 위해, 영점에서 다시 시작하자."

"왜냐면 무엇도 난파되지 않고 무엇도 그저 잿더미로 돌아가지 않기에. / 그리고 대지가 열매에 이르는 것을 볼 줄 아는 이는 / 모두 잃는다 한들 실패로 동요하는 법이 없기에."

르네 샤르의 이 시구를 읊으며 앙리는 손녀의 손을 잡고 미술관 출구로 향했다. 모나는 생각에 잠겼다. 할아버지가 낭송한 시에 대해 설명해달라고 하는 대신, 스스로 조각을 맞춰 그 뜻을 알아내고자 했다.

아이는 특히 '모두 잃는다'는 것의 의미에 대해 자문했다. 모나 자신에게는 그게 뭘까? 할아버지를 잃는 것? 아빠를? 엄마를? 코스모스를? 그 모두를 한꺼번에 잃는 것? 기억을 잃는 것? 목숨을 잃는 것? 시력을 잃는 것? 그들은 몽트뢰유에 도착했다. 아이는 한 시간 전부터 전혀 입을 열지 않았다. 그러다 문득 그림을 보기 전에 있었던 일이 기억에 떠올랐다.

"하비, 보부르에 가기 전에, 제가 오늘의 작품에 대해 잘 말할 수 있을 거라고 하면서, 제가 더 그 사람의 뒤를 이을 만하다고 하셨죠, 그…… 아시죠, 'e' 없이 책을 쓴 사람요."

"조르주 페렉.『실종』."

"그래서 제가 그 사람을 이을 만했나요?"

"응, 모나야. 너는 과연 조르주 페렉의 후계자야. 그리고 그 모든 건 네 할머니의 문장에서 비롯되어 네게 이르렀지. 곧 설명해줄게, 이제 정말 곧이야."

앙리는 드디어 손녀의 언어 속에 숨겨진 비밀을 간파했고, 이 흡족함이 그의 입가로 올라와 내려갈 줄 몰랐다.

48
장미셸 바스키아
어둠에서 꺼내라

모나는 아빠 가게의 바닥에 엎드려 숙제를 하던 중이었고 코스모스는 등 위에 누워 있었다. 가게 입구에 나타난 엄마를 발견한 아이와 동물은 서로 짠 듯이 동시에 고개를 들었고, 제각기 본능적으로 뭔가가 잘못되었다고 느꼈다. 카미유의 찌푸린 이맛살을 보건대 유감스러운, 어쩌면 심각한 사건이 벌어진 것이었다. 카미유는 들어설 결심을 하기 전에 잠시 밖에 머물렀다. 폴이 나타나 카미유에게 다가가는 것을 보고 개가 짖었다. 마침내 그들이 들어왔다. 카미유는 모나에게 앉으라고 말하고 우중충한 얼굴로 뒤따라 앉았다.

"할아버지와 통화했어. 우리 얘기 좀 해야겠다, 모나야……"
"무슨 일이에요?"
"아, 엄마가 얼마나 미안한지 알아줬으면 해, 아가……"
"대체 무슨 일이에요, 엄마?"
"어떤 사람들은 자기 죽음을 선택해." 거의 들리지 않는 목소리로 카미유가 말했다.
코스모스가 또 낑낑거렸다. 모나는 숨이 멎는 줄만 알았다. 카미유가 감춘답시고 등 뒤에 든 공책 한 귀퉁이가 모나의 눈에 들어왔다. 자기 일기인가? 실명 발작 때부터 일어난 모든 일을 스스로에게 풀어 설명해보려고 내내 붙들고 쓴 그 일기? '하비' 곁에서 오랜 시간에 걸쳐 예술과 삶에 대해 천천히 배워온 얘기가 든 그 일기? 아무에게도 말하지 않고 할머니에 대해 조사한 내용을 써놓은 그 일기? 그 어둠과 자유의 일기를 엄마가 훔쳐본 건가?
"엄마." 무너진 목소리로 모나가 말을 더듬었다.
"오, 미안해, 내 아가." 카미유가 애원하며 감췄던 손과 들고 있던 빨간 공책을 내놓았다. "그러지 말았어야 하는 걸 알아. 네 비밀은 네 것이란 걸. 그런데 네 방에서 이걸 발견했고······"
"봤어요?"
카미유가 고개를 끄덕였다. 모나는 고함을 지르며 격분했다. 코스모스는 가구 밑에 들어가 납작하게 엎드렸다. 카미유는 얼른 다가가 딸을 달래보려 했다. 모나는 거부하며 스스로도 가능하리라 생각지 못했던 난폭한 몸짓으로 엄마를 밀어냈다. 배신감과 실망과 절망에, 고함을 지르고 또 질렀다.
"엄마는 빵점이에요. 빵점, 빵점, 빵점." 모나가 내질렀다.
"모나야, 들어봐······" 엄마는 설명하려고 했다.
하지만 모나에게는 들리지 않았다. 아이는 가게 문을 향해 돌진했다. 아주 멀리, 영영 달아나고 싶었다. 원망과 부끄러움과 슬픔과 후회가 뒤섞인 뭐라 형용할 수 없는 감정이 모나를 사로잡았다. 이윽고 다리가 풀려 보도에 주저앉으며 울음을 터뜨렸다.

엄마가 다 알게 된 것이다. 몇 달 전부터 할아버지와 함께 아동정신의학자가 아니라 미술관 작품들을 보러 갔음을 알게 되었고, 아마 그에 대해 얘기하려고 할아버지에게 전화를 했을 것이다. 두 사람은 대체 무슨 얘기를 했을까? 손바닥에 얼굴을 파묻고 있던 모나는 엄마와 아빠가 와서 자기 양쪽에 앉아 허리를 껴안는 것을 느꼈다. 폴이 말을 꺼냈다. 모나는 오열하며 아빠의 말을 들었다.

"모나야, 알다시피 나는 속내 얘기를 잘하는 사람이 아니야. 그래도 자, 우리가 널 자랑스러워한다는 걸 알아주렴. 근 일 년 전부터 네가 얼마나 씩씩했는지, 난 그게 정말 놀라워. 너는 아팠는데 절대 불평하지 않았어. 할아버지와 비밀이 있었는데 절대 밝히지 않았어. 넌 가족에 대해 의문을 품었는데, 그건 그럴 만한 일이었어. 게다가 너도 알지, 나는 콜레트 할머니를 무척 좋아했단다. 모든 사람들이 좋아했어. 비범한 여성이었지. 그리고 모나 너를 무척 사랑하셨지! 할머니도 널 자랑스러워하셨을 거야. 그뿐만이 아냐. 할머니와 너는 꼭 닮았어. 두 사람이 판박이처럼 똑같아."

"아가, 같이 그 얘길 해볼래?" 카미유가 소심하게 물었다.

모나는 침묵을 지켰다. 아빠의 말은 참을 수 있었고 귀담아들었다. 하지만 그 공책을 읽은 엄마는 한없이 원망스러웠다. 늘 자신을 지켜주리라 생각했던 엄마가 모욕과 고통을 안겨주는 사람이 되어버린 것을 생전 처음으로 목격하는 일보다 더 쓰라린 일은 없으니까.

그러니 모나와 엄마 사이는 결코 전과 같을 수 없을 터였다. 상실이 소녀를 강타했다. 애도할 시간이었다. 하지만 새로운 출발이기도 했다.

모나도 마음 깊은 곳에서는 그렇게 다짐했다. 그저 약간의 시간이 필요할 것이었다.

◆

그렇게 해서 모든 게 얘기되었기에, 앙리는 처음으로 모나를 그 부모가 알고 지켜보는 가운데 미술관에 데려갔다. 그는 모나의 부모에게 가감 없는 진실을 말했다. 48주 전부터 모나는 아동정신의학자에게 진료를 받으러 간 게 아니라 자기와 함께 작품들을 보러 다녔고, 이 미술관 방문이 수요일마다 정신 치료를 대신했다는 것. 카미유와 폴이 이 속임수를 알게 되었을 때, 그들은 한동안 어안이 벙벙했다. 모욕적인 거짓말과 배반당한 약속보다도, 모나의 유년기 일부를 놓쳐버렸다는 느낌이 그들에게는 충격이었다. 어마어마한 거리가 그들과 딸 사이에 가로놓여 있었다.

모나로 말하자면, 세상이 무너지고 있었다. 분노를 폭발시킬 수 없었던 모나는 돌연 어둠의 유혹에 빠져들었다. 그렇다, 어둠. 내밀한 영역이 침범당한 것을 견딜 수 없다고 느꼈기에, 아이는 암흑 속으로 기어들고 싶었다. 그토록 싫고 두렵던 어둠, 아무것도 보이지 않고 자기 역시 아무에게도 보이지 않는 것 같았던 실명의 고비, 그 잿더미 속 고립. 악에 받친 지금, 바로 그걸 갈망하고 있다는 사실에 스스로도 놀랐다. 적어도 어둠 속에서는 모든 게 사라질 테지, 아이는 생각했다. 보부르 근처에서 모나는 앙리에게 털어놓았다.

"하비, 가끔 저는 너무 슬퍼서 사라지고 싶어요."

죽음 충동을 드러내는 그 같은 표현에 노인은 질겁했다. 정신에 들러붙은 검댕에서 모나를 꺼내야 했다. 장미셸 바스키아의 훌륭한 데생을 보러 갈 시간이었다.

커다란 머리였다. 정확히는 머리 두 개. 4분의 3 각도로 그려진, 완전히 망상적이고 비례가 맞지 않는 얼굴이 일단 중심이었고, 그 뒤쪽으로 또다른 얼굴의 측면이 가려져 있었기 때문이다. 이 이중의 초상은 넓은 검은색 칠을 뚫고 붉어져 있었는데, 사각에 가깝게 아무렇게나 칠해진 이 검은색이 맨 종이 상태로 남아 있는 가장자리를 제외한 작품 전체를 차지했다. 어둠 한복판에서 솟아난 머리는 정중앙이라기보단 왼쪽 하단으로 약간 치우친 자리에 위치했다. 극도로 신경질적인 동시에 아이 같은 데생으로 여겨질 법도 했다. 선들은 잘게 토막 나 있거나 끊겨 있었으며 멋을 부린 구석이라곤 전혀 없었다. 중심 얼굴에서는 흰자가 노란색으로 빛나고, 동공이 크게 확장된 눈이 던지는 비대칭의 시선이 두드러졌다. 톱니무늬가 늘어선 두개골의 정수리 위로 가운데는 검은색, 좌우 양쪽은 바짝 깎은 초록색 머리가 곤두서 있었다. 얼굴은 여러 부분으로 나뉘어 있었는데, 특히 위쪽 부분의 경우 이마의 두 반구 사이에, 또 이마와 안와 사이에 선명한 구분 선들이 그어져 있었다. 빨간색으로 둘러싸인 노란색 눈, 파란색 얼굴 바탕, 회색과 초록색과 빨간색으로 칠해진 이마와 뺨 등 색깔이 칠해진 구역들에서 내갈긴 크레용 자국이 보였다. 뾰족하게 솟은 높은 코가 있었고, 그 아래에는 입술까지 내려오는 검고 혼란한 뭉치가 큼지막하게 카오스를 이루고 있었으며, 미소떤 채 벌린 입에는 긴 송곳니 두 개가 쇠창살처럼 질러져 있었다. 구도상 약간 더 왼쪽에 있는 옆얼굴로 말하자면, 턱이 중심 얼굴의 턱과 같은 높이에 있는 탓에 두 턱이 얽혀서 알아보기가 까다로웠다. 구강부에는 띄엄띄엄 이빨들이 늘어서 있고, 그 아래로 잔털이 부숭부숭한 턱이 있었다. 좀더 위, 팽팽한 줄 끝의 작은 구멍들은 모호하긴 해도 콧구멍처럼 보였다. 반면 안공이나 안구는 보이지 않았으며, 어쨌거나 관객을 노려보는 두 노란 타원의 광적인 안광에 맞설 만한 것은 전혀 없었다.

작품 앞에서 한참 머무르는 동안, 모나는 특히 검은 아크릴 물감 자국들을 살펴보며 넋을 잃고 거기에 빠져들었다. 그것을 발단으로, 이제까지의 미술관 방문에서 검은색이 깊은 인상을 남겼던 작품들을 떠올렸다. 렘브란트와 그의 명암법, 브누아의 〈마들렌의 초상〉, 고야, 쿠르베, 말레비치, 아르퉁, 베리만을 보면서였다.

"잔뜩 성이 나 있었네요, 저걸 그린 사람 말이에요." 굳은 얼굴로 모나가 말을 던졌다.

"성도 나 있었고 열성도 있었단다. 둘 다야. 예술가의 정체성을 알면 어느 정도 설명되는 부분이지. 장미셸 바스키아는 뉴욕 브루클린 출신이야. 흑인이었고. 당시의 미국 상황에서는 소외당하는 주변 계층을 영영 벗어날 수 없는 조건이었지. 하지만 그는 바로 그 주변성을 긍지로 만들었어. 비범한 예술적 재능 덕분이었지. 결국 전 세계에서 가장 널리 알려진 창작가 중 하나가 되었단다."

"그야 그렇겠죠, 여기 있는 걸 보면!"

"그래, 지금 그는 보부르에, 또 세계 각처의 온갖 중요한 미술관들에 있어. 하지만 작품 활동을 시작한 건 거리에서였단다, 상상할 수 있겠니. 그는 오늘날 그래피티 혹은 도시 예술이라 불리는 분야의 선구자 중 하나야."

"제가 말할 수 있는 건요, 작품이 거칠다는 것. 그리고 데생이 에너지를 뿜어낸다는 것 정도예요……"

"바스키아는 줄기차게 데생을 했는데 그때 쓰는 오일 크레용을 기이하게, 물론 일부러, 흔히 말하기로는 약간 '마비 환자'처럼 쥐고 그렸어. 약지에 끼웠거든. 그래서 크레용이 빗나가고 손에서 벗어나곤 했어. 마구 노는 크레용을 붙들어야 하는 형국이었지. 바스키아는 미친듯 내달리는 크레용에 주도권을 넘길 때가 많았어. 바탕 판에서 미끄러지는 크레용의 경로를 따라가기도 하고 수정하기도 하면서 작업하는 거야. 그게 저 머리의 에너지를 설명해주지."

"저 머리라고요? 두 머리라고 해야죠, 하비!"

"맞아, 중심 머리가 하나 있고 보조격 머리가 또하나 있지. 흰색의 옆모습은 뒤로 밀려나 있어. 4분의 3 각도의 중심 머리가 옆모습 머리와 약간은 포개져 있지만 아예 가려서 안 보이게도 하니까. 중심 머리에는 몇 가지 특징이 있지. 빨간색, 초록색, 파란색, 회색이 얇게 칠해진 판 여러 개를 이어붙인 가면을 쓰고 있는 것처럼 보이고, 까만 부분은 거칠게 그린 콧수염 같기도 하지만 검은 피부 같기도 해. 그러니까 저 머리는 투구 때문에 누군지 알 수 없는, 어쩌면 정체를 숨기고 있는 남자를 암시할 수도 있고, 아니면 한나 회흐의 작품에서 봤던 것 같은 비서양 문명의 가면을 암시할 수도 있고, 아니면 흑인 남자를 암시할 수도 있어. 어쨌거나 저 머리의 정체는 불분명해. 약간 불안하게 만드는 머리이기도 하지, 안 그러니?"

"맞아요, 입이 정말 괴상하니까요…… 흡혈귀나 짐승 주둥이를 떠올리게 하는 긴 이빨이 두 개 있고요. 게다가 입천장 깊숙한 곳, 목구멍이 시작되는 부분에는 조그맣게 빨간 창살을 그려넣었어요…… 그리고 무엇보다도, 저 노란 눈이 있죠. 저건 진짜 무서운 것 같아요."

"무서울 만도 해, 모나야. 당시 널리 퍼졌던 마약 유행을 생각나게 하거든. 불행하게도 바스키아 역시 마약에 빠져들었고. 1980년대 뉴욕에서는 무수한 젊은이들이 의식을 뒤흔들고 깨우기 위해 대량의 향정신성 약물을 흡입했어. 그러면 그들은 행복감을 느꼈지. 또는 아주 차분해진 기분을 느끼거나, 또는 끝내주게 강해졌다고 느끼거나……"

"그 말은, 바스키아가 이 그림으로 마약 선전을 한다는 거예요?"

"어떤 의미에서는 그럴 수도. 마약의 힘을 증언하니까. 마약은 인간의 지각력을 넘어설 수 있게 해주고, 보다 강렬한 존재감을 느끼게 해줘. 하지만 바스키아는 마약중독으로 고통받기도 했어. 대체로 말하자면 남용의 대가를 크게 치렀다고 해야겠지. 이제 저 기상천외한 머리와 그 뒷면에 포개진, 듬성듬성한 이빨의 옆모습을 보렴. 저 두 얼굴은 매혹적인 동시에 혐오스러워."

"맞아요. 게다가 왼쪽에 부분적으로 보이는 얼굴은 무슨 해골 같아요."

"정확해. 사실 바스키아는 두개골을 자주 그렸어. 그와 무척 친했던 앤디 워홀도 그랬고."

"아, 그 사람. 이름을 어디서 들어본 것 같은데……"

"앤디 워홀은 1960년대부터 나타난 '팝 아트'라는 운동의 중심인물이고, 바스키아의 막대한 후원자였어. 두 사람 모두 두개골 모티프를 애용했다는 사실은 흥미로워. 그보다 앞서 활동을 시작한 워홀과 마찬가지로, 장미셸 바스키아는 어린 시절에 병원 신세를 져야 했단다. 소년 시절에 뉴욕의 가난한 구역에서 살았는데 차 사고를 당했거든……"

"프리다 칼로를 떠올리게 하네요."

"적절해. 하지만 차 사고가 났을 때 바스키아는 프리다 칼로보다 더 어렸어. 1968년 5월, 고작 일곱 살이었단다…… 심각하게 다쳤고, 무엇보다도 비장을 제거해야 했지. 회복기 동안 소년은 어느 해부학 책 한 권에 빠져들었단다. 그걸 보면서 신체 이미지들에 대한 열정적인 관심을 키웠다고 해. 또 그는 미술관, 특히 뉴욕 메트로폴리탄 미술관을 엄청나게 자주 다녔어. 워홀과 마찬가지로 바스키아는 회화사에 아주 정통했단다. 그러니 이 그림에서 바니타스*라는 전통적 장르의 영향을 읽어낼 수도 있지. 충분히 가능한 얘기야."

"정말, 하비! 바스키아의 이 작품을 루브르에 있는 고야의 잘린 양 머리가 나오는 정물화 옆에 갖다 걸어야 해요! 그 작품도 검은 바탕이고, 거기 있던 콩팥 두 개는 저기 보이는 노란 두 눈과 비슷해요. 그리고 저기, 정중앙에 빨간 '7'이 있는데……"

앙리는 한동안 손녀가 뭘 말하는지 알 수 없었다. 모나는 작품의 한 부분, 실제로 숫자 '7'처럼 보이는 부분을 주목한 것이었다. 구도상 오른쪽 두개골의 모서리 부분에 있는 왼눈 테두리, 둥근 대갈못으로 접합

---

* '죽음의 필연성'을 상기시키는 정물화의 상징. 주로 두개골, 썩은 과일, 연기, 시계 등을 통해 생의 덧없음을 암시한다.

부를 고정한 판을 말하는 것이었다. 바로 이 부분에 핏빛 크레용 자국이 가득하고, 세포나 혈구 같은 자잘한 동그라미들이 모여 있었다…… '7'자가 문득 선명하게 두드러졌다.

"그렇구나, 모나야…… 계속하렴!"

"그러니까 보세요, 하비. 바스키아는 뇌의 저 부분이 굉장히 뜨겁게 달아오르는 것을 보여주고 싶었던 거예요! 노란색 시선과도 맞아떨어지죠. 저 머리는 끓어오르기 시작해요. 불이 붙은 거예요."

아이의 타당한 지적에 앙리는 말문이 막혔다. 반은 기계고 반은 생체, 반은 인간이고 반은 동물, 반은 흑인이고 반은 백인인 저 머리는 과연 불타고 있었다. 게다가 바스키아가 그렇게 부각한 건 뇌의 왼쪽 반구, 즉 언어와 단어를 관장하는 부분인데, 원래 그래피티 예술가였던 바스키아는 언어와 단어를 무척 중요시했다. 앙리에게 숫자 '7'은 바스키아가 사망한 나이와도 조응했다. 그는 약물 과다복용으로 27세, 더없이 신화적인 나이에 죽었다.

"내면의 불로," 노인이 다시 말하기 시작했다. "이 작품은 그 안에 자체의 빛을 지닌 눈, 암흑을 벗어나는 눈을 보여줘. 그것이 보여주는 건 어둠에서 빠져나오는 얼굴이야. 장미셸 바스키아의 예술 전부가 바로 그것이란다. 그는 뉴욕의 도시 문화를 어둠에서 꺼냈어. 그래피티를 어둠에서 꺼냈고, 미국 흑인들의 창작 활동을 어둠에서 꺼냈지. 그들의 다양한 출신, 노예제도부터 인종분리정책에 이르는 그들의 고통스러운 역사를 어둠에서 꺼냈어. 그들의 유명한 투사들, 가령 권투선수나 재즈 연주자, 또 물론 그 자신 같은 투쟁자들을 어둠에서 꺼냈고. 바스키아는 어둠에서 어둠을 꺼냈단다."

"어둠에서 꺼내라." 모나가 숙연하게 동의했다.

보부르에서 빠져나오면서 앙리는 손녀가 쓰는 언어의 수수께끼를 털어놓을 뻔했다. 그러나 애써 참았다. 그러기에 좋은 상황이 아니었다. 좀더 나은 날을 기다려야 할 터. 모나로 말하자면, 파리의 벽들에 난입한 그래피티를 사방에서 발견하며, 그중 몇몇은 바스키아처럼 훗날 세계적인 미술관 중 하나에 들어가게 될 예술가들이 그려놓은 게 아닐까 생각했다.

49
루이즈 부르주아
아니라고 말할 줄 알아야 한다

며칠 동안 모나는 엄마 아빠에게 전혀 말을 하지 않았다. 특히 카미유가 하는 말은 단 한 마디도 들으려 하지 않았다. 뿐만 아니라 자기 방도 끔찍해했는데, 엄마가 와서 방을 뒤지는 모습을 곱씹었기 때문이다. 그래서 방을 완전히 뒤바꿔야겠다고 느낀 소녀는 조금이라도 장난감 비슷한 물건은 다 치워버렸다. 요컨대, 비워냈다.

그 대대적인 난리법석에서 모나는 지난 삼 주간 까맣게 잊고 있었던 스프링 서류철을 우연찮게 발견했다. 〈모나의 눈〉. 반 오르스트 선생의 진찰 보고서였다. 그리고 모나는 이해했다. 엄마가 모나 몰래 방에 와서 찾아내려 했던 건 분명 다른 무엇이 아니라 이것이었다. 그런데 이 문서를 발견하지 못해서 그와 똑같이 표지가 빨간 일기를 낚아챈 것이었다.

모나는 보고서를 펴서 '어른처럼' 훑어보았다(자기 자세를 돌아보면서 아이가 생각한 바에 따르면 그랬다). 자신이 의사와 함께 거쳐온 모든 일이 그 안에 있었다. 모나가 해독하려고 한 건 특히 마지막 페이지, 재발 가능성에 대한 의사의 결론이었다. 정말이지 무슨 외계어 같았다. 주로 언급되는 건 '심리적 트라우마' '이례적 수준의 시각 능력'이었다…… 모나는 엄마 아빠에게 얘기를 해볼 작정으로 부엌에 있던 그들에게로 갔다. 딸의 손에 들려 있는 서류철을 본 카미유는 안심했고, 동시에 걱정했으며, 무엇보다 조바심이 났다.

"엄마, 아빠…… 두 분께 제 얘기를 하는 건 저였으면 했어요…… 있었던 일 모두를 제가 말하고 싶었어요…… 그러니까 뭐냐면요……"

그리고 모나는 몹시 강렬했던 한 해의 긴 얘기를 시작했다. 묻혀 있던 과거 한 부분이 튀어나오고, 현재에 불이 붙고, 미래가 어두워졌던 한 해였다.

"반 오르스트 선생님은 무엇이 시력 상실을 유발했는지 되짚어볼 수 있도록 저를 최면 상태로 이끌었어요. 그러다가 실은, 어느 순간 할머니가 기억에 되살아났어요. 특히 할머니랑 사람들이 마지막으로 작별 인사를 했던 때를 생생하게 기억해요, 제 생각에는요. 식탁에 되게 많은 친구 분이 있고, 다 같이 할머니를 위해 건배하던 식사 자리가 끝나고 난 다음이었어요. 그리고 엄마는 제가 기억하기로 할머니한테, 또는 그 비슷한 뭔가에 이상하게 화가 나 있었어요. 그러고 나서 또, 할머니가 저한테 오셔서 굉장히 다정하게 계셨던 것, 저한테 할머니 펜던트를 주신 것, 정말 근사한 말을 해주셨던 걸 기억해요…… 그 말이 기억에 되살아났고, 저는 이제 그걸 이해한다고 생각해요. 할머니는 제 목에 펜던트를 걸어주셨고 미소 지으며 속삭였어요. '부정적인 건 잊어버려, 내 아가. 언제나 네 안에 빛을 간직하렴.'"

이번에는 카미유가 울었다.

"그래서 저와 반 오르스트 선생님은, 제가 할머니를 마지막으로 본 그때와 제 눈의 불안한 상태 사이에 뭔가가 있다고 느꼈어요…… 그리고 이제 저는 알아냈다고 생각해요. 이 펜던트예요…… 이것 때문이었어요. 모든 게 고작 줄 하나에 달려 있었던 거예요."

쇄도하는 감정에 압도된 카미유는 딸이 일 년 동안 헤쳐와야 했던 그 먼 길을 헤아리면서, 콜레트 뷔유맹의 죽음이라는 그 엄중한 터부를 깨자고 비로소 마음먹었다. 왜냐면 이제 모나는 모든 것을 받아들이고, 모든 것을 알 준비를 갖췄기 때문이었다. 모든 것을 볼 준비를.

◆

이번에야말로 앙리는 모나에게 모나 자신이 구사하는 언어의 수수께끼, 표현법의 나직한 음악에 대해 속시원히 말해줄 참이었다…… 그 미스터리는 삼 주 전에 이미 풀렸다. 마음 깊은 곳에선, 그들이 함께 본 작품들 하나하나 앞에서 손녀가 했던 말을 모조리 다시 들어보고 싶었다. 모나의 평, 분석, 질문을 만끽하고 싶었다. 조르주 페렉에 견줄 만한 그 독특함을 이제는 의식하면서 들을 수 있을 테니까. 물론 마법을 깨지 않고 아이와의 대화를 계속해나갈 수도 있을 터. 하지만 그는 그 수요일에 모든 것을 훤히 드러내기로 결심했다.

이를 위해 그는 넥타이를 맸다. 모나는 할아버지가 이 넥타이를 맨 것을 본 적이 없었다. 아주 신기한 넥타이였는데, 빨간색 직물 전체가 다양한 폰트의 노no라는 단어로 뒤덮여 있었기 때문이다. 자선 목적으로 생산된 이 한정판 넥타이는 예술가 루이즈 부르주아의 작품이었다. 앙리가 이런 의상을 차려입은 건 물론 그 비범한 여성에 대해 얘기할 작정이었기 때문이다. 감싸 보호하는 포즈의 거대 거미(직조기술자였던 자기 어머니를 상징한다) 조각으로 전 세계에서 유명한 예술가였다.

거대한 삼나무 통으로, 높이 4미터가 넘는 원형 저수통인데 위로는 열려 있었다. 이 구조물 양쪽에 문이 두 개 있었고, 그중 들어가는 쪽 문 위에는 금속 띠에 다음과 같이 적혀 있었다. '예술은 제정신을 보장한다Art is a guaranty of sanity.' 통 속으로 들어가면 방이 있다. 직경 4미터의 마룻바닥 위에 텅 빈, 음산한 침대 틀이 하나 있고 그 위에 액체가 고여 있었다. 침대를 둘러싼 네 개의 쇠기둥이 받침대 위에 세워져 있었다. 그 기둥들에서 직각으로 뻗어나온 가느다란 가지들 끝에, 하나같이 곡선형이되 크기는 각기 다른 유리 용기와 유리관이 잔뜩 매달려 있었다. 플라스크, 응축관, 증류관 등 대략 오십여 개였다. 이 장치에서 침대 프레임으로 물이 떨어지면 기화된 물이 그 장치에 응결되어 모이는 식으로 폐쇄회로를 이뤘다. 침대 맞은편 내벽에 바짝 붙은 자리에는, 유방 두 개를 십자로 겹친 모양의 설화석고 램프가 바닥에서 부드럽게 떨리는 빛을 내고 있었다. 입구 왼쪽, 문 바로 옆에는 거대한 검은 외투가 걸려 있었고, 그 발치에는 커다란 고무공 두 개가 있었다. 두 고무공은 같은 색에 같은 크기로, 직경 60센티미터 정도였다. 외투 속에는 자수 놓인 블라우스가 입혀져 있는데, 속에 겨를 채워넣어 불룩해진 형상이었다.

블라우스에 세로 두 줄로 각각 프랑스어 '감사merci'와 영어 '자비mercy'라는 단어가 수놓여 있었다. 입구의 고무공 두 개 맞은편에 똑같은 크기의 공이 두 개 더 있었는데(즉 공은 총 네 개였다) 이것들은 나무공이었다.

나무통 주위를 10여 분간 빙빙 돌고 나니 모나는 더 참을 수가 없었다. 작품 안쪽으로 갈 수 없게 굵은 줄 두 개가 가로막고 있었지만, 모나는 경비원이 보지 않는 사이에 슬쩍 안으로 들어가 램프 바로 옆에 쭈그려앉았다. 빛나는 두 개의 젖가슴이니까, 모나는 그 램프가 조각가 자신일 거라고 생각했다. 동그랗게 몸을 말아 최대한 작게 웅크렸더니 지척에 늘어선 네 개의 나무공과 고무공만큼이나 작아졌다. 앙리는 알람이 울리지 않는 것에 안도하며, 모나가 작품 안에서 작품을 바라보고 감격할 수 있게 놔뒀다. 마침내 입을 열었을 때도 손녀가 들키지 않고 그 특별한 자리를 누릴 수 있도록 속삭여 말했다. 소리 울림이 깊은 숲속 오두막집 같았다.

"예술 작품에 정해진 규격이 없다는 걸 알겠지. 루이즈 부르주아의 작품은 구조물, 심지어는 작은 집 정도의 규모를 취하기도 해. 작가는 그걸 '독방'이라고 부르는데, 그의 작품 세계에서 각각의 독방은 하나의 자화상이야. 다만 렘브란트나 프리다 칼로의 그림처럼 신체 외부를 보여주는 게 아니라 머리 내부를 펼쳐 보이는 자화상인 거지. 문으로 들어갔을 때 너는 루이즈 부르주아의 얼굴 피부를 꿰뚫고 뇌 속에 머무르게 된 거야."

"죄송하지만, 하비." 모나가 속삭였다. "보통 뇌는 커다란 호두랑 비슷해요. MRI에서 제 뇌를 본 적이 있어서 알아요. 이건 제가 보기에 그보다는 저수통에 가까운데요……"

"사실 저수통이야! 뉴욕의 옥상들에서 흔히 볼 수 있는 저수조를 개조한 것이지."

"아! 바스키아의 도시죠!"

"그리고 루이즈 부르주아의 도시지…… 1911년 프랑스에서 태어나 자랐지만 1938년 미국에 완전히 정착했거든. 향수병을 겪어야 했지만 말이야……"

"향수병이요? 어쩌면 사실은 멜랑콜리를 가졌는지도 몰라요." 오르세 미술관에서 에드워드 번존스의 작품을 보면서 끌어낸 메시지를 떠올리며 모나가 말했다. "이 방 안을 보셔야 해요, 하비. 여기 이 병들, 갖가지 플라스크마다 물이 흘러나와요. 눈 뒤에 있는 회로들, 그러니까 눈물을 쏟아내는 회로들을 보는 것 같아요. 저는 루이즈 부르주아의 눈 속에 있는 거예요, 하비!"

"맞아, 침대를 둘러싼 그 유리 설비 일체를 몸속 회로와도 같은 것으로 볼 수 있지. 눈물, 피, 침, 젖 등의 액체가 거기에서 순환하고…… 그건 아주 귀중한 액체들이야. 생명과 신체를 유지해주기 때문이고, 더 중요하게는 그것들이 강렬한 감정들을 드러내주기 때문이야. 배고픔, 목마름, 두려움, 사랑."

"엄청나게 바보 같은 소리를 한다고 생각하실 테지만요, 하비, 침대 위에 액체가 고여 있는 걸 보았을 때 제가 가장 먼저 생각한 건 밤에 자면서 아프거나 무서운 때들이었어요. 그럴 땐 흠뻑 땀을 흘리고, 게다가 가끔은, 에이, 잘 아시죠, (모나는 미소를 지었다) 어릴 때는……"

"……침대에 오줌을 싸고, 심한 부끄러움을 느끼지. 바로 그거야, 모나야. 그게 바로 루이즈 부르주아가 다루는 주제야. 우리의 제어력을 벗어나 덮쳐들던, 어렸을 적의 다양한 감정과 감각을 말하고 있지. 제목이 말하듯 그 액체들은 소중해. 감정을 배출할 수 있게 해주니까."

"어렸을 적이라고 하셨는데요, 그치만 이건 어른 방 같아요. 무슨 미친 과학자의 실험실이거나…… 오, 하비! 이리 안으로 들어오세요! 보면 아실 거예요. 무서울 것 같지만, 실은 꽤 편안해요!"

앙리는 망설였다. 보부르의 전시실 어디에도 오가는 사람은 없었고 경비원은 졸고 있었다. 하지만 그는 그 작품이 모나의 영지로 남아야 한다고 판단했다…… 그는 다시 말했다.

"거기엔 어렸을 적에 느끼는 온갖 불안이 떠돌아. 그런데 거기에서 불안을 예방하거나 치유할 수도 있어. 그러니까 은신처이기도 해. 사실 입구 위에 새겨진 문장도 그래. 내가 밖에 있으니 읽어줄게. '예술은 제정신을 보장한다.' 창조하는 일, 창조물을 바라보는 일은 광기를 예방할 수 있게 해줘."

"그런데 루이즈 부르주아는 왜 미칠 것 같았어요?"

"누구에게든 어린 시절이란 무수한 오해, 불만, 트라우마로 이뤄져 있기 때문이지. 그런 경험들이 꼭 특별나게 드라마틱하거나 폭력적이란 법은 없어. 대부분의 경우 거의 느껴지지 않을 정도로 희미해. 하지만 잘 감지되지 않는 만큼 더 무섭지. 말할 수 없다는 금기가 그것들을 감싸고 있으니까. 루이즈 부르주아는 네 나이 때 자기 집에서 고통스러운 뭔가와 맞닥뜨렸어. 그 자체는 전혀 심각할 것 없는 일이었지만, 치유되지 않는 상흔을 남기기엔 충분히 힘든 뭔가였지."

"그게 뭐였는데요?"

"아버지가 애인들을 집으로 데려오곤 했어. 당연히 루이즈의 엄마는 무척 힘들어했고. 그런데 겉보기에는 아무렇지도 않았어. 실제 루이즈 부르주아에게 젊었을 때 운이 좋았다고, '금빛' 시절을 보냈다고 얘기하는 사람들도 자주 있었지. 하지만 아버지의 행동은 루이즈 부르주아를 평생 불안정하게 만들었어."

"이해돼요…… 분명 사랑은 있는데 거짓말도 있었기 때문이에요." 모나가 속삭였다. "그리고 그건, 절대 금지거든요(모나는 절대 금지라는 말을 또박또박 힘주어 발음했다)."

오랫동안 가만히 머물러 있던 모나는 위험을 무릅쓰고 일어나 안에서 돌아다녔다. 발소리를 죽이고 커다란 외투 근처로 살그머니 다가갔다. 외투 안에는 속에 겨를 넣어 부풀리고 자수가 놓인 블라우스가 있었다. 모나는 그 요소의 양면성을 온전히 느낄 수 있었다. 남근 형태의 외투는 불안감을 자아냈지만, 하기에 따라서는 그걸 길들일 수 있었고, 그 안으로 파고들어 불안을 다스릴 수도 있었다. 앙리는 작품의 성적 상징들에 대해선 아주 우회적으로만 언급했지만, 앙리 없이도 모나는 충분히 알아챌 수 있었다. 옷 아래 고무공이든 오른쪽의 나무공이든, 네 개의 공은 남성적 부권을 가리켰다. '감사' '자비'라고 수놓인 블라우스는 상충하는 두 감정 사이에서 오락가락하는 어린 시절을 나타냈다. 한편에는 아버지를 비롯한 여느 어른들에게 고마워하는 감정이 있다. 다른 한편에는 스스로가 권위의 처우 아래 놓여 있다는 감정, 자비를 빌어야 하는 존재라는 감정이 있다.

"하비, 사실 저는 여기서 살 수 있을 것도 같아요. 편안해요. 내 집처럼 느껴진달까요! 마법 같아요."

"네가 그렇게 느낀다니, 루이즈 부르주아가 들었다면 기뻐했을 거야. 있지, 1992년에 이 작품을 설치했을 때 루이즈 부르주아는 거의 내 나이였어. 그리고 네 나이일 때 겪었던 삶의 순간들을 이 방으로 나타냈지. 루이즈 부르주아는 이렇게 말했어. (그는 기억나는 대로 인용했다.) '내 어린 시절의 마술은 전혀 사라지지 않았다. 그것의 수수께끼도, 그것의 비극도, 전혀 사라지지 않았다.' 네가 그런 장소에 쳐들어가줬으니 작가에겐 영광이지. 하지만 이제 나오렴, 경비원이 낮잠에서 깨어나려는 것 같다……"

"알겠어요…… 루이즈, 안녕!"

모나는 가만가만 독방을 떠났다.

"그러면요, 하비, 오늘의 메시지는 결국 뭐예요?"

"오늘의 메시지는 내 넥타이에 쓰여 있어, 모나야."

"그건 또 무슨 말씀이세요?"

"내 넥타이는 2000년에 만들어졌고, 뒷면에는 섬세한 바느질로 박아 넣은 루이즈 부르주아의 서명이 있단다."

앙리는 서명을 보여줬고, 모나는 완전히 반했다.

"할머니한테서 받은 거죠, 확실해요!"

"맞아, 할머니가 준 선물이야, 근사하지. 이 넥타이는 루이즈 부르주아가 1970년 초에 작업했던 연작을 바탕으로 만들어졌어…… 거의 아무도 모르는 연작이야. 잡지들에서 이 짧은 단어, 단순하기 그지없는 말인 노no를 오려내서 그 글자들을 이런저런 바탕에 붙이는 식으로 작업한 것이지. 그렇게 해서 나중엔 이 순전한 부정문으로 완전히 뒤덮인

3부 보부르

판들이 만들어지는 거야. 노, 노, 노, 노……"

"그래서요?"

"그래서, 바로 그게 루이즈 부르주아의 메시지야. 아니라고 말할 줄 알아야 한다."

모나는 갑자기 어쩔 줄을 몰라했다. 그 메시지, 그 분명한 메시지가 모나의 귀에는 너무나 거슬려서 따라 발음할 수조차 없을 정도였다. 모나는 입을 다물고 가만히 있었다. 그리고 이 침묵이야말로 모나의 언어 속에 내내 숨겨져 있던 비밀에 대한 증거였다. 모나는 말을 할 때 부정 표현을 일절 사용하지 않았다. 바로 그게 앙리가 발견한 것이었고, 바로 이 순간에 철저히 확인하게 된 것이었다. 그러니까 아이는 몇 시간이고 떠들 수 있었고, 그러면서 온갖 긍정문, 감탄문, 의문문을 말할 수 있었지만 부정문은 전혀, 절대로 사용하지 않았다. 마치 뇌의 환상적인 조처에 따라 생각이 저절로 **아니다, 않다, 못하다**라는 그림자가 드리워진 문장을 피해 다니는 것 같았다. 모나가 '그건 불가능해요'라고 말하는 건 가능했다. 하지만 '그건 가능하지 않아요'라고 발음하는 건 불가능했다. 마찬가지로, 뭔가를 '모른다'고는 언제든 단언할 수 있지만 '알지 못한다'고 말할 수는 없었다. 그 기상천외한 문법 연금술이 모나의 뇌 프로세스에 속속들이 작용해 고유한 어법을 만들어내기에 이른 것이다. 그렇다면 그 연금술은 어디에서 온 것인가? 앙리가 대답했다.

"네 할머니에게서 온 거야, 모나야. '부정적인 건 잊어버려, 내 아가. 언제나 네 안에 빛을 간직하렴.' 그 마지막 말의 작용이 너무 강력해서 네 무의식 속 가장 깊이 파묻혀 있는, 가장 근본적인 층까지 스며든 거야. 그런 다음 네 무의식이 너를 축조하고 빚어낸 거지. 거기엔 네 말투도 포함되고. 네 안에 빛을 간직하기 위해, 너는 부정적인 것을 은폐해 버렸어…… 하지만 이제는 모나야, 아니라고 말할 줄 알아야 해. 알겠니?"

"네, 하비."

50
마리나 아브라모비치
이별은 붙잡아야 할 기회다

프랑스어 수업에는 어휘 학습 시간이 있었고, 그 과제 활동 중 하나로 학생들은 드물게 사용되는 단어를 골라 구두 발표 형식으로 가능한 한 완벽한 정의를 내려야 했다. 모나는 학급 친구들이 '나이아스' '간살' '천방지축' 등에 대해 설명하는 것을 들었다. 그러다 자신의 차례가 되었다. 선생은 무시하는 투로 모나에게 말했다.

"자, 모나 학생 차례입니다. 일어나세요. 무엇에 대해 우리에게 연설을 베풀 건지부터 말해주세요."

모나는 주먹을 꽉 쥐고 고개를 빳빳하게 들었다.

"'안락사'입니다." 이렇게 대답한 뒤, 모나는 졸음에 겨운 교실을 향해 단어의 철자를 댔다.

선생이 한쪽 눈썹을 치켜올렸다. 모나는 호흡을 가다듬었다.

"'안락사'란 누군가가 굉장히 아프고 낫는 게 불가능하다는 걸 알게 되었을 때 죽음을 선택하는 것입니다. 예를 들어 아주 늙었을 때, 고통이 심할 때, 삶이 선사하던 행복한 순간들을 맛보는 게 더는 불가능해질 때입니다. 특별하고 굉장히 용기 있는 행위입니다. 그리고 자살과는 약간 다릅니다. 누군가가 안락사를 맞이하는 건 친지, 가족, 의사와 얘기를 마친 다음입니다. 그것이야말로 삶을 사랑하기에 할 수 있는 선택입니다. 삶을 사랑할 때는 그것이 끝까지 아름답기를 바라고, 죽을 때 존엄하기를 바라기 때문입니다."

모나는 학급 친구들이 감전당한 듯 일제히 자기를 쳐다보고 있음을 알아차리고 잠시 말을 멈췄다.

"안락사는 몇몇 국가들, 가령 벨기에에서는 허용되지만 다른 많은 국가, 특히 프랑스에서는 금지되어 있습니다. 거기엔 몇 가지 이유가 있습니다. 많은 의사가 안락사는 자신들의 직무와 반대된다고 말합니다. 그들의 일은 치료하는 것이니까요. 또 종교계에서도 대체로 반대합니다. 죽는 순간을 선택하는 건 오직 신이라고 생각하기 때문입니다. 그래서 어떤 사람들이 나섰는데, 그중에는 신을 믿는 사람도 있었습니다. 그들은 안락사란 인간적인 행위라고, 또 인간은 죽을 때 자유로울 권리가 있으므로 안락사에 대한 권리도 인정해야 한다고 강력하게 주장했습니다. 이 사람들을 두고 투쟁가라고 말할 수 있습니다. 그들이 싸우는 건 존엄하게 죽을 수 있는 권리를 위해서입니다."

모나는 말을 마치고 자리에 앉았다. 첫번째 줄에 있던 학생이 '존엄성'이 무슨 뜻인지 물었다. 모나가 대답했다.

"어떤 것들이 위대하고 존중받을 가치가 있다는 것입니다."

다른 학생이 그 나이 때 으레 보이는 반사 반응으로, 그 세대 특유의 나르시시즘을 발휘하며 중얼거렸다.

"나는 존중받을 가치가 있어!"

웅성대는 소리가 일며 교실 위를 맴돌았다. 아직 어린 티가 흐르는 목소리들이었지만 억양은 사춘기의 퉁명스럽고 질질 끄는 어조를 흉내냈다. 그러다 다시 고요함이 찾아들었다.

"좋아요, 모나 학생. 괜찮은 수준 이상의 발표였어요. 그런데 단어의 기원을 빠뜨렸네요. 하지만 고전어를 모르는 학생에겐 너무 큰 기대겠죠, 인정합니다."

"어원은 고대 그리스어입니다, 선생님."

"네, 좋아요, 잘했어요. 부모님께서 과제 준비에 상당한 도움을 줬다고 생각할 수밖에 없군요!"

"아뇨, 도움을 주신 건 제 할머니입니다."

◆

앙리는 알고 있었다. 손녀와 함께 미술관에서 보낼 수 있는 수요일이 세 번밖에 남지 않았다. 이제 곧 일 년, 쉰두 번의 방문을 채우게 될 것이다. 앙리는 그 기한에 대해 곰곰 생각했고, 그러다 어느 순간 자문했다. 그 날짜가 지나면, 자기 삶에 또 무슨 의미가 있을 수 있을까? 철저한 고독감이 심장을 조여왔다. 근래에 부쩍 심장이 약해졌다고 느끼던 참이었다. 그리하여 그는 육십 년 전으로 쓸려갔다. 그는 콜레트를 떠올렸다. 바닷가에서 둘이 함께 뿔고둥을 주워 행운 부적으로 삼았던 일, 서로 사랑을, 절대적으로 사랑할 것과 영원히 하나일 것을 맹세했던 일을 떠올렸다. 삶에서 행복을 바라느냐고 그가 물었을 때, 콜레트는 미소 지으며 대답했다. "아니, 나는 미친듯이 행복하기를 원해." 성인이 되자마자 존엄하게 죽을 권리를 위한 투쟁을 시작했던 콜레트는 그날도 앙리에게 그들이 아주 늙어 피치 못할 상황이 되면, 한쪽이 자기 자신을 존중해 죽음을 결심했을 때 다른 쪽이 말리지 않을 것을 맹세하라고 했다. 그들이 젊고 용감하며 대담하고 그토록 아름다웠을 때, 넘치는 관능과 비장한 긍지가 뒤섞이는 가운데, 앙리와 콜레트는 그런 맹세를 했다. 그리고 그들은 약속을 지켰다.

따라서 그 멜랑콜리한 수요일, 예술이 줄 수 있는 위로가 절실했던 건 모나보다도 그 자신이었다. 보부르에서, 죄어드는 가슴으로 아이의 손을 잡고, 앙리는 마리나 아브라모비치의 광물 설치 작품이 있는 전시실로 들어섰다.

직사각형 전시실 안, 청동 직육면체 세 개가 하얀 벽에 하나씩 일정한 방식으로 매달려 있었다. 왼쪽과 중앙의 두 개는 세로, 나머지 하나는 가로로 놓여 있었다. 셋 모두 약 20센티미터 정도 두께였고, 세로는 250센티미터, 가로는 52센티미터였다. 차가운 육중함으로 엄숙했고, 극히 간결했으며, 전체가 초록색과 회색을 띠며 빛을 반사했다. 작품에 포함된 일종의 안내문에 따르면 왼쪽 첫번째 오브제의 이름은 '흰 용: 서기'였다. 다리를 올려놓을 발판과 시선의 방향을 정해주는 단단한 수정 머리 받침을 갖췄고, 실제 관람객이 그 위에 올라가 바닥을 바라보게 되어 있었다. 중앙의 '붉은 용: 앉기'라는 오브제는 그 위 좌석에 앉아 정면을 바라보게 했다. 마지막으로 '녹색 용: 눕기'에는 베개와 발받침대가 있어 누운 자세에서 위를 바라보게 했다.

원리를 이해한 모나는 하나씩 차례로 실행해봤다. 여기에 약 6분이 걸렸다. 그런데 지침이 가물가물해지자 문득 작품이 시각보다는 촉각 및 신체의 느낌을 위한 것이라는 확신이 들었다. 그래서 작품을 이해하기 위해 모나는 아주 엉뚱한 짓을 했다. 다시 한번 작품을 체험하면서 이번에는 눈을 감아버린 것이다. 먼저 왼쪽 첫번째 오브제 위에 서서 18분을 보냈다. 거기 올라서서 선 채로, 등을 맞댄 소재의 에너지가 흘러드는 것을 느껴보려고 했다. 그런 뒤 눈을 감은 채 중앙의 두번째 설치물로 더듬더듬 기어가 앉기까지 90초가 걸렸다. 거기에서도 움직이지 않고 18분을 머물렀다. 가로로 놓인 세번째 덩어리까지 가서 그 위에 드러누워 생명력을 느껴보는 데도 정확히 같은 시간이 걸렸다. 길고 느린 이 의례가 끝난 뒤, 모나는 자기가 있는 곳을 다시 알아보았다. 고개를 들자 바로 옆에서 말없이 미소 짓고 있는 할아버지의 칼자국 난 얼굴이 있었다. 조금 늙어 보였다. 마치 모나가 평온하게 잘 수 있도록 이야기를 해주려는 것 같았다. 하지만 말을 시작한 건 모나였다.

"하비, 느낄 수 있는 모든 게 정말 놀라워요. 있죠, 미켈란젤로나 카미유 클로델 같은 작가의 조각을 볼 때, 저는 그걸 만지고 싶었어요…… 정말로 저질렀던 건 딱 한 번, 게인즈버러의 그림에 손을 댔을 때뿐이에요. 아, 루이즈 부르주아의 설치물 속에 숨어 들어간 적도 있긴 하네요. 하지만 그러면서도 제가 좀 무법자로 군다는 건 알고 있었어요. (앙리는 이 표현을 재미있어했다.) 여기선 작품과 정말로 접촉할 수 있다는 느낌이 환상적이에요. 경비원도 그렇게 하는 걸 내버려두고요……."

"왜인지 말해보렴, 모나야."

"왜냐면 작가가 몸 전체에 말을 건다는 걸 이해했기 때문이에요. 여기서 시각은 정말이지 촉각보다 덜 중요해요. 그리고 있죠, 몸 전체에 관심을 갖는 작가들이 있다는 게 마음에 들어요."

"시각 말고 다른 감각에 호소하는 작가들 말이지. 그렇게 말하니 앙투안 드 생텍쥐페리의 문장이 생각나는구나. '마음으로 보아야만 잘 보인다. 중요한 것은 눈으로는 보이지 않는다.' 하지만 계속하렴."

"제 말은, 미술관에 갈 때는 모든 걸, 대개는 아주 오랫동안 보아야 할 거라고 여겨지는데…… 앗, 오해는 금물이에요. 저는 그게 굉장히 좋아요, 하비. 그치만 이번에는 작품이 내 몸으로 뭔가를 하라고 해요. 아, 물론 아주 단순한 일들이죠! 서 있고, 앉고, 눕기만 하면 되니까요."

"네가 작품에 대해 하는 말이 내가 할 수 있는 말보다 훨씬 낫구나. 그러니 부탁하마, 계속하렴."

"단순한 일들이라고 말하던 중이었어요. 살면서 매일 하는 일들이랄까요. 그런데 여기선, 어떻게 말해야 할까요? 여기선, 단순한 일이라는 게 뭔지를 느낄 수 있고요, 또 그게 엄청난 감정을 불러일으켜요. 팔에, 다리에, 머리 표면에 느껴지는 것들이 있으니까요……"

"네가 눈을 감은 건 그래서였구나……"

"네, 맞아요. 그래서였어요."

모나는 어깨를 으쓱거렸다. 아이는 가끔 자신이 모나여서 미안하다는 듯 이런 몸짓을 취하곤 했다. 눈을 감고 마리아 아브라모비치의 설치물을 체험한 게 앙리를 언짢게 한 건 아닌지 걱정스러웠던 것이다.

하지만 모나가 그런 행동으로 어둠 속에 도사린 불행을 길들이려 했다는 것을 그는 몹시 잘 알고 있었다. 그런데 그게 가장 기막힌 부분이었다. 그걸 실제로 해낸 것이다. 암흑 속에서도 세계의 심연들이 여전히 움직이고 있다는 것을, 존재는 대낮의 빛 아래에만 머무르지 않는다는 것을 마리나 아브라모비치의 작품이 아이에게 증명해 보인 것이다. 달리 말하자면, 모나는 그 캄캄한 순간을 즐겼고, 그 캄캄함에 빠져 허우적거리기보단 그 속에 잠겨 유영했다. 어둠에 사로잡히는 것이 조금 덜 무서워졌다. 아주 조금이나마.

"마리나 아브라모비치가 아직 살아 있다는 것을 알아두면 좋겠구나. 20세기에 활동한 제일 중요한 예술가 중 하나라는 것도. 유고슬라비아의 베오그라드에서 태어났고, 1990년대부터는 세계적으로 손꼽히는 스타가 되었어. 새로운 표현 형식 하나가 크게 꽃피는 데도 적잖은 기여를 했는데, 바로 퍼포먼스란다. 물론 퍼포먼스는 그전부터 있었고 20세기 내내 발전하기도 했지만, 마리나 아브라모비치 덕분에 진정한 정점에 이르렀지."

"알아요, 하비, 저 기억나요! 저번에도 얘기한 적 있어요. 진열창 속 욕실을 보면서였어요!"

아이는 BHV 백화점 앞에서 할아버지와 했던 대화를 기억하고 있었다. 과연 앙리는 그때 퍼포먼스가 구체적인 물건을 만드는 게 아니라 일시적인 행위로 이뤄지는 유의 작품이라고 설명한 바 있었다. 그때 들었던 여러 예 가운데, 창작 행위의 일환으로 기진맥진할 때까지 서로를 향해 고함을 질렀던 예술가 커플이 있었다고도 했다. 다름 아닌 마리나 아브라모비치가 당시 자신의 애인인 독일 사진가 울라이와 함께 1978년에 행한 퍼포먼스였다.

"말하자면 약간 연극 같은 거예요?"

"응, 약간. 다만 연극은 무대 위에서 벌어지는 반면, 퍼포먼스는 아무데서나 이뤄질 수 있고 그 결말도 알 수 없지. 무엇보다도 퍼포먼스는 관객을 훨씬 더 적극적으로 끌어들이니까. 예를 들어 1974년 마리나 아브라모비치는 어느 전시실에 입장한 뒤 꼼짝하지 않고 머무르면서 군중에게 자신을 내맡긴 적이 있어. 작가 앞에는 테이블이 있고, 그 위에는 72개의 온갖 물건들이 놓여 있었어. 꽃, 사진, 칼, 심지어는 장전된 권총…… 관객은 아브라모비치에게 원하는 대로 다 할 수 있다는 게 원칙이었지. 작가는 허수아비처럼 가만히 당하기만 하는 거고. 누군가가 권총을 들어 방아쇠에 손가락을 걸고 아브라모비치를 향해 겨눴을 때까지 퍼포먼스는 계속되었단다."

"끔찍해요!"

"그리고 위험하지. 선을 넘는다고 여긴 화랑 주인이 퍼포먼스를 끝냈어. 이 장르에서 가장 큰 쟁점 중 하나야. 매번 육체들을, 예술가의 육체와 관객의 육체를 편안함의 경계 너머로 끌어내서 극한의 체험을 하게 만들어야 하니까. 가끔은 지루하고, 위험하고, 가끔은 마음을 달래주고, 새 활력을 불어넣고, 가끔은 이 모든 것을 다 뒤섞기도 하는 체험들이지. 네가 잘 이해했다시피, 마리아 아브라모비치는 몸 전체를 뒤흔들어놓고자 해. 물론 자기 몸이지. 하지만 예술가가 하는 행위에 공감함으로써, 또는 주어진 상황 속에서 관객이 행동을 취하게 만듦으로써 관람자들의 몸과 뇌 역시 시련에 부치고자 하는 거야. 그들을 가로지르는 강렬하고 서로 모순되는 온갖 에너지, 두려움, 사랑, 증오, 잔인함, 결핍, 욕구, 기쁨 등을 극히 육체적으로 의식하게 하는 거지······."

"그리고 저기선, 뭘 느끼게 하고 싶었는데요?"

"저 설치 작품은 아브라모비치가 중국 여행을 다녀온 뒤에 만든 거야. 기상천외한 모험이었지. 사실 각기 다른 용으로 설정된 세 오브제의 이름도 중국 전설에서 발상을 얻은 거야."

"그 여행이 왜 모험이었는데요?"

"애인 울라이와 만리장성을 걸었는데, 중국인들에게 만리장성은 거대한 용으로 여겨진단다. 울라이는 이 용의 서쪽 맨 끝에서부터, 마리나는 용의 동쪽 맨 끝에서부터 출발해서 걷고 걷고 또 걸었지. 2천 킬로미터의 고생 끝에 서로 만날 때까지. 그때 그 합류점, 서로 만난 그 지점에서 그들은 껴안았어. 그러고는 연인 관계를 깨기로 했지······ 둘이서 함께하던 삶은 거기에서 끝났어. 그들의 재회는 이별이었던 셈이야."

"아······ 아, 하비, 너무 슬퍼요!"

"방금 체험한 저 설치 작품에서 넌 청동과 석영의 물질 에너지와 접하면서 예술가 자신이 겪은 모든 것을 겪게 되는 거야. 의심, 어마어마한 고통, 뿐만 아니라 소생의 감각을. '우리를 짓누르는 것으로부터 벗어남으로써 우리는 삶을 되찾는다.' 마리나 아브라모치의 말이야. 그리고 우리를 짓누르는 것이 우리가 사랑하는 것일 때도 있지."

"하비, 그러니까 지금 하비의 말은 이별이란 것이, 그게······ 그러니까······."

"······ 새로운 삶, 붙잡아야 할 새로운 기회이기도 하다는 거야, 모나야. '출발départ'이라는 말이 떠남을 의미하기도 한다는 사실을 생각해보렴. 출발이란 하나의 끝, 동시에 하나의 시작이야. 그게 오늘의 메시지란다."

"하지만 우리는? 우리는 영원한 사이죠, 그쵸? 지상의 아름다운 것에 대고 맹세하세요!"

그는 함빡 미소 지으며 모나의 이마에 입을 맞췄다. 약간 소생했다. 여전히 멜랑콜리했다.

51
크리스티앙 볼탕스키
삶을 아카이빙하라

"아빠랑 내가 할말이 있어……"

모나는 이 문장 뒤에 나올 얘기가 좋은 일일 수 없음을 알고 있었다. 가구에 기대고 있는 폴은 미안한 표정으로 고개를 숙이고 있었다. 딸은 자기와 눈을 마주치지 않는 아빠가 의아했다. 기어들어가는 목소리로 그가 말했다.

"쉽지 않은 결정이었어, 애야. 하지만 그렇게 되었단다…… 가게를 넘길 거야."

"네 아빠가 이번에," 침묵이 끼어들 틈이 없게 카미유가 말을 이었다. "굉장히 좋은 조건으로 계약을 따냈어. 아빠의 발명품으로 말이야. 아빠는 엄청 많은 사람을 만났고, 그들은 아빠를 믿어. 일이 잘되도록 그 사람들이 도와줄 거야. 그런데 그 일을 하면서 가게 일을 병행할 수가 없거든."

그 자체로는 멋진 소식이었다. 하지만 그로 인해 모나의 일상은 직격탄을 맞았다. 모나에게 가게는 온갖 몽상의 보금자리였다. 울음의 낌새를 알아챈 코스모스가 모나를 향해 낑낑거리며 꼬리를 흔들었다. 모나가 할 수 있는 일이라곤 강아지를 품에 들이고 세상에 남은 마지막 친구인 양 꼭 껴안는 것뿐이었다. 그러다 고개를 들고 엄마 아빠의 얼굴을 정면으로 쳐다보았다.

"거기 가볼 수 있어요, 아빠?"

"어디 말이니, 내 딸?"

"가게 뒷방 지하 창고요."

모나는 가게를 넘긴다는 게 무슨 의미인지 알았다. 다가올 고통을 머릿속에 그려봤다. 장소를 비워야 할 테고, 줄창 세일을 할 테고, 새로운 주인이 들어올 것이다. 일어날 모든 일들이 금방이라도 들이닥칠 것처럼 생생해서, 현재가 벌써부터 지난날들의 흔적에 불과한 듯했다. 그럼에도 최악은 그게 아니었다. 다른 모든 고통보다 더한 고통은 지하 창고에 있는 물건들이 치워질 수 있다는 사실이었다. 그토록 오랫동안 두려워하던 그 어두운 지하 창고는 이제 콜레트의 자취가 모셔진 성소가 되었다.

그렇게 해서 모나는 부모님을 가게 뒷방 맨 안쪽으로 이끌고 갔고, 어둠을 헤치고 나아가 카타콤*에 들어서듯 지하로 내려갔다. 코스모스가 낑낑거렸다.

"그러면 이건 다 어떻게 할 거예요? 할머니 이야기로 가득한 이 상자들 전부를 어떻게 할 거죠? 어디에 둘 건가요? 혹 버린다고 하면, 두 분

---

* 고대 로마의 지하 묘지.

을 미워할 거예요!"

"그만, 모나야!" 엄마가 단호하게 받아쳤다. "어떻게 내가 네 할머니의 기억을 아무렇게나 치워버릴 수 있다고 생각하니!"

"그럼 어디에 둘 건가요, 이 많은 상자를? 늘어놓으면 몇 킬로미터는 될 텐데요! 엄마, 버린다고 하면 정말로 미워할 거예요!"

"모나야, 거짓말은 하지 않을게." 폴이 침착하게 끼어들었다. "이 낡은 종잇장들을 다 어떻게 할 수 있을지 지금으로선 잘 모르는 게 사실이야, 하지만……"

"무슨 말을 그렇게 하세요, 아빠. '낡은 종잇장'이라뇨! 보물이라구요, 제가 알아요. 저만은 그게 보물이란 걸 안단 말이에요."

모두 입을 다물었다. 모나는 평정을 되찾고 아빠의 팔을 잡았다. 그래도 아빠 같은 사람의 딸이라는 게 대단히 자랑스러웠고, 그 일 년 동안 자기처럼 아빠도 얼마나 먼 길을 헤쳐와야 했는지, 열한 살의 나이로도 가늠할 수 있었다. 그러다 불현듯 떠오른 생각에 소스라친 모나는 태도를 싹 바꿔 말했다.

"아빠, 엄마, 좋은 생각이 있어요!"

◆

모나와 할아버지가 마지막에서 두번째로 미술관에 가는 날이었다. 앙리는 마음을 덮치고 심장을 강타하는 잿빛 기운을 채 감추지 못했다. 요즘 심장 박동이 좀 이상했다. 어떨 땐 거슬릴 정도로 심하게 쿵쾅대다가도 어떨 땐 구석에 오그라들어 아무 기척을 내지 않아 아직 제 일을 하고는 있는 건지 궁금할 정도였다. 보부르 앞 광장에서는 한 트럼펫 연주자가 볼을 커다랗게 부풀리며 호아킨 로드리고의 〈아랑후에즈 협주곡〉을 연주하고 있었다. 모나는 할아버지의 손을 두 손으로 감싸쥐고 코에 갖다댔다. 할아버지의 향수 냄새는 너무나 좋았다…… 트럼펫의 구릿빛 노래가 이어졌다. 모나는 할아버지를 향해 눈을 들고 짓궂으면서도 애원하는 투로 말했다.

"하비, 하비 집은 여유 공간이 많은 멋진 건물이죠. 그에 반해 우리집은 아시다시피 완전 작고요…… 아빠랑 엄마가 가게를 그만두기로 해서, 거기 있는 상자를 전부 어딘가로 옮겨야 해요…… 하비, 부탁이에요. 하비 집에 보관해주세요! 그리고 할머니에 대한 책을 한 권 써주세요…… 할머니에 대해, 할머니의 모험들에 대해, 할아버지에 대해, 두 분에 대해……"

모나의 부탁이 앙리에게 전기 같은 충격을 가했다. 머릿속으로 한 생애에서 느낄 수 있는 수백만 가지의 느낌과 감정이 밀려들었다. 그 격류는 아무리 뒤죽박죽일지언정 그가 보기에 모종의 방향성, 삶의 의미를 지닌 방향성이 있어 보였다. 정신을 가다듬은 그는 모나를 데리고 크리스티앙 볼탕스키의 거대한 설치 작품을 만나러 갔다.

높이 150센티미터, 가로 87센티미터, 두께 12센티미터의 유리 진열창, 혹은 보관함이라고도 할 수 있을 물건 스무 개가 세 벽면에 일정한 간격으로 늘어서 있었다. 양쪽 측면 벽에는 각각 일곱 개, 정면 벽에는 여섯 개였다. 진열창마다 검은 틀이 둘려 있고, 내부 상단에는 네온 조명이 달려 있었으며, 내용물을 보호하려는 듯 체처럼 가느다란 사각 철망이 드리워져 있었다. 좁은 간격으로 붙어 있는 이 위압적인 진열창들은 제각기 온갖 문서를 가득 담고 있었다. 특히 손글씨나 타자기로 작성된 크고 작은, 다소 구겨진 종이들이 엄청나게 많았고, 컬러든 흑백이든 사진들도 있었다. 편지, 인쇄물, 봉투, 폴라로이드 사진(아이들 모습도 있고 풍경도 있었다), 낙서, 기타 등등…… 모두 20세기 후반의 것이었다. 이들 진열창은 범죄 수사물 영화에 곧잘 등장하는 넓은 벽면, 즉 수사나 미스터리, 범죄와 관련된 온갖 시각 기호나 글자들이 지도처럼 배치되어 뒤덮인 보드판을 떠올리게 했다.

모나의 시력이 비범하다고들 했다. 그야 모나도 알았지만, 그럼에도 이 설치 작품 앞에선 졌다는 기분이었다…… 작품이 너무나 많은 것들로 가득차 있어서 아이의 지각 레이더가 교란되었다. 모나는 얼마 지나지 않아 그 모든 진열창의 모든 것을 포착하고 이해하려고 하는 게 부질없음을 간파했다. 작품에는 〈C. B.의 불가능한 삶〉이라는 제목이 붙어 있었다. 과연, 그 같은 자료들을 흡수해서 한 생애를 재구성한다는 건 정녕 불가능한 일이었다. 그래서 모나는 세부에서 세부로, 되는대로 더듬거리며 접근했다. 여기에는 영어로 쓴 편지, 저기에는 장밋빛 섞인 오렌지색의 로만 폴란스키 영화 상영 초대권, 다른 곳에는 살페트리에르 병원의 생루이 예배당 평면도, 또다른 곳에는 머리를 짧게 깎은 한 남자의 즉석사진이 있었다. 사진 속 남자는 아마 작가 자신일 것이다……

"속삭임이에요, 이 전부가." 마침내 이렇게 말하는 모나 자신도 속삭이고 있었다. "더 정확히는, 웅성거림인데, 속삭이는 웅성거림이에요……"

"설명해보렴, 모나야."

"말하자면, 하비, 어떤 작품이 특정한 의미를 지닌다는 걸 우리는 알아요. 그렇게 보면 작품이 말을 하는 거나 마찬가지죠. 세잔이 산을 그리면, 그림이 '나는 산이다'고 말하는 셈이에요. 반면 가끔 어떤 작품은 조용해요. 예를 들어 추상화에선 그림이 입을 다물고 있는 것 같달까요. 그런데 여기에선, 이건 달라요…… 보세요 하비, 사방에 단어와 글이 있고요, 사실 이 단어 무더기 전체가 근사하기도 해요…… 어쨌거나 그것들을 읽는 건, 모조리 읽는 건 불가능하죠. 그래서 그것들을 쳐다만 보고, 슥 훑어보고, 그게 다예요. 진열창 속에 있는 이미지들도 마찬가지예요. 이 얼굴들을 보면서 저는 누군가를 생각하게 되는데, 그게 누군지는 모르고, 그런데도 그 사람은 내 귀에 속삭이는 거예요……"

"벽이 속삭인다…… 맞아, 모나야. 실은 한 예술가의 창작물을 볼 때 '저게 무슨 말인가?'가 중요한 질문으로 떠오르지."

"아, 저는 항상 속으로 그렇게 물어요!"

"당연해…… 가끔은 의미를 해독해내지. 가끔은 불필요하거나 불가능하고. 그런데 이 경우엔 속삭임이야. 저게 무슨 말인가? 자, 그건 그것이 말한다는 걸 말해. 다시 말해줄게, 모나야, 잘 들어보렴. 그건 **그것** (그는 이 대명사에 힘을 주어 발음했다)이 말한다는 걸 말해…… '그건 그것이 말하는 걸 말한다'가 아니야—그건 더이상의 질문을 허용치 않는 표현이지. 그게 아니야. 정확히, '그건 **그것이** 말한다는 것을 말한다'야. 게다가 그건 완전히 말하지도 않아. 너무 많이 혹은 너무 적게 말하기 때문이고, 또한 말하고자 한다는 것, 말할 줄 안다는 것, 말하고 싶은 것을 말한다는 것이 너무나도 어려운 일이기 때문이야. 바로 이런 이유에서, 네가 아주 잘 표현했듯이, 이 설치 작품은 속삭인다고 할 수 있어. 작품은 뭔가를 말하고 싶다고 말해. 그러면서도 무엇을 말하고 싶은지는 정확히 모르는 듯하지."

"하비, 놀라워요. 왜냐면 저는요, 사실상 모든 작품이 약간 그렇다고 생각하거든요. 작품이 상징들로 가득하다고. 작품이 많은 이야기를 들려준다고 느끼지만……"

"……하지만 알아채는 건 그중 아주 일부뿐이지."

"바로 그거예요!"

"그리고 본질적으로 중요한 건 수수께끼들을 푸는 것만이 아니야. 거기에 더해서, 또 무엇보다도, 작품이 숨겨진 의미들로 넘쳐난다는 것을, 그 의미들이 흘러들고 요동치다가 자취를 감춘다는 것을 느껴야 해. 그럴 때 작품은 영원히 열려 있을 수 있지."

모나는 커다란 눈을 동그랗게 떴다. 그러더니 갑자기 행복하면서도 안타까운 표정이 되었다.

"왜 그러니?" 앙리가 걱정했다.

"하비가 설명해주는 게 정말 멋져요, 하비. 그게 슬퍼요. 하비의 수준에 이르는 게 저한텐 불가능할 테니까요. 평생이 가도 절대……"

노인은 조용히 아카이브 진열창을 바라보며 크리스티앙 볼탕스키의 이력을 잠시 떠올렸다. 그토록 기념비적이고, 일견 그토록 심각하고 체계적이고 진지해 보이는 작품을 통해 짐작되는 바와는 전혀 달리, 원래 볼탕스키는 무척 이상하고 비사회적인 아이였고, 좀더 자라 청년이 된

후에도 말없이 종일 집에 틀어박혀 그저 작은 흙덩이를 수천 개 만들면서 며칠씩 보내는 것이 꼭 조현병 환자 같았다. 앙리는 모나에게 작가의 초기작들을 묘사해줬다. 다소 괴상망측한 톤의 우스꽝스러운 그림들, 꼭두각시 인형들. 그러나 1980년 이후로는 볼탕스키의 노선이 확 바뀌었다고도 알려줬다. 그때부터 그는 대규모 아카이브를 담은 금속 상자를 어마어마하게 쌓아올린 작품들로 유명해졌다. 아카이브를 관통하는 건 대개 전쟁의 기억이었다.

"삶이란 무엇일까?" 거의 신비로운 어조로 앙리가 이어 말했다. "그리고 끝에는 뭐가 남는 걸까? 물론 추억들이 남겠지. 그리고 다른 삶들에 희미한 자취를 남길 테고. 그런데 크리스티앙 볼탕스키의 이 작품을 보면 훨씬 더 단순하고도 한없이 더 복잡한 뭔가가 있어. 자, 말해보렴. 모나야, 삶에서 무엇이 남지?"

"어, 그러니까, 하비. 물건들이 남아요! 무진장 많은 물건이요! 편지, 사진, 카드, 표. 여기서 보는 것들처럼, 또 누군가의 짐 상자 속에서 발견되는 것들처럼요. 저는요, 할머니의 종이 상자들 속에 할머니와 안락사에 대해 말하는 신문들이 가득 있다는 걸 알아요."

"네 할머니가 남긴 게 그뿐만은 아니지."

"아! 제 펜던트도 있죠!"

"그래, 맞아. 크리스티앙 볼탕스키의 작품처럼 네 엄마와 나는 할머니의 상자들에 거의 모든 걸 정리했어. 보잘것없는 것들, 할머니에게서 남은 자잘한 것들⋯⋯ 할머니가 호텔 바의 재떨이에 사족을 못 썼던 걸 아니? 할머니는 그것들을 어떻게 해서든 훔치곤 했단다! (그는 이 추억에 미소 지었다.) 한번은 할머니가 브리스톨 호텔에서 빠져나가던

3부 보부르

참이었는데, 종업원이 와서 할머니 핸드백에서 연기가 난다고 알려준 적도 있어!"

앙리는 말을 멈추고 한바탕 웃었다. 모나는 할아버지에게 뛰어들어 그를 껴안고 향수 냄새를 깊숙이 들이마셨다. 크리스티앙 볼탕스키의 케이스들에 둘러싸여, 모나는 할아버지의 흉곽에 이마를 대고 힘껏 누르더니, 이내 머리를 앞뒤로 움직이며 할아버지의 가슴을 가볍게 박자에 맞춰 두드렸다. 마치 심장의 문에 머리로 노크를 하는 것 같았다.

"부탁이에요, 하비……"

모나는 콜레트 뷔유맹에 대한 책을 써달라고 조르는 것이었다.

"계속하자꾸나, 모나야. 삶에서 남는 건 물건들, 무진장 많은 물건인데, 그 물건들 각각에도 삶이 있지. 그것들은 너무 닳고, 부서지고, 조각나서 때로는 이름조차 사라진 자잘한 물건들이야. 중학생용 잉크병 하나, 네잎클로버 하나에서도 얼마든지 우주 전체를 꿈꿀 수 있어."

"얼마든지 우주 전체를." 모나가 따라 말했다.

그러자 볼탕스키의 작품 앞에 선 모나는 현기증에 사로잡혔다. 작품을 구성하는 요소 하나하나가 무수한 시간 통로들의 교차점으로 보였기 때문이다. 일종의 형이상학적인 직관을 통해 모나는 아무리 작은 물질 단위라도 거기에 존재가 담겨 있음을, 그것이 무한한 존재로 넘쳐난다는 것을 느꼈다. 아무리 작은 물질 단위라도 그 위로 지나간 모든 시선, 그것이 불러일으킨 모든 감각, 그것을 스쳐간 모든 공기, 그것을 둘러쌌던 모든 음파, 그것이 거쳐온 변신과 그것을 그것이게 하는 지속이 그 안에서 진동하고 있었다. 그런데 이 모든 물질 단위가 하나의 의미망 속에서 서로 소통하고 있었다. 너무나 막대하고 풍요로워서 잘 들리지 않는 의미망, 따라서 속삭임이었다……

"볼탕스키의 이 작품에서는 또한 빛을 살펴볼 필요가 있어." 앙리가 말을 이었다.

"네, 하비, 무슨 말씀인지 알겠어요. 보통은 빛이 조각품이나 그림을 비춰주는데, 여기서는 달라요. 빛이 유리창 내부에 있어요. 마치 작품이……"

"……자체 발광하는 것처럼. 그거야, 모나야."

"보관함들이 언제나 그 안에 빛을 간직한다, 할머니라면 이렇게 말했겠죠! 그런데 빛이 다 달라요. 아주 잘 보이는 편지나 사진들이 있는가 하면, 어둠 속에 거의 파묻힌 것들도 있어요. 렘브란트의 명암법과 약간 비슷한 것 같아요. 게다가 작가에게 속한 물건들이 사방에 있으니까, 일종의 자화상인 것도 같고요. 그죠…… 다만 보통 자화상에선 단번에, 한눈에 인물을 포착할 수 있긴 하죠. 반면 여기선, 모두 읽고 모두 살펴보고 모두 연결할 의향이 있다 해도 실행이 불가능할 거예요."

"맞아. 사실 볼탕스키도 사람들이 그의 삶이나 성격을 재구성할 수 있으리라는 기대는 전혀 하지 않았어. 이 작품은 일종의 개념적 자화상과 비슷하지만, 꼭 그런 것은 아니야. 그가 바라는 건, 자기 삶을 아카이빙해서 전시해놓은 이 작품 속에서 너와 나를 포함한 모든 사람이 각자의 삶을 발견하는 것이었어."

"삶을 아카이빙하세요." 모나가 속삭였다.

"그렇게도 표현할 수 있지. 자기 삶을 아카이빙해야 한다. 누가 되었건, 영웅이든 아무개이든, 눈에 띄는 사람이든 눈에 띄지 않는 사람이든, 과거의 기억을 반짝거리게 만들 수 있는 건 자신의 아카이브 속에서니까."

"제가 일반적인 의미로 말했다고 생각하시나봐요, 하비. 저는 하비한테 말한 거였어요. 할머니에 대한 상자들을 다 가져가주세요. 그리고 할머니와 하비에 대해 책으로 얘기해주세요. 하비의 삶을 아카이빙하세요. 부탁이에요, 하비."

52

피에르 술라주
검은색도 색이다

의사는 카미유와 그녀의 딸이 도착하는 것을 보고 마음이 먹먹해졌다. 이번이 마지막 만남이 될 것이었다. 반 오르스트는 다른 곳으로 갈 예정이기 때문이다. 의사로서 뛰어난 능력에 최면 치료술까지 갖춘 그를 세계 각지의 대형 의료 기관들이 탐냈고, 이제 결정되었다. 그는 출발을 앞두고 있었다.

그는 아이에게 작별인사를 하지 않은 채 프랑스를 떠나고 싶지 않았다. 무엇보다도, 미래에 아이가 무엇을 마주하게 될지 설명하지 않은 채 종적을 감추고 싶지 않았다. 그의 보고서 〈모나의 눈〉의 결론이 너무 알쏭달쏭하진 않았을지 염려스러웠기 때문이다. 그는 간추려 설명했다. 최면 요법을 통해 아이가 할머니 콜레트에게 느끼는 애착이 깊다는 사실을 발견할 수 있었다. 모나는 할머니와 걸음마를 배웠을 뿐만 아니라 웃고, 놀고, 소소한 것들을 수없이 나눴으며, 그 순간들이 태어난 지 몇 해 안 된 모나를 형성했다. 그리하여 모나는 할머니의 때 이른, 수수께끼 같은 죽음에 심리적 트라우마를 입었다. 그후 가족이 콜레트의 안락사를 금기시하며 묻어뒀기에 기억은 더욱 깊이 억압되었다. 그런데 마지막으로 둘이 마주했을 때, 할머니가 아이에게 펜던트를 주었다. 이 펜던트는 이전 수십 년 동안 콜레트와 앙리 사이를 연결하는 부적 역할을 했다. 다른 손으로, 더 정확히는 다른 목으로 옮겨와 모나에게 걸리면서, 펜던트는 너무 일찍 떠난 할머니의 태양 같은 힘을 오롯이 담고 있는 물건이 되었다. "부정적인 건 잊어버려, 내 아가. 언제나 네 안에 빛을 간직하렴," 죽기 전 그녀의 말이었다. 그 빛을 어린 아이의 무의식은 그 보잘것없는 물건, 두 연인이 해변에서 주운 평범한 소라 껍데기에 간직했다. 그런 뒤 열 살 때 트라우마가 다시 튀어나왔다. 어느 날 모나가 숙제를 하던 중에 뿔고둥이 거치적거렸다. 모나는 별생각 없이 펜던트를 벗었다. 단숨에 어둠이 모나의 눈을 덮쳤고, 납득할 만한 원인은 전혀 없었다. 진단을 내려보려 했으나 신체역학적인 이상은 전혀 없었다. 그렇다면 무엇인가? 그것은 억눌린 고통을 호소하는 뇌의 고함이었다. 두번째 발작은 아빠와 가게에 있을 때였다. 펜던트가 끊어지면서 다시 어둠이 찾아들었다. 그후 세번째로, 하머스호이의 작품 앞에 서 있던 모나가 반사적으로 목걸이를 벗었다. 결과는 같았다. 그로부터 의사는 다음과 같이 결론내렸다. 병증은 '고작 줄 하나에 달려 있다.'

"그러면 그 말은," 아이가 물었다. "제가 지금 펜던트를 벗으면, 또다시 눈이 멀 거란 뜻이에요?"

"아니, 아니. 음, 꼭 그렇게 되지만은 않는다고 해두자." 질문에 당황한 반 오르스트가 대답했다. "하지만 그래, 웬만하면……"

"아가, 너는 절대 그걸 벗으면 안 돼." 걱정으로 얼굴이 붉게 달아오른 카미유가 끼어들었다.

"무슨 문제가 생길지 모르는 만큼, 네 목에 그대로 두는 게 나아. 네 몸의 일부라고 생각하렴. 무의식은 놀랍도록 강력하단다." 반 오르스트가 강조했다.

"주의할게요." 모나가 대답했다. 긴 정적이 이어졌다.

"그런데 모나야, 네 시력이 거의 전례가 없을 정도로 비상하다는 것도 잊지마. 넌 그걸 잘 써야 해. 모든 것을 보고, 본 것을 모두 머릿속에 저장하렴."

의사와 악수하면서 모나는 방금 그가 말한 것에 대해 생각해봤다. 곧 모나의 얼굴이 환해졌다. 할아버지가 자기를 미술관에 데려간 이유를 알아냈기 때문이었다. 처음부터, 바로 그것이 이제까지 그 모든 작품을 감상해온 의미였다. 할아버지가 모나를 위해 엄선한 아름다움을 통해 자기 삶을 아카이빙할 수 있도록, 그 보물들을 머릿속에 아카이빙할 수 있도록, 어느 날 실명 상태가 다시 덮치더라도 그 보물들만은 색깔과 기쁨의 수장고에 영원히 남아 있도록 하기 위해서였다……

◆

루브르에서 개시된 첫 관람 이후 일 년이 지났다. 그동안 모나는 훌쩍 성장해서, 앙리의 손을 잡고 보티첼리의 프레스코화를 보던 여자아이를 스스로도 알아볼 수 없을 것 같았다. 아주 가까우면서도 아주 먼 두 모나, 시간이 훌쩍 흘러 사춘기가 지나고 나서야 하나로 합쳐질 그 둘은 그럼에도 한 가지 근본적인 점에서는 의견을 같이했다. 둘의 마음 중심에 우뚝 선 등대, 기념비, 소중한 부싯돌인 할아버지. 그가 거기 있었다. 보부르 앞에, 환상적으로 우아하게. 칼자국이 난 얼굴 위로 고통스러운 문장이 떠돌았다. 그의 입에서 천둥 같은 최종 선고가 떨어졌다.

"마지막이야, 모나야."

마음 깊은 곳에서 이미 그럴 것을 알고 있었던 아이는 뭐라 대꾸할지 알 수 없었지만 그래도 반응을 해야 했다. 어색함을 가시게 하기 위해서가 아니었다. 그런 건 있지도 않았으니까. 다만 온당히 갖춰야 할 태도가 있다는 생각이 강하게 들었기 때문이다. 그들은 손을 잡고 보부르 안을 헤매듯 걸었다. 그러다 피에르 술라주의 2002년 4월 22일 자 작품(창작일자가 작품의 제목으로 쓰였다)과 맞닥뜨렸다. 그 순간, 할아버지의 육중한 선고에 알맞은 대답이 모나에게 떠올랐다.

"마지막이니까, 하비. 제 차례예요." 모나가 던진 말이었다.

무거운 색조의 추상화로, 가로 220센티미터에 세로 200센티미터, 거의 정사각형이었다. 넓고 얇은 중밀도 섬유판, 즉 MDF 합판에 가로로 고르게 배치된 짙은 색 띠 다섯 개가 주를 이뤘고, 이 띠들은 밝은색 파스텔 선 네 개로 구분되어 있었다. 그림 위에 그림을 붙이듯, 합판은 그 아래 또다른 밑판에 포개져 있었는데, 아래 위로는 전체를 덮었지만 가로로는 다 덮지 않았다. 따라서 양쪽에 10센티미터 폭의 가장자리가 길게 드러나 있었고, 이 양쪽 가장자리 바깥에 다시 검은색 아크릴로 테두리 선이 대어져 있었다. 이 테두리 선들과 합판 사이의 가장자리 부분에는 오른쪽 왼쪽 모두 흰색과 짙은 색이 조합되어 있었는데, 거기에 합판으로 가려진 형태의 끄트머리가 직선과 곡선으로 드러나 있었다. 합판의 짙은 띠 다섯 개는 완벽한 단색이 아니었다. 목재의 다양한 갈색 색조들, 나뭇결이며 우둘투둘함을 느낄 수 있었고, 헝겊 조각으로 흡수시킨 거의 투명한 도료에서 연기 같은 밤색, 증기 같은 녹빛 회색이 피어났다. 이러한 기법 덕분에 작품에서는 무수한 반사광과 빛이 솟아나고 있었다.

앙리는 작품을 관찰했다. 모나가 그의 등 뒤에서 사라진다 해도, 박물관 어디론가 종적 없이 가버린다 해도, 또는 한숨 잔다 해도 그는 몰랐을 것이다. 지켜보고 전달하는 파수꾼 역할을 모나에게 넘긴 채 주의 깊은 응시자 역할에 완전히 빠져들었으니까. 손녀로 말하자면, 자신의 절대적 모델인 할아버지의 감동적인 이미지를 기억 속에 새기고 있었다. 뒤로 넘겨붙인 머리카락, 그 어느 때보다도 고고한 자세, 거대한 성운 같은 그림에 완전히 빨려든 모습. 모나는 오르페우스와 에우리디케의 신화를 떠올리며 할아버지가 돌아보는 순간 자기가 암흑으로 떨어지는 건 아닌지 생각했다. 또 어째선지는 잘 모르지만, 자신도 언젠가는 누군가를 만나 앙리와 콜레트처럼 사랑하고 사랑받고 싶다고 생각했다. 한 시간이 지났다. 정확히는 63분. 마침내 노인이 뒤로 돌아섰다. 아이가 거기 있었다. 극히 작고 극히 거대했다. 모나가 침을 삼키고, 숨을 내쉬고, 시작했다.

"사실 이 작품은 갖가지 형상이 엄청 많았던 예전 그림처럼 봐야 해요." 모나가 박식하고 침착한 어투로 단언했다. "왜냐면 흔히 여겨지는 것과는 달리, 술라주의 작품은 디테일로 가득하기 때문이죠. 다만 이 디테일은 재료의 디테일, 나무판의 디테일이고, 표면에 떠다니는 빛의 디테일이에요. 또 저기 파스텔로 그은 하얀 선 네 개도 있어요. 네 가닥의 빛 같죠…… 이것을 봐야 해요. 하지만 주의하세요."

"듣고 있어."

"보고 싶은 대로 보아야 하기도 해요…… 각자 자유롭게 놔둬야 하니까요. 아시죠, 오래전에 어떤 사람이 테스트를 개발했는데, 그 테스트에선 잉크 얼룩을 보고 떠오르는 것을 말해보라고 해요. 얼룩은 하트처럼 보일 수도 있고, 나비, 공룡처럼 보일 수도 있어요. 하지만 중요한 건 환자 머릿속에 있는 것이에요."

"그래서?"

"그래서 술라주의 작품에는 형성중인 많은 이미지가 있는데, 각자의 정신 속에서 다르게 존재해요. 중요한 건 그거고요."

모나가 감행한 설명은 생산적이고 유익했다. 앙리는 모나에게 피에르 술라주는 1919년 프랑스 남부의 한 보잘것없는 집안에서 태어났다고 알려줬다. 고대 예술, 더 나아가 선사시대의 예술과 로마네스크 건축을 떠받들었고, 어렸을 때는 눈 내린 풍경화를 그리곤 했다. 그는 전후 추상 예술에서 유럽의 한스 아르퉁과 함께, 또 미국의 몇몇 예술가와 나란히 두각을 드러냈는데, 그들 중 특히 프란츠 클라인, 로버트 마더웰, 마크 로스코 등이 술라주와 비슷한 미학을 발전시켰다. 강렬한 명암 대비를 구사하되, 단순하다 못해 빈약한 재료를 사용하는 미학이었다. 페인트붓으로 칠한 호두 속껍질 염료, 유리에 칠한 역청 등이 그 예다. 이 미학은 1979년의 대혁신에서 정점에 이른다. 바로 술라주가

'초超검정', 즉 풍부한 발광성을 지닌 검은색을 실험하던 때로, 역동적인 형상을 이루는 검은색의 질감이 무수한 색조와 반짝거림을 만들어냈다.

"네게는 무슨 형상이 보이는지 말해주렴, 모나야." 호기심 많은 젊은 이의 어조로 앙리가 말했다.

"잘 보세요, 하비. 예를 들어 맨 위, 첫번째 띠에서 저는 쿠르베의 〈오르낭의 매장〉을 봐요. 긴 행렬 속 마을 사람들이 울고 있죠. 기억하세요? 저는 상실을 봐요."

"그러면 그 아래 두번째 띠에서는 뭐가 보여?"

"아빠의 가게 뒷방이랑, 생일 선물로 강아지를 받았다는 걸 알게 되었던 순간이요. 저는 기쁨을 봐요!"

"그리고 세번째에선?"

"할아버지 어깨에 올라탔던 세 차례의 순간을 봐요. 미켈란젤로의 〈죽어가는 노예〉 앞에서, 브랑쿠시의 〈공간 속의 새〉 앞에서, 또 오르세 미술관 앞에서 할아버지랑 사진을 찍으려고 포즈를 취했을 때였죠. 이 세번째 띠에서, 그러니까 저는…… (모나는 적절한 단어를 찾지 못했다.)"

"……너는 성장을 보는구나, 모나야. 그리고 네번째에선?"

"운동장에서 다 함께 왁자지껄 놀 때의 소란스러움을 봐요. 얼굴에 공을 맞았을 때를, 이어서 찾아들었던 고통을 봐요. 저는 폭력을 봐요."

"그리고 다섯번째에선?"

"저는 글자들을 봐요. 반 오르스트 선생님의 진료실에서 제대로 읽어냈던 작디작은 글자들을 봐요. 그때 멀리서 무슨 선서를 읽었는데…… (모나는 의학의 선조인 고대 그리스인의 이름을 잊어버렸다.)"

"……히포크라테스 선서."

"네, 그거예요. 히포크라테스 선서! 그랬더니 의사 선생님이, 걱정해야 할 증상과는 별개로 내 시력이 굉장히 좋고 정확하다고 알려줬어요. 저 다섯번째 띠에서 저는 치유를 봐요."

앙리는 그림의 어두운 띠들에 집중했고, 그에 대해 많은 것을 새로이 알게 되었다. 모나가 자기 방식대로 그림을 설명하면서 각 부분에 상징적 의미(상실, 기쁨, 성장, 폭력, 치유)를 부여했을 때, 이 작품에 우의적이고 정신적이며 성스러운 잠재력이 내재되어 있음을 깨달았기 때문이다.

"이제 양쪽 끝을 보세요." 아이가 말을 이었다. "분명 알아보셨을 거예요. 화가는 다섯 개의 가로 띠가 그려진 판지를 먼저 있던 밑판, 그러니까 그 아래에 깔린 밑판에 붙였어요. 하지만 위에 덮인 나무판의 가로 폭이 약간 짧아서, 왼쪽과 오른쪽에 가장자리 공간이 남아요. 이제 그 두 가장자리를 보세요. 뭐가 보이세요? 아래의 밑판에는 흰색 바탕에 검은색 선들이 그어져 있었다는 게 보이죠. 그런 다음에 나무판을 포개서 그 위에 저 띠들을 그린 거예요."

"그럼 그게 무엇을 의미하지?"

"뭔가를 의미하기 전에, 하비, 어쨌거나 그 아름다움에 감탄해야 해요! 저는 저 두 세로 띠가 좋아요. 흰색의 효과는 굉장히 순수하고, 검은색은 정말이지 깊어요. 위에 붙은 나무판의 어두운 띠랑 대비를 이루죠. 거기선 다양한 색조의 어두운 색깔들이 뚜렷한 경계 없이 서로 뒤섞이니까요. (모나는 자신의 표현 방식에 뿌듯함을 느꼈다. 심지어 어른이 된 것 같은 느낌도 들었다.) 하지만 그래요, 저는 그게 아주 아름다울 뿐만 아니라, 뭔가를 의미한다고 생각해요."

"뭔데, 모나야?"

"생각과는 달리, 바라봐야 할 것이 언제나 더 있다는 것. 무슨 뜻이냐면, 모든 것을 바라보고 사방을 바라볼 줄 알아야 한다는 거예요. 중심뿐만 아니라 양쪽을, 위에서 아래로, 아래에서 위로, 왼쪽에서 오른쪽으로, 오른쪽에서 왼쪽으로. 하지만 무엇보다도 보아야 할 것은…… 뭐라 해야 할까요?"

"말해보렴, 모나……"

"음 그러니까, 보이는 것 너머를 보아야 한다는 거예요. 나무판 아래 다른 형상이 있다는 걸 알게 되니까요…… 그 형상들은 숨겨져 있지만, 다른 곳에 존재해요. 술라주는 우리에게 그것을 가르쳐줘요."

"이 예술가는 우리에게 우리 눈을 벗어나는 것의 존재를 가르쳐주는구나. 그렇다면 모나야, 네 생각엔 '검은색은 색이 아니다'라고 말하는 이들에게 술라주가 뭐라고 대답했을 것 같니?"

"그건 이상한 말인데요. 왜냐면 색깔을 있는 대로 다 섞으면 검은색이 나오거든요, 진짜!"

모나는 잠시 말을 멈췄다가 어조를 바꿔 말을 이었다. 약간 최면에 빠진 듯 말이 느려지고 시선이 화폭 속으로 빠져드는 것이, 마치 아이의 정신이 화폭과 하나가 된 듯했다.

"바로 그거예요, 하비…… 피에르 술라주가 우리에게 남겨준 메시지…… 검은색도 색이다. 심지어 까마득한 색이다……"

에필로그

위험에 맞서라

모든 게 오므라드는 것처럼 보여서 방학 같지 않은 방학들이 있다. 만성절 방학 동안 해는 급격히 짧아졌고, 창문들이 일제히 닫혔으며, 사람들의 입은 막연한 상실감과 비애감의 추가 달려 무거워진 듯 덜 수다스러워졌다. 집집마다 초대하지도 않은 어둠이 찾아드는가 하면, 차가운 유리창들은 공기 중의 수증기를 포획해서 맑고 예쁜 표면을 부연 김으로 치장했다. 눈물 막이 생겼다. 일요일의 우울이 일주일 내내 방울져 흘렀다.

폴의 가게는 이제 영영 사라졌고, 모나는 배신감을 느꼈다. 이미 오래전부터 가을방학 동안 릴리를 보러 로마에 가기로 되어 있었는데, 비행기를 타고 날아가리라는 흥분으로 환히 빛나던 이 이탈리아행 약속은 모호하기 짝이 없는 '다음번'으로 미뤄지면서 잔인한 약속이 되어버렸다. 사실 모나의 부모는 딸이 부적 펜던트를 잃어버릴지도 모른다는 생각에 꼼짝할 수 없었고, 카미유는 강화 고리로 연결부를 새로 만들기까지 했다. 모나가 자기들 곁을 벗어나 먼 곳에 가다니, 카미유로서는 생각도 할 수 없는 일이었다.

아이는 자기 방에서 바닥에 누워 천장을 바라보며 몽상에 잠겼다. 새로 생겨난 습기 얼룩들이 우주 속을 떠도는 행성에 펼쳐진 미지의 대륙 지도 같았다. 그래서 모나는 나라와 민족의 이름을 지어내고, 제 멋대로 옷을 입히고, 난장이라든지 거인이라든지 기상천외한 신체 특징들을 정해준 뒤, 풍랑 이는 바다를 가로지르는 터무니없는 원정대, 웅장한 전투, 그리고 무엇보다 숭고한 화해를 상상했다. 자기도 모르는 사이, 모나는 그 머릿속 프레스코화에 대한 이야기를 소리 내어 중얼거리고 있었다.

모나 주위로 모든 것이 달라져 있었다. 유년기의 잔해들을 치웠고, 빈 공간을 활용해 아빠 가게의 물건들을 가져다놓았다. 명랑한 무질서가 지배하는 가운데 교과서와 옷가지들이 흩어져 있는 건 여전했지만, 이제 방은 작은 보물 창고에 한결 가까워졌다. 그 난장판 속에서 특히 꼽을 수 있는 것은 폴의 주크박스로, 모나는 가끔 그걸로 프랑스 같의 노래를 틀었다. 고슴도치 모양의 병꽂이도 보였다. 예전에는 그토록 싫어하던 그 물건을 아이는 자기 목걸이 줄과 같은 낚싯줄로 천장에 매달아놓았다. 책꽂이에는 낡은 전집 세트에서 나온 책들이 들어와 있었다. 그리고 또, 팔리지 않고 남아 있던 베르투니 인형 하나를 기적적으로 구출했다. 류트 줄을 쓰다듬고 있는 목자였다. 어쩌면 오르페우스일지도. 벽에는 쇠라의 포스터, 오귀스트 로댕의 〈생각〉을 옮겨 그리던 여학생이 준 풍자 데생이 남아 있었고, 물론 앙리와 모나가 오르세 미술관 앞에서 찍은 사진도 그대로였다.

옆 방에서 카미유의 전화기가 울렸다. 카미유가 전화를 받았고, 걱정스러운 투로 성화를 부리는 엄마의 목소리로 미루어 모나는 통화 상대가 할아버지일 거라고 짐작했다. 신경이 곤두선 기색이 역력한 카미유가 이리저리 서성거리며 딱 자르는 투로 안 된다는 말을 반복하고 있었다. 대체 뭘 거절하는 걸까? 논의에 오른 게 무엇인지 모나는 어렵지 않게 유추할 수 있었다. 앙리의 주장은 손녀가 적어도 며칠 정도는 몽트뢰유를 벗어날 수 있어야 한다는 것이었다. 모나는 두 손을 벽에 대고 납작한 자세로 귀를 기울였다. 결국 엄마가 가드를 내리는 것 같았다.
"네, 네, 알겠어요." 엄마가 반복해서 내뱉는 말이 이렇게 바뀌었다.
그러고선 몇 분 뒤, 엄마가 전화를 끊더니 큰 소리로 외쳤다.
"모나야, 문밖에서 다 들은 거 안다!"
아이의 장난스러운 웃음소리가 방 반대편으로 멀어졌다. 카미유는 아이의 방으로 갔다. 그렇다. 모나는 잠깐 집을 떠날 수 있을 것이다. 그렇다, 코스모스도 함께 갈 수 있을 것이다. 앙리가 각별한 주의를 기울일 테니 모나가 위험에 처할 일은 없다고, 엄마는 결국 받아들이게 된 것이다.
"할아버지가 너한테 세잔의 이 문장을 말해주라고 하시더라. (카미유는 메모해 온 쪽지를 꺼냈다.) '자연을 거쳐 루브르에 가고, 루브르를 거쳐 자연으로 돌아가야 한다.' 뭐, 무슨 얘긴지 나는 전혀 모르겠다만, 할아버지는 널 데리고 생트빅투아르산을 보러 가고 싶어하셔."
"오! 너무 멋질 거예요, 엄마! 고마워요, 사랑하는 엄마!"
"정말 조심해야 해. 알겠니? 목걸이 고리 좀 다시 보자……"

◆

앙리와 모나는 이제 비밀에 대한 그리움을 공유했다. 현실 속에 다른 누구도 들어갈 수 없는 또하나의 현실을 만든다는 건 무척 대단하고 몹시도 감미로운 일이다. 그리고 어느 날 그 이중의 현실을 포기해야 할 때가 되면 너무나 고통스러운 것이다…… 그러니 그 같은 평행 세계의 삶에 안녕을 고하기 위해 거쳐야 할 순례 같은 게 있지 않을까? 바야흐로 펼쳐질 여행의 의미는 어쩌면 그런 게 아니었을까? 어쩌면.

고속 열차 안에서 모나는 할아버지가 아무것도 읽지 않고 있음을 눈여겨보았다. 대신 생각에 잠긴 것 같았는데, 아이는 그 심각한 분위기를 깨는 데 도전하기로 했다. 이를 위해, 주머니에 지니고 있던 뭔가를 할아버지에게 보여주기로 마음먹었다.

52주의 수요일 동안 모나는 할아버지와 함께 52점의 작품을 발견했다. 그러던 중 생일 선물로 코팅된 카드 한 벌을 받아서, 각 장 뒷면에 할아버지와 함께 본 작품, 데생, 조각, 사진, 설치물의 사진을 붙이기 시작했다…… 모나가 가져온 것은 바로 그 52장의 카드 세트였다. 이제 그것은 완성되었다. 모나는 카드 갑을 할아버지에게 직접 건네는 대신, 자기 앞 간이 테이블에 아무것도 아니라는 양 슬쩍 올려놨다. 말할 것도 없이, 그것은 노인의 호기심을 자극했다.

"그게 뭐니, 모나야?"

"그냥 제 카드 세트예요, 하비. 같이 보러 갔던 작품들을 다 붙였거든요."

"네 말은, 카드 하나씩에 미술관의 쉰두 작품을 상징적으로 대응시켰다는 말이니?"

"그런 것 같아요."

앙리는 추억에 휩싸였지만 동요하는 기색을 억눌렀다. 각기 다른 무늬와 숫자의 카드를 작품 하나하나에 일관성 있게 연결한다는 그 엉뚱한 발상을 모나가 실제로 해냈단 말인가? 그게 정말로 카드 한 벌이 된다고? 호기심이 동한 그는 카드 세트를 손에 들고 한 장씩 펼쳐봤다. 그러자 기적이 나타났다. 아주 느릿느릿 뒤집는데도, 술술 읽히는 소설처럼 지난 한 해가 쏜살같이 펼쳐졌다. 손녀가 마법을 부려놓은 그 물건 속에 한 해가 고스란히 담겨 있었다.

"이런 걸 해내다니. 정말 멋지다, 모나야! 우리가 같이 보낸 열두 달에 이보다 더 훌륭하게 경의를 표할 순 없을 거야. 이 카드 세트는 예술 작품으로 손색이 없어."

"고맙습니다." 약간 뿌듯한 표정으로 모나가 수줍게 대답했다. "그럼 하비는요, 쓰기로 하셨어요? 할머니에 대한 책 말이에요."

"응, 쓰기로 했다."

모나는 앙리의 품으로 파고들며 기쁨으로 짧고 날카로운 비명을 내질렀다. 몇몇 승객이 책망하는 얼굴로 모나를 돌아보았다. 아이들의 감출 수 없는 열광을 질색하는 어른들이었다. 모나는 혀를 내밀어 보이고 싶었지만 그 순간 더 좋은 생각이 났다.

"하비, 카페 객차에 가실래요? 하비는 커피, 저는 코코아를 마실 수 있을 거예요. 거기서 할머니에 대해 전부 얘기해주세요. 어서요, 하비, 제발요."

앙리는 고개를 끄덕였다. 그는 모나를 데리고 가서 커다란 유리창을 내다보는 스툴 의자 두 개에 나란히 앉았다. 아이는 음료를 단숨에 들이켰다. 노인은 거의 손도 대지 않았다. 수수께끼에 채워진 자물쇠를 풀 시간이 왔다. 번개 같은 속도로 프랑스를 가로지르며 하늘과 땅을 실어가는 그 기차 안이라면 맞춤한 때였다. 그래서 그는 이야기에 돌입했다.

콜레트의 아버지는 가톨릭교도이자 왕당파였고, 2차대전 때 레지스탕스로 활동했다. 그러다 나치에게 붙잡혀 감방에서 청산가리로 자살했다. 고문을 당하다 동지들을 누설하는 일을 피하기 위해서였다. 영웅적이고 비극적인 이 사건에서, 고아로 남은 딸은 두 가지 교훈을 끌어냈다. 첫째, 신에 대한 믿음이 놀라운 힘을 준다는 것. 그래서 콜레트는 열렬한 가톨릭교도가 되었다. 그리고 둘째, 자기 죽음을 선택할 수 있어야 한다는 것. 그래서 콜레트는 안락사의 권리를 위해 싸우는 투사가 되었다.

앙리와 콜레트는 서로를 미친듯이 사랑하게 되었다. 뿔고둥을 주운 해변에서, 영원히 함께하며 사랑하겠다고 서로에게 맹세하면서, 콜레트는 앙리에게 어느 날 자기가 죽음을 결심하게 된다면 거기에 반대하지 않겠다는 약속을 하게 했다. 그는 약속했다. 1960년대와 1970년대 내내 콜레트는 안락사를 위한 투쟁에 앞장서 참여했다. 콜레트 뷔유맹은 신앙을 간직했고 끝끝내 완전히는 버리지 않았는데, 그럼에도 보수층과 교회의 거센 비방 선전에 부딪혔다. 특히 언론을 통해 가증스러운 공격이 쏟아졌다. 하지만 콜레트는 결코 기죽지 않았다. 싸우고, 또 싸우고, 늘 싸웠다. 그리고 의학의 발전이, 그 자체로는 칭송할 만하다 해도, 사실상 역설적인 상황을 만들어낸다는 점을 염려했다. 아흔 살, 백

살, 가끔은 그 이상까지 생명을 연장시킬 방법을 발견하는 한편, 인간 신체의 자연스러운 저항 반응을 억누름에 따라 신경퇴행성 질병들이 나타났고, 그로 인해 초고령의 나이는 부당한 고통에 시달리는 긴 단말마가 되곤 했다. 콜레트는 의식을 변화시키기 위해 투쟁했다. 벨기에나 스위스 같은 몇몇 나라에서는 성공했다. 프랑스에서는 더 어려웠다. 그럼에도 계속 고통받느니 삶을 끝내고 싶어하는 환자들의 마지막 순간에 콜레트의 온화하고 태양 같은 존재가 은밀하게 함께하곤 했다.

콜레트가 놀랍도록 쾌활하고, 대책 없이 웃기고, 수많은 친구에 둘러싸여 지내는 인물이었음을 말해둬야 한다. 담배를 피웠고, 좋은 와인을 음미할 줄 알았고, 탱고를 누구보다도 잘 추었다. 말도 안 되는 것에 충동적으로 열을 올렸고, 퍼뜩 스친 한순간의 생각으로 별의별 엉뚱한 물건을 수집하곤 했다. 광석, 우편엽서, 희귀한 옷감, 찻잔 받침…… 또 익히 알다시피, 그 베르투니 인형들.

일흔 살의 어느 겨울날, 콜레트는 끔찍한 두통을 느꼈다. 그런 뒤 계속되는 저림 증상과 촉각 이상이 나타났다. 더 심각한 건 움직임을 잘 제어할 수 없었다는 것이다. 원치 않게 담배를 떨어뜨리곤 했다. 진찰을 받았고, 선고가 내려졌다. 뇌 신경계를 조금씩 갉아먹는 극히 희귀한 병에 걸린 것이었다. 알츠하이머병과 파킨슨병의 조합이랄까. 저명한 미국 교수의 이름을 딴 병이었는데 어떤 치료법도 존재하지 않았다. "아! 신이 따로 만나자고 식탁 밑에서 다리를 툭툭 치시는데." 사태의 심각함을 누그러뜨리려고 콜레트가 말했다. 심지어 정말로 그렇게 생각했다.

당시 콜레트는 기억을 유지하기 위해 인형 컬렉션을 이용했다. 각각의 인형에 이름과 짤막한 가상의 생애를 부여한 뒤, 매일 아침 무작위로 하나를 집어들고 자기가 상상해놓은 이야기를 기억해내는 것으로 두뇌를 테스트했다. 처음에는 전혀 어려울 것이 없는 연습이었다. 상자에서 나온 것이 어릿광대건, 보병이건, 세탁부건, 벵골의 야수건, 콜레트는 아이 같은 생기를 과시하며 백발백중 답을 맞혔다. 의사들이 틀렸던 게 아닐까?

그러다 어느 아침, 한 이름 앞에서 버벅거렸다. 다른 이름 하나도 기억나지 않았다. 세번째 이름은 네번째 이름과 헷갈렸다. 병이 승기를 잡았다. 그것도 아주 빨리. 발작이 점점 더 심해졌다. 급기야는 숨이 멎을 정도로 잔혹해졌다. 벤치에 누워 있는 청년 인형을 집어들었는데, 그에 대해 상상했던 것을 모두 잊어버린 것 같았다. 납으로 만든 그 남자, 벤치, 누운 자세, 거기 칠해진 색깔, 형태, 그 모든 것이 의미를 잃은 공허 속에 떨어졌다. 언어가 단번에 고갈되었고, 언어와 함께 세계의 의미가 고갈되었다. 가물거리는 뇌가 카오스 속으로 침몰하려는 참이었다. 그리하여 잠시나마 정신이 다시 또렷해졌을 때, 콜레트는 끝내야겠다고 결심했다. 존엄하게. 하지만 시급히. 꼼짝 못하고 숨만 쉬는 몸으로 변하기 전에 끝내야 한다. 카미유는 이 결정에 반발했다. 자기가 보기에는 쇠퇴의 조짐이 너무 미미했기 때문이다. 그리고 그러한 결말을 막기 위해 아내를 말리지 않는 아버지에게 쓰라린 분노를 느꼈다. 하지만 절망했을지언정, 앙리는 일생의 아내에게 약속한 것이 있었다. 눈부신 감동의 식사 자리를 마지막으로 모든 것이 끝났다. 콜레트의 친구들이 곁에 모여 저편으로 가는 이를 배웅하며 건배했다. 콜레트는 환히 빛났고, 두려워하지 않았다. 마지막으로, 자기 손녀에게 이렇게 말했다. "부정적인 건 잊어버려, 내 아가. 언제나 네 안에 빛을 간직하렴." 그리고 콜레트는 어느 클리닉으로 떠났다. 그 클리닉의 이름을 앙리는 애써 잊었다.

기차가 멈춰 있었다. 모나도 마찬가지였다. 할아버지의 얘기를 듣는 내내 호흡을 거의 멈추고 있었던 것 같았다. 마치 눈물 강을 둑으로 막기 위해 돌이 되어버린 듯했다. 그리고 이제 앙리가 입을 다물자 격류를 이룬 강이 둑을 덮쳐 무너뜨릴 것처럼 느껴졌다. 쇄도하던 물길이 돌연 멎은 건 무거운 객차 문이 이제 막 닫히는 소리가 들려왔기 때문이었다. 펜던트를 움켜쥔 채 모나는 창밖을 보았다. 커다란 표지판이 보였다. '엑상프로방스.' 그리고 기차는 다시 움직이기 시작했다.

"하비, 하비, 역을 놓쳤어요. 역을 놓쳤어요! 내리는 걸 잊어버렸어요!"

"걱정하지 마라." 입가에 미소를 띤 노인이 속삭였다.

"하비, 생트빅투아르산!"

"우리는 좀더 갈 거야……"

좀더 간다고? 그러면 어디? 그들은 어디로 가는가? 놀랍게도 이 할아버지 안에서는 여전히, 그리고 항상, 갖가지 **모험**이 진동하고 있었다. 일직선을 좋아하는 이들이 있는가 하면, 갈림길을 좋아하는 이들이 있다. 앙리는 죽을 때까지 두번째 부류의 사람일 것이다. 생트빅투아르산은 기다릴 수 있었다. 그에 앞서 또다른 기념지가 그들을 맞아들일 것이었다.

모나와 앙리는 남쪽으로 약 50킬로미터를 더 가서 멈췄다. 카시스역이었다. 그들은 내려서 오솔길을 따라 걷기 시작했다.

◆

쏟아지는 빛! 모나는 오후의 쨍한 햇살 아래 파라솔 같은 거대한 소나무들이 주위를 에워싸고 있는 것을 보았다. 기차에서의 경직 상태는 바다 냄새와 대기의 진줏빛 투명함을 접하자 흔적도 없이 사라졌다. 약간의 구름 띠가 연보라색과 황갈색을 띠었다. 모나는 파도를 향해 달렸다. 가을의 태양에 취기를 느꼈다. 여름이 물러난 뒤에는 태양이 살갗을 깨물어도 아프지 않았다. 돌진하던 모나는 멈춰 서서 달려오는 코스모스를 기다렸다. 팔을 십자로 펼친 채, 모나는 태양을 마주하고 섰다. 태양을 바라보았다. 눈을 깜빡거리지도, 찌푸리지도 않았다.

아이는 해변에 밀려와 있던 막대기를 발견했다.

"가서 물어와, 코스모스!"

그러자 개가 단번에 속력을 내서 달려가 이빨로 나무 막대기를 잡아채더니 의기양양하게 들어올렸다. 당장 그걸 어떻게 해야 할지는 몰랐다. 주인에게 다시 갖다줘야 할까, 아니면 혼자 우물우물 씹을까? 개는 망설이다가 아이를 향해 고개를 돌리더니 확신 없는 기색으로 종종걸음을 치며 돌아왔다.

"잘했어, 코스모스!"

그런데 앙리는 어디에 있는지? 뒤쪽에 물러나 있었다. 모나는 할아버지의 기나긴 실루엣을 살폈다. 젊은 사람 같기도 하고 유령 같기도 했다. 앙리는 곁으로 다가와 쭈그려앉더니 모나의 가느다란 목을 보면서 말했다.

"지금이야. 지상의 아름다운 것에 대고 맹세할게. 바로 지금이야……"

 앙리의 말에 뒤이어 한 차례 바람이 로켓처럼 솟았다. 아이는 몇 초간 가만히 있다가 눈썹을 찌푸렸다. 그리고 이해했다. 조금 전 기차에서 막아둔 눈물이 한꺼번에 다시 밀어닥쳤다. 모나는 버텼고, 눈물을 다스렸고, 고개를 끄덕였다.
 바로 이 해변에서 육십 년 전 앙리와 콜레트는 약속을 나눴다. 바로 이 해변에서 그들은 함께 별것 아닌 뿔고둥을 주워 수호 부적으로 삼았다. 따라서 지금이었다…… 악마를 시험하듯 치유를 시험해야 할 때, 다른 이의 삶에 속한 부적을 본래의 순환 속으로 되돌려보냄으로써 그로부터 해방되어야, 자유로워져야 할 때였다. 모나는 두려웠다. 모든 걸 망치고 싶지 않다면 아무것도 시도하지 않는 편이 낫다고 윽박지르는 두려움이었다.
 이 첫번째 두려움에, 불쑥 들이닥친 두번째 두려움이 뒤섞였다. '어느 날엔가는 하비도 죽을 것이다.' 언젠가는 나이들고 쇠약해져 떠날 것이고, 아주, 영영, 다른 쪽으로 가버릴 것이었다. 모나는 할아버지를 잃을 것이었다.
 사실 유년기의 가르침이란 바로 이것, 상실이었다. 유년기 자체의 상실부터가 그렇다. 유년기를 잃어버리면서 유년기가 무엇이었는지 배우고, 그러면서 모든 것을 항시적으로 잃을 것임을 배운다. 잃는다는 것이 살아 있다는 감각의, 강렬한 존재감의 필수불가결한 조건임을 배운다. 흔히 성장이란 획득한 것을 쌓아가는 일이라고 여겨진다. 경험, 지식, 물질의 획득. 하지만 그건 허상이다. 성장은 상실이다. 살아간다는 것, 그건 삶의 상실을 받아들이는 일이다. 살아간다는 건 매초 매분 삶에게 작별을 고할 줄 알게 되는 일이다.

모나가 이런 생각에까지 이르렀던 건 아니다. 아이의 두려움은 가시지 않았다. 실명의 위험은 실제적으로 펼쳐져 있었다. 생생하게 느껴지는 육체적 위협. 그리고 그런 순간에 거창한 말들은 무릅써야 할 위험에 짓눌려 한없이 작아지고, 미약해지고, 들리지 않는 것이 된다.

"모나야, 위험에 맞서렴."

"네, 하비."

아이는 마지막으로 펜던트를 꼭 쥐었고, 천천히 벗어냈다. 둔중한 진동이 아이를 뒤흔들었다. 하지만 멈추지 않았다. 낚싯줄이 턱, 입, 귀를 지났고, 머리카락에 뒤섞였고, 결국 머리에서 벗어났다. 모나는 갑자기 두 눈 속으로 파리들이 날아드는 듯한 끔찍한 느낌에 휩싸였다. 점점 더 많은 벌레가 모여들었고, 무리를 이뤄 끝없이 커져만 갔다. 소라 껍데기는 아이의 오른손에 올려져 있었다. 손가락을 편 오목한 손바닥이 대리석 보석함 같았다. 어둠은 시야에 그저 내리깔리는 것이 아니라, 동공을 중심으로 빙빙 돌며 소용돌이를 이뤘다. 모나에게는 이제 아무것도 보이지 않았다. 정신은 혼미해졌고, 주위 세계는 깜깜해졌다. 아뜩한 느낌이 너무 무서워서 아무 소리도, 괴로워하는 소리조차도 낼 수 없었다. 머릿속 검은 세계에서는 심연이 점점 깊이 파이고 있었다. 의식은 남아 있는지? 조난자가 파도 위로 떠다니는 통나무에 매달리듯, 모나는 흘러드는 생각 하나에 매달렸다. '검은색도 색이다.' 마침내 말로 떠올리고 나니, 그 문장이 암흑 속을 점점이 비추었다. 흩뿌려진 별빛들이 나타나 점차 뚜렷해지면서 무無로부터 생각지도 못한 입체감을 끌어냈다. 조각난 카오스에서 지난 일 년 동안 본 작품들에 담겨 있던 다정한 얼굴들, 설레는 형상들이 다시 보이는 것 같았다. 그러더니 빛무리 속에서 그리운 모습 하나가 보다 선명하게 나타났다. 콜레트가 거기에 있었다. 그 존재를 다시 느낀다는 게, 이루 말할 수 없이 포근했다. 모나는 그 존재에 섞여들고 싶었다. 꿈을 꾸는 것으로 충분했다.

그러나 콜레트의 존재 또한 이윽고 희미해져갔다. 콜레트는 보이지 않는 신호로 자기가 들어가 있는 터널에서 나가라고, 그리고 특히 절대 뒤돌아보지 말라고 당부하는 것 같았다. "할머니! 아아, 저랑 같이 있어요! 할머니! 할머니! 저랑 같이 있어요! 제발요! 같이 있어요!" 그러고는 눈꺼풀에 다시 송진이 덮였고 몸이 떨려왔다.

모나는 쇄골께가 지그시 눌리는 것을 느꼈다. 할아버지의 여윈 손가락 같았다. 또한 손바닥에 까끌까끌한 어루만짐을 느꼈다. 개의 혀인 듯했다. 아이는 자기 자신과 싸우고 있었다. 자기 눈과 싸우며, 안간힘을 써서 깜빡이려고 했다. 눈이 뜨여 있나? 그럼에도 여전히 아무것도 보이지 않았다. 계속해서 애쓰며 거듭 정신을 가다듬었지만 아무것도, 여전히 아무것도 보이지 않았다……

그리고 한순간, 마침내 눈물이 솟구쳤다…… 아이가 그토록 억눌렀던 눈물, 성장하며 순순히 마르게 하는 법을 배우는 눈물, 유년기의 마르지 않는 눈물이 솟아났고, 닥쳐든 그것을 무엇도 막을 수 없었다. 눈물은 모나에게 남아 있던 검댕, 부스러기, 잿가루를 완전히 씻어냈다. 그러더니 홀연 파란색이 나타났다! 얼룩들 같기도 하지만, 그래도 파란색이었다! 노란색이 나타났다! 오, 노란색! 번개처럼 지나갔지만, 그러거나 말거나, 어쨌든 노란색이 아닌가! 빨간색, 만세. 무슨 막처럼 보이긴 했지만, 그래도 빨간색이었다! 그리고는 그 색들이 뒤섞였다. 모나는 초록색 한 오라기, 연보라색 한 톨, 오렌지색 한 점을 포착했다. 갖가지 색조가 쳐들어와 와자지껄 한데 어울렸다. 주홍색, 선홍색, 진홍색, 산호색, 맨드라미색, 와인색, 까치밥나무색, 꼭두서니색. 선이 나타나더니, 이내 부피가 나타났다. 맹렬한 속도로 세계의 살이 생성되고 있었다.

앙리는 모나의 어깨에서 손을 떼지 않은 채 아무 말도 하지 않았다. 코스모스는 이따금씩 특유의 두 번 짖기로 긍정의 뜻을 표했다. 모나는 눈을 떴다. 뿔고둥이 옛날에 묻혀 있던 자리로 돌아가는 것을 지켜보았다. 모나는 모래를 쓸어 그것을 덮었다. 그리고 이제 매장된 소라 껍데기 위, 별무리 같은 수백만의 모래 알갱이 하나하나를 되찾은 시력으로 볼 수 있었다.

성소가 완성되었다.

모나는 다시 일어났다. 몇 걸음 걸어가다 깊이 더 깊이 공기를 들이마셨다. 기쁨이 차올랐다. 모나는 살짝 뛰더니 맴을 돌기 시작했다. 아주 천천히, 360도로, 빙글빙글 돌았다. 팽이처럼, 혹은 등대 불빛처럼 돌았다. 움직임이 빨라지면서 무게 중심이 흩어졌다. 모나는 물가의 바위들을 보았고, 솔밭의 그림자를 보았고, 북쪽의 산을 보았고, 동쪽 지붕들을 보았고, 먼바다의 배들을 보았다. 그러고는 다시 바위, 솔밭, 산, 지붕, 배, 바위, 솔밭, 산, 지붕, 배…… 모나는 빙빙 돌았고, 바위는 솔밭과 뒤섞였고, 솔밭은 산과, 산은 지붕과, 지붕은 배와, 배는 바위와 뒤섞였다. 모나는 빙빙 돌았고, 그 회전목마 놀이 한가운데에서 바라본 주위 세계는 생생한 색깔들의 단층사진으로 변해 더이상 아무것도 알아볼 수 없게 되었다. 현기증이 나도록 돌았다, 비틀거릴 때까지. 모나는 모래밭 위로 넘어졌다.

정신을 차리며 자기 앞을 똑바로 바라보았다. 너무나 아름다웠다. 호박빛 작은 사막에 끝없이 부서지는 거품이 너무나 아름다웠고…… 날아다니는 하얀 갈매기들 아래 부풀어오르는 터키석색 파도가 너무나 아름다웠고…… 또렷한 수평선, 저기, 저기, 경이로운 저 또렷한 수평선이 너무나 아름다웠고……

앙리가 다가왔다. 뒤로 도는 손녀가 그에게는 페르메이르의 그림처럼 보였다. 주위 사방의 암흑을 떨쳐내고 돌연하게 나타나는 〈진주 귀걸이를 한 소녀〉의 모습. 모나가 마치고 돌아온 긴 여행의 반향을 알아본 것이다. 앙리는 그 동그랗고 예쁜 얼굴을 향해 우주처럼 넓은 품을 내주었다. 모나는 약간 멍멍한 표정으로 미소 지으며 그를 껴안았다.

"오, 하비…… 이 모든 게, 또 **저편**의 모든 것이, 너무 아름다워요."

옮긴이 **위효정**
고려대학교에서 철학 및 불문학을 전공하고 동 대학원에서 불문학 석사학위를 받았다. 파리 낭테르대학교에서 2024년 「'나'를 재발명하기: 1872년의 랭보」라는 논문으로 박사학위를 받았다. 『랭보 사전』 집필에 참여했으며, 옮긴 책으로 『랭보 서한집』, 이브 본푸아의 『우리에게는 랭보가 필요하다』, 나탈리 사로트의 『향성』, 콜레트의 『봄의 이름으로』가 있다.

문학동네 세계문학
모나의 눈

1판 1쇄 2025년 7월 4일 | 1판 2쇄 2025년 8월 27일

지은이 토마 슐레세 | 옮긴이 위효정
책임편집 고선향 | 편집 송원경
디자인 최효정 유현아 | 저작권 박지영 형소진 주은수 오서영 조경은
마케팅 정민호 서지화 한민아 이민경 왕지경 정유진 정경주 김혜원 김예진 이서진
브랜딩 함유지 박민재 이송이 박다솔 조다현 김하연 이준희
제작 강신은 김동욱 이순호 | 제작처 영신사

펴낸곳 (주)문학동네 | 펴낸이 김소영
출판등록 1993년 10월 22일 제2003-000045호
주소 10881 경기도 파주시 회동길 210
전자우편 editor@munhak.com
대표전화 031)955-8888 | 팩스 031)955-8855
문학동네카페 http://cafe.naver.com/mhdn
인스타그램 @munhakdongne | 트위터 @munhakdongne
북클럽문학동네 http://bookclubmunhak.com

ISBN 979-11-416-1101-9 03860

잘못된 책은 구입하신 서점에서 교환해드립니다.
기타 교환 문의 031)955-2661, 3580

www.munhak.com

Les Yeux de Mona
수록 작품

Louvre

루브르

01
◆

산드로 보티첼리
〈비너스와 미의 세 여신〉

Sandro Botticelli
*Vénus et les trois Grâces offrant
des présents à une jeune fille*
1475/1500(4e quart du XVe siècle)

02
◆

레오나르도 다빈치

〈라 조콘다〉

Léonard de Vinci
La Joconde
1503/1519(1er quart du XVIe siècle)

03

라파엘로 산치오
⟨아름다운 정원사⟩

Raphaël
La Belle Jardinière
1507/1508(1ᵉʳ quart du XVIᵉ siècle)

04

◆

티치아노 베첼리오

〈전원 음악회〉

Titien
Le Concert champêtre
1500/1525(1er quart du XVIe siècle)

05
◆

미켈란젤로 부오나로티
〈죽어가는 노예〉

Michel-Ange
Esclave mourant
1513/1515(1er quart du XVIe siècle)

06
◆

프란스 할스
〈보헤미안 여인〉

Frans Hals
La Bohémienne
Vers 1626

07
◆

렘브란트 판레인
〈이젤과 화가의 손 받침대가 있는 자화상〉

Rembrandt
*Autoportrait au chevalet et
à l'appuie-main de peintre*
1660

08
◆

요하네스 페르메이르
〈천문학자〉

Johannes Vermeer
L'Astronome
1668

09
◆

니콜라 푸생
〈아르카디아의 목자들〉

Nicolas Poussin
Les Bergers d'Arcadie
Vers 1638

10
◆

필리프 드 샹파뉴

〈봉헌물〉

Philippe de Champaigne
Ex-voto
1662

11
◆

앙투안 바토
〈피에로〉

Antoine Watteau
Pierrot
1718/1719(Ier quart du XVIIIe siècle)

12
◆

안토니오 카날레토
〈산마르코항에서 바라본 부두〉

Antonio Canaletto
*Le Môle vu du bassin
de San Marco*
1730/1755(2ᵉ quart du XVIIIᵉ siècle)

13
◆

토머스 게인즈버러
〈공원의 대화〉

Thomas Gainsborough
Conversation dans un parc
1746/1748(2ᵉ quart du XVIIIᵉ siècle)

14

◆

마르그리트 제라르
〈흥미로운 여학생〉

Marguerite Gérard
L'Élève intéressante
Vers 1786

15
◆

자크루이 다비드
〈호라티우스 형제의 맹세〉

Jacques-Louis David
Le serment des Horaces
1784

16
◆

마리기유민 브누아
〈마들렌의 초상〉

Marie-Guillemine Benoist
*Portrait présumé
de Madeleine*
1800

17
◆

프란시스코 고야
〈양 머리가 있는 정물〉

Francisco de Goya
*Nature morte à la tête
de mouton*
1808/1812(1er quart du XIXe siècle)

18
◆

카스파르 다비트 프리드리히
〈까마귀들이 있는 나무〉

Caspar David Friedrich
L'Arbre aux corbeaux
Vers 1822

19
◆

윌리엄 터너
⟨배경에 강과 만이 있는 풍경⟩

William Turner
*Paysage avec une rivière
et une baie dans le lointain*
Vers 1845

Orsay
오르세

20
◆

귀스타브 쿠르베
〈오르낭의 매장〉

Gustave Courbet
Un enterrement à Ornans
Entre 1849 et 1850

21
◆

앙리 팡탱라투르
〈들라크루아에게 보내는 경의〉

Henri Fantin-Latour
Hommage à Delacroix
1864

22

로자 보뇌르
〈니베르네의 쟁기질〉

Rosa Bonheur
Labourage nivernais:
le sombrage
1849

23
◆

제임스 휘슬러
〈회색과 검은색의 편곡 1번〉

James Whistler
*Arrangement en gris
et noir n° 1*
1871

24
◆

줄리아 마거릿 캐머런
〈허버트 더크워스 부인〉

Julia Margaret Cameron
Mrs Herbert Duckworth
1872

25
◆

에두아르 마네
〈아스파라거스〉

Édouard Manet
L'Asperge
1880

26
◆

클로드 모네
〈생라자르역〉

Claude Monet
La Gare Saint-Lazare
1877

27
◆

에드가 드가
〈스타〉

Edgar Degas
L'Étoile
Vers 1876

28
◆

폴 세잔
〈생트빅투아르산〉

Paul Cézanne
La Montagne Sainte-Victoire
Vers 1890

29 ◆

에드워드 번존스
〈운명의 수레바퀴〉

Edward Burne-Jones
La Roue de la Fortune
Entre 1875 et 1883

30
◆

빈센트 반 고흐
〈오베르의 교회〉

Vincent Van Gogh
L'église d'Auvers-sur-Oise
1890

31
◆

카미유 클로델

〈중년〉

Camille Claudel
L'Âge mûr
Vers 1902

32
◆

구스타프 클림트
〈나무 아래 피어난 장미나무〉

Gustav Klimt
Rosiers sous les arbres
1905

33
◆

빌헬름 하머스호이
〈휴식〉

Vilhelm Hammershøi
Huile[Repos]
1905

34

피에트 몬드리안
〈건초 더미들〉

Piet Mondrian
Meules de foin III
Vers 1908

Beaubourg
보부르

35
◆

바실리 칸딘스키
〈청기사 연감 표지를 위한 일러스트〉

Vassily Kandinsky
Étude pour la couverture de l'almanach Der Blaue Reiter
1911

36
◆

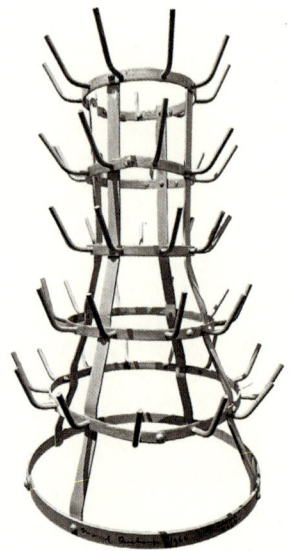

마르셀 뒤샹

〈병꽂이〉

Marcel Duchamp
Porte-bouteilles
1914/1964

37
◆

카지미르 말레비치
〈검은 십자가〉

Kazimir Malevitch
Croix[noire]
1915

38
◆

조지아 오키프
〈빨간색, 노란색 및 검은색 줄무늬〉

Georgia O'Keeffe
Stries rouge, jaune et noir
1924

39
◆

르네 마그리트
〈붉은 모델〉

René Magritte
Le Modèle rouge
1935

40
◆

콘스탄틴 브랑쿠시
〈공간 속의 새〉

Constantin Brancusi
L'Oiseau dans l'espace
1941

41
◆

한나 회흐
〈어머니〉

Hannah Höch
Mutter(Mère)
1930

42
◆

프리다 칼로
〈프레임〉

Frida Kahlo
"The Frame"(«Le cadre»)
1938

43
◆

파블로 피카소

〈오바드〉

Pablo Picasso
L'Aubade
4 mai 1942

44
◆

잭슨 폴록
〈그림(검은색, 흰색, 노란색 및 빨간색 위에 은색)〉

Jackson Pollock
*Peinture(Argent sur noir,
blanc, jaune et rouge)*
1948

45
◆

니키 드 생팔
〈신부〉

Niki de Saint-Phalle
La mariée
1963

46
◆

한스 아르퉁
〈T 1964 – H45〉

Hans Hartung
T 1964-H45
1964

안나에바 베리만

⟨검은 뱃머리(26)⟩

Anna-Eva Bergman
N° 26-1976 Proue noire
1976

48
◆

장미셸 바스키아
〈무제〉

Jean-Michel Basquiat
Sans titre
1983

49
◆

루이즈 부르주아
〈귀중한 액체〉

Louise Bourgeois
Precious Liquids
1992

51
◆

크리스티앙 볼탕스키
〈C. B.의 불가능한 삶〉

Christian Boltanski
La vie impossible de C.B.
2001

50
◆

마리나 아브라모비치
〈배 비우기, 물줄기 들어가기—흰 용: 서기, 붉은 용: 앉기, 녹색 용: 눕기〉

Marina Abramovic
Vider son bateau, entrer dans le courant;
Dragon blanc: debout, Dragon rouge: assis,
Dragon vert: couché
1989

52
◆

피에르 술라주
〈그림 200×220cm, 2002년 4월 22일〉

Pierre Soulages
Peinture 200×220cm, 22 avril 2002